当代西方文论批判研究

张　江◎主编

中国社会科学出版社

图书在版编目(CIP)数据

当代西方文论批判研究/张江主编. —北京:中国社会科学
出版社,2017.1
ISBN 978 – 7 – 5161 – 8959 – 7

Ⅰ.①当…　Ⅱ.①张…　Ⅲ.①外国文学—
文学评论　Ⅳ.①I106

中国版本图书馆 CIP 数据核字(2016)第 228136 号

出 版 人	赵剑英	
责任编辑	王　茵　张　潜	
责任校对	季　静	
责任印制	王　超	

出　　版	中国社会科学出版社	
社　　址	北京鼓楼西大街甲 158 号	
邮　　编	100720	
网　　址	http://www.csspw.cn	
发 行 部	010 – 84083685	
门 市 部	010 – 84029450	
经　　销	新华书店及其他书店	

印刷装订	北京君升印刷有限公司
版　　次	2017 年 1 月第 1 版
印　　次	2017 年 1 月第 1 次印刷

开　　本	650 × 960　1/16
印　　张	35
字　　数	361 千字
定　　价	108.00 元

目　　录

导论　当代西方文论：问题和局限

　　从 20 世纪 70 年代末至今，"当代西方文论热"在中国已经风行三十余年。三十年间，当代西方文论在中国获得极大推崇，俨然成为众多理论家、批评家顶礼膜拜的金科玉律。一些人，言必称欧美，张口德里达，闭口后现代。甚至一些西方文论中的非主流思潮，引介到国内后也被过度夸大，受到热捧。

　　在批评界，当代西方文论影响更为深远。翻检时下的批评文章，小到具体的概念、名词、术语，大到文艺批评切入的角度、阐释的方法、立论的逻辑，乃至文艺观念、文化立场、审美取向等，大多是西方的舶来品。中国批评家已经习惯于驾轻就熟地操持一整套西方话语，游刃有余地运用一系列西方评判标准。由此造成了一种奇怪的现象：一部作品好不好，中国自己的读者和观众没有发言权，中国的批评家说的也不算，而是要用西方的评判标准来衡量。中国文艺的话语权不在中国人的手中，而是掌握在西方理论家和批评家的手里。

　　应该说，新时期以来对当代西方文论的引进和推介，推动了中国文艺理论的发展。但是，总体上讲，当代西方文论是当代资本主义政治、经济、文化孕育而出的产物。这一特殊的生成语境，决定了当代西方文论带有鲜明的资本主义文化特色，也决定了它自身无可避免的问题和无法超越的局限。长期以来，在盲目崇拜情绪冲击下，我们对此缺乏有效的辨析和清醒的认识。这对中国的文艺理论建设危害极大。基于这个考量，本书对当代西方文论的问题和局限做一些新的辨析。

一 "向内转"与悖离社会和生活

艺术来源于生活，现实生活是一切文学艺术永远的根底和源泉。这是对文学艺术根本规律的揭示。文学艺术表达创作者的主观心理和意识，但归根结底，是客观世界和现实生活的反映。进入现代社会，随着社会分工和社会生活的日益丰富，文艺和生活的关系也变得更加隐秘和复杂，但是从根本上说，文艺与生活的源流关系不能混淆，现实生活和文艺的紧密联系无法割裂。在这一点上，对自律性、纯粹性和超验性的过度强调，导致当代西方文论不可避免地陷入理论误区。

从 19 世纪后期开始，西方知识分子出于对现实的不满和绝望，纷纷从公共领域退守到专业一隅。与之相伴的，是他们治学理路的改变。以唯美主义为开端，西方理论家们将"为艺术而艺术"作为抗议和逃避现实的方式，主张文学艺术放弃反映社会生活，回归艺术本身；文艺理论研究，告别文艺与现实紧张关系的建构，内转到只关注文艺自身因素、内在问题。其理论实质和最终结果，是阻断文艺与生活的通道，将文学艺术"囚禁"起来，封闭在狭仄的小圈子内，沦为"杯中风暴"、圈内游戏，这直接导致了当代西方文艺悖离社会、悖离生活。

这一特征，在当代西方文论的两大主潮中体现得淋漓尽致。

当代西方文论的发展，主潮之一是科学主义。哲学上的科学主义，思想基础主要是主观经验主义和逻辑实证主义。具体到文艺研究领域，科学主义不再将文学艺术作为一种社会实践内容和对社会存在的反应，而视其为一个自足、自律的封闭体系。其要旨是只关注文学艺术内部要素、寻找内部规律，并极端到除此之外别无其他的地步。

唯美主义、形式主义、英美"新批评"、结构主义，以及解构主义等，均忠实地实践和鲜明地体现着科学主义的主张。唯美主义作为发端，率先强调审美自律、艺术至上，认为艺术不应该模仿现实，不应该表现时代。即便在某种情况下，艺术把生活作为一部分原料，也必须经过重新创造，使之成为新的优美的"与生活无涉"的形式。所谓重新创造，实质却是用虚拟的想象置换原本的真实，将现实生活从文学艺术中驱逐出去。及至俄国形式主义出现，文艺理论研究被彻底地桎梏在学科内部，对文学艺术发生根本性影响的现实生活因素，完全被排除在研究视野之外。形式主义和在其影响下产生的诸多后续理论流派，譬如新批评派、结构主义，等等，以索绪尔的语言学理论为支撑，将研究目光都紧紧锁定在文本上，在文本层面探寻形式、语言、语义、修辞等内部规律。

更为根本的是，这种内部研究，只是就形式谈形式、就语言谈语言，精心地过滤掉形式和语言在形成、发展和传播过程中所承载的复杂的社会历史内容。仅就语言而论，语言本身就是社会的产物，语言功能的发挥，需要凭借建立在一定社会基础上的"意义公约"，语言的更转流变，更是以社会因素为根本驱动。文学语言与日常生活语言在某些情况下会有所不同，但这绝不意味着文学语言可以脱离社会基础而独立存在。当代西方文论的语言学研究，无视文学语言的社会历史因素，片面夸大其特殊性，执着于用数理逻辑探寻音韵、词语和语句的组合构成规律。这种研究理路，在获取内部规律的同时，必然由于视野的狭仄而丧失更宏观、更根本的理论探析。

当代西方文论的另一主潮是人本主义。服膺在这一主潮之下的，有象征主义、表现主义、精神分析理论、直觉主义与意识流，等等。这些理论的共同之处和主要特征是把人作为理论研究的核心、出发点和归宿，通过对人本身的研究来探寻文学艺术的本质及其相关问题。

从方向上看，人本主义观念有其合理性。"文学即人学"，文学艺术是人类在社会实践过程中进行精神表达和精神追求的特殊方式，是一切艺术活动的主体。但可惜的是，在对人的根本界定上，人本主义滑入误区，抛弃了人的社会属性，使得位于其理论中心的人，要么成为悬置于客观现实之上的抽象物，要么沦落为全部由动物性欲望和神秘本能支配的存在。比如，象征主义认为，诗是象征、应和的产物。象征主义诗人视现实世界为可鄙的、不真实的，他们力图超越现实而进入超验的心灵世界和"内在生命的实体"。所谓"超验的心灵世界"和"内在生命的实体"，说到底，是脱离了现实土壤、与现实世界失去关联的虚无缥缈的存在，而不是现实中存在的人。表现主义也是如此。构成表现主义的核心概念是直觉。克罗齐主张，直觉不依赖于理智、知觉、感受和综合这些外在因素，直觉是自在自为的，不受制于机械的、被动的事实。到了精神分析理论那里，以人为本的内涵，又变成了以单纯的人的生理属性，即性冲动为本。力比多驱动成为作家创作的最终动力。无论是"超验的心灵""直觉"，还是"力比多"，都刻意剔除人的社会属性，使其简化到不与外界发生任何现实关联的纯然的人，造成对人的本质的偏离和片面性认识。其理论支点不仅是脆弱的，甚至是荒谬的。这就使主张以人为本的人本主义理论，并不是像有些人辩护的那样，经由对人的尊崇、挖掘和发现，切近了社会，切近了生活，而是从另一个极端疏离了现实，进一步扭曲、颠覆了文艺与生活的关系。

由此给文艺创作带来的不良后果，已经说明当代西方文论脱离社会与现实、主张文艺绝对自律、以隔绝的眼光关注文艺自身和对人错误地界定、从人本走向"非人"的治学理路是行不通的。

二　自我中心主义与文艺公共价值的消弭

百年来的当代西方文论史，是以文艺理论这一特殊方式，实践着西方价值观的核心理念，即对个体价值的推重和标榜。这一点，鲜明而充分地体现在当代西方文艺理论的各个方面。对个体价值的张扬，是统摄当代西方文论的中心，西方理论家不同流派的理论建构，只不过是围绕这一中心在不同维度上的展开。具体到创作理论，个体价值又被等同为自我价值，自我成为个体的代表。在文学艺术的表现对象这一关键问题上，当代西方文论"自我至上"的价值取向体现得尤为明显。表现自我、忠于自我、以自我为中心，成为当代西方创作理论的重要特征。

在一些西方理论家看来，文学艺术的本质是自我表现，它本身并不承载为自我之外的大众代言的义务。精神分析理论把文艺创作的动因归结为自我宣泄。弗洛伊德认为，作家、艺术家从事创作是受他们"本能的欲望"驱使。他说，艺术家也和常人一样，由于欲望长期受到压抑而得不到满足，便以文学艺术的方式给予宣泄。文艺本质上是自我被压抑的本能冲动的表达。通过这种表达，使受压抑的欲望通过社会道德允许的途径或形式得到释放和满足。如此，表现自我就成为文艺创作的核心要求。正是基于这种认识，科林伍德在弗洛伊德理论的基础上提出，艺术表现情感，不是针对哪一类观众而发，而是首先指向表现者自己。换言之，艺术的天然职责，是忠于自我，而不是忠于他人。杜夫海纳也认为，文学创作，"它参照的主要是自己，而不是世界"①。在当代西方作家和理论家们眼中，文艺创作的根本任务是呈现自我、释放自我，文艺没有为大众代言的义务，也没有必要去表现大众、服务大众。放弃自我，转投大众，是对艺术本身的背叛。只有倾听自己内心的声音，从自我出发，这样的艺术，才是真诚的、纯粹的艺术。正是在上述理念的驱动下，我们看到，西方20世纪的文学艺术，从观照的对象，到表现的情感，都发生了很大的变化。群像消隐，个体凸显，"大我"撤退，"小我"出场，成为一个世纪的文学表征。

———————

① ［法］米·杜夫海纳：《审美经验现象学》，韩树站译，文化艺术出版社1996年版，第89页。

文艺创作离不开主体精神的映射。创作行为是一种个体化精神劳动。这种精神劳动的诱发因素，往往是对创作主体构成精神冲撞的个人感悟和体验。在创作过程中，任何创作素材，在被作家、艺术家选择、吸纳后，经过重新整合、塑形，最后以文艺作品的方式重新"输出"，不可能原生态再现，其中必然被打上创作主体的思想烙印。在一定程度上，我们甚至可以认为，作者在作品中投注的主观情感，对事物的立场判断，以及通过作品传递出的主体温度，是文艺作品精神价值的重要构成，是文艺家创作行为的重要价值体现。从这个意义上讲，在创作活动中，对创作主体自我地位的肯定和提升，不乏积极意义。

但是，这其中有一个至为关键的问题，它直接决定着自我表现在文艺创作中的合理性。作为表现对象的自我进入作品后，实际上以两种方式存在。一种是"小我"的方式，即"我只是我"，不附带任何自我之外的其他元素。另一种是"大我"的方式，即这个自我，虽然也以个体的面目出场，但是，他的行动、思想、情感，甚至一言一行、一颦一笑，都具有非常丰富的社会内容。在这种情况下，自我代表的就不仅仅是一个独立的个体。他彰显的意义，可能直达一个群体、一个阶级，甚至整个民族、国家。而当代西方文论所倡导的，恰恰是表现"小我"。在20世纪的西方理论家看来，把个人强行融入集体是古代社会的特点，自主个人才是一个现代的观念或现代的建构。在对自主个人的表现中，独特性和独立性成为两个核心要素。其中，独特性追求的是自我的特立独行，"我是世界的唯一"，自我的价值只有在与世界的差异中才能体现出来。这种理念追求，实质上是通过排斥自我之外的公共经验来成就与众不同的自我，使自我的价值得到凸显。独立性追求的则是把自我抽离出来，摆脱自我与他人、自我与群体的胶着状态，使之成为独立的个体。其立论逻辑是，只有自我充分独立，自我的价值才能得到彰显和尊重，融入群体、与群体合一，自我必然要受到遮蔽。这两个核心要素，决定了西方文论所倡导的自我，是与公共经验保持疏离状态，甚至对抗状态的关系。其实质，是无限膨胀的"小我"。

文艺创作如果只是满足于表现极端的"小我"，而不追求"大我"，这样的创作，严格来讲，不是文学，不是艺术。只有表达具有公约性意义的共同经验，让潜在的接受者能够在作品中看到自己的行动，体悟到自己的思想和情感，能够引起接受者强烈的认同和共鸣，才会激发阅读的冲动，接受行为才可能发生。这样的作品，才会在读者的理解和认同中得到流传，实现其价值。反之，迷恋于极端化的个人体验，叙一己事，表一己情，用自我代替一切，这样的创作，不会被接受。文学艺术成为文学艺术的前提，是被接受、被消费。这正如当年马克思所言，一条铁路如未通车、未被乘坐，它就不是铁路；一件衣服由于穿的行为才真正地成为衣服。这样表现极端自我的作品，由于未被接受，最终只是堆砌的符号、无意义的文本，在本质上与文艺无关。

从文艺社会学角度讲，作家、艺术家所从事的创作活动，是社会分工赋予的神圣职责，它先天地担负着为大众生产思想、传递文明的使命。每一个人都有从事文艺创作的权利，也有通过文学艺术的方式记录生命、表现自我、抒情达意的自由。但是，一旦这种表达从自我的私密空间突破出来，超越了自娱自乐的范畴，进入公共传播领域，它的性质就发生了变化，由自娱之物上升为公共精神产品，无可逃脱地要承担公共性的社会使命。具体到专门从事文艺创作的作家、艺术家，这种公共性要求必然更高。人类在社会发展中把作家、艺术家分离出来，给予物质保障和崇高荣誉，就是因为他们所从事的工作，是在为全社会贡献智慧和力量。古往今来，正是由于作家、艺术家坚守了这一原则，文学艺术在社会发展中的地位才得以确立，并不断得到巩固。放弃这种使命，把自我从大众中抽离出来，使文艺创作成为个体表达的宣泄工具，文学艺术将无可避免地走向消亡。

三　非理性主义与文学艺术的反智化低俗化

非理性转向是西方文论在进入 20 世纪后发生的一个重大变化。这次转向深刻地改变了当代西方文论的路径、形态和发展方向。其结果是，决定人类成长发展进步的理性主义日渐式微，基于生理本能的非理性主义取而代之，成为一种支配性逻辑和统治性话语。非理性主义片面夸大人类思维活动和文艺创作中非理性的意义和作用，把正常的、合理的非理性因素绝对化、极端化，并在此基础上步入反理性、反科学的误区，既扭曲了人类的本质，也难以达到对文艺本体的正确认识，更给文艺创作带来诸多消极影响。

非理性主义诞生的直接动因，来源于对西方传统理性主义的反思、质疑和否定。理性主义在西方具有悠久传统。尤其是启蒙运动以来，理性精神被视为人类达到精神解放和身体解放的重要力量。但是，从 19 世纪末开始，随着西方资本主义各种社会矛盾的加剧和精神危机的深化，一部分知识分子对理性精神开始产生怀疑。他们认为，以理性主义为支撑的资本主义，并没有支付给他们一个理想的世界。相反，资本主义制度带来的资源的过度集中，现代工业崛起导致的生态环境的恶化，社会快速发展衍生的人类精神世界的荒芜和生命力的萎缩，等等，却在日益显现和强化。凡此种种，都被视为理性主义的恶果。理性主义由人类解放的重要倚仗，戏剧化地变成了人类解放的敌人。于是，以叔本华、尼采为代表的非理性主义应运而生。

非理性主义在本体论和认识论的双重意义上对非理性进行定位，将之视为人和世界的最高规定性、根本推动力量和唯一的认识途径。他们延续并极度强化了传统的人本主义思想，强调人的本质即世界的"本体"。关于人的本质，在他们看来，起决定作用的，是以生存欲望为核心的意志，是强烈而内在的生命冲动，是心理结构底层的本能。概言之，非理性即人性，它构成了人和世界的本源和本质。在非理性主义看来，既然"本体"是非理性的，那么把握它的方式，只能依靠直觉、顿悟和幻觉等非理性形式，而理性、科学或者逻辑等只能触及表象。比如，柏格森认为，理智以机械的方式对待一切事物，"理智的特点，便是天生地不能理解生活"①，而本能是在生命

---

① 柳鸣九主编：《未来主义、超现实主义魔幻现实主义》，中国社会科学出版社 1987 年版，第 217 页。

形态基础上铸成的，以有机的方式对待事物，所以"能够向我们解释出生命最深层的秘密"①。

非理性主义文论，究其实质，是非理性主义哲学思潮向文学艺术领域的延伸，其核心所在，也是对非理性的极端推崇和标榜。其拥趸者在与科学、理性的根本对立中建立了新的文艺本体论，认为，文学艺术与科学的最大不同就在于，它在本质上是非理性的。克罗齐把这种非理性本质视为直觉，宣称："艺术是什么——我愿意立即用最简单的方式说，艺术是幻象或直觉。"② 当然，也有学者用潜意识、灵感、情绪、本能冲动等其他概念来替代幻象和直觉，但均跳不出非理性的范畴。除此之外，非理性主义文论还兼及创作理论和批评理论。在创作理论上，非理性主义文论竭力鼓吹作家、艺术家把理性主义从文艺创作中驱逐出去，主张创作者大力开掘和表现"冰山之下"潜隐的非理性存在，忠实记录"生命的绵延"和意识的流动，揭示世界无序、混乱、荒诞的本质。在批评理论上，非理性主义文论的兴趣所在，不再是追寻和阐释作品所蕴含的"真理"和意义，而是转向文本中非理性元素的符号破解。比如，精神分析批评往往用"恋母情结""恋父情结"等来解释人物的行为动因；原型批评致力于挖掘人类的"集体无意识"；后现代主义批评则对解构话语权利情有独钟。

非理性因素是人类精神世界中的一种客观存在。只不过，

① 转引自张汝伦《现代西方哲学十五讲》，北京大学出版社 2003 年版，第 88 页。

② ［意］克罗齐：《美学原理·美学纲要》，朱光潜等译，外国文学出版社 1987 年版，第 229 页。

这一存在受到了理性主义的长期遮蔽。尤其是在文艺创作活动中，非理性因素一直在或隐或显地发挥作用。非理性主义将它从被忽视或遗忘的角落挖掘出来，引起关注，这对于打破惯常理性所造成的单一思维模式、对于建构更加全面客观的文艺理论体系，当然不乏积极意义。然而，指出西方理性主义的片面性和缺陷，并不构成彻底否定理性主义的充分理由；认识到人并非完全是理性的，也并不是说人在本质上是非理性的动物；发现文艺活动中的非理性因素，更不意味着把它上升为一种"主义"就具备了合理性。非理性主义的问题，在于用一种极端对抗另一种极端，用一种片面取代另一种片面。

归根结底，人是理性的动物，人之为人、人高于其他动物的本质所在是理性，而不是非理性。基于分析、归纳、推衍基础上的逻辑理性能力，是人之所以为人的最起码的理由。理性无疑不是万能的，但是为人类打开新的思想空间，催生先进的文明模式和文化观念，仍然要依靠理性。非理性主义将非理性抬升到人的本质和世界"本体"的高度，用非理性来反对和取代理性，无疑是将人类矮化到了动物的层面，不会为人类社会的进步、人的解放开辟出合理的方向。

作为文艺理论的非理性主义，从非理性原则出发，对文艺的本质加以勘定，视文学艺术为非理性的产物，是文艺理论上的唯心主义，难以触及文学艺术的本质，更不符合文艺自身规律。同时，非理性主义文论所认为的文艺创作只是本能的、无规则的宣泄和释放，也严重忽视了文艺创作中题材选择、价值判断和技法考量等高级思维活动，遮蔽了事实真相。非理性因素在文艺活动中，尽管确实存在，但是，它须臾也离不开理性因素的管控和制约。非理性因素的萌发，要依赖于理性的培养和调动，最终的整合、呈现与表达，无不是理性选择的结果。

非理性主义为文学艺术带来的负效应是多方面的。首先表现在，它把自文艺诞生之际就寄生于其中，并成为其灵魂构成的科学、理性精神抽离掉了，文艺成为反智的游戏。文学艺术与科学虽然存在本质不同，但是，它们都是人类认识世界、把握世界的重要方式。缺失了理性精神的支撑，丧失了强大的认识功能，甚至走到反科学、反理性的对立面，文学艺术将不再是人类精神的"灯塔"，而沦为将人引向愚昧境地的罪魁。其时之至，文艺将无以立足。

其次，非理性主义为文艺创作的低俗化、欲望化披上了合法的外衣。20 世纪以降的文艺创作中，低俗化、欲望化成为一股来势凶猛的逆流。竭力挖掘和展示人性之恶，赤裸裸地表现人的本能意欲，宣扬兽性高于人性，等等，堂而皇之地登上文坛。一些作品只注重满足狭隘低级的生理需要、感官刺激，放弃思想和艺术上的精雕细刻，格调低下，粗俗不堪。对此，非理性主义难辞其咎。

四 "形式崇拜"与内容和形式关系的倒置

这里所说的"形式崇拜"，不仅是俄国形式主义这一单一流派的特点，也是整个当代西方文论的总体特征。始自唯美主义、象征主义，中经俄国形式主义、英美新批评，直至结构主义、符号学与叙事学等，"形式崇拜"一脉相继，深刻影响了当代西方文论的发展。虽然诸多流派对"形式"要素的侧重各有不同，或侧重语言，或侧重结构，或侧重叙事手法。具体着力虽有不同，但无一不表现出浓重的形式崇拜情结。

这其中，俄国形式主义在理论上最具代表性，表现得也最为极端。形式主义者认为，既然文学可以表现各种各样的题材内容，文学作品的特殊性就不在内容，而在语言的运用和修辞技巧的安排组织，因此文学性仅存在于文学的形式之中。并就此把文学定义为形式的艺术，什克洛夫斯基就曾宣称："文学作品是纯形式，它不是物，不是材料，而是材料的比。"① 在具体的内容与形式的关系问题上，该派认为，其一，内容不能决定形式，内容不能创造形式。新的形式和新的内容的表达要求无关，只是对旧形式的取代。其二，形式有不受内容支配的独立自主性。其三，形式可以决定内容，创造内容。内容只是形式的内容。艺术内容只有在艺术形式中才具有意义，也即"艺术中的所有内容事实都成为形式的现象"②。这样，俄国形式主义彻底颠倒了内容和形式的关系，从而使形式占据了支配一切的中心地位，在文学性构成中发挥了决定性作用。

完美的形式，对一部文艺作品而言当然重要。形式是内容的表达载体和表现手段，没有精当的形式凭借，再精彩的内容也难以呈现出来。正因为如此，古今中外的文艺大家在创作中都非常重视对语言、结构、手法的淬炼。应该承认，在"写什么"已经确定的前提下，"怎样写"是决定一部作品高低成败

---

① ［俄］什克洛大斯基：《作为"风格"概念的情节分布》，彼得格勒 Opoiaz 出版社 1921 年版，第 4 页。

② 方珊等：《俄国形式主义文论选》，生活·读书·新知三联书店 1989 年版，第 212 页。

的关键。在文学艺术的发展演进中，形式的自觉是文艺创作渐进成熟的重要表征。历史上，每一次大规模对形式问题的探求和创新，都在不同程度上推动了文艺的发展进步。

但是，这并不意味着形式的重要性可以被无限放大，形式和内容的关系可以颠倒。与内容相比，形式永远是第二位的。若论形式的精致考究，中国的唐诗宋词，经过了长期的演进完善，形成了完整、严谨的规则体系，符合汉语吟唱的规律，在形式上不可谓不完美。但是，即便如此，离开了内容，格律也只是格式，词牌也只是"门牌"，不会是富含文学意味和人生况味的诗词，不会给人任何审美体验，不会具有任何文学价值。西方文学中的十四行诗同样如此。无论是彼得拉克体的"四四三三"编排，还是莎士比亚体的"四四四二"编排，都具有整齐优美和谐的形式特征。但是，缺失了内容，它们也只是一种机械、干瘪的句式排列方法，没有任何意义。

内容却不同。作为一种思想或情感信息，它可以不依赖特定形式而传播。一段英雄传奇，或者一则爱情故事，可以是长诗吟诵，可以是戏剧演绎，可以是小说铺陈。文学家、戏剧家、诗人选择不同体式，都意在找到自己最擅长、最能充分、从容和完美地表现内容含量，最有利于内容深入人心、广泛流传的方式和手段。最重要的是，这个题材本身，也就是内容，是作家艺术家选择、运用并丰富形式的根本基础。内容赋予形式以生命。

内容表达的新要求引发形式跟进的新变化。抛开内容的作用，难以说明和解释形式的演进发展。形式变化的动力，从根本上说来自于突破旧形式对新内容的制约和束缚，这是形式发展的主导力量。一种形式的鼎盛和式微，无不与时代精神特征的流变紧密关联。无论是东方还是西方的文学艺术史莫不体现这一点。从汉赋、唐诗，到宋词、元曲，其形式上的嬗变和演进，体现着与社会历史发展阶段的同步性。20世纪西方意识流小说的兴起，绝不仅仅是小说自身形式变革的产物，它更为内在的动因，来源于现代人心灵世界的复杂化和人们对心理呈现细腻化的阅读诉求；现代派戏剧怪异、荒诞的表现形式的出现，创作者的初衷也决不仅仅是单纯地在形式上标新立异，其根本原因，是要用荒诞的形式呼应荒诞的内容，以此达到形式和内容的内在统一，使形式更好地表达现代社会的荒诞本质。一时代有一时代的精神特征，一时代有一时代之文学，一时代也有一时代独特的文学形式。因此也可以说，意识流小说和现代派戏剧只能产生于20世纪，因为只有在20世纪，它们才拥有了得以产生的社会基础和精神土壤。

形式主义者说，同一艺术形式可以表现不同内容，这可以证明形式的独立性。的确，诗歌既可以张扬浪漫激情，也可以抒发忧郁感伤；小说既可以用来描绘波澜壮阔的革命运动，也可以用以表现小小少年的成长烦恼。但是必须看到，从形式的形成来说，一种特定的形式就是为表达特定的内容而生成的。唐诗从汉赋、古诗出，其雄壮奔放的语言风格和严整大气的形式特点，与唐帝国开疆拓土、心寄天下的盛唐气象相得益彰。有宋一代，经济发达，城市繁荣，文娱为之勃兴，于是，长于表现欢愉愁怨之致的词成为两宋文学的标志。再细分，一种词牌更适宜表达一种特定情感。"念奴娇"就是"大江东去"的豪迈，"满江红"就是"怒发冲冠"的激昂，"雨霖铃"就是"寒蝉凄切"的婉约。当然，极个别情况下，也有特殊情况存在，李清照就曾用"念奴娇"做出闺怨词，表达惆怅哀婉之意。但是，需要注意的是，在此过程中李清照已经对原词进行了变格处理，严格来讲，已是另一种形式的"念奴娇"。由此可以看出，离开了内容，错了内容，形式不再是形式。

内容对形式的决定和统摄作用，无论在任何情况下，都是绝对性的。形式主义所谓形式消灭内容、形式创造内容，是对内容与形式关系的本末倒置。其理论试图围绕形式来建构文学性和学科自律性、自足性，却在实质上抽空了文学艺术赖以存在的基础，必然在实践上导致文学艺术对现实生活的疏远和逃避，其结果是使文艺陷入自身发展的困境并走向社会生活的边缘。

形式主义引发的症候在当代文艺创作中已经十分明显。"形式至上"的旗号下，许多作家宣称"写什么"无所谓，只在意"怎样写"，不顾思想性的贫乏苍白，使创作变成了形式的游戏和杂耍。过去备受诟病的华而不实、卖弄技巧的风气，也在形式主义的包庇下获得了理论上的合法性，得以大行其道，给文艺带来长期而巨大的危害。就连形式主义的创始人之一什克洛夫斯基后来也不得不承认"我们自己不好，走错了路"，"把艺术幽禁在管道里，靠了穿不透的管壁把文学跟生活分开"。

五 "反教化论"与审美追求的极端化误区

由众多思潮流派构成的当代西方文论，在一些具体问题上常现分歧，不同流派往往各执一端，形成众声喧哗的局面。但是，在否定和抵制文学艺术的教化功能这一点上，几乎20世纪所有的理论流派都走向了空前的统一，形成了高度默契。"反教化论"由此成为一条贯穿当代西方文论始终的潜在主线。

"反教化论"的出现和盛行，与当代西方文论对文学艺术的功能定位密切相关。一些西方理论家认为，艺术的唯一目的是审美。美是单纯的，审美是超功利的。对审美的追求，不应附带任何功利目的，否则就会造成审美的异化。在对审美的纯粹化追求中，道德教化被视为最大的功利主义，受到艺术家和理论家不约而同的抵制。在这方面，唯美主义代表人物王尔德的观点最有代表性。在为其作品《道连·葛雷的画像》所作的"序言"中，王尔德公然表示：艺术家是美的事物的创造者，只追求美。如果一本书写得好，能唤起人的美感，那它就是本好书。因此，书只有写得好与不好，无所谓道德与不道德。意即，艺术不依赖于道德而存在，也没有义务为道德服务，艺术有自己的追求，那就是美，所以，艺术与道德无关。在《艺术家即批评家》中，王尔德进一步宣称：艺术家也不应该有伦理的同情。如果身为艺术家而有伦理的同情，那么这种同情就是不可饶恕的虚伪，它阻碍艺术的产生。王尔德的艺术主张，在当代西方文论其后的发展中越发极端，甚至被上升为一种文学艺术的评价标准。即，一部作品如果流露出了作者对正义、善良、温暖的追求和坚守，这部作品就与虚假和做作画上了等号。相反，那些突破道德底线，与人类道德追求相悖，肆意展示邪恶、狡诈、阴谋、残忍的极致之作，却被标榜为深刻，受到批评家的礼赞。其结果是，无涉道德的文艺创作最终发展为反道德。

的确，无论西方还是东方，历史上都曾出现过以道德说教为主要目的的创作倾向。这类创作生硬干瘪，用口号式的道德说教代替艺术品质的建构，伤害了作品的审美内涵，使文学艺术成为道德宣教的工具。这种倾向当然是不正确的。但是，因此就完全否认文学艺术固有的教化功能，认为艺术可以无涉道德、超越道德，甚至可以违背道德，无疑又走向了另一个极端，陷入另一种误区。

从某种意义上讲，一切文学艺术都天然地携带着教化基因，都在履行教化职能。反教化论者在理论上激烈反对教化，但他们实际践行的，其实也是一种教化。表面上看，反教化论以审美为唯一追求，在创作中遵循"唯美是求"原则。运用各种技巧、采取各种方法，把他们所认可的美的事物挖掘出来，让作品美轮美奂，进而再将这种美呈现给读者，其最终目的无非也是作用于读者、影响读者，让读者接受和认可。发现美、展示美、传递美，用美的力量来打动人、陶冶人、感染人。这种审美过程毫无疑问也是教化的过程。只不过，这种教化没有明确地表达出来，而是以一种隐蔽的方式来完成。并且，什么是美，如何表现美，这本身就包含着创作者鲜明的价值判断、审美立场、审美观念，乃至道德选择，这些因素从作者到读者的传递，更是教化。

更何况，所谓"美"，从来不是一个本质主义的抽象概念，而是一个社会性、历史性的概念。美的构成中始终包含着人类社会实践的深刻烙印，与价值取向、道德因素紧紧附着在一起。许慎在《说文解字》中解释道："美，从羊从大。"因为"羊在六畜主给膳也"，所以羊大即为美，并直截了当地说"美与善同意"。西方先哲也有类似洞见。亚里士多德就曾说过："美是一种善，其所以引起快感，正因为它是善。"① 这说明，世界上从来不存在纯粹的美，人们对美的判断和选择，总是蕴含着其他社会因素，其中重要内容之一，就是道德考量。文艺创作，在追求审美价值的同时，可以选择不同的道德立场、道德标准，或者以传统道德的守护者和捍卫者出现，或者用一种新道德反对旧道德，但是，只要它是真正意义上的创作，只要它一触及美，它就难以跳出道德之外。追求凌驾于道德之上的纯粹化的审美，只能是不切实际的梦想。

事实上，唯美主义貌似与道德无涉，但其根本出发点，正是用对美与艺术"去道德化"的极端推崇，去冲击和瓦解当时的社会道德秩序，表达和张扬一种对现实的不满和绝望，力图建立社会新秩序的道德诉求，履行代表自己阶层或阶级的道德使命。只不过，他们用极端化的主张隐藏这一点，在理论上刻意不去承认这一点，这就为理论本身带来重大缺陷。其后继者，更是在不同程度上纵容或放大这种缺陷。说到底，这是他们难以挣脱的理论和现实困境所致。

文艺创作是一种具有潜在道德内质的精神活动。这种精神活动为作家、艺术家提供的选择，不是回归道德或超越道德，而是站在哪种道德立场上，选择什么样的道德标准。道德具有

---

① 转引自朱光潜《西方美学史》，人民文学出版社1963年版，第82页。

社会性、历史性，总是代表一定群体、一定历史阶段的利益诉求和价值诉求。事实证明，能够体现大多数人价值标准、符合历史前进方向的道德准则，往往是进步的道德，反之，则是落后的道德。以进步的道德为支撑是教化，以落后的道德为支撑也是教化。其区别只在于，一个是引人向善，以高尚的道德情操鼓舞人、激励人，推动社会向理想的状态迈进；另一个是引人向恶，激活人类的低级趣味，把人类的灵魂带入下滑的轨道，阻碍文明的进步。文学艺术的价值，从来都体现为前者。既然道德不可超越，教化无可摆脱，那么，作家、艺术家最明智的选择，不是做违背规律的徒然挣扎，而是遵循规律，以积极的姿态向进步的道德准则靠拢，充分发挥文学艺术的化人功能，让文学艺术成为推动时代发展的正能量。

六　精英主义取向与文学艺术的小众化危机

当代西方文论史，实质上是一部当代西方精英主义文艺理论史。在西方，精英主义作为一种传统，从古至今从未中断过，其源头最早可以上溯至古希腊时期。进入当代以后，这种精英主义传统在文艺理论中已经不再仅仅作为一种学说而出现，而是内化到理论建构的具体诉求和实践中，直接以理论和批评的方式推动文学艺术向精英主义发展。当代西方文论的精英主义取向，本质是让文学艺术远离大众，成为少数以精英自居者的专利。

与古典文论不同，当代西方文论的精英主义取向，主要通过为创作和接受设置"技术壁垒"的方式体现出来。如果说古典文论的精英主义是认识论意义上的精英主义，认为文学艺术是少数极具天赋、拥有非凡才能的"天才"创造的产物，那么，当代西方文论则是实践意义上的精英主义，它把精英主义由理论发展为实践，是更加具体、更加彻底的精英主义。在创作理论方面，当代西方文论大力鼓吹技术至上，将创作技巧推向无以复加的高位，并以技艺的高下作为评判作品优劣的唯一标准。而这种技巧，已不再涵盖内容和思想层面，而仅仅是单纯的形式技巧。在这些形式技巧的背后，又累积了大量的语言学、符号学、叙事学等艰深晦涩的专业知识。这些专业知识，成为通晓形式技巧的入门必备。由此也衍生了一个有意味的现象，即在20世纪的西方文艺史上，能够进入创作领域，并在创作实践上产生重要影响的作家、艺术家，很多都是著名学者、理论家。波德莱尔、瓦莱里、乔伊斯、伍尔夫、萨特、尤奈斯库，等等，莫不如此。一些不具备这种专业资质的作家、艺术家，被挡在了门槛之外。

在文艺作品的接受上，当代西方文论同样实行了"准入机制"，以此达到文学艺术精英化的目的。在一些理论家看来，只有那些"有知识的读者"才有资格享有阅读、鉴赏文艺作品的权利。创作上的极端技术化、专业化，使文艺创作成为少数人的特权，换个角度看，这其实也是为读者设障。在这样的创作面前，只有那些专业人士才有能力进入作者设置的文本迷宫，进行技术解码，最终读懂作品。同时，当代西方文论还在批评理论上进行精英化努力。批评理论，说到底，是引导读者读懂作品的方法。但是，当代西方的批评理论，诸如形式主义、原型批评、解释学、接受美学，等等，通过一系列所谓批评科学化的建构，实际上完成的，不是让普通大众读懂作品，而是把大多数人清除出去。当代美国著名批评家斯坦利·费希创造了一个概念，叫"有知识的读者"。费希宣称，只有这样的读者才能熟练运用构成作品的语言和语义知识，具备文学能力。反之，没有这样的知识背景，作为普通读者，就没有资格分享文学艺术的魅力。

当代西方文论上述种种倡导和主张，最终传达出来的无非是这样一种理念：文学艺术是少数"高等人"的智力游戏，无论创作还是接受，它都不属于大众，更不为大众服务。文学艺术的发展，是内部自我循环的结果，其根本动力并不在大众，不在生活。这是割裂了文艺与大众的关系、与生活的关系，把文学艺术带入死路。

我们看到，在当代西方文艺理论的引导下，当代西方文艺发展已经越来越远离了大众，成为小众化的精英游戏。许多被理论家和批评家津津乐道的经典之作，其实只是一小部分人的经典，在普通大众层面缺乏市场。有些作品，即便是专业人士，阅读起来也感到痛苦不堪，如非研究需要，绝对不会主动亲近。创立原型批评的荣格自称用了三年时间才读通乔伊斯的《尤利西斯》，他给作者的信中充满了埋怨："我大概永远也不会说我喜欢它，因为它太磨损神经，而且太晦暗了，我不知你写时是否畅快。我不得不向世界宣告，我对它感到腻烦。读的时候，我多么抱怨，多么诅咒……"① 专业研究者尚且如此，普通读

---

① 转引自萧乾《尤利西斯》中译本序，见乔伊斯《尤利西斯》，译林出版社1994年版，第12页。

者更是可想而知。正如有的学者指出的那样,在当代西方,阅读已不再是快乐和享受,而是严肃的甚至痛苦的仪式。在这痛苦的仪式中,所谓精英们获得了沾沾自喜的极大满足,普通民众做出的选择却是放弃和远离。进入 20 世纪后,文学艺术在西方民众中受欢迎的程度大大降低,从"书桌前撤离"成为重要的文化现象。这其中当然有非常复杂的客观原因,但是,文学艺术排斥大众的精英化取向必然是最重要的因素。

文学艺术来源于大众,它发展跃进的动力之基也在大众。当代西方文论将文学艺术精英化,剥夺普通人分享文学艺术的权利,是对唯物史观的否定,更是对文学艺术"从哪里来""为什么人"问题的误见。表面上看,无论哪个时代,文学艺术的历史都是由创造皇皇巨著的大师们支撑起来的。这些西方理论家眼中的"天才"占据了文学史、艺术史的主角地位。但是不要忘记,一切文学艺术,其最初的萌芽都在民间。小说自神话出,戏剧从原始祭祀歌舞中来,音乐起于洪荒时代人们统一劳动节奏的号子和互相传递信息的呼喊。"天才"们因为生活在大众中间,时刻汲取大众的精神创造才成为"天才",他们的创作从来不是也不可能是孤立存在的。没有大众,就没有文艺之源,更谈不上产生"天才"。任何一种艺术形式创立之后,在其后续的发展中,同样是大众在接受和传播过程中,根据自身的理解和需要,不断进行选择、改进和修正,使其日臻完善。以精英自居,把原本出自大众、属于大众的文学艺术,通过人为设障据为己有,把玩于股掌之间,结果是丧失掉广泛的社会文化基础。这样的文学艺术,因为大众的远离而失去源头活水和蓬勃生机，必然带来诸多问题和深刻危机。

不仅如此，精英主义取向带来的危机，还表现在文学艺术基本功能的丧失。在社会发展过程中，文学艺术被大众接受，在大众中传播，文艺作品蕴含的精神力量激发人类改造世界的激情，于是世界为之改变。精英主义把文艺带入象牙塔，脱离大众，文艺也就失去了实现价值和功能的广阔天地，沦为毫无意义的空中楼阁。

从上述众多思潮流派所具有共性特征的理论倾向中可以发现，当代西方文论决不像某些学者描述的那样，只是松散、凌乱的理论堆砌，而是形成了一套完整、严密的理论体系，有着非常明确的价值指向和高度统一的内在一致性。这套理论体系所涉及的，或者说主要针对的，都是文学艺术的原点问题。从这些关乎根本的原点问题出发，当代西方文论对一些被历史反复证明的正确理论进行彻底解构和颠覆，以此表达另外一种价值诉求。这种价值诉求的真正内核，是更高地悬浮于文学艺术之上的、发挥统领作用的西方价值观。当代西方文论，无论在理论和实践上如何倡导学科自主性，归根结底，仍然是西方价值观的体现。这种结果也许并非文艺理论发展的初衷，也不会得到西方理论家心甘情愿的认可，但是，这是无可改变的事实。

认识到这一点，对于我们摆脱盲从、科学理性地对待当代西方文论至关重要。当代西方文论，既不是无可指摘的绝对真理，也不是放之四海而皆准的通行准则，它有属于自身的价值诉求，有它出于这种价值诉求导致的问题和局限，它对我们的价值，充其量只能是方法论意义上的启迪和借鉴。中国的文艺理论建设，必须以中国的文艺实践和文艺经验为基础，决不能全盘照搬西方理论。我们当前迫切需要的，是打破西方神话，在对待外来理论上多一点清醒的认知，多一点批判的立场，多一点扬弃的精神。唯有如此，中国的文艺发展才有希望。

第一章　向内转与悖离社会与生活

20 世纪初期到 20 世纪中叶，西方文学理论出现了向内转的趋势，即由先前对作者和外部世界的关注转向对作品、语言及写作自身的关注。发端于唯美主义、象征主义的现代主义文艺思潮、人文科学中的语言学转向以及现代心理学的发展等共同推动了这一转向，具体表现为以文本为研究中心的形式主义文论的出现与蔓延以及文学创作上的非个人化等主张。西方文学理论研究的向内转有着深刻的思想文化背景。19 世纪以后，艺术逐渐摆脱了对教会、宫廷、达官贵人等的依附，独立的艺术家群体开始形成。德国社会学家马克斯·韦伯认为，古代艺术、道德、科学混整未分，文学艺术通常依附政治、宗教和道德等目标，文化的进步表现在各个领域意识到自身的特性和价值而不断地分化，在近代日益区分为认知—工具理性（科学技术）、道德—实践理性（法律道德）和审美—表现理性（审美艺术）三大领域。一旦根据审美的依据来操作，文学艺术便追求自身的独立价值。19 世纪末 20 世纪初现代主义文艺思潮的蔓延无疑是其表现形态。另一方面，现代大学的学科建制和体系化的文学教育也催生了关于"文学科学"的系统建构，即独立形态的文学理论的出现。按照知识社会学的看法，启蒙运动之后人们普遍把知识看作社会存在的条件，从而致力于纯粹知识的建构和各门知识分门别类的研究。以从事文学教育的大学教师和职业批评家为主体的俄国形式主义、布拉格学派、英美新批评和法国结构主义为代表的形式主义文论，普遍将研究的视角转向文学自身，可以说是这一追求的体现。

现代西方文论的向内转虽然有其必然性与合理性的一面，在对文学的"内部研究"如语言、形式、结构、叙事等方面也取得了重要成就，但是形式主义和自律论的文学观念追求把语言学模式搬运到文学分析与文学理论研究中，切断了文学与社会、政治、道德、历史、文化的联系，走向了孤立与封闭。20世纪下半叶以来，由于学科的整合与去分化，边缘性的种族、性别、生态运动的兴起，文学研究重新向外转，出现了以后殖民、女性主义批评、生态批评等为代表的社会文化批评。加之消费社会的兴起与图像时代的到来，文学活动与文化活动的生产、传播与接受方式发生了深刻的变革，文学活动经历了剧烈的形态变异，文学理论的知识形态也随之发生了很大的变化。原先的文学理论学科边界被打破，纯审美的、自律的文学观念受到冲击，跨学科、跨文化的文学理论发展迅猛，文学理论研究出现了向外转。

第一节　向内转的发生背景

一　现代主义思潮的兴起与发展

从渊源上说，浪漫主义文艺思潮对亚里士多德以来的模仿说的反叛，对天才与艺术表现力的追求，已经包含了某些"向内转"的因素。19世纪下半叶以来，随着文学的自觉，西方一度较为流行纯艺术论。康德以无功利为中心的审美原则以及纯粹美的观念受到推崇，在文学创作和理论倡导上出现了某种非道德化、非价值化的倾向。现代主义文艺思潮放弃对外在世界模仿与再现，致力于有限的叙述方式，淡化创作主体的道德评判，自觉不自觉地向内转。福楼拜说："说到我对于艺术的理想，我以为就不该暴露自己，艺术家不该在他的作品里露面，就像上帝不该在自然里露面一样。"[1] 王尔德也说，"我们已经看到艺术精神首先在语言的令人愉快的技术范围亦即与主题对立的表现范围内的作用，然后又在处理时支配诗人的想象。现在我还要给你们指出它在选择题材时的作用。承认艺术家有独立的王国，意识到艺术世界和真正的现实世界之间、古典优雅与绝对现实之间的区别，这不仅构成了一切美的魅力的根本条件，也是一切伟大的富于想象力的作品、一切伟大的艺术创作时代的特征"[2]，"文学所需要的，不是增强道德和道德控制，实际上诗歌无所谓道德不道德——诗歌只有写得好和不好的，仅此而已。艺术表现任何道德因素，或是隐隐提到善恶标准，常常是某种程度的想象力不完美的特征，标志着艺术创作中和谐之错乱。一切好的艺术作品都追求纯粹的艺术效果"[3]。他认

---

① ［法］福楼拜：《致乔治·桑》（1875年12月），李健吾译，见伍蠡甫主编《西方文论选》下卷，上海译文出版社1979年版，第210页。

② ［英］王尔德：《英国的文艺复兴》，尹飞舟译，见赵澧、徐京安主编《唯美主义》，中国人民大学出版社1997年版，第88页。

③ 同上书，第97页。

为"艺术除了表现它自己之外，不表现任何东西"，"'谎言'，即关于美而不真的事物的讲述，乃是艺术的本来的目的"①。克莱夫·贝尔也从"艺术是有意味的形式"出发，认为艺术的目的就在于艺术自身，反对艺术与道德发生关联，"任何要为艺术寻求其他道德上的理由，任何要在艺术中寻找其他目的（而不达到好的心理状态）的手段之举动，都是一个傻瓜，或者说，是一个头脑发昏的天才人物的错误举动"②。近代反对文学与社会政治道德和价值判断发生关系的代表人物是克罗齐，他从"艺术即直觉"出发，否定艺术是功利的活动，将艺术和道德看成两个截然不同的领域："艺术活动不是一种道德活动……艺术并不是起于意志；善良的意志能造成一个诚实的人，却不见得能造就一个艺术家。既然艺术并不是意志活动的结果，所以艺术便避开了一切道德的区分，倒不是因为艺术有什么豁免权，而是因为道德的区分根本就不能用于艺术。一个审美的意象显现出一个在道德上可褒可贬的行为，但是这个意象本身在道德上是无所谓褒贬的。"③"艺术是纯粹的直觉或纯粹的表现……是完全没有观念和判断的直觉，是认识的原始形式。"④

19世纪后期以来的现代主义文艺思潮及其理论主张对文学创作和文学理论的向内转起到了促进作用。波德莱尔是现代主

---

① ［英］王尔德：《谎言的衰朽》，杨烈译，见伍蠡甫主编《西方文论选》下卷，上海译文出版社1979年版，第116—117页。

② ［英］贝尔：《艺术》，周金环等译，中国文联出版公司1984年版，第77页。

③ ［意］克罗齐：《美学纲要》，韩邦凯等译，人民文学出版社1987年版，第213页。

④ ［意］克罗齐：《美学或艺术和语言哲学》，黄文捷译，中国社会科学出版社1992年版，第56页。

义诗歌的创始人，他的诗歌标志着浪漫主义诗歌向唯美主义、象征主义诗歌的过渡，即从情感宣泄到纯美的发现以及人的内心世界的探寻与表现。就前者来说，波德莱尔把美视为诗的最高范畴，他提出"什么叫诗？什么是诗的目的？就是把善同美区别开来，发掘恶中之美，让节奏和韵律符合人对单调、匀称、惊奇等永恒的需要；让风格适应主题，灵感的虚荣和危险，等等"①。就后者来说，他提出了著名的"感应论"。感应论认为自然界万事万物与人的精神世界之间存在着感应关系，彼此沟通，互为象征，"正是这种对于美的令人赞叹的、永生不死的本能，使我们把人间及其众生相看作上天的一览，看作是上天的应和。人生所揭示出来的，对于彼岸的一切的一种不可满足的渴望是我们不朽之最生动的证据……诗的本质不过是，也仅仅是人类对一种最高的美的向往"②。他的诗歌理论对现代主义影响深远。

马拉美是象征主义运动的核心人物。他明确反对诗歌直接反映外在世界。他说，"因为客观事物本来就存在，我们不必去创造它们"③，他因此倡导象征主义的诗学原理：象征与暗示，"与直接表现对象相反，我认为必须去暗示。对于对象的观照，以及由对象引起梦幻而产生的形象，这种观照产生的形象——就是格。……诗写出来原来就是叫人一点一点去猜想，

---

① ［法］波德莱尔：《恶之花·序言》，转引自郭宏安为《波德莱尔美学论文选》所写的《译本序》，人民文学出版社 1987 年版，第 3 页。

② ［法］波德莱尔：《再论埃德加·爱伦·坡》，见《波德莱尔美学论文选》，郭宏安译，人民文学出版社 1987 年版，第 206 页。

③ ［法］马拉美：《关于文学的发展》，王道乾译，见伍蠡甫主编《西方文论选》下卷，上海译文出版社 1979 年版，第 265 页。

这就是暗示，即梦幻。这就是这种神秘性的完美的应用，象征就是由这种神秘性构成的：一点一点地把对象暗示出来，用以表现一种心灵状态"①。马拉美还说，"在文学中，暗示就足够了，本质被提取出来，然后呈现在理念中"。进一步说，马拉美认为诗歌是"音乐和韵文的结合"，要使诗歌发挥诱发、暗示和暗指的功能，体现音乐的效果，激发联想与想象，让"两种象征结合在一起"②。另一重要人物叶芝则把诗歌看成声、形、色的统一。他说："全部声音，全部颜色，全部形式，或者是因为它们的固有力量，或者是由于源远流长的联想，会唤起一些难以用语言说明，然而却又是很精确的感情。……一种感情在找到它的表现形式——颜色、声音、形状或某种兼而有之之物——之前，是并不存在的，或者说，它是不可感知的，也是没有生气的。"③ 俄国象征主义诗人勃留索夫也说："从内容来说，不可能存在有价值的和无价值的艺术品之分，它们只能在形式上有所区别。"④ 他因此反对内容与形式的区分，将诗歌理解成声音与意义的统一体。象征主义排除现实主义的理性分析，"面向生活中普通的和直观的事件，面向一切明显的事实的世界，面向自然现象和人的精神现象。知觉越是准确、清醒，对具体事实描写的浪漫主义色彩越少，观察得越清晰、冷

---

① ［法］马拉美：《关于文学的发展》，王道乾译，见伍蠡甫主编《西方文论选》下卷，上海译文出版社1979年版，第263页。
② ［法］马拉美：《诗歌危机》，史亮、兰峰译，见袁可嘉等编选《现代主义研究》上，中国社会科学出版社1989年版，第347、349页。
③ ［爱尔兰］叶芝：《诗歌的象征主义》，见伍蠡甫主编《现代西方文论选》，上海译文出版社1983年版，第54—55页。
④ ［俄］勃留索夫：《论真实》，李廉恕译，见《十月革命前后苏联文学流派》上编，上海译文出版社1998年版，第14—15页。

静，对艺术就越好。尽可能广泛地把握现象世界这一点，应成为任何一种哲学或诗的创作的基础"①。俄国未来主义的口号是"句法的松绑"，主张以鲜活的诗歌意象替代僵死的比喻。俄国象征主义、未来主义诗歌在一定程度上推动了俄国形式主义的发展。所以热奈特说："自马拉美起直到俄国形式主义，尤其突出与散文体语言或日常语言相区别的'诗之语言'的思想，诗之语言的形式特征表面上与使用格律诗句相联系，然而更深层却与改变语言的用途相联系——语言不再被作为一种透明的交际工具，而被视为敏感的、独立的、不可置换的材料，某种神秘的形式上的'炼丹术'。"②

现代主义的向内转既体现为内向性、主观性趋向，即卢卡契所说的"否认叙述的客观性，屈从于主观性……几乎所有的现代主义文学中全都有对外在现实的否定"③。也表现在现代主义追求自律性，包含着对自身材料的关注。关于现代主义的内向性，本雅明多有认识。在《波德莱尔的几个母题》中，本雅明对经历（Erlebnis）和经验（Erfahrung）进行了区分。他认为经历还是一个没有完成的经验，与之对应的是记忆。而经验"能把事变转化为一个曾经体验过的瞬间"④，它融汇了时间性和传统。现代生活中回忆取代记忆，经过意识的缓冲和肢解，

---

① ［俄］沃伦斯基：《颓废主义与象征主义》，章若男译，见《十月革命前后苏联文学流派》上编，上海译文出版社 1998 年版，第 11—12 页。
② ［法］热奈特：《虚构与行文》，见《热奈特论文集》，史忠义译，百花文艺出版社 2001 年版，第 94 页。
③ ［匈］卢卡契：《现代主义的意识形态》，李广成译，见袁可嘉等编选《现代主义研究》上，中国社会科学出版社 1987 年版，第 144—145 页。
④ ［德］本雅明：《波德莱尔的几个母题》，见阿伦特编《启迪——本雅明文选》，张旭东等译，生活·读书·新知三联书店 2008 年版，第 175 页。

然后再在意识中显示为严格意义上的体验。伽达默尔也说:"如果某个东西不仅被经历过,而且它的经历存在还获得一种使自身具有继续存在意义的特征,那么这种东西就属于体验。以这种方式成为体验的东西,在艺术表现里就完全获得了一种新的存在状态。"① 在其对普鲁斯特的研究中,本雅明又说:"普鲁斯特并非按照生活的本来的样子去描绘生活,而是把它作为经历过它的人的回忆描绘出来。不过这样说未免过于粗疏空泛。对于回忆着的作者来说,重要的不是他所经历过的事情,而是如何把回忆编织出来……"② 本雅明注意到《追忆逝水年华》的梦幻结构及其所表征世界的超现实主义性质,构成文本肌体的不是情节,而是飘忽不定、多愁善感的回忆本身,充斥着无聊感、乡愁。普鲁斯特感兴趣的是时间流逝的空间化形式,是使整个世界同一个人的生命一同衰老,同时又把这个生命过程表现为一个瞬间。普鲁斯特的方法是展现,而不是反思。詹姆逊则将叙事从历时到共时的转变看成从现实主义到现代主义的变化,"具有决定意义的是叙事的内化,它不仅来自艺术品的内部,而且也来自叙事朝着艺术基本结构发生的变化。原本历时的东西现在变成了共时;依照时间连续发生的事件出乎预料地变成了各种不同成分共存的局面,这些各不相同的成分重组结构,构成一个统一体……现代主义就这样将这一过程压缩成一个整体并使它永久。于是,每一个文本就成为一个被冻结

① [德] 伽达默尔:《真理与方法》上卷,洪汉鼎译,上海译文出版社 1999 年版,第 78 页。

② [德] 本雅明:《普鲁斯特的形象》,见阿伦特编《启迪——本雅明文选》,张旭东等译,生活·读书·新知三联书店 2008 年版,第 216 页。

的现代主义寓言，同时也是一个广泛的、无人看见或者能够予以充分再现的时间运动"①。

至于另外一个重要现象即现代主义对自律性的追求及其社会功能的变化，哈贝马斯归之于资本主义社会公共领域的结构分化。"资产阶级艺术在面对艺术外部的使用需求时，已经变得自律了。只有它还积极抵制牺牲资产阶级理性化，并且要求进行补偿。资产阶级艺术在资产阶级社会物质生活进程中实际上变成了非法需求获得满足的避难所。"② "现代性使得资产阶级艺术的自主性彻底独立于艺术外部的应用语境。有了现代艺术，才出现了一种史无前例的反文化，它产生于市民社会本身的中心，而又敌视占有性个人主义追求成就和利益的资产阶级生活方式。"③ 德国学者比格尔认为，"在资产阶级社会中，只有唯美主义的出现，才标志着艺术现象的全面展开成为事实……只是在历史上的先锋派运动出现后，对不同的技巧和手段的认识才成为可能"④。比格尔把艺术活动诸个要素的充分展开，艺术手段被提升为原理，视为现代主义诞生与发展的契机，这个转变是从波德莱尔开始的。这时候，艺术与生活实践相脱离，审美变得"纯粹"了，但是艺术也变得缺乏社会影响力了，"现实主义不再就是艺术创作的原理，而成为某个时期的

---

① ［美］詹姆逊：《单一的现代性》，见王逢振主编《詹姆逊文集》第 4 卷，中国人民大学出版社 2004 年版，第 102—103 页。

② ［德］哈贝马斯：《合法化危机》，刘北成、曹卫东译，上海人民出版社 2001 年版，第 102 页。

③ 同上书，第 109 页。

④ ［德］彼得·比格尔：《先锋派理论》，高建平译，商务印书馆 2002 年版，第 82 页。

做法的总和。艺术发展过程的总体性只有在自我批判的阶段才能清楚地表现出来。只有在艺术实际上已经完全将自身从生活实践中的一切分离开来时，组成资产阶级社会中的艺术发展原理的两个要点才能为人们所看到：艺术逐渐从真正生活语境中脱离开，相应地，审美作为一种独特的经验领域的形成"①。也就是说，自唯美主义开始，艺术的内容失去了它们的政治性质，艺术除了艺术什么也不是，作为社会子系统的艺术有可能进行自我批判和反思。19 世纪现实主义小说作为思考个人与社会关系的媒介，仍然起着资产阶级自我理解的作用。唯美主义则摆脱了对外在于文学的东西的关注，而转向了文学的媒介自身。

文艺思潮与文学理论中的向内转是一个复杂的文化现象。除了我们提到的上述原因，人文科学中的语言转向和以弗洛伊德为代表的现代心理学也在一定程度上推动了向内转。

二 人文科学的语言学转向

伽达默尔说："语言不是供我们使用的一种工具、一种作为手段的装置，而是我们赖以生存的要素。"② 20 世纪初人文科学领域发生的语言转向，主要表现在两个方面，一是哲学界的语言转向，集中关注语言是 20 世纪西方哲学的一个显著特征，语言不再是传统哲学讨论中涉及的一个工具性的问题，而是成为哲学反思自身传统的一个起点和基础。早期语言哲学如罗素、维特根斯坦的逻辑经验主义把哲学的任务归结为对语言进行逻

---

① ［德］彼得·比格尔：《先锋派理论》，高建平译，商务印书馆 2002 年版，第 88 页。

② ［德］伽达默尔：《科学时代的理性》，薛华等译，国际文化出版公司 1988 年版，第 44 页。

辑分析，特别是弗雷格对意义与指称的区分，对 20 世纪文学理论如文学指称研究等影响颇大。后期语言哲学如维特根斯坦的语言游戏理论，奥斯汀、塞尔等人对言语行为理论的研究，启发了文学理论中的文学言语行为理论、文学游戏论的研究。二是瑞士语言学家索绪尔在《普通语言学教程》中提出的能指与所指、语言与言语以及语言的共时性与历时性的区分，为现代语言学奠定了基础，提醒人们注意文学语言的建构潜能，推动了形式主义文论的产生与发展。

　　首先，索绪尔认为语言学应该研究语言的存在状态，这就是共时语言学。共时与历时的区分是索绪尔建立新语言学的初衷，也是他的方法论基础。他将语言活动分为社会共同体所使用的语言和为个人所使用的言语两个部分，其中语言是"言语活动事实的混杂的总体中一个十分确定的对象。……它是言语活动社会的部分，个人以外的东西"①，而言语则是"个人的意志和智能的行为，其中应该区别开：（1）说话者赖以运用语言表达他的个人思想的组合；（2）使它有可能把这些组合表露出来的心理、物理机构"②。语言的社会性、言语的个人性的认定，确立了看待语言现象的逻辑坐标和语境坐标。③ 索绪尔把概念与音响形象的结合叫作符号，把概念叫"所指"（signified），把音响形象叫"能指"（signifier），在一个语言符号系统中能指和所指之间的联系是任意的。值得注意的是，在这个

---

① ［瑞士］索绪尔：《普通语言学教程》，高名凯译，商务印书馆 1980 年版，第 36 页。

② 同上书，第 35 页。

③ 参见陈嘉映《语言哲学》，北京大学出版社 2006 年版，第 71 页。

过程中，事物或所指物本身被忽视了。所指不是物，而只是一种概念，在其相应的能指被说出来之后，这种概念就进入说话者或听众的思维之中。不仅如此，所指本身也是任意的。索绪尔指出，每一种语言都以其特有的方式表达对象，一种语言所具有的概念，不一定在另一种语言中能找到对应的表达。他的结论是，语言是一种形式，而不是一种实体。语言系统并不具备某种固定的本质，而只是由其各个要素组成的关系系统，这些要素也是通过与相关要素的差别来构成的，它们需要在与之相应的其他语言要素里获得自身的同一性。能指与所指之间的关系的任意性，凸显了语言以特有的方式划分概念与范畴的潜能，表明了语言的纯关系性、形式性。共时性把语言视为符号之间的关系系统，与历时性相比更能代表语言的本质。其后，叶尔姆斯列夫、本维尼斯特等人继续关注语言的形式性。

其次，索绪尔指出语言要素是按照句段关系（横组合）和联想关系（纵聚合）运行的。句段关系是语言的线性关系，它是由一个个语言要素连续排列构成的链条，每个语言要素的价值取决于它跟前后要素的关系。联想关系则是话语之外各个有某种共同点的词在人们的记忆里联合起来，在说话者头脑里构成各种关系的集合，"句段关系是在现场的：它以两个或几个在现实的系列中出现的要素为基础。相反，联想关系却把不在现场的要素联合成潜在的记忆系列"①。这实际上是把语言区分为处于显性层面的句段组合状态和与之形成联想性比较的隐性

---

① ［瑞士］索绪尔：《普通语言学教程》，高名凯译，商务印书馆 1980 年版，第 171 页。着重号系原文所有。

选择层面。后来，雅各布森将二者都纳入语言的一般操作层面，用以分析文学语言特别是诗歌语言的组织方式，对结构主义文学理论产生了很大影响。

以索绪尔为代表的现代语言学把语言视为一个先验的和静止的结构，一个与外部世界并列的符号系统，这使得索绪尔的语言学与形式主义文论有天然的兼容性，激发了20世纪文学理论关注文学自身的语言、叙事、结构等文本的陈述形式和语言的创造性力量。可以说，语言学和哲学中的语言转向推动了俄国形式主义、布拉格学派、新批评、法国结构主义等形式主义文论以及分析美学等的兴起与发展，这也是西方现代文学理论向内转的主要标志，其中最重要的表现无疑是俄国形式主义把文学的存在方式以及文学研究的对象界定为文学性（literariness）。俄国形式主义代表人物之一雅各布森说："文学研究的对象不是整体的文学，而是文学性，即使一部作品成为文学作品的东西。"[1] 由于雅各布森将诗学视为语言学的一部分，他认为诗学研究的是文学语言的美学功能（诗学功能）与文学语言的其他功能的相互关系，文学性就是文学语言的美学功能（诗学功能）占据了主导地位的体现。另一俄国形式主义批评家托马舍夫斯基认为文学性就是裸露手法，"所谓手法的'裸露'"，"就是一部文学作品文学性的标志"[2]。其实无论偏于语言，还是偏于手法，最终都是偏于语言，可见俄国形式主义将文学性

---

[1] Victor Erlich, *Russian Formalism*, The Hague: Mouton Publishers, 1980, p. 172.

[2] Boris Tomashevsky, "Thematics", in *Russian Formalist Criticism: Four Essays*, Lincoln: University of Nebraska Press, 1965, p. 84.

理解为文学语言特有的表现功能。文学性因此成为形式主义者关于文学特性的共识。在结构主义那里，托多罗夫认为文学语言的自足性加深了符号与客体之间的裂痕，所谓文学性就是"符号指向自身而不指向其他事物的能力"①。他把文学性理解为文学语言的自我表现性或自指性，这在精神上与俄国形式主义比较一致。英国学者安纳·杰弗森说："正是文学性这一观念才使俄国形式主义成为科学的和系统的理论，而不至于去折衷关于文学作品的各种不同见解。"② 文学性凸显了文学与非文学、文学语言与其他语言的区分性特征，所以伊格尔顿指出："对于形式主义者来说，'文学性'（literariness）是由一种话语与另一种话语之间的区别性关系（differential relations）所产生的一种功能。"③

形式主义文论主张对文学进行内部研究。新批评的代表人物韦勒克、沃伦在《文学理论》一书中，将文学看作是为某种特别的审美目的服务的独立的符号结构或符号系统，一个交织着多层意义和关系的极其复杂的语言组合体。形式主义特别重视将文学与其他社会文化形态进行区分，试图从语言、形式、叙事、审美、虚构、结构等各个角度界定文学自身的特征，致力于将文学科学从政治、道德、宗教、形而上学中解脱出来，获得独立的存在形态。形式主义所做的工作在很大程度上推进

---

① 转引自 René Wellek, *The Attack on Literature and Other Essays*, Chapel Hill: The University of North Carolina Press, 1982, p. 30.

② ［英］安纳·杰弗森、戴维·罗比：《西方现代文学理论概述与比较》，包华富等译，湖南文艺出版社 1986 年版，第 8 页。

③ ［英］特雷·伊格尔顿：《二十世纪西方文学理论》，伍晓明译，陕西师范大学出版社 1987 年版，第 7 页。

了对文学语言、形式、结构等文学内部规律的认知，但是因为它把文学视为一种独立自足的语言存在，文学的社会文化属性及功能遭到了忽视。

三 现代心理学的发展

现代心理学的发展对促进现代主义文艺思潮的发展以及20世纪文学理论向内转也起着重要推动作用。其中弗洛伊德对无意识及本能的研究以及梦的分析影响尤其巨大。弗洛伊德的精神分析理论把文艺创作视为艺术家无意识欲望的投射，把文艺批评视为对这种欲望投射的象征性表象的解读，显然带有决定论或独断论的色彩。

在弗洛伊德那里，无意识、意识分别代表人类生物本能和理智的作用。无意识指意识不到的被压抑的本能欲望，主要指性本能。弗洛伊德赋予了本能与无意识以空前重要的位置。他说："我们假设存在于'本我'的需要所导致的紧张背后的那种力量，就叫作'本能'。本能代表的是肉体对于心灵的要求。"[①] "所谓有机体的'本能'——这个词代表了所有产生于身体内部并且被传递到心理器官的力。"[②]

但是，弗洛伊德认为，日常生活中人的无意识及本能常常跟社会习俗、法律、道德等发生矛盾冲突，受到压抑，在得不到满足的情况下会导致精神病态。为治疗这类心理疾病，弗洛伊德提出了"转移"（tansference）这一概念，以使本能冲动转

---

① ［奥］弗洛伊德：《精神分析纲要》，刘福堂等译，见《性爱与文明》，安徽人民出版社1996年版，第286页。

② ［奥］弗洛伊德：《超越唯乐原则》，见《弗洛伊德后期著作选》，林尘等译，上海译文出版社1986年版，第36页。

化到可为社会习俗所接受的方向上去。而升华作用（sublimation）是自我防御机制中转移作用的最高形式，艺术作为人类的高尚活动是人的性欲或本能的一种转移或升华，"性的冲动，对人类心灵最高文化的、艺术的和社会的成就做出了最大的贡献"①。

在弗洛伊德看来，艺术创作的动因根源于以力比多为核心的童年经验，艺术家通过创作使性欲得到了升华，"人们可能做得更多，可能试图再创造现实世界，建立起一个世界来取代原来的世界。在那里，现实世界中最不堪忍受的东西消除了，取而代之的是人们所希望的东西"②。而读者、观众则通过欣赏文学艺术实现自己的深层欲望，达到性欲的宣泄和满足。

幻想是梦境、精神病幻者和文艺创作中的重要心理活动。弗洛伊德意识到梦的运作与幻想及艺术创作的关系。"弗洛伊德对艺术的主要兴趣在于主题与梦、无意识、性和神经症的关系。"③ 他认为艺术家常常生活在无意识的幻想之中，并且具有一般人所不具备的接近材料的能力，因而把他的梦的分析推演至文学艺术领域的，在由幻想主导的类似于"白日梦"的艺术创作中，语词及语词创造的意象可以成为思想的替代物。幻想的动力是未得到满足的愿望，主要是性本能，"第一，他知道如何润饰他的昼梦，使失去个人的色彩，而为他人共同欣赏；

---

① ［奥］弗洛伊德：《精神分析引论》，高觉敷译，商务印书馆1987年版，第9页。

② ［奥］弗洛伊德：《性学三论》，见《文明与缺憾》，傅雅芳等译，安徽文艺出版社1996年版，第21页。

③ ［美］杰克·斯佩克特：《艺术与精神分析》，高建平等译，文化艺术出版社1990年版，第42页。

他又知道如何加以充分地修改，使不道德的根源不易被人探悉。第二，他又有一种神秘的才能，能处理特殊的材料，知道忠实地表示出幻想的观念"①。在文学创作中幻想发挥作用的途径有二："其一，作家通过改变和伪装他的利己主义的白日梦以软化它们的性质；其二，在他表达他的幻想时，他向我们提供纯形式的——亦即美学的快乐。"② 弗洛伊德认为文学作品的基本构成方式是性本能或与性有关联的事物的象征。文学中所描写的种种意象都由象征方式结构起来，投射了某种深层的性的内容，长形物体如犁、武器、蛇等是男性生殖器的象征，而盒子、箱子、橱子、碗柜等则是女性生殖器的象征，台阶、梯子、楼梯或上下楼梯则是性交的象征，等等。

弗洛伊德突出了人的非社会的、非历史的生理学、心理学的因素，总是从无意识，特别是儿童早期的性心理中去寻找决定观念、形象的纯心理因素，进而认为童年经验或幼儿本能决定了整个文化而得以发展，这当然是夸大其词的，甚至是荒谬的。应该说，弗洛伊德对现代西方文论与美学的贡献主要在于其精神分析的元心理学部分对幻想与想象的重视与论述，尤其是弗洛伊德在一定程度上揭示了幻想和想象的发生及其与快乐原则的联系，从而使精神分析与艺术的创造活动关联了起来，对现代主义（如超现实主义、意识流小说等）和文艺批评产生了深远的影响。

---

① ［奥］弗洛伊德：《精神分析引论》，高觉敷译，商务印书馆1987年版，第301页。
② ［奥］弗洛伊德：《创作家与白日梦》，见《弗洛伊德论美文选》，裘小龙译，知识出版社1988年版，第37页。

弗洛伊德的后继者拉康更为强调语言与本能欲望之间的关系，认为欲望或无意识是通过语言来建构的。由于以弗洛伊德为代表的现代心理学重视的本能与无意识和语言密切相关，并且同样淡化主体的决定地位，所以它与形式主义文论有异曲同工之处。

此外，自叔本华以来的现代哲学不再以外在实体为主要关注对象，即不再致力于探讨认识论和本体论问题，而把目光聚焦于意志、人的生存等领域。这一点无疑也影响到现代文艺思潮及文学理论向内转。

四 现实主义及模仿论的衰微

如前所述，语言学转向促使人们注意文学语言的建构功能和文本的陈述形式，与此相关的是现实主义理论及与之相伴的模仿论或再现论的衰微。我们注意到，在语言转向的背景下，现实主义已经不再被认为是关于现实的陈述，而更多地被理解为旨在产生某种现实或逼真效果（verisimilitude）的幻觉结构或表现手法。巴特说："对于真实，话语不负任何责任：最现实主义的小说，其中的所指物毫无'现实性'可言……（现实主义文论中）所谓的'真实'，只不过是（意指作用的）再现符码而已。"[①] 杰姆逊也认为，"把现实主义当成对现实的真实描写是错误的，唯一能恢复对现实的正确认识的方法是将现实主义看成是一种行为，一次实践，是发现并且创造出现实感的一

---

① ［法］罗兰·巴特：《S/Z》，屠友祥译，上海人民出版社 2000 年版，第164 页。

种方法"①。

其次，现实主义的现实、再现与模仿理论奠基于亚里士多德的经验观，即经验的普遍性产生概念的普遍性。这种经验观在当代艺术中很大程度上受到挑战，甚至可以说已经失效了。伽达默尔便质疑这种古典式的经验观。他认为"真正意义上的经验，总是一种否定的经验"，它指的是"我们所'做出'的经验"②。这种经验不是诉诸期望的应验，而是否定期望，突破自我认识的边界重新思考人类存在的意义。这就颠覆了传统意义上的现实、再现、认知的观念和秩序。现代主义文学的一个主要趋向就是转向心理世界或心理现实。其代表人物之一普鲁斯特就批评现实主义满足于记录事物的外表，"却离现实最远，它最能够使我们变得贫乏、可悲，因为它突兀地切断现时的我与过去、未来的一切联系"③。萨特干脆质疑这种认知和再现的可能性，"现实主义的谬误在于它曾经相信，只要用心观察，现实就会展现出来，因此人们可以对现实做出公正的描绘。这又怎么可能呢"④。就连在一定程度上承认现实主义在 20 世纪仍然有效的威廉斯也认为，"那种旧的、幼稚的现实主义无论如何都已经死亡，因为它是建立在自然视觉（natural seeing）这一理论基础之上的，而这套理论现在已经站不住脚了……现

---

① 〔美〕杰姆逊：《后现代主义与文化理论》，唐小兵译，陕西师范大学出版社 1987 年版，第 195 页。

② 〔德〕伽达默尔：《真理与方法》上册，洪汉鼎译，上海译文出版社 1999 年版，第 453 页。

③ 〔法〕普鲁斯特：《追忆逝水年华》第 7 卷《重现的时光》，徐和瑾、周国强译，译林出版社 1991 年版，第 193 页。

④ 〔法〕萨特：《什么是文学》，见施康强选编《萨特文论选》，人民文学出版社 1991 年版，第 132 页。

在我们知道，我们所看到的世界实际上是被创造出来的"①。从心理学上说，幻觉与现实之间也不存在全然不同的界限。按照弗洛伊德的心理学，艺术中的现实是一种象征性的类似品，这种表象的现实从属于幻想的逻辑或审美的标准。英国艺术理论家冈布里奇认为："在幻象与现实之间、真实与虚假之间没有严格的划分……我们称之为'文化'或'文明'的东西是以人作为一个制造者的能力即发明意外用途、创造人工代用品的能力为基础的。"②

从哲学上说，现实主义及再现论假定了一种无中介的纯客观认知模式的存在，这种认知模式也受到现代主义以来的多种艺术思潮和派别的挑战。福柯、德里达就提出了再现终结的问题。福柯指出，马拉美以来的现代主义文学，摆脱了古典时代使它能传播的价值（自然、真实、趣味、快乐），"文学所要做的，只是在一个永恒的自我中折返，似乎文学的话语所能具有的内容就是去说出其特有的形式：或者它求教于作为写作主体性的自我，或者设法在使它得以诞生的运动中重新把握全部文学的本质；这样，它的所有线索都汇向了那个最精细的尖点——虽然特殊、瞬间，但又完全普遍——汇向那个简单的写作活动"③。德里达曾经论及残酷戏剧的"再现关闭"，认为"残酷戏剧并非是一种再现。从生命具有的不可再现之本质方

① ［英］威廉斯：《漫长的革命》，倪伟译，上海人民出版社 2013 年版，第305 页。

② ［英］冈布里奇：《艺术与幻觉》，周彦译，湖南人民出版社 1987 年版，第93 页。

③ ［法］福柯：《词与物》，莫伟民译，上海三联书店 2001 年版，第 392—393页。

面来讲，它就是生命本身"①。"摆脱了文本和上帝——作者，扮演就会重新获得其创造和首创的自由。……古典再现的关闭，但却同时也是对原初再现的某种关闭空间的重建，是对力量或生命的元显现（l'archimanifestation）的重建。"② 利奥塔也说，"后现代科学技术世界的普遍原则不是呈现某种不可呈现的东西即重现那种东西，这个世界服从一个相反的原则，即关系到探索之辩证法本身的无限性"，艺术的任务"仍然是暗示一种毫无感化人之处的不可呈现性，但这种不可呈现性被录入了'现实'之转化的无限性中"③。美国哲学家、美学家古德曼认为，世界是被构造的而不是被发现的，而哲学、科学、艺术都是服务于不同目的的构造世界的方式。按照古德曼的说法，现实主义即"一个再现的正确性取决于它与它所描绘的东西的相似程度"④。古德曼同时也承认，现实主义既有尊重相似性的惯性一面，也有创造发现的另一面。

这说明，20 世纪之后，随着心理学、量子力学、交互主体性哲学和现代主义、后现代主义思潮在人文社会科学中的影响日盛，以及计算机虚拟技术的广泛应用，以反映、再现、模仿为代表的纯客观认知模式受到冲击。人们重新看待现实、再现及其与文学的关系问题。

综合上述因素分析，西方现代文学理论以及文艺思潮向内

---

① ［法］德里达：《书写与差异》下，张宁译，生活·读书·新知三联书店2001 年版，第 420 页。

② 同上书，第 426—427 页。

③ ［法］利奥塔：《非人》，罗国祥译，商务印书馆 2000 年版，第 141 页。

④ ［美］古德曼：《构造世界的多种方式》，姬志闯译，上海译文出版社 2008年版，第 134—135 页。

转其实涵盖了两个不同的层面，即一方面转向语言、形式、叙事；另一方面则转向个人经验、本能、心理，这两个层面又通过语言相互关联与渗透。关于后一方面，在本书第三章关于现代西方文论中的非理性主义倾向部分的论述中多有涉及，此处不展开论述。下面主要就向内转在文学理论上的表现，尤其是在形式主义文论中的表现做深入分析。

第二节 向内转的文学观念

一 非个人化的创作观念

非个人化（impersonality），也译为非人格化，其基本含义是不带个人感情、没有个人性。非个人化既是形式主义文学理论关于作者地位的基本理论主张，也是现代主义的重要创作主张。俄国形式主义与布拉格学派虽然没有提出明确的非个人化理论，但鉴于它们已经具有明显的反作者决定论、反情感表现论的立场，可以视为非个人化理论的早期阶段。埃亨鲍乌姆说："在诗歌中，作者的面孔只是个伪装。"① 因此，"通常那种把作品中个别判断和假设的作者的情感等同起来的方法，把技巧引进了死胡同。……它（指艺术作品）不是，也不可能是心理实验的投射"②。迪尼亚诺夫断言，想象性的文学与作者的个性心

---

① Victor Erlich, *Russian Formalism*, The Hague：Mouton Publishers，1980，p. 202.

② ［俄］埃亨鲍姆：《果戈理的〈外套〉是怎样写成的》，见［法］托多罗夫编《俄苏形式主义文论选》，蔡鸿滨译，中国社会科学出版社 1989 年版，第 202 页。

理之间不存在显而易见的关系，"直接研究作者的心理，在他所处的环境、他的生活、社会阶级和他的作品之间建立因果关系，这是一种极不可靠的作法"①。

布拉格学派继承了俄国形式主义的上述见解。穆卡洛夫斯基说："诗歌并不与任何经验的个性相等同，甚至不与作者的个性相等同。"② 作者的个性只是文学发展外在的、偶然的因素。穆卡洛夫斯基主张区分艺术家的个性与作者的个性。作者的个性与艺术家的个性是不完全一致的，"艺术家的个性"是艺术家在现实中的气质或心理类型，而"作者的个性，正如我们所看到的，只是作品结构对精神领域的投射。作品的结构固然并不完全独立于艺术家的意志，但它的发展主要是由自身在时间演化过程中所构成的连续序列所决定的……因此诗人气质与作者个性的关系同时由两方面的因素决定：既有的文学结构的发展和继承了前人结构的诗人的气质"③。作者的个性不完全是生活中艺术家个性的流露，而采取了文学结构所要求的表现形态，因此一般地谈论作者的个性是无意义的。这个说法与布拉格学派关于文学结构与社会结构的二元关系的断定有关。雅各布森也在 1934 年写道："艺术是社会结构的内在组成部分，是一种受其他要素作用的合成物，与主导的艺术以及处于不断

---

① ［俄］迪尼亚诺夫：《论文学的演变》，见［法］托多罗夫编《俄苏形式主义文论选》，蔡鸿滨译，中国社会科学出版社 1989 年版，第 113 页。

② Victor Erlich, *Russian Formalism*, The Hague：Mouton Publishers, 1980, p. 203.

③ J. Mukařovsky, "The Individual and Literary Development", in *The Word and Verbal Art：selected Essays by J. Mukařovsky*, J. Burbank and P. Steiner（ed.）, New Haven：Yale University Press, 1977, p. 165.

运动中的其他社会结构构成物之间存在着交互作用。"① 按照这种观点，艺术家的个性服从于文学本身的结构。

新批评从艾略特开始，就旗帜鲜明地反对浪漫主义的情感表现论，认为浪漫主义把个人粗糙的感情和诗歌的感情相混淆，进而倡导一种系统的非个人化理论。艾略特说："诗人在任何程度上的卓越和有趣，并不在于他个人的感情，不在于那些被他生活中某些特殊事件所唤起的感情，……诗歌不是感情的放纵，而是感情的脱离；诗歌并不是个性的表现，而是个性的脱离。"② 即诗人作家在创作中应尽力逃避情感的人格化的流露或表现。在成熟的诗人身上，传统是其个性的一部分，过去也是现在的一部分。诗人必须意识到源远流长而又不断变化的欧洲思想传统的存在，并意识到自己也是这个传统的一分子。这样诗人不可能为一己的个性而存在，相反，他必须树立消除个性的目标，使自己服从于文学传统中比自己更为重要的东西，"结果是，诗人把此刻的他自己不断地交给某件更有价值的东西。一个艺术家的进步意味着继续不断的自我牺牲，继续不断的个性消灭"③。杰姆逊评论说："艾略特主张的是诗歌非个人化，诗人不应该出现在诗中，而且也不可能有自己的个性。"④ 也许嫌本人早年关于非个人化的说法过于绝对，艾略特晚年补

---

① R. Jakobson, "What is Poetry", in *Semiotics of Art*：*Prague School Contributions*, L. Matejka and I. R. Titunik（ed.）, London：The Mit Press, 1977, p.174.

② ［英］艾略特：《传统与个人才能》，见《艾略特文学论文集》，李赋宁译，百花洲文艺出版社1992年版，第10—11页。

③ 同上书，第5页。

④ ［美］杰姆逊：《后现代主义与文化理论》，唐小兵译，陕西师范大学出版社1987年版，第192页。

充说，他的非个人化理论并不是完全不要诗人的个性或个人经验，而是"能用强烈的个人经验，表达一种普遍真理；并保持其经验的独特性，目的是使之成为一个普遍的象征"①。为此，他提出了"客观对应物"（objective correlative）理论："用艺术形式表现情感的唯一方法是寻找一个'客观对应物'；换句话说，是用一系列实物、场景，一连串事件来表现某种特定的情感；要做到最终形式必然是感觉经验的外部事实一旦出现，便能立刻唤起那种情感。"②从艾略特的论述看，作为文学传统的一部分，诗歌要表现的不是唯一的个人，而是欧洲人的心灵，或者说现代人的共同个性，因此非个人化并不是主张消灭作者所有的个性，而是要限制个性特有的癖好与气质，使对个别的特殊兴趣的表现服从于客观化的表达。卡勒认为，非个人化有诗歌实践上的理由，"在当代诗歌中，非个人化当然被用来设置更多的理解障碍。人们在思想交流时一般认为，世界是井然有序的，于是通过玩弄人称代词和模糊不清的指示词所指，不让读者构成一个有始有终的阐释行为，成为对所谓有秩序的世界表示怀疑和诘询的主要方式之一。"③

艾略特的非个人化理论为他的新批评后继者所继承。韦勒克认为，"那种认为艺术纯粹是自我表现，是个人感情和经验的再现的观点，显然是错误的。……无论是一出戏剧，一部小

---

① ［英］艾略特：《叶芝》，见《艾略特诗学文集》，王恩衷编译，国际文化出版公司1989年版，第167页。

② ［英］艾略特：《哈姆雷特》，见《艾略特诗学文集》，王恩衷编译，国际文化出版公司1989年版，第13页。

③ ［美］卡勒：《结构主义诗学》，盛宁译，中国社会科学出版社1992年版，第251页。

说，或者是一首诗，其决定因素不是别的，而是文学的传统和惯例"①。本来，艾略特的非个人化理论是对浪漫主义的情感表现的一种反动，但在形式主义文论家那里，这个说法被赋予了更深更广的含义。非个人化首先要摈弃艺术家对社会政治、道德方面的情感反应。新批评的主将之一艾伦·退特在《诗人对谁负责》中提问道："诗人对谁负责？对什么负责？"他的回答是，不能把对道德的、政治的、社会健康方面要负的责任全部推到诗人头上，"责任是不存在的"②。另一主将兰色姆说："我认为，一般情况下，除非有一个事物为情感提供发生的机缘，否则诗人应当不带情感完成他的作品；批评家如果找不到这样一个客体，他所谓发现了情感就纯属于杜撰；只有诗人在描绘一种情感之前不知引起这情感的东西是何物，并且有意避免表现它的时候，他又试着向我们描绘这种在他身上所发生的情感，这才是合适的。"③ 这段十分古怪的话清楚不过地表明了新批评对情感表现的态度。

其次，对于新批评来说，非个人化也表示文学关注的中心从作者转向作品，转向创造过程本身，转向文学语言活动。维姆萨特在分析艾略特非个人化理论时指出，"艺术的'非个人化'概念几乎是强烈地反浪漫主义的。它使人们将注意力不是集中于诗人而是集中于诗歌。它强调的是艺术客体的

---

① ［美］韦勒克、沃伦：《文学理论》，刘象愚等译，生活·读书·新知三联书店1984年版，第72页。

② ［美］艾伦·退特：《诗人对谁负责》，见赵毅衡编《"新批评"文集》，中国社会科学出版社1988年版，第456页。

③ ［美］兰色姆：《新批评》，王腊宝等译，江苏教育出版社2006年版，第14页。译文有改动。

地位。"①

再次，非个人化之所以在新批评那里采取了最为突出的形式，还与其所标榜的客观主义学术立场有很大的关系。维姆萨特说："客观主义批评家的工作是通过近似地描述诗歌，或是重述它们的多重意义，以帮助读者得到一个对诗本身的直觉的、完全的理解，从而知道什么是好诗，如何将它们与坏诗区分。"② 非个人化意味着超脱、公正、中立、描述，这正是新批评一贯倡导的学术风格。新批评其他一些重要主张如意图谬见、感受谬见，无不与新批评的非个人化的客观主义追求有关。就这后一方面来说，新批评的非个人化理论不仅针对的是作者，同样也针对读者与批评家。

结构主义显然也是主张非个人化的，但在术语表述上与俄国形式主义、布拉格学派及新批评有所不同。从精神上看，巴尔特所倡导的主体"不在"的"零度写作"是非个人化理论的一种延续与发展，但比俄国形式主义、布拉格学派与新批评都走得更远。他所谓零度写作是一种中性的写作，写作成为作家思考文学的一种方式。他说："零度的写作根本上是一种直陈式写作……这种中性的新写作存在于各种呼声与判决的汪洋大海之中而又毫不介入，它正好是由后者的'不在'所构成。但是这种'不在'是完全的，它不包含任何隐蔽处或任何隐秘。于是我们可以说，这是一种毫不动心的写作，或者说一种纯洁

---

① W. K. Wimsatt and C. Brooks, *Literary Criticism*：*A Short History*, Chicago：The University of Chicago Press, 1957, p. 665.

② W. K. Wimsatt, *The Verbal Icon*, Lexington：University of Kentucky Press, 1967, p. 83.

的写作。"① 按照他的说法，"当作家不再是一种不幸意识的普遍证明时（大约在 1850 年），他的最初姿态就是去选择其形式的因素……因此古典时代的写作破裂了，从福楼拜到我们时代，整个文学都变成了一种语言的问题"②。在巴特眼中，写作的自由在于摆脱语言的一切束缚，追求语言最初的清新性。巴特称赞加缪的《局外人》就是零度写作的范例，因为它以一种透明的语言完成了一种"不在"的风格，一种中性的或惰性的状态。

从文学思潮的演变来看，现代主义文艺思潮的一个基本主张就是主张作者退隐，尽量减少个性在文学中的表现。被视为现代主义鼻祖之一的福楼拜说："形式技巧越圆熟，同时也愈在消弭自己。"③ 所以李健吾说，在福楼拜的《包法利夫人》出版之前，"很少几部小说不带说书的口气。司汤达充满了自我，巴尔扎克也喜欢插嘴。唯有福氏是一个自觉的艺术家"④。此后亨利·詹姆斯、康拉德等作家都重视直观呈现，让故事似乎自行讲述。韦恩·布斯指出："在福楼拜之后，许多作家和批评家已经接受这种观点，即认为'客观的''给个人的'或'戏剧式的'叙述方式，较之作家或其可靠叙述者直接出面的叙述方式，自然要优越。"⑤ 巴赫金的复调小说理论也揭示了陀斯妥

① ［法］巴尔特：《写作的零度》，李幼蒸译，见巴尔特《符号学原理》，生活·读书·新知三联书店 1988 年版，第 102 页。

② 同上书，第 65 页。

③ ［法］福楼拜：《福楼拜文学书简》，丁世中译，北京燕山出版社 2012 年版，第 76 页。

④ 李健吾：《福楼拜评传》，湖南人民出版社 1980 年版，第 114 页。

⑤ ［美］布斯：《小说修辞学》，华明等译，北京大学出版社 1987 年版，第 10 页。

耶夫斯基的小说里的主体分化现象，而叙述活动中的主体分化
也可以视为非个人化在叙事文学中的体现。巴赫金认为，小说
可以容纳几种世界，可以有多种充分价值的声音，可以允许几
种观察事物的尺度。陀斯妥耶夫斯基的作品的主人公就是同作
者具有平等地位的自由的主体。主人公独立发表自己的意见，
主人公之间、主人公与作者之间互相辩论，作者的声音只是众
多声音中的一个，"陀斯妥耶夫斯基笔下人的意识，从不独立
而自足，总是同他人意识处于紧张关系之中。主人公的每一感
受，每一念头，都具有内在的对话性，具有辩论的色彩，充满
对立的斗争或者准备接受他人的影响"①。叙事活动中的主体分
化现象到 20 世纪以后表现得更为显著。由此看来，非个人化在
一定程度上也是现代主义文艺创作的美学追求在理论上的一个
表现。

　　从思想史看，非个人化的蔓延无疑还与主体地位在 20 世纪
的变迁有关。长期以来，关于人文科学的整个话语都将自我当
作一个意识的主体。特别是笛卡尔提出"我思故我在"之后，
自我更是被看作赋予世界以意义的能动主体。而历史进入 20 世
纪以后，在精神分析那里，主体被无意识所决定。其后，米德
把自我分为当下的主体的"主我"和过去的、客体的"客我"。
而在结构主义那里，结构与功能的概念取代了主体的概念。福
柯"主体的死亡"、德里达"人的终结"、拉康"自我的去中心
化"等说法都说明人不再是认识的主体，所以人在结构主义的

---

　　①　[俄] 巴赫金：《陀斯妥耶夫斯基诗学问题》，晓河等译，见钱中文主编
《巴赫金全集》第 5 卷，白春仁等译，河北教育出版社 1998 年版，第 43 页。

分析中消失了。尤其是福柯对主体或意识的自我提出了质疑，认为必须在主体与其欲望本能、语言形式、行为规则的相互关系中，对主体"去中心"。这样一来，自我作为意义中心或本原的功能便失去了，自我是一种后天的存在，是各种社会规范体系的构造物。这些成为非个人化的思想和哲学根源。

二 张扬自指与内指的文学指称研究

哲学中的语言转向波及文学理论研究，其中关于指称的讨论引起了关于文学指称——文学表意路径问题的探讨。由于在分析哲学那里，指称是以实证主义的真理概念——日常现实性概念的相关物为依据的。毫无疑问，这一级指称对文学是不存在的。分析哲学视野下对文学指称问题的研究以实证主义为依据，文学语言以其不可证实性被断言具有伪指性与自指性。尽管这场讨论歪打正着地推进了对文学自指性与内指性的认知，与形式主义的主张异曲同工。但是因其对于文学超语言的表意路径的忽视而存在重大的缺憾。

对文学语言指称问题的研究主要源于分析哲学对意义与指称关系的讨论。由于分析哲学家认为不存在不可证实的真理，而所有证实归根到底都是经验的。基于这种观点，他们倾向于认为文学语言没有指称。分析哲学的先驱、德国哲学家弗雷格在其经典论文《意义和指称》（1892）中率先区分了语言的意义和指称。按照弗雷格的说法，意义（sinn）指一个句子的思想，指称（bedeutung）指该句子的真值（真或假）。其中指称在英语中通常被译为 reference，中文译为指涉、指称。弗雷格认为，文学语言的指称具有特殊性。他在谈到古希腊史诗《奥德赛》及其主人公奥德赛时说："聆听一首史诗，除了语言本身的优美声调外，句子的意义和由此唤起的想象和感情也深深吸引打动了我们。若是询问真这一问题，我们就会离开这艺术享受，而转向科学的思考。这里只要我们把这首诗当作艺术品而加以接受，'奥德赛'这个名字是否有一个指称，对我们来说就是不重要的。"① 即想象或虚构的语言没有指称，只有意义，探讨文学语言的真值问题将导致我们为了科学的态度而放弃审美的兴趣。分析哲学家奥斯汀也认为，文学语言是语言的"寄生用法，……人们可以将指称的正常条件悬搁起来"②。后来一些分析哲学家的观点有所变化，比如塞尔有保留地承认虚构话语也有指称，即以"伪装"指称（pretended reference）来创造虚构的人物和事件，读者可以在话语中指称这些人物和事件。③ 正是塞尔的这个修正在一定程度上激发并推动了 20 世纪文学理论对文学自指性与内指性的研究。

我们看到，20 世纪文学理论界对文学语言指称的讨论在很大程度上便是以分析哲学的可证实性为标准，文学语言因其虚拟性、形式性而被断言具有不可证实性，进而被判定具有伪指性与自指性。瑞恰兹将文学语言视为情感语言的一种形态。情感语言与科学语言的区别在于，"为了一个表述所引起的或真或

---

① ［德］弗雷格：《意义和指称》，见《弗雷格哲学论著选辑》，王路译，商务印书馆 1994 年版，第 97 页。译文略有改动。

② ［英］奥斯汀：《如何以言行事？》，杨玉成、赵京超译，商务印书馆 2012 年版，第 89 页。译文略有改动。

③ J. R. Searle, "The Logical Status of Fictional Discourse", in *Aesthetics and the Philosophy of Art：The Analytic Tradition An Anthology*, P. Lamarque and S. H. Olsen (ed.), Oxford：Blackwell, 2004, p. 326.

假的指称而运用表述，这就是语言的科学用法，但是也可以为了表述触发的指称所产生的情感的态度方面的影响而运用表述，这就是语言的情感用法"。对于科学语言来说，"指称方面的一个差异本身就是失败：没有达到目的。但是就感情语言而言，指称方面再大差异也毫不重要，只要态度和感情方面进一步的影响属于要求的一类"。也就是说，情感语言的表达未必趋向于这个表述所指称的任何东西；其次，"在语言的科学用法中，不仅指称必须正确才能获得成功，而且指称相互之间的联系和关系也必须属于我们称之为合乎逻辑的那一类。……但是就感情目的而论，逻辑的安排就不是必要的了"①。瑞恰兹进而提出诗歌是一种"伪陈述"，创造的是一种"佯信底世界，想象底世界，诗人与读者共同承认的虚拟的世界"②。出身于俄国形式主义的雅各布森进一步将语言的诗学功能与指称功能对立起来，认为任何言语行为都包含了六个因素：说话者（addresser）向受话者（addressee）发送信息（message），而信息需要在一个语境（context）之中，说话者和听话者还应有一个共同的代码（code）以及接触（contact）。这六个因素决定了言语活动的六种功能：指称功能、表情功能、意动功能、元语言功能（解释功能）、交际功能、诗学功能，雅各布森虽然承认多数言语的中心任务是指称对象，即说明语境，这就是所谓指称功能（或所指、认知功能），但认为纯以话语为目的，才是语言的诗学功

---

① ［英］瑞恰兹：《文学批评原理》，杨自伍译，百花洲文艺出版社 1992 年版，第 243—244 页。译文略有改动。

② ［英］瑞恰兹：《科学与诗》，曹葆华译，参见徐葆耕编《瑞恰兹：科学与诗》，清华大学出版社 2003 年版，第 34—35 页。

能。诗学功能是语言艺术中起决定作用的、核心的功能。诗学功能鼓励与培植了日常语言中未被注意的潜在结构，凸显了文学语言的自由性与结构性特征：部分与整体的相互依赖，声音与意义、韵律结构与语法结构、横组合与纵聚合的相互作用，因而"这种功能突出了符号的可感知方面，加深了符号与对象之间的根本分野"①。他所谓的诗学功能实际上强调的是文学的自指性，这也是他所说的文学性的基本含义。布拉格学派的穆卡洛夫斯基也认为，"诗歌的指称主要不是取决于它与所表示的现实的关系，而是取决于它被置入语词语境中的方式"②。在诗的语言中，我们的注意力始终集中在符号自身，"由于对现实的信息传递功能的丧失，诗歌中的情感表达变成了一种艺术手法"③。德国接受美学家施蒂尔勒（K. Stierle）在《虚构文本的阅读》中认为，文学语言主要是一种伪指语言。他区分了语言两种不同的用途：用于描述、叙述实在对象的他指（referential）功能和用于文学虚构的伪指（pseudoreferential）功能，"在语言的伪指功能中，指涉的条件不在文本之外，而是由文本本身产生的。在伪指性使用的文本，亦即虚构文本中，我们无法把作者想要说的与他实际上说出来的东西区别开来。……从根本上说，语言的伪指作用只是以伪指形式出现的自指性"④。伪指的

---

① Roman Jakobson, "Linguistics and Poetics", in *language in Literature*, Krystyna Pomorska and Stephen Rudy（ed.）, London：The Belknap Press, 1987, pp. 69 – 70.

② J. Mukařovsky, "Poetic Reference", in *Semiotics of Art：Prague School Contributions*, L. Matejka and I. R. Titunik（ed.）, London：The Mit Press, 1977, p. 156.

③ Ibid., p. 160.

④ ［德］施蒂尔勒：《虚构文本的阅读》，程介未译，见张廷琛编《接受理论》，四川文艺出版社1989年版，第173页。

语言不直接与外界事物打交道，它主要是一种自指（autoreferential）的语言，具有自我指称的功能。解构批评也悬置了文学语言指称问题。德里达不把指称对象作为研究话题，认为意义只能在文本之内通过延迟、延异来获得，文本无法通达真实世界。米勒也说："文学作品并非如很多人以为的那样，是以词语来模仿某个预先存在的现实。相反，它是创造或发现一个新的、附属的世界，一个元世界，一个超现实。""文学把语言正常的指称性转移或悬搁起来，或重新转向。文学语言是改变了轨道的，它只指向一个想象的世界。"①

在这个过程中，文学的内指性问题也被提了出来。加拿大文学理论家诺斯罗普·弗莱在《批评的剖析》中将语言分为向外的（就离开符号而言）与向内的（就指向符号本身或对其他符号而言）两种，文学语言是一种向内的语言，"语词结构可根据意义的'最终'方向是向外的还是向内的来分类。在描述的或论断性的文字中，其最终方向是向外的。这里，语词结构意在表征对它来说是外在的东西，它的价值是由它表征外在事物的精确性来确定的。……而在所有的文学的语词结构中，意义的最终方向是向内的。在文学中，向外的意义标准是第二位的，因为文学作品并不佯装去描述或论断，所以无所谓真，也无所谓假"②。当形式主义者致力于从语言、形式、叙事、隐喻、含混、象征等方面入手研究文学时，他们实际上是把文学

---

① ［美］米勒：《文学死了吗?》，秦立彦译，广西师范大学出版社2007年版，第29—31页。

② ［加］弗莱：《批评的剖析》，陈慧等译，百花文艺出版社1998年版，第64页。

视为一个内指系统，文学意义是从符号与符号的相互关系中产生的，"表意不过是从一门语言到另一门不同的语言、从语言的一个层次到另一个层次的转换。意义便是这种置换代码的可能性"①。

关于文学指称的讨论的最大成就：一是认识到文学语言具有伪指性、自指性与内指性，文学是一种语言艺术，文学语言具有自我增殖、自我衍生并创造自足语义世界的潜能；二是认识到诗歌语言特别是抒情性诗歌的语言主要是自我指称的，"外部指涉对象在诗歌语言中被淘汰，诗歌语言实质上是自我指涉的"②。

但是，对文学指称的讨论暴露了分析哲学以语言视野探讨文学表意路径的根本局限。因为文学不仅是一种语言现象，同时还是一种社会文化现象。分析哲学框架下文学指称讨论，尤其是分析哲学的可证实性诉求，阻碍了对文学超语言属性及其表意路径的探讨。实际上，文学作品中个别的语句并没有确切的指称，文学作品整体所构筑的世界才是作品的指称，"文学作品只有在悬置描述性活动的指称的条件下才能通过它特有的结构展示一个世界。换句话说，在文学作品中，通过把第一级指称悬置起来，话语将其指称表现为第二级指称"③。单纯把文学指称归结为伪指、自指与内指的说法排除了文学与外部世界

①　［法］格雷马斯：《论意义》上册，吴泓缈等译，百花文艺出版社 2005 年版，第 9 页。

②　［法］昂热诺等：《问题与观点：20 世纪文学理论综论》，史忠义等译，百花洲文艺出版社 2000 年版，第 369 页。

③　［法］利科：《活的隐喻》，汪堂家译，上海译文出版社 2004 年版，第 303—304 页。

和社会价值系统的联系，显然有失偏颇。

文学固然具有自指性、内指性与伪指性，但文学却同时具有现实性和真理性。这是文学指称中的悖论所在，也是分析哲学视野下文学指称讨论的盲点和误区所在。这就需要我们超越分析哲学，突破实证主义思路，从一个更为宏大的视野去考察文学的指称问题。文学语言对可能世界的营造在一定程度上离不开对现实世界的参照，也就是说文学或多或少具有外指称，但是文学又不以指称外部世界为最终目的，而最大限度地发挥了人的想象力和创造力，并赋予文学语言以拆解自身理性规范、呈现可能的形象世界、承载人间希望以正当性，提供了令人惊异的新奇的事物，从而构造了我们的生活态度和想象生活的方式。这就是利科所说的文学语言的真理性。然而，我们还应当看到，文学同样也不以表达真实与真理为目的，制造认识论与本体论之间的张力与冲突正是文学追求的效果之一。文学语言违反了通常代码的语义编码模式，极易形成歧义与含混，作为一种语言建制与具体的语义模型的关系难以确定，由此造成的语言意义与文本指称之间的摩擦是文学文化的基本存在形态，其意指规则既超越了现实也超越了语义真值条件，成为人类超越自我的一种方式。加拿大学者琳达·哈琴后来扩展了文学指称的范围，认为文学文本指称涉及自我指称、文本内指称、文本间指称、文本外指称以及所谓"诠释性指称"等多个方面。①她所谓的文本外指称指的是文学对现实或历史的参照，文本间

① 参见［加］琳达·哈琴《后现代主义诗学：历史·理论·小说》，李杨、李锋译，南京大学出版社 2009 年版，第 191—213 页。

指称就是克里斯蒂娃所说的互文性的一种类型，"诠释性指称"指文本虚构性世界和读者之间的互动，因为文学的指称只是在整个阅读过程里才逐渐地浮现出来。由于文学既是语言创造物，又和经验世界、文学传统、作家创造、读者阅读等相联系，溢出了单纯的语言框架，因而文学语言的指称恰恰标志着语言的自我超越，在更高层面上还意味着人类对现实的一种自我超越。

三　文学游戏论的复兴与蜕变

在对文学语言指称性的探讨中，文学语言的自我表现性——自指性与内指性受到重视。与对文学语言自我表现性的重视密切相关，20世纪文学理论出现了康德、席勒以来文学游戏论的再度复兴。俄国形式主义、布拉格学派和新批评，从语言表现力方面探讨了文学游戏现象，但是到了结构主义和后结构主义那里发生了蜕变，有将文学视为单纯的语言游戏的趋势。

俄国形式主义已经注意到文学语言的游戏消遣性质。埃亨鲍姆写道："艺术的最初本性，只要求利用人的机体中被排除在日常生活之外或只在其中得到部分的和单方面的利用的能量。这就是艺术的生物学的基础，它使艺术具有寻求满足的生活需要的力量。这个基础实际上是游戏性的，并不与固定的'意义'相联系，它体现在'无意义'、'作为目的本身的'倾向之中，这些倾向从每一种艺术里流露出来，是艺术的有机的催化剂。通过利用这种催化剂使之成为'富于表现力的东西'，这就组成了作为社会现象和作为特殊类型的'语言'的艺术。"①

---

① ［俄］埃亨鲍姆：《文学与电影》，转引自巴赫金《文艺学中的形式主义方法》，李辉凡、张捷译，漓江出版社1989年版，第142—143页。

俄国形式主义者认为诗歌语言是对日常语言有意识的背反，这种背反中就包含了语词与意象的游戏成分，如为他们所大加推崇的马雅可夫斯基的诗句"穿裤子的云"（《穿裤子的云》）就是如此。布拉格学派的穆卡洛夫斯基认为文学有游戏的成分，但认为"将诗歌降低成一种游戏，它的唯一目的就是产生审美快感，这种结论至少是不全面的"[1]。新批评的代表人物也承认诗歌的机智与反讽中包含有游戏的因素，但认为"机智的诗人看待事物的态度不能仅仅只是'游戏'"[2]，"诗歌更讲究逻辑上的完整性，它远不止是一个设想可比附性的游戏"[3]。可以说，俄国形式主义、布拉格学派和新批评注意到文学语言的游戏性质，如语音游戏（如谐音双关、叠字等）和语义游戏（如意象重组、打油诗等），也不同程度地顾及文学与经验世界及社会价值系统的关系，尚未把文学归结为纯粹的语言游戏，而结构主义与解构主义则认为文学与对外在世界与人类经验无关，而成为语言的自主游戏，一种能指的狂欢。他们从语言的话语建构潜能方面凸显文学的游戏本性，实际看重的是文学语言的自指性。罗兰·巴特认为，在文学写作中，所指无限后退，文学是一个能指的领域，文学中"能指的无限性不是指某些观念失去效力（无法得到所指），而是指它的一种游戏性质"[4]。这种

---

① J. Mukařovsky, "Poetic Reference", in *Semiotics of Art*: *Prague School Contributions*, L. Matejka and I. R. Titunik (ed.), London: The Mit Press, 1977, p. 160.

② Cleanth Brooks, *Modern Poetry and the Tradition*, New York: Oxford University Press, 1965, p. 38.

③ ［美］兰色姆：《新批评》，王腊宝、张哲译，江苏教育出版社 2006 年版，第 86 页。

④ Roland Barthes, *Image-Music-Text*, New York: Hill and Wang, 1977, p. 158.

游戏性质表现在文本的多义性与读者阅读两个方面："'游戏'在这里必须被理解为文本的多义性：文本自身在游戏（像与一扇门、一座机器进行游戏），而读者则进行第二次游戏，他寻找再生产文本的方式时是在与文本游戏，仿佛在做一种游戏。"① 因为在巴特那里，文学是一个自足的符号系统，专注于语言本身。在罗兰·巴特所看重的追求写作快乐的"可写性文本"中，"整体语言结构碎了……让自身迷上次等终极性的游戏：魅力，展示，对立，话语，炫耀，等等。"② 巴特眼中的作者也从属于写作的符号功能，因而成为文本游戏的一部分，"如果作者是一位小说家，在他的文本中他把自己描述成诸多人物中的一员，以及某个形象而做得天衣无缝；他的标志不再是特许的和类似于父亲保护的方式，或绝对真理的存在，而是游戏"③。福柯也说："写作的展开就像一种游戏，它不可避免地遵循自己的规则，最后又把这些规则抛开。因此，这类写作从根本上说不是揭示与创作活动有关的情感或者让主体进入语言。毋宁说，它主要关注的是创造一种让写作主体源源不断地消失的开启。"④ 张扬书写的德里达则提出了文字的"延异"（différence）概念："将每一赋意过程看作为一种差异的形式游戏，那也是一种踪迹的形式游戏。"能指对所指的表达关系总

---

① Roland Barthes, *Image-Music-Text*, New York：Hill and Wang, 1977, p. 162.

② ［法］罗兰·巴特：《文之悦》，屠友祥译，上海人民出版社 2002 年版，第63—64 页。译文略有改动。

③ ［法］罗兰·巴特：《从作品到文本》，杨扬译，载《文艺理论研究》1988年第 1 期。

④ Michel Foucault, *Language*, *Counter-Memory*, *Practice*, Ithaca：Cornell University Press, 1977, p. 116.

是被超越，在相互参照的文本网络中，文本变化中的每一术语都由另一术语的踪迹来标识，所假定的意义内在性也已经受到它的外在性的影响。因此，德里达"肯定游戏并试图超越人与人文主义、超越那个叫作人的存在，而这个存在在整个形而上学或存有神学的历史中梦想着圆满在场，梦想着令人安心的基础，梦想着游戏的源头和终结"①。德里达否定作家及其理性观念在创作中的地位，写作只是单纯的语言活动，一种符号之间的相互作用，更多地由能指本身的性质所支配，文学语言的陈述过程是一种空的过程，是多种写作相互对话、相互戏仿、相互争执而成，作家成了抄写员。这些说法事实上将文学当作一种单纯的文字游戏，解除了文学的价值负载。

实际上，俄国形式主义和新批评所看到的文学游戏性仍然停留于文学语言手法的技艺论范畴，其实文学游戏更深的层面如模拟表象、反抗权威、怀疑精神等都与文学的社会文化价值有关。而结构主义与后结构主义把文学归结为能指游戏则是对文学的价值抽空。也就是说，如果我们把文学活动视为游戏活动，那么它与人的生命存在及其意义相关联，不能只归结为语言问题，而涉及更为复杂的人类学、文化学问题。康德曾经说过，文学作为想象力的幻象的自由游戏，是由知性的合目的性来调控的，"诗艺用它随意产生的幻象做游戏，但不是以此来欺骗；因为它把自己的工作本身就解释为单纯的游戏，尽管这游戏也能被知性所用，合目的地运用到

---

① ［法］德里达：《书写与差异》下册，张宁译，生活·读书·新知三联书店2001年版，第524页。

它的事务上"①。在语言转向的背景下，或许把语言视野和其他
多种视野综合起来探讨文学游戏问题，才更为稳妥。德国解释
学家伽达默尔认为，有生命的东西能够在自身中具有运动的动
力，自行运动是一般有生命之物的基本特性。游戏便是一种自
行运动，它并不谋求明确的目的和目标，而是生命存在的自我
表现。他认为把艺术游戏同语言游戏相联系，能使人更容易地
按照游戏模式去考虑我们世界经验的普遍语言性，"如果我们就
与艺术经验的关系而谈论游戏，那么游戏……是指艺术作品本
身的存在方式。……但游戏活动与严肃东西有一种特有的本质
关联"②。伽达默尔还注意到读者在文学游戏中的地位，认为读
者是文学游戏的有机组成部分，"只有观众才实现了游戏作为游
戏的东西"③。接受美学的代表伊瑟尔曾借鉴言语行为理论，认
为文学阅读可以说是一种读者依托于文本展开的施行或表演游
戏。现实生活中，我们每个人所充当的角色是有限的并且是相
对固定的，无法呈现自己多样的可能性。在这个意义上，文学
作品中多样的角色演示为读者提供了一个模拟与表演的舞台，
文学阅读恰好是对读者自身匮乏性的一种补充，"文本游戏从来
不仅仅是一种现实行为，读者之所以参加这种实践是因为对这
种'镜像世界'的不可接触性的吸引；它正是读者必须以个人
的方式进行的游戏。在文本表演被带进到游戏中的东西的可变

①　[德] 康德：《判断力批判》，邓晓芒译，人民出版社 2002 年版，第 172
页。

②　[德] 伽达默尔：《真理与方法》上卷，洪汉鼎译，上海译文出版社 1999
年版，第 130 页。

③　同上书，第 141 页。

性的同时，读者能够且只在将要产生的结果的范围内加入到游戏的转换中"①。因此，伊瑟尔把文本以及阅读中的表演游戏看作一种世界经验的动态的呈现方式，是人类通过语言所做的自我扩张。这就将文学游戏由语言学视角推及到人类学视野。康德也曾经无意识地运用了社会学的"角色"概念，用以分析文学游戏中的角色分化与扮演现象。"希望、恐惧、高兴、愤怒、嘲弄这些激情在此通过它们在每一瞬间交换着它们的角色而做游戏，它们如此生动，以至于好像体内的整个生命活动作为一种内在的骚动都由此被调动起来了。"② 伽达默尔把游戏与语言及人的生命活动相联系，伊瑟尔熔语言学与人类学于一炉，视文学为语言对人类经验的动态模拟。这些做法对我们理解文学的游戏性有启示意义，也可以说代表了文学游戏论的新进展。

四　文学隐喻研究

形式主义文论把文学视为自足的语言系统，拓展了对文学语言的表现性如含混、反讽、张力、隐喻等的研究，其中新批评的互动论和结构主义的选择论拓展了隐喻研究，但是形式主义对隐喻的研究局限于文学语言的操作层面，而未能上升至人类思维一般规则的层面对之加以探析。

西方传统的隐喻理论是由亚里士多德所奠定的。亚里士多德认为隐喻是通过引入两个分离的事物的明确的比较，脱离了字面意义而充当了一个相似物的替代品。亚里士多德在《诗

---

① Wolfgang Iser, *Fiction and Imagine - Charting Literary Anthropology*, The Johns Hopkins University Press, 1993, p. 274.

② ［德］康德：《判断力批判》，邓晓芒译，人民出版社 2002 年版，第 178 页。

学》里说，"隐喻就是把属于别的事物的名词借来运用"①，"运用好隐喻，依赖于认识事物的相似之处"②。这种研究方式可称为相似性思路，该思路假定了用于比较事物的特征先在于隐喻，隐喻的使用既可以借此物来指代与认识彼物，还可以加强语言的修辞力量与风格的生动性。这样，隐喻便与转移、借用、替代联系在一起。

俄国形式主义与布拉格学派已经注意到了隐喻问题。在他们为数不多的相关论述中，是把隐喻作为诗歌与文学语言的陌生化形成的途径之一——隐喻是对日常语言用法的偏离或反常化。什克洛夫斯基注意到斯泰恩小说《项狄传》中的隐喻问题。他认为，通过隐喻，"文学形象得到了发展，一种'以错误印象为基础的情境'也由此建立起来"③。布拉格时期的雅各布森在分析马雅可夫斯基诗中的隐喻时指出，"隐喻通过相似性与相反性之间的创造性联系发挥作用。……诗歌意象的本质并不仅仅在于对事物间的多种多样的关系进行记录，还在于它离异熟知的关系的方法。在特定的诗歌结构中隐喻的地位越无依无靠，传统的类别就被推翻得越彻底；事物就按照新引进的通用的符号加以安排"④。尽管他们看重的是文学隐喻对日常语

---

① Aristotle, *Poetics*, translated by Greald F. Else, Ann Arbor: The University of Michigan Press, 1980, p. 57.

② Ibid. , p. 61.

③ Victor Shklovsky, "Sterne's Tristram Shandy: Stylistic Commentary", in *Russian Formalist Criticism: Four Essays*, Lincoln: University of Nebraska Press, 1965, p. 50.

④ Roman Jakobson, "The Contours of The Safe Conduct", in *Semiotics of Art: Prague School Contributions*, L. Matejka and I. R. Titunik (ed.), London: The Mit Press, 1977, pp. 191 – 192.

言的偏离方面，但是其基本思路并没有脱离亚里士多德。

新批评开辟了隐喻研究的另一种路径，即瑞恰兹偏重语境的相互作用理论。新批评的先驱瑞恰兹认为隐喻不能用逻辑来衡量，"它是最高超的媒介，通过它，彼此相异而以前毫无关联的东西在诗歌中得以贯穿起来，以便它们对态度和冲动产生影响，因为影响产生于这些东西的搭配以及心灵此时在它们中间确定的组合关系。如果仔细推究，便能发现大多数比喻的效果无法追溯到其中包含的逻辑关系。隐喻是一种明暗参半的方法，可以借此把更大的多样性充分编织于经验的结构之中"①。我们看到，瑞恰兹谈论隐喻并不看重亚里士多德所说的此物与彼物的相似性，而重视隐喻语词在灵活的陈述中的相互作用与组合关系。在 1936 年出版的《修辞哲学》中，瑞恰兹进一步提出了隐喻理论史上著名的相互作用理论。他认为隐喻是通过喻体或媒介（vehicle）与喻旨（tenor）相互作用形成的，其中喻体就是"形象"，喻旨则是"喻体或形象所表示的根本的观念或基本的主题"②。隐喻的形成并不取决于两个要素的相似，而是保持了在语词或简单表达式中同时起作用的不同事物的两种观念。在瑞恰兹那里，喻旨是隐含的观念，喻体是通过其符号理解第一种观念的观念，隐喻是给我们提供了表示一个东西的两个观念的语词。"当我们运用隐喻的时候，我们已经用一个词或短语将两个不同事物的思想有效地结合并支撑起来的，

① ［英］瑞恰兹：《文学批评原理》，杨自伍译，百花洲文艺出版社 1992 年版，第 219 页。

② I. A. Richards, *The Philosophy of Rhetoric*, New York: Oxford University Press, 1965, p. 97.

其意义是它们相互作用的产物。"① 在此基础上，瑞恰兹给隐喻下了个定义，"隐喻看起来是一种语言的存在，一种语词的转换与错位，从根本上说，隐喻是一种不同思想交流中间发生的挪用，一种语境之间的交易"②。这样，隐喻不仅是一种与日常用法相背离的修辞现象，它还通过语言挪用与语境交易形成了思想与意义的新质，掌握隐喻也就是掌握了我们生活于其中而创造出来的世界。瑞恰兹的隐喻理论强调语境对语词本义的优先性，内容（喻旨）与表达手段（喻体）同时出现以及它们的相互作用。也就是说，隐喻不是表达手段，它是两个部分构成的整体。利科认为，瑞恰兹隐喻理论的贡献就"在于排除（隐喻）对本义有所暗示，排除所有求助于观念的非语境理论的作法"③。

　　从此以后，在新批评那里，隐喻正式被提升为对诗歌艺术具有根本意义的手法。布鲁克斯认为，对于诗歌来说，"想不出比隐喻更好的方式"④。"隐喻不是那种对于诗人来说可以考虑选择使用或不使用的东西……假如诗人准备写诗的话，它通常是唯一的手段。"⑤ 隐喻与反讽、张力、含混等一道，成了新批评诗歌艺术批评的关键词。何以会如此呢？按照布鲁克斯的

---

① I. A. Richards, *The Philosophy of Rhetoric*, New York：Oxford University Press, 1965, p. 93.

② Ibid., p. 94.

③ ［法］保罗·利科：《活的隐喻》，汪堂家译，上海译文出版社2004年版，第110页。括号中的文字为引者加。

④ ［美］布鲁克斯：《精致的瓮》，郭乙瑶等译，上海人民出版社2008年版，第189页。

⑤ Cleanth Brooks, *Modern Poetry and the Tradition*, New York：Oxford University Press, 1965, p. 15.

论述，这首先是因为诗歌的语言是修辞化的语言（figurative language），诗人的态度与经验很大程度上要通过隐喻来体现。其次，现代诗歌比古典诗歌更为注重隐喻。古典诗人重视想象甚于重视幻想。在他们眼中，想象与严肃、永恒的事物联系在一起，而幻想则是一刹那的、暂时的、装饰性的，因此偏重对那些优美的、稳定的事物的表现，而不看重散文化的、困难性的、大胆的或幻想化的东西。现代诗人重视幻想甚于重视想象，认为没有什么东西是外在于诗歌艺术的，反而更为推崇将上述诸多经验统一在一起的隐喻。当"隐喻是以形象的、非字面意义的方式运用语词"① 的时候，便以其表面上的非自然性、装饰性增强了诗歌的复杂性与丰富性。

兰色姆则将隐喻作为他所说的诗的肌质中的主要部分。"任何一个特定的隐喻都需要因由，它需要某种能够成立的逻辑，或者某种明确的'类比用意'，其次，我认为，喻体内容本身必须精彩出色。不过，我感觉，喻体必须既独立完整，又超越原始场景……在此过程中，喻体变得与主题结构无关，它支持诗歌对局部肌质的融合。"② 对于兰色姆来说，异质性是诗歌独特的、典型的存在方式，隐喻是形成诗歌异质性的重要途径。从中我们可以看出，虽然兰色姆不太赞成瑞恰兹的观点，但他事实上仍然将隐喻看成喻体与喻旨之间的相互作用，基本思路并没有脱离或超越瑞恰兹。维姆萨特说，"在理解想象的

---

① C. Brooks and R. P. Warren, *Understanding Poetry*, Orlando: Holt, Rinehart and Winston, 1976, p. 3.

② ［美］兰色姆：《新批评》，王腊宝、张哲译，江苏教育出版社2006年版，第56页。

隐喻的时候，常要求我们考虑的不是 B（喻体），如何说明 A（喻旨），而是当两者被放在一起并相互对照、相互说明时能产生什么意义。强调之点，可能在相似之处，也可能在相反之处，在于某种对比或矛盾"①，因此，结合了具体性与意义的隐喻"广义上是所有诗学的原则"②。这就将瑞恰兹的比较简单的相互作用的说法辩证化与具体化了。

瑞恰兹与新批评的隐喻理论重视语境，突出了喻体与喻旨的相互作用，是对传统隐喻理论的突破，对结构主义的隐喻研究具有启发意义。托多罗夫说，喻体与喻旨相当于初级意义与次级意义，"初级意义与次级意义（按照瑞恰兹的说法，有时称之为喻体与喻旨）的相互作用，既不是一种简单的替代关系，也不是一种断言，而是一种特殊的关系"③。

结构主义文论结合换喻研究，把隐喻推进到语言的选择层面。根据索绪尔的说法，话语的信息是从语言组成因素的库存中选择出来的组成因素的组合，即由平面运动的横组合与垂直运动的纵聚合结合而成。横组合把词语组合在一起，纵聚合则从现有的语言库存中选择具体的词。自 20 世纪 50 年代后期起，受到索绪尔关于句段关系与联想关系说法的启发，流亡至美国的雅各布森发表了关于失语症现象的一系列文章，探讨语言横组合段与纵聚合段的性质及其对诗歌的作用，将隐喻以及换喻

---

① W. K. Wimsatt, *The Verbal Icon*, Lexington: University of Kentucky Press, 1967, p. 127.

② Ibid., p. 49.

③ T. Todorov, *Introduction to Poetics*, Minneapolis: University of Minnesota Press, 1981, p. 16.

的研究水平推进到一个全新的高度，也开辟了结构主义隐喻研究的新思路。1956 年，雅各布森发表《语言的两个方面与失语症的两个方面》，指出横组合段的各个部分的关系是"邻近性"，雅氏称为"组合轴"（axis of combination），而纵组合段的各个部分的关系是"相似性"，雅氏称为"选择轴"（axis of selection）。因为邻近只有一种，而相似可以表现在不同方面，因此可以有一系列的纵聚合段。他发现两种主要的语言错乱（"相似性错乱"与"邻近性错乱"）和两种基本修辞即隐喻与换喻有关，"在前者当中相似性占主宰地位，而在后者当中邻近性居压倒优势。"即在相似性错乱的病人身上，语言的句段或组合关系依然保持着，他们不会处理隐喻性素材如下定义、命名等，但却会大量使用换喻，如以叉代刀，以烟代火等。而在邻近性错乱的病人身上，情况则相反，患者主要是以隐喻性的词语进行言语活动，如以绿代蓝等。雅各布森由此得出一个普遍性的结论："隐喻似乎和相似性错乱不相容，而换喻则和邻近性错乱不相容。"[1] 该理论揭示了语言共时存在方式（聚合、共存、叠加）与历时存在方式（组合、接续）之间的普遍对立。具体到诗歌语言上，雅各布森认为，在言语行为的两个基本的操作方法——组合和选择中，"诗歌功能是把对应原则从选择轴反射到组合轴"[2]，因为一首诗的形成需要对横组合段

---

① Roman Jakobson, "Two Aspect of Language and Two Type of Aphasic Disturbances", in *language in Literature*, Krystyna Pomorska and Stephen Rudy (ed.), London: The Belknap Press, 1987, p. 109.

② Roman Jakobson, "Closing Statement: linguistics and Poetics", in *Style in Language*, Thomas A. Sebeck (ed.), Massachusetts: The M. I. T. Press, 1960, p. 358.

上的某些成分进行纵聚合段上的选择。这种说法对于诗歌语言具有一定的阐释效力。据南宋洪迈《容斋随笔》记载，王安石写《泊船瓜洲》中"春风又绿江南岸"一句时，曾在"到""过""入""满""绿"等一系列意义相似的词语中进行选择，最后选中了"绿"字。雅各布森还指出，隐喻主词与其代替词之间有明显的相似性，利用了语言中的垂直关系，从特征上说是联想的；而换喻利用了语言中的水平关系，是主词与其代替词之间邻近的或前后的组合。他并以隐喻建立于相似性关系之上、换喻筑基于邻近性关系之上的原理分析其他文学类型，指出隐喻在浪漫主义和象征主义文学中占有优势地位，而现实主义文学从情节到气氛以及从人物到时空背景都循着邻近性关系的路线。[①] 雅各布森还把隐喻和换喻与弗洛伊德对梦的分析中的"转移""凝缩"联系起来，形成了组合——移位——换喻，替代——压缩——隐喻这样两种模式。雅各布森关于隐喻与换喻的理论，揭示了纵聚合的多重选择可能性，以及隐性的纵聚合通过显性的横组合得以体现的事实，是形式主义对索绪尔结构语言学逻辑设想的一个经验性运用与理论提升，对结构主义产生了深远影响。热奈特受其启发，以此思路研究普鲁斯特的小说，认为普鲁斯特通常将隐喻建立在与换喻的邻近性关系上。拉康则用隐喻与换喻的对立来解释心理活动，把症状的起因解释为隐喻，而把欲望的起因归结为换喻。

---

① Roman Jakobson, "Two Aspect of Language and Two Type of Aphasic Disturbances", in *language in Literature*, Krystyna Pomorska and Stephen Rudy（ed.）, London: The Belknap Press, 1987, p. 111.

　　但是雅各布森突出隐喻与换喻的差异，这一点受到了不少结构主义文论家的批评。其实，共时性、历时性，纵聚合、横组合，隐喻、换喻，语言、言语，并不存在明显的对立关系，纵聚合与横组合，语言与言语实际上都可以共时存在。不少结构主义者认为雅各布森所说的规则是可以克服的。列维－斯特劳斯认为换喻也具有隐喻特征，因为它也有替代或类比功能，比如在神话思维中，隐喻就是以换喻为归宿。巴特也认为，横组合与纵聚合是相对的，因为两个轴上的分节方式有时候是反常的，所以横组合与纵聚合之间的区分有时也会变得模糊，"或许正是由于这种违反区分规则的情况才导致大量创造性现象的出现。似乎在美学和语义系统的违背现象之间存在着某种联系。……毫无疑问，整个修辞学就是一个有关创造性的违反的领域。我们如果记得雅各布森所做的区分，就可理解，全部隐喻系列是一种组合段化了的聚合体，而所有换喻系列则是一种固定化的组合段，它被并入了一个系统。在隐喻中选择是隐喻性的，而在换喻中，邻近性变为选择场。于是情况似乎是，创造性活动正是发生于这两个平面的交界处"①。他认为，"一个成功的隐喻，在其关系之间不显任何等级，且将所有障碍自多义链上移开……同样，一个'好的'叙事，既实现符码的复数性，又完成符码的圆环性：以种种象征的换喻，不停地修正轶事的因果性，且反转若环，以种种控制引领并消耗企待直至企待的完结，不停地修正诸

_____

　　① ［法］巴尔特：《符号学原理》，李幼蒸译，生活·读书·新知三联书店1988 年出版，第168—169 页。

多意义的同时性"①。在叙事性作品中，"叙事引发叙事，不是经由换喻的伸展，而是经由纵聚合关系的替换"②，即隐喻来实现的。

热奈特也认为隐喻与换喻之间并无不可逾越的界限，隐喻是由换喻所支持的，"换喻的滑动不只是'伪装'，而实际上转变成了隐喻。因此隐喻与换喻并不是敌对的和不相容的，而是互相支持、互相渗透的"③。意大利结构主义符号学家艾柯（Umberto Eco）也翻转了雅各布森对隐喻与换喻关系的界定。他认为如果系统是存在于一定空间中的，系统中各个部件之间的关系就可以被认为具有邻近性而被视为换喻。例如我们用"长长的白脖子"代表"美丽的女性"，又会将"天鹅"与"长长的白脖子"联系起来，通过这两重邻近性，便有天鹅替代女性的隐喻，"隐喻之所以能创造出来，是因为语言在无限的符号过程之中，构成了多维的换喻网络，每个网络都依据文化的惯例而不是原初的相似性来进行解释。假如文化处于词典化的语义系统的笼罩之下，不能提供产生邻近性的主观之网，隐喻的创造是不可想象的"④。假定隐喻对于换喻的依赖性，就是将语言的表达视为邻近的习惯性关系和作为有机过程的语言系统相互影响的结果。在艾柯看来，整

---

① ［法］罗兰·巴特：《S/Z》，屠友祥译，上海人民出版社 2000 年版，第 160 页。

② 同上书，第 177 页。

③ ［法］热奈特：《辞格》，转引自 Jonathan Culler, *The Pursuit of Signs*, London：Routledge and Kegan, 1981, p. 193.

④ Umberto Eco, *The Role of the Reader*, Bloomington：Indiana University Press, 1979, p. 78.

个语言活动从根本上说是换喻性的，因而也成为隐喻性的。隐喻和换喻不仅是作为比喻性使用的艺术手法，也是一般意义上的语言存在方式。

在新批评之后，虽然结构主义通过对隐喻与换喻关系的研究，一步步把隐喻由单纯的艺术表现手法扩大到语言存在方式，对隐喻研究做出了贡献，但是仍然没有摆脱由索绪尔语言学的二项对立而来的在语言自身范围内探讨隐喻的研究思路。而隐喻从根本上来说不仅仅是个语言问题，它还涉及人类思维与存在物的关系以及文化传统问题。例如中国人用梅、兰、竹、菊四君子比喻傲、幽、坚、淡就带有鲜明的民族特色。卡勒指出，"字面意义与比喻意义不稳定性的区分，根本性的与偶然性的相似之间无法掌握的至关重要的区别，存在于思想与语言的系统及使用的作用过程之间的张力，这些被无法掌握的区分所揭示出来的多种多样的概念的压力和作用力创造出的空间，我们称为隐喻"①。应当说，亚里士多德已经朦胧意识到人类思维活动的隐喻性。隐喻从一个侧面体现了人类认识和思考事物的方式。隐喻的使用实际上是一个认识性的精神过程，是一种投射或者说对概念领域的图绘，概念的来源领域的结构部分投射到概念的目标领域的结构部分，通过这样一种转换改变和重组了我们感知或思考一种事物的方式。

从理论构成形态和主导倾向看，西方现代文论的向内转以

① Jonathan Culler, *The Pursuit of Signs*, London: Routledge and Kegan, 1981, p. 207.

文学作品为研究对象，提供了一种将文学作为独立的语言现象来进行研究的文学理论和文学研究模式，并由此建立了一套自己的范畴体系与判断标准。在这个过程中，康德关于艺术的自由性、非功利性、天才与创造力等说法是其主要的理论依据，而偏于形式语言创新的现代主义文艺思潮则是其基本的文本依托。向内转以文本为中心，凸显文学的独异性，致力于探讨文学与其他文化形态如社会政治、道德、宗教、形而上学等的区分特征，促进了人们对文学的语言、形式、叙事、审美、结构等特征和表现方式的认知，在很大程度上改变了西方现代文论的面貌，具有积极意义。

但是向内转的文学观念也具有难以克服的根本局限。首先，在形式主义者眼中，文学作品是有着审美属性的语言的形式的建构体系。无论是俄国形式主义对语言形式统摄材料作用的重视，还是新批评对诗歌语义及意象构成的分析，再到结构主义对语言深层结构的开掘，实际上都是在探索语言作为一个符号系统的作用规则及其在文学中的体现。换言之，它们想当然地认定正是语言特有的作用规则形成了语言的美学功能并造就了文学。而这一点恰恰是有待证明的，因为语言学的视野和方法不能完全涵盖和适用于文学。语言学研究的是语言实体（音素、词素、分句等），文学的陈述行为与语言的社会环境有关，是历史的、社会的、文化的。巴赫金曾经批评俄国形式主义者将作品视为一种封闭的诗学结构，然后"把诗歌语言的特点加到这些结构上，并采用研究诗歌语言的方法。对作品各个成分的结构作用的理解，预先就为已找到的诗歌语言各个成分的特点所决定。诗学结构被用来说明已建立的诗歌语言理论"①。这种批评同样适用于整个形式主义文论的内部研究。其次，向内转排除了文学的形式、结构的存在样态与社会文化系统的联系，在形式主义那里集中表现为文学先在的形式与结构的迷信与崇拜。德里达认为，如此理解"形式"其实预设了形式的先在结构及其稳定性，是把未经证明的东西当做既定的事实来看待，因此对语言形式的膜拜是西方形而上学传统的一部分，"形式的自明性是一种语言的形而上学。我们知道，在这种语言中，'形式'意味着，无论形式的形态怎样变化，也无论它的限制是什么，在可以想象它能碰到的所有障碍的领域它都保持着一贯性"②。德里达指出，形式的自明性表明形式有一种本质，或者说，它本身就是本质，一种形式作为本质呈现自身。解构批评家保罗·德曼也认为，新批评所说的形式是封闭的形式，其实"文学'形式'是解释过程中前理解结构与文本内容整体的辩证的交互作用"③。这些说法虽然带有解构主义的相对主义色彩，但也道出了形式主义向内转静止、孤立、封闭化研究模式的弊端。因而，20 世纪后半叶西方文论回归社会文化研究模式，重新向外转，也就成为必然。这一转变从萌发到成为一股大的趋势，也经历了一段比较曲折的历程。我们也对此做一简要分析。

---

① ［俄］巴赫金：《文艺学中的形式主义方法》，李辉凡、张捷译，漓江出版社 1989 年版，第 106 页。

② J. Derrida, *Margins of Philosophy*, Chicago：The University of Chicago，1982，p. 157.

③ Paul de Man, *Blindness and Insight*, London：Routledge，1983，p. 31.

第三节　从向内转到向外转的演变趋势评析

一　文学形式革命性的认知

自 20 世纪 20 年代末至 30 年代开始，一些马克思主义文学理论家开始意识到形式主义文论对文学语言、形式进行孤立与静止研究的局限性，试图把语言形式研究与社会历史研究结合起来，如卢卡契－法兰克福学派对黑格尔形式观的现代改造，巴赫金的超语言学以及詹姆逊对索绪尔结构主义语言学和马克思主义历史分析的兼容等。这些做法试图凸显文学形式的社会性质，打通文学内部研究与外部研究的边界，积累了一些成功的经验，也出现了一些明显的失误。

从 20 世纪文论和美学发展史看，卢卡契是较早注意到形式重要性的人，作为马克思主义哲学家与文论家，这方面他所做的工作主要是把黑格尔的形式观念推演到文学形式与社会形势辩证分析的领域。黑格尔说："内容非他，即形式之转化为内容；形式非他，即内容之转化为形式。"[①] "只有内容与形式都表明为彻底统一的，才是真正的艺术品。"[②] 这个说法看到了内容与形式之间相互转化的关系，但它将内容与形式纳入同一哲学范畴进行操作的做法，仍然假定了形式对内容的依存关系。形式在这里没有独立性，是为黑格尔的唯心主义体系服务的。所以在《美学》中，黑格尔又说："一定的内容就决定它的适

---

① ［德］黑格尔：《小逻辑》，贺麟译，商务印书馆 1980 年版，第 278 页。
② 同上书，第 279 页。

合的形式。"① 如何转化与改造黑格尔的形式观念是 20 世纪文论与美学所面临的任务。在卢卡契看来，"文学中真正的社会因素是形式"②。卢卡契认为，文学形式有其现实基础，摆脱不了社会历史的制约。他在分析 19 世纪后半叶德国文学的衰退时说："德国的生活依然是狭隘的，从政治地理上看是四分五裂，从社会关系上看是五花八门，因此，从这种生活中就不可能产生再现它的真正的新的艺术手段。"③ 小说和戏剧的形式问题和由伟大的社会斗争而产生的思想和道德冲突的结合，是某种社会情势自发的经历及其在文学上的反映，"采用什么形式，是由题材，是由对这些冲突艺术的加工而有机产生的，因此，就是采用形式的这种连续性也具有对艺术特别有利的自发性。19 世纪的俄国小说就是这样的，它们形式上最伟大的创新就是由于社会和艺术自觉地共同参与整个发展而有机地产生出来的。因此，即使是重新使用以前的发展倾向，也会获得超过纯主观艺术的，纯形式试验的社会和世界观的意义"④。社会形势的变化会提出文学形式问题。在社会转折时刻，伟大的作家会接受社会新意蕴的全部丰富性，创作出与之适应的新的文学形式。在对司各特、巴尔扎克的研究中，卢卡契揭示了现实主义注重完整性和写实性的艺术形式怎样与上升时期资本主义的社会情

---

① ［德］黑格尔：《美学》第 1 卷，朱光潜译，商务印书馆 1979 年版，第 18 页。

② ［匈］卢卡契：《现代戏剧发展史》，转引自［英］特雷·伊格尔顿《马克思主义与文学批评》，文宝译，人民文学出版社 1980 年版，第 24 页。

③ ［匈］卢卡契：《德国文学中的进步与反动》，范大灿译，见范大灿编选《卢卡契文学论文选》第 1 卷，人民文学出版社 1986 年版，第 97—98 页。

④ 同上书，第 148—149 页。

势相联系。在晚期卢卡契那里，艺术形式由线条、空间、旋律
与节奏等构成，是对现实生活材料进行加工之后的审美反映方
式，蕴涵了"人的物质生活、社会生活、精神生活以及道德生
活的全部规定"①。有学者如此归纳卢卡契审美形式的逻辑运演
轨迹："艺术作为一般的反映活动（哲学反映论）→艺术作为
特殊的反映活动（审美反映论）→特殊的反映活动与特殊的反
映形式（艺术形式）相联系（由艺术本体论切入艺术社会
学）。"② 在这种情况下，艺术形式与社会的整体存在相联系，
提供了通向社会生活和历史活动的途径。但是卢卡契的形式观
念还带有比较浓厚的黑格尔形式观的印记，他眼中的形式还是
时代精神的某种折射或投影。而且，由于没有看到现代语言学
革命的意义，他未能对现代主义艺术新的表现形式给予合理的
评估。卢卡契的后继者戈尔德曼延续了他研究文学形式的社会
性质这一思路，糅合卢卡契、皮亚杰的学说，形成一套发生学
结构主义小说社会学研究，认为"小说的社会学会涉及的最首
要的问题，却是小说形式本身和使它得以发展的社会环境的结
构之间的关系"③。在戈德曼的《隐蔽的上帝》中，卢卡契的上
述研究模式变成了对阶级环境、世界观和文学形式之间同构关
系的研究，流于简单的机械对应。

　　法兰克福学派借鉴了俄国形式主义的一些研究成果，推进

---

　　① ［匈］卢卡契：《审美特性》第 1 卷，徐恒醇译，中国社会科学出版社 1986
年版，第 440 页。

　　② 赵宪章主编：《西方形式美学——对形式的美学研究》，上海人民出版社
1996 年版，第 515 页。

　　③ ［法］吕西安·戈尔德曼：《论小说的社会学》，吴岳添译，中国社会科学
出版社 1988 年版，第 10 页。

了卢卡契的做法，形式摆脱了对内容的依附地位，被赋予了重要位置，甚至具有了颠覆与解放的潜能。本雅明借鉴马克思的艺术生产理论，探讨机械复制时代技术进步与艺术生产的关系，形式进步被视为艺术进步的标志之一。在阿多诺那里，"一部艺术作品的内容，归根结底要从它的形式来判断，正是作品实现了的形式，才为作品中产生的那个决定性的社会阶段中种种有力的可能性提供了最可靠的锁匙"①。阿多诺突破了黑格尔唯心主义意义上的形式观念，把它扩大为接近于本雅明意义上的技巧程式概念，但对艺术具有根本性，"真正的形式在下述意义上与批判会聚在一起，那就是无论艺术作品在任何地方发动自我批评，都是通过形式进行的……作品的存在应归功于形式，因此形式是它们的中介体，是它们在自身中得以反思的客观条件"②。形式的变革凸显了社会内涵，"虽然艺术中的形式特征不应从直接的政治条件出发予以解释，但它们的实质性内涵就包括政治条件。所有真正的现代艺术均寻求形式的解放。这一趋势是社会解放的一种暗码，因为形式——各种细节的审美综合体——再现出艺术作品与社会的关系。难怪形式的解放是对现状的强烈谴责或诅咒"③。在阿多诺那里，艺术的自律性是社会性的保证，因而对艺术的分析应当从形式的审美分析入手，才能达成一种社会判断。马尔库塞认为，每一部真正的艺术作

———————

① ［美］詹姆逊：《马克思主义与形式》，李自修译，百花洲文艺出版社 1997年版，第 43—44 页。

② ［德］阿多诺：《美学理论》，王柯平译，四川人民出版社 1998 年版，第251 页。

③ 同上书，第 435 页。

品都是革命的,因为它以艺术的方式倾覆着知觉和知性方式,控诉着既存的社会现实,展现着自由解放的图景,"在形式中'包含着'否定的东西,形式总是一个'破碎的'、'升华了'的对立,它使现存现实发生形式和实质的变化,即从现存现实中解放出来"①。"在审美的形式中,内容(质料)被组合、整形、调整,以致获得了一种条件,在这个条件下,'材料'或质料的那些直接的、未被把握住的力量,可以被把握住,被'秩序化'。形式就是否定,它就是对无序、狂乱、苦难的把握,即使形式表现着无序、狂乱、苦难,它也是对这些东西的一种把握。"② 马尔库塞进一步认为,形式通过对现实存在的变形,推出了与经验现实相对立的自由形象,"现实的东西和可能的东西之间的紧张,被转化为一种不可解决的冲突,在这之中,调解要借助于作为形式的作品:这种形式即是作为'幸福的承诺'的美。在作品的形式中,现实的环境被置放在另一维度,在此,给定现实自身表现为当下的存在。……虚构倾覆了日常经验,揭示出它的支离破碎和虚伪"③。这样一来,一些原先被视为形式主义策略的概念,如陌生化等,也被赋予全新的社会意义。但是法兰克福学派又有高估文学语言与形式革命性潜能的倾向。

　　只有充分消化和整合现代语言学和形式主义文论的成果,才能在卢卡契和法兰克福学派研究的基础上更进一步。巴赫金

---

① ［德］马尔库塞:《审美之维》,李小兵译,生活·读书·新知三联书店1989年版,第158页。

② 同上书,第123页。

③ 同上书,第70页。

的超语言学旨在建立一种把社会历史研究与形式结构研究相统一的社会语言观，对形式主义既有借鉴，又有超越。巴赫金从社会学入手看待语言现象，认为作为形式主义来源的索绪尔的语言学只是一个抽象的体系，它的最大失误在于语言与其意识形态内容的分离，必须研究语言形式交往、应用中的客观因素，"艺术表述的形式——作品，就只有在文学生活的统一体之中，在与其他文学形式的不可分割的联系之中，才能够理解"①，所以"使形式结构主题化是十分重要的"②。巴赫金还将他的超语言学应用于文学研究。在《文学作品的内容、材料与形式问题》中，他把文学形式分为两个层面：布局形式即材料的组织属于形式的技术方面，建构形式即文学中认识价值和伦理价值的结合与组织属于高一级的形式，其价值在于表现内容，前者服从于后者，因此，文学形式的"一个最重要的功能"是"直觉地把认识与伦理融为一体"③。在对陀思妥耶夫斯基复调小说的研究中，巴赫金注意到陀思妥耶夫斯基注重共存与相互作用的共时性观察事物的方式同主人公们的世界两者之间的联系，该联系决定了复调小说的艺术结构和描绘人物的方法，并探讨了资本主义制度下的异化、被压迫现象与人的意识的矛盾性、双重性的关系。尤为重要的是，巴赫金肯定了陀思妥耶夫斯基复调小说的"艺术形式所具有的解放人和使人摆

---

① ［俄］巴赫金：《马克思主义与语言哲学》，张杰等译，见钱中文主编《巴赫金全集》第 2 卷，河北教育出版社 1998 年版，第 427 页。

② 同上书，第 519 页。

③ ［俄］巴赫金：《文学作品的内容、材料与形式问题》，晓河译，见钱中文主编《巴赫金全集》第 1 卷，河北教育出版社 1998 年版，第 334 页。

脱物化的意义"①。这就通过他特有的超语言学建构，把社会历史分析与形式主义的语言、结构模式分析结合了起来。

詹姆逊一直关注 20 世纪语言学转向以及形式在现代主义中的作用等问题，这使他思考形式主义的共时分析与历时分析的兼容性问题。在《语言的牢笼》中，他指出，形式主义所追求的无止境的形式变化本身就是在历史中生成的。詹姆逊在该书的结尾写到，他"将通过揭示先在代码和先在模式的存在，通过重新强调分析者本人的地位，把文本和分析方法一起让历史来检验。……在我看来，只有以此，或以相类似的东西为代价，共时分析和历史意识、结构和自我意识、语言和历史这些东西成对的、显然是无法比较的要求才能得到调和"②。基于对形式主义语言和结构的不完全自主性的认识，詹姆逊揭示了现代语言学到精神分析等一系列批评话语中的语言、结构、无意识等概念所蕴含的历史、意识形态因素及其与生产方式的关系。他的《政治无意识》将索绪尔的语言学、结构主义叙事学与历史方法相结合，通过共时性的叙事系统的共存、矛盾、结构等级或不平衡的发展，"把文本理解为一种社会的象征行为，理解为对历史困境所作的意识形态的——但是形式的和内在的——反应"③。詹姆逊的研究将文本的历史、意识形态因素的分析与语言、形式分析融为一体，剖析其转换环节和变形图景，以达

---

① ［俄］巴赫金：《陀思妥耶夫斯基诗学问题》，白春仁、顾亚铃译，生活·读书·新知三联书店 1988 年版，第 102 页。

② ［美］詹姆逊：《语言的牢笼》，钱佼汝译，百花洲文艺出版社 1995 年版，第 182 页。译文略有改动。

③ ［美］詹姆逊：《政治无意识》，王逢振、陈永国译，中国社会科学出版社 1999 年版，第 125 页。

致某种社会政治的判断，使"具有最特定含义的文学形式成为显而易见是充满意识形态的手段，成为社会象征的策略"①。历史被形式化，形式被历史化。由于把共时系统存在的问题纳入类似于被改写了的马克思主义基础结构与上层建筑的分析框架之中，"在这个层面上，'形式'被解作内容。对形式的意识形态的研究无疑是以狭义的技巧和形式主义分析为基础的……但在这里所论的分析层面上，辩证的逆转已经发生，在这种逆转中，把这些形式程序理解成自身独立的积淀内容、带有它们自己的意识形态信息、并区别于作品的表面或明显内容，则是可能的"②。这是将马克思主义的社会历史研究与形式主义进行联结的一个新的重要尝试。

二　话语分析的兴盛

自20世纪20年代，即巴赫金开始，语言分析与社会理论有结合的趋势，这一趋势蔓延到人文社会科学各个领域，包括文学理论与文学研究，代表人物主要是巴赫金、福柯、哈贝马斯等。通常认为，话语"是把语言使用当做社会实践的一种形式……话语既是一种表现形式，也是一个行为形式……在话语和社会结构之间存在着一种辩证的关系"③。而文学不仅是一种语言现象，也是一种社会文化现象，为话语分析提供了一个非常合适的平台。

---

① ［美］詹明信：《晚期资本主义的文化逻辑》，张旭东编，生活·读书·新知三联书店1997年版，第107页。
② ［美］詹姆逊：《政治无意识》，王逢振、陈永国译，中国社会科学出版社1999年版，第86页。
③ ［英］费尔克拉夫：《话语与社会变迁》，殷晓蓉译，华夏出版社2003年版，第59页。

　　巴赫金关注的是语言交流中理解得以实现所需要的社会条件，称话语（discourse）为他所谓的超语言学研究的研究对象，认为"话语只有在人们的一切相互影响、相互交往中真正起作用：劳动协作、意识形态的交流、偶尔的生活交往、相互的政治关系等。在话语里实现着浸透了社会交际的所有方面的无数意识形态的联系"①。生产关系和由它直接决定的社会政治结构决定着人们可能的话语交往。日常伦理、价值判断以及社会政治意识无不渗透于语言活动之中。任何符号都建立在有社会组织的人们之间，建立在他们的相互交往过程中，因而符号的形式是由使用符号的人们的社会组织以及由他们相互作用的最接近的环境所决定的。巴赫金认为，对话是语言的基本性质，"作为一个话语，正是说话者与听话者相互关系的产物。任何话语都是在对'他人'的关系中来表现一个意义的。在话语中我是相对于他人形成自我的……话语，是连结我和别人之间的桥梁"②。所以威廉斯说，巴赫金"把整个语言问题放到马克思主义那种总体的理论格局当中加以重新考虑的。这使他能够把'活动'（洪堡特之后的那种唯心主义强调之所长）看作是社会活动；又把'系统'（新的客观主义语言学之所长）看作是与这种社会活动密切相关的"③。

　　巴赫金批评结构主义语言学忽视语言和意识形态的关系，

---

　　①　［俄］巴赫金：《马克思主义与语言哲学》，张杰等译，见钱中文主编《巴赫金全集》第 2 卷，河北教育出版社 1998 年版，第 359 页。

　　②　同上书，第 436 页。

　　③　［英］威廉斯：《马克思主义与文学》，王尔勃等译，河南大学出版社 2008 年版，第 36 页。

把语言学研究纳入马克思主义社会存在决定社会意识、经济基础决定上层建筑的分析框架之中，突出语言的社会历史性和意识形态性。"一切意识形态的东西都有意义：它代表、表现、替代着在它之外存在的某个东西，也就是说，它是一个符号。哪里没有符号，哪里就没有意识形态。"① 符号与人的社会意识之间具有不可分割的联系，意识形态是在符号中构成并实现的，并且个人意识也是社会意识形态的事实。生活感受以及与之直接相连的外部表现的总和构成生活意识形态。社会伦理、科学、艺术以及宗教构成意识形态体系，已经从生活意识形态中独立出来，并给生活意识形态以反作用。语言作为人类最完备、复杂的符号系统，必然具有意识形态性。语言在实现过程中，不可避免地与意识形态相联系，因此话语是一种独特的意识形态力量。

按照巴赫金的说法，文学活动不仅是一种语言现象，而且是一种社会文化和意识形态现象。巴赫金批评"现代的形式主义美学将艺术形式确定为材料形式。由于一贯遵循这个观点，结果忽略了内容，在艺术作品中没有了内容的位置……由于这样的理解，形式失去了自己积极的评价性质，并仅仅成为在接受过程中完全消极的愉快感觉唤起者"② 。因而形式主义建立的是一种彻底的非社会性诗学。与其所倡导社会学的语言观念相对应，巴赫金也倡导一种社会学诗学，"必需学会把诗歌语

---

① ［俄］巴赫金：《马克思主义与语言哲学》，张杰等译，见钱中文主编《巴赫金全集》第2卷，河北教育出版社1998年版，第349页。
② ［俄］巴赫金：《生活话语与艺术话语》，吴晓都译，见钱中文主编《巴赫金全集》第2卷，河北教育出版社1998年版，第95页。

言理解为从头到尾的社会语言。社会学诗学应当实现这一点"①。社会学诗学主张"形式和内容在语言中得到统一，而这个语言应理解为是一种社会现象；它所活动的一切方面，它的一切成素，从声音形象直至极为抽象的意义层次，都是社会性的"②。在巴赫金看来，一方面，每个时代都有其意识形态视野的价值中心，形成这个时代文学的基本主题。艺术家使用材料时，他便使它与现实发生价值联系，从而赋予它以意识形态的现实性。另一方面，语言在艺术作品中创造出从主人公外形、性格、环境、行为到伦理生活的整体，而不再是纯语言，"词语已不再是词语、句子、诗行、章节了，因为审美客体的实现过程，即实现艺术任务本质内容过程，便是语言学意义上和布局意义上的词语整体不断转化为审美建构的已完成的事件整体的过程"③。文学语言所表达的思想含义、价值评价等就属于意识形态。但是在巴赫金那里，语言符号对社会现实不是一种简单的反映关系，而是一种折射，甚至集体符号如某种意识形态符号也不仅仅只表达该团体或阶级的意见，而可能包含着不同倾向的社会意见，因此每一种意识形态符号也都包含着多重音性。

正因为文学语言是一种社会化的语言，所以它不可能是纯粹的形式化的或审美化的语言，而是和各种社会交往活动融会

---

① ［俄］巴赫金：《文艺学中的形式主义方法》，李辉凡等译，漓江出版社1989年版，第47页。

② ［俄］巴赫金：《长篇小说的话语》，白春仁译，见钱中文主编《巴赫金全集》第3卷，河北教育出版社1998年版，第37页。

③ ［俄］巴赫金：《文学作品的内容、材料与形式问题》，晓河译，见钱中文主编《巴赫金全集》第1卷，河北教育出版社1998年版，第350页。

在一起，使文学语言不可避免地带有杂语共生性质，巴赫金在《文学作品中的语言》一文中称之为"多语体性"："在文学作品中我们可以找到一切可能有的语言语体、言语语体、功能语体，社会的和职业的语言，等等。（与其他语体相比）它没有语体的局限性和相对封闭性。但文学语言的这种多语体性和——极而言之——'全语体性'正是文学基本特性所然。"①巴赫金的超语言学对于形式主义的语言观念具有纠偏作用，对全面理解文学语言活动的社会属性具有积极意义。

福柯的话语理论更是对 20 世纪中期以来的文学理论乃至整个人文科学产生了深远的影响。有人评论说："在诸如话语与权力的关系、社会主体和知识的话语建构、话语在社会变化中的功能等领域，福柯的工作对某种社会话语理论做出了重要的贡献。"② 福柯视话语为连接日常文化与科学知识的中间区域，具体说来，就是文化史或思想史的领域。他认为文化史是不连续的、断裂的，是由话语事件来描述的。在福柯看来，对象、陈述、概念、主题的形成都是话语关系总体的结果，而不是理性主体的作用。一方面，按照"权力—知识"的话语实践理论，福柯认为每一种话语实践都包含着真理标准的制定与辨析真理、谬误的过程，意识形态是使权力话语及理论话语成为可理解的话语的方式，它与科学知识都是代表权力的话语实践方式，比如关于文学的话语便是特定知识

① ［俄］巴赫金：《文学作品中的语言》，潘月琴译，见钱中文主编《巴赫金全集》第 4 卷，河北教育出版社 1998 年版，第 276 页。

② ［英］费尔克拉夫：《话语与社会变迁》，殷晓蓉译，华夏出版社 2003 年版，第 36 页。

构型与制度建制的产物，"文学是通过选择、神圣化和制度的合法化的交互作用来发挥功能的，大学在此过程中既是操作者，又是接受者"①。但是另一方面，福柯又认为话语的陈述形态并不是稳固的，形成了弥散的空间和不同的解读路径。从表层看，话语陈述标志着确定已产生出来的一系列符号的存在方式，对陈述的分析只能针对那些已说出来的东西；但是在陈述语境中，存在着排斥、限制或缺陷的条件，它们分割着陈述的参照系，所以，从深层看，"明显的意义可能包藏着另一个神秘的或者有预言性的意义，而它最终会被精明的识辨者或者随着时光的流逝发现。在一种可见的表达形式下，可能存在着另一种表达，这种表达控制它、搅乱它、干扰它，强加给它一种只属于自己的发音"②。因而对陈述意义的复原是不可能的。福柯认为对话语表层意义的辨识不是最重要的，对表层意义需要进行批判性读解与选择性感知，"尽管陈述没有被隐藏，但它并不因此是可见物；它不能作为它的界限和它的特征的明显的载体而呈现给感官。想识别它和对其自身进行观察，需要转变看法和态度"③。所以他非常注重对陈述中边缘的、被压抑的意义的体认。

福柯还把他的话语分析贯彻到对于文学史的研究中，"为了弄清楚什么是文学，我不会去研究它的内在结构。我更愿意

① ［法］福柯：《权力的眼睛——福柯访谈录》，严锋译，上海人民出版社1997年版，第88—89页。

② ［法］福柯：《知识考古学》，谢强、马月译，生活·读书·新知三联书店1998年版，第139页。

③ 同上书，第139—140页。

去了解某种被遗忘、被忽视的非文学的话语是怎样通过一系列的运动和过程进入到文学领域中去的"①。在福柯眼中，文学史与思想史一样，对象应当不确定，没有明确的界限，它"讲述的不是文学史，而是小道传闻史，街头作品史，由于它消失极快，所以从未取得作品的头衔，或是马上失去了这种头衔：例如，次文学的、年鉴的、杂志和报刊的、瞬间的成功和不入流作者的分析……在一些话语的重大建树的间隙中，它揭示出以话语重大建树为基础的脆弱地基。这就是飘忽不定的语言，无定型的作品，无关主题的学科"②。其次，福柯强调文学史与思想史一样，要贯通文学、哲学、历史等领域，研究并重新阐释它们，构成一种新的分析方式，一种透视法，描述那些为后来的形式化作经验的未加思考的背景，发现话语记载的直接经验，描述从非文学到作品本身的过渡等。这种文学史观念致力于消除文学史编写中的等级观念和历史统一性，提醒人们关注先前被忽略的局部的、非连续性的、非法的和边缘的东西的存在，以此来挑战现行的产生"真理"的政治、经济和制度机制及其对文学史编纂的渗透。福柯的话语理论深受尼采关于权力意志与求真意志不可分的思想的影响，对理解文学史中的边缘现象有一定的参考价值，例如陈思和对于文学史上作家未公开发表的手稿、笔记等"潜在写作"的关注就是受到福柯的启发。但是福柯话语理论又具有浓厚的相对主义和虚无主义倾向。

---

① ［法］福柯：《权力的眼睛——福柯访谈录》，严锋译，上海人民出版社1997年版，第90页。

② ［法］福柯：《知识考古学》，谢强、马月译，生活·读书·新知三联书店1998年版，第173—174页。

哈贝马斯进一步把话语分析推及社会交往和语用领域。哈贝马斯认为社会成员的整合是通过交往而形成的。他把人的活动分为劳动（arbeit）和相互作用（interaktion）两种类型，前者指的是根据经验知识和技术规则进行的工具性活动，后者是人们按照共同遵守的规范、以符号为媒介的交往活动。① 故此，哈贝马斯在20世纪80年代试图建立一门关于交往的普遍条件的学说，他称之为"普遍语用学"，主张任何处于交往活动中的人，在施行任何言语行为时，必须满足若干普遍的有效性要求并假定其可验证。"言说者必须选择一个可领会的表达以便说者和听者能够相互理解；言说者必须有提供一个真实陈述（或陈述性内容，该内容的存在性先决条件已经得到满足）的意向，以便听者能分享说者的知识；言说者必须真诚地表达他的意向以便听者能相信说者的话语（能信任他）；最后，言说者必须选择一种本身是正确的话语，以便听者能够接受之，从而使言说者和听者能够在以公认的规范为背景的话语中达到认同。"② 哈贝马斯承认维特根斯坦和奥斯汀发现了语言所具有的集行为与命题于一身的双重结构，使语言学转向由语义学迈向了语用学，而"语用学转向为走出结构主义抽象开辟了道路"③。而从语用学的角度看，文学文本中所出现的有效性要求仅仅适用于文本中的人物形象，而不针对作者与读者，在这个

---

① 参见［德］哈贝马斯《作为意识形态的技术与科学》，李黎、郭官义译，学林出版社1999年版，第49页。

② ［德］哈贝马斯：《交往与社会进化》，张博树译，重庆出版社1989年版，第3页。

③ ［德］哈贝马斯：《后形而上学思想》，曹卫东等译，译林出版社2001年版，第46页。

意义上，文学言语行为不具有以言表意的力量。但是，文学文本可能在与日常实践的临界点上对读者（接受者）的角色提出要求，因为一些文学文本本身向读者的有效性提出了要求。文学言语行为因而成为人类交往活动的一种形式。这样，话语分析便与文学言语行为理论关联了起来。但是哈贝马斯的交往语用学预设了交往中最终共识的存在，使其话语交往理论带有一定的乌托邦色彩。

三　文学言语行为理论的崛起

20 世纪 50 年代，英国语言学家奥斯汀提出言语行为理论（speech act theory）。他把语言分为施行话语（performative utterance，又译"述行话语"）和记述话语（constative utterance）。记述话语是陈述事实或描述事态的话语，如"猫在草席上""他在跑"等；而大量存在着的如宣布、疑问、祈求、礼貌用语、感叹等话语属于施行话语。施行话语不仅要描述一个动作，而且还要执行这个动作，如一个男子在婚礼中对他准备迎娶的新娘说"我愿意"，一个人在踩到另一个人的脚时说"我道歉"，一个人给另一个人承诺说"我会准时到达"，等等。奥斯汀用真假与否和适当与否作为衡量记述话语和施行话语的标准。当然，奥斯汀也意识到，纯粹的施行话语与记述话语是不存在的，其实记述话语也应当包括在施行话语之中。奥斯汀后来把言语行为的内容分为三个方面：（1）以言表意（locutionary acts）；（2）以言行事（illocutionary acts）；（3）以言取效（perlocutionary acts）。但是奥斯汀在把他的言语行为理论推及文学语言时却发生了一个困难，那就是虚构话语的表意、施行与效果不同于日常语言，"一个涉及不存在的事物的陈述，在作为假的陈述的同时，不也是空洞的陈述吗？"① "如果一个施为话语是由一个演员在舞台上说出的，或者是被插在一首诗中，或者仅仅是自言自语，那么它就会以一种奇特的方式成为空洞的或无效的。"② 当奥斯汀把文学语言视为寄生的、空洞的语言时，他其实是在用经验主义的可证实性为标准来衡量文学语言，文学语言因其虚构性而被认为不可证实。然而，奥斯汀对文学语言的排斥仍然给文学批评提供了一个启示，"一方面按照奥斯汀的意见，文学语言被排除在言语行为之外，文学语言不具有施为性功能，言语行为理论用在文学上是有冲突的；另一方面由于言语行为理论关注语境、惯例、语言与社会互动等问题，为许多不能在形式和结构以及语义学框架下解释的文学现象提供了新的阐释思路"③。

奥斯汀的学生塞尔拓展了言语行为理论，表达了"这样一种其本质可以用一句很简短的话来表示的发现：我们借助于语言表达可以完成各种各样的行为"④。塞尔并把它应用到文学中。塞尔虽然也认为虚构话语是不严肃或不认真的话语，但认为虚构话语也是一种特殊的言语行为，文学话语活动作为一种言语行为不是所说语句直接意指某种对象的直接言语行为，而是间接言语行为的一种。在间接言语行为，如暗示、暗讽、反

---

① ［英］奥斯汀：《如何以言行事？》，杨玉成、赵京超译，商务印书馆 2012 年版，第 17 页。

② 同上书，第 18 页。

③ 张瑜：《文学言语行为论研究》，学林出版社 2009 年版，第 53 页。

④ ［德］施太格缪勒：《当代哲学主流》下卷，王炳文等译，商务印书馆 2000 年版，第 66 页。

语和隐喻中，"说话者的表述意义与语句意义是以各种各样的方式分离着的。……说话者说出一个语句，意谓他所说出的东西，但同时还意谓更多的东西"①。塞尔认为文学虚构是一种伪装的以言行事行为的言语行为，而一个文本是否是虚构作品则由作者的以言行事的意图来决定。

塞尔进而区分了把日常语言与世界联系起来的"纵向规约"（vertical rules）和将话语从世界中移开的"横向规约"（horizontal conventions）。横向规约打破了语词与世界的对应关系，建立了作者与读者之间的契约关系。虚构话语作为公共想象物有了存在的空间，通过隐喻、暗示能够表达超出文本的多种信息。由于塞尔将虚构话语视为日常话语的补充甚至对立面，虚构话语所遵循的横向规约仍然寄生在纵向规约之上，虚构之物仍然是实在世界的延伸，文学话语还是被摆在日常经验与日常话语衍生物的地位。

而其后的普拉特正是抓住形式主义和分析哲学所制造的日常语言与文学语言的对立加以抨击，把文学言语行为理论引向交往与语用层面。普拉特称20世纪以来形式主义者致力于把诗的语言从日常语言中区分开来的做法是"诗的语言的谬误"。事实上被归为文学语言特征的韵律、隐喻等手法也可以在日常语言中见得到，虚构话语与非虚构话语并不存在明显的界限。在《走向文学话语的文学言语行为》一书中，普拉特认为，"言语行为理论提供了一种谈论话语的方式，它不仅根据表面

---

① ［美］塞尔：《间接言语行为》，见马蒂尼奇编《语言哲学》，牟博等译，商务印书馆1998年版，第317页。

的语法特征，还根据话语所说的语境，即参与者的意图、态度和期望、参与者之间存在的关系，以及话语说出和接受时对理解所起作用的不言自明的规则和习俗。以这种方式讨论文学有着巨大的优势，因为文学作品如同我们所有的交流活动一样是依靠语境的，文学本身就是一个言语语境"①。文学从创作到阅读，都遵循着一定的文化惯例和规则，文学话语同样具有交流特性。普拉特探讨了文学语境的规则，由于读者对作品抱有阅读期待，他对作品进行预先准备和预先选择，使作者与读者通过文学阅读形成一种特殊的契约关系，因此文学话语便具有日常话语的施行特征。

后来，美国女性主义批评家朱迪丝·巴特勒综合借鉴奥斯汀、拉康、德里达的理论，提出性别不是先天的，而是弥散的、变换的，是依据社会规范反复书写和操演的结果。"性别不应该被解释为一种稳定的身份，或是产生各种行动的一个能动的场域；相反地，性别是在时间的过程中建立的一种脆弱的身份，通过风格／程式化的重复行动在一个表面的空间里建制。"② 这标志着言语行为理论与女性主义、解构主义的合流。

正如卡勒所说，"述行语把曾经微不足道的一种语言用途——语言活跃的、可以创造世界的用途，这一点与文学语言非常相似——引上了中心舞台。述行语还帮助我们把文学想象为行为或事件。把文学作为述行语的看法为文学提供了一种辩

---

① M . L Pratt, *Towards a Speech Act Theory of Literary Discourse*, Bloomington：Indiana University Press, 1977, p. 86.

② ［美］巴特勒：《性别麻烦》，宋素凤译，上海三联书店 2009 年版，第 184 页。

护：文学不是轻浮、虚假的描述，而是在语言改变世界，及使其列举的事物得以存在的活动中占据自己的一席之地"①。文学言语行为理论试图把文学引入社会实践领域，凸显了文学的交往性，是对形式主义文论的一个突破。但是文学言语行为作为行为或事件毕竟带有想象性，这也是将文学言语行为理论引入社会实践的症结与难点所在。

四　民族、种族、性别、生态等因素的介入

如果说在形式主义文论当道的 20 世纪上半叶直至 50 年代，对文学形式革命潜能的认知、巴赫金超语言学以及奥斯汀言语行为理论的提出，为沟通文学的内部研究和外部研究开辟了一些通道的话，那么到了 20 世纪下半叶，文学理论重新关注起文学与外部世界的关系，出现了明显的向外转的趋势。正如希利斯·米勒所指出的，20 世纪 70 年代以来，"文学研究的兴趣中心已发生大规模的转移：从对文学作修辞学式的'内部'研究，转为研究文学的'外部'联系，确定它在心理学、历史或社会学背景中的位置。换言之，文学的兴趣已由解读（即集中注意研究语言本身及其性质和能力）转移到各种形式的阐释学基础上（即注意语言同上帝、自然、社会、历史等被看作是语言之外的事物的关系）"②。20 世纪西方文学理论由向内转到向外转，一方面与学术研究的综合化趋势有关。启蒙运动以来人文社会科学致力于对各门科学进行分门别类的研究，追求学科

---

① ［美］卡勒：《文学理论》，李平译，辽宁教育出版社 1998 年版，第 101 页。

② ［美］米勒：《文学理论在今天的功能》，见［美］拉尔夫·科恩编《文学理论的未来》，程锡麟等译，中国社会科学出版社 1993 年版，第 121—122 页。

的"纯粹性"。这一点体现在文学理论领域中，形式主义文论对独立的"文学科学"的追求是其成就与标志。20 世纪后期人文社会科学开始去分化，转而致力于多学科互涉与整合，文学研究向外转成为必然。另一方面，20 世纪下半叶以来出现的各种边缘化社会运动，如少数民族运动、女权运动、同性恋运动、绿色环保运动，等等，对文学研究原有的疆界形成了冲击，文学研究慢慢向社会文化批评演变，新兴的后殖民批评、女性主义批评、生态批评等都把触角延伸至文学之外的社会文化领域。后殖民批评的代表人物主要是从东方国家移民至美国高校任教的知识分子，如巴勒斯坦裔的萨义德、印度裔的斯皮瓦克、霍米·芭芭等。萨义德的《东方学》借鉴了福柯的知识—权力话语理论，指出西方学者所说的东方是被创造出来的一整套理论和实践。所谓"东方学"既是西方文化所建构起来的他者形象和对手，也是西方人观察、认识和叙述东方的一种思维方式，在 18 世纪之后更成为西方统治、重建和管辖东方的一种风格。因而此之所谓东方其实是西方意识形态的话语建构，它既有某种神秘色彩，又是专制、愚昧、无知、落后的代名词，是长期处于强势的西方对处于劣势的东方的殖民话语压迫方式。这部著作坚持各民族文化的独立、平等和文化间的交流、合作，具有明显的文化政治批判性。1978 年，美国学者威廉·鲁克尔特首次提出"生态批评"的概念，将生态学概念应用于文学研究，试图发展一种生态诗学。20 世纪 80—90 年代生态批评发展迅速。生态批评坚持一种生态整体观，致力于发掘经典文学作品中的自然形象与原型，从社会历史角度思考人与自然的关系的演变，反思人类在工业化过程中对自然的掠夺，代表人物除了威廉·鲁克尔特，还有劳伦斯·布伊尔等。20世纪60—70年代之后，还出现了以米利特、肖瓦尔特、海伦娜·西苏等人为代表的女性主义批评。女性主义批评一方面把矛头指向父权制，剖析男权社会的结构与功能，另一方面关注文学作品中的女性人物，常常注意勘察女性的经历和经验在男女作家那里究竟得到了怎样的表现，倡导一种以性别经验为基础的女性写作。后来克里斯蒂娃、朱迪丝·巴特勒等人反思了女性主义的男女二元对立思维模式中潜藏的本质主义，借鉴了拉康和言语行为理论，把性别看成是一个变动的范畴。

其次，文学理论与文学研究向外转还与主体间性背景之下对他性的发现与尊重有关，包括对性别他性、种族他性等的尊重等。从理论渊源上说，现象学和存在主义认为任何个人对现实的解释总是和他人的解释发生相互作用与影响，因而总是开放的，这凸显了主体间性的存在。而福柯对先前在西方文化传统中被认为是边缘或卑微现象的同性恋、疾病、疯狂等的研究同时也是对他性的研究，让他者为自身辩白。福柯、德里达对起源的反对和对差异性的强调启发了女性主义批评对性别差异的研究。巴特勒进一步认为，"性别差异"不仅包括不同性别之间的差异，而且包括同一种性别之内的差异。德里达认为，对他者的拒绝是种族歧视产生的原因。20世纪70年代之后，对种族他性的研究逐渐兴盛起来。萨义德、斯皮瓦克、霍米·芭芭都指出，西方殖民压迫的话语是通过对其他的主体——种族、肤色或种族起源的"他异性"（alterity）的叙述建构起来的。此后，他性不仅成为社会学研究中的一个基本主题，尊重他性，包容他者也成为晚近文学理论和文化批评的一个重要趋向与主题。萨义德倡导"对位式阅读"（contrapuntal reading），认为不同的解读方式导源于多样的接受观念、对二元对立关系的怀疑和种族他性的肯定。克里斯蒂娃认为，必须把"差异"概念当作一种内在条件而不是一种外在因素（例如一个人的明显的性别或她/他的肤色）来理解。他者就在我们之中，我们需要学会尊重我们所不知道或不了解的东西。朱迪丝·巴特勒也指出，主体只有在与他者的关系中才能得到建构并得到确认。但是这种对他者的认识也造成了自我的转变，使自我无法回归原来的自我。这些有助于我们加深对文学建构自我、他者以及自我的他者性并使之发生沟通与关联方面的独特功能的认知。

由此可见，在西方现代文论由向内转到向外转的演变过程之中，文学的人文社会批评维度在回归。但是这种回归并非简单地是向 19 世纪以前文艺社会学研究抑或文学"外部研究"的回归，一方面，这一时期的外部研究或多或少地得益于在文学批评的内部研究中发展起来的语言学、符号学与叙述学这些被认为是"内部研究"的方法；另一方面，文学理论研究的思维方式从先前的论证理性过渡到交往理性，从全能的、终极意义来源的主体过渡为有限的、过程中的主体，这一点我们可以在后殖民批评、女性主义批评及生态批评等中可以明显看得到。所以，可以说文学理论由向内转到向外转同时也标志着文学理论从现代到后现代的转变，传统上所认为的文学的审美的、虚构的、想象的等属性在一定程度上被淡化和削弱，而文学的文化的、身份政治的属性得到了加强，乃至西方现代文论发生了人们所说的从文学理论到理论的变化。这固然拓宽了文学理论和文学研究的疆界，却又有使文学理论和文学研究面临失去文学自身，走向漫无边界的文化批评的危险。

第二章 "自我中心主义"与文艺公共价值的消弭

　　自我无论指称的是作家、艺术家等创造者还是受众,文艺与自我的关系无疑是自古以来文艺理论最为复杂的基本问题,它不仅牵涉文艺的价值、真理与功能等一系列问题,更牵涉到作为自我的世界观、认识论等更为形而上、更为本体性的问题。并且,对这一基本关系的认识始终与人类科学知识的发展、社会的变迁,以及由此形成的关于人自身认识的深化,乃至现实中人类面对自然与社会的种种困境如何实现自我救赎的思考等问题紧密相连。纵观西方文艺理论的发展,自我与文艺的关系一直是处于丰富而多元的理论场域中,从西方古典时期的代神立言的无我状态到"认识你自己"人本主义理性精神的高度张扬,人类自我和个体自我都在不断被发现、被丰富。文艺复兴运动重新接续了大写的人,大写的自我,启蒙主义、浪漫主义思潮与现代资本主义工业文明一起把人推到了神的宝座,人学代替了神学,自我成为文艺最终的立法者。18世纪以来的现代艺术无疑把自我作为艺术最终的目标和文本背后的价值尺度,无论是现实主义艺术的大写的群体性自我,浪漫主义艺术大写的个人自我，抑或是各种现代主义的孤独的、隐秘的、纯粹的小写的个人自我，后现代主义那碎片化的、平面化的个人自我，艺术中的主体自我得到不断丰富和充分展开。与此同时，每一种自我的展开形式不仅仅是对其他形式的丰富和补充，更是对其他形式的挑战和斗争。

但是，自我是纯粹个体的还是群体的？也就说，一如她曾作为神的代言者一样（此时自我的主体性及其地位与彼时当然是不可同日而语的），是民族、国家、阶级、族群的代言者吗？文艺一直在个体与群体、社会与心理、自律与他律等复杂的二律背反的张力中不断寻找其安身立命之所，艺术创作的价值也常常随着这个张力结构而发生着各种意识形态性的增值或贬值。这里，与其说是自我与文艺关系复杂难解，还不如说是人类对自我认识困难，因为那是一个比宇宙黑洞更为神秘的世界。关于主体自我的认识，各种理论呈现出多元、矛盾而又具有补充性的维度，既有以启蒙主义为代表的具有形而上学性质的先验的个体自我，这是精神的、智慧的乃至神性的、统一而完整的个人自我，也有打开人的自然和感性向度的诸如自然主义和心理主义的肉体的或无意识的自我，人类及其艺术不断向自我尤其个体自我靠拢乃至龟缩，日益走向自我中心主义。现代文化高扬个体自我确实在一定时期内成为促进工业社会前进的推动力，但是，这一试图给人类带来幸福的理性主义承诺随着两次世界大战、其后的长期冷战、核战争阴影以及后工业消费时代对自我主体性的彻底控制与被剥夺而变得面目全非。"人死了""主体死了"的判断不绝于耳，人类与个人非但没能获得彻底的解放，反而日益走向自我的消亡。与现实社会一样，艺术也同样在这样越来越内化、越来越个体化乃至神秘化，在个体自我的小世界中越走越窄。无论是哲学还是艺术创作，不得不打破个人封闭的世界，转向将碎裂的主体重新联系以求构建新的自我主体性，为艺术，更是为人类和个体自我探索新的可能。

第一节　从代神立言到自我表现

自我意识的萌生，是人类在这个世界上开始真正存在的标志。正如马克思所指出的，"动物和它的生命活动是直接同一的。动物不把自己同自己的生命活动区别开来。它就是这种生命活动。人则使自己的生命活动本身变成自己的意志和意识的对象。他的生命活动是有意识的"，正是"有意识的生命活动把人同动物的生命活动直接区别开来"①。人类存在于世便开始了对自我的探寻。从西方古典时代提出的"认识你自己"的人本主义理性精神，到中世纪人沦落为神的奴仆，人类在不断寻找自我与世界、与神的神秘关系，直到人文主义的复兴及其后的社会发展，人取代神而不断走向宇宙主宰、万物精灵的至高无上的地位。艺术也跟随着人类对自我的认识与开掘，从模仿世界、代神立言走向自我表现和审美自足。自我尤其是个体自我在精神、理性和感性以及无意识层面被不断打开新的世界，在文艺中得到确认、突出乃至膨胀到爆破。这一倾向在启蒙主

---

① ［德］马克思：《1844 年经济学哲学手稿》，见《马克思恩格斯全集》第42卷，人民出版社 1979 年版，第 96 页。

义、浪漫主义、现象学、存在主义、自然主义和精神分析学等诸多哲学社会思潮和创作流派那里逐渐得到加强，同时也得到更加清晰的呈现。

一　模仿论与真实世界

"认识你自己"，这是刻在古希腊德尔斐神庙的名言。苏格拉底曾以此作为自己哲学的出发点，认为人的灵魂中就包含着与世界本原一致的原则，人们不用直接去认识世界，而是应该先通过认识自己，寻找心灵世界的内在原则，再依照这些原则规定世界，形成关于世界、自然的认识、知识和真理。"在任何情况下，我首先确定一个我认为是最健全的原则，然后设定：凡是看起来符合这个原则的东西，不管是在原因方面，还是在其他方面相符合，都是真的；凡与之不相符合的东西，就不是真的。"① 换句话说，这些知识和真理本身就是存在于人的心灵世界中，人们无须外求。"真理"一词在苏格拉底那里，本身就有"去蔽"之意，去除人们习而不察的偏见和谬误，真理就会呈现出来。这很容易让人想到后世的"启蒙"概念。这种对于人自身的强调与尊重，可以说开启了西方哲学、文学对于人、对于自我的关注、描写和思考。

但是，认识自己的什么呢？如何认识自己呢？不同的理论家给的解答并不相同，甚至相互矛盾，错综复杂，并一直以各种形式影响着后世关于自我的认知。在古希腊，智者学派反对以求真为目的的"自然哲学"，转向以求善为目的的知识探索。在代表

---

① 北京大学哲学系外国哲学史教研室：《西方哲学原著选读》上卷，商务印书馆2007年版，第65页。

人物普罗泰戈拉看来，"人是万物的尺度"，他把人提高到整个哲学认识与思考的核心地位。这里的人，既可以理解为人类，那么这句话就成了人类中心主义的表达；也可以理解为个人，那么这句话则成为个人自我中心主义的观念。同样，人以什么作为尺度，也存在不同的理解：是以欲望还是以认识作为衡量万物的尺度呢？如果以认识为尺度，那么认识从何而来？其依据和标准是依靠人的感觉还是人的理智？当然，普罗泰戈拉强调的是个人感觉的重要性，可以说是"感觉派"。从这种意义上说，在他那里，个人自我的感觉、意欲、要求在真理面前，或者说在形成知识的方面无疑具有重要的地位和意义。既然个人的感觉如此重要，呈现鲜明的相对主义倾向，智者学派把听起来有道理与真理之间做了一定意义上的等量齐观。如何才能做到让人感觉有道理呢？智者学派特别注重语言与修辞，按照高尔基亚的说法，语言在心灵上所起的作用类似于药物之于身体。这样，智者学派不但注重个体的感觉，也看重语言修辞对于感觉和真理的作用。前文所谈 20 世纪文论的"向内转"清楚地表明，面向形式的"内转"与面向主体心理"内转"，实际上是一体两面，这从智者学派的思想中也可以清晰见出。这在很大程度上是文艺领域"自我中心主义"的一个源头和基本表征。

但智者学派所开创的相对主义的个人"感觉论"和"修辞论"并不是直接衍生下来。在柏拉图那里，个人的自我感觉与语言修辞等技能失去了作为接近和认识真理的可能性，也失去了其在诗与艺术中的核心地位。众所周知，柏拉图在其《理想国》第七卷中发表了著名的"洞喻"说，这是柏拉图自己形而上的真理观的隐喻式的展现。在洞喻说中，囚徒在洞壁上所看到的影子世界和走出洞穴的人所看到的现实世界，实际上分别代表了"现象"与"理念"，也代表着"意见"和"知识"，它们分属于两个不同维度的世界，即感官可以把握的表象世界与感官无法直接把握的共相世界。所谓的"共相世界"指的是抽象成为原理、定义、公式、规则等的普遍性存在，而"表象世界"则是由服从这些原理、定义、规则等的具体事物所构成的可观可感的具象世界。这两个世界并非平起平坐，而是表象世界附庸于共相世界，前者是后者的"影子"。柏拉图的这一"理念论"构成了对普罗泰戈拉"感觉论"的有力反驳。他在洞喻说中所要表达的也是同样的观念，即人对世界的认识处于一种囚徒境地。在此种境地之中，感觉往往是不可靠的，而由感觉所产生的认识也会随着时间、地点、环境等条件的改变而不断发生变化和偏移，所以知识不可能来源于人们对世界尤其是表象世界的感知。在柏拉图的眼中，只有永恒的"理念"和"本体结构"才是世界的真实，而经验世界只是它的一个摹本。既然经验世界已经是一个摹本，那么描写经验世界的艺术创作则是摹本的摹本，与真理无缘。就是说，在柏拉图的观念中，诗歌是模仿的模仿，它与真理之间就已经隔了三层，所以诗歌是无法表达真理的，"从荷马起，一切诗人都只是模仿者，无论是模仿德行，或是模仿他们所写的一切题材，都只得到影像，并不曾抓住真理"①。诗人在柏拉图看来既不能传授技能也无法

---

① ［古希腊］柏拉图：《理想国》第10卷，见朱光潜译《文艺对话集》，《朱光潜全集》第12卷，安徽教育出版社1991年版，第68页。

为人们提供知识，"模仿者对于模仿题材没有什么有价值的知识；模仿只是一种玩艺，并不是什么正经事"①。完整地看柏拉图，可以说，他这里的重心不在于强调诗歌无关乎真理，而在于强调诗人无法提供知识和真理，因为柏拉图的"灵感论"进一步否定了诗人作为诗作创作者的合法性。他说"诗人制作都是凭神力而不是凭技艺"，"神对于诗人们象对于占卜家和预言家一样，夺去他们的平常理智，用他们作代言人，正因为要使听众知道，诗人并非借自己的力量在无知无觉中说出哪些珍贵的辞句，而是由神凭附着来向人说话"②。诗歌与神灵也即与真理还是有关系的，但是诗人的灵感并非来自于自身，没有诗人什么事儿，而是"神灵凭附"的结果，是神灵的"代言人""传声筒"，在神灵力量的感召之下，诗人进入一种创作的"迷狂"状态。柏拉图的这一"灵感说"与"迷狂说"的结合，成为对抗智者学派"技巧论"和"感觉论"的一个十分有力的武器。但与此同时，他也将诗人彻底放逐出了理想国，因为他所崇尚的理性和理智要求他驱逐只能依靠神灵赋予的灵感进行创作而无法为现实生活提供规范和引领的诗人们。诗人及其自我在这里是没有立足之地的，诗人作为个人的主体性和作为作者的合法性都不复存在。同样是关于灵感的看法，西方在文艺复兴，特别是浪漫主义时期，这一灵感就转变为至高无上的天才个人的创造性表现，以诗人自我取代了缪斯。

① ［古希腊］柏拉图：《理想国》第10卷，见朱光潜译《文艺对话集》，《朱光潜全集》第12卷，安徽教育出版社1991年版，第70页。

② ［古希腊］柏拉图：《伊安篇》，见朱光潜译《文艺对话集》，《朱光潜全集》第12卷，安徽教育出版社1991年版，第9—10页。

在亚里士多德那里，世界的本质不再是一种难以认知的神秘存在，也不是镜中月、水中花一般难以捉摸的彼岸世界，而是包孕于特殊事物之中的普遍性存在，特殊与普遍不再一刀两断，而是按照"可然律或必然律"将暗含在特殊事物中的普遍性提炼成事物发展的可能性，这一可能性就是万物之因。而艺术的功能，就是通过对经验世界的描写和展现，使蕴藏于其中的可能性得到实现，这种行为本身已不再是消极被动的对经验世界的模仿，而成为一种带有积极性的创造行为。他详细讨论的悲剧艺术的六个成分——情节、性格、言词、思想、形象、歌曲，无不依赖于作者的创造。由此，诗人不再是神灵的传声筒，而成为技巧和创造力的能动主体。

中世纪，柏拉图的这一"理念论"和"灵感论"与基督教神学结合在一起，柏拉图的理念、神、灵感等都被置换成上帝及其特性。这一时期将世界看作是神或者上帝的造物，那么当人的行动只能被统摄到神的权威之下的时候，人的行为就无法直接指向真理，因为人的地位和价值是无法与神相媲美的。恩格斯曾指出："中世纪把意识形态的其他一切形式——哲学、政治、法学都合并到神学中，使它们成为神学中的科目。"① 宗教和神学成为中世纪唯一的意识形态。托马斯·阿奎那从信仰主义的角度表明这样一种等级关系："艺术作品起源于人的心灵"，"人的心灵着手创造某种东西之前，也须受到神的心灵的

——————————

① ［德］恩格斯：《路德维希·费尔巴哈和德国古典哲学的终结》，《马克思恩格斯选集》第 4 卷，人民出版社 1995 年版，第 255 页。

启示，也必须学习自然的过程，以求与之相一致。"① 上帝的心灵是万事万物的源泉，人的心灵也是上帝的创造物，艺术作品又是起源于人的心灵，那么艺术作品的创作过程想要模拟的，便是上帝创造世界的自然过程。于是，艺术家所要做的就是在上帝的神示启迪之下，模拟上帝的造物之功，将自然界的事物当做模仿所使用的工具和材料（而非最终目标），再以艺术的心灵将其加以整合，从而最终构成完整的艺术作品。艺术模仿自然并不是要反映自然、重现自然，而是对主观心灵的凸显和表现。这里，模仿的对象从亚里士多德所说的事物发展的自然健康的可能性，变成了带有神秘性质的上帝以及来自上帝的美。从这个维度上来讲，从本质上说，代神立言其实也是模仿论的一个经过改造的亚类型。虽然同样被划在"模仿论"的大类之下，但是阿奎那等人的模仿论与柏拉图和亚里士多德的模仿论相比已经发生了重大的改变，他将模仿说中本来带有的反映客观现实的成分予以剔除，变成了以主观观念为主导的模仿说，因为对于宗教学家而言，世俗的现实生活是无意义的，不具有真实性。阿奎那的思想中，虽然诗人的主观心灵由于其与上帝心灵之间的模仿关系而受到了一定程度的重视，但是宗教思想的框架仍然是无法被突破的。所以神学家眼中的技巧并不意味着创造，因为创造只是上帝的专利，艺术的模仿可以由表及里，但是比起上帝造物来还是力所不及。

总体来说，模仿论作为一种重要的艺术理论，从古希腊、古罗马一直到中世纪，是一以贯之的，虽然它的具体的内涵常

---

① Thomas Aquinas, *Philosophical Texts*, p. 368.

常从不同的维度上为人们所使用，不同时代的人们也赋予了它各具时代特色的阐释。柏拉图认为艺术模仿经验世界，亚里士多德认为模仿提供的是事物中包含的可能性，阿奎那认为它模仿的是主观心灵。不论哪种说法，其实都是在探求艺术与真理之间的关系。在他们的眼中，理性或是上帝都是难以企及的，关于艺术的讨论在更大程度上是以它与人们的世俗生活之间的密切联系为出发点的，诗人作为创作的主体也因此难以受到足够的重视。但也正是因为模仿论涉及了艺术与真理之间的关系，所以它除了体现艺术的生成方式之外，也是人们对于世界和人类自身及其历史的一种认知范式的体现。在古希腊这个被理性所统治的时代，模仿是一种自然健康的倾向，不论是模仿神/理念（古希腊的神与中世纪一神教时代的神有着本质的区别）还是模仿一种事物发展的可能性，都有一种理性的思维存在其中。在这种理性面前，诗人的创造性作用是有限的，在很大程度上是被压抑的，因为诗人是以感性的方式对感性的物质世界进行认知，所以他们可以发挥的空间在这里是被局限的。而诗人的自我更是几乎没有存在的必要，因为他们的作用只是代神立言，传达神的思想和旨意，最多用自己的艺术技巧稍加打磨，使作品更加流畅完整。若谈到表达自我，这时的诗人和艺术家是无法想象的，也更加不是他们的职责所在。到了中世纪，在哲学都已沦为神学的婢女的情形之下，诗学更加难以找到自己独立的立足点。诗人的地位更是受到了进一步的贬低，诗人能够体现出自己价值的唯一途径就是创作颂神的诗作，以歌颂上帝的形式，将自己的作品纳入信仰主义的范畴之中，为诗争得可怜的一席之地。即便如此，他们也仍然只是锦上添花般的存在，因为真正的权威掌握在神学家与解经者的手中，这个事实是诗歌与艺术创作无法撼动的。由此，自古希腊以来的模仿论传统表明，模仿与自我表现之间的巨大鸿沟是这个时代的人们无法跨越的。文学与艺术的创作在这一时期始终是非独立存在的，在其背后存在某种更高的本体，作为创作者的诗人也只是在进行着戴着镣铐的舞蹈，而无法像自由的鸟儿一般放声歌唱。

二 上帝之死与自我的确立

当信仰主义和宗教的阴霾逐渐在欧洲大地上散去，新的思想也在春天的土壤中蠢蠢欲动。在这个急需要破旧立新的时刻，意大利诗人但丁的出现"意味着诗的地位开始见证天翻地覆的变化，从此开创诗人为先知、为君王的时代"①。在但丁的诗里，维吉尔的灵魂引领着他游历了天堂和地狱，与身处其中的各色人等进行交谈，还在诗中将教皇打入地狱，这些实际上是诗人对自身感情和自我与世界关系的一种想象式的表达。再加上这首诗是用意大利俗语写就，作为一种易于表达自我情感的自然语言，俗语不仅与书面矫饰的拉丁语，更与"上帝的颂诗"相去甚远，是供普通的读者阅读与思考的。另外，他与神学家们最大的不同之处，也是他最为重要的贡献在于，他将诗的地位提高到足以与神学媲美和比肩的高度。在他看来，在神学的影响力逐渐弱化的时代，诗人是应该接替神学家来将未竟的工程继续下去的人。在这位先驱的影响下，出现了一大批后继者，纷纷以挑战神学的权威作为自己的目标，从而将人的地位、人

① 陆扬:《文艺复兴诗学》，上海交通大学出版社2012年版，第27页。

的价值凸显出来。被称为"人文主义之父"的彼特拉克就是个典型的例子，他用俗语写就的《歌集》倾注了他对爱人劳拉的满腔深情，诗人个体的情感冲破了神学的束缚，这种表达不再是对"爱情"这一虚无缥缈的定义进行空洞的探索与歌颂，而是由于充斥着来自于诗人切身的情感经验和由真实的倾诉对象所引发的炙热的情感表达，散发出了浓厚的人文气息。彼特拉克的同代人薄伽丘所创作的《十日谈》也被称为"人曲"，如果说但丁的《神曲》开启了信仰主义走下神坛的道路，那么薄伽丘无疑在这条路上走得更远也更出色。书中所收录的一百个小故事，大力渲染了世俗爱情与民间智慧，完全褪去了神圣光环之后，人文主义精神在书中得到了很好的体现。除了意大利之外，人文主义在欧洲其他各国的传播也为文学和思想界带来了巨大的震动，诞生了如莎士比亚、塞万提斯这样的文学巨匠，恩格斯这样评价这一时期："在意大利、法国、德国都产生了新的文学，即最初的现代文学；英国和西班牙跟着很快进入了自己的古典文学时代。"① 实际上，当神的光环已经不再成为人类社会关注的核心的时候，什么将会代替神登上神坛，是非常值得重视的一个问题。而文艺复兴以来的人文主义思想和文学实践实际上指出了将神拉下神坛之后，人可以作为神的替代物而建立新的世界观，人的地位、价值和尊严应当得到尊重。但是作为神的代替物被推上神坛的"人"究竟应当是怎样的人？我们可以从 18 世纪的思想脉络中发现以下两种不同的解答。

---

① ［德］恩格斯：《路德维希·费尔巴哈和德国古典哲学的终结》，《马克思恩格斯选集》第 4 卷，人民出版社 1995 年版，第 261 页。

　　启蒙主义以其强大的影响力成为 18 世纪欧洲的一个重要关键词。当新古典主义的笛卡尔、布瓦洛等人的"理性"越来越多的受到人们诟病的时候，一种新的"理性"开始进入人们的视野，这就是启蒙主义理性。启蒙一词本身含有"光明""照亮""开导""启迪"之义，康德在《答复这个问题：什么是启蒙运动？》一文中这样定义启蒙："启蒙运动就是人类脱离自己加之于自己的不成熟状态，不成熟状态就是不经别人的引导，就对运用自己的理智无能为力。"① 他认为启蒙运动的口号为："要有勇气运用你自己的理智！"② 也就是说，理智是人自己所有的而非外来的或被赐予的，人要能够善于使用自己的理智，来达成自己的目标，完成对自我的启蒙。康德在欧洲的思想史上是开创了主体论先河的重要思想家。突出人的理性，强调主体的能动作用是康德哲学和美学的根本出发点。在康德那里，"我"是先验的自我，它并不参考关于欲望、利益等的"经验条件"。那么主体又是如何认识世界？康德认为，知识来源于人先验的认识能力，人利用先验的"统觉"机能来对"范畴"进行整合，并最终完成知识的构造。在这一过程中，人的理性发挥着重要的作用。康德认为人的理性行为自发地产生于自我意志的理性形成过程，"理性的存在者则被叫做'人身'，因为，他们的本性就指出，他们自己本身就是目的"③。换句话

---

　　① ［德］康德：《历史理性批判文集》，何兆武译，商务印书馆 2009 年版，第 23 页。

　　② 同上。

　　③ ［德］康德：《道德形而上学基础》，孙少伟译，九州出版社 2007 年版，第 85 页。

说，在康德那里，理性的人本身就是自身的目的。而人和人的理性作为一种先验的存在，总是能克服所有来自于他律的因素而将行为归因于"自由的因果性"，意志也由此而成为关于自身的法则。康德的这一思想深刻影响了法国大革命之后启蒙思想中关于理性的人的思考，为值得尊重的人应当是什么样的人这一问题给出了尝试性的解答，开启了整个欧洲大陆关于启蒙以及启蒙理性的探索，也为不断涌现出的启蒙思想家提供了重要的思想和话语资源。

狄德罗是法国启蒙思想的代表性人物之一，他从美学层面提倡一种"美在关系"的学说。这一学说的更加重要的含义在于，狄德罗实际上在更深的层次上指出了所谓的"美"和"丑"都是在以人为尺度的前提下才有意义，没有绝对的美也没有绝对的丑，美和丑作为一种知觉都是以人的身心结构为基础和前提的，人作为主体是它们的判断标准。这样一种思想，就将审美行为拉回到人与审美对象之间的关系中，尤其强调了人在这一行为过程中的重要作用，再也没有任何带有神秘性质的东西作为绝对的美和终极的美而存在，并因此而阻碍人们对自我和世界的认知。换言之，美学思想的转换与启蒙思想带来的世界观与人对自我的认知的变化是息息相关的，狄德罗的思想是这一转变发生的重要表征。相比于被神学与教条的理性所压抑的艺术创作，狄德罗更加强调的是文艺（尤其是小说和戏剧）对日常生活的描写和展现，而小说中应当描写的主人公应当是资产阶级社会中的人，它们不再是中世纪的神也不再是史诗中的英雄，他们只是普通的社会个体，他们能够在主观上超脱自己的现实环境而努力向上爬，但是也随时存在着堕落的危险和可能性。这样从内容方面来说，文学创作的聚光灯开始指向了存在于社会中的个人，真实的个人，文艺复兴以来所强调的"人"的价值在创作实践中得到了真正的凸显，他的许多作品就是在这样的观念指导下创作完成的。

除了狄德罗之外，英国的霍布斯、洛克，法国的伏尔泰、卢梭等人都为启蒙主义的发生和发展起到了重要的推动作用，他们用思想改造着那个时代的人文环境。比如霍布斯提出的"哲学是为人生谋福利的"[①]，将哲学的目标由追求真理或者解读神性拉回了真实的世俗世界，为人的现实存在而服务。再比如伏尔泰对"天赋"概念的驳斥："如果在数学以外也有某种东西需要证明的话，那是因为人心里根本没有天赋观念；如果有，人们在出世的时候就会有一个神的观念，而且人人都会有这个观念；人们就会都有那些相同的形而上学概念；此外你还可以加上人们所陷入的一种可笑的荒谬：他们主张神在娘肚子里就给了我们一些概念，而这些概念却是完全必须在幼年时代教给我们的。"[②] 换言之，人的观念都是在后天习得的，所谓的最初的思想和观念是由神赋予的说法遭到了他无情的批判。以上种种的论述，都是为了表达一个理念，这个世界是属于人的。启蒙理性所提供给人们的是一种认识世界与认识人类自我的方式，面对自然与经验世界的时候，我们应当用自己的感官去感

---

① 北京大学哲学系外国哲学教研室：《西方哲学原著选读》上卷，商务印书馆 2007 年版，第 384 页。
② 北京大学哲学系外国哲学教研室：《西方哲学原著选读》下卷，商务印书馆 2007 年版，第 57 页。

受世界，获得最原始的感性材料，并由此形成对世界的进一步认知。现实世界是可知可感的，不再是彼岸世界的虚幻倒影。在对世界重新认识的过程中，人们对自己的能力和目标也有了进一步的领悟，不是要找寻某种带有终极性、神秘性的永恒存在，也不是要求索神在人间留下的蛛丝马迹，而是运用自己的理性和理智去认识、改造物质世界，创造属于个人和全人类共同的未来。人从造物主的客观对象变成新的创造者和领导者，从神的仆人变成拉伯雷笔下的"巨人"，人的自我表达也因此成为具有完全的合理性与合法性的行为。但是我们也应当注意到，以康德为代表的启蒙思想家所进行的实际上是资产阶级的启蒙，并非面向普通人。

如果说启蒙主义为人的合法地位奠定了思想基础的话，浪漫主义则用更加大规模的实践行为将这种思想向前推进。但是在某种程度上，浪漫主义也构成了对启蒙主义的反拨："毫无疑问，过于专制的理性主义使得人类的情感受到阻碍，在此情形下，人类的情感总要以某种别的形式爆发出来。当奥林匹亚诸神变得过于驯服、过于理性、过于正常时，人们很自然地就会倾向于那些较为黑暗的冥府之神。这种情形曾发生在公元前三世纪的希腊，到了十八世纪，又开始出现了。"① 换言之，当理性走向过度膨胀的时候，也必然受到新生事物的排斥，这种新生事物就是情感。虽然浪漫主义内部并非是铁板一块，但是浪漫主义对个人情感的强调，将艺术作为人的情感能量释放方

---

① ［英］以赛亚·伯林：《浪漫主义的根源》，亨利·哈代编，吕梁等译，译林出版社 2008 年版，第 51 页。

式，提倡驰骋想象力和使用充满激情的表述方式等论述几乎是
无可争辩的。但是在如何具体的界定浪漫主义与浪漫主义的艺
术作品这个问题上，不同的理论家有着不同的观点和态度。例
如歌德和席勒的观点就有着明显的不同。席勒将诗歌分为"朴
素的诗"与"感伤的诗"，前者实际上代表着现实主义的诗歌，
后者代表着浪漫主义的诗歌；前者是模仿和反映自然的诗歌，
后者是抒发诗人个人情感，体现诗人自我意识和个人色彩，并
带有反思性的诗歌。歌德也将诗歌分为"古典诗"与"浪漫
诗"，但是他对这两种诗歌带有明显的情感偏向性，他更加推
崇给人带来健康、新鲜、愉快等的古典诗歌，而厌弃给人带来
软弱、哀伤、忧郁等的浪漫诗。不论是赞同还是反对，褒扬还
是贬斥，自我情感的充分表达无疑是浪漫主义为诗歌与艺术生
产领域所带来的新变。"一切好诗都是强烈情感的自然流露"①，
英国浪漫主义诗人华兹华斯如是说。

　　浪漫主义运动所带来的成就之一，就是促使自荷马以来源
远流长但又不断受到压抑与排斥的诗歌又重新回到了文艺中心
的地位。"诗人要存在，诗也要读，在社会被扭曲的岁月里，
证明这两点有充分理由的需要变得益发迫切。"② 从实践层面来
看，无论是从创作的数量上、质量上还是接受程度上，浪漫主
义诗歌都在欧洲掀起了一个新的浪潮。随着诗的地位不断提高，

　　① ［英］华兹华斯：《〈抒情歌谣集〉一八○○年版序言》，曹葆华译，见伍
蠡甫、胡经之主编《西方文艺理论名著选编》中卷，北京大学出版社 1986 年版，
第 42 页。
　　② ［美］M. H. 艾布拉姆斯：《镜与灯：浪漫主义文论及批评传统》，郦稚牛
等译，北京大学出版社 1989 年版，第 528 页。

人们对诗人的评价以及诗人的自我认知也都出现了巨大的变化。回顾之前的诗学历史，诗人从神的代言人，只会玩弄技巧的虚构者，上帝的奴仆等一路走来，终于在这一时刻使自己登上了舞台的中心，用自己的声音诉说自己的情感，并得到听众的共鸣与喜爱。他们用奔腾的想象力，充沛的情感诉说着自我，想象着世界，也反思着这二者之间将以何种方式相互融合或者产生裂隙。

对于浪漫主义诗歌与早期的以模仿为主要创作方式的诗歌之间的差别问题，美国理论家艾布拉姆斯有一种简洁而又精到的论述，他补充并发展了哈兹里特的说法，认为早期的模仿自然的诗作像是一面镜子，它不论朝里或是朝外，都只能从单一的方向来反映所呈现的事物。而浪漫主义的诗歌却在这镜子之外又加了一盏灯，诗人所反映的世界，在面向镜子之前，业已沐浴在他自己所放射出的感情光芒之中。由此，浪漫主义的诗人们实际上是用自我的情感之光来照亮他所看到的自然与社会，并用富有想象力的笔触将它们付诸笔端，从而完成他们的创作实践。从只能机械反映客观世界的"镜子"到能动的照亮自我、照亮他人的"灯"，我们很容易将其与自我照亮的启蒙思想联系在一起，从这个维度上来说，浪漫主义虽然在以情感对抗理性方面构成了对启蒙理性的反拨，但是从精神内核上看，浪漫主义依然沿着启蒙主义所开启的自我启蒙、摆脱自我的不成熟状态的道路不断前进着，因此更准确地说，浪漫主义是对启蒙理性的一个补充。从另一方面来说，已经可以成为照明之灯的诗人，其地位与古典时代相比构成了一个重大的飞跃，敢于表达自我并进行积极的自我表现不仅已经完全合法化，甚至成为了判断一个诗人创作水平高低的最重要参照准则。在这种情形和氛围之下，诗人们对自己的认知也发生了重大变化，不必再担心被哲学家驱逐出理性王国，也不必匍匐在神的脚边战战兢兢地吟唱颂诗，他们成了艺术舞台上的主角和耀眼的明星。浪漫主义诗人雪莱这样称赞诗人："诗人们，亦即想象并且表现这万劫不毁的规则的人们，不仅创造了语言，音乐，舞蹈，建筑，雕塑和绘画；他们也是法律的制定者，文明社会的创立者，人生百艺的发明者，他们更是导师，使得所谓宗教，这种对灵界神物只有一知半解的东西，多少接近于美与真。……在较古的时代，诗人都被称为立法者或先知；一位诗人本质上就包含并综合这两种特性。因为他不仅明察客观的现在，发现现在的事物所应当依从的规律，他还能从现在看到未来，他的思想就是结成最近时代的花和果的萌芽。"① 可以看出，当诗人变成立法者和先知，诗人其实也就成了神，启蒙主义、浪漫主义共同把启蒙变成了"神学"，人取代了神。美国学者哈罗德·布鲁姆曾在对华兹华斯诗歌及其影响的分析中，概括了一个"浪漫主义的自我神话学"。《徒步远足》是"对浪漫主义的自我神话学作的最充分的陈述"，他说："在《徒步远足》中，孤独者的形象是浪漫主义最基本的原型的一个典型代表，这种人与他人不相往来，整天沉浸在自己的过分的自我意识中。"②

---

① ［英］雪莱：《为诗辩护》，缪灵珠译，见伍蠡甫、胡经之主编《西方文艺理论名著选编》中卷，北京大学出版社 1986 年版，第 69 页。

② ［美］哈罗德·布鲁姆：《批评、正典结构与预言》，吴琼译，中国社会科学出版社 2000 年版，第 206 页。

从文艺复兴对人的价值和意义的凸显开始，到浪漫主义最终把自我表达，自我表现固定为另一种传统，一种神话，封建秩序、宗教神权的影响力基本已经在整个欧洲大地上退散。模仿论主导下的创作方式虽然仍然在创作实践中发挥着不可或缺的作用，但是它已经不再是单一的或者不可或缺的创作观念与手法，因为承载它的认知系统已经发生了重大改变。启蒙理性照亮了自我，也填补了神学退场之后思想界所遗留的巨大空白，启蒙成为神话，人的中心位置或自我的中心位置就这样被顺理成章地体现出来，并被其后的浪漫主义者们所丰富，所歌颂。简言之，这一时期所产生的对人的推崇与宣扬，与其在更加漫长的历史时段之中被束缚被压抑是有着紧密的联系的，但也正是这种为了打破桎梏而不懈努力的过程和其所取得的成果，造就了人的价值在真正意义上的凸显。这种文学和艺术也因此获得了由这一变化所带来的独特的哲学与审美价值。

在启蒙主义那里，自我主体被设定为一种先验主体或者逻辑主体，独特的个体自我在先验或逻辑的世界中获得共同性。正如阿多诺所批判的：启蒙主义那里，"自我也就不会再是肉体、血液、灵魂，甚至原始自我"①。马克思曾指出，德国古典哲学家费尔巴哈一方面撇开历史进程把人假定为抽象的、孤立的个体；另一方面他把人的本质理解为"类"，理解为"一种内在的、无声的、把许多个人纯粹自然地联系起来的共同性"②。

---

① ［德］霍克海默、阿多诺：《启蒙辩证法》，渠敬东、曹卫东译，上海人民出版社 2006 年版，第 23 页。

② ［德］马克思：《关于费尔巴哈的提纲》，见《马克思恩格斯全集》第 3 卷，人民出版社 1979 年版，第 5 页。

这种抽象的自我同样也存在于把自我主体的丰富情感、想象推向极致的浪漫主义那里。浪漫主义作家在将自我无限放大的同时，他们专注于倾吐个人的思绪与情感。这种个人其实仍然是臆想的，抽象的，因为任何人都并不处在幻想的、与世隔绝的、离群索居的状态。人的一切感情、心理、行为，都"属于一定的社会形式"。马克思认为："单个人的历史决不能脱离他以前的或同时代的个人的历史，而是由这种历史决定的。"① 浪漫主义诗人能够在这样一个时代得到发出自己声音的机会，实际上也是历史给予的，因为"不管个人在主观上怎样超脱各种关系，他在社会意义上总是这些关系的产物"②。

三 自我表现与审美自足

20 世纪的思想界由于受到科学、哲学整体"向内转"的影响而开始了对人本身的关注，与此同时，人们在现实的世界中见证了现代性的飞速发展、科学的惊人进步，目睹了世界大战之后的动荡与废墟，从而引发人们开始思考人类的根本属性、最本真状态究竟是什么。宣布上帝已死的尼采为这种主体化转向奠定了重要基础。在尼采有关个体和自我的论述中，最重要的就是他所说的"强力意志"（也称"权力意志"或"冲创意志"），"生命就是权力意志"③。在尼采看来，人的生命就是一种冲动与创造力，这种创造力来自于生命本身，并非神秘主义

---

① ［德］马克思、恩格斯：《德意志意识形态》，见《马克思恩格斯全集》第3 卷，人民出版社 1979 年版，第 515 页。

② ［德］马克思：《资本论》，第一版序言，见《马克思恩格斯全集》第 23 卷，人民出版社 1979 年版，第 12 页。

③ ［德］尼采：《权力意志》，张念东等译，海南国际新闻出版中心 1996 年版，第 52 页。

的上帝或者其他的物质与精神实体。而强力意志则是表现、释放、改善与增长自在的生命的意志。那么自我或者生命的表现又是什么呢？尼采认为，强力意志或者生命本身实际上是纯粹利己主义的本能冲动，表现为一个不断地自我展现、自我创造与扩张的过程，而一切的存在也都是强力意志的追求和运动。"意志解放一切：这是意志与自由之真正学说。"① 关于强力意志的最终目的是什么，尼采声称，应当使用强力意志使人超越自己，成为自己的主人，成为尼采所谓的"超人"。同时他认为，追求强力意志的时候应当摒弃良心与道德，拒绝伤感与软弱，因为"强大的意志指挥软弱的意志。除了为意志而意志之外，根本不存在别的什么因果关系"②。这样一来，尼采就将个人的个性、自我的价值、内在精神的发挥放在了最重要的位置之上，强调人的本质就在于人的不确定性、未完成性与可塑造性。而尼采对强力意志的阐释和强调，实际上是在面对垄断资本主义发展过程中带来的残酷竞争与弱肉强食的生存现实。在这一现实面前，尼采选择了强力意志作为人的发展与生存的武器和手段，强调精神的能动作用，这种向内在和精神力量的转移，开启了20世纪的重要思想走向，这也是第二次世界大战后存在主义、现象学将尼采争相征引并将其当做重要研究对象的根源。

胡塞尔和他所建立的现象学流派开启了哲学向人的自我复

---

① ［德］尼采：《查拉斯图拉如是说》，尹溟译，文化艺术出版社1987年版，第85页。
② ［德］尼采：《权力意志》，张念东等译，海南国际新闻出版中心1996年版，第32页。

归的理论转向，他的《逻辑研究》被认为与弗洛伊德《梦的解析》共同打开了 20 世纪欧洲哲学向内转的大门。那么胡塞尔究竟是如何阐释他观念中的自我的呢？首先，胡塞尔将人的自我放置于他研究的中心，他将自我描述为，"首先，并在一切可设想物之前，我存在着"，"我存在是意向性的元基础"①。我们知道，胡塞尔的现象学理论本就是以前逻辑性与前因果性的意识界为核心的，而意识是人的特有和固有属性，那么关注自身以及每一个存在着的"自我"自然是胡塞尔现象学核心中的核心。所以保罗·利科评价胡塞尔的现象学时曾经谈道："精神的第一个新特点就是人处在自身世界的中心。"② 这样的出发点和表述很容易让我们联想到笛卡尔的"我思故我在"，在笛卡尔的哲学或者科学世界里，"我思"也是其带有自我主义倾向的立足点。但是胡塞尔认为，笛卡尔的"我思"将一种观念放置到先验的位置上，从而使它并不能成为一种具有本体论意义和指向的哲学体系，这样的体系更无法满足胡塞尔以科学的精神和态度研究哲学的要求，所以这种空洞的自我主义实际上成了胡塞尔力图在继承的同时进行本质性超越的哲学传统之一。在胡塞尔那里，我们也很容易发现黑格尔思想的影响，胡塞尔与黑格尔一样，都强调自我意识以及自我意识在追求绝对真理的过程中所起到的重要作用。但是胡塞尔与黑格尔在如何使用自我意识来追求真理的问题上采取了迥然不同的策略，与黑格

① ［德］胡塞尔：《形式逻辑和先验逻辑——逻辑理性批评研究》，李幼蒸译，中国人民大学出版社 2012 年版，第 202 页。
② ［法］保罗·利科：《论现象学流派》，蒋海燕译，南京大学出版社 2010 年版，第 107 页。

尔强调使用"扬弃"和辩证法来认知绝对真理相比,胡塞尔更强调通过对未经验证的经验和成见的"悬置"。如此一来,通过自我本身来解释自我就成了胡塞尔现象学所要解决的最根本任务,那么胡塞尔的"自我论"实际上也就可以等同于现象学本身。

现象学的哲学理论也在文学和审美范畴引起了重要的反响,或者换句话说,相比于英美的批评理论,欧洲大陆的批评传统更大程度上被哲学的发展所牵引,这种情况在 20 世纪以来体现地愈发明显。由此,现象学美学家们提出,现象学从本质上来说更适合于阐释审美经验,因为它用自己的眼光与视角揭示了审美活动的过程以及审美主体和对象在这一过程中的功能角色。从本质上来说,艺术作品是由人的主观这一"先验的主体性"建构起来的"意向性对象"。这一判断实际上揭示出审美不再是对审美对象的本质性或特征性的描述与研究,而是凸出对主体的意向性投射这一过程的探索,审美的关注重心从原本的客体一端转移到主体以及主客观交融的问题上来。同时,艺术的创作和鉴赏机制也有赖于主体的本质的直觉,当作家或者艺术家面对世界的时候,需要将他自己原本的世界观进行"悬置",之后再以纯粹的意识直面这个世界。在鉴赏时,也要将作品以外的东西存而不论,以"本质还原"的方式来欣赏艺术作品。这种观念实际上明确地表征出文学与审美转向个人内在的倾向和趋势,这种审美方式完全排除了艺术的外部因素的影响,而转向内在与纯粹的自我意识及其与审美对象的交互关系之上。

现象学美学家英伽登将意向性对象分为两种,即认知行为的意向性对象和纯意向性对象，前者指代实在的现象和观念性的现象，后者则是纯粹的意向性对象。英伽登这样解释它："一个客体如果是直接或者间接由意识行动或者由许多这样的内在的意向性的驱使所采取的行动创造的，那它就是纯意向性的。"① 最典型的代表就是文学与艺术作品。而艺术作品作为一种纯粹的意向性对象，除了其材料可以体现自身的部分特性之外，必须依赖主体的意识活动来填充。这样一来，就将审美的过程和功能与人的主观能动性紧密地结合起来，突出了个人在审美过程中的作用。有些学者强调，在现象学中审美有效性取决于对象的物质基础与主观意向性投射的双重作用，同时现象学也通过对意向性活动过程的揭示颠覆了在西方思想史上源远流长的主客二分的思想传统，将审美过程中的二元变为一元。但是我们应当注意到的是，主体实际上掌握着艺术审美活动中的主动权，它决定着审美活动何时开始，何时结束，过程长短，效果如何，等等，所以现象学美学虽然强调二者的共同价值与交互活动，但是二者在融为一体时所发挥的作用是不同的。这也是后来受到现象学强烈影响的文学批评理论被称为"接受美学"的主要原因。虽然在接受美学中，读者并不是唯一可以影响文学批评的要素，阅读的过程同时也会受到伊瑟尔所说的"隐含的读者"——实际上是作者所创造的理想的阅读模式——以及文本的"空白"等的影响，但是主体和自我在这一过程中所起到的更加重要的作用是不可否认的。

① ［波兰］罗曼·英伽登：《论文学作品》，张振辉译，河南大学出版社 2008年版，第 143 页。

关注人及其本质的问题在 20 世纪并不是现象学的专利，其后的存在主义以更大的声势加入到关于人的本质和自我的讨论中去，当然他们在很大程度上受到了现象学的影响，甚至就以现象学哲学家来标榜自身。但是存在主义哲学从思路到方法已经基本完全脱离了现象学的研究轨迹而开辟了新的研究方向和路径。首先他们关注的不再是纯粹意识而是"存在"，后者比前者带有了更加浓厚的哲学意味，他们关注的是人的存在，他们将关注存在作为人的一种自我关怀的方式。同时，他们对存在的关注和探讨也在很大程度上脱离了本体论的视角。虽然他们认为人最根本的确定无疑的属性就是存在，但是这实际上不是一种本体论角度的归纳，比如萨特强调存在先于本质，或者如海德格尔所说："存在总是某种存在者的存在。"① 同时，人的本质是存在但也不仅仅是存在，因为存在主义者们认为人和事物在本质属性方面存在着截然的区分：事物的本质是确定的或被给予的，而人的属性存在于人类自我实现的过程中，也可以看作是一种对于实现自我期待的期望和渴求，所以存在只是他们进入人和自我的一个最重要的切入点，所以海德格尔将主体界定为一个非本质性的存在，而仅仅是一种心理性的存在。他们希望借此来进一步揭示的是人与世界、人与人、人与自身之间的隐含意义。

关于自我如何存在的问题，存在主义哲学对现象学有着明显的继承关系，他们也将自我规定为认识的核心范畴，世界是

---

① ［德］海德格尔：《存在与时间》导论，陈嘉映等译，见孙周兴选编《海德格尔选集》上，上海三联书店 1996 年版，第 36 页。

"属人"的。萨特就认为与其说自我是世界的镜像，不如说世界是我的意象。但是这样的界定并不意味着他们对客观世界的拒绝，在海德格尔看来，即便是最单独的存在也仍然是在世界中与他人的共在，雅斯贝尔斯也认为正是在与他人的交往中自我才能够存在。从这里我们可以总结出，存在主义与唯我论之间无法相互等同是因为在存在主义者的眼中，自我并不是被封闭的纯粹自我，而是同他人一起的肉身性存在，但是自我作为一个能动的核心范畴，具有将自己从社会的同一性框架和"常人"的群落中解脱出来的能力和要求。这也就是前面所说的存在就是一个自我实现的过程。或者用海德格尔的话来说，人的此在现实并不是自我控制的或者自律的，它是为存在所塑造的。"此在总是从它的生存来领会自己本身：总是从它本身的可能性——是它自身或不是它自身——来领会自身的。或者是此在自己挑选了这些可能性，或者是它陷入了这些可能性，或者是它本就已经是在这些可能性中成长起来的。"① 那么在这个塑造过程中需要借助什么呢？存在主义者认为是人的自由决断，当然这种决断的自由所指代的不是"任意性行为"，而是一种逃离了因果性和理性的思维范式而来的自由。从这些表述我们可以看出，自我在存在主义理论中的核心位置并没有发生根本性的改变，自我仍然是一切活动开展的基础与核心，并且借由自我决断来推动每一个个体自身的发展。除了在时间向度上将自我拉长为一个漫长的过程之外，存在主义也将自我向自我以外

① ［德］海德格尔：《存在与时间》导论，陈嘉映等译，见孙周兴选编《海德格尔选集》上，上海三联书店1996年版，第41页。

的空间展开，因为自我的意义在很大程度上需要通过进入自我之外的空间并借助与他者的交流而完成和实现。这样的自我也就突破了笛卡尔式的自我。

在面对逐渐被科技所占领和统摄的现代社会时，海德格尔主张回归到艺术和诗。他认为，正是因为有了艺术和诗的存在，人与存在者之间才能够摆脱主客体关系而恢复到纯粹而又自然的关系之中，也就是使世界回到世界本身的过程。艺术和诗也因此具有了深刻的现实性。从这一点来看，海德格尔的文学观实际上不是指向个体的，而是指向一种主客体交融的现实性存在，世界和历史从来没有离开过他关注的视线，这种思想对文学创作的影响无疑是积极的。

萨特作为存在主义思潮中的重要人物，不仅在理论方面做出了突出贡献，也以自己丰富的文学实践为我们展现了存在主义文学观念的一个重要侧面。萨特的存在主义文学被称为"介入文学"，介入意味着文学应当直面社会现实，所以他也反对为艺术而艺术的文学。但这种面对现实又不同于现实主义，实际上萨特是反对现实主义的，因为他认为现实主义的作家对现实的态度过于冷静或者暧昧不明。在萨特的眼中，文学不是消遣和娱乐，而是要同自我所面对的世界作斗争，那么作家和艺术家就有义务表现为人的解放而进行的斗争，揭示人所面临的困难以及改变的可能性。"如果人们把这个世界连同它的非正义行为一起给了我，这不是为了让我冷漠地端详这些非正义行为，而是为了让我用自己的愤怒使它们活跃起来，让我去揭露它们，创造它们，让我连同它们作为非正义行为，即作为应被取缔的弊端的本性一块去揭露并创造它们。"① 从这个角度来看，似乎会认为萨特在文学艺术方面注重的是文学的外部因素，这一点似乎也是无可否认的。但是如果我们换个角度来看，萨特所关注的不是抽象的、总体性的社会或文化，而是实实在在存在着的个人在社会中的存在状态。比如他在《恶心》中所要表现的，就是现代人的一种压力重重、举步维艰的生存状态，这种来自于心理的压迫感甚至让人想要呕吐。但是恶心之后的清醒又会带给人一种危机感，人的意识也是因此才会觉醒，并产生直面社会的勇气，这才是萨特真正想要"介入"的。从整个存在主义思潮来说，这种观念的产生也是有原因的，存在主义者虽然承认自我必须在与自我之外的空间的行动中实现对自我的渴望，但是他们对这一过程并没有抱多少乐观的态度。20世纪以来世界发生的巨大变化让他们开始对这个世界充满了恐惧、怀疑与不确定，雅斯贝尔斯就强烈的怀疑被异化的世界是否还能再为人们提供可靠性或者作为一种精神家园而存在，而人类最终将处于一种"无家可归"的状态，海德格尔也认为："没有任何时代像当代那样使人如此地成了问题"②，"我一向把写作计划看成对某种人类的和整体的处境的自由超越"③。萨特的介入文学来自于对这种现代性的存在产生的虚无与不信任之感以及由此而产生的反抗与超越的冲动。这种观念也推动着以

① ［法］萨特：《什么是文学?》，施康强等译，见李瑜青主编《萨特文学论文集》，安徽文艺出版社1998年版，第113页。
② ［德］海德格尔：《康德和形而上学问题》导论，邓晓芒译，见孙周兴选编《海德格尔选集》上，上海三联书店1996年版，第101页。
③ ［法］萨特：《什么是文学?》，施康强等译，见李瑜青主编《萨特文学论文集》，安徽文艺出版社1998年版，第122页。

萨特为代表的存在主义者在"为艺术而艺术"的文艺潮流中做一名勇敢的反叛者，用对自我存在的关怀，来批判和反思人的异化的存在以及人的精神世界。

若"主体误把自身当作先于社会的存在物，这是主体的必然的幻觉，一种关于社会的纯粹否定的陈述"①，存在主义忘记了"社会先于主体"。否定了社会的先在性，这种主体本体论其实必然带来主体中心论。正如 K. 洛维奇在批评海德格尔的本质展开/生成的历史性时说："在彻底的历史思维的框架里，人们何以能够在'真正的'实践和'庸俗'的事件之间划出界限，何以能够在人的自我选择的'命运'和那些降临在人们头上并诱使人们进入暂时的选择和决定中的非选择的'变迁'之间做出不含糊的区别呢？"②换句话说，主体的自我选择如何做到纯粹的自由而不是主观随意或屈从外力？阿多诺也批评说，这"使得人们不加审视地把存在的力量归于历史的力量，从而证明服从历史的形势是合理的，仿佛这种服从是由存在本身所命令的"③。存在主义的存在本质和自由选择在这里变得更加主观化也更加犬儒主义。

从现象学到存在主义，我们可以明显感受到的是人文关怀在不断地加深，以本体论的探讨为旨归的寻找自我的过程，最终回归到自我作为世界的一个组成部分如何存在的认识论问题。

---

① ［德］阿多诺：《否定的辩证法》，张峰译，重庆出版社 1990 年版，第 126 页。

② ［德］K. 洛维奇：《海德格尔：贫困时代的思想家》，转引自阿多诺《否定的辩证法》，张峰译，重庆出版社 1990 年版，第 130 页注释 1。

③ ［德］阿多诺：《否定的辩证法》，张峰译，重庆出版社 1990 年版，第 129 页。

哲学和文学艺术向内转的姿态在这个过程并没有出现过根本性的动摇，但却也在某种程度上不断接受着来自外在的挑战，自我可以独立，但是并不一定可以自足，这是建构新的关于自我的认识论的重要条件。

在审美领域内，美国理论家哈罗德·布鲁姆则可以作为审美自我化、内在化的观点的一个典型的代表人物。首先，布鲁姆排除了所有关于文学和审美研究的外部研究思路，称这些专注于外部研究的流派——如新马克思主义、女性主义、心理分析等——为"憎恨学派"。在此基础上，他承袭了康德等人的审美学说，认为艺术本身即是其目的，审美判断是非功利的，主要关乎主观的心理力量等。布鲁姆认为对诗的解读不应当仅仅局限于某种文学本质性或批评策略性的描述，而是应当将它作为一种审美主义世界观，"人类的存在与世界最终只有作为审美现象才是合理的"①。由此，布鲁姆的理论不同于通常意义上的审美本质论强调文学的审美价值的核心地位或者审美批判的终极维度，而是更极端，更加强调审美与自我的唯一性，将文学的唯一目的和价值确定为审美，并声称要"维护审美的自主性"。如此一来，在文学研究的方法和策略上，他不仅质疑文学的"外部"研究，也质疑某些"内部"研究，比如对艾略特等人"非个性化"的表述以及弗莱的"原型批评"。从这里折射出布鲁姆所真正期待实现的是更加具有人文色彩以及关注诗人主体的诗歌批评。从这一思路出发，我们可以发现无论是

---

① ［美］哈罗德·布鲁姆：《西方正典——伟大作家和不朽作品》，江宁康译，译林出版社 2005 年版，第 343 页。

他对西方经典作家谱系的建构，还是对作品的经典性解读，都是围绕着"审美自主性"这一核心维度展开的。比如他将浪漫主义诗歌分为两个阶段：普罗米修斯阶段与"想象和真人"阶段，前一阶段代表着浪漫主义诗人如雪莱、布莱克等人对社会革命的热情及介入，当诗人们意识到变革无望后，便转入了第二阶段，这一阶段的特征是诗人们远离论争与讽刺，更多的将精力集中于"自我"本身。那么前一阶段的政治性意义便被转化成为第二阶段做前期铺垫的关于自我心灵的美学状态。同时他也认为，在艺术家的个性遭遇到政治和时代遏制的时候，真正出类拔萃的艺术家是无法被时代或者社会机制所禁锢的，真正的思考与社会政治无关，因此，经典的意义必须在审美角度来认知，他很赞同黑兹利特所说的艺术并非以进步为鹄。这样一来，布鲁姆在自己的批判实践上，成功地将所有"外在"于文学的"杂质"排除出审美领域之外，或者也可以说，把所有外在于审美的东西作为审美的前期准备阶段而进行改造，使其得以被纳入有关艺术家内在世界的审美领域。

从本质上说，布鲁姆是不否定人的社会性存在的，但是他更加强调的是"个体的自我是理解审美价值的唯一方法和全部标准"①，"审美只是个人的而非社会的关切"②，于是，"审美批评是我们回到文学想象的自主性上去，回到孤独的心灵中去，于是读者不再是社会的一员，而是作为深层的自我，作为我们

---

① ［美］哈罗德·布鲁姆：《西方正典》，江宁康译，译林出版社 2005 年版，第 16 页。

② 同上书，第 12 页。

终极的内在性"①。也正是由于他对审美与个人性的强调，有研究者将他的立场定义为"唯我主义"，这种说法其实不无道理，因为他在很大程度上继承了浪漫主义以来的"大写的我"。在布鲁姆看来，叙述者背后真正的作家自我无一例外都是强大有力的，即使作家在写作中可能会出现故意隐匿自我的状况，试图以尽量客观与冷静的姿态来描述对象，或者毫不掩饰地热情颂扬，但实质上，均无法回避作为叙述者的我和我的观念的客观存在。任何伟大诗人旺盛的生命力，及其全部创造活动的源泉，也正在于其永久而敏锐的自我倾听。正是在这样的观念支配之下，布鲁姆完成了审美行为的内转，审美行为与个人、个性紧紧联系在一起，文学和艺术中的个人主体成为了支配其研究的唯一的核心与目的，社会的、历史的、政治的影响再也无法成为左右艺术家个性与创造力的干扰因素，审美唯一的指向即是"我"。艺术的自我中心主义在此得到最显著的表达。

四　自我宣泄与欲望书写

现象学和存在主义等从科学和哲学的双重视角与方法维度为探究什么是人的本质，人如何认识世界和人如何存在提供了向内转的认知方向，人的意识、精神现象和存在状态成为他们关注的主要对象。当我们回顾 19 世纪后期的历史，我们会发现，一种被称为"自然主义"的观点和视角则成为人类看待自身的新渠道，他们所关注的恰恰是人所存在的另外一种方式，即人作为动物的和肉体性的存在。随着工业革命与科学技术的

---

① ［美］哈罗德·布鲁姆：《西方正典》，江宁康译，译林出版社 2005 年版，第 8 页。

开展，人们开始了从社会的人与生物的人两方面来展开对人自身进行思考的进程。同时，由于对客观世界的认识和理解不断加深，人们更加倾向于从现实性、物质性的一面来看待事物，这其中当然也包括了人自身。而达尔文式的人的观念随着他的进化论理论的提出更是将对人的研究带入了科学探索的轨道。自然主义者们受到以上种种因素的影响，开始有意识地将人降低到动物的层次，精神的人开始被肉身的人所取代。他们将自我的行为看作是由遗传、环境影响和时代迫力种种因素合力影响的结果，而自我的意志在这一过程中几乎不发挥作用，这使得自然主义作品中的人看起来呈现出一副没有自我的样子。因为他们眼中的人只是由神经和血液控制的、没有自由意志和性格的人形动物。

作为自然主义运动的主要理论家和创作实践者，左拉为自然主义的发生和发展都做出了巨大的贡献。他像一名医生一样解剖着他笔下的人物，在他看来，小说家仅仅是一名记录员，他只是忠实地记录，而不准自己作出评判或给出结论。而小说创作的过程实际上就是他的研究过程，他希望通过这一过程来使人逐渐摆脱我们对自我认识的一片漆黑状态。左拉究竟希望表现怎样的人，或者说人的怎样的状态？从原则上来说，他否定人的超自然属性，也质疑人的抽象性，反对以形而上学的方法阐释人类。这样，生物的人而非思想的、非精神的、非智慧的人是他着力研究的对象。从他的创作来说，左拉也很好地实践了自己的准则，他坦言，小说家就是关于人及其情欲的法官。"在所有人身上都有人的兽性的根子，正如人人身上都有疾病的根子一样。"① 他在自己的作品《娜娜》中，将娜娜作为一个情欲的象征符号，在她身上发掘出了人的原始本能——性本能。因为它是使得人类得以生存与繁衍的永恒能量，它本身无所谓美丑好坏，但是它由于其所处的社会与文化环境而获得了道德的与伦理的含义。当然他作品中赤裸的生理展示与不堪入目的描写常常受到人们的诟病。

左拉等人无论从理论开掘上还是创作实践上对自然主义所做的推进，实际上不仅仅催生出一种新的创作手法，而且作为一种新的认识论能够指导人的进一步自我认知。从与创作传统之间的关系来说，自然主义其实并没有完全另辟蹊径，它们本质上是沿着"文学是人学"这一古老命题而前进的，它甚至再一次确证了人在文学中的核心与主体地位。同时，它在表现内容和技巧方法上也与现实主义有着相当密切的联系，但是在视角的选择上，却是着重强调了人作为自然的与生理的、欲望的那一半的现实合理性，这也是为什么苏联理论家季摩菲耶夫将自然主义表述为降格的、有缺陷的现实主义的原因。然而他们的这种倾向性与选择恰恰为人与自我的认知系统在前进的主干道上分出了一条新的岔路。自从人文主义精神与启蒙思想将上帝推下神坛，而以人的主体性取而代之开始，人们所颂扬的都是理性的人、智慧的人，不论是古希腊自然、健康的人，还是浪漫主义时而感伤时而热烈的人，都是理性的人。而自然主义所开启的一条非理性的道路，人的理性在人自身不可控的遗传

---

① ［法］左拉：《戏剧中的自然主义》，毕修勺、洪丕柱译，见伍蠡甫、胡经之主编《西方文艺理论名著选编》中卷，北京大学出版社 1986 年版，第 203 页。

因素、欲望和社会的现实压抑的共谋中被吞噬和湮灭了，剩下的只是动物的、生理意义上的人。当然，这些思想如今看来有些过于极端化了，也许是自然主义者们过于迫切地希望从非理性的角度重新认识自我所产生的一种反效果。正如马克思在致拉萨尔的信中写道："主要的出场人物是一定的阶级和倾向的代表，因而也是他们时代的一定思想的代表，他们的动机不是来自琐碎的个人欲望，而正是来自他们所处的历史潮流。"① 过度强调个人及欲望的重要性，必然忽视人在历史发展的轨迹中所处的位置和所扮演的角色，这种忽视让自然主义走向了越来越极端，越来越狭窄的发展道路。所以在后来的现代派的作品中，我们仍然可以看到自然主义留下的痕迹，但是意义和形态已经完全不同了。

对人自身的科学关注也使得心理学学科在这一时期加速发展，运用科学的方法和理论体系来解释心理现象和精神功能成为了研究者们的共同目标和期望。同时，科学的理论也引发了哲学的现代化运动，主体及其自然性被放到了哲学的中心地位。弗洛伊德及其精神分析的理论学说在这平行推进的两个过程中都产生了重大的影响，他大力地拓宽了向内转的认识自我的道路，同时也用更加理论化、体系化的方法将从自然主义以来立足人的身体和欲望来剖析人的精神与行为的研究方法进行了深化与改造，期望在一种规范化的知识体系内给这些问题做出解答，甚至可以说以科学化的方式开启关于人的非理性自我的

---

① ［德］恩格斯：《恩格斯致斐·拉萨尔》，见《马克思恩格斯选集》第4卷，人民出版社1995年版，第558页。

认识。

在弗洛伊德的理论系统中，他关于"力比多"的理论对于认识非理性自我具有重要意义。"力比多"理论又被成为泛性论，因为"力比多"本身就代表着一种性欲能量。弗洛伊德认为"力比多"是人类精神活动的动力，这种动力存在于人生命的各个阶段，甚至包括了人的婴儿时期。"力比多"理论要求我们从两个层面来看待人，第一个层面是生理角度，它在这里表现的是性冲动；第二个层面是心理角度，体现为对性关系的渴求。综合这二者来看，"力比多"的作用表现出的是一种性欲和性本能对人格的塑造作用。同时，他关于"力比多"的理论作为一条重要的线索贯穿在他的其他理论当中。比如在他的众所周知的三重人格理论当中，人格被分为一个三层结构的系统，由本我、自我、超我三者组成。他将自我看成人人都具有的一个心理过程的连贯组织，它控制着能动性的道路，即把兴奋排放到外部世界的道路。而相对于自我来说，本我则是一个更加充满着原始的冲动和欲望的所在，"自我代表我们所谓的理性的和常识的东西，它和含有情欲的本我形成对照"①。同时，自我与本我之间的关系被弗洛伊德描述为骑手和他的坐骑的关系，如果自我不愿意与本我相分离，就像骑手不愿意离开他的马一样，它就会被本我所引导，"自我经常把本我的愿望付诸实施，好像是它自己的愿望那样"②。也就是说，"力比多"

---

① ［奥］弗洛伊德：《自我与本我》，见车文博主编《弗洛伊德文集》第6卷，长春出版社2004年版，第126页。

② 同上。

通常存在于本我之中，但是会由于自我对本我的迁就或者缺乏控制，本我被自我所直接体现出来，影响人的心理和行为。这个理论也同样被用来解释人的本能，弗洛伊德认为人的本能由两种冲动构成，即生的本能与死的本能，人的生命即是这两种理论之间相互冲突与和解的结果。这两种本能有各自的区别特征，但是也有相通之处，那就是它们都以与性冲动相关的力比多作为一种推动力，它以个体本能表达与满足的内在动力的形式存在着。同时，本能冲动本身就是作为爱欲的派生物来表达自身的。既然有了冲动，就会有压抑。压抑在弗洛伊德看来是潜意识的原型，它在被转化为意识之前便以一种压抑的形式存在着，但是压抑必须得到宣泄才能保持人的意识与神经机能的正常运转。在"力比多"理论中，性冲动一旦被激起就会产生紧张，而性紧张必须得到释放，否则会引发两种类型的精神官能症，这就带来了对"宣泄"的强调，以宣泄来释放被阻塞的记忆以及相关的情感和意念。如果得不到宣泄而被迫选择了压抑，那么压抑之后大量的力比多并未消失，而是转化成了焦虑，进而引发精神上的非正常状态。借由这一理论，精神分析在文学领域建立了新的研究方法，比如用精神分析的手法来发现细节，找到最深层次的"冲突"，将从古希腊悲剧就开始的关于杀父娶母的母题归结为"俄狄浦斯情节"，以及人物形象的心理分析法，等等，不仅为文学研究者，也为作家的创作开启了新的方法和路径，人们开始更多地将注意力放在由表层的行为而透露出的症候式表征之上。

"力比多"在弗洛伊德的理论中扮演了重要的角色，它被描述为一个处于基础性地位的内驱力，它潜藏在无意识的大海中，但是有时候又会浮出水面掀起波涛与风浪。与自然主义将欲望作为人的非理性的内在动力相比，弗洛伊德的力比多虽然无法被进行量化的测量，但是其与以非理性方法来探究人类心理与行为关系的探索之间还是有着本质的不同，弗洛伊德至少尽力在阐释力比多发生作用的方式，同时也以临床方面积累的经验和素材来为他的理论架构提供重要的支撑和参照。而关于他对性欲与性能量的关注——虽然饱受诟病——将人对自身的认知带入了精神分析的广阔领域。虽然福柯在谈到弗洛伊德的时候否认了他在对性的意识的关注方面有首创之功，他认为弗洛伊德提供给我们的东西早在天主教田园诗 16 世纪的修正版中就已经有所显露了，但是其实这两者之间的区别还是明晰可辨的，弗洛伊德的关注点不仅仅在性本身，更在于将性的理论科学化、体系化地带入人的心理和精神研究层面。从结果层面来看，弗洛伊德为"自我创造"和"自我了解"创造了一种现代形式，但是在阐释性欲与人类主体关系的层面，这场有关自我观照的认识论"灾难"还是以失败而告终。之所以称其为灾难，是因为它过于偏激地将性提到了不应有的高度之上，与当时的社会文化和道德伦理产生了强烈的抵牾，甚至在一定程度上遮蔽了这一理论所带有的闪光点和突破性见解。

弗洛伊德在试图建立另一种关于自我的本体论的过程中，也将自我的问题与现代性的问题密切联系在一起。他认为文明的起源和发展都来源于对本能的压抑与升华，但是现代社会将性冲动通过升华作用转移到性对象之外的文化活动中去的行为，也同时带来了其他的问题，因为人们不得不花费更多的时间与精力去对付自身的本能冲动。而由此所导致的心理疾病作为一种具有强烈现代性的病症正是由于现代文明作为一种规则和约束将人的性本能逼到了走投无路的地步，"任何阻止进攻性向外发展的行为都必定会助长有机体的自我破坏"①。于是他将这二者之间的关系表述为"文明对性欲的做法就像一个民族或一个阶层的人所作所为一样，使另一方遭受到剥削"②。

总的来说，弗洛伊德理论对欲望的满足与宣泄的理论，无疑为"人如何在精神层面认识自我"这个问题提供了具有某种阐释效力的生理学解答，也为自我的现代性发展提供了新的认识渠道。从文学与艺术的审美剖析层面来看，弗洛伊德的精神分析为文学批评提供了巨大的理论资源，他将小说作为作家的白日梦的观点，建立起文学文本与作家自身欲望的联系。他认为："幻想的动力是未得到满足的愿望，每一次幻想就是一个愿望的履行，它与使人不能感到满足的现实有关联。"③ 同时他也将文学作品作为作家的自我意识分裂的体现或者佐证，"作家用自我观察的方法将他的'自我'分裂成许多'部分的自我'，结果就使自己精神生活中冲突的思想在几个主角身上得到体现"④。他的这种观念，开启了从创作者一端对文学艺术进行思考与批评的新视角，打破了从前单薄的作家传记研究，将

---

① ［奥］弗洛伊德：《文明与缺憾》，傅雅芳等译，安徽文艺出版社1996年版，第67页。

② 同上书，第48页。

③ ［奥］弗洛伊德：《创作家与白日梦》，林骧华译，见朱立元主编《二十世纪西方文论选》上卷，高等教育出版社2002年版，第317页。

④ 同上书，第319页。

对作者的研究从某种程度上的外部研究重新拉回到内部研究的范畴之内，凸显了作家的自我及无意识对文学创作的影响。但是，我们也不难发现在弗洛伊德一方面打开了人的精神意识的丰富空间，另一方面这里开始出现的一个"自我"分裂的倾向，即自我的意识与无意识的分裂，人不再是自我心理的主人，无意识的存在使得人的主体性去中心化的过程悄然开启了。同时，其泛性论倾向也为文学艺术的欲望宣泄和身体书写提供了理论支撑，这种欲望与隐秘心理因缺乏与社会历史的深刻联系而显得过于单薄和琐碎，因此这一理论给文学造成负面影响也显而易见。

拉康在 20 世纪后半叶主体性遭到普遍怀疑和挑战的情形下，将自己的使命定义为"回归弗洛伊德"，即回到无意识的自我而非意识的自我，在新的语境中继续解释无意识主体的真理。首先他将弗洛伊德的"力比多"理论及其与欲望之间的关系做了新的阐释，他认为欲望应当与心理的驱动力直接联系起来，欲望是"力比多"的投注，那么"力比多"的投射也就变成了欲望展现自身的过程，同时也是欲望寻找其对象并最终实现自身的过程。欲望在拉康的理论体系中占有相当重要的位置，拉康认为人类的全部经验正是在欲望的领域之内才得以展开。需要注意到的是，拉康的欲望理论与自然主义所提倡的欲望有着本质上的区别，他眼中的欲望并不是无法掌控的、脱缰野马似的支配自我行为的本能，而是有着局限和界限的。关于这个问题，拉康使用了他的镜像理论来给予解答。他从儿童时期"镜像经验"中得出一个结论，即这种经验给了主体一种关于完整性的错觉，但是这种错觉事实上无法表征出主体拥有整合的能力，而是相反地使这一行为本身变成了想象性的行为。"镜子阶段是场悲剧，它的内在冲动从不足匮缺奔向预见先定——对于受空间确认诱惑的主体来说，它策动了从身体的残缺形象到我们称之为整体矫形形式的种种狂想———直达到建立起异化着的个体的强固框架，这个框架以其僵硬的结构将影响整个精神的发展。"① 而这种以统一性为目标，以想象性为途径的行为带来了一种幻觉，它阻碍了主体对欲望对象的寻找，但是"力比多"的投注则迫使它寻找到某个替代性的对象。而找寻不到欲望对象并不意味着无能或者缺乏认知，而是因为真正的欲望对象本来就是一种缺乏。从缺乏的角度来看世界也是精神分析学的特征之一，即与存在相关的是"不是其所是之物"，引申到主体问题来说，即"'我'作为主体是以不在的存在而来到的"②。于是真正的欲望对象是难以找到的，这就是欲望的界限，正是缺乏体现着欲望也体现着存在。从这里我们又可以发现，既然欲望的对象常常是破碎的、局部的，而整合的意愿又是一种想象性的，那么就永远有一种分裂的倾向与带有分裂性质的层面被包含在欲望的统一体中。拉康认为，这种整合能力既然是缺乏的，就不是主体主动追求就可以拥有的，越是刻意追求，越容易堕入无知，反其道而行之才可能领悟或者

① ［法］拉康：《助成"我"的功能形成的镜子阶段——精神分析经验所揭示的一个阶段》，见朱立元主编《二十世纪西方文论选》上卷，高等教育出版社2002年版，第358页。

② ［法］拉康：《主体的倾覆和在弗洛伊德无意识中的欲望辩证法》，褚孝泉译，见《拉康选集》，上海三联书店2001年版，第611页。

窥见自身的欲望。

拉康从欲望研究出发，继续扩大了从弗洛伊德开始的"自我的分裂"的倾向，将他人引入关于自我的研究中。首先他认为，人的自我对于主体来说本来就是一个"他人"。虽然我们在镜子里才能看到自身，但是我们从镜子里看到的自身又同我们所看到的他人并无本质区别，所以我们在我们之外，我是一个他人。自人诞生之初，自我便带有中心主义的特征，比如在与世界的关系中表现出自恋（继承自弗洛伊德的自恋理论），但我又是他人，所以自我在世界中处于一种既独立又依附的状态，于是便无法产生纯粹的自由自律的自我本体，它只存在于一种与他人的想象性关系中。"这也就是说，无意识存在于我们之间，不在我们'之内'，而在我们'之外'，就像我们的种种关系存在于我们之间一样。无意识的难以捉摸并不是因为它深埋在我们心灵之内，而是因为它是一个广大的、错综复杂的网络，这个网络包围着我们并且把我们织入其中，因而我们绝对无法把它固定下来。"① 回顾之前的论述，我们会发现拉康眼中的自我不是完整的、统一的、自足的主体，而是一种异化的自我：自我的无知的主体欲望，将他人误认为自我，将虚幻的、想象性的主体性幻想为真实。

关于欲望的理论其实不只是从弗洛伊德或者自然主义才开始出现的，黑格尔也曾经谈到过欲望的问题。黑格尔首先区分了人的欲望与动物的欲望，他认为动物的欲望是朝向自然之物，

---

① ［英］特雷·伊格尔顿：《二十世纪西方文学理论》，伍晓明译，北京大学出版社2007年版，第174页。

而人的欲望则是朝向另一个欲望主体或者另一个自我意识。拉康反对这种观点，他认为，欲望既不是一种动物的本能也不是一种需要，而是人类所特有的，人类的欲望非黑格尔所认为的那种自我意识的愿望，相反，"人的欲望就是他人的欲望"①。从这一观点可以看出，拉康的欲望已经与自然主义的欲望以及弗洛伊德的"力比多"理论中的欲望有了显著的区别，他的欲望是剔除了动物性的，指向人类特有的社会属性的欲望，而非原始的、不可抑制的性冲动。他在赞同黑格尔的自我的欲望指向另一个体结论的同时，使用的却是与黑格尔不同的方法，因为他的自我诞生于镜像和精神分析，自我本来就是他人，自我的欲望也因此成了他人的欲望。这里呈现出自我走出传统理论中上帝一样绝对自我主体的幻象，而与"他者"密不可分。这里，语言、无意识、父母、象征秩序都被拉康作为"他者"来讨论，"它们把我们作为主体而带进存在，但它们又总是跑出我们的掌握"② 这无疑带来人们关于自我主体的新的认识向度。

如此一来，拉康的观点实际上超越了包括弗洛伊德在内的经验主义与生物学意义的欲望观，他的欲望是无意识的欲望，表露在人所说的语言和语言现象中："主体是通过对别人的言语来承担起他的历史"③，同时"无意识是他人的话语"④。而

---

① ［法］拉康：《主体的倾覆和在弗洛伊德无意识中的欲望辩证法》，褚孝泉译，见《拉康选集》，上海三联书店 2001 年版，第 625 页。

② ［英］特雷·伊格尔顿：《二十世纪西方文学理论》，伍晓明译，北京大学出版社 2007 年版，第 174 页。

③ ［法］拉康：《精神分析学中的言语和语言的作用和领域》，褚孝泉译，见朱立元主编《二十世纪西方文论选》上卷，北京大学出版社 2007 年版，第 367 页。

④ ［法］拉康：《主体的倾覆和在弗洛伊德无意识中的欲望辩证法》，褚孝泉译，见《拉康选集》，上海三联书店 2001 年版，第 625 页。

他从欲望理论中所揭示出的自我的分裂与异化，则对主体认识自我具有更多的意义。从本质上讲，精神分析所追求的并不是一个整体化的世界观，因为无意识所指向的本来就是自我的分裂，所以它常常表现为需要被治疗、被纠正的病症（因此弗洛伊德和拉康常常以精神病人作为研究的对象和材料），经过治疗和纠正主体才能成为自己的主人。而以精神分析的方法去创作文本或者解读文本，也成为文艺批评的一个非常重要的分析途径，其理论自身所指出的分裂性，可以更好地帮助人们展现带有自我分裂性质的艺术。尤其是在现代性的召唤下，人们更加关注自我与自我、自我与他人、自我与社会和经验世界的关系，而这种关注的倾向最终促使人们寻找一个自我剖析的方式。从拉康的思想对文学创作影响的角度来看，拉康眼中的作家实际上是一个个自我分裂的癔症患者，创作的过程也就是拷问自身与寻找缺失之处的过程，这一过程通过作家的写作行为形成了物质形态的文字，而不是仅仅停留在思想和意识层面的纯粹幻想。

第二节　自我的消解与重构

如果说从古希腊柏拉图的模仿论到心理学派、自然主义的一路兴起表征了西方文论对"自我"的扩张性认识，从本体意义上的理性主体自我到生理意义上的自然自我再到自然与精神相结合的自我探寻，关于自我的内在层面的认识不断获得拓展，但在这深化与扩展的关于自我的认识中，也透露出整体性的自我消解的端倪，那么到了20世纪60年代结构主义、后结构主义的兴起，则表征了西方文论中"自我"发展的另一种模式：自我从欲望的扩张之中解脱出来，进而内敛、消解在新兴的结构主义乃至后结构主义理论逻辑中。索绪尔的语言学理论将研究重点侧重于语言的"共时"性质而非语言的历史演变，这是一场语言学上的巨大革命，而这种思维为"自我"的这种发展模式提供了最初的垫脚石。文本解读从此不再延续之前与主体及其社会生活大背景相联系的道路。结构主义要考察一部文学作品，其目的就是要找出它所用的语法规则，找出语言中的能指和所指的关系。能指和所指概念的活跃，带动了文学走向一个围绕文本结构、文本规则的小我符号化循环，自我失掉了其有血有肉的个性色彩，转而成为一种符号化的建构。所有的文字都可以被提炼为符号，所有的身份都可以被解释为符号。

一　语言革命与主体消亡

无论是强调文本是上帝之旨、自我表现抑或欲望表征，文本都曾被作为自我或自我背后的上帝的象征之物而存在，但这一思想却遭遇了结构模式的强烈冲击。结构主义之父列维－施特劳斯在用结构的观点分析社会时指出，不用借助任何外界因素，仅通过对众多不同表现形式本身的研究，就可以找到一个囊括并说明各种现象的符合逻辑的体系，这个体系就是所谓的结构。结构主义和后结构主义理论的核心符合这一理论。在西方集体走向自我消解的路途中，"结构"的出现是文本中自我消解的重要一步。自此，文学构成的是一种模式建构，对于理论家而言，它将关注的重心转向了文本意义生成的过程而非意义本身，结构主义"与其说它是一种发现或派定意义的批评，毋宁说它是一种旨在确立产生意义的条件的诗学"①。到了后结构主义时代，将一切符号化的大环境使得意义的生成模式更加多元，自我在文本中的呈现也就失去了一个固定的表达形式。倘若说结构主义还固执于将"结构"作为理论所奋斗的终极目标，后结构主义则是将所建立的一切统统颠倒，消除中心与本源，自我的消散都有了樯橹灰飞烟灭的意味。"它肯定游戏试图并超越人与人文主义，超越那个叫人的存在，而这个存在在整个形而上学或神学的历史中梦想着圆满在场，梦想着令人心安的基础。"② 在结构主义和后结构主义理论发展的时代中，文本面临的是一场革命。结构主义试图寻找的是一个大而全的、可以概括世界万象的结构模式，而在这样的模式中即将或者正在被瓦解掉的正是自古以来每个文本的独特个性，而这独特个性来源于不同的作者对当时特定的社会、生活的真实反映与折射。结构主义力图达到的目标是将所有的故事情节都找到一个原始模型作为根源。与之相反，后结构主义在对文本中的自我消解走上的是更加多元的道路，德里达的名句"中心乃是整体的中心。可是，既然中心不隶属于整体，整体就应该在别处有它的中心"③，就表明了在后结构主义时代降临的时候，中心是一个不确定的场域。文本中曾被固定为自我、被固定为独特个

---

① ［美］乔纳森·卡勒：《结构主义诗学》，盛宁译，中国社会科学出版社1991年版，第370页。

② ［法］德里达：《书写与差异》，张宁译，生活·读书·新知三联书店2001年版，第524页。

③ 同上书，第503页。

性的元素，在后结构主义理论中则变为了一种可以随时被替换之物，"如果你进而去分析一部文学作品的全部要素，你将永远不会见到文学本身，只有一些它分享或借用的特点，是你在别处、在其他的文本中也能找到的"①。换言之，结构主义用符号化的模式概括出不同文本的共同结构，消解每个文本中的独特之处；后结构主义则将整体的文本变为碎片，取消了原本的中心和意义生成。

对于创作主体和阅读主体而言，结构主义和后结构主义思潮的兴起产生的影响是在原有理论逻辑基础上一切主体身份的被颠覆和被重新洗牌，自我建构也自此走上了一条不归之路。这一理论的前后时期，先后从罗兰·巴特的"零度写作"到"作者之死"，最终走到了福柯所说的"人之死"，是一条清晰地标志着创作者在创作过程中主体自我消失的理论时间轴。而埋在这条时间轴之前的大背景，是索绪尔等人发起的语言革命为之提供的种种可能。在罗兰·巴特的"零度写作"中，他第一次将作家身份予以确定"作家不再是写什么东西的人，而是绝对写作的人"②，这种绝对写作的模式在成全作家成为写作的绝对主体的同时，也回避了很长时间之内作家一直作为政治观念、意识形态传声筒的尴尬局面。这看起来似乎是对自我的某种程度的极端维护，但是在另一个程度上则是对自我的瓦解。零度写作的概念力图清除的就是在文本语言中杂糅进的各种文

---

① ［法］德里达：《文学行动》，赵兴国等译，中国社会科学出版社1998年版，第39页。

② ［法］Roland Barthes, *To Write: an Intransitive Verb*, Hill and Wang, New York, 1986, p.49.

本不相干物，从而使文本成为一个干干净净的语言符号组合物。作为一种"毫不动心的写作"① 模式，这给了文本中的语言以最大限度的丰富与可能，但是也就瓦解了作者本人作为一个万能的上帝一样指点文本的权力，这种力度越大，被清理掉的内容越发"玉石俱焚"。零度写作的确从创作中第一次将语言的"符号化"予以实现，也将作家的"自我意识"归入和语言毫不相关的杂念之中。从这个角度而言，"罗兰·巴特成功地颠覆了作者的主体性地位，否定了外部世界（种族、历史）及作者对作品的决定作用，切断了作品与外在世界、作者之间的联系，使作品完全成了独立自足的字词句嬉戏的语言场所"②。但是，很显然巴特对于作家身份的追问并未止步于绝对写作的环节，在后结构主义时代，"作者之死"的口号才使得理论走到了一个顶峰。根据罗兰·巴特的说法"为了使写作有理想的未来，就必须颠覆写作的神话：读者的诞生必须以作者之死为代价"③，作者之死是读者介入文本的开始，也是文学创作的真正起点。在完成零度写作之后的文本，单纯地成为能指的堆砌物，它所能达到的最大作用就是把意义交付给读者自身。在这样的文本环境中，读者和作者事实上获得了一种双重的解放，但是这也就导致了"一千个读者心中有一千个哈姆雷特"，公说公理、婆说婆理的局面出现。在之后的罗兰·巴特所推出的小册

---

① ［法］罗兰·巴特：《写作的零度》，见《符号学原理》，李幼蒸译，生活·读书·新知三联书店 1988 年版，第 102 页。

② 张祎星：《罗兰·巴特的文本理论》，载《浙江师范大学学报》（社会科学版）2006 年第 1 期。

③ ［法］Roland Barthes, *"The Death of Author"*, *Modern Theory*, *A Reader*, ed. Rice and Waugh, Edward Arnold Press, 1992, p. 116.

子《文之悦》中，他更是公然宣称"文张扬能指，所指在隐退"①，能指的扩张和所指的消隐，符号赋予了多重可能，读者的多样性张扬和作者的沉默写作也就意味着之前长期存在的一以贯之个人主体在文本中走向了碎片化和不定化的道路。

在后结构主义时代，主体的自我消解模式在福柯的"人之死"理论逻辑中达到了一个新的高度。"作家之死"在罗兰·巴特的笔下强调的是叙述主体的消解，将对文本的理解权力更多下放到受众之中。而"人之死"引发的是后结构主义思潮对自我的最后一击。在"人之死"的理论亮相之前，福柯依旧是依托于语言学的转向，海德格尔"语言是存在的家"②，直接将语言放置于哲学的核心地位。从长远的意义上来看，哲学的语言学转向带动福柯引入了新的概念"知识型"，这一概念作为话语实践陈述形成的一个建构模型，具有统括全局的作用。它"不只是表现在某一具有科学性的地位和科学目的的学科中，我们在司法文件中，在文学语言中，在哲学思考中，在政治性的决策中，在日常话题中，在意见中，同样可发现这一实践在起作用"③。围绕这样一个建构模型，不难看出在福柯的立场下个人主体事实上是被话语的逻辑所裹挟的，主体是话语的执行者而非话语的操控者，"语言总是先于我们而存在：它总是已经'在位'（in place），等着为我们指定我们在它里面的种种位

---

① 朱鉴成：《简论罗兰·巴尔特的文之悦》，博士学位论文，天津师范大学，2008年。

② ［德］海德格尔：《关于人道主义的书信》，熊伟译，孙周兴选编：《海德格尔选集》上，生活·读书·新知三联书店1996年版，第358页。

③ ［法］米歇尔·福柯：《知识考古学》，谢强、马月译，生活·读书·新知三联书店1998年版，第231—232页。

置（places）"①。福柯的"人"的概念是与他的话语理论联系在一起的，"人"的概念上集中了近代知识的进程，只有到了18世纪之后，"人"这个概念才成为文学、生物学和政治经济学的对象，成为所谓的知识客体、认识的主体和人文学科的中心。而一旦新的知识不再需要人这个独立的概念，也不需要人的科学时，则"人将被抹去，如同大海沙地上的一张脸"。"人之死"代表了福柯对于自康德以来的现代哲学与现代思想的颠覆，与尼采所说的"上帝之死，超人将至"形成了一种时间秩序上的映照。从同样作用于自我主体建构的角度上来看，尼采在杀死上帝、打破基督教权威的同时赋予了人作为主体的权力，而在现代哲学所陷入的"人类学的沉睡"② 大窘境下，福柯证明的是当人类找回作为主体的人的尊严与自信，试图爬上上帝的宝座时，个体的、由知识构成的概念型的人也走向了一条陌路。和尼采一样，福柯的人之死指向的也是西方意识主体的死亡，通过宣布概念人的不存在，从而宣布与人相关的知识、人文学科的瓦解。他的理论火力集中于自从普罗泰戈拉时代以来，将人作为"万物尺度"与世界中心的思维模式的错误之处，这其实带有着其后的理论家们所强调的"主体间性"理论的超前意识。所谓事物未必一定要围绕着人，处处以人为先，也只有当"人不再是世界王国的主人，人不再在存在的中心处进行统

---

① ［英］特雷·伊格尔顿：《二十世纪西方文学理论》，伍晓明译，北京大学出版社 2007 年版，第 174 页。

② ［法］米歇尔·福柯：《词与物——人文科学考古学》，莫伟民译，上海三联书店 2001 年版，第 445 页。

治"① 时，人才真正得到解放。将这一理论运用到文学文本的研究中，就会发现"作者"身份的存在已经很难再经受起推敲。主体的代言形象，作为存在于传统中的"作者"已死，而在书本封皮上加以突出的"某某著"则仅仅成为一种"名义上"的表现，作者彻底成为一个存在的表示某种功能型的个体，而和文本的意义则关系甚远。在西方文论对自我消解的过程中，"人之死"是福柯从尼采的"上帝之死"中延续下来的结论，象征的是更加深层次的对西方理性主义盛行以来绝对权威的解体与藐视。从另一个视角来看，福柯的"人之死"将自我主体意识的消解与第二次世界大战以来西方人文科学的兴起紧密联系在一起。极端冷静的理性主义，呈现在更多分支学科中的知识型"人"被定义为不同的体系与系统，作为不同的学科研究对象，而在这些分支中人的形象特点是以语言的形式加以表述的。这就是主体正在消解的表征，也是"人之死"的事实征兆。

"写作成了一种游戏"这一宗旨贯穿了从结构主义到后结构主义理论的全部过程，也在这一宗旨中实践了西方理论从自我张扬走向自我消解的真正转型。这种"游戏"的意义指向了至少两个层面，其一，写作者和阅读者不再具有宏观的身份标志，而是开始搬弄大批量堆砌的能指，如工匠一般添砖加瓦；其二，作品本身也不再具有宏大的意义价值，而是可以看成是一种能指堆积的文本。这里，主体貌似极度膨胀，实则自我主

---

① ［法］米歇尔·福柯：《词与物——人文科学考古学》，莫伟民译，上海三联书店 2001 年版，第 454 页。

体消解在现实的享乐、感官的愉悦等其他不定的感性之中。以罗兰·巴特为例，在他看来"人们之所以写作，是因为说到底人们喜欢写作，此事带来愉悦。因此人们最终是处于一种享乐的动机才写作的"① ……游戏和游戏所带来的愉悦感成为结构主义理论兴起以来对创作意图的最终旨归。还是以贯穿结构主义与后结构主义两个时期的罗兰·巴特为例，在他晚年的作品《文之悦》中更多是在谈论欲望，谈论身体，"经种种群体语言的同居，交臂叠股，主体遂达到极乐（bliss）之境"②，愉悦中的主体既是作者也是读者，二者是一个重叠的关系，作者所做的工作是把语言堆放起来，而读者随心进行解读。语言的游戏成为罗兰·巴特达到愉悦境界的重要因素，也是罗兰·巴特理论的精髓所在。因此，根据以罗兰·巴特为代表的后结构主义观念，所有的自我主体最终消解并且走向了身体的一种感官认识，从古希腊罗马时期以来对个人主体的强调，在符号与游戏的规则下，成了感觉的快感和痛感。在走向感觉主义的理论之路上，人的主体位置也就随之消隐、淡化最终走向了一片虚无。

作为英美新批评没落之后兴起的理论流派，结构主义和后结构主义试图通过对文学文本结构自身的自足、自主特性来代替以往在文学理论中对人的主体特性的强调，在力图达到纯粹的结构化与系统化的过程中，对主体绝对淡化，对自我意识进行一种有意为之的瓦解。这种思潮将注意力集中于"文学的本

---

① ［法］路易－让·卡尔韦：《结构与符号》，车槿山译，北京大学出版社1997年版，第211页。
② ［法］罗兰·巴特：《文之悦》，屠友详译，上海人民出版社2009年版，第4页。

质是以文学各种要素之间的结构为基础"的论断，回避了对文学本身问题的研究。但是，必须值得注意的是，在对主体消解的不遗余力的进攻下，结构主义和它的继承者们却忽视了作为意义中介的主体在结构之外所起到的重要作用。因为这种视角中对个人主体的回避始终无法逃掉这样一个怪圈，即必须通过个人主体的表达而成就结构上的真实。正如著名的结构主义大师乔纳森·卡勒所指出的那样"虽然结构主义总要寻找事件背后的系统和具体行为背后的程式起源，它却无论如何也离不开具体的主体。主体可能不再是意义的起源，但是意义却必须通过它"①。

事实上，在"绝对淡化"主体之后，自我意识以一种极端化的形式开展书写。结构主义确实拆解掉了宏大叙事和个体"人"的形象，但是之后的书写却证实了创作可以成为一种以自我为中心的绝对个人主义行为，身体语言的表达更是成为一种个人欲望的展露。以先锋派为例，罗兰·巴特在他 1956 年发表的一篇文章中就颇有顾虑地提出对先锋派发展的不安，"对艺术家来说，非常可能的是，先锋派常常是解决一个特定历史矛盾的手段：这是本性暴露的资产阶级的矛盾，除了以一种针对自身的暴力反抗的形式，资产阶级不再能夸耀它原初的普遍性"②，先锋派表达出的以自我为中心进行的创作模式，是对资产阶级美学普遍性的巨大挑战，它的创作形式消解了概念中的

① ［美］乔纳森·卡勒：《结构主义诗学》，盛宁译，中国社会科学出版社 1991 年版，第 378 页。
② ［法］罗兰·巴特：《批评文集》，理查德·霍华德英译（Evanston：Northwestern University Press，1972，p. 67）。

创作主体，而新主体的确立则更加零散化、碎片化。淡化主体后，主体就像一个难以被破坏的幽灵，依然可以并以更加极端、更加随意或者说游戏的方式无时无刻不发挥其作用。

二　自我表达与寓言象征

作家的身份问题永远无法回避的是在大我叙事和小我抒怀中的取舍和转型，这作用于第三世界国家的写作个体时，"民族寓言"这一概念显得极为富有张力。"民族寓言"——这一来自于美国当代著名的马克思主义文论家詹明信的定义。在詹明信把第一世界的文学称为"个人神话"的同时，他也给第三世界文学一个恰如其分的定义"民族寓言"。早在1986年詹明信发表《处于跨国资本主义时代中的第三世界文学》一文，开篇点名的就是第三世界的知识分子对文化霸权的激烈反抗，"他们执着地希望回归到自己的民族环境之中，他们反复提到自己国家的名称，注意到了'我们'这一集合词：我们应该做些什么、我们应该怎样做、我们不应该做些什么，我们如何能够比这个民族或那个民族做得更好"①。第三世界的知识分子把视角转向了"民族"的层面，而其潜意识则是对第一世界、第二世界咄咄逼人的文化渗透的回应，试图在彰显第三世界文化的独立价值，是小的自我与大的民族自我之间的一致回应。更加直接的是，詹明信对第三世界作家身份的典型定义："在第三世界的情况下，知识分子永远是政治知识分子……文化知识分子同时也是政治斗士，是既写诗歌又参加实践的知识分子。

---

① ［美］詹明信：《晚期资本主义的文化逻辑》，张旭东编，陈清侨、严锋等译，生活·读书·新知三联出版社2013年版，第423页。

他们的榜样是胡志明和安哥拉革命领袖纳托。"① 诞生民族寓言这种奇异而又崇高的文本逻辑背后是中国的、非洲的、南美的知识分子对于本民族、国家命运的无限担忧。深厚的民族情感与种族意识成就了第三世界文学家的共同心态，它带来的是作家在文本中自身社会公共身份的极大彰显，当然，在一定程度上也带来作家个人主体自然身份的无意识"失语"。作家在创作中并不能绝对屏蔽掉周围的社会、生活大环境对于文本的折射，这在第三世界特别是中国的作家创作群体中尤为明显。在民族发展、国家兴盛这种包含意识形态元素的任务占据了一个国家的主要内容时，作家们的写作也就不可能是自说自话的、所谓的个人写作，文学创作在某种程度上代表了国家权力意志的实践，更是体现了将自然人的主体意识沉浸到了恢宏的时代叙事之中。当然，这种情况并不是单纯地存在于杰姆逊所说的"第三世界国家"之中，相反，在第一、第二世界的发达国家里，同样也存在着作为主流意识形态或官方意识形态的写作。作家在创作过程中不可避免地面对社会公共身份和个人自然身份的双重身份问题，这样的问题导致的创作乃至人格矛盾冲突也在意料之中。以中西方的对比来看，第三世界国家的作家们在创作中将小我融入至大我之中的情形在第一世界中并不是占据绝对优势的，当鲁迅等人试图打破一个民族在铁屋子中沉睡就死的状态时，西方同时代的作家则忙碌于个体自我的张扬和表达，其文字则失去了群体性的效果，反之达到的则是个体的

① ［美］詹明信：《晚期资本主义的文化逻辑》，张旭东编，陈清侨、严锋等译，生活·读书·新知三联出版社 2013 年版，第 434 页。

极端张扬。以卡夫卡的《变形记》为例,除了晦暗的场景、忙碌的心理活动和乏味的对话,人物仅仅只是属于其自身,人与人之间的冷漠表达的只是卡夫卡的个人的感受。对于作家而言,民族的、种族的、国家的责任则永远是一把双刃剑,"作家"身份本身对于创作者而言不仅仅是一个外在的标签,也代表了一种自我身份的认同,但是强大的国家意识形态和社会规则却在时刻影响着作家由自我身份向公共身份转换的全过程。

无论杰姆逊所说的第三世界作家永远是"政治型的知识分子",也无论西方发达资本主义社会中的艺术家们极力想不走寻常路,必须承认的是,作家首先是作为活生生个体的人存在于社会实践之中的,而不是"独坐幽篁里,弹琴复长啸"的隐居之客。正如马克思、恩格斯在谈到人的意识与社会之间的关系时强调的,要理解个人与社会的关系,"不是从人们所说的、所想象的、所设想的东西出发,也不是从只存在于口头上所说的、思考出来的、想象出来的、设想出来的人出发,去理解真正的人",相反,其"出发点是从事实际活动的人,而且从他们的现实生活过程中我们还可以揭示出这一生活过程在意识形态上的反射和回声的发展"。因此,这里的作家个人,"不是某种处在幻想的与世隔绝、离群索居状态的人,而是处在一定条件下进行的、现实的、可以通过经验观察到的发展过程中的人"①。作家的创作元素、写作冲动都与现实有着密不可分的关系,甚至在很大程度上是对现实生活的折射、呈现或反讽。作

---

① [德]马克思、恩格斯:《德意志意识形态》,见《马克思恩格斯全集》第3卷,人民出版社1979年版,第30页。

家的创作功能和他的身份属性是绑定的，而这一切都依托于社会现实，古往今来没有任何一个作家能够实现"空中楼阁"的梦想。换言之，这也就意味着作家身份中的公共属性和个人属性、集体性与自我中心、社会与心理是不可避免的处于一种悖论的张力之中，其中作为公共的社会意识则像一个隐形的灵魂一样，在作家创作的过程之前早已降临在文本之上。在心理学家荣格看来，作家的文本表现之所以能够引起超越国界的、种族的、民族的共鸣，是因为作家在创作过程中攫取到了全人类都有所通感的质素。在《四个原型》中荣格提出："我之所以选择'集体的'这个术语，因为无意识的这一部分不是个体的，而是普遍的。同个人心灵相比较而言，它或多或少地具有在所有个体中所具有的内容和行为模式。换言之，由于它在每一个人身上都是相同的，因此它构成了一种超个性的共同心理基础，而且普遍存在于我们每个人的身上。"① 集体无意识为作家们提供的是一种超个性超个体的机遇，这引导着不同国别、不同民族的人们能够感受到他国语言中所包含的巨大艺术魅力。对作家而言，也表明了作家创作中存在的无法摆脱的那种与生俱来的生成模式。"一个人出生后将要进入的那个世界的形式，作为一种心灵意象，已先天地为人所具备。"② 作家身份中所携带的社会公共身份，表现在第三世界中对民族寓言的创造，在荣格的逻辑中则成为一种与生俱来的本能，无法靠回避就能够

---

① ［瑞士］荣格：《集体无意识的原型》，见《荣格文集》，冯川译，改革出版社 1997 年版，第 40 页。

② Jung, C. G., *Collected Works of C. G. Jung*, Princeton University Press, 1979, Vol. 9, p. 4.

与之分得一干二净。当政治的意识形态作为一种基因植入了作家的灵魂，在激情驱使下进行创作的作家，事实上他所说的话能够为千千万万人进行代言，每一个人都能从文本中找到属于自己的那一部分感悟。"诗人们身心自己是在绝对自由中进行创造，其实都不过是一种幻想：他想象他是在游泳，但实际上却是一股看不见的暗流在把他卷走。"① 荣格的思考，简单理解起来就是柏拉图曾经说过的诗人遭遇"神灵凭附"从而"代神立言"口吐华章在这里发展为"代集体无意识立言"，表达全人类的通感心声。作家的公共身份在荣格的集体无意识理论中甚至带有了某种神秘主义的色彩，在他的思维逻辑中，公共身份是通过集体无意识的形式植根于作家脑海之中，文本表达又在作家毫无察觉的情况下将公共身份所具备的意识形态倾注出来。就像他本人所说的"不是歌德创造了《浮士德》，而是《浮士德》创造了歌德"一样，在荣格的理论中，作家的自我可以拆解为公共身份和个人身份，但是二者一样都属于集体无意识的范畴并无法清楚地拆解开来。

詹姆逊的《政治无意识》显然为作家的公共身份研究做了十分有价值的探索。他将文学看成了一种"社会的象征性行为"。在他看来，那些所谓自由的个人主义的文本诸如第一世界的文学创作，不过是一种虚假的意识形态幻象，那里只不过基于这样一种想法，"假定在万能的而历史和无法缓解的社会影响的保护下，一个自由王国已经存在——不管它是文本词语

---

① ［瑞士］荣格：《心理学与文学》，冯川、苏克译，生活·读书·新知三联书店1987年版，第113页。

的微观经验的自由王国还是形形色色私人宗教的极乐和激情"。詹姆逊进一步指出，"那么，这种想法只能加强必然性对所有这些盲目地带的控制，而单个主体却在这些盲目地带里寻求避难所，追求纯粹个人的、绝对心理的救赎"。这些所谓自由的个人创作所假定的自由王国不过是一个幻想，创作越是追求纯粹个人性，越是强化了现实的控制力量。怎么办？詹姆逊说："从这些束缚中唯一有效的解脱开始于这样的认识，一切事物都是社会的和历史的，事实上，一切事物'说到底'都是政治的。"① 就是说，走出个人主义自由创作幻象的途径是必须揭开这个幻象的意识形态性，看到创作作为社会象征性行为的不可取消的根本属性。对于作家而言，不管他是否有意识去沾染或是远离政治，政治作为一个浮动在文本之后的幽灵是无所不在的，从而操控读者的感知和意识形态。而能够在意识形态中展现出无意识因素的强大功能的，在很大程度上都是依赖于具有支配地位的政治权力。在现代社会中，人们的意识形态与政治权力特别是占据主流地位的政治权力是密不可分的，无一例外。以第三世界为例，作家们的公共身份则是在毫无觉察的情况下将政治的意识形态植入读者思维之中。"一切文学，不管多么虚弱，都必定渗透着我们称之为的政治无意识，一切文学都可以解作对群体命运的象征性沉思。"② 詹姆逊在《政治无意识》中试图做到的是"政治无意识的功能是使被压抑和掩埋了的阶

① ［美］詹姆逊：《政治无意识》，王逢振、陈永国译，中国社会科学出版社2011年版，第11页。
② 同上书，第60页。

级斗争史重现于文本表面",从而以抵抗意识形态和晚期资本主义"对古老的精神力量的压抑",用政治无意识画出一个巨大的蓝图,以欲望实现资本主义消费时代下阶级意识的觉醒,"获得潜伏在社会表面底下的革命能量,这种能量能够否定当前具体化的秩序"①。以第三世界的民族寓言为例,鲁迅这样的第三世界作家及其作品植根于被殖民的经验,产生的作品是对于集体性的"自我"与资本主义的"他者"之间的关系的关照,因而即便看起来是在表达个人欲望的文本,也总是以语言的形式投射某种政治,从而产生"寓言式的共振"。"值得强调的是,吃人是一个社会和历史的梦魇,是历史本身掌握的对生活的恐惧,这种恐惧的后果远远超出了较为局部的西方现实主义或自然主义对残酷无情的资本家和市场竞争的描写,在达尔文自然选择的梦魇式或神话式的类似作品中,找不到这种政治共振。"②"吃人"可以看作是鲁迅在他的文学创作中所采用的一个极具有意识形态化的符号,在这个符号之中浸透的是鲁迅关于处在绝境之中的同胞的相互吞噬的命运的同情。这里,作家个人表达和民族寓言内在地融为一体,实现了"寓言式的共振"。

鲁迅的"人血馒头"和"狂人日记"是一种符合了民族寓言的逻辑表达。在第三世界的民族寓言表达中,以詹姆逊本人的观念来看,作家的自然人属性和作家的社会公共身份无论是

---

① [美]施瓦布:《政治无意识的主体——对詹姆逊的反思》,张叔宁译,载《马克思主义美学研究》2001 第 1 期。

② [美]杰姆逊:《晚期资本主义的文化逻辑》,张旭东编,陈清侨、严锋等译,生活·读书·新知三联出版社 2013 年版,第 431 页。

在情感还是在思维上，都保持着步调一致的"政治化"排序。以中国为例，在新中国成立的早期阶段，作家的身份问题成为困扰作家们创作的重要因素：新中国成立后跻身于主流、中心的作家群体是成长于延安时期的作家群体，在这群人中，意识形态的强大作用使得他们将"文艺战士"看成了一个至高无上的光荣称号，在他们本人的"作家个人身份"与"文艺战士"身份发生冲突时能够毫不犹豫舍弃的永远是前者。以赵树理而言，他本人就曾经说过"我很想写重大的题材，也许内战结束后，我可以安顿下来专心专意写它一阵子。不过我决不愿脱离人民"[①]。

然而，事实上并不是每时每刻作家的双重身份都有如此的一致性，二者走向背道而驰也是常见现象。自文艺复兴呼吁人的觉醒开始，人文主义打着"以人为本"的旗号看似是将人的精神从中世纪的黑暗中解救出来，而人醒了之后呢？追求一种个体的绝对自由，无论是创作者还是读者本身，这种新思想都不是如想象的那么简单明了。威廉斯认为，"资产阶级"这个词就预示着个体与社会的分裂，"因为它标志着我们称之为个体主义（individualism）的社会关系的出现：也就是说，把社会看作一个中性领域，在这个领域中，每个个体都拥有追求自身发展和自身利益的自由，这是他的天然权利"[②]。对于个人价值的绝对强调导致的将是人与现实社会生活的脱节，从而走向的

① 赵树理：《和贝尔登的谈话》，见《赵树理全集》第3卷，大众文艺出版社2006年版，第168页。
② ［英］雷蒙·威廉斯：《文化与社会》，高晓玲译，吉林出版集团有限责任公司2011年版，第337页。

是个体与社会的分裂，以及个体与个体之间的对立对抗。威廉斯精辟地指出，"在英国，从霍布斯到功利主义，众多的思想体系都分享了一个共同的出发点：即人作为一个赤裸的人（bare human being），是一个'个人'"①，表现在艺术层面上便是美学个人主义。波德莱尔等人的作品可以说为之开创先河，从诞生之初就引起轰动效果的《恶之花》可谓是这方面的代表作品，"颓废的概念多数时候不是直接联系着进步的概念，就是间接联系着现代发展的'歇斯底里'给人类意识造成的影响"②，在颓废风格下产生的艺术品是一种单纯的个体对生活本身的理解，所有的荒诞的、不着边际的自我意识的表达，实际上造就了一种美学个人主义的表现风格。这样的风格是对个体主观感受的强调。当然，在民族寓言之外，以波德莱尔等人支撑起来的美学个人主义形式以其强烈的自我中心化表达和个性化陈述，成了宏大的民族寓言叙事之外不可欠缺的"小我"补充。这种形式包含了之前种种颇为争议的颓废艺术、媚俗艺术、后现代艺术，等等，他们的所作所为不仅仅是为了反映自己的思维和感受，在某种程度上更是要"实现"他们的个性。但这极端或者诡谲的表达，也仍然逃离不开自身的宿命，即作为一种消费社会的消费品，它们"不仅仅是满足某些基本的需要，它在某种程度上差不多成了一种义务——帮助国家经济健康发展的一种途径，而且其意义超出单纯的经济领域，成为理解和

---

① ［英］雷蒙·威廉斯：《漫长的革命》，倪伟译，上海人民出版社 2007 年版，第 87 页。

② ［美］卡林内斯库：《现代性的五副面孔》，顾爱彬、李瑞华译，商务印书馆 2002 年版，第 179 页。

把握世界的一种方式"①。美学个人主义显得更加自我化，也就更加有可能迎合商业和消费等社会大环境。从这个方面来说，中产阶级的享乐主义在原则上成了自我中心主义的附庸，不论单独的个体如何发声，在经历一系列的包装衍化过程之后，都可以为享乐主义所用，进而融入消费社会之中。在享乐至上的观念中，轻松愉悦才成为主打概念，具备严肃性质的公共价值观念则不断被消解与忽视。个人主义艺术体现出了个人的慵懒和艺术上的"毫不费力"，这样的小我主义作为一种美学个人主义的形式，确实更加适合于当下社会的步伐，正如柯林斯所说，"对资本主义产业产品的热衷正是资本主义成功的原因之一，没错，抓紧机会享受吧"②。但是，公共价值的消弭则会随之带来更多的危机，"娱乐至死"，公共价值被感官的愉悦所替代，就像一个巨大的潜在的危机阴影，工业社会的愉悦和自我个体的不断膨胀，成为一块成功地掩盖现实社会诸多矛盾的遮羞布。

因此可以说，作家社会身份和自然身份的双重身份"障碍"来源于文学话语场域与其他话语场域之间的复杂关系。文学语言本身就是一种"并不完整的"的话语权力，在当下文学作品的成功与否来源于作品的社会价值、商业价值和审美价值等多重力量的共谋。尽管文学时刻都试图以所谓审美性独立于政治和经济之外，但是不得不承认的是文学始终有着和政治经济不可分割的联系。文学的特质决定了作家身份的多样性和矛

---

① ［美］卡林内斯库：《现代性的五副面孔》，顾爱彬、李瑞华译，商务印书馆2002年版，第264页。
② ［美］柯林斯：《中产阶级工种的终结：再也无处逃遁》，见《资本主义还有未来吗？》，徐曦白译，社会科学文献出版社2013年版，第41页。

盾性。作家、艺术家所从事的创作活动，是社会分工赋予的一种选择，作家先天地担负着为大众生产思想、传递文明的使命。一旦这种表达超越了自娱自乐的范畴，进入大众领域，则不可避免地由自娱之物上升为意识形态与公共精神的代言之物，无可逃遁地要承担社会公共身份所赋予的公共社会使命。不论意识形态是以无意识的形式渗透还是作家有意回避之，事实上，并不存在单纯的作家自我小天地，在作家的每一行书写之中，小我与大我被紧密联系着，这其中存在着巨大的张力，文学的价值往往正因为这种张力而凸显，如果非要割裂了与政治经济的关系而专注于作为一个自然人的属性，那很可能也就难以成就其作为作家本身。

三 主体消亡与意识形态幻象

个人的主体性研究在 20 世纪以来被带到了一个更深远的层次，主体与意识形态表现出来的种种微妙关系成为学者们所关注的对象。这似乎是一种时代驱使下的必然选择，在这样一个新的阶段，研究者们的落脚点依旧是先验意义上的主体自我形象在大环境下的消解问题，学者们对于主体和意识形态的关系，各抒己见，丰富了西方文论中对于主体自我消解道路的多元性，从而也为"自我"的重新建构提供了多种可能。

自福柯在《词与物》中提出"人之死"的观念时，就已经意味着主体的存在需要更新形式。福柯所谓的"人之死"指向的"人"更大程度上是人文科学意义上的人，即有关人的观念，学说和思想，这是和康德意义上的人类学相联系的一个概念。"现代时期的语文学、生物学和政治经济学正是关注人的语言、生命和劳动，它们的知识内容正是人的秘密所在，它们的深度正是人的深度所在，就此，它们可以发现人的有限性及秘密……人也第一次作为一种知识对象进入学科之中"①，因此"人之死"所消解的主体，是一个"知识型"层面上的主体而并非那个更加纯粹的主体本身。福柯的意图是瓦解自19世纪以来建立的关于人的概念、意义和学科，从而向死而生一个新的"人"的主体身份。这样的"新人"的诞生，势必承担了在新的工业和后工业时代下所要面对的新的责任。先前对于人类主体性的认识以笛卡尔的"我思故我在"达到了一个理论的高潮，作为一个突破点，在福柯的理论中他已经认识到了人存在所面临的一个二重性难题，"人不能在'我思'的直接而自主的透明性中确立自身；另一方面，人也不能居住在客观呆滞的决不会产生自我意识的事物之中"②，在福柯的理论中，"我思"和"无思"之物都不可能单独形成所谓主体，人的主体存在是以"我思"和"无思"两者结合的形式建构的，因此，死去的是先验主体，而诞生的则是崭新的实证的经验的主体。福柯的主体观具有强烈的实证主义色彩，以他的作品为例：《词与物》中的"科学分类"将人限定为经验科学的位置，成就的是能够讲话，从事劳动和职业的主体；《知识考古学》中人成了支配着多样的话语实践并且能自主转化规则的主体；而在《性史》中，主体则成了一个伦理学的符号……在多样层次中建立起来的福柯的主体观，无论是主动还是被动，"受控制和依附而屈

---

① 汪民安：《论福柯的"人之死"》，《天津社会科学》2003年第5期。
② Michel Foucault, *The Order of Things*, Vintage, 1994, p. 322.

从于他人的 sujet，以及通过意识或对自身的认识而依附于自己身份的 sujet"①，显然是具备着强烈的现实性、经验性与实证性。

早在第二次世界大战刚刚结束的时候，作为福柯老师的阿尔都塞就开始根据弥漫于整个欧洲的社会抗议情绪，思考在抗议情绪背后的意识形态和信仰问题，从而将理论的重心放在意识形态与主体建构的大范畴之上。在他看来，第二次世界大战之后欧洲普遍性的抗议背后是依存于一种神话般的意识形态加以实现的，但是这种意识形态并不是神话，而是"一种观点倾向，如果我们不思考它赖以呈现的情境，它就会依然保持着历史的不可理解性……我们需要将这种意识形态面对其呈现于其中的历史，在真实的历史中去揭示这种想象建构的原因"②。阿尔都塞对于意识形态的探讨，与他对当时社会上流行的各种人道主义思潮的批判密切相关，甚至可以这么形容，阿尔都塞对于人道主义思潮的批判在一定意义上是给主体背后的意识形态走向"合法化"的道路亮了绿灯，从而也为意识形态与主体关系的新理解打开一扇新的大门。在他的《马克思主义和人道主义》一文中，他指出"马克思从不认为，意识形态一旦被人们所认识，就可以被取消；因为对这项意识形态的认识既然是对它的特定社会中的可能性条件、结构、特殊逻辑和实践作用的认识，这种认识必定同时是对意识形态必要性条件的认

---

① Michel Foucault, *Le sujet et le pouvo ir*, dans Di ts et crits, IV, 1980 – 1988, p. 227.

② Francois Matheron ed. G. M. Goshgarian trans. , *The Spectre of Hegel*: *Early Writtings*, London: Verso 1997, p. 24, 25, 28.

识……"①。这样的论断表明了阿尔都塞将意识形态看作是主体必要的组成部分，而不仅仅是一种外在于主体的社会大环境的折射之物。作为一种物质的存在，意识形态是一种永恒之物，是一种可以成为发挥现实作用的实际存在物，哪怕是到了共产主义社会，这种观念仍旧可以延续它的生命力，它作为"一切社会总体的有机的组成部分"从而作用于社会的运转实践。而个人主体和意识形态之间的关系，更是难以被拆分开的，主体对于意识形态的承载作用反过来却是使主体能够"作为主体"的重要元素。"种种事实表明，没有这些特殊的社会形态，没有意识形态的种种表象体系，人类社会就不能生存下去。人类社会把意识形态作为自己呼吸的空气和历史生活的必要成分。只有意识形态的世界观才能想象出无意识形态的社会，才能同意这些空想……"② 既然意识形态并不是某种胡言乱语式的空想，也不是社会在历史进程演变中遗留下来的余毒，而是一种历史生活的基本结构要素；那么在阿尔都塞看来，人类主体只有承认其对意识形态的依赖特点，才有可能在意识形态的导向中体验自己的实践行动，进而改造意识形态，重构新的主体，而不是所谓逃离意识形态去寻找和建构主体自我。

在强调意识形态对主体召唤作用的前提下，阿尔都塞对于意识形态的研究自然会有着改造资本主义社会的诉求，因此他更多地将研究重心放在了意识形态的社会职能上。"意识形态

① ［法］阿尔都塞：《保卫马克思》，顾良译，商务印书馆1984年版，第200页。

② 同上书，第201页。

在多数情况下是形象，有时是概念。它们首先作为结构而强加于绝大多数人，因而不通过人们的'意识'……意识形态根本不是意识的一种形式，而是人类'世界'的一个客体，是人类世界本身……"① 在他的另一段引文中，更是清晰说明了他对意识形态的判断，"应该注意，我们实际上运用的意识形态概念，隐含着双重关系：一方面与知识相关，另一方面与社会相关"②。阿尔都塞对于意识形态和主体关系的分析，也逐渐从最初的将意识形态作为静态社会结构走向了将意识形态作为具有实践功能指向性的动力，特别是在他之后创作的著名论文《意识形态和意识形态国家机器》中，他实现了将意识形态明确放入和个人主体相关的生产关系讨论之中。个体身份最基本的一层是由处于生产关系中的位置加以决定的，而这个主体将如何反叛自己在生产关系中的位置，则依赖于意识形态对主体的建构。"人们在意识形态中表现出来的东西并不是他们的实际生存状况即他们的现实世界，而是他们与那些在意识形态中表现出来的生存状况的关系"③，从个体生存的角度来看这段话，即意味着个人对于自己在社会生活中的结构判断、主观感受往往会出现误差，并不是对自己在现实社会中实际存在状况的准确认识，这种"误差"出现的巧合则完全是由意识形态所决定的。简而言之，在阿尔都塞的理论中，先验主体的消亡背后显

---

① ［法］阿尔都塞：《保卫马克思》，顾良译，商务印书馆1984年版，第202—203页。

② Gregory Eliot ed., *Philosophy and the Spontaneous Philosophy of Scientists*, London：Verso 1990, p. 23.

③ 参见李迅译《意识形态和意识形态国家机器》，载《当代电影》1987年第4期。

示的是强大的意识形态的功能作用，人在某种程度上可以等同于意识形态的动物，即"所有的意识形态结构都是映照……即都是镜像结构。而且这是一种双重映照：这种镜像复制由意识形态所构成，而它又确保了意识形态的功能作用"①。进一步说，没有社会现实包括其中的意识形态变化，主体自我便不可能获得新生。

对主体和意识形态的关系，特别是主体隐退、意识形态彰显之后，消费社会的极大繁荣又为此二者的复杂关系继续"锦上添花"。比阿尔都塞的理论稍晚时期，在 20 世纪 60 年代马尔库塞也是受启发于当时激愤的学生队伍和抗议群体，从而认为发达工业社会创造了虚假需要，通过技术模式把个人融入生产和消费系统之中，个体的爱欲与真正需求被压抑，结果使人们丧失批判思维和反抗行为的能力，自我被掩盖在巨大的意识形态幻象之下，他的这些思想在其《爱欲与文明》《单向度的人》等著作中先后都有所表露。如果归纳马尔库塞相关思想中两大核心问题，其一是消费时代下，意识形态操纵下的工具理性导致的个人主体消解；其二则是对爱欲、艺术与美的重新召回，以期打破资本主义意识形态为"个体人"造成的巨大束缚。发达工业社会的技术进步的确在一定时期内为人类带来了福音，但是当技术沦落为统治工具，技术合理性被异化为统治合理性，并上升到了意识形态的高度，这就造就了一个"在发达工业社会中，先前那些否定的、超越性的力量同已确立制度的一体化

---

① Althusser, *Lenin and Philosophy and other essays*, trans. by Ben Brewster, New York: Monthly Review Press 1971, p. 180.

似乎在创造一种新的社会结构"①，工业社会看起来是将个人的欲望尽可能地予以满足，但是事实上在满足背后则蕴藏了更加深刻的社会危机。马尔库塞详细论述了技术理性是如何成为资本主义社会意识形态的帮凶从而控制个体人的全过程。"发达工业社会使人的生活方式发生同化，工人和老板享受同样的电视节目，漫游同样的风景胜地，打字员和她雇主的女儿打扮得一样漂亮，连黑人都有了高级轿车"②，表面上看去似乎是大家都分享到了发达工业文明的好处，因而那种从资产阶级革命爆发以来在自由和平等名义下提出抗议的生活基础也就越来越微弱，但实质上是剥削变得更加隐蔽，更加为人所不易于察觉，甚至通过电视、电台、电影等传播媒介无孔不入地入侵人们的思维，使人们满足于当下的物质需要而放弃了去思考、想象另一种生活方式的可能。这是一种"虚假的需求"，一旦人们将这种对物质享受的追逐当做人生目的的时候，其背后则是个人沦为与整个社会制度的合而为一。更为重要的是，技术合理性完全成为一种单向度的工具理性，呈现为一种操作形式，从而消解了主体以"整体"的形式存在的价值。一切的行为都可以被理解为是机械的、自动化或者半自动化的，极权社会利用的是行政的控制改变了体力劳动的特点，而不再利用对身体的控制（诸如饥饿、强力），而是由机械化的形式按程序操作，个人无法掌控个人的命运。整个人类都是作为一种工具，一种物

---

① ［美］马尔库塞：《单向度的人》，刘继译，上海译文出版社 2008 年版，第 116 页。

② 同上书，第 206 页。

而存在，是"发达工业文明下的受到抬举的奴隶"①；个人与个人之间的关系，成为一架机器内相互配合的零件与零件之间的关系，每个人的个人特征也愈发变得模糊不清；而每个人的思想和行为，所谓的自我特征和个人主义，也是由社会为了某种特殊社会利益的需要从外部灌输和强加于个人的，在这种条件下，人已经大大地失去了个性，成为彻底的机器人。资本主义的意识形态在技术理性的帮助下更加肆无忌惮，而人类所要面对的纯粹的"机器人"的命运如同一条不归路，一旦踏入则意味着主体完全被意识形态的巨大魔爪所笼罩。

显然，马尔库塞并没有面对资本主义技术与消费社会对主体的侵蚀而束手就擒，马尔库塞选择回击的道路也应该是剑走偏锋的，他认为只有"审美的向度还依然保留着一种表达的自由"②，要想使得想象的能力重新从政治化的语境中恢复自由，要做到的就是"压抑许多现在自由的东西以及许多使一个压抑性社会永恒化的东西"③。马尔库塞将主体的重新觉醒寄希望于人的爱欲的实现，因此他抨击"在这个虚幻的表面现象背后，整个工作世界及其娱乐活动成了一系列同样甘受管理的有生命物和无生命物。在这个世界上，人类生存不过是一种材料、物品和原料而已"④，"对持久满足的追求，不仅有助于建立一种扩大了的力比多关系，而且有助于这个秩序更大规模地持续下

---

① ［美］马尔库塞：《单向度的人》，刘继译，上海译文出版社 2008 年版，第 28 页。

② 同上书，第 195 页。

③ 同上书，第 198 页。

④ ［美］马尔库塞：《爱欲与文明》，黄勇、薛民译，上海译文出版社 2012 年版，第 89 页。

去。快乐原则扩展到了意识领域。爱欲自己对理性作了重新规定，凡维持满足秩序的便是合理的"①。马尔库塞力求争取个体需要的自由发展和自由满足的动力，使得技术理性让位于一种新的满足的合理性，在这之中是理性与幸福的融合。在一个马尔库塞所期望的那个社会中，同样需要人类主体的劳动分工，但是在分工的过程中是保存了个人主体的独立性与独特性的，而这依赖于一种新的合理性而非工具理性的建立。试想要最终达到这一顶峰，首先要解决的就是新的合理性的确立。在马尔库塞的理论中，他将审美向度看作其理论的一个重要组成部分。艺术有其自身的美的规律，可以不遵循现实原则，不受制于技术理性，尽管马尔库塞忽略了艺术领域同样是意识形态的掌控范畴。因此，可以说马尔库塞是有过度美化艺术之嫌，但是归根结底他的出发点是非常善意的，即他力图恢复那些非异化的人的生命的状态，重新唤醒主体的生命力，重新唤醒真正的不曾被政治、商业所利用的自我意识，从而作为一种可能的存在与强大的意识形态机器进行抗衡，实现长久以来人们心目中的乌托邦的存在。

但是，马尔库塞看到了消费社会个人主体的消散，却并没能找到新的个人主体建构的方向，他所渴望建立的"新感性"主体，仍然拘囿于某种先验的主体，并认为这种具有真实爱欲与需要的主体存在于审美向度，特别是那种能够否定现实、带来解放的"异在性艺术"，主要是现代艺术，但值得反思的是，

———

① ［美］马尔库塞：《爱欲与文明》，黄勇、薛民译，上海译文出版社2012年版，第206页。

现代艺术、现代文化的背后所体现的仍然是启蒙时代建构的个人主体，换句话说，仍然是与资本主义生产逻辑相一致的个人主义主体，正如丹尼尔·贝尔所言，"任意洗掠世界艺术宝藏，贪婪吞食任何一种它遇到的艺术风格，这是现代文化的特色。这种自由来自于现代文化的轴心原则，即不断表达自我和重塑自我，以获得自我的现实和满足"①。这种与现代资本主义具有共同逻辑的现代艺术与文化本身也因此并不像马尔库塞所设想的那样充满自由，也不如他所想象的那样具有如此强大的大众解放功能，因为它们并没有充分实现文艺的公共价值。波琳·约翰逊曾指出："现代主义艺术作品只具有形式上的颠覆性质，真正的作品远离大众的需求，这使其失去了任何实际的影响。"② 并且，资本主义商品生产逻辑很快就吸纳和利用了现代主义艺术这种求新求异的品质，"因为摆脱传统的制约正是扩大消费的一个必要条件"③。消费社会融解这种"短暂的新奇"之后，便"出现了新式工业，以便有利可图地传播疏隔与自由的先进理论"④。

四　主体间性重构与和谐之美

在西方理论的演化过程中，在近代就已经有哲学家将注意力转向了对"主体之间关系"的探讨。回溯"主体间性"这一

---

① ［美］丹尼尔·贝尔：《资本主义文化矛盾》，严蓓雯译，江苏人民出版社2012年版，第12页。

② ［加拿大］波琳·约翰逊：《马克思主义美学——解放意识的日常生活基础》，见王鲁湘等编译《西方学者眼中的西方现代美学》，北京大学出版社1987年版，第262页。

③ ［美］杰拉尔德·格拉芙：《反现实主义的政治》，见马尔库塞《现代美学析疑》，绿原译，文化艺术出版社1987年版，第96页。

④ 同上书，第97页。

概念的历史，早在莱布尼茨就曾试图在封闭的单子之间建立所谓的"先定和谐"。胡塞尔以及其后的理论家，对于"主体间性"的格外强调，主要是从认识论和存在主义的两条道路进行探索的。对于"主体间性"的强调，是将个体之间的"联系"更加突出，从而试图达到以"联系"来拯救日渐分崩离析的孤立个人主体自我的作用。在后现代理论家们曾经以绝望的口吻所宣告的种种"主体之死"和逻辑上的"人之死""文学之死"大背景之下，"主体间性"是西方主体性哲学盛极而衰的一种必然的、合理的产物。经历过大起大落之后，自我中心主义并没有使人类获得彻底的解放，反之理论家们的任务转向将碎裂的、碎片化的主体以寻求彼此之间联系的方式黏合起来，从而实现主体消亡之后的向死而生。

"主体间性"理论的建立不仅在西方近现代的主体哲学中可以找到其演化脉络，更与西方近现代的人类社会现状有着紧密的联系。工业社会以来人类所面临的强大工业生产和对自然的超负荷改造，在以人类为"主体"向对象事物"客体"进行改造利用的过程中，不仅没有真正给人带来全面的、实质的幸福感和满足感，反而在某些情形下成为加剧人类社会矛盾的隐形炸弹，将人类拽入了一个充满恐怖与不安的深渊。单向度的主客体，主体改造客体的关系从逻辑认知上来看并不能实现一个"全知全能"的视角，新的社会形势、自然矛盾在呼唤着人们转向一个需要更新的人的认知领域。换言之，人类只有将自己从高高在上的神坛上挪下脚步，将人本身看成万物的一分子而不是万物的统治者，从主客关系的取向转向主体间关系的取向，这样才能焕发自我主体的生命力，也是自我主体能够延续不绝的方式所在。

胡塞尔等人"主体间性"理论是在哲学认识论的基础上建立的。"主体间性"在这一理论中的表现还要依赖于纯粹的自我意识（或称之为先验主观性），个体主义对自我的深信不疑是确保自我之间产生联系的前提和基础。而对于在自我之外所存在的他者，则既是一个世界的对象，同时又不是一个单纯的自然属性的东西，即"另一方面，我同时又把他们经验为这个世界的主体"①。既然自我和他者之间存在着"互为主体"的现状，那么在此之前规定得泾渭分明的主客关系在这里则无法发挥其功用了。在认识论的范畴中，胡塞尔依赖于概念"类比的统觉"将先验的"我"置换为"我们"，这实际上是他所做出的一种将自我与他者相勾连的一个尝试，"当以反思的方式联系到其自身时，我的生命的有形的有机体（在我的原初的领域里）作为其所予方式而具有中心的'这儿'（Here）；每一个其他的身体从而'他人的'身体则具有'那儿'（There）这种方式"②。在这段话中胡塞尔点明了如何将他人的身体作为一种与"自我"的身体一样有生命地位的有机体，将他人与自我勾连起来，从而让我第一次迈开走向他人的步子。真实的世界上压根不存在鲁滨逊和他的孤岛，每个人也无法回避对他人经验的接纳而内化的心路历程。"我的原初的自我通过共现的统

① ［德］胡塞尔：《〈笛卡尔的沉思〉第五沉思》，张宪译，倪梁康选编：《胡塞尔选集》，上海三联书店1997年版，第878页。
② Husserl, E., Cartesian Meditations, Mattinus Nijhoff Publishers, Hague, 1982, p. 116.

觉——它从不要求也不允许通过呈现出来实现它的自身特性——构造出那个对我原初的自我而言的另一个自我,由此,那种在共实存中原初不相容的东西变得相容了……"① 随着胡塞尔理论的深入扩展特别是他的著作《笛卡尔的沉思》的发表,他的主体性理论已经转而立足于人类的群体属性自身,从最初的第一步即是认可自我对他人主体的确定,从单个的主体出发来实现对他人自我的构造走向了将对自然事物的构造和对客观世界的构造统统容纳。"群体性意味着每一个自我都与对方形成一种相互性的存在,互相存在造成了我的此在与其他人的此在的同等客观化。单子群体是为我地构造出来的,也是为他地构造出来的。"② 群体化为所有的主体都提供了一个平等的大环境,这是一个开放的场域,从而有助于让每一个主体借助"统觉"将处于不同时空中的种种表象整合为一个统一的对象,我的"此端"与他者的"彼端"之间并无差别。主体间性在胡塞尔的理论中成就的不再是先验的"我",而是现实中的"我们"。这一从"我"走向"我们"的称谓转换,让所有的主体都成为交互的主体,来源于先验的"我"的新称呼"我们"不仅仅适用于自然界,更适用于丰富多元的人类自身社会。这可以算得上胡塞尔的一个发明,这里可以将过去、传统并不突兀地内化,"对传统的每一次成功的运用都化为一种新的显然的

---

① [德] 胡塞尔:《胡塞尔选集》,倪梁康选编,上海三联书店 1997 年版,第905 页。

② 王晓东:《西方哲学主体间性理论批判——一种形态学视野》,中国社会科学出版社 2004 年版,第 79 页。

熟悉性，使得传统属于我们而我们也属于传统"①，因此，在这种转化中，新奇的事物能够和传统一起汇入一个共同分享、共同拥有的世界，形成新的传统，它包容过去和现在，并在人与人的对话中获得其语言表达，在互动的主体之间形成主体间性，形成一个统一的、复杂的群体存在。

不管是对于胡塞尔本人的哲学道路还是对于整个西方哲学的理论发展来说，胡塞尔等人的这一理论"不仅创造性地使统觉活动的对象从物深入到他人，而且从而也第一次在认识论的认识与伦理学的移情之间架起了桥梁"②。尽管在胡塞尔那里，和主体间性相关的一系列关键词大多遵循的都是先验现象学的理论逻辑，但是仍旧无法抹杀这一理论所具有的突破性意义。作为以探讨人的生存处境为核心内容的主体间性理论，在存在主义哲学中通过对人的存在方式、人类的存在困境和人类所面临的生存文化危机的讨论，进而实现了它在新的社会形势下的导向性作用。在海德格尔的理论中，"此在"即人的存在是其早期哲学中的重要范畴，人首先是生存在"这个世界中"的他者，在此之后才能产生自我与他人之间生存上的联系。"对最切近的周围世界（例如手工业者的工作世界）进行'描写'的结果是：他人随同在劳动中供使用的用具'共同照面'了，而'工件'就是为这些他人而设的。在这个上手事物的存在方式中，亦即在其因缘中，有一种本质性的指引——指引向一些

---

① ［德］伽达默尔：《哲学解释学》，夏镇平、宋建平译，上海译文出版社1994年版，第25页。

② 张再林：《关于现代西方哲学的"主体间性转向"》，载《人文杂志》2000年第4期。

可能的承用者，而这个上手事物应是为这些承用者'量体剪裁'的。"① 在海德格尔的理论中他抛弃了胡塞尔的统觉理论，而是从一开始就赋予了自我和他人共同具有的"工具"属性，通过"工具"被指示的他人并不就此说明他人仅仅是一个"工具"一样的对象。相反的，每一个人在具有工具的属性同时，也具有支配工具的属性，正是这双重属性构成了"此在"存在的价值意义。"他人倒是我们本身多半与之无别、我们也是其中的那些人。这个和他人一起的'也在此'没有一种在一个世界之内'共同'现成存在的存在论性质。这个'共同'是一种此在式的共同。"② 人对于自我和他人之间的思考，标志着人类认识到自身存在的开始，"它是使人从无法逃脱的偶然存在进入他自身从隐藏其本质达到显示其单纯的真正起源"③。倘若说在资本主义还没有降临的时代中，个体的自我尚且依赖在团体的组成形式之中取得自己赖以生存的条件，那么资本主义时代个体以个人主义的形式完成的变化，一旦并且不可避免地会添加上了利己主义、唯我中心主义，这种后果则是迅速走向了个人的分裂与瓦解。美国哲学家威廉－巴雷特在其成名作《非理性的人——存在主义哲学研究》中研究了德国文化中一个极为重要的问题，也就是如何把已经被撕成碎片的人的存在进行组装，创造真实的个人的问题。在他看来，高度部门化和专门

---

① ［德］海德格尔：《存在与时间》，陈嘉映、王庆节译，生活·读书·新知三联书店1999年版，第135页。

② 同上书，第137页。

③ ［德］雅斯贝尔斯：《存在与超越——雅斯贝尔斯文集》，余灵灵、徐信华译，生活·读书·新知三联书店1988年版，第39页。

化的现代生活已经把人的存在撕成了残缺不全的碎片，未来，只有重新集合。尽管海德格尔对于主体间性的构成依旧没有逃脱主客体模式的影子，但是坚持一种"存在"的意识已经比胡塞尔等人徘徊于认识论中的"静止"的主体间性有了足够的进展。人与人，人与自然的关系在"存在"中得以活跃起来，进而得以在分裂的个人背后，形成关于人的自我的、人与他人的、人与社会的统一。简而言之，主体间性理论的发展是一种对自我中心主义的否定和对现实中个体与个体之间关系的重新强调。

无数的思想家都曾深入思考主客体关系走向主体间关系，譬如拉康和阿尔都塞等人。一般说来，人们总是倾向于把自己看做自由的、统一的、自主自律的和自我产生的个体，唯此方能完成自己的社会角色。但在拉康、阿尔都塞的理论中，这种个体自我形象是一种自我想象和误认。拉康的"他者"理论，开辟了自我与他者以及自我主体的新的认知途径。伊格尔顿对拉康和阿尔都塞的相关理论曾做过精彩的解读：对于一个个体而言，"我感到自己是一个与社会和广大世界有着重要关系的人，而这是一种给我意义感和价值感，从而足以使我能够有目的地行动的关系。这就好像是，社会对于我并不只是一个非个人性的结构，而是一个亲自'对我说话'（adress me）的'主体'——它承认我，告诉我说我是受重视的，并且就以这一承认行为而使我成为自由而自律的主体。我开始意识到，虽然世界并不完全只为我一人而存在，但世界就像有意义地以我为'中心'的，而我反过来也就像有意义地以世界为'中心'的"①。个体正是通过与世界建立起不可分割的"关系",把世界作为"主体",才得以确立自我的主体性。自我主体性并不存在于孤立封闭的单子之中,而是在关系之中,呈现为一种主体间性。进一步说,这种主体性便不是静态的、凝定不变的、基础主义的东西,而应是生成的。有学者就试图探讨非现代主义的主体性及其能动性:"我们将主体性定义为所有不同的过度决定身份认同构成的社会过程的所在。因此,它是被产生的而不是既有的,而且是可改变的。作为一种社会产物,身份认同的相关构思并非是如笛卡尔主义——现代主义身份认同构思那样的先于或者相对于'外部世界'的自我,而是一种社会身份认同的形成——一种自我与世界关系的观点。"②

将主体间性的理论推向了一个高潮的则要属当代著名的宗教哲学家马丁·布伯。他的思想虽然还带有着基督教神学式的幻想成分,但是他的理论提出了一种具有操作性和实践性的可能。在他的理论中,最重要和具有创意的关系范畴在于将长期以来形成程式的"我——它"的人与世界主客对立的关系范畴改造为"我——你"范畴。在布伯的代表作《我与你》一书中,他指出:"在关系的直接性面前,一切间接性皆为无关宏旨之物。即使我之'你'已成为其他'我'之'它'(普遍经

---

① [英]特雷·伊格尔顿:《二十世纪西方文学理论》,伍晓明译,北京大学出版社2007年版,第172页。
② 塞拉普·阿伊塞·卡亚特钦、S.查鲁希拉:《还原封建主体性》,苏仲乐译,见张永清、马元龙主编《后马克思主义读本理论批判》,人民出版社2011年版,第217页。

验的对象），或者可能因我的真性活动而变成'它'，一切也无所改变。"① 在这种新的关系模式中，"我"所要完成的工作是根据我的需求、立场和观点，使得所有的外在客体都为我所用，同时这种关系并不是一种单调的以我为中心和核心的画圆运动，而是一种更加开明的双边关系。"你与我相遇，我步入与你的直接关系里。所以，关系既是被择者又是选择者，既是施动者又是受动者。因为，人之纯全性活动意味着终止一切有限活动，一切植根于此有限性上的感觉活动：就此而言，他不能不若受动者"②，马丁·布伯阐明了主体间性之间的交互性理论原则，也使得西方哲学界终于见到了有可能伺机摆脱自工业社会以来冰冷的人与人的交往模式，人不再是和机器化的他者交往，而是以血肉之躯互相靠近、取暖。布伯理论中的主体间性关系成为了一种"情同手足"式的关系，以"让发自本心的意志和慈悲情怀主宰自己"③，给冷漠的人与人、人与自然、社会的关系增加一点暖意。

与此相近似，哈贝马斯的交往理论认为："'对幸福的追求'在未来也许会意味着某些不同的东西——例如，不是要积累作为私人所有的物质对象，而是要造就某种社会关系，在这种社会关系中，相互共存将占据统治地位，满足也不再意味着一个人在压制他人需要基础上的成功。"④ 主体间性理论是让人

① ［奥地利］马丁·布伯：《我与你》，陈维纲译，生活·读书·新知三联书店 2002 年版，第 10 页。

② 同上书，第 9 页。

③ 同上书，第 5 页。

④ ［德］哈贝马斯：《交往与社会进化》，张博树译，重庆出版社 1989 年版，第 205—206 页。

们重新开始重视生命的质量，重视生命存在的诗意化、艺术化和舒适化的开端。在工业社会轰轰烈烈的大潮之后，能够唤起人类心灵中的愉悦因素的物品，还当回归到和自然相关的、人类生命中最原初的那些美感，也正是这种美感的内在和亲切才能给予人类生命真正的关怀。

长期以来人类中心主义和主客二元对立的关系模式，并没有让人们得到内心的祥和与安定，相反，工业文明的创造物，包括以人化自然而表现出来的实践产品为人类提供的只是一种短暂的、偶发性的感官愉悦，它们所能提供的愉悦更是一种一时的快感，并且在一时快感之后，人类堕入的是更加迷茫与空虚的黑暗长夜。以人类中心主义支配下的整个工业文明的历程，的确取得了不少叹为观止的奇迹，但是随着人类对自然征服力度的增加，则越发使得人类失去自身存在所要凭附的根据，人反而在发达的科技之中日益走向个体自我的迷失，"个人在空间和在共同体里都找不到任何准则，以及任何指引他前进的方向。虽然在自然界和社会方面存在着和谐与协调，但这只是暗含地产生于人的绝对利己主义和有理性的行动和思想，而其中每个人都只考虑自己的思想和自己的判断"①。在当代个人主义的社会中，人们始终处于矛盾之中，"人们希望孤独，希望一直越发地孤独下去，同时人们却又不能容忍自己形单影只"②。在孤独的个人世界中，"无节制的表达、交流行为甚于交流的

---

① ［法］吕西安·戈德曼：《隐蔽的上帝》，蔡鸿滨译，百花文艺出版社 1998 年版，第 44 页。

② ［法］利波维茨基：《空虚时代：论当代个人主义》，方仁杰等译，中国人民大学出版社 2007 年版，第 43 页。

本质，忽视内容、趣味感缺失、既无目的也无听众，话语者也成为了受话人，这便是精确意义上的自恋"①。自恋是个人主义最鲜明的精神症候。波德里亚在20世纪80年代所著的《美国》一书中曾这样写道："在天空中，是云朵的性的孤独；在地球上，是人的语言的孤独。在这里，大街上独自思考、独自歌唱、独自吃饭、独自说话的人的数量难以置信。可是，他们并没有彼此叠加起来。恰恰相反，他们彼此扣除，而他们之间的相似性是不确定的。然而有一种独一无二的孤独：大庭广众下准备一餐饭的人的孤独，在一堵墙边，或在他的汽车引擎罩上，或沿着一个栅栏，独自一人。在这里，到处可见这种场面，这是世界上最悲伤的场景。比贫穷更悲伤，比乞丐更悲伤，是那个当众独自吃饭的人。……那个独自进食的人已经死了。"② 离开了社会，离开了群体，那么个人生活也就失去了意义，人也不再是真正意义上的人，没有真正意义上的存在，活着也已经死了。和全球化一样，自我中心主义是一柄双刃剑，人类意识的觉醒在"现代人千禧盛世观的背后，是使自我无限化的狂妄自大。其结果是，现代人的傲慢就表现在他拒绝接受有限，坚持要不断扩张"③，在有限的范围内去寻求满足无限的个人欲望，就注定如黑格尔所提出的"不快乐意识"一样，人类注定走向永久的消极之物——死亡。自我中心主义一旦超越道德，

① ［法］利波维茨基：《空虚时代：论当代个人主义》，方仁杰等译，中国人民大学出版社2007年版，第13页。
② ［法］波德里亚：《美国》，张生译，南京大学出版社2011年版，第26页。
③ ［美］丹尼尔·贝尔：《资本主义文化矛盾》，严蓓雯译，江苏人民出版社2012年版，第51页。

超越悲剧乃至于超越文化，就象征人类的末路穷途。正如美国作家海明威的名言"丧钟为谁而鸣"，在一个非美的大环境下，所有的个体都只能成为受害者。那么，以表达自我、宣泄自我为鹄的现代艺术呢，其前景也应作如是观吧。

"主体间性"得到重新界定和认可，成为当下能够复活人类主体，恢复世界万物和谐的少数可能性之一。在这种意义上，需要建构一种主体间性理论，其旨趣在于对人类自身和人类所依赖的生存家园的深切关怀，将人类从自己所构建的高大神坛之上释放下来，使之重新回归自然、社会之中，成为平凡一员，使人与人之间的关系不再是命令、训斥、指示，取而代之为平等、和谐的沟通交往，使人与物之间的关系不再是隶属、支配与占有，而是尊重、体谅和珍爱。这是人类对当下恐怖的、恶劣的生存状态改变的要求，也算是一种没有出路的出路。如果人类能够放下高姿态的"万物灵长"的身份，放下工业社会以来对"个体自我"的过分强调和崇拜，那么他们将有机会实现的是自我主体的重新确立和整个宇宙的焕然生机与万物和谐。

第三章 现代西方文论的非理性转向

非理性主义（irrationalism）并不是一种独立的思想流派，而是许多西方现代思想的总称。一般来说，人们把哲学领域的唯意志论、生命哲学、存在主义、后现代主义，心理学领域的精神分析理论等，统称为非理性主义。确切地说，非理性主义实际上是贯穿在这些思想流派中的一种思想倾向。这种思想从20世纪80年代开始传入我国，至今仍对我国当代的哲学、美学和文学理论产生着深刻的影响。因此，客观地评价这种思潮，对我国当代的文论建设有着重要的意义。

第一节 非理性主义思潮探源

一 什么是非理性主义？

要想准确地评价非理性主义，就必须首先对这种思潮的基本内涵进行辨析，然而这恰恰是一个十分棘手的理论难题。20世纪80年代以来，我国学界围绕这个问题曾进行过多次论争，但始终无法达成基本的共识，反而造成了一种十分混乱的理论格局。① 我们无意在此重新挑起这一争论，只想指出造成这种混乱局面的理论根源：非理性主义并不是一个孤立的理论术语，而是一个庞大的术语群落的组成部分。这个术语群落至少包含四个基本范畴：理性、非理性，理性主义、非理性主义。这些范畴两两相对，相互关联，对任何一个范畴的界定都必然涉及对其他范畴的理解，可谓牵一发而动全身。因此，我们只有先对这些相关范畴及其相互关系进行深入的考察，才能最后对非理性主义的内涵做出准确的界定。

理性是西方思想史上最重要的范畴之一。从古希腊到当今时代，理性问题一直是西方思想关注的核心话题。不过，理性的内涵并不是一成不变的，在漫长的西方思想史中，各个时代的哲学家赋予了这个词以极为丰富和复杂的内涵。在我们看来，试图为理性下一个明确的定义，是不可能也没有必要的，它的内涵毋宁说是在一系列不同的对比和区分中展现出来的。

第一是理性（ratio）与感性（aisthesis）的划分。在古希腊时代，哲学家们就把人的认识能力划分成了感性和理性两种形式，其中，前者依赖于感觉器官，只能把握处于生灭变化中的现象，产生的是意见而不是具有普遍性的知识和真理；后者则不依赖于感觉器官，能够把握事物背后的共同本原或本体，从而获得具有普遍性的知识。通过这种区分，理性显然被当成了一种高级的认识能力，是把握真理的根本途径。从哲学史上来

----

① 有关我国学界围绕非理性主义所进行的争论，可参看徐亮、苏宏斌、徐燕杭合著《文论的现代性与文学理性》（浙江大学出版社 2005 年版）一书的引论部分。

看，这一含义无疑是理性最重要、最常见的内涵。

第二是理性（rational）与非理性（irrational）的区分。从古希腊的苏格拉底、柏拉图和亚里士多德开始，人的灵魂就被划分成了理性和非理性两个部分，前者指的是灵魂中的理智部分，后者是指灵魂中的情感和欲望。在他们看来，只有当后者处于前者的统治之下，自觉地服从前者的指导的时候，灵魂才处于健康与和谐的状态。在近代，康德用心灵（mind）学说取代了灵魂（nous）学说，认为心灵包括知（认识）、情（情感）、意（意志）三种要素。在这些区分中，理性不再只是一种认识能力，同时还是一种用来统治和规范非理性因素的智慧和意志。

第三是理性（reason）与知性（understanding）的区分。从柏拉图到近代的理性主义者，都认为人类的理性包括直观的和推论的两种形式，前者能够直接把握自明的真理或第一原理，后者则在此基础上进行推理，产生命题和知识。康德则认为，人类不具有这种直观的理性或智性直观能力，只具有通过理性进行推理的能力和通过知性来产生概念的能力。在这一区分中，作为认识能力的理性得到了更加精细和深入的探究。

第四是理论理性（思辨理性）与实践理性（实践智慧）的区分。亚里士多德认为，思辨理性以不变的东西为对象，以逻辑推理的方式来进行，其结果是可证明的，判断的标准是真和假；实践智慧则以可变的东西为对象，需要借助于某种高级的直观能力，判断的标准是善和恶。在他看来，思辨理性高于实践智慧，理论的思辨和沉思才是最幸福的生活方式。康德则将两者的关系予以颠倒，认为理论理性在认识论上无法把握理性理念，在伦理学上却能够通过实践理性来加以实现，因此实践理性高于理论理性。① 通过这种区分，理论不仅是一种认识能力，同时还具有了实践功能。

第五是认知理性和存在理性的区分。西方哲学家一般把理性看作是人的认识能力，但也常常将其视为世界的本性。柏拉图和亚里士多德都曾把理性看作世界的本源，试图建立起一种理性神学，莱布尼茨也在本体论上提出了一种"前定和谐说"，黑格尔更是明确宣称，"理性是世界的灵魂，理性居住在世界之中，理性构成世界的内在的、固有的、深邃的本性"②。从这种立场看来，正因为世界的存在本身就是合乎理性的，因此人类才能够通过理性去加以认识。进而言之，凡是主张世界的本原是某种固定不变的实体，万物的背后具有某种共同的本质，都可以看作是本体论上的理性主义，因为这意味着世界或存在的意义是可以通过理性来把握的。

理性的内涵既然如此复杂多变，理性主义（rationalism）自然也就具有了多重内涵。一般来说，理性主义是一种西方近代的认识论学说，与经验主义一起构成了西方近代哲学的主流。其中，前者以笛卡尔、斯宾诺莎和莱布尼茨为代表，主张知识是通过运用理性能力而产生的，理性能够从某种自明的先天知识或第一原理出发，通过逻辑演绎自上而下地建构起一个自洽

---

① 关于理性范畴内涵的演变以及区分，可参看朱立元主编《西方美学范畴史》第 1 卷第六章，山西教育出版社 2007 年版。另可参看苏宏斌《美与真——西方美学史上的理性精神批判》，黑龙江人民出版社 2013 年版。

② ［德］黑格尔：《小逻辑》，贺麟译，商务印书馆 1980 年版，第 80 页。

的知识体系；后者则以培根、洛克、霍布斯、休谟为代表，否定先天真理的存在，认为知识来自于后天的经验，是通过归纳的方法，借助于感觉经验和科学实验而产生的。从这种对比来看，理性主义和经验主义似乎是两种截然对立的哲学观点，它们对于认识的来源和方法的观点都截然相反。但细究起来，它们却分享着共同的认识论立场，即都把理性看作获得知识和真理的根本途径，排斥情感等非理性因素的作用。究极而言，无论是演绎法还是归纳法，都是理性认识的不同表现。这种分歧在古希腊时代就已出现，比如柏拉图就强调知识的先天性，重视演绎和思辨；亚里士多德则强调后天经验的重要性，对归纳法给予了更多的重视。近代思想实际上是把这种分歧极端化和体系化了而已。从这个意义上来说，西方思想从古代到近代一直都是一种广义的理性主义，与经验主义相对立的理性主义只是一种狭义的理性主义。

非理性是一个与理性相对立的概念，从词源学上来看，它是在理性（rationality）一词前添加前缀 ir - 而构成的。此前缀是否定性的，表示"不""非""无"等含义，因此非理性的意思是指与理性不同或者相反。由于理性的内涵具有多重性，因此与之相对的非理性便各不相同。当理性被视为一种认识能力的时候，那么非理性就是指除此之外的其他认识能力。然而究竟哪些认识能力是理性的，哪些是非理性的，则是一个十分复杂和困难的问题。在古希腊时代，理性认识包括直观的和推论的两种形式，非理性认识则包括了感官知觉、想象、信念等。近代的莱布尼茨在感性认识之外，又指出了无意识、半意识等心理形式的存在，从而拓展了非理性认识能力的范围。康德则主张，人类不具有智性直观能力，只具有感性直观能力，这样他就把直观从理性认识划归到非理性认识之中去了。到了现代，直觉、顿悟、无意识等认识能力得到了空前的重视，非理性认识的范围和作用也随之得到了巨大的拓展。

当理性被视为灵魂的主导或实践的智慧的时候，非理性的含义也就随之出现了重大的变化。当苏格拉底把理性称作"灵魂之眼"、柏拉图把理智称作"灵魂的驭手"的时候，非理性便被用来指称激情、欲望等灵魂的低级成分。在中世纪思想中，理性与哲学相关，非理性则与宗教和信仰相关，前者被看作是后者的婢女和奴仆。近代哲学重新确立了理性的主导地位，从而导致了信仰的危机，但情感等非理性活动的地位也逐渐得到了确立和提升。在柏拉图的思想中，情感被明确视为心灵的低级成分。而在近代随着浪漫主义思潮的兴起，情感活动的重要性日益得到重视与弘扬。到了现代，非理性更是彻底突破了理性的束缚和统治，人类的生命体验和万物的存在本性都被视为非理性乃至反理性的，理性的危机由此来临，非理性主义也因此变得风靡和盛行。

非理性主义是与理性主义相对的概念。如果说理性主义是一种强调理性的主导地位的思想倾向的话，那么非理性主义就是反其道而行之，赋予了非理性因素以主导地位。由于非理性现象包含多种类型，因此非理性主义也就具有了多重内涵。在认识论领域，理性主义强调理性是一种高级的认识能力，非理性主义则主张，感知、想象、直觉、顿悟、体验等因素更为重要和根本。举例来说，叔本华、尼采的唯意志论强调直觉或直观是比理性更高的认识能力，狄尔泰的生命哲学则主张体验才是真理和意义之源，海德格尔通过强调先验想象力的基础地位而颠覆了康德关于感性和知性的二元对立，梅洛－庞蒂则认为知觉在认识活动中具有优先地位，以此来超越理性主义和经验主义的对立，弗洛伊德的精神分析理论主张无意识是意识活动的基础，自我处于本我和超我的支配之下，从而彻底摧毁了笛卡尔赋予理性自我的主体性地位，后现代主义者费耶阿本德更是明确提出了"告别理性"的主张。总之，通过赋予某种非理性因素以比理性更高的认识能力，非理性主义在认识论对理性主义发起了全方位的挑战。

在伦理学、生存论乃至本体论或存在论领域，非理性主义对理性主义的批判更为激烈。理性主义主张理性是灵魂或心灵的高级成分，是一种指导人类生存的实践智慧。非理性主义则强调激情、情感乃至欲望的合法性。浪漫主义者把激情和情感看作对抗工业社会人性异化的重要力量，视其为艺术创作的根本基础。弗洛伊德的精神分析理论更是把性欲或力比多看作人类生存的基础，认为爱欲和死欲构成了人类生存的基本动力，欲望的转移和升华则是人类一切文明和文化的根本前提。理性主义者强调人类的生存应该以理性为指导，道德实践中的意志也应该表现为一种实践理性。非理性主义者则认为，理性根本无法解决人类生存的意义和价值问题，世界以及人的生存在根本上是非理性的、荒谬或者无意义的。康德主张道德意志是一种实践理性。叔本华则认为，世界的本原乃是意志，意志高于理性，因此人的理性只是为生存意志服务的工具。海德格尔主张人是一种被抛的存在，生存在世的基本形态就是沉沦。萨特和加缪等存在主义者进一步主张，人的生存和世界的存在都是荒谬的、无意义的。德里达等后现代主义者主张，理性主义乃是形而上学思维方式的产物，是一种逻各斯中心主义，应该予以颠覆和超越。凡此种种，都使非理性主义变成了西方现代思想的主要潮流。

二　非理性主义在现代思想中的全面掘进

按照前面的分析，非理性主义体现在许多不同的思想领域。从哲学上来看，这些领域主要包括认识论、本体论和生存论三个方面。可以说，非理性主义在这些领域都打下了深刻的烙印。

（一）非理性对理性的认识论僭越

在认识论领域，非理性主义主要体现为对理性的作用和地位提出了根本的质疑和挑战。这一挑战最初是由唯意志论者叔本华发起的。理性主义者一贯认为，理性是一种高级的认识能力，是把握真理的根本途径。叔本华则认为，直观才是真理之源，理性则只是直观的衍生物。用他的话说，"直观总是一切真理的源泉和最后根据"①，"一个直接确立的真理比那经由证明确立的更为可取，正如泉水比用管子接来的水更为可取是一样的"②。我们在前面曾经指出，康德以前的理性主义者都把理性划分为直观的和推论的两种形式，并且认为前者是比后者更

---

① ［德］叔本华：《作为意志和表象的世界》，石冲白译，商务印书馆1982年版，第123页。

② 同上书，第107页。

高的认识能力，因此强调直观在认识活动中的地位乃是理性主义的固有观点。问题在于，叔本华并不是把直观看作理性活动的一种形式，而是把两者对立起来，认为直观是比理性更高、更具有本源性的认识能力。这显然就是一种非理性主义的观点了。对于叔本华的这种观点，生命哲学家柏格森也十分赞同。他明确宣称，理性或知性无法把握生命的意义："知性的特征是不理解生命的本质"①，其原因在于，知性在根本上是一种主客二分的思维方式，它总是从外部来认识事物，是一种围着事物转的认识方式。与之不同，直观或直觉则能够直接进入事物内部，从而把握生命的意义："所谓直觉，就是理智的交融，这种交融使人们自己置身于对象之内，以便与其中独特的、从而是无法传达的东西相结合。"② 另一位生命哲学家狄尔泰则更强调体验（Erfahrung）的作用。德语中的 Erfahrung 相当于英语中的 experience，原本都是经验的意思，但狄尔泰却赋予了其以新的含义。近代哲学所说的经验往往指的是感性认识，而狄尔泰则将其视为对于生命的直接经历、感受和把握。③ 在他看来，只有体验才能"将生命从未被意识照亮的深渊中提升出来"④，因此，"体验为宗教、艺术、人类学和形而上学提供了基础"⑤。

---

① ［法］柏格森：《创造进化论》，王丽珍、余习广译，湖南人民出版社 1989 年版，第 8 页。

② ［法］柏格森：《形而上学导言》，刘放桐译，商务印书馆 1963 年版，第 3—4 页。

③ 关于狄尔泰在铸造"体验"一词的过程中所起的作用，可参看伽达默尔《真理与方法》上卷，洪汉鼎译，上海译文出版社 1999 年版，第 79 页以下。

④ 转引自李超杰《理解生命——狄尔泰生命哲学引论》，中央编译出版社 1994 年版，第 109 页。

⑤ 同上书，第 113 页。

除此之外，海德格尔和伽达默尔则强调理解（understanding）和领悟（comprehending）的本源地位。从字面上来看，理解与德国古典哲学所说的知性并无区别，但实际上两者却有着根本的差异。简单地说，知性只是理性认识的一种形式，两者都属于概念性的思维方式。理解和领悟则不同，它是一种对于存在意义的前概念或非概念的把握方式："存在者满可以在它的存在中被规定，而同时却不必已经有存在意义的明确概念可供利用。"① 只有当理解和领悟通过这种前概念的思维方式把握到存在的意义之后，理性和知性才能将其以概念的方式表达和陈述出来。从这里可以看出，这些思潮所提出的非理性的认识能力是各不相同的，但它们对理性的质疑和批判却是基本一致的。

其次，非理性主义对于认识主体也做出了新的界定。从笛卡尔提出"我思故我在"这一命题开始，近代哲学就把认识主体规定为一种理性的自我，即便像康德那样把主体的心灵划分为知、情、意三个方面，也仍然认为理性在其中起着主导性的作用。非理性主义者则不同，他们认为认识活动的主体不是纯理性的自我，而是个体的整个生命。狄尔泰明确指出，"在由洛克、休谟和康德建构起来的认识主体的血管中没有现实的血液流淌，有的只是作为思想活动的稀释了的理性汁。"② 而他所说的体验者则不是这种理性主体，而是一种活生生的生命整体。与之相似，海德格尔把理解活动的主体称作此在（Dasein），指

---

① ［德］海德格尔：《存在与时间》，陈嘉映、王庆节译，生活·读书·新知三联书店 1987 年版。

② 转引自李超杰《理解生命——狄尔泰生命哲学引论》，中央编译出版社 1994 年版，第 71 页。

的也是处于生存活动中的人，或者说是人的生存方式。梅洛－
庞蒂则强调，知觉活动的主体不是笛卡尔的"我思"，而是身
体—主体（body-subject），也就是身体和心灵、物质和意识的
统一体。

非理性主义对理性主体的猛烈批判还来自心理学领域。理
性主义者一直把主体等同于自我意识，弗洛伊德则主张，人的
心理活动主要是由无意识构成的，意识在根本上决定于无意识。
更重要的是，他认为自我并不是由理性所主导的。在他看来，
人的个性由自我、本我和超我三部分组成，其中自我主要由理
智和常识组成，本我的核心是欲望或力比多，超我则是指由父
母及所代表的权威和规范。从内部来看，自我由理性所支配，
问题在于，自我在人的心理结构中并不是孤立存在的，它时刻
处于本我和超我的影响和支配之下。用弗洛伊德的话说，"我
们把这同一个自我看成一个服侍三个主人的可怜的造物，它常
常被三种危险所威胁：来自外部世界的，来自本我力比多的和
来自超我的严厉的"①。从某种意义上来说，这实际上彻底颠覆
了理性自我的主体性地位，因为自我不再是自身以及世界的主
宰，而成了被奴役的奴仆。

（二）世界本质的非理性化

在本体论领域，现代哲学也开始了非理性的转向。理性主
义者认为世界的存在本身是合乎理性的，叔本华则认为，世界
的本原乃是意志。那么，什么是意志呢？意志就是世界上的任

---

① ［奥］弗洛伊德：《自我与本我》，林尘等译，上海译文出版社 2011 年版，
第 253—254 页。

何事物都具有的求生存的欲望冲动，也就是所谓生存意志。这种生存意志是"没有一切目的、一切止境的，它是一个无尽的追求"①，因此显然是非理性的。世界上的万事万物之所以产生和存在，都是这种盲目的生存意志把自身"客体化"的结果：人的各种器官和躯体都是为了满足生存意志的需要而生长出来的，比如眼睛是为了满足看的欲望、耳朵是为了满足听的欲望、牙齿是为了满足咬的欲望，等等。其他存在物也莫不如此：老虎为了捕食而长出了尖牙利爪、树木为了吸收水分而长出了长长的根须、无机物为了生存而不断地进行化合与分解。这样，整个世界都是由意志外化的各种产物所构成的。尼采把叔本华所说的生存意志改造成了强力意志，从而进一步强化了唯意志论的非理性倾向。

生命哲学也把世界的本质非理性化了。柏格森认为，宇宙的本质不是物质，而是一种"生命之流"，即一种非理性的、永无休止的河流："这是一条无底、无岸的河流，它不借可以标出的力量而流向一个不能确定的方向。即使如此，我们也只能称它为一条河流，而这条河流只是流动。"② 从这段话来看，生命之河既无方向，也无目的，而且不受任何规范和约束，因此具有彻底的非理性特征。需要注意的是，柏格森所说的生命并不仅限于通常所谓动植物，而是包罗了天地万物。他提出了这样一个本体论模型：生命冲动仿佛形成了一个永动不息的旋

---

① ［德］叔本华：《作为意志和表象的世界》，石冲白译，商务印书馆1982年版，第235页。

② ［法］柏格森：《形而上学导言》，刘放桐译，商务印书馆1963年版，第68页。

流，在其中，生命向上冲，物质则向下堕，而生物则是两者的结合。它们因生命冲动的强弱不同而分化为不同的物种，处于旋流中心而最有活力、冲得最高的是人的生命和意识，其外缘是各种高等动物的生命和意识，再往外面则依次是低等动物、植物的生命，最外面则是脱离了生命旋流、失去了生命力的物质。从这里可以看出，柏格森所说的生命冲动与叔本华的生存意志、尼采的强力意志属于同一类型的概念，代表了非理性主义重建本体论的主要努力。

在此之后，现代哲学不再致力于建构各种本体论模型，但对存在意义的探究仍不绝如缕。就其主导倾向而言，现代哲学持一种反本质主义、反实体主义的立场，即不再认为世界的本原是某种固定不变的实体，不再认为各种存在者具有某种先在的本质。现代存在哲学的最重要代表无疑是海德格尔，他把探讨存在的意义问题作为自己一生的思想使命。在其早期代表作《存在与时间》（1927 年）中，他就强烈反对传统哲学把存在视为某种最高实体的观点，认为这是把存在混同于存在者了，是一种"对存在的遗忘"。在其后期思想中，海氏进一步强化了自己的反实体论立场，他甚至在"存在"（Sein）一词上打了叉号，因为该词是德语系动词的动名词形式，以之来描述存在，必然使其带有某种实体化色彩。在他看来，存在不是一个从固定不变的实体或本质演化为具体存在者的过程，而就是一个显现、生发的过程，或者说存在不是一个实体，而是一个事件，因此他用 Ereignis（事件）一词取代了 Sein 来言说存在。当然，海德格尔的思想无论在本体论还是在认识论上，都不能简单地归结为非理性主义，但就其存在哲学的反本质主义倾向来说，与非理性主义显然是基本一致的。

（三）生存状况的非理性图景

从其整体倾向上来说，本体论在西方现代哲学中趋于式微，取而代之的则是生存论或人生哲学的崛起。在这一领域，非理性主义的倾向表现得尤为显著。传统哲学把生存问题看作是一个运用理性来指导人生实践的问题，认为正确的人生态度应该是把情感、欲望、激情、意志等因素都置于理性的统治之下，让自己的生存意志转化或提升为一种实践的理性。非理性主义哲学则认为，理性的这种统治地位会导致人的痛苦和异化，因而是不合法的，应予否定和批判。这种批判最初开始于丹麦哲学家克尔凯郭尔。他所批判的对象是德国古典哲学的集大成者黑格尔。在他看来，黑格尔思辨哲学的最大错误，就在于遗忘和掩盖了人的生存这一至关重要的问题。具体地说，思辨哲学试图建立一个逻辑自洽的思想体系，而人的生存恰恰是非理性的，是无法运用思辨理性来加以把握的："一个逻辑的体系是可能的"，而"一个生存的体系是不可能的"，因为"生存和生存状态恰好构成了思辨的反面"①。当然，黑格尔并未忽视人的存在，但他从理性主义的立场出发，主张人在根本上是一种普遍性的存在物，认为人的普遍性高于其个体性："个体的人之所以特别是一个人，是因为先于一切事物，他本身是一个人，

---

① 转引自王齐《走向绝望的深渊——克尔凯郭尔的美学生活境界》，中国社会科学出版社 2000 年版，第 17 页。

一个具有普遍性的人。"① 克尔凯郭尔则认为，这种观点恰好颠倒了人的生存的真实状况，因为人首先是个体，是以"个体独自站立着"的方式出场的，他必须自己面对生存当中出现的各种问题，并做出自己的选择。在他看来，这种所谓"普遍性的人"实际上只是一个形而上学的概念，它只看见了整座森林而没有看到单个的树木，只注重世界历史进程而忘记了在生存活动中抗争和奋斗着的人。从这里可以看出，克尔凯郭尔认为人的生存在根本上是个体的而非普遍的，其意义无法通过理性来把握。可以说，这构成了非理性主义在生存论上的基本立场。

海德格尔尽管把存在论而非生存论作为自己哲学的核心内容，但他所建构的存在论的基础和前提却恰恰是生存论。他所提出的基础存在论（Basic Ontology）其核心内容就是对人或此在的生存论结构的分析。按照这种分析，此在的日常在世方式就是沉沦，也就是所谓"沉沦于世"。沉沦的意思是说，此在总是会从本真状态跌落到一种非本真状态："此在从它本身跌入它本身中，跌入非本真的日常生活的无根基状态与虚无中。"② 这种非本真状态的主要表现就是闲谈、好奇、两可，其特点是此在把自己混同于常人或他人，不对自身生存的意义进行独立的追问和思考，而是满足于人云亦云、随声附和，在无聊的闲谈中虚度人生。

海德格尔所刻画的这幅灰暗、阴沉的人生图景，在萨特、

① ［德］黑格尔：《小逻辑》，贺麟译，商务印书馆1980年版，第350—351页。

② ［德］海德格尔：《存在与时间》，陈嘉映、王庆节译，生活·读书·新知三联书店1987年版，第216页。

加缪等人那里被进一步推向了极端。萨特把自己的生存论观点明确地表述为"存在先于本质",意思是说人并无任何先在的本质,其本质和意义是在生存过程中逐渐显现和生成的。这一观点显然是与传统哲学针锋相对的,因为后者认为人与万物一样,都具有某种先在的、固定不变的本质。按照柏拉图的观点,人的本质就是人的理念,具体的人都是通过模仿这一理念而产生的。中世纪哲学认为人是由上帝所创造的,人的本质自然也是由上帝预先加以设定的。近代的理性主义哲学基本上仍坚守这一立场。萨特则对这种观点提出了明确的挑战。他宣称:"如果上帝并不存在,那么至少总有一个东西先于其本质就已经存在了;先要有这个东西的存在,然后才能用什么概念来说明它。这个东西就是人。"① 如果说人生并无任何先在的本质的话,那么人生的意义和价值从何而来呢? 一种可能的回答就是,人生因此必然是荒谬的、无意义的。加缪显然就采取了这一立场。他把荒谬感视为人类最基本的生存体验。用他的话说,"一个哪怕可以用极不象样的理由解释的世界也是人们感到熟悉的世界。然而,一旦世界失去幻想与光明,人就会觉得自己是陌路人。他就成为无所依托的流放者,因为他被剥夺了对失去的家乡的记忆,而且丧失了对未来世界的希望。这种人与他的生活之间的分离,演员与舞台之间的分离,真正构成荒谬感"② 。这段话的意思是说,既然世界的存在是无法用理性来解

---

① 〔法〕萨特:《存在主义是一种人道主义》,周熙良、汤永宽译,上海译文出版社 1988 年版,第 8 页。

② 〔法〕加缪:《西西弗的神话》,杜小真译,生活·读书·新知三联书店 1987 年版,第 6 页。

释的，那就意味着人类无法感受和体验到生存的意义，世界不再是人的家园，因此世界在人的眼中就必然显示出荒谬的面貌。在萨特、加缪的创作中，以及此后法国的新小说派、荒诞派、美国的黑色幽默小说，以及某些后现代主义小说中，人类生存的这种荒诞性得到了淋漓尽致的表现。

三　非理性主义的理论困境

客观地说，非理性主义思潮的兴起有着多方面的原因，其所提出的基本观点也包含着许多内在的合理性。从思想史的角度来看，非理性主义之所以在现代思想中风靡一时，是因为传统的理性主义思想面临着难以克服的困境。传统思想把理性确立为主导性的认识能力和实践智慧，然而理性究竟是否能够承担起如此重大的使命，却是很值得怀疑的。理性主义和经验主义在近代的长期争论，已经在很大程度上暴露了理性的局限性。理性主义断言理性能够直观到某种自明的真理或第一原理，这不可避免地使其走向了独断论。正是为了解决这一难题，康德才对理性的能力及其限度进行了全面而深入的考察，从而建立起了自己的批判哲学。然而在他之后的德国古典哲学家如费希特、谢林、黑格尔等人，都不满康德对理性能力的这种限定，他们纷纷逾越了康德所设定的界限，由此导致了传统形而上学的复辟。从这个角度来看，非理性主义哲学家们对黑格尔哲学的批判和质疑，实际上是继承并发展了康德的事业，是对传统形而上学的反叛和超越。当然，非理性主义者的思想意图与康德其实是相反的，表面看来两者的理性批判都是为了揭示出理性的局限性，但康德的目的是为了把理性重新确立为知识大厦的真正基石，非理性主义的目的却是为了凸显出非理性因素的重要性。

因此，问题的关键在于，非理性主义对非理性因素的强调究竟是否具有合理性或合法性？在这方面我们以为，非理性主义的立场是具有一定合理性的。从认识论上来说，非理性主义指出在理性之外，人类还具有直观、直觉、顿悟、体验、无意识等非理性的认识能力，并且这些能力在人类的认识活动中发挥着十分重要的作用。这显然是对人类认识能力的深化和拓展，较之理性主义对认识活动的看法显然要全面和深入得多，是对认识论的重大贡献。从存在论的角度来看，非理性主义把世界看作某种意志冲动或生命冲动的产物，较之传统本体论把世界的本原看作某种固定不变的实体，也具有一定的合理性和优越性。从生存论的角度来看，非理性主义强调认识必须以生存为根基和目的，生存体验优先于理性认识；认为人并不具有某种先在的本质，人生的意义和价值是在自身的生存实践中产生和创造出来的。这些看法极大地加深了人们对于人类生存活动的认识，在一定程度上纠正和弥补了西方传统哲学重理论而轻实践，重视认识论而轻视生存论和伦理学的缺陷。凡此种种，都说明非理性主义是西方哲学的重大发展和进步。

从社会历史的角度来看，非理性主义的兴起也有其必然性与合理性。理性主义在近代的发展帮助人们从中世纪宗教信仰的蒙昧状态中解放出来，导致了自然科学和工业技术的迅猛发展，进而带来了生产力的解放和物质财富的极大发展，但与此同时，也带来了工具理性的泛滥、信仰的缺失和道德的危机，以及人性和社会的异化。所谓工具理性，实际上就是与非理性彻底分离和对立之后的理性。西方思想长期弘扬理性的统治地位，对非理性采取轻视以及压制的态度，这导致理性变得越来越狭隘和片面。通过与信仰的对立，理性不再能够回答和解决人生的价值和意义问题；通过对情感和欲望的压抑，理性主义把人当成了机器，对人性的理解变得空前地狭隘和肤浅；通过对直觉、顿悟等非理性因素的排斥，理性变成了一种纯粹的推理工具。在这种情况下，非理性主义对工具理性的批判，实际上就是对工业社会异化现象的批判，其对人的生命体验的强调，对情感和欲望的肯定，对无意识世界的发现等，对于纠正工具理性的狭隘性和片面性起到了积极的作用，也有助于克服现代社会的异化，实现人性的救赎和复苏。

不过，非理性主义的立场也远远谈不上是自洽的和完善的，其理论缺陷可以说是十分显著的。从认识论上来说，认为非理性因素在认识活动中具有重要作用，当然是无可厚非的，但以此来贬低理性的作用，认为理性只是服务于非理性的工具，则又走向了另一个极端。从人类认识能力的发展过程来看，感性、直觉、灵感等非理性认识显然是在先的，是人类与生俱来的认识能力，至于理性认识则是人类实践活动的产物，是马克思所说的"感觉的人化"的结果。因此，叔本华等人认为直观等非理性因素是比理性更具本源性的认识能力，显然是符合历史事实的，是对理性主义的认识论偏见的有力反驳和纠正。问题在于，他们由此出发，极力贬低理性的作用和地位，这显然就站不住脚了。按照叔本华的看法，理性的作用只是把直观所获得的知识和真理以概念的形式固定下来，因此只是直观知识的摹写或复制，近似于"镶嵌画中的碎片"。在我们看来，这种观点是极为片面和错误的，因为理性知识尽管最初来源于直观，但却绝不仅仅只是对直观知识的摹写，而是一种升华和完善。这是因为，直观所把握到的知识尽管是原初的，但却不可避免地是模糊、零散、不完善的，理性则能够运用概念、判断和推理，对这些知识进行加工和完善，使其发展为严谨和自洽的知识体系。因此，我们既不能像传统哲学那样把理性置于非理性之上，也不能像非理性主义那样反其道而行之，而是应该把两者视为相互依存、互相补充的关系，只有这样，才能对人类的认识能力和认识活动做出合理的解释。

从存在论和生存论上来看，非理性主义的缺陷和危害也是十分明显的。非理性主义哲学把世界的本原归结为生存意志或生命冲动，这固然避免了传统哲学的本质主义或实体主义之误，但同时却把世界的存在和本质完全非理性化了。这种观点引申到生存论和伦理学上，必然导致把人生视为荒谬和无意义的，从而彻底否定人生的意义和价值，陷入虚无主义的深渊。当然，非理性主义也并非铁板一块，除了加缪明确主张和宣扬"荒诞哲学"之外，像海德格尔、萨特等人实际上仍然试图在自己的生存哲学中建立一个有意义和价值的维度。海德格尔尽管认为人生在世的常态是非本真的沉沦，但他认为人生的真正目标恰恰是从这种非本真状态中挣脱出来，回到自身的本真状态。萨特尽管认为人类并无与生俱来的先在本质，但却认为人类可以通过自身的自由选择来赋予自己人生的意义和价值。不过究极而言，他们的这些观点仍然是架空的、无根基的。按照海德格尔的说法，此在之所以能够返回本真状态，是因为他能够响应自身良知的召唤。问题在于，他所说的良知与道德无关，并不是伦理学上所谈论的善良意志，而只是此在对于死亡的畏惧。此在由此领悟到了自身生存的有限性，这使其从常人的自欺状态中惊醒过来，从而把"成为你自己"视为自己的生存律令。显然，这与康德所说的道德律令有着本质的区别，因为后者恰恰要求自我把自己与他人视同一体："要这样行动，使得你的意志的准则任何时候都能同时被看作一个普遍立法的原则。"①如果说康德的伦理学贯穿的是一种集体主义价值观的话，那么海德格尔的生存论所宣扬的显然就是一种个人主义精神。当然从历史的角度来看，个体意识的觉醒和对个体合法性的肯定实际上是历史进步的结果，因为在人类历史的早期，个体必须无条件地依附于群体，才能确保自身的生存；只有当人类在物质和精神两方面都得到充分的发展之后，才能够满足不同个体的个性追求。就此而言，海德格尔的思想较之康德乃是一种进步和发展。问题在于，海德格尔并没有为这种觉醒了的个体存在寻找到一条返回集体的可行之道，相反，他只是简单地把个体存在的合法性置于常人或"共在"之上，认为两者之间是本真与非本真的关系。这显然就把问题简单化了，因为觉醒了的、具有充分发育的自我意识的个体，仍然不可能完全脱离集体而存在，因此必须重新建立与他人之间的和谐关系，否则其生存

① ［法］康德：《实践理性批判》，邓晓芒译，人民出版社2003年版，第39页。

就必然是无根的。海德格尔尽管把生存论看作存在论的根基，但他终其一生也没有从这种生存论中引申出相应的伦理学理论，不能不说这透露出了其思想的虚无主义内核。

类似的困境也存在于萨特的思想之中。在其思想的盛年，萨特曾经承诺要完成自己的伦理学理论，但他最终也未能践行这一诺言。他曾辩解说是由于不慎遗失了自己的伦理学笔记。但在我们看来，根本的原因还在于他的生存哲学根本就不存在通往伦理学的可能。表面上看来，萨特思想中包含着十分明显的伦理学倾向。在他看来，每个人都有选择的自由，但也必须承担由此所带来的责任和义务。他因此宣称，"人，由于命定是自由的，把整个世界的重量担在肩上：他对作为存在方式的世界和他本身是有责任的"①。问题在于，他所说的自由只是对人的意识而言的，是人作为自己的存在物所具有的先天特征。具体地说，由于人具有自我意识，因此就能够自主地选择自身的存在方式，即便他成了囚徒，丧失了现实的人身自由，他也可以选择是做一个顺从的阶下囚，还是起而反抗。这样一种自由显然是以对现实条件的忽视为条件的，无怪乎萨特会说："存在，对于自为来说，就是把他所是的自在虚无化。在这些情况下，自由和这种虚无化只能完全是一回事。"② 如果说自由与现实无关，只是体现于个体的自主选择，那么责任和义务就成了空谈，因为每个个体的自由都是以对他人的虚无化为前提

---

① ［法］萨特：《存在与虚无》，陈宣良等译，生活·读书·新知三联书店1987年版，第708页。

② 同上书，第564页。

的，这样的自由恰恰是与责任和义务背道而驰的。从这种自由
观出发，人与人之间就必然陷入无法调和的冲突之中。事实上
这正是萨特对于人与人关系的看法，他全盘接受了黑格尔关于
主奴关系的观点，认为每个人的主体性的确立都是以对他人的
"客体化"为前提的，反之亦然。① 在他的名剧《间隔》中，他
甚至把这种生存论观点表述为"他人即地狱"。非理性主义在
存在论和生存论上的拓展，所导致的却是一种伦理学上的困境，
这显然暴露出了其思想的内在缺陷。

　　非理性主义既然无法提供一种积极的伦理学理论，自然也
就无法为现代社会所面临的困境提供一条可行的出路。毋庸讳
言，非理性主义对工具理性的批判切中了西方现代社会的要害，
深刻地揭示了现代性的危机之所在。叔本华把人类的生存描述
为无法解脱的欲望之苦，海德格尔把人生在世描述为沉沦和被
抛，萨特和加缪深刻地揭示了生存的荒谬性，这些显然都可以
看作是对西方现代社会的深刻批判。无论是从广度还是从深度
来看，这些批判都远远超越了近代思想。然而当人们期待他们
为自己指出一条摆脱困境的出路的时候，却难免要大失所望了。
叔本华的回答是让人们通过佛家的涅槃来寻求解脱；尼采则提
出了一种"超人哲学"，认为人们应该彻底抛弃以基督教为代
表的传统价值观，转而追求和发扬自身的"强力意志"，通过
征服一切他人和弱者来实现自身的价值；海德格尔尽管在思想
上没有如此极端，但在现实中却采取了与纳粹合作的态度，甚

---

　　① 萨特有关注视行为的分析，参见《存在与虚无》，陈宣良等译，生活·读
书·新知三联书店 1987 年版，第 336 页以下。

至一度把希特勒视为"存在之力"的化身；萨特则干脆宣称："人是一种无用的激情。"① 从这里可以看出，非理性主义所提供的人生图景尽管有积极和消极之分，但贯穿其中的却始终是一种虚无主义倾向。

第二节　非理性主义文论评析

与其在哲学领域的影响一样，非理性主义也是西方现代文论的一种主导倾向。诸如表现主义、精神分析、存在主义、后现代主义等文论思潮，都具有强烈的非理性主义色彩。以下我们依次对这些思潮加以评析。

一　从再现到表现

模仿说或再现论是西方文论的基本传统，随着浪漫主义思潮在 19 世纪初的崛起，再现论开始受到表现论的强烈冲击。不过，近代的表现论尽管强调艺术是对情感的表现，但却仍把这种表现视为对艺术家内在自然的模仿，因此并未真正摆脱模仿说的樊篱。现代的表现主义则是一种具有强烈的非理性倾向的文艺思潮。把这种思潮转化为严谨的理论体系，乃是由克罗齐和科林伍德来完成的。

克罗齐的哲学思想在根本上是一种客观唯心主义，因此常被人们称作"新黑格尔派"，但就其对认识活动的看法而言，则与康德一脉相承。康德曾经说过，"我们的知识来自于内心

---

① ［法］萨特：《存在与虚无》，陈宣良等译，生活·读书·新知三联书店 1987 年版，第 785 页。

的两个基本来源，其中第一个是感受表象的能力（对对象的接受性），第二个是通过这些表象来认识一个对象的能力（概念的自发性）；通过第一个来源，一个对象被给予我们，通过第二个来源，对象在与那个（作为内心的单纯规定的）表象的关系中被思维"①。克罗齐也说过一段十分相似的话："知识有两种形式：不是直觉的，就是逻辑的；不是从想象得来的，就是从理智得来的；不是关于个体的，就是关于共相的；不是关于诸个别事物的，就是关于它们中间关系的；总之，知识所产生的不是意象，就是概念。"② 从这两段话来看，他们都主张人的认识能力包含感性和理性两种形式，感性是直观或直觉的，理性则是概念的，前者把握的是个别表象，后者把握的则是共相或一般。不仅如此，康德曾经把感性直观区分为经验直观和形式直观两种形式，认为前者能够在对象的刺激之下获得感知材料，后者则能够运用先天的时间和空间形式对其进行整理，从而形成感性表象。③ 克罗齐对直觉的看法也与此相仿。他认为："物质与形式并不是我们的两种作为，互相对立；它们一个是在我们外面的，来侵袭我们，撼动我们；另一个是在我们里面的，常要吸收那在外面的，把自身和它合为一体。物质，经过形式打扮和征服，就产生具体形象。这物质，这内容，就是使这直觉品有别于那直觉品的：这形式是常住不变的，它就是心

---

① ［德］康德：《纯粹理性批判》，邓晓芒译，人民出版社 2004 年版，第 50 页。

② ［意］克罗齐：《美学原理》，朱光潜译，商务印书馆 2012 年版，第 1 页。

③ 参见康德《纯粹理性批判》，邓晓芒译，人民出版社 2004 年版，第 25—26 页。

灵的活动；至于物质则为可变的。没有物质，心灵的活动就不能脱离它的抽象的状态而变成具体的实在的活动，不能成为这一个或那一个心灵的内容，这一个或那一个确定的直觉品。"①所谓物质从外面侵袭、撼动我们，实际上就是康德所说的物对我们感官的刺激，由此产生的是感知材料；把形式说成是内在的、常住不变的，也就是说它是先天的。通过两者的结合所产生的"直觉品"，显然也就是康德所说的感性表象。

如果说克罗齐的认识论思想与康德如出一辙的话，那么他的美学和艺术理论则与之大相径庭。康德把"先验感性论"视为自己认识论体系的组成部分，克罗齐的直觉理论则直接就是一种美学理论，他关于直觉的认识功能的说法其实只是虚晃一枪，其真正的兴趣显然集中于艺术问题。克罗齐的艺术理论可以简单地表述为两个命题：直觉即表现，直觉即艺术。所谓直觉即表现，意思是说直觉与表现有着不可分割的关联，直觉必须借助于表现来进行，或者说直觉同时即是一种表现。用克罗齐的话说，"每一个真直觉或表象同时也是表现。没有在表现中对象化了的东西就不是直觉或表象，就还只是感受和自然的事实。心灵只有借造作、赋形、表现才能直觉。若把直觉与表现分开，就永没有办法把它们再联合起来"②。从这段话来看，克罗齐把直觉和表象（representation）看作两个可以互用的概念，指的是心灵通过直觉对外物进行认识的过程。反之，表现（expression）则是指心灵把自己内在的感受或情感外在化的过

①　[意]克罗齐：《美学原理》，朱光潜译，商务印书馆 2012 年版，第 6 页。
②　同上书，第 9 页。

程，两者可以说正好相反。然而克罗齐却认为这两个过程是同一的。他的理由是，直觉或表象不仅是一个把外在的对象内在化的过程，同时还是一个把心灵外在化的过程。通过前者，心灵把外物感受为感知材料，通过后者，心灵把自己内在的形式赋予感知材料，从而使其对象化。如果没有后一个过程，表象就无法产生，直觉活动也无法完成。由此可见，表现实际上是直觉活动的一个内在方面，在此意义上，一切直觉同时即是表现。

那么直觉何以即是艺术呢？克罗齐的说法是，"艺术的直觉与一般的直觉的分别全在量方面，……有些人本领较大，用力较勤，能把心灵中复杂状态尽量表现出来，这些人通常叫作艺术家。有些很繁复而艰巨的表现品不是寻常人所能成就的，这些就叫作艺术作品。叫作艺术的表现品或直觉品，就其与通常叫作'非艺术'的表现品或直觉品相对立而言，它们的界限只是经验的，无法划定的"①。这就是说，艺术家的直觉与常人并无质的区别，两者都属于感性认识，艺术家之所以为艺术家，在于他比常人更乐于和善于使用直觉，因此就具有了更强的表现力。当他能够把常人所无法表达的复杂感受表现出来的时候，他也就创作出了艺术作品。因此，一切艺术都是直觉，一切艺术品都是直觉品，只不过艺术家的直觉较之常人更加敏锐和发达，艺术品也较之常人的感受更复杂和高级而已。

从这两个命题实际上可以很容易地推论出第三个命题：艺术即表现。既然一切直觉都是表现，一切艺术又都是直觉，那

————————

① ［意］克罗齐：《美学原理》，朱光潜译，商务印书馆2012年版，第16页。

么一切艺术自然也都是表现。事实上克罗齐自己就已经把艺术作品称作表现品了，这表明从直觉主义到表现主义实在是只有一步之遥。不过，克罗齐最终却并没有跨出这一步。究其原因，是因为他所提出的直觉即表现这一命题并不具有充分的合理性。按照我们在前面的介绍，直觉和表现是两种截然相反的行为，克罗齐统一两者的主要依据，是把表现解释为主体运用形式来整合感性内容的过程。但实际上这仍是对外部世界的再现，而不是对内部世界的表现，因为真正的表现指的是把形式与主体内在的情感和感受相结合，从而使其对象化的过程。也就是说，克罗齐实际上是把再现和表现混为一谈了。当然，主体在把主观形式与外在内容相结合的过程中，也能间接地达到自我表现的目的，因而再现与表现在某种程度上是可以统一起来的。但即便如此，表现也只是直觉活动的一部分，而不可能与直觉完全等同。事实上，既然他把直觉活动看作主观与客观的双向统一，那么他的艺术观就应该同时包含再现和表现两个方面，因而我们认为，克罗齐充其量只是表现主义的先驱，他的真正立场乃是直觉主义。

真正把克罗齐的直觉主义发展为表现主义的是英国美学家科林伍德。他在《艺术原理》一书中，把技巧、再现、巫术、娱乐等都看作是伪艺术，唯独表现被称作是真正的艺术。他之所以能够跨出这一步，是因为他不再像克罗齐那样，认可艺术的再现性，而是把情感作为艺术的唯一主题。需要注意的是，科林伍德对于这一主张并没有进行正面的论证，而是采取了一种排除法。他似乎认为，在他把技巧等因素从艺术之中排除出去之后，艺术唯一应该表达的内容就只有情感了。因此，他为自己设定的任务不是论证艺术何以必须表达情感，而是艺术应该如何表达情感。为此，他对表现情感与唤起情感的关系、表现活动的个性化特征、艺术家的情感与普通人的情感之间的关系等问题，进行了系统的分析。我们认为，科林伍德的这种做法理应是受了现代艺术思潮的影响。他的《艺术原理》一书出版于1938年，当时正是现代主义艺术方兴未艾之际，而现代艺术的主导倾向就是反对和超越传统艺术的模仿性和再现性特征。与此同时，表现主义等现代艺术潮流则风靡一时。因此，科林伍德实际上充当了现代艺术在理论上的代言人。

　　直觉—表现主义堪称20世纪早期西方最重要的美学和文论思潮之一。如果说克罗齐的思想还保留着许多近代思想的痕迹的话，那么科林伍德则已经自觉地与现代艺术的潮流保持一致了。客观地说，这种思潮较之近代文论有许多发展和进步。克罗齐对直觉活动的描述尽管并未走出康德思想的樊篱，但他抛弃了康德以及近代哲学家所谈论的感性认识，而是采用直觉这一称谓，已经显示出了强烈的现代精神。康德把感性与直观相等同，实际上是把直观局限在了对外部世界的认识领域，这一方面使得艺术理论无法突破古希腊以来的模仿说，另一方面也无法说明艺术创作所包含的直觉、顿悟等心理因素。克罗齐把直觉与感性截然区分开来，客观上就为艺术理论开辟出了新的视野。他把直觉等同于表现，尽管存在着明显的理论缺陷，但也的确起到了为艺术的表现性争取合法性的作用。从西方文论的发展历史来看，这应该说是一个重要的贡献，因为尽管浪漫派诗人早在一个世纪之前就大力强调艺术是对情感的表达，但他们仍然恪守着古老的理论信条，把这种活动称作是对自然的模仿。克罗齐则直接把艺术作品称作表现品，显然已经自觉地开始了文学理论的现代转向。科林伍德则进一步清除了克罗齐思想中的近代残余，从而建构起了一种彻底一贯的现代艺术理论。

不过，这种理论的问题和缺陷也是十分显著的。且不说克罗齐艺术理论的不彻底性和非自洽性，单就直觉即表现、艺术即表现这两个命题来说，便存在着十分明显的片面性和极端性。克罗齐对直觉与表现的同一性的论述一向广受争议。按照他的看法，"直觉的知识就是表现的知识。直觉是离理智作用而独立自主的；它不管后起的经验上的各种分别，不管实在与非实在，不管空间时间的形成和察觉，这些都是后起的。直觉或表象，就其为形式而言，有别于凡是被感触和忍受的东西，有别于感受的流转，有别于心理的素材；这个形式，这个掌握，就是表现。直觉是表现，而且只是表现（没有多于表现，却也没有少于表现的）"①。这种观点所针对的对象实际上是传统文论把艺术创作中的构思和传达截然分开的观点。按照这种观点，艺术构思是一个内在的心理过程，艺术传达则是一个把内在的心理表象借助于语言等媒介加以外在化或物化的过程。克罗齐则认为，这两个过程是无法分离开来的，构思作为直觉活动本身就必须借助于某种形式来进行，因而同时也就是传达。这里的关键显然在于，直觉活动的形式与语言是不是一回事？按照

---

① ［意］克罗齐：《美学原理》，朱光潜译，商务印书馆2012年版，第13页。

康德的观点，感性直观的形式是时间和空间，与语言无关。克罗齐则认为，直觉活动就是语言行为，美学就是语言学："人们所孜孜寻求的语言的科学，一般语言学，就它的内容可化为哲学而言，其实就是美学。任何人研究一般语言学，或哲学的语言学，也就是研究美学的问题；研究美学的问题，也就是研究一般语言学。语言的哲学就是艺术的哲学。"① 从这段话来看，克罗齐堪称现代语言哲学的先知先觉者，他与康德的分歧实际上也是现代哲学与近代哲学的差异。从文学理论的角度来看，这种观点也意味着巨大的理论飞跃，艺术家必须借助于语言来思维可以说已经成为现代文论的共识。

问题在于，这种观点是以十分极端和偏激的方式表达出来的，以至于从一个极端跃向了另一个极端。传统思想把构思与传达截然分开固然是不合理的，但克罗齐完全抹杀两者之间的差异显然也是站不住脚的。从艺术实践的角度来看，绝大多数创作活动都包含着构思和传达两个方面。在许多艺术家那里，这两个方面存在着明显的先后之分，他们总是先进行细致、长期的构思活动，然后再把孕育成熟的艺术形象和故事情节形诸笔端。即便在创作活动开始之后，也往往是边构思边传达。因此，笼统地把这两个方面混为一谈显然是违反艺术常识的。从理论的层面来看，艺术家的构思和传达尽管都属于语言行为，但两者所借助的语言却有着明显的区别。一般来说，前者是零散、断续、非系统的，后者则是完整、连贯、系统性的。正因

---

① ［意］克罗齐：《美学原理》，朱光潜译，商务印书馆 2012 年版，第 163 页。

如此，现代文论把前者称作内部语言，后者则称作外部语言。当然，克罗齐身处现代思想的早期，未能对语言行为做出更加深入和细致的区分，实际上是完全可以理解的，我们在此也无意苛求古人。他的真正错误在于，通过消除构思与传达之间的差异，不是要强调艺术活动的内在性与外在性之间的统一性，而是为了否定传达活动的重要性，把艺术活动变成一种纯然内在的直觉行为。他明确宣称："审美的事实在对诸印象作表现的加工之中就已完成了。我们在心中作成了文字，明确地构思了一个形状或雕像，或是找到一个乐曲的时候，表现品就已产生而且完成了，此外并不需要什么。如果在此之后，我们要开口——起意志要开口说话，或提起嗓子歌唱，这就是用口头上的文字和听得到的音调，把我们已经向我们自己说过或唱过的东西，表达出来；如果我们伸手——起意志要伸手去弹琴上的键子或运用笔和刀，用可久留或暂留的痕迹记录那种材料，把我们已经具体而微地迅速地发出来的一些动作，再大规模地发作一次；这都是后来附加的工作，另一种事实，比起表现活动来，遵照另一套不同的规律。这另一种事实暂时与我们无关，虽然我们将来要承认这第二阶段所造作的是事实，是一种实践的事实，意志的事实。内在的艺术作品与外现的艺术作品通常被人分开，这些名称在我们看是不恰当的，因为艺术作品（审美的作品）都是'内在的'，所谓'外现的'就不是艺术作品。另一批人把审美的事实和艺术的事实分开，以为艺术的事实是外现的或实践的阶段，它可以跟随，而且常的确跟随表现阶段而起。但是照这个说法，那只是用字的问题，这样用字固无不可，却或许不妥当的。"① 从这段话来看，他实际上是用构思吞并了传达，认为构思一旦完成，创作过程也就结束了，至于人们通常所说的传达活动，则被他说成是对已完成作品的表演。这显然又一次严重地违背了艺术活动的常识，与现代文论的发展趋势也背道而驰。

克罗齐之所以一再罔顾艺术事实，极力维护这种极为片面的观点，固然是出于他的客观唯心主义立场，同时也是由于他思想的非理性主义倾向。他对直觉活动的看法直接脱胎于康德的感性学说，却又完全抛弃了康德试图把感性与知性统一起来的努力，把直觉视为一种与理性完全无关的活动，这导致他无法把直觉和表现、构思和传达区别开来，因为与理性全然无关的直觉所把握的只能是一种纯粹的个别性，这样的构思活动所产生的个别表象实际上是无法借助于公共的、社会化的语言加以外化的，只能停留在纯粹内在的心灵之中。在此意义上，克罗齐的艺术理论较之传统文论不是进步了而是退步了，因为后者始终关注感性与理性、个别性与一般性的统一问题。他所宗奉的黑格尔尽管信守客观唯心主义，但却以辩证法著称于哲学史和美学史。克罗齐尽管通过对直觉与表现的强调而迈入了现代文论的门槛，但由于他抛弃了理性和辩证法，因此在某些方面把传统文论的合理性也一并舍弃了。他的继任者科林伍德尽管在思想的现代性方面较其更加彻底和充分，但也并未有效地克服克罗齐思想的上述局限。他把技巧从艺术活动中排除出去，

① ［意］克罗齐：《美学原理》，朱光潜译，商务印书馆2012年版，第61—62页。

这使他只能延续克罗齐对艺术传达的轻视和否定。他宣称："一件艺术作品作为被创造的事物，只要它在艺术家的头脑里占有了位置，就可以说它被完全创造出来了。"[①] 这与克罗齐的说法如出一辙，因而所犯的错误也并无两样。表现主义文论与非理性主义思潮的关联，由此暴露无遗。

二　从意识到无意识

从古希腊到近代，西方文论一直把文艺活动视为一种意识现象，尽管柏拉图、歌德等人都曾触及到艺术创作中的灵感、顿悟等无意识现象，但都没有将其视为艺术活动的常态。莱布尼茨明确肯定了无意识、半意识等心理现象的存在，但却认为这些活动并无认识功能，也未将其与文艺活动联系起来。精神分析理论把无意识看作人类心理活动的主体和基础，认为艺术创作在根本上是一种无意识现象，这就彻底改变了文艺活动中意识与无意识之间的关系，从而对西方现代文论的非理性转向起到了推波助澜的作用。这一思潮的主要代表人物是弗洛伊德和荣格。以下分别对他们的相关思想做简要的评析。

（一）弗洛伊德

如前所述，弗洛伊德把人的心理活动区分为意识、前意识、无意识三个层面，其中无意识被看作心理活动的主体部分，认为其对人的意识活动有着决定性的影响。在他看来，无意识的核心内容是人的本能，包括自我本能和性本能两种形式，而他

---

① ［英］科林伍德：《艺术原理》，王至元、陈华中译，中国社会科学出版社1985年版，第134页。

所关注和强调的则是性本能。① 他主张性本能并不限于狭义的生殖本能，而是包含了一切以感官快乐为目的的本能冲动。他把人的性本能的发育划分为口腔阶段（婴儿期）、肛门阶段（幼儿期）、阳物崇拜阶段（三至六岁）、性欲潜伏阶段（六岁以后到青春期）、生殖阶段，强调童年时代的性欲体验对人的一生具有决定性的影响，其典型体现的是俄狄浦斯情结和厄勒克特拉情结，构成了大多数神经官能症和精神疾病的根源。在此基础上，他提出了自己的人格结构理论，认为个体人格包含自我、本我和超我三个层面，本我由无意识领域的本能和欲望所构成，奉行快乐原则；超我由来自父母和社会的权威和规范所组成。自我居于两者之间，奉行现实原则，受到本我、超我和世界的三重夹逼，在很大程度上丧失了理性和主体地位。

在文学理论方面，弗洛伊德提出了"性欲升华说"，认为一切文化艺术都是艺术家把自身的欲望和本能加以转移和升华的结果。用他的话说，"我们相信人类在生存竞争的压力之下，曾经竭力放弃原始冲动的满足，将文化创造起来，而文化之所以不断地创造，也由于历代加入社会生活的各个人，继续地为公共利益而牺牲其本能的享乐。而其所利用的本能冲动，尤以性的本能为最重要。因此，性的精力被升华了，就是说，它舍去性的目标，而转向它种较高尚的社会的目标"②。从这段话来

---

① 在其后期著作《本我与超我》中，弗洛伊德对自己的本能理论做了重大修改，把自我本能和性本能合称为生的本能，在此之外又提出了死的本能。这一修正在心理学上意义重大，但对其文艺思想则未产生直接的影响，故在此不予论及。

② ［奥］弗洛伊德：《精神分析引论》，高觉敷译，商务印书馆1984年版，第9页。

看，人类之所以能够放弃对性欲快感的追求，是出于生存竞争的压力。除此之外，这也是人类自身心理健康的需要。按照弗洛伊德的看法，性欲一旦受到过度的压抑，就会引起心理和精神的疾患，只有将其以文化、艺术等方式改头换面地宣泄出来，才能使精神保持健康。因此，他把艺术家的创作视为一种白日梦，即作家把自己隐秘的欲望装扮成一个美丽的梦境或幻象，这不仅能使艺术家的欲望得到间接的满足，还能使读者或观众得到类似的愉悦。与他的心理学理论相对应，弗洛伊德认为俄狄浦斯情结是艺术家创作的根本动力，也是其表现的主要对象。他甚至宣称，这一点乃是伟大艺术的共同特征："这几乎不能说成是巧合：文学史上的三部杰作——索福克勒斯的《俄狄浦斯王》、莎士比亚的《哈姆雷特》和陀思妥耶夫斯基的《卡拉马佐夫兄弟》——都谈及了同一主题：弑父。而在这三部作品中，十分明显的是，弑父行为的动机都是与情敌去争夺一个女人。"[①]

弗洛伊德的心理学理论是对人类思想的重大贡献，这一点已得到人们的公认，毋庸赘言。其对文艺问题的看法，在现代西方文论史上也占有重要的地位。美国著名学者韦勒克曾把精神分析与俄国形式主义、西方马克思主义并称为 20 世纪最重要的三种文艺思潮。在我们看来，弗洛伊德对文学理论的最大贡献，在于极大地拓展和推进了对于艺术家创作心理的研究。在此以前，西方文论对于文艺创作的心理基础已进行了长期的研究，对于想象、情感等现象的研究也取得了突出的成就。但这

---

① 车文博主编：《弗洛伊德文集》第 7 卷，长春出版社 2010 年版，第 152 页。

些研究显然主要还集中于意识领域，对于广大的无意识领域则甚少涉足。正是由于这个原因，艺术活动中的某些重要现象便始终得不到合理的解释。比如古希腊的柏拉图就已经发现了艺术创作中的灵感和迷狂现象，但由于不理解这类现象的无意识本性，因而只能将其说成是神灵附体，从而把创作活动神秘化了。弗洛伊德指出，在艺术家心灵的意识层面之下，还有一个广大而深邃的无意识世界，这无疑为我们探究艺术创作的奥秘开辟了一个十分广阔的领域。对于这个领域，弗洛伊德当然并未进行全面的勘察，但却已经为后人指明了方向，无数学者和作家从中获得了宝贵的启示，结构主义、西方马克思主义等文论流派，以及意识流、超现实主义等创作流派，都与精神分析结下了不解之缘。

不过，弗洛伊德的思想所受到的赞誉与其所引起的争议和批评几乎是不相上下的。就文艺问题来说，他把艺术的起源归结为对性欲的转移和升华，一望而知返是一种十分片面的观点。不过极为吊诡的是，这种观点尽管看起来十分荒谬，实际上却极富理论张力，并非轻易可以驳倒。从某种程度上来说，这个命题几乎是无法证伪的，因为尽管并无证据证明每个艺术家的创作动机都与性有关，但似乎也无法反过来证明艺术创作与性无关，因为即便某些艺术家宣称自己并无此种动机，但弗洛伊德仍可坚称这只是艺术家的意识而已，并不能说明他的无意识活动也与性无关。不难发现，这种理论张力是由无意识概念的本性所决定的，因为它可以让任何来自意识的相反证据都变得无效。当然，无意识本身并非一个不透光的黑洞，梦境等都可以提供探知无意识的线索。问题在于，梦境的意义是极为复杂难解的，艺术家的梦境是否与性有关，仍是一个见仁见智的问题。另一方面，弗洛伊德恰恰是诠释梦境的行家里手，他终生都坚持对梦的解释是自己最重要的学术贡献。而他的释梦理论最主要的特点，就是把梦与欲望联系起来，其得意之作就是把达·芬奇的童年梦境解释为一种性的经验，并且由此延及对其作品《圣母子与圣安娜》的解释。如果我们撇开作家的传记材料，仅仅从作品本身出发，提出许多艺术作品并不以性为主题，弗洛伊德同样可以宣称，这是由于作家把自己的性欲渴望掩饰起来了，作品归根到底仍然是一种梦境，只不过不是夜梦而是白日梦，因此为性欲披上了一层美丽的外衣。

客观地说，这种理论张力本身就说明了弗洛伊德文艺思想的合理性。弗氏对创作案例的分析尽管争议多多，但也常常是富有启发的，有些甚至得到了艺术家本人的肯定。他对现代作家詹森的小说《格拉迪瓦》的阐释就是一例。这篇小说讲述的是一个考古学家陷入幻觉，把一尊雕塑与现实混为一谈，以致到古罗马的庞贝城遗址去追寻其原型的故事。弗氏通过精细的分析，指出主人公之所以陷入幻觉，是因为雕塑形象的步态唤醒了他在潜意识中对自己少年时代恋人的回忆。由于无意识的记忆重新暴露在意识的阳光之下，主人公的精神疾患也因而得以痊愈。[1] 这一案例既充分展示了弗洛伊德惊人的分析能力，也说明了精神分析理论的强大威力。类似的案例还有他对米开

---

[1]　参见车文博主编《弗洛伊德文集》第7卷，长春出版社2010年版，第7页。

朗基罗的名作《摩西》别开生面的诠释。即便是对《哈姆雷特》等作品饱受诟病的分析，也足以成为一家之言。

　　然而另一方面，这种看似无往不利的诠释效力或许也恰是其问题之所在，因为这种理论的高度自洽性实际上是由其封闭性所导致的。简单地说，弗氏所设置的逻辑圈套是这样的：他先预设无意识的核心是性本能，然后宣称无意识主要借梦境来表征和传达，而一切梦境又都可以还原为欲望的满足，因此只要把艺术作品比作梦境，对作品的诠释便不得不进入这一循环，对任何作品的分析最终都会变成对精神分析理论的印证。要想打破这一循环也并不困难，只要我们证明无意识并非始终围绕着性欲打转，那么所谓"性欲升华说"便不攻自破了。这就是说，泛性论乃是弗洛伊德全部学说的基石，只要打破这块基石，就等于抓住了弗氏思想的命门。荣格对弗洛伊德的挑战恰好就是由此出发的。

　　（二）荣格

　　荣格曾以弗洛伊德的学生自居，他后来之所以与老师分道扬镳，主要原因就是因为他不同意后者对于性欲的看法。按照他的观点，"性欲只不过是所有生活本能之一"，"用'性'一词来以偏概全的趋势，这种现象使得一切研究人类心灵的意志都被打消了"[①]。那么，如果不从性欲出发，应该如何来解释人的无意识现象呢？荣格并没有直接回答这个问题，而是主张，无论是性欲望还是阿德勒所说的权利欲，都只是无意识活动的

　　────────

　　① ［瑞士］荣格：《现代灵魂的自我拯救》，黄奇铭译，工人出版社 1987 年版，第 183 页。

个体因素，在这个层面之下，还有一个更加深层的领域，这就是集体无意识。因此，他修正了弗洛伊德的学说，提出了一种新的心理结构模型："我们必须将心理区分为三个层次：（1）意识；（2）个人无意识；（3）集体无意识。个人无意识首先包括以下内容：因为失去强度和被遗忘而变成无意识的内容，或因为（压抑）意识从中撤离而变成无意识的内容；其次，包括从来没有强到能够达到意识但却部分进入心理的感觉印象。无论如何，作为古代遗传的可能再现的集体无意识，不是个体的，而是所有人共有的，甚至是所有动物共有的，并且是个体心理的真正基础。"① 从这里可以看出，荣格的改造包括两个方面：一是抛弃了弗洛伊德的前意识概念，认为它并不构成心理结构的一个独立层面；二是把无意识一分为二，划分成了个体和集体两种形态。这一改造的核心显然是集体无意识概念的提出。在他看来，个体无意识只是处于无意识活动的表层，集体无意识才是决定人类心理以及精神活动的根本因素。之所以赋予集体无意识以更加本源和基础的地位，是因为个体无意识只是从意识转化而来的，是原有的意识内容由于受到遗忘或者压制蜕变而来的，因而是个体生活经历的产物；集体无意识则一开始就是作为无意识而存在的，从来就没有也不可能转化为意识。它实际上起源于动物的心理，是人类的心灵最初觉醒时所产生的原始心理活动。对于这种心理现象来说，既不存在心灵与世界的对立，也不存在自我与他人的区分，完全是浑然一体，物

---

① ［瑞士］荣格：《心理结构与心理动力学》，关群德译，国际文化出版公司2011年版，第106页。

我交融的。两者相比，显然后者乃是前者的起源和基础，集体无意识才是原初和纯粹的无意识。这对于弗洛伊德来说无异于釜底抽薪，因为性欲既然属于个体无意识，那就不可能成为人类文化以及艺术的基础。如此不可调和的学术分歧，自然使得他们的决裂变得不可避免。①

如果说个体无意识通过梦等方式来进行表现的话，那么集体无意识又是以何种方式存在的呢？荣格认为其主要形态就是原型（archetype）。荣格并未给原型下一个明确的定义，或许是因为他赋予这个概念的含义过于复杂。他曾把原型与斐洛的"上帝形象"、柏拉图的理念、列维-布留尔的"集体表象"等术语联系起来，这表明原型在他看来是意识活动的本原，各种具体的意识活动都是以原型为模板而产生的。另一方面，他又强调原型与意识的内容无关，"是规范本能力量的形式或范畴"②，类似于康德所说的感性形式（时间和空间）和先验图式（schemata）。荣格认为，"生活中有多少种典型情势，就会有多少种原型。无止境的重复已经把这些经验铭刻进了我们的精神构成之中，但是并不是以充满内容的形象的形式，而是首先仅为没有内容的形式，仅仅表征某种感知与行为的可能性。当符合某种原型的情势出现时，这种原型便被激活，一种强制性随之出现；这种强制性要么像本能驱使一样，获取反对所有理性

---

① 弗洛伊德后期所提出的"超我"实际上就是一种集体无意识。这一概念的提出是否与荣格的影响有关，不是我们在此处关心的话题，但至少可以看作是对荣格学说的一种佐证。

② ［瑞士］荣格：《心理结构与心理动力学》，关群德译，国际文化出版公司2011年版，第111页。

与意志的方法，要么引发病理维度的冲突，换言之，引发神经病"①。不过，这两方面的含义倒并不矛盾，因为柏拉图所说的理念（eidos）在古希腊语中本来就有形式的意思。综合起来，原型是人类心理活动的原始形态，它从某种典型的心理情境中脱胎而来，逐渐成为心理活动的固有形象和形式。原型产生于原始人类的心理活动，但却具有持久的生命力，每当人们遇到类似的心理情境，相关的原型意象就会被激活和唤醒。因此，荣格认为原型构成了人类文化和艺术的共同基础："历史上所有重要的观念都来自原型，宗教观念尤其如此，科学、哲学和伦理学的中心概念也不例外。现时形式的观念是原型观念的变体，它们是有意识将这些观念应用于现实以及使这些观念适应现实而被创造出来的。"②

从上面的分析可以看出，荣格实际上赋予了原型与弗洛伊德的性欲以相似的地位。如果说弗洛伊德把性欲看作无意识活动的核心的话，那么荣格就把原型看作集体无意识的主要表现形式。由此出发，他认为集体无意识及其原型乃是艺术创作的根本基础。当然，他并不否认意识活动在创作中的作用。在他看来，艺术创作可以划分为两种类型：心理的和幻觉的。按照他的说法，"心理的模式加工的素材来自人的意识领域，例如人生的教训、情感的震惊、激情的体验，以及人类普遍命运的危机，这一切便构成了人的意识生活，尤其是他的情感生

---

① ［瑞士］荣格：《原型与集体无意识》，徐德林译，国际文化出版公司2011年版，第41页。
② ［瑞士］荣格：《心理结构与心理动力学》，关群德译，国际文化出版公司2011年版，第111页。

活。……诗人的工作是解释和说明意识的内容，解释和说明人类生活的必然经验及其永恒循环往复的悲哀与欢乐"①。这就是说，心理模式的艺术创作是一种意识行为，其素材来自于个体的生命体验，艺术家的工作则是将其提炼和加工成人类的共同经验。幻觉模式则与之相反，"这里为艺术表现提供素材的经验已不再为人们所熟悉。这是来自人类心灵深处的某种陌生的东西，它仿佛来自人类史前时代的深渊，又仿佛来自光明与黑暗对照的超人世界。这是一种超越了人类理解力的原始经验，对于它，人类由于自己本身的软弱可以轻而易举地缴械投降。这种经验的价值和力量来自它的无限强大，它从永恒的深渊中崛起，显得陌生、阴冷、多面、超凡、怪异。它是永恒的混沌中一个奇特的样本，用尼采的话来说，是对人类的背叛"②。从这段话来看，幻觉模式的创作素材主要来自于集体无意识，是人类远古时代的原始经验，这种经验尚未为意识之光所照亮，因此显得混沌、怪异和阴暗。与他所提出的心理模型相比，这一区分的诡异之处是遗漏了个人无意识，性经验更是难觅踪影。从这里可以看出，荣格的艺术观与弗洛伊德差异何其明显！且不论这种区分的合理性，单就幻觉模式的创作来说，一个突出的问题就是，这种原始的经验早就已经消失无踪，何以今天的作家仍能以其为创作的素材呢？这就需要求助于荣格所说的原型概念。在他看来，具体的原始经验固然已经消逝，但这种经

① ［瑞士］荣格：《心理学与文学》，冯川、苏克译，生活·读书·新知三联书店 1987 年版，第 127 页。

② 同上书，第 128—129 页。

验所凝结成的形象即原型却并未随之消亡，而是保存在人们的心灵深处，构成了集体无意识的核心内容。不仅如此，远古人类所创造的文化产品——神话、传说、宗教，等等，也堪称是一座原型的宝库。艺术家的天赋就在于，他能够敏锐地从当下人们的心理活动中，洞察到其所蕴含的相关原型，从而使原始经验在自己的作品中得以复活。

表面上来看，荣格并未在这两种类型之间做出高下之分，但实际上他对后一类型的偏爱和重视可说是溢于言表。在他看来，艺术家如果借助于原型的力量，就能够使自己的作品表达出无数读者共同的心声，从而唤起他们强烈的共鸣："一个用原始意象说话的人，是在同时用千万个人的声音说话。他吸引、压倒并且与此同时提升了他正在寻找表现的观念，使这些观念超出了偶然的暂时的意义，进入永恒的王国。他把我们个人的命运转变为人类的命运，他在我们心中唤醒所有那些仁慈的力量，正是这些力量，保证了人类能够随时摆脱危难，度过漫漫的长夜。"① 他甚至直接把这一点说成是伟大艺术的奥秘："这就是伟大艺术的奥秘，也正是它对于我们的影响的奥秘。创作过程，在我们所能追踪的范围内，就在于从无意识中激活原型意象，并对它加工造型精心制作，使之成为一部完整的作品。通过这种造型，艺术家把它翻译成了我们今天的语言，并因而使我们有可能找到一条道路以返回生命的最深的泉源。艺术的社会意义正在于此：它不停地致力于陶冶时代的灵魂，凭借魔

---

① ［瑞士］荣格：《心理学与文学》，冯川、苏克译，生活·读书·新知三联书店 1987 年版，第 122 页。

力召唤出这个时代最缺乏的形式。"① 按照这种说法，幻觉的模式显然才是艺术创作的正确途径，因为这种方式不仅能够表达出同时代人的共同经验，还能够穿透历史的迷雾，跨越时间的鸿沟，把握住人类历史的永恒价值和秘密。

荣格把创作的根本动力视为集体无意识，这导致他对艺术家在创作中的主体性地位予以了贬低和否定。在他看来，艺术家表面上来看是自由的，实际上却是不由自主地被集体无意识的力量所裹挟着："诗人们深信自己是在绝对自由中进行创造，其实却不过是一种幻想：他想象他是在游泳，但实际上却是一股看不见的暗流在把他卷走。"② 这就是说，艺术家在意识层面是自由和自主的，在无意识层面则是不自由、不自主的。艺术家自以为自己主宰着艺术活动，实际上却是艺术主宰着他，他自以为是艺术创作的主体，实际上却是艺术实现自身的工具："艺术是一种天赋的动力，它抓住一个人，使他成为它的工具。艺术家不是拥有自由意志、寻找实现其个人目的的人，而是一个允许艺术通过它实现艺术目的的人。他作为个人可能有喜怒哀乐、个人意志和个人目的，然而作为艺术家他却是更高意义上的人即'集体的人'，是一个符合并造就人类无意识精神生活的人。为了行使这一艰难的使命，他有时必须牺牲个人幸福，牺牲普通人认为使生活值得一过的一切事物。"③ 这种矛盾和冲突撕裂了艺术家的生活，使他呈现出一种带有病理特征的双重

① ［瑞士］荣格：《心理学与文学》，冯川、苏克译，生活·读书·新知三联书店1987年版，第122页。
② 同上书，第113页。
③ 同上书，第141页。

人格。艺术家的人生因此陷于不幸和痛苦，他不得不放弃许多常人所享有的幸福和快乐，让自己成为集体无意识的洪流得以宣泄的通道。

应该承认，荣格对艺术活动的区分具有一定的合理性，他以歌德的《浮士德》第一部和第二部来作为两种创作模式的例证，也大体上是恰当的。他关于原型所赋予艺术作品的深刻震撼力的分析，对于我们理解艺术魅力的永恒性也是富有启发的。他对艺术家人格和生活的洞察也堪称深刻和敏锐，众多优秀艺术家为了艺术而奉献自己的整个生命，可说是这种观点的有力证明。相较于弗洛伊德把无意识活动仅仅局限于个体经验，把性经验视为一切艺术的主题，荣格思想的合理性是显而易见的，因而其所引起的争议也要缓和得多。不过，这并不意味着他的文艺思想不再有值得商榷之处。首先，艺术的内容和价值究竟是来自于意识还是无意识，如果来自无意识的话，那么主要集中于集体无意识还是个体无意识，这些都是需要进一步探讨的。从艺术创作的实际来看，荣格所说的两种模式都存在许多具体的例证，比如近代艺术主要着眼于意识领域，现代艺术则更多地涉及无意识活动。在现代艺术中，有些艺术家较多地关注个体无意识，有些则更迷恋于原型、象征和集体无意识，比如同属意识流作家，沃尔夫夫人、普鲁斯特主要描绘的是个体无意识，乔伊斯、福克纳的作品则明显涉及某些神话和宗教原型。这些作家和作品尽管风格各异，但却都取得了杰出的成就。因此，强调无意识而贬低意识、重视集体无意识而轻视个体无意识，至少是一种片面的观点。其次，艺术家究竟是创作活动的主体还是工具？这也是一个非常复杂的问题。近代西方文论无疑更强调作家的主体性，尤其是浪漫主义者，更是把艺术家视为创造性天才，将其主体性推向了极致；现代西方文论则对作家的主体地位提出了诸多质疑和挑战，荣格显然也隶属于这一潮流。简单地在这两种立场之间划分对错，显然不是解决问题的正确方法，因为这两种思潮都有其时代和历史背景。在此需要指出的是，荣格把集体无意识视为创作活动的主体，较之弗洛伊德显然更进一步削弱了理性在艺术创作中的作用，因而在现代西方文论的非理性主义趋势上又向前推进了一步。

三　从认知到生存

从根本上来说，西方传统文论是一种认识论的文艺观，无论是像古希腊的柏拉图那样，从艺术的模仿性出发否定艺术的真理性，还是像近代的雪莱、黑格尔那样，肯定艺术的真理性，其共同立场都是把艺术视为一种认识活动。随着存在主义思潮的兴起，西方现代文论转而强调艺术与人的生存之间的关联，认为艺术是对人的生存意义和价值的揭示。不过，由于这种思潮主张人的生存是荒诞和无意义的，具有强烈的虚无主义色彩，因此也极大地加强了西方现代文论的非理性主义色彩。

存在主义是一种产生于 19 世纪中期的现代哲学思潮，其开创者是丹麦思想家克尔凯郭尔。进入 20 世纪以后，这一思潮得到了广泛的发展，并对西方现代思想产生了广泛而深远的影响。就文学理论而言，这一学派主要的代表人物是海德格尔和萨特。以下即以他们的文艺思想为例，剖析存在主义文论与非理性主义之间的关联。

（一）海德格尔

海德格尔思想与非理性主义的关联，最直接地体现在他对"理解"（understanding）一词的重新诠释上。在近代哲学中，这一概念有时泛指人类的全部认识能力（洛克），有时被等同于理性或理智（莱布尼茨），有时又被限定于概念和判断，从而与更高级的理性能力区别开来（康德、黑格尔），但总体而言，理解主要被看作一种理性能力，其作用是形成概念和进行判断以及推理。海德格尔则不同，他主张在概念性的理解活动之前，还有一种前概念的理解活动。如果说前者归属于认识论的话，那么后者就归属于存在论或本体论。按照他的看法，人类在对存在者形成概念性的认识之前，就已经先对其意义形成了一种前概念、非概念的理解和领悟，认识只是以概念的方式把这种理解固定下来，并通过判断和推理来加以解释和说明而已："解释向来奠基在先行见到之中，它瞄着某种可解释状态，拿在先有中摄取到的东西'开刀'。被领会的东西保持在先有中，并且'先见地'被瞄准了，它通过解释上升为概念。"① 因此，他认为理性并不是一种本源性的认识能力，它只是存在论上的理解活动的衍生物。就此而言，他的存在哲学显然具有强烈的非理性倾向。不仅如此，他甚至连现代非理性哲学极力强调的直观的优先性也一并否定了："我们显示出所有的视如何首先植根于领会，于是也就取消了纯直观的优先地位。这种纯直观在认识论上的优先地位同现成东西在传统存在论上的优先

---

① ［德］海德格尔：《存在与时间》，陈嘉映、王庆节译，生活·读书·新知三联书店1987年版，第184页。

地位相适应。'直观'和'思维'是领会的两种远离源头的衍生物。连现象学的'本质直观'也植根于生存论的领会。只有存在与存在结构才能够成为现象学意义上的现象，而只有当我们获得了存在与存在结构的鲜明概念之后，本质直观这种看的方式才可能决定下来。"① 从这段话来看，他之所以否定了现代哲学把直观置于理性之上的做法，转而将两者并列起来，是因为在他看来，这两种行为都不是本源性的，都必须奠基于存在论上的理解和领会（comprehending）。这一批评显然是值得商榷的，因为他赋予理解以优先性的主要依据，就是理解是前概念或非概念的，是知性概念的起源，而直观活动恰恰也是前概念的，无论是叔本华、柏格森还是胡塞尔，对这一点都是明确坚持的。当然，海氏这段话业已指明，他此处的着眼点在于"直观"和"思维"都是一种"视"，即一种对象性的认识活动，而存在论上的理解和领会则是非对象性的，是蕴含于此在的生存活动之中的，然而即便这一点也并不具有充分的说服力，因为柏格森同样强调，直觉与知性不同，它不是围着对象打转，不是从外部认识对象，而是直接进入事物内部，从内部来把握事物。因此我们认为，海德格尔在根本上仍与现代非理性主义活动在同一个思想层面。

按照海德格尔的上述观点，他理应把艺术看作人或此在对存在意义的理解和领会活动。然而耐人寻味的是，海德格尔前期的基础存在论思想中却并无艺术和诗学的位置。在他所刻画

---

① ［德］海德格尔：《存在与时间》，陈嘉映、王庆节译，生活·读书·新知三联书店 1987 年版，第 180 页。

的此在的生存论结构中，理解和领会是通过与其他存在者"打交道"来实现的，比如锤子的意义是通过使用锤子来敲打某物来得到领会的，领会到的意义也不是通过艺术来加以传达，而是借助于日常的言谈。直到 20 世纪 30 年代海德格尔开始其思想转向之后，艺术问题才突然上升为他思想的主题。事实上从海氏思想的发展过程来看，艺术之思本身就是帮助他实现思想转向的关键环节。究其原因，是因为他前期的基础存在论被许多人认为仍有着明显的主体性形而上学倾向。具体地说，他强调只有人或此在才能理解和领悟存在的意义，这实际上是把人的主体性从认识论延伸到了存在论之中。就海氏自己的主观意图来说，这是为了解构和批判近代哲学的主体性形而上学，但就其客观效果来看，却反而为人的主体性地位奠定了存在论的根基。这一批评可说是击中了要害，因此海氏不得不从根本上修正自己对于此在与存在关系的看法。正是这一思想背景为他的艺术之思提供了契机，因为艺术家的创作不同于此在日常的生存活动，不是实际地与各种存在者打交道，而是仿佛置身于生活之外，以静观和沉思的方式去观照生活。两相比较，艺术家的生存姿态显然不具有那种咄咄逼人的主体性倾向，而是显得较为恬淡、谦逊。因此，海德格尔从艺术入手来重新诠释人与存在的关系，就成了一件顺理成章的事情。

不过，舍弃对于存在意义的理解和领悟，着眼于静观性的审美活动，这岂非背离了他前期的存在论立场，重新走回认识论的老路上去了吗？海德格尔自己的诗学话语也的确会让人产生这样的联想，因为他把艺术家的创作经验描述为"倾听"：

"作诗意谓：跟随着道说，也即跟随着道说那孤寂之精神向诗人说出的悦耳之声。在成为表达意义上的道说之前，在最漫长的时间内，作诗只不过是倾听。孤寂首先把这种倾听收集到它的悦耳之声中，籍此，这悦耳之声便响彻了它在其中获得回响的那种道说。"① 熟悉西方思想史的人都知道，视听感官的优先性是西方哲学家和美学家们的共识。如此引人注目地强调"听"，难免让人联想到他早年批判过的"视"。难道他又回到近代美学的认识论轨道上去了吗？这就需要我们仔细推敲一下这里所说的"倾听"。如果这倾听是一种感官行为，那么他所把握的对象应该是物理意义上的声音。然而海德格尔却说，诗人所倾听的是"孤寂之音""寂静之音"。寂静乃无声之意，因此寂静之音就是无声之声、无音之音，而且他还宣称这是一种"寂静之大音"，这些自相矛盾的说法显然是要提示我们，诗人倾听的并不是物理之声，而是某种"孤寂之精神"所"道说"出的意义，因此，倾听也不是一种感官的认识行为，而仍旧是一种存在论上的理解和领悟。

但这岂不是绕了一个圆圈，又回到当初的出发点了吗？实则不然，因为诗人的理解不同于日常此在的理解。按照海德格尔的看法，此在总是混迹于常人，满足于人云亦云，模棱两可，因此其对存在意义的理解必然是非本真本己的。要想获得对存在意义的本真领悟，此在就必须从常人状态中抽身而出，返回本己的孤立状态。在《存在与时间》中，海氏认为此在之所以

---

① ［德］海德格尔：《在通向语言的途中》，孙周兴译，商务印书馆1997年版，第59页。

能够做到这一点，是由于响应了"良知的召唤"，这良知不是伦理学上的善良意志，而是存在论上的"成为你自己"这一最高律令。此在出于对死亡的"畏"，领悟到自己生存的有限性，进而抛弃了日常此在那种线性的时间观念，转而赢获了生存论——存在论上的三维时间视域。但这种本真本己的生存方式有何具体表征呢？海氏却未予论及。因此我们可以认为，海氏后期的艺术之思实际上是填补了这一空白。通过把艺术诠释为存在之真理的发生方式，他显然是把诗人的创作归属于本真本己的生存方式了。当然，这一桂冠并不只是被授予诗人，因为真理的发生方式是多种多样的：建国、牺牲（宗教）和思想等也享有同样的尊荣。①

不过问题至此并没有完全解决，因为即便诗人的创作是一种对于存在意义的本真领悟方式，但这种方式如何能够超越主体性形而上学呢？这里的关键在于，"真理"一词在海德格尔的前后期思想中，已经被赋予了截然不同的含义，或者说真理的发生方式已经发生了根本的变化。在《存在与时间》中，海德格尔认为真理是由此在揭示出来的，当此在自己的生存活动中对存在的意义有所理解和领悟的时候，真理便发生了。因此，此在享有极为充分的主体性地位，用海德格尔的话说，"真理（揭示状态）总要从存在者那里争而后得。存在者从晦蔽状态上被揪出来。实际的揭示状态总仿佛是一种劫夺"②。他甚至宣

---

① 参见［德］海德格尔《林中路》，孙周兴译，上海译文出版社1997年版。

② ［德］海德格尔：《存在与时间》，陈嘉映、王庆节译，生活·读书·新知三联书店1987年版，第268页。

称，"唯当此在存在，'才有'真理"①。而在其后期思想中，诗人对存在意义的领悟却全无这种强势和主观的姿态，相反，真理被看作存在意义的自行发生，艺术的本质被归结为"存在者的真理自行设置入作品"②。诗人并不是主动地揭示存在的意义，而是被动地聆听存在自身的言说。当然，这里的被动并无消极之意，因为被动并非无所作为，或者说恰恰只有从常人的"有所作为"中抽身而出之后，诗人才能听到存在之言说，因为这种言说是无声的，由"孤寂之精神"寂然无声地道出，也只有在寂然无为的状态中才能被截获。这一点恰恰赋予了诗人以独一无二的地位，因为常人总是忙碌于日常的生存活动，或者沉迷于无聊的闲谈，在熙熙攘攘中错失了存在之言说，存在的意义因而便被遮蔽起来了。诗人看似消极无为，实际上却成了把存在的意义传达给常人的神圣使者。因此，海氏不惮于把诗人称作"半神"："诗人们是半神。……这些诗人们处于人类与诸神之间，对这个敞开的'之间'来说，诗人们首先必须探索他们的本质从中起源的那个基础。唯在这个敞开域中，诸神与人类才相互遭遇，如果这样一个敞开域被发送给他们的话。……诗人近乎本源而居，因为他显示着那种在神圣者之到来中接近的遥远。"③

把诗人说成是半神，这岂非比主体的地位还要崇高？对我

---

　　① ［德］海德格尔：《存在与时间》，陈嘉映、王庆节译，生活·读书·新知三联书店1987年版，第272页。

　　② ［德］海德格尔：《林中路》，孙周兴译，上海译文出版社1997年版，第20页。

　　③ ［德］海德格尔：《荷尔德林诗的阐释》，孙周兴译，商务印书馆2000版，第178页。

们来说更重要的是，这样的诗学理论显然带有某种神秘主义倾向，因而与非理性主义有着密切的关联。当然，海德格尔所说的诸神、神圣者与基督教神学有着明显的区别，反而与希腊思想有着不解之缘，因为诸神显然是希腊神话的产物，与基督教的一神论可谓水火不容。把神圣者置于神之上，对基督教来说更是渎神，因为基督徒如何能够设想还有比上帝更崇高的存在物？从这个角度来看，海氏诗学的神秘主义色彩在很大程度上是一种假象，其核心实际上是早期希腊思想中的自然主义。他曾明确说过，"神圣者就是自然之本质"①。这里所说的自然不是近代哲学中的 nature，而是古希腊人所说的 physis，指的是"出现和涌现，是自行开启"②，也就是存在意义的自行显现。因此，海德格尔并没有把诗人的创作与宗教的启示混为一谈，而是仍坚持了自己一贯的存在论视角。较之其前期的基础存在论，海德格尔的诗学的确更彻底地消解了人的主体性地位，但他赋予"理解"一词的非理性内涵却并未改变，反而由于和神学的纠缠不清而变本加厉了。

（二）萨特

萨特哲学的核心是自由问题，因此他的文艺思想的核心也是艺术与自由的关系问题。从某种意义上来说，萨特哲学的根本目标就是为人的自由提供一种本体论的证明。在他看来，由于人具有一种虚无化的能力，因此能够超越各种自在的存在，

---

① ［德］海德格尔：《荷尔德林诗的阐释》，孙周兴译，商务印书馆 2000 版，第 69 页。

② 同上书，第 65 页。

摆脱实在世界的因果关系，从万物中分离出来而获得自由。萨特认为，这种自由对人来说是命定的和绝对的，既无法选择也无法摆脱："我命定是自由的，这意味着，除了自由本身以外，人们不可能在我的自由中找到别的限制，或者可以说，我们没有停止我们自由的自由。"① 不过，尽管自由本身并非出于人的自我选择，作为自由的存在却注定了人永远具有选择的自由。每一次的选择都必然是一种介入或者行动，行动就是对自由的实现。艺术，则是实现人的自由的重要方式。

在萨特看来，艺术创作是艺术家实现和确证自己的自由的根本方式。萨特指出，"艺术创作的主要动机之一当然在于我们需要感到自己对于世界而言是主要的"②。所谓对世界而言是主要的，也就是说艺术家是自由的，他可以通过自己的创作来介入和改变生活。如果一个艺术家描绘了一片海洋或田野，那么他就改变了这些事物原有的结构关系，在原先没有秩序的地方引进了秩序，并把精神的统一性强加给了事物的多样性，这样，艺术家就意识到是自己创造了它们，而对于这些创造物来说，艺术家自然就是主要的。然而艺术家的创作却并不仅仅诉诸他自己的自由，而必须同时求助于读者的自由。艺术家在创作中始终陷在自己的主观性之中，只有通过读者的阅读和欣赏，艺术作品的创作才能完成，艺术家的主观性才能转化为客观性和现实性。萨特认为，艺术家自己是无法阅读自己的作品的，

---

① ［法］萨特：《存在与虚无》，陈宣良等译，生活·读书·新知三联书店1987年版，第565页。

② ［法］萨特：《什么是文学？》，李瑜青主编：《萨特文学论文集》，施康强等译，安徽文艺出版社1998年版，第95页。

因为阅读是一个"预测和期待的过程"①，人们在阅读中不断预测他们正在读的那句话的结尾，预测下一句话和下一页；人们期待它们证实或推翻自己的预测。组成阅读过程的正是这一系列假设、梦想和紧随其后的觉醒，以及一系列的希望和失望。因此，没有期待，没有未来，没有心理上的无知状态，就没有真正的阅读行为。而在作家的创作过程中，他已经预先经过了一个隐藏着的准阅读过程，当他的创作行为终结之时，他对作品的一切都了然于胸，因此不可能重新进行真正的阅读。而既然创作只能在阅读中得到完成，作家就必须委托另一个人来完成他已经开始做的事情。

因此，文学活动同时是对读者自由的确证和实现。创作本身就是在向读者发出召唤，而且只有赋予读者以充分的自由，读者才能充分发挥其创造性，从而完成使作品客观化的使命。萨特把这种自由的创造性阅读称作是"豪情的一种运用"，因为这样的阅读伴随着以自由为根源和目的的感情。在阅读中，读者必须把整个身心都奉献出来，带着他的情欲，他的成见，他的同情心，他的性格禀赋，以及他的价值体系。而且由于他是满怀豪情地奉献出他自己的，自由贯穿了他的全身，因此阅读反过来改变了他的情感里最黑暗的成分，使他在瞬间上升到人生的最大高度，从而充分实现了自己存在的意义。

这样一来，艺术家与读者在艺术活动中就构成了一种以自由为纽带的相互信任的关系。在这种关系中，"每一方都信任

---

① ［法］萨特：《什么是文学？》，李瑜青主编：《萨特文学论文集》，施康强等译，安徽文艺出版社 1998 年版，第 96 页。

另一方，每一方都把自己托付给另一方，在同等程度上要求对方和要求自己"①。正是通过这种相互信任，每一方在显示自身自由的同时，也揭示了对方的自由本质。

萨特既然把艺术看作实现人的自由的重要方式，自然就要求艺术必须介入社会，发挥其应有的社会功能，因为在他看来自由总是体现为人的选择，而任何选择都必然是一种介入。由此出发，他提出了艺术应该介入社会的主张。这一主张一经提出，就引起了广泛的争议，因为许多论者认为这将危及艺术的纯粹和自由。为此萨特强调指出，他并非主张一切艺术都必须介入社会，而是仅指小说这种散文艺术而言。至于其他的艺术形式，如音乐、绘画、诗歌等，则不需要也不应该介入社会。其所以如此，是因为这些艺术所使用的媒介不是语言符号，而是某种"物"。萨特主张，"用颜色和声音工作是一回事，用文字来表达是另一回事。音符、色彩、形式不是符号，它们不引向它们自身之外的东西"②。当然，这些物并不是纯粹自在的，它们作为媒介终究要表示一定的意义，问题在于这些意义是物本身内在具有的，而不是以物本身作为工具或符号来传达的东西。对于艺术家来说，颜色、花束、声音，等等，都是最高程度上的物，他总是对这些性质或形式满心喜悦，流连忘返，而他的创作就是要把它们作为客体表现出来，它们所受到的唯一改变就是被从现实的对象变成了想象的客体。我们常常为了一

①　［法］萨特：《什么是文学?》，李瑜青主编：《萨特文学论文集》，施康强等译，安徽文艺出版社1998年版，第108页。

②　同上书，第70页。

幅绘画或一部音乐作品的意义而苦思冥想，反而忽略了对于作品本身的色彩、声音等的欣赏。而在萨特看来，这些被创造出来的客体并不像语言那样表达艺术家的愤怒、忧虑或快乐等情绪体验，它们直接就浸透了这些体验："各各他上空中那一道黄色的裂痕，丁托列托选用它不是为了表示忧虑，也不是为了激起忧虑；它本身就是忧虑，同时也是黄色的天空。"①

现在的问题是，诗歌同样是以语言为媒介的，何以也不需要介入社会呢？萨特的看法是，诗人在创作中实际上把语词当成了物。在他看来，诗人根本不是使用文字，而是在为文字服务。诗人就是拒绝利用语言的人，他一劳永逸地从语言—工具中脱身了，因为他选择了诗的态度，即把词看作物，而不是符号。当然，诗歌中的语词同样具有意义，只不过这种意义变成自然而然的东西了，它不再是词语所要传达的对象，而成了词语本身的属性。意义浇注在词里，被词的外观或音响吸收了，词因此而变厚、变质，成为物了。

与之不同，当散文艺术家在传达意义的时候，他所创造的想象客体与符号之间是相互分离的，因此我们所关注的也就主要是作品的意义，至于符号本身则常常为我们所忽略。萨特认为，散文中的语词不是客体，而只是客体的名称。我们所关注的不是这个词本身是否讨人喜欢，而是它是否正确地指示了世界上的某些东西或某一概念。作家选择以散文的形式进行写作，就是对世界进行了介入和行动，因为散文就是在对世界进行命

---

① ［法］萨特：《什么是文学？》，李瑜青主编：《萨特文学论文集》，施康强等译，安徽文艺出版社1998年版，第72页。

名，而"任何东西一旦被人叫出名字，它就不再是原来的东西了，它失去了自己的无邪性质"①。当然，散文艺术同样也有自己的风格，但是散文的风格恰恰不应该为我们所觉察，因为既然语词是透明的，那么它就不应该在我们与世界之间造成任何障碍。如果我们觉察出了散文的风格，那就表明艺术家的传达出了问题。因此萨特说，散文的美"是一种柔和的、感觉不到的力量"②。

萨特可以说是对于艺术与自由的关系有着深刻洞察的西方思想家之一，他关于艺术必须介入社会的观点也具有显著的积极意义。不过其理论的缺陷也是十分明显的。他所说的自由只是体现为意识层面的自我选择，至于这种选择是否具有客观的历史依据，则不是他所关注的话题。因此，他所赋予艺术家的自由也只是纯主观的，体现为艺术家对于现实世界的自由支配，以及对于读者自由的主观召唤。从某种意义上来说，这种自由观较之近代还有所退步，因为席勒在建构自己的美育理论的时候，就已经把审美这种游戏冲动看作弥合主观与客观、感性与理性之间的冲突，消除资本主义社会中人性的分裂和异化状态的重要途径。马克思更是主张通过现实的社会实践来实现人的自由和解放。也就是说，他们都已经注意到人的自由具有现实的社会历史内涵。萨特却把人的自由完全架空，抽象地在本体论层面来谈论人的自由，这使他的文艺思想显示出强烈的虚无

---

① ［法］萨特：《什么是文学?》，李瑜青主编：《萨特文学论文集》，施康强等译，安徽文艺出版社1998年版，第81页。

② 同上书，第83页。

主义色彩。萨特文艺观念的这种缺陷与其思想的非理性主义倾向是分不开的，他之所以会把自由主观化，是因为他把意识的自由本性与人的想象力挂起钩来，认为人类是通过想象把现实虚无化，由此才获得了支配现实的能力。用他的话说，"世界在这一改变中被否定了，而意识本身则成了想象性的"①。显然这样的自由是凌空蹈虚的，根本无法转化为实际的自由。从这样的自由观出发，艺术介入现实就成了一句空话，因为艺术家只是满足于通过想象来支配现实，他所召唤出的读者的自由也就只能停留在想象层面，至于实际的现实本身，则显然并没有受到真正的撼动。

四　告别理性

西方现代思想对于理性最猛烈的批评来自后现代主义。后现代主义是一种多元化的理论思潮。从某种意义上来说，解构主义、新历史主义、女性主义、后殖民批评、文化研究等各种当代思潮都可以归属到后现代主义之中去。整体而言，这种思潮具有十分明显的非理性倾向。其中，福柯与德里达又堪称主要的代表。

（一）福柯

福柯并没有明确宣称自己是一个非理性主义者，但他一生的思想努力在很大程度上都集中在对于理性的批判和解构上面。当然，他并不认为存在什么大一统的理性，相反，他所关注的始终是各种具体的理性形式，也就是西方思想所产生的各种

---

① ［法］萨特：《想象心理学》，褚朔维译，光明日报出版社1988年版，第284页。

"知识型"。大体上说来，他把理性与权力联系起来，认为理性所产生的各种知识并不是真理，而是一些权力话语。在此过程中，理性与权力形成了一种共谋关系。每一种权力的控制形式都造就了一种合理性形式，同时也就意味着理性对于非理性的压迫与排斥。无论是中世纪以及近代的精神病院，还是现代的医院、监狱等，都属于这种权力和理性的控制形式。就福柯自身的思想意图来说，他是为了建立一种客观的"知识考古学"，但就其客观效果而言，却是在解构理性，并为非理性张目。

福柯对理性与非理性关系的看法最鲜明地体现在他对疯癫现象的考察之中。在他看来，疯癫与理性的关系最早可以追溯到中世纪对麻风病人的排斥。在中世纪，麻风病盛行，人们普遍采用隔离的方式来对付病人，因此麻风病院遍及整个欧洲。这种隔离措施取得了巨大的成功，以致麻风病最终被消灭了。然而这种对付麻风病人的隔离和排斥措施却被保留了下来，在以后又被用来对付疯癫。从文艺复兴时期开始，疯癫现象开始引起人们广泛的注意。在人们的眼中，"其意义暧昧纷杂：既是威胁又是嘲弄对象，既是尘世无理性的晕狂，又是人们可怜的笑柄"①。也就是说，人们已经开始将其视为一种非理性现象。不过，当时的人们对疯癫尚无恶意，反而认为它是启示性的，其中包含着对于某种凶兆和秘密的直觉般的领悟。在当时的艺术作品和哲学思想中，人们以各种方式描绘了疯癫现象。在他们看来，疯癫是令人迷恋的，它可以以滑稽的方式产生喜

---

① ［法］福柯：《疯癫与文明》，刘北城、杨远婴译，生活·读书·新知三联书店1999年版，第10页。

剧效果，可以用呆傻的语言道出事情的真相，甚至能够在和理性的辩论中取得胜利。这样一来，疯癫就成了一种知识和智慧的形式，它所揭示的是"一个秘密，一个无法接近的真理"，"地狱般的无情真理"①。然而进入古典时代以后，人们对于疯癫开始变得十分仇视。在 17 世纪，禁闭所开始大量出现，以巴黎为例，每一百个人中就有一个人遭到禁闭。福柯把 1656 年巴黎总医院的建立视为古典时代对疯癫进行排斥的一个标志。这个医院并不是一个医疗机构，而是一种禁闭所，它不是对病人进行治疗，而是进行隔离和禁闭。以此为模型，整个欧洲在 18 世纪建立了一个完整的禁闭网络，把所有违法者、流浪汉和精神病人都囚禁在高墙之内。在当时的欧洲人看来，游手好闲者和精神病人造成了巨大的社会混乱，是对"上帝的统治的反叛，它领导和压倒了一切恶习"②。禁闭所的作用就在于通过肉体和精神上的双重束缚，来使他们摆脱这些恶习。人们认为，通过强制性的劳动，就能够使他们的罪恶得到消除，在道德上也得到升华。福柯认为，这标志着人们对于疯癫的认识和态度发生了根本的改变："理性通过一次预先为它安排的对狂暴的疯癫的胜利，实行着绝对的统治，这样，疯癫就被从想象的自由王国中强行拖出，它被关押起来，在禁闭城堡中听命于理性，受制于道德戒律，在漫漫黑夜中度日。"③ 也就是说，禁闭所乃是理性对于疯癫这种非理性现象的一种压迫、排斥和控制形式。

---

① ［法］福柯：《疯癫与文明》，刘北成、杨远婴译，生活·读书·新知三联书店 1999 年版，第 19 页。
② 同上书，第 43 页。
③ 同上书，第 57—58 页。

在禁闭所里，人们把疯癫视为一种兽性发作的结果，因而被像野兽一样地加以展览，成了供人们参观和娱乐的对象。福柯认为，这种做法的目的是表明"人类的堕落如何使他们接近兽性，上帝挽救人类的仁慈能远及何处"①。而禁闭就是一种拯救的方式，这被认为是理性对于疯癫的把握，而事实上则是一种压制和清除："禁闭的目的在于压制疯癫，从社会秩序中清除一种找不到自己位置的形象。"② 理性对疯癫的这种压制使它们之间呈现出一种尖锐的矛盾关系：随着理性的地位日益提高，对于疯癫的压迫就日益严重。到了19世纪，疯子肉体上所受到的禁锢被解除了，然而心灵和精神上所受到的压制却更加强烈，以致疯癫几乎完全处于沉默和匿名状态，只有尼采、阿尔托等少数思想家还发出了几声非理性的呐喊。

然而在福柯看来，理性的这种统治地位却并不具有合法性。近代的启蒙精神宣称理性具有公平性、正义性和普遍有效性，认为理性是理解和阐明人类生活和宇宙秩序的唯一有效而公正的手段，因而赋予了理性以至高的权威。而福柯则认为就理性对于疯癫的压制而言，理性既是不公平的，也是非正义的，它只是基于各种特定立场所做出的一种排斥行为。理性并没有一个固定不变的原则，而是依据不同时代的要求而不断地变化：在文艺复兴时期，理性对疯癫的评价标准服从于美学原则，把疯癫作为一种审美对象；在17世纪中期则服从于经济原则，试

---

① ［法］福柯：《疯癫与文明》，刘北城、杨远婴译，生活·读书·新知三联书店1999年版，第74页。

② 同上书，第106页。

图通过劳动来使疯子得到改造；在 19 世纪则依靠道德原则，试图通过道德教化来改造疯子；到了 20 世纪，则服从于医学原则，试图通过弗洛伊德的精神分析理论来治疗疯癫。既然理性本身的原则和内涵处在不断的变化之中，那么理性自然也就不具有普遍的有效性。如果说理性具有某种普遍的原则的话，那就是理性总是对疯癫进行一种粗暴的压制和排斥，因而理性实际上是一种暴力行为。理性总是和权力结合在一起，它服从于每个时代的权力运作和利益分配机制，因而理性的公平性和正义性都是十分可疑的。

　　上述思想自然就把福柯引向了对理性与权力关系的研究。在他看来，法兰克福学派对工具理性的批判只是涉及理性与政治权力之间的关系，而他所要考察的则是一种个体化的权力形式，这种权力并不会演变为集中式的国家权力，而是"针对着个体，意在以一种连续的、持久的方式来统治个体"①。福柯把这种权力形式称作牧师权力，因为这种权力所关心的是个体的信仰、道德与灵魂，试图通过这些方面来塑造个体的人格及主体性。福柯认为，法兰克福学派所探讨的启蒙理性以及政治权力导源于古希腊文化，而牧师权力则是希伯来文化的产物。他通过对希伯来文化的研究发现，牧人与羊群的比喻是这种文化的一个重要主题。这一主题有各种变化形态：牧人的形象包括神、国王和领袖，而羊群则是指人民或百姓。其中，前者"集合、带领、引导着他的羊群"②，他仁慈地献身于羊群，保证着

---

① Michel Foucault, *Politics*, *Philosophy*, *Culture*, Routledge, 1988, p. 60.
② Ibid. , p. 61.

羊群的得救："牧人做的每一件事都是有益于他的羊群"，他"忙忙碌碌，尽心尽意"，"对他们无微不至，悉心照看，了如指掌。"① 在中世纪，基督教发展了这一"牧人—羊群"的隐喻主题，认为牧人对于羊群的一切行为、道德、善恶负责，对每只羊都有彻底的了解，甚至拥有关于它的灵魂的知识；反过来，羊则完全依赖和顺从牧人，要向牧人忏悔，接受牧人的审查和指引。这种牧师权力的运作机制与政治权力之间有着本质的区别：政治权力的目的是为了进行压抑和控制，而牧师权力则是为了对个体进行拯救；政治权力中的国王要求别人为自己献身，而牧师权力中的牧师则是要为他人献身；政治权力是总体化的，他针对着一般民众，所形成的是抽象的社会制度，牧师权力则是个体化的，它照顾着每个个体；政治权力只约束人们的外在行为，而牧师权力则深入人的内心，对个人的良知和灵魂产生深刻的影响。

尽管这两种权力形式之间有着如此重大的区别，然而在福柯看来，两者的相互整合仍然是可能的。事实上，在现代国家中这两种权力就巧妙地结合在了一起。福柯认为，牧师权力在18世纪脱离了神学体制，转而在世俗社会中扩散开来。在这个过程中，牧师权力得到了重新的组织和配置，从而具有了一些新的特点：它的目的不再是保证个体的来世拯救，而是确保其在现世的得救，即获得健康、安全和幸福，原有的宗教意义已经变得十分淡漠。此外，牧师权力的执行者也不再是牧师，而是由其他的社会成员如警察、慈善家、家庭、医院甚至国家机

---

① Michel Foucault, *Politics*, *Philosophy*, *Culture*, Routledge, 1988, p. 62.

器等来承担。这样一来，牧师权力就完全被现代国家体制所吸收，成为国家权力的一个组成部分。这种个体化权力与政治权力相结合，使得现代国家成为一个空前复杂的机构，在这个机构中，个体根据一定的权力形式被塑造成特定类型的主体，反过来，国家体制将政治权力与牧师权力相结合，因而对个体既起一种压制和控制的作用，又起一种培育和拯救的作用，由此而发展起了家庭权力、医学权力、教育权力、顾主权力、司法权力等新的权力形式，个体因此而深陷于权力之网中。

　　既然福柯把一切知识和文化形态都还原成了历史和现实的权利，那么文学和艺术自然也不例外。他对作者概念的分析就是一个典型的例证。按照一般的文学理论，作者就是文学作品的创作者，他通过自己的天赋和才能完成了对作品的创造。福柯则认为，作者概念实际上是一种历史的产物，这种固定不变的内涵只是一种虚构。按照他的考证，作者概念乃是近代资本主义社会财产和法律制度的产物，赋予某人以作者的地位，既是在宣布他对作品的所有权，同时也意味着要求其承担相反的法律责任，比如当司法部门裁定该作品违反了社会的法律、道德规范的时候，作者就必须受到相应的惩罚。用他的话说，"'作者—作用'依靠法律和惯例体系，这种体系限制、决定并明确表达话语的范围；在各种话语、各个时刻以及任何特定的文化里，'作者—作用'并不以完全相同的方式运作；'作者—作用'不是根据把文本自发地归于其创作者来限定，而是通过一系列精确而复杂的程序来限定；就它同时引起多种自我和任何阶级的个人都会占有的一系列主观看法而言，'作者—作用'

并非单纯地指实际的个人"①。从这种观点出发，文学理论中的各种范畴就都失去了固定的本质和内涵，一切都被还原成了历史。因此，由福柯的思想孕育出一种历史主义诗学便是再自然不过的事情了。按照美国学者吉恩·霍华德的描述，新历史主义文论有两个出发点："（1）人是一种构成，而不是一种本质；（2）历史考察也相应是人的历史的产物，它永远不能认识一种纯粹的差异性，而总是只能通过历时的框架部分地识别它。"②与19世纪的历史主义思潮相比，这种文论"新"就"新"在它不是探究事物本质的历史成因，而是主张在历史之中只有构成而没有本质。正是这种极端的反本质主义立场使得福柯成了后现代主义的代表人物。

应该承认，福柯对于理性与权力关系的揭示在西方思想史上可说是振聋发聩的。西方哲学家一向把理性看作把握真理的根本方式，认为其在人类心灵中居于统治性地位。现代非理性主义思想虽然对理性的这种统治地位发起了挑战，但也只是强调理性并非最高的认识能力，主张以直观或理解来取而代之，但对理性的知识性或真理性品格却并无质疑。福柯则不同，他把理性直接还原为一种权力话语，认为理性表面看来是一种把握真理、追寻知识的能力，实际上却代表着一种现实的权力运作机制。可以说，这一批判把理性彻底赶下了精神的神坛，使其名誉扫地了。有趣的是，现代思想家批判理性往往是为了给

---

① 王逢振、盛宁、李自修编：《最新西方文论选》，漓江出版社1991年版，第454页。

② 中国社会科学院外国文学研究所《世界文论》编辑委员会编：《文艺学和新历史主义》，社会科学文献出版社1993年版，第99页。

艺术张目，福柯却把艺术当成了理性的殉葬品，因为艺术作为文化产品同样必须还原为历史和权力，审美现代性所赋予艺术的自律性随之变成了一个幻影。从这里可以看出，尽管仍属于非理性主义思潮，福柯的思想却已体现出鲜明的后现代主义色彩。

（二）德里达

德里达对于传统理性思想的批判是他对形而上学进行全面批判的一个组成部分。在他看来，形而上学是一种根深蒂固的思维方式，其根本特征是惯于为世界设立一个本源或曰"终极能指"，这个本源可以是"理念、始基、目的、现实实体、真理、先验性、意识、上帝、人等等"①。由这个本源出发，形而上学设定了一系列的二元对立范畴，如在场/不在场、精神/物质、主体/客体、能指/所指、理智/情感、本质/现象、声音/书写、中心/边缘，等等，而所有这些对立都不是平等的，其中一方总是占有优先的地位，另一方则被看作是对于前者的衍生、否定和排斥，如在场高于不在场、声音高于书写、中心优于边缘，等等，这样就逐步形成了"逻各斯中心主义""声音中心主义""男性中心主义"等，德里达认为，"从柏拉图到卢梭，从笛卡尔到胡塞尔，所有的形而上学家都这样进行思想"，因此，"这并不是形而上学态度中的一种，它是形而上学的要求，是最持久深广的潜在程序"②。而要破除形而上学，消解这些"中心

---

① Jacques Derrida, *Writing and Difference*, trans. by Alan Bass, University of Chicago Press, 1978, p. 280.

② Jonathan Culler, *On Deconstruction*, Cornell University Press, 1982, p. 93.

主义",以及"对这些对立的解构,在某个特定的时候,首先就是颠倒等级"①。如何颠倒这些延续了数千年的对立等级?这显然是问题的关键和困难所在。对此,德里达的做法是,首先选取"声音与书写"这对范畴作为消解的对象,由此创立了十分独特的"文字学",并以之为武器来批判西方的"逻各斯中心主义""男性中心主义",并最终动摇形而上学的整个大厦。

德里达思想的非理性倾向首先体现在他对逻各斯中心主义的消解上。逻各斯(logos)一词来自古希腊,包含了尺度、比例、理性等多种含义,该词后来演变为逻辑,指的是理性思维的基本方法。因此,逻各斯中心主义实际上就是理性主义的代名词。德里达认为,逻各斯中心主义的要害在于试图通过意义自明的纯粹工具(逻各斯、语言)来把握纯净的思想,因此它必然割裂语言的能指与所指,把能指归于感觉性的,而所指则归于理解性的,因而能指是物质的、历时的,所指则是精神的、共时的。形而上学一贯贬抑前者而高举后者,因此索绪尔才格外强调语言的共时性研究,认为"语言是一个系统,它的任何部分都可以而且应该从它们共时的连带关系方面加以考虑"②。这可见传统的语言观和逻辑观是一体的,它们本身都没有意义,都只是通往意义的纯粹工具而已。而从德里达的"书写学"或"文字学"观之,能指与所指、感受性("物")与理解性("心")的划分本来就是"在后"的,真正本源性的乃是"印

---

① Jacques Derrida, *Dissemination*, trans. by Barbars Johnson, University of Chicago Press, 1982, p. 41.

② [瑞士] 索绪尔:《普通语言学教程》,高名凯译,商务印书馆1982年版,第127页。

痕"或者"道道",因此并不存在所谓纯净的思想和单纯的工具（逻各斯），两者既非"心"，也非"物"，而只能是处于永恒的延异之中的印痕，是印痕的变化形态。既然如此，那么一切关于"中心"，关于二元对立的形而上学思维方式就都是虚妄的，是应该加以彻底消解的。德里达就是这样由他的"文字学"出发，颠覆了形而上学的整个大厦。

除此之外，德里达思想的非理性主义倾向还体现在他对哲学与文学对立的解构。众所周知，西方传统文化乃是一种哲学文化，尊哲学而抑诗自古而然。大名鼎鼎的柏拉图为始作俑者，他在《理想国》中公然向诗人下了逐客令。尽管后世历有锡德尼、雪莱等人愤而"为诗辩护"，但结果都未能扭转这一趋势，最多只能为诗谋取各哲学侍从的差使。这番努力在当代犹有余响，雅各布森堪为代表。他不懈地寻求和证明诗歌语言的"文学性"，说白了也就是抓住文学语言的隐喻色彩和象征意义，以求证明诗独立于哲学、科学的自在价值。这种理论经由结构主义的大肆张扬，转而成为风行当代的批评观念和文本理论，实则是在重蹈古人的覆辙。试想雅各布森既然极力强调文学异于哲学的"他性""自在性"，自然已经把二者的对立视为自明的前提，这正好陷入了德里达已经指明的形而上学的狡计，而暗奉形而上学又何谈为诗和文学请命？可见要消除这对立，仍须从形而上学这文化母体上着眼，这正是德里达的特长。他在《白色的神话》一文中，首先把哲学与诗的对立溯源于柏拉图，但他的高明之处在于转而把主要力量用在剖析其弟子亚里士多德的《诗学》上，因为亚里士多德的《诗学》可说是后世为诗辩护的标本。亚里士多德的辩护方式是提出隐喻为诗的核心特征，而"要想出一个好的隐喻，须看出一种相似性"①，这样诗也就具有了发现和传达真理的价值，因为事物之间的相似性正是真理的价值基础所在。这样，诗也就不像柏拉图所指责的那样有害，转而具有正面的价值而得以与历史、哲学同列。这番辩护可谓用心良苦，因为他既勇敢地把诗置于历史之上，又小心翼翼地维护了哲学的尊严。但不幸还是落入了形而上学的陷阱，反而助长了哲学文化的既有传统。德里达则推陈出新，从中看到了哲学与诗对立之谬误，因为亚氏既已证明隐喻与诗起源于模仿，而模仿的快乐在于求知，那么哲学与诗、真理与隐喻就同源而一体，何来对立之说？比较起来，真理只不过是对于语言天然具有的形象性、多义性加以抑制甚至消抹的结果，如德里达所说，"就其构成而言，哲学文化总是一种抹杀语义原意的文化"②，因而哲学不仅源于诗而且植根于诗，诗和隐喻是哲学的内在生命。形而上学却把二者加以对立，并且以哲学来抑诗，其结果必然导致隐喻与诗性的消亡，而"这一消亡毫无疑问同样也是哲学的死亡"③。这句话一语道破西方哲学文化和理性传统的深刻危机，可谓是当头棒喝。反过来说，要解决这危机，就必须重新弥合哲学与诗的界限，在使哲学获得诗性滋养的同时，也使诗一劳永逸地摆脱几千年来的侍从角色，这

① ［古希腊］亚里士多德：《诗学》，罗念生译，人民文学出版社 1988 年版，第 81 页。

② Jacques Derrida, *Margins of Philosophy*, trans. by Alan Bass Chicago: University of Chicago Press, 1982. p. 210.

③ Ibid. , p. 271.

也就是德里达为西方文化开出的一剂药方，疗效如何，尚待观察，但至少免去了雅各布森和现当代形式主义、结构主义、新批评等诸多流派的错误，因为在形而上学四处蔓延的今天，诗与文学也不可能是一块净土，相反，"在今天，再好不过地宣称写作的不可还原性和……逻各斯中心主义的失败的，是某个特定方面和某个特定形式的文学实践"①。

从这样的文化立场出发，解构主义的批评理论自然就显得十分独特，卓尔不群。形式主义和新批评强调作品的有机统一，结构主义则致力于寻求文学作品统一的结构规律，一言以蔽之，它们都把文本看作封闭的意义结构。与之不同，解构主义批评旗帜鲜明地提出了"互文性"的概念，用以表明不同文本间的相互指涉。这个范畴由法国理论家克里斯蒂娃在《符号学》和《诗歌语言的革命》中提出，她用了互文性、现象文本、生成文本等概念来加以相互补充和说明。其中，一般所说的互文性，既指此处的文本与彼处的文本在空间上的横向联系，又指此时的文本与彼时的文本在时间上的纵向联系，因此它体现了空间与时间、历时与共时的相互统一，从而在根本上超越了结构主义的文本理论。同时，互文性的概念与德里达的"文字学"理论可说是异曲同工，我们试援引德里达的说法来加以说明："差异游戏包含着综合和分析，它们组织语言系统在任何时候或以任何方式成为一个自身在场、仅仅指称自身的简单因素。无论在书写语还是在口头语中，如果没有与另一个本身并不简单地在场的因素的联系，那么就绝无任何因素能够作为符号起

① ［法］德里达:《立场》，芝加哥大学出版社 1981 年英文版，第17页。

作用。这种联系意味着每一个'因素'——音素或字母——是参照其中的印痕由序列或系统的其他因素构成的。这种联系、这种交织，就是文本，它只是通过对其他文本的转换才产生出来的。在诸因素或系统中，没有任何简单地在场或不在场的东西。有的只是差异和印痕之印痕。"① 这一段话相当完整地阐述了解构主义的文本理论。要言之，它包括差异、游戏、印痕、在场、文本等范畴，意指文本并非是具有固定的内容和意义的现成产品，而是一个差异化的网状结构（实则非"结构"），它由各种印痕交织而成，是谓印痕之印痕。但这印痕并无严格的指示功能，而只具有某种"弱指示作用"，因为印痕虽然在先，但却不是固定的本源，每篇文本都是一次新的书写，因而不同的印痕必然相互重叠，印痕的意义就永远处于延宕、缺席等非在场状态，是所谓延异，是所谓差异之游戏。显然，解构主义发展至此，已经演变为一种彻底的反理性主义思想。

第三节　非理性主义对文艺创作的影响

与西方现代思想一样，西方现代文学同样具有强烈的非理性主义倾向。诸如象征主义、意识流、表现主义、未来主义、达达主义、超现实主义、存在主义、荒诞派戏剧、黑色幽默小说、法国的新小说派等，几乎所有重要的现代文学流派都不例外。纵观这些流派的代表性作品，可以看出其处处都打着非理

---

① ［法］德里达：《立场》，芝加哥大学出版社1981年英文版，第26页。

性主义思想的烙印。① 以下我们即就西方现代主要的非理性主义思潮对文学创作的影响进行简要的探析。

一　踏入混沌的生命之流：生命哲学与西方现代文学

生命哲学是一种十分重要的西方现代思潮，狄尔泰、柏格森、齐美尔是其主要代表。其中，柏格森的思想对于文学创作的影响尤其显著，意识流小说、表现主义、超现实主义、新小说等都与其有着密切的关系。柏格森本人即是诺贝尔文学奖获得者，足以证明他的思想在文学界所产生的深刻影响。

意识流这个术语最初是由美国哲学家和心理学家威廉·詹姆斯提出来的，他主张意识活动并不是由实体性的观念连缀而成的，而是一个绵延的流体，如同一条河流一样。② 受这种思想的启发，意识流小说家改变了描写人物心理活动的方法，通过取消标点符号、不再划分段落等方法，来模拟心理活动的流动性特征。乔伊斯在《尤利西斯》最后一章中描述毛莱梦中的心理活动、福克纳在《喧哗与骚动》第二章中描写昆丁自杀前的心理活动等，都采取了这种手法，取得了十分惊人的效果。对于詹姆斯的这一观点，柏格森也十分认同，他主张生命和意识一样，也是一条绵延的河流。不过，詹姆斯只是强调意识的各个片段之间没有间隙，至于这些片段之间的排列方式，则仍被看作是一种线性的时间序列。对此柏格森则明确反对，他认为生命的时间特征并不是线性的、单向的，而是毫无方向、混

---

① 当然，这种影响是相互的，哲学家们也常常受到艺术家及其作品的启发，但这一问题不属于此处探讨的话题，因此我们存而不论。

② 参见［美］威廉·詹姆斯《心理学原理》，田平译，中国城市出版社2003年版，第335页。

乱无序的，具有强烈的非理性特征："这是一条无底、无岸的河流，它不借可以标出的力量而流向一个不能确定的方向。即使如此，我们也只能称他为一条河流，而这条河流只是流动。"① 不过，这并不表示生命是毫无秩序、无法描述的，他的真正观点是主张，生命的流逝所遵循的是一种新的时间法则："有一股连续不断的流，它不能与我们任何时候见到的任何流相比较。这是一种状态的连续，其中每一种状态都预示未来而包含既往。确切地说，只有当我通过了它们并且回顾其痕迹时，才能说它们构成了多样的状态。当我体验到它们时，它们的组织是如此坚实，它们具有的共同的生命力是如此旺盛，以至我不能说它们之中某一状态终于何处，另一种状态始于何处。其实，它们之中没有哪一种有开始或终结，它们全都彼此伸延。"② 从这段话来看，构成生命的时间不是一维的，而是三维的，每一时刻都包含着过去、现在和未来三个维度。由于这个原因，每个时刻都会向其他时刻延伸，由此导致了时间的绵延特征。不仅如此，由于不同的时刻会相互交叠，因此不同的时间向度便会相互穿插，此一时刻的过去可能早于彼一时刻的将来，这就使时间从外观上看来呈现出混乱无序的状态。

柏格森的这种时间学说对于现代作家的创作观念和技巧产生了深刻的影响。③ 传统作家秉持一种线性的时间观念，把世

① ［法］柏格森：《形而上学导言》，刘放桐译，商务印书馆1963年版，第68页。

② 同上书，第5页。

③ 需要指出的是，这种三维的时间观在柏格森还只是草创，在胡塞尔、海德格尔等现象学家那里才臻于完善。不过也正因为如此，柏格森的时间学说有着更强烈的非理性色彩，对于现代作家的影响也更为深远。

界和生活看作从过去到未来的单向进程，因此我们看到他们笔下的世界总是井然有序的，故事情节总是按照开端、发展、高潮、尾声这样的时间顺序向前发展，即便作家有时采用倒叙、插叙等叙事技巧，故事原有的时间顺序仍是一目了然的。现代作家则不再作如是观，他们眼中的世界常常呈现为混乱无序的状态，因此他们作品中的故事情节也往往失去了逻辑的法则和顺序。意识流小说家在描写人物的心理活动的时候，不仅将其刻画为一种绵延的流体，更重要的是强调其时空倒错的特征，人物的思绪常常在过去、现在、未来之间来回穿梭，让读者感到眼花缭乱。有时，作者甚至会打破内心世界与外部世界之间的界限，在两者之间自由穿越，让读者分不清主观与客观、心灵与世界、现实与虚拟之间的差别。法国的新小说派作家克洛德·西蒙在这方面可说走向了极致。他的代表作《弗兰德公路》描写的是主人公佐治在二战前后的经历，但作者却把这三个阶段（战前、战中、战后）的故事穿插在一起，同时还把一位法国封建时代的贵族的故事穿插其间，又交替使用了第一人称和第三人称两种叙述视角，还把人物对现实的回忆和他的想象、幻觉混杂在一起，导致作品的结构变成了一个变幻无穷的魔方。这不仅给读者的阅读造成了极大的困难，甚至连作者的写作都受到了困扰，他为了分清不同的叙述线索，在写作时甚至要用不用颜色的笔来书写。

柏格森哲学对于现代写作的另一个重要影响源自他对直觉的强调。他认为知性只能从外部认识事物，直觉则能直接进入事物的内部，把握到事物的内在本质。这样一来，他就把事物的外观与其本质对立起来了，前者不是后者的外在表现，而成了对后者的遮蔽和掩盖。受这种观点的影响，现代作家不再注重对于事物外观的客观描绘，相反，他们强调只有首先对事物的外观进行扭曲和变形，才能将其内在本质凸显出来。表现主义艺术家所十分倚重的变形手法就是由此而来的。诗人库尔特宣称："把真实从它出现的范围里解放出来，把我们自己从真实里解放出来，不是使用它自己的手段或依靠从它跑出来超越真实，而是凭借更加热烈地把握它，通过心智的洞察力、灵活性和对清晰性的渴望，通过感情的强烈爆发力，来战胜和支配它……那就是今日诗歌文学背后的共同意志。"① 之所以要把真实解放出来，显然是因为它隐藏在事物的内部，是通过直觉（心智的洞察力）把握到的。为了实现这一目的，就必须打碎事物的外壳，建立一种新的真实和秩序。由此我们才能理解，何以卡夫卡的笔下会出现许多如此怪异的形象和情节：格里高尔一觉醒来就变成了一只大甲虫（《变形记》）、一只母耗子则变成了技艺高超的歌唱家（《女歌手约瑟芬和耗子民族》）、一个艺术家竟然以饥饿表演作为自己的职业（《饥饿艺术家》）。需要指出的是，这种手法并不限于表现主义，在其他现代文学流派中同样得到了广泛的运用，比如在荒诞派剧作家尤奈斯库的名作《犀牛》中，街上的人们竟然纷纷变成了犀牛；在魔幻现实主义作家马尔克斯的《百年孤独》中，少女雷梅苔丝竟然乘着一张床单飞向了天空，鱼儿在雨季竟能在空气中游动，一

① ［英］马·布雷德伯里、詹·麦克法兰编：《现代主义》，胡家峦等译，上海外语教育出版社1992年版，第255页。

对夫妻的性行为居然能促使牲畜以惊人的速度繁殖。

从根本上来说，西方现代文学中司空见惯的变形手法实际上是西方现代社会中异化现象的折射和象征。马克思曾把异化现象划分为人与物、人与他人、人与自身、人与社会关系的异化等四种类型，可以看出，这些类型在西方现代文学中都有不同程度的表现：人变成了甲虫、犀牛，表征着人丧失了自己的本质，异化成了物；鼹鼠在地洞中惶惶不可终日，可以视为人与人之间异化关系的隐喻；家具占满了房间，并且能够自主地行走（尤奈斯库《椅子》），象征的是物对人的压迫；一只猿猴向科学院报告自己在实验中的进步（卡夫卡《致科学院的报告》），与福柯所说的社会和权力对人的规训恰相一致。从这个角度来看，柏格森的生命哲学对现代文学的启示显然有其积极意义。不过，他把生命视为一种混沌的流体，并且简单地把事物的外表与其内在本质对立起来，这与马克思对工业社会本质的剖析显然不可同日而语。从这里可以看出，非理性主义对于世界和生命本质的洞察自有其深刻之处，而且由于这种洞察纯粹依赖于直觉，因此格外能够给予艺术家以启发，但也正因为这只是一种未经解析的直觉，因此便无法为其所洞察到的社会以及生命现象给予合理的解释。大体上说来，这也是一切非理性主义思想共有的局限。

二　探查幽暗的无意识世界：精神分析与西方现代文学

精神分析对于现代写作的首要影响，就是使无意识成了艺术创作的重要题材和内容。以往的文学创作尽管也关注人物的心理活动，但主要都集中于意识层面，因此一般通过对话来展示人物的精神世界，塑造人物的性格。即便像司汤达、托尔斯泰这样热衷于心理描写的作家，其关注点也主要集中于意识层面。可以说，当时的作家们与其他人一样，对于无意识现象所知甚少，也无所用心。正是因此，精神分析理论的横空出世对作家来说无异于振聋发聩。弗吉尼亚·伍尔夫就曾如此描绘弗洛伊德对现代作家的影响："如果你阅读弗洛伊德的著作，在十分钟之内，你就会了解到一些事实……或者至少是一些可能性……而我们的父母没有可能自己猜测到这些（关于他们的同胞之各种雄心和动机的情况）。"① 当然，并非每个作家都对弗洛伊德的思想如此心悦诚服，但这至少说明了精神分析理论在当时所造成的深刻影响。征之以当时的文学创作，可以发现梦境、幻觉等无意识现象陡然变成了作家们的宠儿。意识流小说自不必说，因为这派小说的主要内容就是表现人的无意识活动。在表现主义、超现实主义、新小说等其他现代文学流派中，无意识活动也常常成为重要的表现对象。美国表现主义剧作家奥尼尔的名作《琼斯皇》所刻画的主要就是主人公琼斯在逃亡过程中所产生的幻觉，其中甚至还包括他的祖先在非洲生活时的画面，显示出作者明显受到了荣格的集体无意识理论的影响。在新小说派的作家中，克洛德·西蒙对无意识现象尤为关注，他的作品如《佛兰德公路》《农事诗》等，在叙事方式上与意识流有许多相似之处。时至今日，现代主义早已成为明日黄花，但无意识现象却仍然是文学创作的重要主题，表明精神分析对

---

① ［英］伍尔夫：《论小说与小说家》，瞿世镜译，上海译文出版社 2000 年版，第 349 页。

于这一现象的发现已经得到了人们广泛的接受。

其次，精神分析还对现代作家的创作理念产生了深刻的影响，导致许多作家试图进行一种无意识写作。这方面最突出的无疑是超现实主义。按照该派领袖布勒东的说法，超现实主义是一种"纯粹的精神无意识活动。……超现实主义建立在相信现实，相信梦幻全能，相信思想客观活动的基础之上，虽然它忽略了现实中的某些联想形式。超现实主义的目标就是最终摧毁其他一切超心理的机制，并取而代之，去解决生活中的主要问题"[①]。"相信现实"和"相信梦幻全能"显然是两种相互矛盾的说法，布勒东将其并列在一起，正是为了说明超现实主义的精神实质，也就是说"超现实"并不是脱离现实，而是就在现实之中，是从现实内部挖掘出来的梦幻，或者说是一种带有梦幻色彩的新现实，唯其如此，才能称之为"超现实"。那么，怎样才能把握到这种新的现实呢？布勒东认为这就要求作家在写作中保持无意识状态，抛开一切理性的反思和控制，采取一种自动写作的方法："在来到一个非常适合于集中精神的地方之后，你们就让人拿来写字的纸和笔。你们要尽可能地让自己处于被动状态，处于易于接受新鲜事物的状态。你们要撇开自己的天赋，不要考虑自己的才能，还要撇开其他所有人的才能。你们要认识到，文学是通向万物的最凄惨的道路，你们要快速地写，抛开带有偏见的主题，要写得相当快，不要有任何约束，也不要想着再把写过的文字反复读几遍。第一句话肯定会独自

---

① ［法］布勒东：《超现实主义宣言》，袁俊生译，重庆大学出版社 2010 年版，第 32 页。

冒出来，因为真实的情况是，每一秒钟都会有一个与我们清醒的思想不相干的句子流露出来。"① 不难看出，这种写作方式与传统作家有着很大的区别，因为大多数作家在写作之前都要进行精心的酝酿和构思，在写作过程中也往往要字斟句酌，写出初稿之后还要反复修改。只有偶尔当灵感来临的时候，作家才会文思泉涌，不假思索地快速写作。超现实主义却把这种偶然现象变成了写作的常态，试图使创作成为彻底的无意识行为。其他流派的作家尽管没有如此极端，但也都很重视无意识的作用，比如意识流、表现主义，等等。

精神分析使无意识现象渗透到整个创作活动之中，这无疑大大加剧了西方现代文学的非理性倾向。对于这种现象我们应该如何评价？这需要我们做具体的分析。精神分析使无意识现象成为文学创作的题材和对象，这显然极大地拓展了文学创作的表现领域，应该看作其对现代文学的重大贡献。当然，这种理论在初期也曾带来许多负面影响，主要是作家们沉溺于表现无意识现象，以至于意识以及外在的现实都受到了忽视，导致作品充斥着梦和幻觉等内容，使其题材变得十分狭隘，意义也变得单薄，伍尔夫的短篇名作《墙上的斑点》就有此缺陷。有时，过分沉溺于无意识还会使作品变得晦涩难懂，因为无意识本身是混乱无序、缺乏逻辑的，比如乔伊斯晚年的呕心沥血之作《芬尼根的守灵夜》就令人无法卒读。不过，这些都是现代文学在发展初期的产物，时至今日，这种缺陷早就得到了克服。

---

① ［法］布勒东：《超现实主义宣言》，袁俊生译，重庆大学出版社 2010 年版，第 37 页。

在当今的文学创作中，无意识现象与意识现象已然和谐共处，作家们大都能够根据自己的需要在两者之间自如地搭配和取舍。从这个角度来看，精神分析理论无疑极大地丰富了现代文学的题材和内容。

至于精神分析所导致的无意识写作，则是一个十分复杂的理论问题。究其实质，这里所涉及的是创作活动中意识与无意识、理性与非理性的关系问题。文学创作是一种感性活动，但却需要作家在一定程度上给予理性的控制，这本就是文学艺术所面临的一个古老难题。精神分析理论对此所提出的新问题是：文学创作在多大程度上是自觉的和有意识的？一种无意识的自动写作是否可能？我们在前面曾经指出，传统作家在灵感来临之际会短暂地陷入无意识、非理性的状态，这种情况虽然并不常见，但至少说明无意识的写作是可能出现的。从超现实主义自身的实践来看，也的确出现了不少成功的例子，布勒东的长篇小说《娜嘉》，以及艾吕雅、阿拉贡的许多诗歌，都有着不容否定的艺术价值。不过，这些作品究竟在多大程度上是以无意识的方式创作出来的，却是一件无法证实的事情。从布勒东对于自动写作方式的描述来看，也无非是要求作家尽量保持被动的状态，等待自己的心理活动自发地涌现在笔端，但这充其量只能减弱作家心理活动的自觉性和理性特征，并不能保证写作成为一种纯粹的无意识活动，因为按照经典的精神分析理论，无意识现象只有在梦境和幻觉中才能得到充分的表现，除非作家像弗洛伊德所说的那样把创作变成一场白日梦，否则无意识写作就是不可能出现的。而弗洛伊德的说法其实也是一种类比，并不是一个严谨的命题，因为作家一旦真正陷入白日梦，写作活动就无法进行了。从这个角度来看，纯粹的无意识写作实际上即便不是不可能的，也必然是极为罕见、无法持久的。那么，这是否意味着超现实主义的写作理念是完全错误的呢？我们认为并非如此。在我们看来，这种写作理念的根本目的是要把传统写作中的灵感现象变成一种常态，而灵感古往今来就是无数作家梦寐以求的理想，也是无数作品中生花妙笔的来源。从某种程度上来说，弄清了灵感现象的秘密，就等于解开了艺术创作活动的最大奥秘。就此而言，超现实主义所秉持的实际上是一种理想化的创作理念，是所有作家心灵深处的隐秘渴望。正是因为这个原因，超现实主义尽管在创作成就上并不突出，但却成了影响最大的现代主义流派之一。

现在我们需要追问的是，为什么超现实主义的创作成就和思想影响会极不相称呢？一种可能的解释就是，这些作家尽管操持着一种十分理想的创作方法，但其天赋和才能却影响了他们的创作成就。然而在我们看来，选择一种合理的创作方法本身就是作家才能的重要体现。对于超现实主义作家来说需要反思的地方在于，如果说自动写作代表了文学创作的理想状态的话，那么保持被动、排除理性是否是实现和促成这种状态的正确方式呢？纵观几千年以来的文学史，我们发现文学创作的辩证法恰恰在于，作家只有在创作中保持理性、自觉的常态，才有可能在某些时刻迎来非理性、无意识的巅峰。如果作家一开始就放弃对创作活动的控制，一味消极地等待灵感的眷顾，那么他很可能会大失所望、一无所获。布勒东宣称任何时刻都会有不自觉的心理活动自发地冒出来，这当然不错，因为正像威廉·詹姆斯和柏格森所揭示的，我们的心理活动是一个绵延的流体，一刻也不会停止流动。问题在于，这些随处涌现的念头都能称得上是艺术吗？这显然是一种无稽之谈，因为果真如此的话，我们每个人只需要把自己每天的梦境记录下来，就都能成为艺术家了。超现实主义者的许多作品都如同梦呓，令人无法索解，其原因就在这里。反观文学史上的成功作品，也极少是完全依赖灵感而产生的，大多数作品都主要是以清醒、自觉的方式创作出来的，而且只有在这种状态下产生的灵感，才能够孕育出成功的艺术形象。进一步来说，通过灵感所产生的思想火花，也必须经由艺术家理智的锻造和打磨，才能汰去非理性的浮渣，结晶出美丽的艺术之花。因此，自动写作终究只是一个迷梦，无意识这匹野马必须由理性这个驭手来扼住缰绳，这让我们怎能不由衷地钦佩柏拉图的不朽智慧呢？

三　直面生存之荒诞：存在主义与西方现代文学

存在主义思想对于西方现代文学有着广泛的影响，存在主义文学自不必说，荒诞派戏剧、黑色幽默小说等也都打着这种思想的烙印。存在主义给予现代文学的启示主要是在内容和主题方面，它在很大程度上决定了现代作家的世界观和人生观，使他们把万物以及人自身的存在看作是荒谬的、无意义的，从而使西方现代文学充溢着浓烈的虚无主义倾向。

从哲学上来看，虚无主义包含本体论和生存论两个内涵。从本体论上来说，存在主义主张世间万物的背后并不存在某种共同的、固定不变的本原和本质，因而万物的存在就都是偶然的和荒谬的。存在主义文学集中凸显了这一主题。萨特的著名小说《厌恶》就是这方面的典型例证。这篇小说的主人公洛根丁总是被一种莫名的厌倦情绪所控制,他所看到的各种事物都让他感到难以遏止的厌恶和恶心。通过漫长的思考之后,他终于醒悟到造成这种厌恶感的根源就是"世界存在着"这一事实:"原来这就是'厌恶',这个明显得令人炫目的东西吗?我费了那么大的劲去找它!我为它写了那么多字!现在我知道了:我存在着——世界存在着,而且我知道世界存在着。这就是全部真相。"① 那么,世界的存在为什么会让"我"感到厌恶呢?归根结底是因为世界的存在是没有理由、毫无意义的:"我们是一堆对我们自己有妨碍的受约束的存在物,我们丝毫没有理由在这里存在,全体都没有理由;每一个存在物在朦胧中和轻微的不安中,都感觉自己对别的存在物说来是多余的。多余的,这就是我能够在这些树木、这些栅栏、这些石子之间建立的唯一关系。"传统思想之所以认为世界的存在是有意义的,是因为其主张万物的存在都有其必然性,如同黑格尔所说:"存在的就是合理的。""我"却认为,任何事物的存在都只是一种偶然现象,所谓必然性是根本不存在的:"而任何必然的东西都不能解释存在;因为偶然性不是一种假象,不是一种可以被人消除的外表;它就是绝对,因而也是完全没有根据的。一切都是没有根据的,这所公园,这座城市和我自己,都是。"如果撇开上下文,我们几乎很难分辨这段文字出自一篇小说还是一

① 以下小说引文均引自《厌恶及其他》,上海译文出版社 1986 年版,现译名为《恶心》。

部哲学著作。从这里可以看出，存在主义文学与其说是存在主义哲学的产物，还不如说是披着文学外衣的存在主义哲学。当然，并非每部存在主义文学作品都可以被看作哲学思想的图解，但这至少可以说明存在主义哲学与文学之间的共生关系。

从生存论上来说，存在主义认为人的生存也是荒谬的、无意义的。如果说本体论主要是哲学家们关注的话题，那么生存论则与文学直接相关，因为文学的核心使命就是刻画人类的生存图景，揭示人类的生存真相。正因如此，西方现代文学的虚无主义倾向主要集中在生存论而不是存在论或本体论上。加缪的《局外人》堪称对这一主题最成功的刻画。如果说萨特的《厌恶》描绘的是人的荒诞感的觉醒过程的话，那么加缪在这篇小说中所描写的则是人在觉察到这一点之后，如何在这个世界上继续生存的问题。小说的主人公默尔索可以说是一个存在主义的"英雄"（从传统意义上来说则是一个不折不扣的反英雄），他在洞察到生存的荒谬性之后，便绝然抛弃了一切传统的价值观念：亲情、友情、爱情，甚至连一向被视为世间最高价值的生命也弃之如遗——他漫不经心地杀死了别人，同样十分坦然地接受了自己的死亡。荒诞派戏剧显然也致力于表现这一主题，贝克特的《等待戈多》中那永远也不会到来的"戈多"显然就是意义和价值的隐喻；尤奈斯库的《秃头歌女》中的那对夫妻面对面却互不相识，无疑是对一切人际关系的否定和嘲弄。黑色幽默小说也可以看作这一思想的直接产物。《大英百科全书》给"黑色幽默"一词所做的解释就是："一种绝望的幽默，力图引出人们的笑声，作为人类对生活中明显的无意义和荒谬的反响。"约瑟夫·海勒的《第二十二条军规》所描绘的就是这样一个荒谬的生存怪圈：二战中的美军轰炸机飞行员如果向医生反映自己因为有心理问题而无法飞行，恰好就被认为说明他能够清醒地把握自己的心理，因而就必须继续冒死执行轰炸任务；在托马斯·品钦的《万有引力之虹》中，德军火箭的落点竟总是美国军官发生性行为的地方。这些悲剧性的事件竟被用作引发读者笑声的笑料，足见作者已经把意义和价值的毁灭看作一件习以为常的事情。

表面上看来，这种生存论观点似乎是从本体论立场推论而来的，因为既然万事万物的存在都是无意义的，那么人的存在自然也不例外。但实际上这两者的关系正好相反：正是由于人类感到自己的生存是荒诞的，因此才推而广之，认为世界的存在也是无意义的。从存在主义思想的演化过程来看，也可以印证我们的这一推断：在其创始人克尔凯郭尔那里，存在主义还只是一种单纯的生存论哲学，所关注的仅仅是人类生存的意义问题。到了 20 世纪的雅斯贝尔斯和海德格尔那里，存在主义才转化为一种存在哲学。但海德格尔也已明确指出，存在论应该以生存论为基础，因此他把自己对人的生存论结构的分析称作"基础存在论"，意即一切存在论的基础和前提。在此之后，法国的存在主义便重新回到了生存论的轨道上来。存在主义思想的这种发展轨迹启示我们，西方现代哲学和文学中的虚无主义倾向有其生存论的根源，它是现代西方人生存实践和生命体验的产物。存在主义之所以高举反本质主义的大旗，是因为本质主义和理性主义是一体两面、不可分割的。按照这种本质主义和理性主义的思维方式，哲学和科学就被认为是把握真理的根本方式，因为这两种精神活动都是借助于抽象的概念和逻辑，以理性的方式来进行的。这种思维方式一方面导致了科学和技术的巨大发展，给人类带来了惊人的物质财富；另一方面却也造成了人类活动对于自然环境和生态平衡的巨大破坏，因为这种思维方式必然把自然置于和人类对立的位置，从而滋长了人类对于自然的一种无限制的征服和索取态度。更为重要的是，科学的发展导致了人们宗教信仰的崩溃，因为随着自然科学的发现，西方的基督教所刻画的那幅世界图景就作为迷信而被否定和抛弃了。而信仰的危机同时也就是道德观念和价值体系的危机，因为科学的发展并没有为人们带来精神上的幸福和解放，反而使人们陷入更为严重的危机之中。存在主义等非理性主义思潮的兴起，在很大程度上就是出于对这种社会危机和思想危机的反思和反拨。受这种思潮的影响，西方现代文学对各种传统观念和价值体系进行了彻底的否定和批判。应该说，这种批判包含着一定的积极意义，但其思想内核却是虚无主义的，需要我们加以批判性的甄别。

四 消解深度与意义：后现代主义与西方现代文学

后现代主义并不是一个单一的思想流派，而是许多思想流派的总称。总体来看，福柯关于权力与话语关系的理论、德里达的解构主义思想、利奥塔对于宏大叙事的批评等，都对当代的西方文学产生了广泛的影响。归结起来，这些影响主要体现在以下几个方面：

第一，从思想内涵方面来看，后现代主义文学基本上是一种没有深度的艺术。传统文学总是致力于建构某种思想深度，其方法是假定在万事万物的背后具有某种普遍和超越之物，认为具体事物是以这种超验的本原为基础的。举例来说，近代作家惯于在作品中设置连贯、完整、严密、逻辑性很强的故事情节，原因就是作家认定事物之间总是存在某种内在的必然联系，也就是假定了普遍之物的存在。所谓典型化理论正是在此基础上才提出的。即便是现代主义文学也常常具有某种深度。按照美国批评家弗里德里克·詹姆逊的看法，现代西方思想中存在着四种深度模式：第一种是辩证法，以表里二分为模式的基础，并对一连串关于意识形态、虚假意识等理念进行解释。第二种是弗洛伊德的精神分析理论，它是以意识的表层和深层之间的分野为模式的基础，并且通过意识的彰显及潜在等种种功能的发挥，提出压抑的说法，以分析心理及文化的诸般现象。第三种阐释模式是存在主义的，它的理论基础乃是建立在真理性与非真理性的二分法上。第四种深度模式则是由 20 世纪 50 年代兴起的符号学所提出来的，它所依赖的理论基础则是由索绪尔提出的能指与所指之间的二元对立。这些深度模式虽然是从西方现代思想中概括出来的，但在西方现代文学中也有不同程度的体现，意识流小说和存在主义文学便是其明证。后现代主义文学则否定了任何普遍和超越之物的存在，因而从根本上消解了世界的深度。美国作家罗伯特·库弗的中篇小说《保姆》就是一个典型的例证。这篇小说被分为 108 个片段，正好是两副扑克牌的数量，这一点并非巧合，而是作者有意为之的，因为作者设置了四条平行的线索，这些线索相互间没有主次之分，时间顺序也相互交叉，前后颠倒，这意味着读者可以随意组合这些片段，按照自己的兴趣进行阅读。这样一来，小说叙事就变成了一种游戏，一切意义和深度都不复存在了。

第二，后现代主义作品中的人物已经不再是主体，而成了一种丧失了主体性的"后现代个体"。在后现代小说中，人物往往缺乏社会目标，因而变得虚无，在世界上随波逐流，漫无目标，在这个世界上，由权威和传统所确立的社会关系也悄然不见了。后现代作家的创作全然抛弃了英雄和英雄人物的冲突，他只能虚构他所生活的世界上那些极度畸形和他那极度飘忽不定的经历之病态。人物形象的这种淡化趋势在现代主义小说中也已经表现得十分明显，然而总体上说来，现代主义作家主要是把注意力从人物的外表和行动转移到了人物的内心世界上。而后现代主义作家则不同，出现在他们笔下的人物往往不仅丧失了行动能力，而且连思想的丰富性和深刻性也一并失去了。其所以如此，是因为在后现代作家看来，主体性的丧失本身就是现代人的一个根本特征。他们认为，近代思想所谈论的那种主体是虚构的，在极端意义上它只是一个建构，一个面具，一个角色，一个牺牲品，它充其量只是一个意识形态的虚构，一个使人怀旧恋昔的肖像。在他们看来，主体只是过去的陈迹，现代性的遗老，自由人道主义的杜撰。更进一步来说，主体甚至只是一个语言学的约定或思考语言的一个效果。主体不是行动、书写或其他表达形式的起源；相反，语言构成并解释了主体和客体。所谓主体或者自我只是一个"在语言中的处境"，一个"话语的效果"而已。反之，当代社会所充斥的则是一些丧失了主体性的"后现代个体"。按照美国批评家波林·罗斯诺的概括，"后现代个体是松散而灵活的、以感觉、情绪和内在化过程为旨归的，……他耽于幻想，喜欢幽默，醉心于欲念文化，向往即时的满足。他偏爱暂时甚于偏爱永恒，他满足于现状，抱着一种得过且过的生活态度。自然随意比刻意追求更令人赏心悦目，后现代个体也迷恋传统，迷恋舶来品、神圣事物、不寻常事物，迷恋地方性时间，而不是一般时间或普遍时间的发生场所。后现代个体关心他们自己的生活、他们的特殊的主观满足和自我发展。他们不太关心老式的忠诚和现代的亲密关系，诸如婚姻、家庭、教会和国家，他们更关注他们自己的需要"①。从这段话可以看出，主体性的丧失乃是后现代社会中普遍存在的现象，因而后现代主义艺术不再把人物作为主体来刻画，就成了一件自然而然的事情了。

第三，后现代主义文学在创作上经常采用拼贴的方法，从而使作品呈现出零散化和碎片化的特点。所谓拼贴就是指艺术家在创作中有意识地使用其他艺术作品中的内容或者技巧，比如作家在文学作品中嵌入他人的话语、广告词、新闻报告、典故、外语、菜单、图画，等等，比如卡尔维诺在《命运交叉的城堡》中就使用了塔罗牌作为作品的重要结构元素。显然，这种做法的前提是作者必须放弃自己的个人风格，使作品呈现出多元化的风格特征。那么，后现代作者何以甘愿付出这种代价呢？显然是因为他们已经放弃了现代主义作家在文体创造方面

---

① ［美］波林·罗斯诺：《后现代主义与社会科学》，张国清译，上海译文出版社1998年版，第77页。

的野心和兴致。现代主义艺术家也常常对其他作品的问题与风格进行模仿或戏拟，比如乔伊斯在他的《尤利西斯》中，就对英国文学史上的各位散文大家的问题风格，以及当时的传媒所使用的各种问题如电报体、新闻体等等，进行了大规模的模仿。不过，这种模仿的背后一般总是包含着明显的反讽意图，即作者总是试图通过模仿来对其模仿对象进行解构和批判。而后现代作家所采用的拼贴则已经丧失了这种批判的意向："拼凑之作绝不会像模仿品那样，在表面抄袭的背后隐藏着别的用心；它既欠缺讥讽原作的冲动，也无取笑他人的意向。"① 就其结果来看，这种做法势必使作品呈现出一种混乱和零散的特征。艺术家之所以任由作品显出这种混乱性而不赋予其以一定的秩序，则是因为在他们看来，世界本身就是如此荒诞、混乱和毫无意义的。当然，现代主义作家也已经敏锐地意识到了这一点，但他们却仍试图通过自己的作品赋予现实以某种秩序和意义，而后现代主义作家则放弃了这种野心，他们已经把世界的荒谬性作为一个客观事实，心平气和地接受下来了。

上述特征足以表明，后现代主义文学是西方现代文学非理性主义倾向发展的极致。一种完全否定意义和深度的艺术显然是无法承担起为人类建设灵魂家园的使命的。正是因此，西方当代文学已经陷入了深重的危机之中。进入 21 世纪以来，关于文学终结的呼声愈演愈烈。当然，优秀的文学作品仍在不断问世，但文学在当今人类生活中的边缘化也已经是一个客观的事

---

① ［美］詹明信：《晚期资本主义的文化逻辑》，张旭东译，生活·读书·新知三联书店 1997 年版，第 453 页。

实。充斥着人们视野的是商业电影、肥皂剧、广告等各种娱乐和消费文化产品，青年一代日渐丧失了应有的精神追求，沉溺于物欲享受和精神刺激之中而无法自拔。长此以往，人类的未来将不容乐观。尽管这种现象的产生是多种原因的结果，然而一个多世纪以来的非理性主义思潮无疑也是难辞其咎的。

第四章 "形式崇拜"与内容和形式关系的倒置

　　波兰美学家塔达基维奇曾说，没有哪一个术语能像"形式"这样经久不衰，没有哪一个术语像"形式"这样具有国际性，也没有哪个术语像"形式"这样内涵模糊。[①] 相应地，"形式"一词的多种对立面也有不同的含义，塔达基维奇列举了五种对艺术理解极为重要的形式类型：（1）各部分的排列（对立面是成分、元素等）；（2）用于表示那种被直接给予感觉的东西（如诗语中的声音，对立面即内容）；（3）对象的范围或轮廓（对立面为质料或材料）；（4）用以表示对象的概念本质（由亚里士多德创造，对立面是事物的偶因，亦即观念性本质形式）；（5）指心灵对感性对象的作用（康德所谓的先验性规范形式）。前三者是美学意义上的形式，后两者是哲学意义上的形式。[②] 在西方，形式"是人们讨论得最多而又作出不同解释的名词之一"[③]。这一

---

① 参见［波］符·塔达基维奇《西方美学概念史》，储朔维译，学苑出版社1990年版，第296页。

② 同上书，第297—298页。

③ ［美］M. H. 艾布拉姆斯：《欧美文学术语汇编》，朱金鹏译，北京大学出版社1990年版，第121页。

概念在西方哲学、美学及文艺学中占有非常重要的地位，无论是古希腊柏拉图的"理式"说、亚里士多德的"形式—质料"说，还是中世纪神学中的上帝的"秩序"，无论是浪漫主义、唯美主义的"有机体"，还是现代主义艺术中的"抽象"与"变形"，无论是俄国形式主义的"手法"还是结构主义的"结构"，绵延数千年的西方文艺理论的发展历程都同这一概念有着千丝万缕的联系，说它是构成西方文学理论体系的基石之一恐怕一点也不为过。单就文学理论这一学科而言，"形式"这一概念的一般性含义指的是可以从文学作品中抽象出来的、同内容暂时分离的某种语言结构组织、表达方式、艺术手法、构成原则或规范，等等。其特殊含义主要有两方面：一是形式即本体，特指视形式为艺术之根本及最高价值指向的以俄国形式主义为突出代表的形式主义文论中的特殊内涵。二是视形式为功能，将形式看作内容与形式之间的一种特殊的功能——形式能派生意义或赋予内容以秩序。比如，法兰克福学派的西奥多·阿多诺认为："形式的作用就像一块磁铁，它通过赋予各种现实生活因素以一定秩序，把它们同外在于审美的存在间离开来。但正是通过这种间离化（陌生化），它们的外在于审美的本质才能为艺术所占有。"① 无论是哪种内涵，或者西方的内容决定形式论、形式至上论、形式消灭内容论、内容与形式相互征服论等各种理论反复地以何种方式进行相互争论，抑或是从"内容—形式"模型（即认为形式只是现象，是由作品的内容

---

① ［德］西奥多·阿多诺：《美学理论》，王柯平译，四川人民出版社1998年版，第388页。

所决定的)到"质料—形式"模型(即认为艺术作品是形式与质料的统一体,形式乃是作品的本体)的思考向路与思考模式如何转化①,"形式"这一词从来未曾脱离内容而独立呈现在西方文学理论的发展中,或者独立显现在理论争论中。事实上,这一概念在其自我运动或当它以"主义"的面目呈现在各种理论中时,它本身所包含的意识形态性也许较其作为一个纯粹文艺学学科概念的含义要复杂得多。对形式主义文论的发展历程及其不断走向自我终结的总体态势的清理与分析,将有助于我们更好地认识其理论实质,更好地处理形式与内容之间的辩证关系。

第一节 形式主义文论的发展及其困境

通常意义上的形式主义文论指的是自唯美主义、象征主义,中经俄国形式主义、英美新批评、符号学、结构主义叙事学甚至到后结构主义文论的有着浓厚的形式崇拜情结或鲜明的重形式轻内容倾向的一派文论,其巅峰时期在20世纪二十年代至五六十年代。

俄国形式主义者的智力激情、概念冲动以及想象力的炽热同他们所处的时代并非毫无关系——他们中相当多的人为之论争、战斗将近20世纪前三分之一时间的形式主义事业同当时的革命倾向之间其实有着密切的关系,但是他们总体上却选择了一条特殊的理论路径———一切从形式出发。为先锋艺术所作的

---

① 参见苏宏斌《形式何以成为本体》一文,《学术研究》2010年第10期。

努力辩护使得他们把目光聚焦于艺术形式（"手法""程序"等），而对俄国文学进程的重新解释的迫切尝试，则使得他们认为，"从方法学的角度看，脱离每个体系的内在规律来考虑各种体系的类比，是一种有害的做法"①。这条特殊路径所取得的研究实绩也颇为可观，比如"摈弃陈旧的图表方法以及采用基于运用科学器具对口头背诵的分析的种种方法"② 进一步"恢复了人们对作为韵律结构的核心事实的韵律模式与言语节奏之间冲突作用的意识"③；"聪明地回避了有机体理念的生物学含义"④； "将语言学与语义学的必要冲突还原于韵律"⑤；"克服了昔日关于形式与内容的二分论"⑥；还有诸如："在关于音声模式、韵律，以及作文形式的缜密分析中所作的诸多技巧上的精微区别"；"令人瞩目地概括了不同的话语风格的特性"；"在寓言与情节或者他们所谓的主题之间所作的鲜明而有成果

---

① 雅各布森与梯尼亚诺夫指出："揭示文学史（或语言史）的内在规律，可以使我们确定各种文学体系（或语言学体系）实际替代的特点，但是并不能解释演变的速度，也不可能解释当演变面临几种理论上可能的演变途径时，究竟选择哪个方向。文学（或语言学）演变的内在规律只能给我们提供一个不定的方程式，这个方程式可能有好几种解法，当然其数量是有限的，但不一定只有唯一的解法。如果不分析文学系列和其他社会系列的类比，就不可能解决方向或至少是主要因素的具体选择问题。这种类比（体系的体系）有它特有的规律，我们应加以研究。从方法学的角度看，脱离每个体系的内在规律来考虑各种体系的类比，是一种有害的做法。"［俄］雅各布森、梯尼亚诺夫：《文学和语言学的研究问题》，见茨维坦·托多罗夫《俄苏形式主义文论选》，蔡鸿滨译，中国社会科学出版社 1989 年版，第118 页。

② ［美］雷纳·韦勒克：《近代文学批评史》第 7 卷，杨自伍译，上海译文出版社 2006 年版，第 536 页。

③ 同上。

④ 同上书，第 535 页。

⑤ 同上书，第 536 页。

⑥ 同上书，第 540 页。

的区别","在反思文体变化给人的感受时缜密地重视滑稽模仿的手法"①，等等。客观地看，俄国形式主义者的文学研究具有方法论上的合理性，他们的独特主张"便是顽强地坚持内在文学性，以及固执地拒绝脱离'文学事实'而转向其他的理论形式。因此，不论他们的系统思维的最终价值如何，文学批评只能从他们的起点开始，马克思主义对他们的最有条理性的抨击（如托洛茨基与布哈林对他们的指责）也从未否认过他们在起始时这种方法论上的正确性"②。但是，俄国形式主义者基于诗学类同于语言学的观念，把诗学建立在对语音、韵律、词法、句法与词义等纯粹形式的探讨上，一方面混淆了语言学与诗学之间的学科界限，另一方面又把复杂的文学创作问题化约为简单的语言问题。他们强调形式消灭内容，或将内容归结为形式，用材料、程序、风格等关键词构筑了其形式理论的最为简括的基本的概念系统，一方面启发着人们更加自觉地研究文学中的形式结构，另一方面又试图通过拒绝一切传记的、心理的和社会学的方法去创建一种倾全力于诗歌内部演变历史的诗学，结果在完成了文学形式自律的同时走向了技术自律。20世纪20年代他们同苏联马克思主义之间长达十年的论争，从表面结果来看，是苏联马克思主义者的政治化批判使之最终走向衰落并消亡，但实际上使其走向自我终结的却是其理论基础的脆弱和理论体系之间内在的矛盾，这一点我们从俄国形式主义最重要

① ［美］雷纳·韦勒克：《近代文学批评史》第7卷，杨自伍译，上海译文出版社2006年版，第540页。

② ［美］弗雷德里克·詹姆逊：《语言的牢笼》，钱佼汝译，百花洲文艺出版社1997年版，第34页。

的理论代表之一什克洛夫斯基于 1982 年所写的与其 20 年代的书同名的《散文理论》中就可以明确地知道。在同样论题的论述中，他改变了当年的纯形式主义观点，将社会历史纳入了文学批评的体系中，接受了社会历史对文学作品存在着影响的观点，认为文学批评需要了解时代、斗争与革命。对于俄国形式主义，巴赫金曾辩证地指出："形式主义总的说来起过有益的作用。它把文学科学的极其重要的问题提上日程，而且提得十分尖锐，以至于现在无法回避和忽视它们。"就这一点而言，"马克思主义科学也应感谢形式主义者，感谢他们的理论能够成为严肃批判的对象，而马克思主义文艺学的基础能在批判过程中得到阐明，变得更加坚实"①。

作为涵盖了众多分歧及内在差别的"新批评"派，他们所取得的成绩与所招致的批评几乎同样多。它为在被科学统治着的世界里的诗歌提供了很多重要且合理的辩护，但又未能成功超越其狭隘的形式主义范围并摆脱逐步僵化的危机。新批评的出现显然同人们对当时批评现状的普遍不满有着密切的关系，那些印象主义的含糊批评、浪漫主义的多愁善感的鉴赏、纯粹新闻式的批评以及死板的文学道德观评价等正是新批评的战斗目标。他们以"细读"法为基础建立了一种以详细研究文学作品语义、句法、韵律等方面之内在结构为主要任务的批评分析方法。这种主要适合于短小文学作品的微观分析，笃信通过

---

① ［俄］米哈伊尔·巴赫金（署名梅德维杰夫）：《文艺学中的形式主义方法》，见《巴赫金全集》第 2 卷《周边集》，李辉凡等译，河北教育出版社 1998 年版，第 343 页。

"细读"的方法可以揭示出作品的所有中肯成分以及由此产生的总体结构。虽然不像俄国形式主义者那样极端地否定内容而抬高形式，而是部分地肯定了形式与内容之间的内在关联，但从实质上讲它仍是在形式分析的基础上进行语义分析。作为新批评派理论代言人的韦勒克为新批评曾经的战斗经历及其所取得的成绩作了如下辩护：

> 新批评派已经阐述或者说重申了未来的年代将不得不回归的许多基本道理：审美过程相互作用的特殊性质，一部艺术作品形成一个结构、一个统一体、条理连贯、一个整体的规范展现，它是无法简单地任人肆意攻击的，而且相对而言脱离它的渊源和效果而存在的。新批评派也以理服人地描述了文学的功能不是在于提供抽象的知识或信息、寓意启示或明白阐述的思想体系，他们发明了一套解释技巧，成功之处往往在于偏重阐明作者意在言外的态度见解，解决的或未解决的张力和矛盾，而非阐明一首诗的形式：这种技巧所产生的一个判断标准是不能因为对目前通俗的、情感的和简单的标准爱好而随意摈弃的。精英主义的罪名回避不了新批评派所维护的质量和价值。裁决艺术的优劣始终是批评回避不了的职责。倘若屈从于中立的科学主义和超然的相对主义，或者听任由于政治灌输而要求的强加于人的外来规范，人文科学就会放弃其在社会上的功能。①

---

① ［美］雷纳·韦勒克：《近代文学批评史》第6卷，杨自伍译，上海译文出版社2005年版，第264页。

韦勒克本人也十分赞同"文学研究的合情合理的出发点是解释和分析作品本身"①，并基于这一出发点确立了文学研究方法的"内部研究"与"外部研究"的区分，将前者看成文学研究的正宗，但新批评在"内部研究"或者基于形式分析所进行的语义分析方面所取得的令人瞩目的成绩并不能也最终没有改变其衰落的命运，它用文本自足论切断了文学与现实、作家、读者的一切联系，把文学批评变成象牙塔中的唯美主义的、形式主义的评判，从一开始就在文学研究方法与研究原则上陷入了形而上学的泥潭。新批评的理论及其批评历程最终给人的启迪是极其悖论的，就像美国学者古尔灵所说，新批评一度使我们离开了批评的"主流"，"有了新批评家给予我们的分析工具，就应该回到那个'主流'中去了，这就是说，我们不应该再坚持文学的独立性，而是要恢复文学跟生活和思想的联系"②。

作为连接俄国形式主义与法国结构主义的桥梁，布拉格学派同俄国形式主义之间既有思想理念上的对接，也有方法论上的超越。比如，相比"特征论者"什克洛夫斯基潜心于文学自律性的探索，"功能论者"穆卡洛夫斯基则试图寻找文学自律性与他律性之间的互动机制，并力图超越严谨的风格和语义的分析而走向一种一般的美学理论。布拉格学派在索绪尔语言学

① ［美］雷·韦勒克、奥·沃伦：《文学理论》，刘象愚译，生活·读书·新知三联书店 1984 年版，第 145 页。
② ［美］威尔弗雷德·L·古尔灵等：《文学批评方法手册》，姚锦清等译，春风文艺出版社 1988 年版，第 162 页。

基础上，以"功能"和"结构"为两个基本点，构建了自己的理论体系，并启发了后来的法国结构主义者。应用与化约构成了布拉格学派的重要学术风格，就应用而言，布拉格学派把索绪尔的共时性语言学研究应用到文学研究中，对文学语言的表现功能与日常生活实用语言的指称功能作了区分，一定程度上使得其诗歌研究变成了语言学研究。就化约而言，则是从单位类比的研究入手深入到词语或语法意义的区分并进而达到对语言结构体系或文学作品结构的把握。在他们看来，"文字艺术提供了意群方面的动机化符号的典范。由于审美功能对言语的改造，……那么诗歌指称的意义不再归功于外部环境，而归功于陈述活动的内在组织"①。因此，对文学文本中的音位、形态和句法的对应系列以及存在于符号之间的等级关联现象进行结构性的化约就成了他们诗学研究的主要任务。如果说新批评对文学演化问题毫无兴趣的话，布拉格学派则普遍持有批评相对主义姿态并对批评判断本身缺乏兴趣，而他们的相同之处则在于"全神贯注于艺术作品的实际文本以及对作品的缜密分析"；"对待文学研究中的生平传略和心理活动的方法持有怀疑"，并同样"致力于文学理论与语义学的联系"②。布拉格学派的这些形式研究方面的成就并不能掩盖它的理论缺陷——对内容与形式关系的误判或认识模糊。比如，构成雅各布森理论体系支柱的"信息"一词，就是含混不清的，有时似乎与"意义"等

---

① ［法］让·贝西埃等主编：《诗学史》，史忠义译，百花文艺出版社2002年版，第755页。

② ［美］雷纳·韦勒克：《近代文学批评史》第7卷，杨自伍译，上海译文出版社2006年版，第674页。

同，有时则又与"语言形式"相仿，而他对笔头和口头交际之间区别的忽略，同样是由于不能正确处理语言的共时性与历时性的关系造成的。

结构主义也许从来没有想到，它想解决混乱，却可能造成更大的混乱。法国结构主义和俄国形式主义的理论基础都源于索绪尔提出的语言和言语、共时与历时这一根本性区分。与俄国形式主义者更侧重如何以整个文学系统（语言）为背景去凸显或区别性地看待每一部艺术作品（言语）不同的是，结构主义者"将作为语言的部分表现形式的个别单位重新融入语言，以描述整个符号系统的结构为己任"①。相比俄国形式主义者，法国结构主义把文学当作一种符号体系来研究，展示的是把文本放进逻辑推论中去的一种努力。尽管新批评和结构主义都关注文本，它们之间也仍然存在着很大的差异。新批评关注的是文本的细读，注重的是意义的阐述及艺术形式分析，通常情况下排斥理论的指导作用，而理论在结构主义批评中却发挥着核心作用。同新批评派一样，结构主义也主张并力求回到文本上来，不过，他们认为，如果没有一个方法论上的模式或者一种使人能够得以辨认结构的理论就不可能有什么结构。因此，结构主义试图建立总的诗学理论，它关注的中心不是独特的个人作品，而是从个人作品中可以分离出的文学的一般特征。在他们看来，"不仅一切语言，而且一切指示系统都具有同一种语法。这语法之所以带有普遍性，不仅因为它决定着世上一切语

---

① ［美］弗雷德里克·詹姆逊：《语言的牢笼》，钱佼汝译，百花洲文艺出版社 1997 年版，第 83 页。

言，而且因为它和世界本身的结构是相同的"①。不可否认，结构主义提出了一些较为合理的看法：比如：他们看到了文本意义的变化有可能取决于某个同一性的概念或其结构，"因为只能是今天有了产生意义的程式，这才有可能谈得上它们明天会发生变化，而且，我们觉得意义有发生变化的可能性，其本身也恰恰说明了存在着值得研究的人际间的象征系统"②。其次，他们向那种将文学阐释能力作为文学研究的唯一对象的极端看法提出了合理的挑战。毕竟，如果"我们承认阐释的差别，恰恰是因为我们把见解一致视为在共同的阅读程式基础之上进行交流的自然结果"③。再次，他们在揭示而不是掩盖符号的本质并将其去魅这一方面的努力也是值得肯定的，比如罗兰·巴特在《神话学》中对资产阶级意识形态符号的大胆揭露与辛辣批判。但是正如弗雷德里克·詹姆逊所指出的那样，"结构主义文学批评的最显著的特征恰恰在于从形式到内容的一种转变。在这种转变中，结构主义者研究的形式（故事的结构犹如句子，犹如说话）成了有关内容的说法：文学作品谈的是语言，把语言的作用作为其基本主题"④。也就是说，结构主义文学批评同俄国形式主义者、英美新批评家一样，强调了对一切内容的排斥，只不过，俄国形式主义批评"将作品的形成看作自己

---

① ［法］茨维坦·托多罗夫：《〈十日谈〉的语法》，瞿铁鹏译，转引自特伦斯·霍克斯《结构主义和符号学》，上海译文出版社 1987 年版，第 97 页。

② ［美］乔纳森·卡勒：《结构主义诗学》，盛宁译，中国社会科学出版社 1991 年版，第 369 页。

③ 同上书，第 374 页。

④ ［美］弗雷德里克·詹姆逊：《语言的牢笼》，钱佼汝译，百花洲文艺出版社 1997 年版，第 166—167 页。

最根本的内容，而现在结构主义者又把一部作品的内容视为语言本身"①，并且还带有把自我或者主体当作实体的独有的谬误。这种谬误所导致的批评困境在巴尔特那里可以清楚看到，结构主义的"主体之死"让他在不停地使法语变得有血有肉、鲜活精致并不断衍生新的意义的同时，他已经从直接的社会批判退却到语义学的游戏中了。这种谬误隐藏的致命缺陷就是："不在意识到它所涉及的对象的同时也给某种起码的自我意识留有余地"，"不在认识它应当认识的事物的同时不对认识自己做出某种基本解释"，于是，"它必定落到画了自己的眼睛还不知道的下场"②。至于结构主义极端排斥的意识形态，非常不幸地，我们恰恰非常强烈地感受到了——它试图将所有学科统一到一个全新的信仰系统之内。

总的来看，形式主义文学理论的整个发展有三个重要的阶段，即作为其真正开端的俄国形式主义，然后是英美新批评，紧接着是符号学与结构主义。如果我们把塔达基维奇关于形式的五种分类进行整合的话，可以发现这三个重要阶段各有其侧重点。俄国形式主义侧重的是文学的表层形式或作品的外在感性风貌；英美新批评侧重的是文学作品的次深层形式，即文本内部各部分的组合原则；符号学或结构主义侧重的是文学作品的最深层形式，即文学现象中的内在结构、先在系统或先天规范（如福柯所言："那种深深浸透我们，那

---

① ［美］弗雷德里克·詹姆逊：《语言的牢笼》，钱佼汝译，白花洲文艺出版社1997年版，第168页。
② 同上书，第174页。

种在我们之前就已存在，那种把我们在时空中凝成一体的东西，的确就是系统。"①）这种由感性到理性、由外到内的逐渐深化的形式考量充分反映出形式主义文论中各派在侧重点上的不同、理论发展的整体性以及影响的连续性。当然，在这一发展过程中，形式主义文论内部也存在着分歧或矛盾。比如，什克洛夫斯基对结构主义不问实质只看表面相似的分类法的批评；坚持英美新批评立场的乔纳森·卡勒对结构主义文学观的尖锐批评；相较于质疑者，韦勒克对布拉格学派和结构主义的内在统一性关系的反复阐述，以及托多罗夫对结构主义文学观的释义与结构、结构与文学史、结构与审美的关系的修正与自我辩解，等等。形式主义文论还展示出人文科学中两种主要研究倾向的对立在其中的并行不悖：即注重基本共性、相似性、亲缘关系的结构模式、整体模式或普遍有效性的研究（在符号学或结构主义中表现最为突出），以及那种注重"排他性"的"差异论者"如俄国形式主义或英美新批评的文学批评实践。这其中的批评、坚守、维护或辩解，或者研究倾向的各行其是，都展现出形式主义文学理论的"内在运动"中的生动而丰富的图景。我们当然也可以说，形式主义文论在一定程度上促成了批评思想的"现代性转型"，因为，从古希腊到20世纪的西方文学理论的发展历程中，无论是强调世界的"模仿说"，或者注重对读者的影响的"实用说"，还是以作者为中心的"表现说"，都没有真正触及文学作品本身，正是形式主义文论所揭

---

① M. 福柯与M. 莎坡萨尔的晤谈，见［比］J. M. 布洛克曼《结构主义》，商务印书馆1986年版，第13页。

冀的"客观说"（立足于作品及其形式本身）促成了这一根本性的转变。形式主义的全部努力所在就是要想为艺术争取一个真正属于其自己的东西。然而它的洞见与盲视、合理性与局限性、历史贡献与自身悖论也全都在此。因为，"如果他们坚持认为审美情感必须是独立于任何外在的东西的，他们就无法解释它的意味或快乐来自何方，假如他们能够成功地解释我们欣赏艺术时的快乐和趣味的本质，他们又只能从艺术之外的源泉中寻找理由和证据"①。这也就是说，形式主义文论的理论逻辑动力中包含着一个与其理论初衷相分离的悖论，"即以文学'外在'形式为基点又带着十分强健的'内在'要求，它追寻文学'内部'研究又无法离开'外部'世界。这使它在走向理论完备状态即获得更为'科学'的理论依据与完整体系之时必然走向自我终结"②。正是这种悖论使得它从一个显而易见的前提出发，最后却得到一个十分困惑的结果。

第二节　形式主义文论的内在矛盾

　　形式主义文论最终走向自我解构和衰落的根本原因在于它自身充满了一系列的内在矛盾，这些矛盾很多都反映在文学创作或文学理论的根本性问题上，并且往往以僵硬的二元对立思维方式或者理论表述形态展现出来。大致来讲，就是：在文学

---

　　① ［美］G. 布洛克：《美学新解》，滕守尧译，辽宁人民出版社1987年版，第216页。

　　② 张永刚：《形式主义文论的发展及自我终结》，《文艺理论研究》2009年第3期。

文本的符号构成问题上，形式主义文论割裂了能指与所指之间的有机联系，将二者硬性对立起来，重视前者而忽略后者。在文学文本的本体构成方面，它倒置了文学文本的内容与形式之间的关系，将形式绝对化为文学的本体，否定了内容与形式之间的辩证关系。在文学文本的语言特征问题上，它将语言的自指性与他指性对立起来，突出文学语言的特殊性而否定其作为语言的共性特征。在关于文学的生成问题上，它将文本放大到绝对核心的地位，斩断了文本同外部现实世界、创作者以及接受者之间的有机联系，将世界—作家—文本—读者这一文学生成的有机整体环节硬性割裂，将文学生成的外因与内因对立起来。在文学批评方法上，只重视对文本的形式性因素或文学文本的"文学性"作解剖式的描述，而摒弃了对文学文本作必要的价值判断，将描述与判断对立起来。在文学批评的性质上，它追求所谓的绝对客观性、科学性，完全否认批评家在文学批评中的个体创造性，用纯粹客观性取消批评主体的能动性，造成了客观性与主观性的对立。

一 符号构成：能指与所指的对立

文学是一种语言符号艺术。理解文学与研究文学不可能不从语言符号及其特性入手。对语言符号构成的基本认识往往决定了我们对文学基本性质及其特征的认知。20 世纪以来的西方形式主义文学理论，无论是俄国形式主义、英美新批评、布拉格学派还是法国结构主义，在有关语言符号构成问题上，都不同程度地接受了索绪尔的语言学思想。索绪尔的结构主义语言学抛弃了传统的词与物是一种对应关系的思想，而将语言符号看作是能指和所指之间的一种任意联结关系。索绪尔在《普通语言学教程》中将这种关系定性为一种差异性关系而非同一性关系，也就是说，"如果价值的概念部分只是由于它与语言中其他要素的关系和差异构成，那么对它的物质部分同样也可以这样说。在词里，重要的不是声音本身，而是使这个词区别于其他一切词的声音上的差别"[1]。在索绪尔看来，"语言中只有差别。此外，差别一般要有积极的要素才能在这些要素间建立，但是在语言里却只有没有积极要素的差别。就拿所指和能指来说，语言不可能有先于语言系统而存在的观念或声音，而只有由这系统发出的概念差别和声音差别"[2]。在《普通语言学教程》中，索绪尔基于言语和语言、所指和能指、历时性和共时性、联想关系和句段关系等二元对立区分原则，建立起了一个用来说明意义如何在二元对立的词语系列中产生的结构主义分析系统。虽然"指涉性被置于记号与指涉物的关系之中"，索绪尔也并没有赋予能指对所指的优先权，但他"以其内心固有的取向，严格制定自己的方案，避免谈及下列两个命题之间的相互关系：'根据一个命题，语言是一个记号系统；根据另一个命题，语言是一个社会事实（fait social）。'他把自己的语言学封闭在有限的语码研究之内，因此也把语言与其得以安身立命的环境割裂了开来"[3]。他的这种将语言看作一种自我封闭系

---

① ［瑞士］费尔迪南·德·索绪尔：《普通语言学教程》，高明凯译，商务印书馆1980年版，第164页。

② 同上书，第167页。

③ ［法］弗朗索瓦·多斯：《从结构到解构——法国20世纪思想主潮》上，季广茂译，中央编译出版社2004年版，第66页。

统的理论模式,以及将语言同外部环境隔离开来的做法,对西方现代以来的形式主义文学理论产生了深刻影响。从正面影响来看,这种将差异性视为意义之基础的看法为理解语言符号意义的多重性、多义性提供了可能,也为从语言学层面拓展文学文本的阐释空间提供了可能。从负面影响来看,形式主义文论专注于能指,忽视甚至否认了能指之外的任何所指(如存在于文学文本之外的人物事件等),他们"'结构'地观察文学文本,悬置对于所指物的注意而考察符号自身"①,由此陷入将能指与所指截然对立起来的困境。在此,我们不妨以形式主义文论的理论阐述或具体的批评实践为例进行深入的剖析。

俄国形式主义者对能指的重视突出体现在他们的"词语的复活"(resurrection of word)这一著名口号中。"词语的复活"是维克托·什克洛夫斯基的同名理论小册子,更是形式主义者凸显能指放逐所指的激情式定义。"词语的复活"的基本方法就是陌生化,而经过陌生化处理后的文学语言,同语言的一般意义及其社会功能相分离,成为只有能指功能的自我指涉的语言形式。按照巴赫金的说法,形式主义者"把词语的复活不仅理解为摆脱词语的一切着重强调的意义和任何象征意义,而且,特别是在早期,几乎全部取消词语的意识形态意义本身。对形式主义者来说,词就是词,首先和主要是它的音响的经验的物质性和具体性"②。在

---

① 〔英〕特雷·伊格尔顿:《二十世纪西方文学理论》,伍晓明译,陕西师范大学出版社1987年版,第107页。

② 〔俄〕米哈伊·巴赫金(署名梅德维杰夫):《文艺学中的形式主义方法》,见《巴赫金全集》第2卷《周边集》,李辉凡等译,河北教育出版社1998年版,第185页。

俄国形式主义者那里，"无意义词语"（эаутный язык）这一
概念还"最充分地表达了形式主义者的艺术的（未来主义的）
意向和理论目的"，即便是对于后来的形式主义者而言，它也
"仍然是任何艺术结构力求达到的理想境界的表现"①。可以
说，这一概念充分体现了俄国形式主义者对文学这种语言符号
产品中能指与所指关系的基本看法，即文学文本特别是诗歌是
以无意义词语为目的的。维克托·什克洛夫斯基在《论诗歌和
无意义语言》、罗曼·雅各布森在《现代俄罗斯诗歌》、艾亨
鲍姆在《文学与电影》、列夫·雅库宾斯基在《论语音》等论
著中，都举了大量的例证说明文学语言具有非指涉性亦即自我
指涉的特征——诗歌阅读与欣赏的快感主要来自于其语音（能
指）而非其意蕴（所指）。比如，维克托·什克洛夫斯基在反
驳波捷勃尼亚时就说："诗歌语言区别于散文语言是由其结构
的感觉特点决定的。人们可以感觉声音的方面，或是发音的方
面，或是语义的方面。有时，可以感觉的不是词语的结构，而
是词语的组合、词语的搭配。"② 对于一个符号是否具有确切
所指，梯尼亚诺夫作了直接的否定："词没有一个确定的意
义。它是变色龙，其中每一次所产生的不仅是不同的意味，而
且有时是不同的光泽。"③ 在形式主义者看来，艺术活动并不

① ［俄］米哈伊·巴赫金（署名梅德维杰夫）：《文艺学中的形式主义方法》，
见《巴赫金全集》第 2 卷《周边集》，李辉凡等译，河北教育出版社 1998 年版，第
248 页。
② ［俄］维克托·什克洛夫斯基：《波捷勃尼亚》，转引自鲍·艾亨鲍姆
《"形式方法"的理论》，［法］茨维坦·托多罗夫编选：《俄苏形式主义义论选》，
蔡鸿滨译，中国社会科学出版社 1989 年版，第 31 页。
③ ［俄］尤里·梯尼亚诺夫：《诗歌中词的意义》，见《俄国形式主义文论
选》，方珊等译，生活·读书·新知三联书店 1989 年版，第 41 页。

与固定的"意义"或所指相联系，而是体现在"无意义"以及形式作为目的本身的创造中，"无意义"才是艺术的有机的催化剂。

在结构主义那里，意义即所指被降格为结构或符号的功能，有赖于文本的深层结构或能指系统而生成。在列维—斯特劳斯看来，一个文本的意义并不在于它所指涉的某种东西或实际内容，而存在于不同语言及其不同层次的能指关系系统中。在罗兰·巴特的写作美学中，创新性的具体表现是"不再把写作承担的义务置于内容之中，而是置于形式之上。语言成了最终因素"①。在 A. J. 格雷马斯那里，意义来自编码转换，意义的产生不过是从语言的一个层次到另一个层次的变换过程，或者从一种语言形式到另一种语言形式的变换过程，并且，"所有涉及主体的对话标记和对话形式（如第一人称代词和第二人称代词），都剔除得干干净净"，更甚者，为了确保能指的纯洁，"他只留下第三人称代词，以进行规范的阐释。为了统一的现在时（present uniform）的缘故，他还剔除了所有对时间的指涉，以对文本进行规范化处理"②。这样的符号观念主导下所形成的文学观念就必然将能指看作是艺术创作的核心，其艺术作品也就"必然是（正如雅各布森指出的）由没有所指的能指构成的"，而对于欣赏者而言，其注意力也"应当集中在能指，而不应当听凭我们的自然冲动越过能指转到能指所暗示的

---

① ［法］弗朗索瓦·多斯：《从结构到解构——法国 20 世纪思想主潮》上，季广茂译，中央编译出版社 2004 年版，第 97 页。
② 同上书，第 286—287 页。

所指"①。最终得出的结论便是："我们并不是先有意义或经验，然后再着手为之穿上语词；我们能够拥有意义和经验仅仅是因为我们拥有一种语言以容纳经验。"② 换言之，意义其实是被符号的能指创造出来的。结构主义这种强调能指、强调系统的内在性的做法就像美国学者弗雷德里克·詹姆逊所说，"尽管所有的结构主义者包括列维·斯特劳斯及其自然的认识，巴尔特及其对社会和思想问题的关心，阿尔杜塞及其历史意识，都承认在符号系统本身之外有一种最基本的存在；这种存在，不管它是否可以被认识，都起着符号系统的最后参照物的作用"，但是他们却坚持用类似胡塞尔在现象学中存而不论的"悬置"方法，拒绝指涉物的介入，其内在致命的学理矛盾就在于"它的有关符号的概念不允许我们对它外面的现实世界进行任何研究"③。对于这一点，英国学者伊格尔顿也作了一针见血的批评："尽管结构主义与现象学的核心方法不同，它们却都源于这样一种具有讽刺意义的行为：为了更好地阐明我们对于世界的意识，却把物质世界关在门外"；如果说结构主义试图避免某些人文主义的谬误，它这样做的结果却又让它"落入一个相反的圈套，即或多或少地废除了人类主体"④。事实上，形式主义批评家们自己也看到，基于能指系统的所谓纯共时分析在实

① ［英］特伦斯·霍克斯：《结构主义和符号学》，瞿铁鹏译，上海译文出版社1987年版，第115页。

② ［英］特雷·伊格尔顿：《二十世纪西方文学理论》，伍晓明译，陕西师范大学出版社1987年版，第68页。

③ ［美］弗雷德里克·詹姆逊：《语言的牢笼》，钱佼汝译，百花洲文艺出版社1997年版，第6页。

④ ［英］特雷·伊格尔顿：《二十世纪西方文学理论》，伍晓明译，陕西师范大学出版社1987年版，第133页。

践中也只是一种幻想而已，因为"每个共时性体系都包括了它的过去和未来，这两者是体系中不可分离的结构因素"①。

在符号构成问题上，虽然索绪尔认为能指与所指是一种任意的差别性关系，但他也同时提醒不能过分强调这种关系的任意性，因为"能指对它所表示的观念来说，看来是自由选择的，相反，对使用它的语言社会来说，却不是自由的，而是强制的"②。可惜的是形式主义者恰恰忘记了这一点，把能指无限制地放大。这种认为意义产生于差异和区分而非聚合之中的看法，虽然一定程度上为文学文本阐释的多样性、多义性提供了可能，却造成了更为严重的后果。因为任意性这一概念进入文学批评中，确实对传统文学批评那种力图追索文本"真意"的习惯做法提出了挑战，并为寻找产生于差异之中的意义，以及一种开放性的批评实践的可能提供了理论帮助，但是其过分强调任意性事实上又为批评的随心所欲敞开了大门。比如在雅克·拉康的精神分析中，他"声称发现了这一表现（指能指的感性在场和所指的感性缺席这一现象——注者注）在符指（signification）上的不平等关系"，"一边大力削弱所指的作用，一边大力强化能指的作用"③，通过能指对无意识进行的修辞分析，把能指变成了完全与所指脱节的所谓自由的"滑落的所

① ［俄］尤里·梯尼亚诺夫、雅各布森：《文学与语言研究中的问题》，见［法］茨维坦·托多罗夫编选《俄苏形式主义文论选》，蔡鸿滨译，中国社会科学出版社1989年版，第117页。
② ［瑞士］费尔迪南·德·索绪尔：《普通语言学教程》，高明凯译，商务印书馆1980年版，第107页。
③ ［法］弗朗索瓦·多斯：《从结构到解构——法国20世纪思想主潮》上，季广茂译，中央编译出版社2004年版，第65页。

指"或"漂浮的能指"。其结果是,"符号和了无定项的符号系统之变幻无常的性质,给予我们'惯例的踪迹'这样一个似是而非的概念,这是一个向无限指涉的结构,其间唯见踪迹——先于它们可能成其为踪迹的任何实体的踪迹"①。而这一点,在解构主义文论表现得尤为突出。在这里我们不妨以德里达等人关于文本的写作理论、意义理论以及阅读理论为例进行分析。

德里达通过进一步放大索绪尔所说的能指与所指之间的差异性、任意性,从符号的空间上的区分与时间上的延搁的特征对符号意义的"播撒性"和"踪迹"化进行了全面论述,进而从语言形式本身彻底否认了语言表达思想的任何可能性。结果,写作在"踪迹"的无限分延中成了一种游戏活动,写作的产品——文本同作者本身也永远处于疏离之中。在后期巴尔特那里,所谓文本乃是写作者展开能指游戏、文字游戏的一种"生产力"。除了游戏,写作本身并不言说什么,它只是一种目的,一种激情,甚至一种自恋行为。② 在福柯那里,"写作就像一场游戏一样,不断超越自己的规则又违反它的界限并展示自身"③。写作本身就是一切,作者在写作中不能降服能指的狂暴,毫无主体性可言,降格为一个"死者的角色",艺术创造活动也不过任意的能指游戏而已。由于"任何一种文本都是一种互文……任何文本都是过去的引文的重新组织"④,因此,文

---

① [美]乔纳森·卡勒:《论解构》,陆扬译,中国社会科学出版社1998年版,第85页。

② 参见黄念然《论接受美学的本文观》,《广西社会科学》1994年第2期。

③ [法]米歇尔·福科:《什么是作者》,转引自王逢振编《最新西方文论选》,漓江出版社1991年版,第288页。

④ [法]罗兰·巴特:《文本理论》,《上海文论》1987年第5期。

本的意义总是处于支离破碎中，终极意义的求解只是一种虚无缥缈的活动，文本本身也因这种支离破碎而成为"话语嬉戏的领域"①，文学艺术作品的审美内涵、审美价值以及相关的审美判断当然也就无从谈起。至于阅读，读者可以竭力想象出"每个文本在空间播撒和在时间中展开的普遍情境"②。阅读或批评就是以自己的语言尽可能全面地覆盖文本，甚至，读者可以在语言的"闺房"中尽情享受能指的挑逗与撩拨，在文本充满活力的语言欢舞中粉碎自我从而获得一种类似性高潮那样的快乐。③

　　正如学者奥斯瓦尔德·迪克鲁所发现的那样，"在语言/言语二元对立的背后，索绪尔把两个层面的问题混为一谈了。……我们首先可以把语言和言语之间的对立看成是既成（donne）与所建（construit）之间的对立，'既成'即言语，'所建'即语言。这是从方法论与认识论上所做的区分，这一区分是必不可少的，也是依然有效的。它甚至是科学事业可以成立的前提条件，尽管它没有预先假定索绪尔第二个可疑的区分，即在抽象的语言系统（主体在此已被踢出言语活动）与具体的语言现象之间，在客观的语码与主体对语码的使用之间所做的区分。但是在 20 世纪 60 年代，整个索绪尔思潮又一次造成了这两个层面的混淆，并由此派生出人类死亡的命题与理论

---

　　①　［法］雅克·德里达：《结构、符号与人文科学话语中的嬉戏》，转引自《最新西方文论选》，王逢振编，漓江出版社 1991 年版，第 133 页。

　　②　［法］米歇尔·福科：《什么是作者》，转引自王逢振编《最新西方文论选》，漓江出版社 1991 年版，第 288 页。

　　③　参见黄念然《论接受美学的本文观》，《广西社会科学》1994 年第 2 期。

上的反人本主义的命题。人们对科学所抱的希望高入云天，与此同时，说话的主体却被踢进了深渊"①。可以说，迪克鲁的这些分析击中了索绪尔语言学的内在缺陷（以及由此引起的一系列的严重后果），如果把思路拓展一下的话，那么我们就不应该仅仅通过语词与其他语词的关系轴去理解语词，还应该在言说者与倾听者间的对话关系之中以及它所产生的作用的背景中去理解语词（在这一方面，巴赫金的对话诗学充分显示了它对语言本质的合理理解以及在批评实践中所取得的引人注目的实绩）。

事实上，就像詹姆逊所指出的那样，"我们最终不可能用任何在方法上或概念方面有意义的办法使所指脱离能指"②。这种割裂能指与所指从而导致文本意义的实现最终走向虚无主义的观念，从其理论表层看，是强调能指的绝对独立性，从实质上看，则是不承认任何符号都是对现实生活的某种反映，或在特定意义上或某种程度上带有一定的意识形态性。总的来说，由于形式主义文学理论在文学赖以存在的媒介即语言的符号构成这一问题上，不能辩证地处理能指与所指之间的关系，反而把能指置于符号构成中的绝对主导地位，淡化、轻视、忽略甚至否认所指的重要性，将文学同其广泛的外部世界联系割裂开来，就导致了其文学思想在文学研究或文学批评实践中的困境，这一困境是由于其理论的内在缺陷以及先天不足造成的，它走

---

① 转引自［法］弗朗索瓦·多斯《从结构到解构——法国20世纪思想主潮》上卷，季广茂译，中央编译出版社2004年版，第68—69页。

② ［美］弗雷德里克·詹姆逊：《语言的牢笼》，钱佼汝译，百花洲文艺出版社1997年版，第6页。

向衰落也是势所必然。就连大名鼎鼎的结构主义者罗兰·巴尔特后来也不得不承认，结构主义批评企图一劳永逸地以某个结构去呈现世界上全部故事的分析程式，真是桩"苦差事，竭尽殚思，终究生了疲厌，因为文（texte）由此而失掉了它自身内部的差异"①。

之所以出现上述令人沮丧的结果，其根本原因还是在于，无论是索绪尔还是其思想的继承者们都从根本上否认世界的物质性这一根本原理，否认了思想、符号或概念是对现实物质世界的反映，割裂了世界与符号之间的内在联系。美国学者罗伯特·司格勒斯对这一致命的理论缺陷曾经做过这样的辛辣评论：

自从索绪尔以来，在法国符号学思想中最有力的假设就是这样的看法，一个符号不是由一个名称和它所指的对象所构成，而是由一个声音形象和一个概念，一个能指和一个所指所构成。索绪尔，还有被罗兰·巴尔特和其他人进一步引伸的，告诫我们要认识到语词和事物、符号和指示物之间有一个无法跨越的裂缝。"符号和指示物"的整个观念，一直被法国结构主义者及其追随者，当作过分唯物主义的和头脑简单的东西而拒绝。符号并不是指向事物，它们表示概念，而概念是思想的方面而非现实的方面。这种精致的具有说服力的系统陈述，肯定提供了一个关于朴素的现实主义、粗俗的唯物主义和能够用各种无能的形容

---

① ［法］罗兰·巴尔特：《S/Z》，屠友祥译，上海人民出版社 2000 年版，第 55 页。

词来修饰的主义的有用的鉴别标准。但它却是不曾促使世界转回到一个概念。甚至符号学家，也照固有地存在他们周围的世界的原样，吃食物和发挥他们其他的身体的功能。[1]

二 文学研究法：差异与联系的对立

在形式主义文论的文学研究方法中，注重事物间的差异而忽视甚至排除它们之间的联系的倾向表现得非常明显。比如，兰色姆在《新批评》中"征求本体论批评家"时，就详细论述了文学同哲学、宗教、道德、逻辑等的区别，他的"本体论"诗学反对把道德、逻辑、科学或者感情的发泄等作为诗的本质，通过这种差异性的区分后形成的文学世界或诗的世界"只是我们这一世界的简化的、经过删削、易于处理的形式"[2]，而最后得到的有关文学或诗歌的真正的"知识"就是层层剥离后的"作品本体"。他在《批评公司》中将"真正"的文学批评同"个人感受的纪录""作品主要内容的梗概与释义""历史研究""语言研究""道德研究"以及其他类似地名之类的特殊研究全都区别开来，最后得到的文学批评的基本特质就是：它只应关注文学作品的语言技巧或由此而形成的风格。艾伦·退特在《诗人对谁负责》一文中，也是通过上述差异性思维得出如下的基本结论：诗人不参与政治，甚至不对社会承担责任，而只

---

① ［美］罗伯特·司格勒斯：《符号学与文学》，谭大立等译，春风文艺出版社 1988 年版，第 34—35 页。

② ［美］约翰·克娄·兰色姆：《征求本体论批评家》，张廷琛译，见赵毅衡编《新批评文集》，中国社会科学出版社 1988 年版，第 74 页。

对自己的"良心"负责。如果我们把眼光投向稍早的俄国形式主义者那里，这种突出事物的特殊性而忽视它与其他事物间有机联系的思维模式表现得更为明显。

在俄国形式主义文论中，从"陌生化"（остранение）这一重要概念中可以看到索绪尔的差异性思想的重要影响。陌生化又译作奇特化、反常化，最先由维·什克洛夫斯基提出，与"自动化"相对应。在什克洛夫斯基看来，"艺术的目的是使你对事物的感觉如同你所见的视象那样，而不是如同你所认知的那样；艺术的手法是事物的'反常化'（остранение）手法，是复杂化形式的手法，它增加了感受的难度和时延，既然艺术中的领悟过程是以自身为目的的，它就理应延长；艺术是一种体验事物之创造的方式，而被创造物在一书中已无足轻重"①。作为使文学作品具备文学性的基本手段的所谓陌生化，实质就是指使艺术作品增加可感觉性的各种艺术手法的统称。

俄国形式主义者们努力想要证明的就是文学研究的独立存在是正当的，他们不能容忍文学研究者沦为二流的人种学家、历史学家或哲学家。但事情并非如此简单，因为这不仅仅是一个研究方法上的简单调整，还涉及对一个研究对象的本质如何定义的问题。俄国形式主义者是从差异性的角度来理解文学的本质的，即：文学的本质不是别的，而是它与其他事物的差异。从这一基本理念出发，他们也将文学科学的对象理解为一系列的差异性所决定的，即文学科学本身就在于研究那些使它（即

---

① ［俄］维克托·什克洛夫斯基：《作为手法的艺术》，见《俄国形式主义文论选》，方珊等译，生活·读书·新知三联书店1989年版，第6页。

文学）有别于其他任何一种材料的独特性。这种差异论的工作概念就是陌生化。

在俄国形式主义者们看来，真正的诗歌（诗歌是形式主义首要的研究对象）乃是对日常无意识因素或形式主义者所谓的实用语言经过艺术加工后变得陌生或新鲜了的东西。既然任何东西都可以作为"内容"入诗，那么诗歌艺术的真谛就不在于内容或呈现出来的现实世界，也不在于作品中任何特定的主题及这一主题中所包含的特定意识形态内容，而在于诗歌语言形式的独特运用。从这个意义上讲，区分实用语言和诗歌语言相互对立之中的差异就成为文学研究的首要任务。这种差异性是可以通过文学中的各种陌生化手法的展现触摸并捕捉到文学的本质特点的。进而言之，文学研究唯有专注于差异因素才能保持它独特的研究对象。如果文学研究者总是停留在某一论题而不将它和与它相异的东西区别开来，那么人们是无法把握文学的根本特质的。"陌生化"这一概念的积极意义就在于它反对那些影响诗歌审美效果的过分浅俗直白的诗歌语言。历代诗人在其诗歌艺术创作中不断努力去寻找独特的表达方式，显示其与日常实用语言的区别，其目的就在于引起读者的审美注意。比如，杜甫的《秋兴八首》其八"香稻啄余鹦鹉粒，碧梧栖老凤凰枝"一联，就是通过诗歌句法的颠倒获得了独特的审美效果。中国元代著名散曲套曲作品《高祖还乡》中也通过陌生化的描写方法获得独特的审美效果："一面旗白胡阑套住个迎霜兔，一面旗红曲连打着个毕月乌，一面旗鸡学舞，一面旗狗生双翅，一面旗蛇缠胡芦"，"明晃晃马敦枪尖上挑，白雪雪鹅毛扇上铺",这是从乡下人的视点来看皇帝的銮驾,改变了人们习惯了的月旗、日旗、凤旗、飞虎旗、龙戏珠旗等仪仗队的器物称呼,从而加深了读者的印象。

形式主义者们对陌生化的研究不仅仅限于诗歌语言和日常实用语言之间存在的差异,他们的雄心还在试图基于上述理念去建立一种能够概括文学一般规律的理论体系,这种差异性理念对叙事领域的延伸,直接引发了形式主义的叙事理论特别是叙事手法陌生化问题的大量研究。在俄国形式主义者有关叙事作品的批评实践中,我们可以看到大量关于陌生化手法的分析,以及通过这种分析对文学差异性的特别强调。比如什克洛夫斯基曾集中分析了列夫·托尔斯泰的多种多样的陌生化手法:首先,"他不用事物的名称来指称事物,而是像描述第一次看到的事物那样去加以描述,就像是初次发生的事情,同时,他在描述事物时所使用的名称,不是该事物中已通用的那部分的名称,而是像称呼其他事物中相应部分那样来称呼"①。例如,《战争与和平》中用一位天真无邪的乡村少女娜塔莎·罗斯托娃的眼睛来看歌剧;其次,是"叙事者"的陌生化。比如《霍尔斯托密尔》中由一匹马出面讲述故事,表达对私有制的感受:"有人把一块土地称作他自己的,可却从未见过这块地,也没在上面地上走过。有人把另外一些人称作自己的,可从未见过这些人,他们与这些人的全部关系就是对他们作恶。"

除了对叙事作品的陌生化手法的具体分析,俄国形式主义

---

① [俄]维克托·什克洛夫斯基:《作为手法的艺术》,见《俄国形式主义文论选》,方珊等译,生活·读书·新知三联书店1989年版,第7页。

者还通过将情节和本事加以区别的理论总结方式，来进一步阐明文学陌生化效果产生的机制。俄国形式主义叙事理论的基点在于反对将情节这一概念与事件本身的描写相混淆。在他们看来，作为自然序列的生活事件的本事仅仅是形成情节的材料。在本事中无论是延续几天、数年还是数十年的生活事件都是前后有序、不容倒置的，只能呈现为编年史式的一维性特点。而情节则是在作品中实际呈现的叙事方式，任何小说家在叙述故事时都会采用倒叙、插叙、阻碍、拖延、绕弯子等方式来使情节成为一条弯曲起伏的线路，从而对本事来说产生陌生化效果。因此，情节是高于本事的，本事只是构成情节的基础。本事不但只是用来作为表达情节的一种材料，甚至还要用牺牲本事的方式来突出情节，从而产生陌生化效果。① 例如，普希金的《叶甫盖尼·奥涅金》的情节不是奥涅金与塔季雅娜之间的恋爱，而是通过插进打断叙事的插叙的方法对这个故事的情节加工。而 18 世纪英国小说家斯泰恩的作品《项狄传》，之所以被形式主义者看成是世界文学中最典型的小说，原因就在于这部小说几乎不考虑任何叙事的连贯性，它常常颠倒时序，打断叙述，甚至连叙述的句子也常常突然中断，有时还在叙述语言中加进一些拉丁文或奇怪的符号，这样来达到打破读者阅读时的自动化状态，从而实现叙事的陌生化。总的来说，有关本事与情节的区分，大致可以看作是形式主义者关于诗歌语言观点的移植，即本事相当于纯传达性的日常实用语言，而情节则相当

---

① 黄念然：《陌生化》，见汪民安主编《文化研究关键词》，江苏人民出版社 2007 年版，第 203 页。

于富有表现性的诗歌语言。从俄国形式主义者的这些理论总结来看，他们关于陌生化效果产生机制的分析都源于他们对文学的独特性或者文学与其他事物的差异性的极力强调。

总的来看，什克洛夫斯基的"陌生化"概念强调了艺术感受性和日常生活的习惯性格格不入（雅各布森的"文学性"概念从语言特点上把文学区别于非文学实际上与什克洛夫斯基的出发点也并无二致）。这一概念的广泛运用表明：文学的语言不是指向外在现象而是指向自身；文学绝非生活的模仿或反映，而是生活的变形：生活的素材在艺术形式中出现时，总是展现出新奇的、与日常现实全然不同的面貌。通过在作品本身之中设置陌生化和无意识化（或自动化）的对立，形式主义者便能保持他们所关注的文学的特殊性，同时又能避免一种毫不妥协的为艺术而艺术的立场，进而试图创建一种要倾全力于文学内部演变历史的诗学，即文学流派被看作是在行动与反动、惯例与反叛的辩证过程中的一种变化——惯例陈旧了，手段的"自动化"就需要一个新的"现实化"或文学的重新"野蛮化"。而这一理论基础则是由使陌生化和无意识化（或自动化）相对立的差异论这一总方针所确定的。①

从以上论述可以看出，俄国形式主义对差异性的追求意在突出文学的特殊性，但是却将与文学有着"剪不断的脐带"一样联系的外部现实语境硬生生剪断了。这样的文学研究法在结构主义用结构来标示文学的特殊性那里同样能看到。总的来说，

---

① 以上主要观点及基本论述可参见黄念然《陌生化》一文，载汪民安主编《文化研究关键词》，江苏人民出版社 2007 年版，第 203—204 页。

形式主义文论是按照两大信念或目标系统进行文学研究活动的：
（1）文学研究的活动场不能以任何方式混淆于与文学程序共存
的文化领域（甚至包括文学区别于其他人类行为的全部特征），
而只能局限于或涵盖文学程序本身；（2）文学研究应该抛弃通
常支撑文学理论的各种玄学信念（如哲学的、道德的、美学的
或心理学的信念等），以期不带先入之见地直接面对"文学事
实"。质言之，形式主义文论普遍坚持文学与其他事物的差异
性或其自身特殊性的总体判断，并以此作为文学研究活动最重
要的出发点，然而，这种信念的支持者在用早已存在的技术方
阵规范自己的材料的同时却又不时随意地向其他学科借鉴阐释
范例，就使其陷入一种认识论与方法论的混乱与对立之中，陷
入一种差异与联系的二元对立之中。

三　文本构成：形式与内容的对立

文学文本是一个借物质手段呈现出来的精神实体，是文学
家审美体验的凝定形态。文学家的情感意绪、审美体验已经转
化成文本的内在意蕴和深层结构，且一定程度上以文本本体的
面相呈现出来。① 可以说，文学文本本体是洞悉文艺本体的窗
口。其中，对文本本体构成的看法往往直接决定着一个艺术家
或理论家的文艺观念。从文学理论史的自身发展来看，关于文
本的构成，其实有多种不同的看法。比如，在中国古代文艺理
论中，文学艺术本体的构成，就从来不是文学内容与文学形式
的简单结合，而是言—象—意—境多层次的有机统一结构。即：
"言"是作品的物质外壳；"象"是作品的客观现实基础；"意"

---

① 黄念然：《中国古代文艺结构思想论纲》，《复旦学报》2014 年第 2 期。

是作品的主观内核；而"境"是三者高度统一形成的新的艺术质素。它们逐次深化，互相依赖，构成文艺作品有机统一的结构整体。它们之间的内在关系可以在下面的图示中得到很好的说明①：

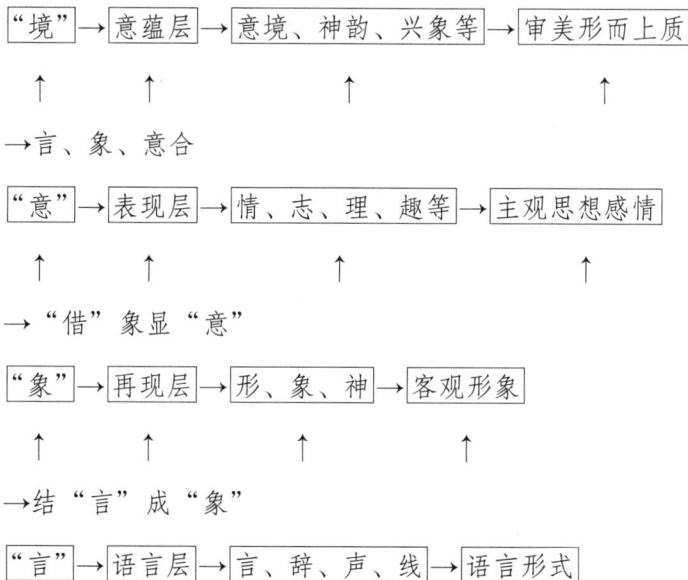

"境"→意蕴层→意境、神韵、兴象等→审美形而上质

↑　　↑　　　　↑　　　　　　　↑

→言、象、意合

"意"→表现层→情、志、理、趣等→主观思想感情

↑　　↑　　　　↑　　　　　↑

→"借"象显"意"

"象"→再现层→形、象、神→客观形象

↑　　↑　　　　↑　　　↑

→结"言"成"象"

"言"→语言层→言、辞、声、线→语言形式

类似上述文本构成关系的看法在西方现代以英伽登为代表的现象学文论中也能看到。英伽登将文学文本的构成分为四个层次，第一层"字音及其高一级语音组合"指文学文本的语音层；第二层为意义单元层，即文学文本的语义层。这二者又构成文学的语言形式层。第三层"多重图式化面貌层"，相当于

---

① 参见杨彬、黄念然《中国古代文艺结构问题三论》，载《中国学研究》第5辑，济南出版社2002年版，第208页。

文学文本中的形象层，第四层的"再现客体"，相当于文学文本中的意蕴层。应该说，上述这些关于文学文本内在构成的看法无论是其理论深度还是其辩证性，都更具合理性和解释力。

在现代西方形式主义文论中，关于文学文本的构成问题，从总体上看，是在内容与形式关系构架中去处理的。如何看待这二者之间的关系，俄国形式主义、英美新批评、符号学和结构主义是各有其侧重点的，这一点我们必须加以区别，才能更好地认识其理论内涵及其理论实质。

在俄国形式主义那里，形式即艺术本体。将形式与内容对立起来，用形式取代或消融内容，是其主导性的文本构成观。之所以说是"主导性"的，是因为俄国形式主义学派关于内容与形式的看法本身就是非常复杂的，而且西方理论界的评价也并非一致。[①] 为了凸显形式即本体这一思想，俄国形式主义者往往采用了极端的理论表述形式。比如，维克托·什克洛夫斯

---

① 比如，"奥波亚兹"和"莫斯科语言学小组"的成员们自己并不愿意采用"形式主义"这一术语，而宁愿称自己为"特征论者"，并声明要采取文学的新的"形态学的视角"，将注意力凝聚到文学作品本身和作品的构成成分上来，或者文学相对于意识形态的自主自治上来，而不是简单地将文学作为一种特殊的对象分离出来。在文学自身的内部，他们也只是面对文学的特征即"文学性"。而在西方理论界关于俄国形式主义有关内容与形式关系的看法本身充满了争议。维克多·埃利希、L. 波尔曼等人说它通过坚定不移地"扫荡现实主义的逼真性标准"和肯定文学的自主自治，为文学的发展开辟出唯一正确的道路。而依克洛德·列维—斯特劳斯和朱丽叶·克里斯蒂娃以及罗兰·巴特之见，形式论是忽视内容的，而内容本身则应当被加以积极的形式化。比如，在列维—施特劳斯看来，"形式论，取其小分量，会疏远具体性，取其大分量，则会回归于具体性"。A. 舒克曼则认为，只是诗歌界的形式主义确实是为了形式而漠视内容，文学批评中的形式主义则是将内容作为形式来考量的，绝没有抛开内容。详细的有关争议可以参看谢·涅博里辛《俄形式论学派在西方文论界的"旅行"》一文，周启超译，载《马克思主义美学研究》2008 年第 2 期。

基就宣称，形式就是使语言表达成为艺术品的东西。维克托·日尔蒙斯基把这种极端的形式至上观延伸到一切美的创造活动中，他说："在艺术的内部，这类所谓内容的事实是不会脱离艺术创构的普遍规律而独立存在的；它们是富有诗意的主题，是艺术的旋律（或形象），它们进入了诗作的整体之中，参与了审美意象的创造。……简言之，如果说形式成分意味着审美成分，那么，艺术中的所有内容事实也都成为形式的现象。"①甚至连属于主体意识层面的诗歌感觉或艺术感觉也变成了客体层面的形式，如维克托·什克洛夫斯基说："如果我们要给诗歌感觉甚至是艺术感觉下一个定义，那么这个定义就必然是这样的：艺术感觉是我们在其中感觉到形式（可能不仅是形式，但至少是形式）的一种感觉。"②

俄国形式主义者推崇形式，反对传统形式与内容二分法的基本方法就是用"形式和材料"（form and material）、"材料和结构"（material and structure）以及"材料和手法"（материал и прием）这类对立性术语取代传统的"形式和内容"二分法。在第一对术语中，所谓材料，是指诗人从现实中得来的一切东西，比如历史、生活环境、事件、日常关系、人的性格这类存在于小说之前、存在于小说之外和独立于这一小说的、能够用自己的话将之清楚、有条理地复述出来的东西。而形式则指按照艺术构成的规律对这种材料所作的某种安排。也就是说，材

① ［俄］维克托·日尔蒙斯基：《诗学的任务》，见《俄国形式主义文论选》，方珊等译，生活·读书·新知三联书店1989年版，第212页。
② ［俄］维克托·什克洛夫斯基：《词语的复活》，李辉凡译，《外国文学评论》1993年第2期。

料既包括内容，又包括已有的体裁规范、音韵格律或修辞手法等。基于这种看法来看文学文本的内部构成，就"不应该把文学作品划分为'形式—内容'两部分，而应该首先想到材料"，然而，形式主义者进一步强调，"是'形式'把它的'材料'审美地组织在一起的。在一个成功的艺术品中，材料完全被同化到形式中，所谓的'世界'也就变成了'语言'"①。在第二对术语中，鲍·艾亨鲍姆以情节与本事为例区分了结构与材料。在他看来，基于层次结构或某种叙述框架形成的情节要素是结构，而基于人物、思想、母题等形成的本事要素则构成了材料。在这二者中，"'材料'包括了原先认为是内容的部分，也包括了原先认为是形式的一些部分。'结构'这一概念也同样包括了原先的内容和形式中依审美目的组织起来的部分。这样，艺术品就被看成是一个为某种特别的审美目的服务的完整的符号体系或符号结构"②。在第三对术语中，作为对材料的安排、设计、变形或加工的"手法"这一概念具有更为重要的意义，因为它"是直接由建立了诗歌语言和日常语言之间的区别而产生的"③，其同义性语汇常常是语言的形式结构、陌生化、可感觉性等。

这种颠倒内容与形式的关系，用形式取代或消隔内容的文学观念，在审美体验的基本裁定与评判上就变成依赖所谓的

---

① ［美］雷·韦勒克、奥·沃伦：《文学理论》，刘象愚等译，生活·读书·新知三联书店 1984 年版，第 266—267 页。

② 同上书，第 141 页。

③ ［俄］鲍·艾亨鲍姆：《"形式方法"的理论》，蔡鸿滨译，见［法］茨维坦·托多罗夫编选《俄苏形式主义文论选》，中国社会科学出版社 1989 年版，第 32 页。

"可感觉性"（ощутимость），而这种可感觉性的获得，又主要来自于文学文本中制约、决定、改变其他成分并保证结构的完整性的所谓"支配因素"（dominant），比如小说中的情节，诗歌中的节奏。文学文本就是"靠这种主要因素进入文学并取得文学功能"①，虽然，"支配因素和从属的因素的关系并非永远固定的"，诸因素之间也有着相互的作用、冲突或转换，但是，"艺术就是靠这种相互作用和冲突而存在的。脱离开所有因素都服从结构因素、并被结构因素所变形的感觉，便不存在艺术事实"②。由于"支配因素"的存在，文学的形式性得以"凸显"（foregrounding），并克服掉已有的文学惯例和文学背景，结果，任何艺术都"是一种体验事物的制作的方法，而'制作'成功的东西对艺术来说是无关重要的"③。事实上，语言形式的凸显能否成为文学性的足够的标准本身就是成问题的，"因为其他文本中也可以出现重复和谬误的现象。这些结构的融合——即按照传统和文学背景的规范建立起统一的功能性相互依存关系——似乎更应该成为文学特征的标志"④。总的来说，在俄国形式主义者那里，"人文'内容'（我们一般所谓的感情、观念和'现实'）本身并不具有文学意味，只能为文学的形式'技巧'发挥作用提供一个语境"，虽然后期的形式主

---

① ［俄］尤里·梯尼亚诺夫：《论文学的演变》，见［法］茨维坦·托多罗夫编选《俄苏形式主义文论选》，中国社会科学出版社1989年版，第109页。

② ［俄］尤里·梯尼亚诺夫：《结构的概念》，见［法］茨维坦·托多罗夫编选《俄苏形式主义文论选》，蔡鸿滨译，中国社会科学出版社1989年版，第98页。

③ ［俄］维克托·什克洛夫斯基：《艺术作为手法》，见［法］茨维坦·托多罗夫编选《俄苏形式主义文论选》，中国社会科学出版社1989年版，第65页。

④ ［美］乔纳森·卡勒：《文学性》，见［加］马克·昂热诺等主编《问题与观点—20世纪文学理论综论》，史忠义等译，百花文艺出版社2000年版，第35页。

义者"对这种形式与内容尖锐对立的观点做了一定的调整，但形式主义者们力图回避新批评者的那种倾向，不愿赋予审美形式以道德与文化意味，却也是事实"①。

在俄国形式主义者眼中，文学被理解为一种语言的特别应用，而新批评家们则"把文学看作一种人文理解的形式"②，其核心是对文学作品本身的一种深刻的、近乎虔诚的关注。这种关注表现为"对'文本本身'以及'书本上的文字'的迷恋"③。相比俄国形式主义用形式取代或者消隔内容这种较为极端的做法，新批评派将内容与形式有限度地矛盾地结合起来了。他们中的一些人承认内容与形式二者是不可分离的关系。比如，克林思·布鲁克斯就承认，"对于一件成功的作品，形式和内容是不可分的"，但是他又补充说，"形式就是意义"④，并宣称"任何一首优秀的诗歌都会反抗对它进行释义的一切企图"⑤，这实际上仍然将内容置于从属地位。在他们看来，文学作品的形式并不仅仅只是盛装内容的容器或者匣子，它还具有包含内容、组织内容、塑造内容并最终决定其意义的重要作用。这种倒置过来了的内容与形式观在新批评用以说明其作品本体论的"构架和肌质"（structure and texture）这对术语中表现得最为明显。作为"主题""主旨""要义"或"论辩"代名词的所谓

---

① ［英］拉曼·塞尔登等：《当代文学理论导读》，刘象愚译，北京大学出版社 2006 年版，第 34 页。

② 同上书，第 35 页。

③ 同上书，第 17—18 页。

④ ［美］克林思·布鲁克斯：《形式主义批评家》，龚文序译，见赵毅衡编《新批评文集》，中国社会科学出版社 1988 年版，第 487 页。

⑤ ［美］克林思·布鲁克斯：《释义误说》，杜定宇译，见赵毅衡编《新批评文集》，中国社会科学出版社 1988 年版，第 191 页。

构架在文学文本中无足轻重，反倒是作为"局部的细节"的肌质才是文学批评应当关注的重心。按照兰色姆的说法，如果一个批评家在作品的"肌质"方面无话可说的话，"那他就等于在以诗论诗的诗方面无话可说，那他就只是把诗作为散文而加以论断了"①。在这种内容与形式相互对立的观念支配下，诗歌批评中"纯诗和不纯诗"（pure and impure poetry）的严格区分就成为自然的逻辑延伸。那些带有高度音乐性的、唯美的、象征性的诗歌就是纯诗，比如爱伦·坡、波德莱尔、马拉美、瓦勒里这类诗人的作品。相反，与思想性、现实、真理、概括性内涵这类与内容性成分相联系的诗歌则是不纯诗。只有把其中调节性的、抵触性的成分排斥出去，诗才能成为纯粹的完整的诗。基于这样的文本构成观形成的诗歌批评在批评实践中所遭遇的困境事实上在新批评派那里自己就已意识到，沃伦就承认，诗歌原本就"不纯"，因为"诗中包含（而且是有意识地包含）的所谓杂质比起它们本来似乎必然会出现的来得多"②，因此，他不得不说，"凡是在人类的经验可获得的东西都不应被排斥在诗歌之外"③。

在符号学与结构主义那里，形式成为符号的能指与能指间的某种结构性关联，意义或内容则只能从这种关联中产生。从罗曼·雅各布森的语音学研究、列维－斯特劳斯的人类学和神

① ［美］约翰·克娄·兰色姆：《纯属思考推理的批评》，张谷若译，见赵毅衡编《新批评文集》，中国社会科学出版社1988年版，第98页。

② ［美］罗伯特·潘·沃伦：《纯诗与非纯诗》，蒋平等译，见赵毅衡编《新批评文集》，中国社会科学出版社1988年版，第159页。

③ 同上书，第181页。

话研究、雅克·拉康的无意识心理结构研究、路易·阿尔都塞的马克思研究中，都可以看出形式结构在其中的核心地位。在结构主义叙事学中，罗兰·巴特的"叙事模式"、托多罗夫的"叙事语法"、格雷马斯的"符号方阵"、布雷蒙的"叙事逻辑"等，都旨在说明，任何作品都可以被看作是一种抽象结构的展现，是这种结构具体铺展过程中各种可能性中的一种可能性的体现。结构作为关系或关系之总和，不仅指艺术作品的构造或构成物，也包含有秩序、规则或逻辑的含义。而脱胎于语言结构分析模式的文学文本的结构分析则成为符号学家或结构主义者的头等大事。对于他们来说，"任何文学作品无不如此——文学作品在表面上描写某些外在现实的时候，一直在秘密地瞥视着它自己的结构过程。总之，结构主义不仅是把每一事物作为语言来重新加以思考，它重新思考每一事物，好像语言才是它真正的主题"①。在他们眼中，"文学作品与世界的关系不在于内容上的相似（小说描写一个世界，诗歌表现一种经验），而在于形式上的相似：阅读和赋予作品以结构的活动，同赋予经验以结构和弄懂经验的活动是类似的"②。美国学者詹姆逊对于结构主义的方法论特征，曾做过这样一针见血的评论：

　　　　结构主义作为一种研究方法或方式是形式主义的，因
　　　为它研究的是组织构成而不是内容，它假定语言模式是第

---

　　① ［英］特雷·伊格尔顿：《二十世纪西方文学理论》，伍晓明译，陕西师范大学出版社1987年版，第115页。
　　② ［美］乔纳森·卡勒：《文学中的结构主义》，转引自王先霈等主编《文学理论批评术语汇释》，高等教育出版社2006年版，第397页。

一位的，在安排有意义的经验时，它假定语言和语言结构具有支配的作用。社会生活的各个层次，只有形成它们自己的语言才构成秩序和系统，它们与纯粹的语言极其相似：衣服的式样，经济关系，吃饭的习惯和民族的烹饪，亲属系统，资本主义国家的宣传机器，原始部落的宇宙传说，甚至弗洛伊德的精神解剖方法——这些全都是符号系统，以差异观念为基础，由交流和转化的范畴所支配。[①]

从俄国形式主义到法国结构主义，形式主义文论的发展实际上有三个基本阶段，并形成了三种主要模式，学者彼得·施泰纳（Peter Steiner）曾用三个隐喻来加以说明：第一个阶段的模式是一架"机器"，其特点是把文学批评看作是由一堆"形式技巧"堆积起来的某种机械作用；第二个阶段的模式是一个"有机体"，其特点是把文学文本看作是由许多相互关联的部分充分发挥功能的"有机结构"；第三个阶段的模式是一个"体系"，其特点是试图把文学文本理解成整个文学体系甚至文学体系与非文学体系互动的那个元体系的产物。[②] 虽然这三个阶段的形式主义在有关内容与形式的关系方面发生了一些视点或重心的转移，但是，只要"将形式的可理解性与内容的无意义性对立起来"，他们就会发现"自己没有能力找回各种不同的对象类型"，因为"它从这些对象中仅仅挑选了一些共同的特

---

① ［美］弗雷德里克·詹姆逊：《元评论》，见王逢振主编《詹姆逊文集》第2卷，中国人民大学出版社2004年版，第10—11页。
② ［英］拉曼·塞尔登等：《当代文学理论导读》，刘象愚译，北京大学出版社2006年版，第35页。

点",而这"就是为什么普罗普在试图区别俄国童话故事时彻底失败了的原因所在,尽管他出色地发现了这些故事的类形式。仅仅当他偷偷地重新使用(列维-斯特劳斯就此批评了他)他在开始时排除掉了的那些原始内容时,他才能够做到这一点"①。

四 批评实践:描述与判断的对立

批评围绕文学构成一个回声区,它将作品中沉默的不确定的内部世界展示出来。有文学便有文学批评,古今中外概莫能外,但是对于什么是文学批评?文学批评的功能是什么?文学批评有哪些特征?文学批评与文学理论之间是一种什么样的关系?等这类问题,不同的理论流派有不同的看法或回答。形式主义各派有着丰富的文学批评实践并取得不俗的实绩,但就其主导性倾向来看,它们是描述的批评,重视对文学作品的解释、描述而相对轻视对文学作品做出价值判断,其极端者甚至提出将评价与解释或描述严格区分开,以求得文学批评的"科学性"或"客观性"。

客观地看,形式主义文学批评的这种批评理念主要是针对那些视批评为印象或自我感觉的记录的 20 世纪唯美主义和印象主义批评者如王尔德、阿纳托尔·法郎士、勒美脱尔、瓦尔特·佩特等人,这些人大多将批评视为试图用文字描述特定的作品或段落的能被感觉到的品质,或者表达批评家从作品中直

---

① 参见结构主义学者克劳德·柏莱蒙德有关普罗普叙事功能的评价,原文载《交流》四,转引自〔美〕罗伯特·休斯《文学结构主义》,刘豫译,生活·读书·新知三联书店 1988 年版,第 150 页。

接得到的反映（或印象）。出于对这些传统批评观念的反拨，形式主义者普遍将文学批评定性为一种描述性或解释性活动，主张"批评家不是绘声绘色于作品给自己的感受，而是要着重分析作品的特色及其取得艺术感染力的创作技巧"①。克林思·布鲁克斯的《形式主义批评家》、威廉·K. 维姆萨特的《具体普遍性》、I. A. 瑞恰兹的《文学批评原理》、罗兰·巴特的《什么是批评》、茨维坦·托多洛夫的《批评的批评》以及韦勒克的《近年来文学批评中的科学、伪科学和直觉》等论著大都秉持这种观念，极力主张或标榜批评的客观性或科学性，反对对文学作品作出主体的价值判断尤其是作出政治的、道德的、意识形态性的价值判断，并主张在这二者之间严格划界。比如，艾亨鲍姆认为，俄国形式主义的目的是把文艺学"从古老而破旧的传统中解放出来，并迫使它重新检验所有的基本概念和体系"，因为"古老而破旧的传统""仍然在有气无力地运用美学、心理学和历史学的古老原则"，因此，"要从他们手中夺回诗学，使诗学摆脱他们的美学和哲学主观主义理论，使诗学重新回到科学地研究事实的道路上来"②。虽然新批评在许多方面各抒己见，但美国学者 M. H. 艾布拉姆斯曾对新批评的批评理念的一些共同点作了如下总结：1. 必须将诗看作是独立自足的物体；2. 批评手法是解说或"字义分

---

① ［美］M. H. 艾布拉姆斯：《欧美文学术语汇编》，朱金鹏译，北京大学出版社1990年版，第7页。
② ［俄］艾亨鲍姆：《形式方法的理论》，见［法］茨维坦·托多罗夫编选《俄苏形式主义文论选》，蔡鸿滨译，中国社会科学出版社1989年版，第22—23页。

析";3. 原理基本上都是有关言辞语序方面的;4. 易于辨认的文类并不重要。① 这些总结很好地说明了新批评的总体批评倾向。从新批评派对"意图谬见"和"感受谬见"的猛烈抨击中,我们也可以看出新批评推崇的是一种"客观主义批评"。比如,维姆萨特说:"客观主义批评家的工作是通过近似地描述诗歌,或是重述它们的多重意义,以帮助读者得到一个对待诗歌本身的直觉的、完全的了解,从而知道什么是好诗,如何将它们与坏诗区分。"② 在艾伦·退特的眼中,那些"为事业而写的政治诗,为家乡而写的风景诗,为教区而写的说教诗,甚至为寻求宽心和安宁而写的一般化的个人诗"③ 都不能称为真正的诗,因为它们充满了个人的主观感情色彩,在他看来,"意图谬见"在诗歌创作中,如同在批评理论中一样都是谬误。对于结构主义文学批评而言,这种对科学化、客观性的追求就显得尤为突出:"结构主义反对'模仿式文学批评'(把文学主要当作是模仿现实的观点)、'表现式批评'(把文学主要当作是表达作者的感情或个性的观点) 和其他任何把文学看作是作者和读者之间相互沟通的一种表现方式的观点",其批评的重心是在阅读活动上,而"阅读活动是靠利用必要的语言惯例和准则,来产生文学含义的"④。这样的批评理念在其他的形式主

---

① [美] M. H. 艾布拉姆斯:《欧美文学术语汇编》,朱金鹏译,北京大学出版社 1990 年版,第 211—212 页。
② [美] 威廉·K. 维姆萨特:《具体普遍性》,赵毅衡译,见赵毅衡编《新批评文集》,中国社会科学出版社 1988 年版,第 266 页。
③ [美] 艾伦·退特:《论诗的张力》,姚奔译,见赵毅衡编《新批评文集》,中国社会科学出版社 1988 年版,第 110 页。
④ [美] M. H. 艾布拉姆斯:《欧美文学术语汇编》,朱金鹏译,北京大学出版社 1990 年版,第 350—351 页。

义者那里也可以看到，比如诺思洛普·弗莱在《顽强的结构》
中反复强调，批评家在对文学作品做出解释的时候，他讲的是
诗人，而在对作品做出评价的时候，他讲的则是自己，这二者
之间有着很大的差异。杜威·佛克马也认为，想要建立科学的、
客观的、"可证伪"的文学批评，就要"努力区分文学的事实
与文学的价值"①，"文学研究的科学化就意味着必须分清评价
与解释"②。总的来说，形式主义把科学化的客观化的描述或分
析视为文学研究或"一般诗学"的任务和"主导原则"。

那么形式主义文学批评所推崇与强调的这种客观化、科学
化的描述或分析的主要对象又是什么呢？就是形式——文学手
法、作品的内在结构或形式要素之间的逻辑关系等。形式主义
者大多都认为，"如果某个词的意义就是它在某一特定的上下
文中所体现的那些东西，那么对诗的字句进行分析，也就是对
诗的本身进行解释。因此，过去被浪漫派理论家视为抽象存在
的诗歌现在可以被看作是一种'语言现实'。而且由于语言有
其独立于诗人或读者的心理之外的客观性，那么对这种语言现
实是可以加以分析的"③。从这个意义上讲，所谓分析一部作
品，就是去发现这部作品的形式与秩序，并证明它的价值。这
样的批评理念在形式主义者那里可以说是俯拾即是。比如，日
尔蒙斯基就明确主张，"应当杜绝那种把作为文学作品内容的诗

---

① ［荷］佛克马、易布思：《二十世纪文学理论》，林书武等译，生活·读书
·新知三联书店 1988 年版，第 1 页。
② 同上书，第 8 页。
③ ［英］罗吉·福勒：《现代西方文学批评术语词典》，袁德成译，四川人民
出版社 1987 年版，第 12 页。

人感受及其同时代人的思想，与作为形式的艺术程序盲目混淆的作法"①。在新批评家威廉·燕卜荪那里，文学描述或分析的最终目的是为了"展示诗的效果的活动方式"，在他看来，"一行诗给人以愉悦的原因……正同其他事物的原因一样，是可以通过理性加以分析的"②。对于雷纳·韦勒克来说，所谓文学批评"就是任何有能力的鉴赏者对结构性地呈现于诗中的审美价值的性质及其关系的经验和认识"③。在结构主义的文学批评实践中，作品结构分析是文学科学化的最重要的表征，叙事作品往往被视为内在的、不受任何外部规定性制约的独立自主的封闭体系，作品之外的任何带有主观色彩的因素如历史、社会条件、作者生平等必须被排除在对文本的解释、分析或描述之外。在从二三十年代到五六十年代的形式主义文论的发展历程中，虽然批评方法各异、侧重点或出发点也有不同，但它们之间的差异"正像一个源自车轮轴心的轮辐，把它们糅合到一起的是一个共同的毫无争议的设想：即批评是针对一种客观的文本，并以这个客观的文本来衡量的评论"④。而这个所谓的"客观"往往意味着"非人格化、超然、不关心、中立，等等"⑤。

---

① ［俄］维克托·日尔蒙斯基：《诗学的任务》，见《俄国形式主义文论选》，方珊等译，生活·读书·新知三联书店 1989 年版，第 213 页。
② ［英］威廉·燕卜荪：《含混七型》，转引自［英］罗吉·福勒《现代西方文学批评术语词典》，袁德成译，四川人民出版社 1987 年版，第 10 页。
③ ［美］雷纳·韦勒克、奥·沃伦：《文学理论》，刘象愚译，生活·读书·新知三联书店 1984 年版，第 250 页。
④ ［法］沃西奥奥勒克：《法国的新批评派·引言》，转引自王先霈等主编《文学理论批评术语汇释》，高等教育出版社 2006 年版，第 216 页。
⑤ ［英］布斯：《小说修辞学》，周宪译，北京大学出版社 1987 年版，第 77 页。

　　形式主义文学批评将批评性质的主观性与客观性以及批评方式上的客观描述与价值判断对立起来，从其实质来看，是将文艺"是什么"（即从"事实认知"的角度来理解文艺问题）与文艺"应该如何"（即从"价值认知"的角度来理解文艺问题）这两个问题割裂了开来，犯了形而上学的错误。事实上，文学的本质、效用以及对之的评价从来都是而且必然是密切地互相关联的，"当我们对某一文学作品采取批评的态度时，我们不仅要对它进行描述并使读者理解它，同时，我们还要以明确的或隐晦的方式对它进行判断，同时也难以避免要发表有关它的价值的意见"①。这就是说，任何割裂对文艺的"事实认知"与"价值认知"的内在关联的做法只会损害文艺本身的丰富性与整体性价值。解释学文论也清楚地认识到了形式主义批评的这一谬误，如赫什就明确指出："描述和评价在文学研究中是不可分割的。如果我们严肃认真地对待文学，那么要想严格排除对文学作品价值的评判当然是徒劳无益的。"② 就连新批评的重要代表人物韦勒克也不得不承认，价值的评价在批评中是不可或缺的，因为"在标准与价值之外，任何结构都不存在。不谈价值，我们就不能理解并分析任何艺术品。能够认识某种结构为'艺术品'，就意味着对一种价值的判断"③。

　　形式主义的上述批评理念无法解决文学批评实践中以下一

---

　　① ［英］罗吉·福勒：《现代西方文学批评术语词典》，袁德成译，四川人民出版社 1987 年版，第 85—86 页。

　　② ［美］J. E. D. 赫什：《客观阐释》，胡经之等主编《西方二十世纪文论选》第 3 卷，中国社会科学出版社，1989 年版，第 410 页。

　　③ ［美］雷纳·韦勒克、奥·沃伦：《文学理论》，刘象愚译，生活·读书·新知三联书店 1984 年版，第 164 页。

些重大理论问题：（1）形式结构的分析与描述是否真的能帮助批评家们完全摆脱所谓意识形态的幻觉？社会生活观念、信仰和价值等是否通过这种客观化的形式分析与描述得到了完全的过滤（正如形式主义批评家所期望的）？（2）所谓的艺术自律或艺术自主性能否在这种批评理念或批评实践中得到完全的呈现？批评家在实际的批评中能否真正做到完全剔除对真与善的追求而专注于对美的追求？（3）脱离了意义把握的纯粹的形式结构或功能的分析对于批评论域的拓展以及批评的自由性是否构成了严重的危机？事实上，形式主义文学批评的这种把艺术形式看成绝对独立、把完美的形式或形式的完美本身看作目的并将自己从现实中抽离出来的做法，是从根本上否认了文学的意识形态特质，他们并没有从哲学根源看到，符号不只是作为现实的一部分存在着的，它还"反映和折射着另外一个现实。……哪里有符号，哪里就有意识形态。符号的意义属于整个意识形态"①。实际上，符号的能指形式本身也是意识形态性的，按照弗雷德里克·詹姆逊的理解，能指形式或符号系统本身就是生产方式的痕迹或预示，意识形态会以不同的方式浸透在各种文本形式中，并决定着该文本的编码方式。ideology of form（"意识形态素"）这一术语本身就宣告形式主义文学批评的这种基于形式结构分析的封闭的阐释系统将最终被马克思主义文学批评所超越，因为意识形态或政治无意识是文学或文学

---

① ［俄］米哈伊·巴赫金（署名沃洛希洛夫）：《马克思主义与语言哲学》，见《巴赫金全集》第 2 卷《周边集》，李辉凡等译，河北教育出版社 1998 年版，第 349—350 页。

批评不可逾越的地平线，政治阐释是"一切阅读和一切阐释的绝对视域"①。

第三节　形式主义文论的理论局限

形式主义文论之所以在具体的批评实践中不断遭到人们的批评并最终黯然衰落，同其自身理论假设的逻辑失位有着密切的关系。为了对作品进行分析与评价，形式主义批评家提出了两点假设："一、假定作者的真正意图就是他在作品中实际表现出的意图。也就是说，只有作者在作品中实现了的意图才能算数，至于作者写作时怎样设想，或者作者现在回忆起当初如何设想，都不能作为依据；二、假定阅读作品的是一位理想读者，也就是说，不去注意不同读者对作品的各种不同的理解，而是努力找到一个中心立足点，以它为基准来研究诗歌或小说的结构。"② 其中，结构主义符号学也基于两个基本假设："首先，社会文化现象并非简单的物质客体或事件，而是具有意义的客体或事件，因此是符号；其次，它们的本质完全由一个内部关系与外部关系构成的系统来界定。"③ 在他们所提出的这些理论假设中，文本形式或结构成了唯一关注的对象，就像美国批评家古尔灵所说的那样，"形式主义批评家所研究的核心问

① ［美］弗雷德里克·詹姆逊：《政治无意识》，王逢振等译，中国社会科学出版社1999年版，第8页。
② ［美］克林思·布鲁克斯：《形式主义批评家》，龚文庠译，见赵毅衡编《新批评文集》，中国社会科学出版社1988年版，第489页。
③ ［美］乔纳森·卡勒：《结构主义诗学》，盛宁译，中国社会科学出版社1991年版，第25页。

题可以简述为：文学作品是什么？文学作品的形式和效果是怎样的？这些形式与效果是如何实现的？这些问题的答案都应该直接来自作品文本"①，也就是说，所有与文学形式或文学文本本身无关的因素都被形式主义者悬置或阻隔起来，这种只承认差异性而否认联系性的二元对立的思维方式带有浓厚的形而上学的特点，也给形式主义文论带来了一系列难以克服的理论局限。

一 自足论：在文学与现实之间

文学中的自足论主要有两个方面的内涵，一是就单个文本而言，"任何文学作品在用指涉语言说话时，同时也从边上发出一种有关其本身形成过程的信息"②；二是就文学总体而言，按照 M. H. 艾布拉姆斯的解释，就是"把作品看作是独立于诗人、读者和外部世界的事物来研究。同时，它还把作品说成是'自给自足的实体'或者'自身的内在世界'，因此要以其复杂性、一致性、均衡性、完整性和作品各组成部分间的相互关系等'内在'的准则来对它进行分析和评价"③。第二层含义很明显，即认为艺术的形成与发展是以内在合法性为特征的；它是一种自我运动，因此，不应当把艺术看作是社会发展的直接结果。这是俄国形式主义、新批评、布拉格学派以及法国结构主义所秉持的基本看法。形式主义之所以被称为形式主义，很大

---

① ［美］威尔弗雷德·L. 古尔灵等：《文学批评方法手册》，姚锦清等译，春风文艺出版社 1988 年版，第 95 页。

② ［美］弗雷德里克·詹姆逊：《语言的牢笼》，钱佼汝译，百花洲文艺出版社 1997 年版，第 75 页。

③ ［美］M. H. 艾布拉姆斯：《欧美文学术语汇编》，朱金鹏译，北京大学出版社 1990 年版，第 66 页。

程度上就是因为它在文学与现实关系问题上所秉持的自足论（学界对之的称谓不一而足，如文学自足论，文本自足论、语言自足论等）。当然，我们不能像某些肤浅甚至带有强烈意识形态性的社会历史批评家那样，简单地认为形式主义用自足论在文学与现实之间彻底树起了阻隔的栅栏，实际情况远为复杂得多。特别是关于形式主义是否认为文学与现实、价值无关这一问题所引起的争论也是非常激烈的①。要深入分析形式主义文论如何处理文学与现实之间的关系，需要对形式主义内部不同派别的自足论的出发点、侧重点及其基本内涵作出恰当的剖析。实际上，形式主义文论的自足论的展开往往是通过其反复阐述、高调宣扬的核心概念表现出来的：

（一）"文学性"

它作为俄国形式主义所确立的文学研究对象和方法论原则，其重要性不言而喻，也是其自足论的重要理论表征。在俄国形式主义者那里，所谓文学性就是指使一部作品成为文学作品的那种特性，它首先表现为对文学外在或独立于现实生活的认定，就像维克托·什克洛夫斯基所说："艺术总是独立于生活，在它的颜色里永远不会反映出飘扬在城堡上面那面旗帜的颜色。"② 也就是说，文本的"意义"并非指外部现实的某一对象，而是语言符号自身的可感觉性。其次，它是以具有"自我

---

① 汪正龙《从学术立场重新认识形式主义》一文对此有详细分析，《文艺理论研究》2006 年第 4 期。

② ［俄］维克托·什克洛夫斯基：《文艺散论·沉思和分析》，转引自《俄国形式主义文论选》前言，方珊等译，生活·读书·新知三联书店 1989 年版，第 11 页。

指涉"性的"诗性语言"或"情感性语言"形式表现出来的。只有"当词被作为一个词,而非被命名的对象的纯粹再现或某种情绪的爆发来感知时;当话语及其组构,其意义、其外在和内在的形式需由其自身,而不是无关痛痒地参照现实来估价时"①,这种文学性才得以表现出来。再次,它在动态过程(如形式的"自动化"与"陌生化"的斗争过程)中展示自身。这三种主要表现形式说明"文学性"这一概念归根结底其实是一个功能性概念。尽管俄国形式主义并没有完全否认艺术与生活的联系,但它将艺术看成是自主的、在自身范围内根据自身标准来检验自身的活动,把"文学视为一个自治的语言领域",至少是"美学与社会现实的二元论者"②。

(二)"本体论"

作为新批评文本自足论重要理论表述的"本体论"具有两个重要内涵:(1)视文学作品本身是文学活动的本源,将文学看作是切断了"意图谬误"和"感受谬误"的独立自主的世界,换言之,作品这一环节被从世界—作家—作品—读者这一总体文学活动环节中凸显或独立了出来。在兰色姆的《诗歌:本体论札记》及《批评公司》、布鲁克斯的《精制的瓮》、维姆萨特的《推敲客体》以及他和比尔利兹合著的《意图谬误》和《感受谬误》中,我们可以看到这种自足论观念在理论上的清晰的、反复的阐述。(2)文学批评或文学研究的"向内"转。

---

① [俄]罗曼·雅各布森:《什么是诗》,转引自王先霈等主编《文学理论批评术语汇释》,高等教育出版社2006年版,第411页。

② 汪正龙:《从学术立场重新认识形式主义》,《文艺理论研究》2006年第4期。

即强调考察文学的外部规律必须向深入研究文学的内部规律转移。基于这种观念发展起来的本体论批评对传统的心理主义批评、道德主义批评，历史传记研究式批评等作了全面的批评或否定。在韦勒克的《文学理论》中我们可以看到这种观念通过对文学作"外部研究"和"内部研究"的区分并强调"内部研究"（即强调文学研究的出发点是解释和分析作品本身）的正宗地位而在文学研究法方面的积极响应。

（三）"诗性"

布拉格学派的自足论突出体现在他们对"诗性"和"非诗性"的语言所作的功能性区分上。比如穆卡洛夫斯基对诗歌语言的"突出"（foregrounding）特征的反复强调和阐述。在《标准语言与诗的语言》一文中，他认为诗性语言只有其自身的审美目的而并不承担任何社会功能，类似诗的主题内容、作品的真实性等问题在作品中"甚至毫无意义"，它跟作品的艺术价值不发生关系，仅仅只能确定"作品的文献性价值的高低"①。从这里可以看出，布拉格学派是从语言学角度将文学作品界定为一种独立自主的世界。以雅各布森、穆卡洛夫斯基等人为代表的布拉格学派的语言自足论有两个清晰可辨的理论主张：一是将诗学看作语言学的一个分支，所谓的诗性或文学性都可以通过对语言的特殊用法的研究来把握。二是文学研究只限于语言层面。布拉格学派的这种符号自指论反复强调文学是一种指向自身的能指的自由活动，因此文学批评的任务就是如何去发

---

① ［捷克］简·穆卡洛夫斯基：《标准语言与诗的语言》，邓鹏译，见伍蠡甫、胡经之主编《西方文艺理论名著选编》下，北京大学出版社 1987 年版，第 420 页。

现文学语言的这种自指性，如何对比喻、节奏、反常组合及音韵等艺术特征作纯粹的语言分析。

（四）"二元对立结构"

结构主义的自足论突出体现在它的二元对立的思维方式上。罗曼·雅各布森的语音元素辨析、列维－斯特劳斯的亲属关系考察、格雷马斯对"语义素"的区分、罗兰·巴特对拉辛剧作的二元对立结构模式的剖析，等等，都说明二元对立不仅被视为语言符号系统构成的基本规律，同时也被视为人类文化活动中各个符号系统构成的一般规律。二元对立结构分析意味着对共时性截面的抽取和对历时性层面的摒弃，这种从事物内部结构性关联或共时性联系来研究符号系统或文本的主张，把任何文学作品都看作是一种抽象结构的展现，强调认识的对象不是事物的现象而是其内在的结构，强调从作用于某一社会实践的话语结构内部的惯例结构和系统（而非主体意识）来对符号系统或文本进行阐述，事实上是把文本内部的结构要素及其形式关系看作是一个独立自主的世界，相比于俄国形式主义和新批评自足论中的"阻隔"倾向，结构主义的"抽取"活动，更大限度地斩断了文本与现实之间的关系。

（五）"文本性"

虽然后结构主义的"文本性"通过从认识论和主客体的对立中加以切入并将两者都中性化的解释策略地转化，开始突破了原有的文本自足论，并把分析的注意力部分集中于读者，但将文学文本的解读看作是一种文本性的游戏或一场"互文"活动，仍然彰显出后结构主义难以否认的语言本体论本相，因为在后结构主义的话语游戏活动中，世界即文本，文学即文字，没有什么在它之后，没有逃路，一切皆在语言的囚牢之中。这种新的逻各斯中心主义的"文本性"最终仍然导致了主体意识的失落，因为"任何'文本性的文本'（即进入'意指活动'范围的文本）最终都易于引发或经历意识的失落，而主体在极乐的享受中充分地承受着这种失落"①。从这个意义上讲，后结构主义也并没有最终走出自足论。

我们应该看到，形式主义文论之内各派的自足论在理论侧重点上有所不同。新批评认为文学性是文本语义结构所体现出来的多义性或丰富性的冲突又统一的独特性质，因而从语义的多重性角度一定程度上承认了形式与内容之间的内在关联，而俄国形式主义、布拉格学派以及结构主义更多的是从语音学、符形学和句法学来考察文学文本，强调符号的自指性或结构关系的独立性，强调文学研究要尽量不涉及语义问题，其自足论中阻隔形式与内容、文学与现实之间关系的倾向更为严重。总的来看，形式主义各派的自足论都具有如下两个重要理论特点：一是在文学中排除或者缩减社会的、历史的、道德的或意识形态的因素；二是将语言、文体、作品乃至整体的文学视为一个相对封闭的系统，并更为重视文学的形式技巧方面而非意义或主题方面的研究。

形式主义文论的自足论无法解决这样一些内在的矛盾：（1）文学性是否只存在文学作品内？在俄国形式主义者那里，他们一心想要的不是"文学"而是"文学性"（亦即语言的某

---

① ［法］罗兰·巴特：《文本理论》，《上海文论》1987 年第 5 期。

些特殊用法），可是，"'文学性'并不是一种永远给定的特性"，因为"这种用法可以在文学作品中发现，但也可以在文学作品之外的很多地方找到"①。事实上在人类学、精神分析、哲学甚至历史等非文学学科的研究中，或者在其他一些非文学现象中，人们同样能够发现某种文学性，甚至有时，最无聊的主题也可以有非常对称的形式结构。所以维姆萨特自己也承认，"要求诗具有一种坚硬性或自足性是愚蠢的"②。（2）"陌生化""变形""突出"这类语言性因素能否成为文学性的足够的标准？能否充分说明艺术的效果？答案似乎也是否定的，因为在其他非文本中我们同样也能够看到这些语言现象的出现或重复。就以"陌生化"这个概念为例，什克洛夫斯基也从来没有在他的论述中"清楚地说明被'陌生化'的究竟是内容还是形式，换言之，一切艺术似乎都含有某种感知的更新，但并非一切艺术形式都以其独特的技巧引人注目，或有意识地'暴露'或展现其本身的'手法'"③。（3）"文学性"能否等同于文学的唯一价值？作为形式主义自足论的核心语汇，"文学性""诗性"这类语汇带有明显的价值判断倾向是不言而喻的，特别是当它们被当作考察文学成功与否的唯一标准时，它的偏执性就表现出来了。就像司格勒斯指出的那样：

---

① ［英］特雷·伊格尔顿：《二十世纪西方文学理论》，伍晓明译，陕西大学出版社 1987 年版，第 7 页。

② ［美］威廉·K. 维姆萨特：《推敲客体》，李淑言译，见赵毅衡编《新批评文集》，中国社会科学出版社 1988 年版，第 515 页。

③ ［美］弗雷德里克·詹姆逊：《语言的牢笼》，钱佼汝译，百花洲文艺出版社 1997 年版，第 63 页。

所有的戏剧是文学的，但所有的戏剧并非是同样有价值的。我们估价一出戏的理由，很可能是既与它的形式相关，同样地又与它的功能相关。在一定的程度上，一部文学作品指向我们这些作为充满活力的人的经验，我们可以因为我们称它"真实"或"正确"而估价它——这"真实"或"正确"，不是一种外表上的性质，而是一种在信息和它的存在语境之间的适合。……文学叙述语言的编码是一种形式的方法，一种结构的手段，它能够使叙述语言的作者传达某种意义。当然，我们主要就它们形式的优雅，估价某些文学的叙述话语；但我们也可以就它们提供的有关存在的各方面的洞察力，而估价文学的叙述话语，如果仅仅是因为洞察力不适用于形式的编码，而声称没有这回事，那将是愚蠢的。[①]

这一艺术价值判断上的偏执还将延伸到两个方面：从横的方面看，"在文学中，每一个可被归纳成规则的方面都面临降为科勒律治意义上的'机械艺术'的危险"[②]。从纵的方面看，它将导致"把文学分析和文学史与价值和价值判断割裂开来"的危险，比如，在俄国形式主义那里，相信"标新立异"是历史进程中判断文学价值的唯一标准本身就是一种谬论，因为

---

① ［美］罗伯特·司格勒斯：《符号学与文学》，谭大立等译，春风文艺出版社 1988 年版，第 51 页。
② ［美］罗伯特·休斯：《文学结构主义》，刘豫译，生活·读书·新知三联书店 1988 年版，第 265 页。

"这种看法会吹捧马洛之类的创新者超过莎士比亚"①。

上述理论困境导致了形式主义自足论出现了一个根本性的谬误。这个谬误"并不是因为它要对所研究的材料的某些方面作出必要的隔离，而是因为它拒不承认这些并非仅有的方面，或者因为它坚持认为，这些方面是在一个完全封闭的、没有受到文学之外的世界的任何影响的系统内运转"②。如果从文学解释学的角度看，它还集中体现了文学解释一元论的基本特征。所谓文学解释一元论，按照布斯的说法，就是"不管主题是什么，他们都想要么在当下用某种单一方案来解决所有问题，要么展示出某种单一方案（无论在结构上有多么复杂）'原则上'在未来既是理想的，又是可实现的"③。这种观念坚持认为，任何文学作品都是超越时间的自主自足的语词构成物，即使是读者及其阅读环境发生了改变，作品本身仍然保持不变，由特定关系构成或生发的文本意义也像是物理性的存在物一样客观地存在着。新批评的文学自足论可以看作是这种一元论的典型代表，而结构主义则是这种一元论在方法论上的强力支持者，它们所表现出来的本质主义思维特征是非常明显的。而从更深层的哲学根源上来看，形式主义文论的自足论的总体哲学思想是：现实不是通过语言来反映的，而是由语言产生的，现实的产生依赖于我们所创造的符号系统。究其实，它不过"是哲学上唯

---

① ［美］雷纳·韦勒克：《近代文学批评史》第 7 卷，杨自伍译，上海译文出版社 2006 年版，第 543 页。

② ［美］罗伯特·休斯：《文学结构主义》，刘豫译，生活·读书·新知三联书店 1988 年版，第 16 页。

③ Wayne Booth, *Critical Understanding : the Power and Limits of Pluralism*, Chicago: University of Chicago Press, 1979, p. 12.

心主义的又一种形式，它把现实视为实质上是语言的产物这样的观点，不过是古典唯心主义学说的最新翻版：世界是由人的意识构成的"①。

二 目的论：形式的神秘化

克莱夫·贝尔曾说："把对象视作纯粹的形式，就是把它们本身视作目的。"② 这句话一定程度上道出了形式主义的形式目的论的真实面相。所谓目的论，就是认为某种观念的目的是预先规定事物、现象存在和发展以及它们之间关系的原因和根据。在西方思想中，形式这一概念不仅具有事物之外观的含义，同时包含有事物的成因或本原、事物的"目的性安排"以及"普遍的力量"或"上帝"这类更复杂的含义。在柏拉图那里，"形式"或"理式"具有一种神秘的抽象自足性；在亚里士多德那里，形式对质料具有逻辑的优先性，是质料的原因或目的，或者被赋予质料以结构安排之施动者的角色，也就是说，形式与内容是一种决定与被决定的等级关系，形式在事物的存在中具有主动的、有目的的、决定性的存在意义。在中世纪，形式这一概念进一步得到了神学化的阐释。形式的有目的、优先性、永恒性、第一推动力等内涵或特征，同上帝创世的秩序性关联或等同起来。在普洛丁和托马斯·阿奎那那里，美与善虽然去向不一，却同于始因——美与善是不可分割的，因为二者都以形式为基础——美是理式所在的地方，善却在美后面，是美的

---

① ［英］特雷·伊格尔顿：《文学原理引论》，刘峰、龚国杰等译，文化艺术出版社1987年版，第129页。

② ［英］克莱夫·贝尔：《艺术》，薛华译，江苏教育出版社2005年版，第30页。

本原，但上帝才是至高的美、绝对的善。换言之，形式的纯粹性、神秘性与上帝创世的秩序性是同一的，具有难以言说的神学目的论意味。它的神圣光环还照射到浪漫主义、唯美主义诗歌创作中，并为西方文艺理论史上著名的"有机主义美学"提供了逻辑起点。浪漫主义文学运动对文学形式的探索的理论结晶就是所谓"有机体"这一概念，在其中，艺术作品的"生命原则"被类比为生物有机体的生命原则。比如，柯勒律治认为，诗的各部分是相互支持、相互解释并且全部按各自的比重相互协调以支持诗的格律形式的目的的。在唯美主义作家王尔德那里，艺术即是它自身，它的目的就在于追求自身的完美。他反复告诫人们不要在油画中寻找主题，而要把全部的注意力放到色彩的美妙和构图的完满上，而对于诗歌的欣赏与批评亦复如此。爱伦·坡在其《创作哲学》一文中例证了他的《乌鸦》一诗的各部分是怎样依据他预期的单一"效果"发展构成全诗的。在德国古典美学中，基于对浪漫主义诗学传统的美学思考，我们看到，康德对美的分析中，"形式的合目的性"才是审美趣味形成并呈现出来的最终根源。

　　形式主义文论对神秘性、自足性的形式目的论有着大量的继承甚至发挥。比如，艾略特就说："一个艺术品，它本身就是目的，而批评，按照它的定义来看，是关于它本身以外的某件东西。"[①] 他还说："我不否认，艺术可以肯定地说是为它本身以外的目的服务；但是艺术不需要意识到这些目的，而且它

──────────

① ［英］托·斯·艾略特：《批评的功能》，见《艾略特文学论文集》，李赋宁译，百花洲文艺出版社1994年版，第73页。

愈是不关心这些目的，就愈能更好地发挥它的功能。"① 理查兹在《科学与诗》中对诗歌的这种形式的合目性作了近乎膜拜的称颂："诗人们主要的特点，是他们对于文字的运用非常惊人。……他知道文字怎样互相限制，在心灵中文字各种不同的效力怎样组合，它们又怎样谐和于整个的反应。"② 对于诗人如何达到这一点，理查兹并没有从决定论的角度亦即人类精神实践的自由自觉的特征去把握，相反，他试图回到神学目的论中寻找根源："'真'相当于'内在必然性'或者正确性，凡是'真实'或者是'内在必然'的东西都完成或合乎经验的其余部分……不论是美或其他反应。"③ 在布鲁克斯那里，形式的合目的性也成为批评的主要判断标准，他在《形式主义批评家》一文中说："文学批评主要关注的是整体，即文学作品是否成功地形成了一个和谐的整体，组成这个整体的各个部分又具有怎样的相互关系。"④

总的来说，在西方文学理论的发展过程中，从文学的自足性引导出有机主义美学，并在此基础上进一步引申出形式即抽象样式的这一思想发展历程，目的论思想在其中清晰可辨并贯穿前后。在形式主义的形式目的论中，无论是用"神"的目的来解释艺术作品之形式安排的外在目的论，还是将文艺作品内

① ［英］托·斯·艾略特：《批评的功能》，见《艾略特文学论文集》，李赋宁译，百花洲文艺出版社1994年版，第73页。

② ［英］理查兹·瑞恰慈：《科学与诗》，曹葆华译，见徐葆耕编《瑞恰慈：科学与诗》，清华大学出版社2003年版，第26页。

③ ［英］艾·阿·瑞恰慈：《文学批评原理》，杨自伍译，百花洲文艺出版社1992年版，第245页。

④ ［美］克林斯·布鲁克斯：《形式主义批评家》，龚文庠译，转引自赵毅衡编选《"新批评"文集》，中国社会科学出版社1988年版，第486页。

部的某些必然性看作是为了美的目的而存在的内在目的论，它们对于文艺作品存在与发展的客观因果性与规律性都作了唯心主义或神秘主义的解释。按照前者的看法，"猫被创造出来是为了吃老鼠，老鼠被创造出来是为了给猫吃，而整个自然界被创造出来是为了证明造物主的智慧"①。结果文艺成了印证神性之伟大而非人类自由创造的活动。而按照后者的看法，目的是比必然性更高的原则，事物不是因为其内在必然性而存在，目的才是事物存在的真正根据和推动者，结果文艺创造的动力因被摒弃了，目的因成了解释文艺存在合法性的唯一根源——文艺与现实的内在联系也因此而被截断了。无论是前者还是后者，它们的共同特点就是：人类主体的实践活动具有自由性、自觉性这一特点被放逐了。

三 还原论：悬置与抽取

按照德国哲学家 R. 卡尔纳普的说法，所谓还原主义（Reductionism，又叫还原论、化约论）实际上是一种相信复杂事物或现象的所有方面都可以通过将其还原为各个组成部分或更为低级的形态来加以理解的信念。在还原论方法的解析下，世界图景将会展现出前所未有的简单性。还原主义基于一元论哲学的本体论预设，认为"某一种类的东西能够用与它们同一的更为基本的存在物或特性类型来解释"②。其核心理念是："世界由个体（部分）构成。"其基本方法论手段则是化复杂为简单，

---

① ［德］恩格斯：《自然辩证法》，见《马克思恩格斯选集》第 4 卷，人民出版社 1995 年版，第 265 页。
② ［英］尼古拉斯·布宁：《西方哲学英汉对照辞典》，余纪元等译，人民出版社 2001 年版，第 6 页。

通过对研究对象的不断剥离与割析，使其恢复到最原始的状态。虽然，还原作为一种思维由整体到部分、由连续到离散的操作，其"分解性"在很大程度上与人类主体思维的割离本性紧密相关，但是人类思维的逻辑点所要求的思维割离性也必然会与实在对象的内在统一性发生冲突或矛盾，因此，辩证法才要求我们充分注意研究对象的内在矛盾性，不能把本来相互联系、相互过渡的对象或对象之间的关系绝对地分割开来，同时，面对心理学科或与心理学科密切相关的学科时，要充分考虑其特殊性，不能将生动丰富的心理现象变为毫无意义的元素的集合体，在分解中丢掉原有心理现象的特殊意义。而形式主义文论的还原主义倾向在某种意义上恰恰就像詹姆逊所说，"分离出内在的东西，使自己特有的研究对象同其他领域的研究对象彻底分家"①。在俄国形式主义者那里，它以是"手法""支配""突出""变形""故事形态""功能"这类概念及分析方法表现出来的。在新批评派那里，切除了"意图谬见"和"感受谬见"的文学文本被看作是一个独立的、自足的实体，文学文本的审美感受被化约为由"张力""反讽""悖论"这些所谓剔除了印象式感悟的科学化术语所描述的文学文本结构中各种对立因素的均衡以及结构和意义的有机统一，由此而形成的理性规范不容任意摆布，它相对独立于作品的最初来源和最后的效果。在符号学那里，建立一个研究对象（比如符号系统的特殊性及其在信息中的应用，或者不同于自然语言的意指系统的功能作

---

① ［美］弗雷德里克·詹姆逊：《语言的牢笼》，钱佼汝译，百花洲文艺出版社 1997 年版，第 4 页。

用）的模拟物是其根本目的。横组合与纵聚合、历时研究与共时研究、隐喻和转喻之类的区分以及其他简化了的编码，显示了他们用"科学"的符号学去网罗或编织一切知识形态的科学雄心。在结构主义者那里，神话被归约为结构中要素或单元的某种关系集束或结构逻辑（列维－斯特劳斯），鲜活的故事被归并为"词类"或"句子"（托多洛夫的《十日谈》研究），故事的结构被同步于句子的结构（格雷马斯），文学文本的意义只有通过"分割"和"排列"这样的程序才能得到敞现（罗兰·巴特），等等。

大致来看，形式主义文论的分解性操作主要是通过两种方式达成的。一是悬置。也就是用加"括号"的方式，将一切他们认为与艺术性、文学性、诗性无关的东西悬置起来，把文学作品最后化约为某个简单或基本的形式要素，比如俄国形式主义将文学作品的文学性化约为"手法"；新批评将文学作品的本体化约为结构和意义的"有机统一"（布鲁克斯）或者决定作品本身价值的"决定性结构"（韦勒克）；符号学将文学作品化约为约定俗成的符号及其在系统中的特定位置而产生的功能性意义，等等。就像特里·伊格尔顿所描述的那样，形式主义眼中的文学"不是伪宗教，不是心理学，也不是社会学，而是一种特殊的语言组织……文学不是传达观念的媒介，不是社会现实的反映，也不是某种超越真理的体现，它是一种物质事实，我们可以像检查一部机器一样分析它的活动"①。从这些排他性

---

① ［英］特雷·伊格尔顿：《二十世纪西方文学理论》，伍晓明译，陕西师范大学出版社 1987 年版，第 4 页。

的理论集束中，可以充分看到上述悬置特征。二是抽取。这一点在结构主义文论表现得尤为明显。罗曼·雅各布森的"功能结构"、托多洛夫的"叙事语法"、格雷马斯的"行动元"和"符号方阵"等，都是从整体性的文学艺术作品中抽取某种结构性的形式关联，以此来研究文学或概括文学的本质。通过这两种基本的方式，形式主义的文学研究被推回至语言学的研究，并且依赖于语言的研究。

在形式主义文论的还原主义倾向中，我们看到了一种类似柏拉图的"理念"建构世界式的理想主义，"在其中，真正的文本被表征为由理想的本质投射的阴影，表征为一些本质结构（它被认为通过文本才得以可见）的各种各样的显现"①。也就是说，这种类似 X 光机透视人的骨骼一样的还原主义在解释文学文本时通过把它化约为一种结构的外观进而否定了它的真正的复杂性、丰富性。此外，我们还将看到这种还原主义的另一个致命问题，那就是：这种化约或还原的文学语言或结构模型根本没有考虑到新的文学形式得以形成的机制或方法，它提供的至多是一种面对过往文学创造活动的抽象的文学形式类型，无法为未来的文学创作活动提供新的指南。而这一点在索绪尔将对一个凝固的体系化的语言共时性研究从对调节着语言的历史发展的力量的历时性研究中分离出来时，就已经内在地逻辑地决定了它的理论局限性。

四 工具理性的追求：唯科学主义

形式主义强调的工具化的甚至是机械性的那种文学批评操

---

① ［英］托尼·本内特：《形式主义与超越》，强东红等译，载《马克思主义美学研究》第 9 辑，中央编译出版社 2006 年版，第 298 页。

作模式，带有鲜明的唯科学主义倾向。结构主义文学批评在此方面最具典型性。他们通过对以圣伯夫、丹纳等人为代表的欧洲实证主义批评传统和渊源更为久远的人文主义批评传统的反拨，切断了文学同现实、作家以及读者的联系，全心致力于建设一门无所不包又能解释一切的文学科学，就像罗兰·巴特所宣称的那样，"结构主义不正是通过成功地描述'语言'（言语来自语言，我们又能从语言产生言语）来驾驭无穷无尽的言语的吗？面临无穷无尽的叙事作品以及人们谈论叙事作品的各种各样的观点（历史的、心理的、社会学的、人种学的、美学的，等等），分析家的处境同面临种类纷繁的语言和试图从表面看来杂乱无章的信息中找到一条分类原则和一个描述中心的索绪尔，几乎是一样的"①。为了让文学批评具有更严格的科学性和更加程式化，建立一种野心更大的批评技术理念似乎就成为其逻辑的必然——对清晰度、逻辑性的追求以及对证据一丝不苟的关切；拒绝接受传统的社会历史分析或貌似客观而实际主观的批评判断；将自然科学运用的那些方法移用到文学研究上来；在工具主义的基础上吸收对任何特殊个案适用的方法与技巧；等等。

这一科学雄心首先来自于索绪尔。他选择了符号却放逐了意义，试图通过建构一套普通符号学把所有科学融入其中，语言学作为领航科学，"处于结构主义方案的核心地带"，成为推动索绪尔野心的纲要，并让所有有关符号的科学"都聚集在同

---

① ［法］罗兰·巴特：《叙事作品结构分析导论》，张裕禾译，见伍蠡甫、胡经之主编《西方文艺理论名著选编》下，北京大学出版社1987年版，第474页。

一范式的周围",成为"融化所有社会科学的大熔炉"①。到了格雷马斯这里,这种科学主义的雄心发展到极致,符号学结构主义"不仅是语言学的一个简单分支,它还一直试图把所有的人文科学纳入自己的版图"②,格雷马斯从一开始就总是盘算着,"符号学应该超越语言学,语言学只是它的一部分"③,并且"能够把人类学、语义学、精神分析和文学批评统一在一杆大旗之下"④。他从逻辑学那里借来"isotopie"这一概念用以揭示出全部文本是如何从属于同一语义层面的,并宣称"对于社会科学而言,这些技术可与自然科学中的代数方程式相媲美"⑤。从这里,我们可以看到,作为结构主义最为形式化的分支,符号学结构主义试图通过与自然科学、逻辑学、数学的联姻来最大化地实现上述科学雄心,它"盼望以无所不在的数学术语('程序运算法则''确立等值法则''转换法则'),凸显出科学的重要性,盼望着它成为严密之模型"⑥。美国学者雷纳·韦勒克曾列举了形式主义文学批评中唯科学主义的若干表现:"一种是企图效法一般的科学理想,力求使研究做到客观、

①　[法]弗朗索瓦·多斯:《从结构到解构——法国 20 世纪思想主潮》上卷,季广茂译,中央编译出版社 2004 年版,第 66 页。

②　同上书,第 281 页。

③　格雷马斯接受多斯访问时所言。转引自[法]弗朗索瓦·多斯《从结构到解构——法国 20 世纪思想主潮》上卷,季广茂译,中央编译出版社 2004 年版,第 281 页。

④　[法]弗朗索瓦·多斯:《从结构到解构——法国 20 世纪思想主潮》上卷,季广茂译,中央编译出版社 2004 年版,第 281 页。

⑤　[法]格雷马斯:《结构语义学》,转引自[法]弗朗索瓦·多斯《从结构到解构——法国 20 世纪思想主潮》上卷,季广茂译,中央编译出版社 2004 年版,第 283—284 页。

⑥　[法]弗朗索瓦·多斯:《从结构到解构——法国 20 世纪思想主潮》上卷,季广茂译,中央编译出版社 2004 年版,第 283—284 页。

取消私人性格和确定（性）。这种企图，整个说来，支持的是一种近代科学发展前的唯事实主义；其次，便是努力模仿自然科学的方法，研究事物的起因和根源，实际上就是努力寻找任何一种关系，只要它在一种编年顺序的基础上是可能的。等而下之者，便是用科学因果律来说明文学现象是为经济、社会、政治条件的原因所决定的；另外一些学者甚至企图引入科学的定量分析法，如使用统计资料、表格、图解，等等；最后，一些野心勃勃的学者还进行了一次大规模的试验，用生物学的概念来追溯文学的进化过程。"①

现在的问题是：这种否弃人文主义透视，以证明代替直觉，将文本创作者的意图消解在语境交织的客体结构之中的做法到底有什么样的实际效果呢？我们来看两则例子。一是法国学者路易·艾的回忆。他说："我记得，作为评判委员会的一员，我给一部厚厚的著作写了一份摘要，那是研究婚姻问题的皇皇巨著，作者是格雷马斯的一位高足。从中得出的结论是，婚姻是一个两极结构。在某种程度上，这是真的。但是，这样的结论是否需要做上千页的分析？"② 二是让－弗朗索瓦·雷韦尔对巴特《时尚系统》的评价。雷韦尔讥讽说，巴特"用一个三段论来展示其论题：老鼠啃乳酪，老鼠是字节（syllable），所以字节啃乳酪。当然，在这方面，结构主义的老鼠是

---

① ［美］雷纳·韦勒克：《批评的诸种概念》，丁泓等译，四川文艺出版社1988年版，第245—246页。

② 法国学者路易·艾接受多斯访谈时所言。转引自［法］弗朗索瓦·多斯《从结构到解构——法国20世纪思想主潮》上卷，季广茂译，中央编译出版社2004年版，第286页。

无所不能的，但是，如果老鼠也写作，它还能吃乳酪吗？只有等待社会学家们来告诉我们了"①。如果说上述例证还不是真正意义上的文学批评的话，那么我们可以再看一则例子，它能告诉我们将基本的文学虚构体裁种类放入结构主义的语法箱内能否证实这种唯科学主义观念的有效性。德国结构主义学者安德烈·乔勒斯曾出版过一本《简单形式》，他认为，世界上存在着一些具有普遍意义的结构实体，并以简单形式语法或逻辑方式呈现出来。他讨论了跟文学相关的九种人类语言或符号活动的简单形式，分别是：传说、"萨迦"（英雄史诗）、神话、谜语、谚语、案例、回忆录、故事和笑话。但就像美国学者休斯所指出的那样，"作为一个'封闭的简单形式系统'，这本书是失败的——因为它既不是封闭的也不是系统化的。它没有使我们看到由这九种形式所构成的那个整体。它甚至没有正视是否还有其它可能的简单形式这一问题。为什么没有歌曲？祈祷？人物？等等"②。相同的例子还见于法国结构主义者艾琼·苏里奥的《二十万个戏剧情景》，这部用速记符号揭示出的不同戏剧情境的学术册子充满了各种速记符号，形同天书，令人望而生畏。

形式主义文论尝试用一种科学精神提出种种模式与假设，以此来解释审美效果是如何由文学的形式和技巧产生出来的，

---

① ［法］让-弗朗索瓦·雷韦尔：《"老鼠与时尚"》，《快讯》1967年5月22日，转引自［法］弗朗索瓦·多斯《从结构到解构——法国20世纪思想主潮》上卷，季广茂译，中央编译出版社2004年版，第289—290页。

② ［美］罗伯特·休斯：《文学结构主义》，刘豫译，生活·读书·新知三联书店1988年版，第75页。

其初衷及其努力是值得钦佩的，但是它试图去发现支撑人类一切社会与文化实践并成为其基础的符码、规则或体系，并为人文科学或社会科学创造整齐划一的科学纲要的科学帝国主义野心并没有让他的学术日子维持多久。因为，"科学主义者的科学雄心，由于解构分析对它赖以描述和把握文化生产的二元对立的诘难，被证明是一场白日梦"①。人们对之进行了猛烈的批评，诸如：从其他学科借用术语"以此来控制文学"；"放弃发掘作品的真正意义，相信所有的解释均等有效，从而威胁到了文学研究生死攸关的存在理由"②；用数学图式、分类学或造词术等披上科学的外衣并从总体上规避人文精神③，等等，在所有这些批评中最具有讽刺意义的是人们给这个科学至上、理性至上的结构主义戴上非理性主义的帽子，因为它"刻意追求悖论和稀奇古怪的解释，津津乐道语义游戏，自恋自醉自身的修辞技巧"④。如果我们摒弃那些带有先入之见的批评而理性地看待形式主义文论的话，这种唯科学主义的学术理念确实是以牺牲人道主义精神或人文主义内涵为代价的，并且它还创造出一种新的意识形态崇拜——科学崇拜，就像它们对文学文本的意识形态发掘十分痛恶一样，这种新的崇拜斩断了文学研究在科学性之外的一切可能具有的品格或特质。事实上它的科学之镜也无法完全洞悉或烛照纷繁复杂的、千差万别的、深邃幽微的

①　［美］乔纳森·卡勒：《论解构》，陆扬译，中国社会科学出版社 1998 年版，第 198 页。
②　同上书，第 10 页。
③　同上书，第 12 页。
④　同上。

文学现象或文学活动。至少，它的所谓科学性无法解决文学批评活动中两个相当关键的问题：一是批评家是否在任何时候都能找到作品的统一性；二是能否真正有效区分文学性与非文学性。就前者而言，回答显然是否定的。因为，形式主义的统一性假设（如文学文本的形式结构、关系集束、逻辑要素等）常常因为文学文本本身所显示出的不同成分、不同层次、不同结构之间的摩擦甚至矛盾而受到严峻的挑战，就像布鲁克斯自己所言，"诗的语言是反常的"，文学语言的内涵与形式的丰富多样性一定程度上构成了唯科学主义的简约模式的先天死敌。"假如可以解释存在于话语世界之中的一切实现了的简单形式并可以说明它们之间的关系的一个系统能够被建立起来，那将是结构主义文学批评的一个重大成功"，然而，现在面临的首要问题是："各种不同的话语形式是否可以系统地聚拢在一起"，"假如对这个问题的回答是否定性的，那么，整个结构主义事业就相当成问题了"①。就后者来看，形式主义一直致力于从文学文本中抽取文学性，然而非文学现象或非文学文本中同样可以发现某种文学性，就像乔纳森·卡勒发现的那样，"西格蒙德·弗洛伊德和雅克·拉康的研究显示了诸如在精神活动意义逻辑的结构作用，而意义逻辑通常最直接地表现在诗的领域。雅克·德里达展示了隐喻在哲学语言中不可动摇的中心地位。克罗德·列维－斯特劳斯描述了古代神话和图腾活动中从具体到整体的思维逻辑，这种逻辑类似文学题材中的对立游戏

---

① ［美］罗伯特·休斯：《文学结构主义》，刘豫译，生活·读书·新知三联书店1988年版，第77—78页。

（雄与雌，地与天，栗色与金色，太阳与月亮等）"，最终的结果显示，"似乎任何文学手段、任何文学结构，都可以出现在其他语言之中，假如关于文学性质研究的目的就是区分文学与非文学，上述发现将令人沮丧"①。

总而言之，形式主义文论特别是结构主义文论追求工具理性而忽视价值理性，将自然科学的观念、方法不加限制地搬用到人文科学科学中并想以此来规范文学批评或文学研究，是违背文学的科学研究精神的。它对科学方法或科学语言的错误模仿，以及主张自然科学是人类知识中最有价值、最权威的、最严密的和最有益的"科学崇拜"，无异于取消了人文科学研究的独特性。

五　主体之死：反人文主义

虽然在形式主义文论的自身发展过程中，不乏把文学作品看作人文精神的偶像以对抗 20 世纪的文化蛮荒主义的观念或主张，或者在理论架构上有意识地补足其"人文缺失"这致命一环（比如"穆卡洛夫斯基及布拉格学派在坚持文学史研究形式主义基本立场的基础上，有限度地引入了文学以外的其他文化形态以及人的审美感知的结构因素"②），但总体来看，形式主义的反人文主义的倾向还是非常明显的。这种倾向及特点在结构主义那里表现得尤其突出并被归纳为一个著名的口号："作

①　[美]乔纳森·卡勒：《文学性》，见［加］马克·昂热诺等主编《问题与观点——20 世纪文学理论综论》，史忠义等译，百花文艺出版社 2000 年版，第 40 页。

②　汪正龙：《穆卡洛夫斯基的美学思想——兼论布拉格学派的美学贡献》，《广州大学学报》2006 年第 6 期。

者之死。"用伊格尔顿的话来说，"结构主义在括起真实客体的同时也括起了人类主体"①。他还不客气地指出，"说结构主义在对待个别的主体方面存在问题，这是很温和的提法：实际上那个主体已被有效地取消，被简化为一个非人结构的功能"②。换言之，笃信一种语言或某种结构能够把握一切现实的这种看法既放逐了创作主体也放逐了接受主体。这种反人文主义突出体现在三个方面：

一是关于意义的决定权问题。作为对一种彻头彻尾的创生主义（creationniste）的语言学说的继承与发扬，形式主义认定语言及其内在结构就是造物主。在他们看来，"全部语言结构是一种普遍化的支配力量"③，文学文本的意义不是由创作者或者接受者来决定，而是由那些控制个人或主体的形式结构或体系来决定的。形式主义者们反复告诉人们说，并非作者的语言反映了现实，而是语言的结构产生了现实，创作者并不能控制语言的行动。在这里，主体被降格为一个死者的角色，创作者在创作时的心理活动状况，人们在实际阅读文学作品时发生的情况，以及由人这一主体所创造并接受的文学文本在整个社会关系中所起的作用，等等，都被有意识地加以遗漏或否定。在罗兰·巴特那里，理想的文本来自于它的能指系统性、意蕴能产性以及它形如蛛网的"织体性"。最理想的写作是："文的舞

① ［英］特雷·伊格尔顿：《二十世纪西方文学理论》，伍晓明译，陕西大学出版社1987年版，第124页。
② 同上。
③ ［法］罗兰·巴特：《法兰西学院文学符号学讲座就职讲演》，见《符号学原理》，李幼蒸译，生活·读书·新知三联书店1988年版，第5页。

台上，没有脚灯。文之后，无主动者（作者），文之前，无被动者（读者），无主体和客体。"① 而理想的文学批评"必须构建的仅仅是作品的系统，而不是作品的信息"②。至于批评的任务，"纯粹在于形式：它并不是在被考察的作品或作家那里去发掘某种暗藏的、深刻的、秘密的、至今仍被忽视的东西"③。在拉康那里，主体观是以颠覆的形式展示出来的，主体被设想为语言的产物或者结果。像他的"无意识是像语言那样结构起来的"这类公式以及"语言是器官（organe）"这样的命题，实际上是宣称人只能在语言中寻找人类的本质，此外别无他途。如果说新批评家们尚把文学看作一种人文理解的形式，在一定程度上还保留了意义或人文的话，结构主义者们却把文学看作一种语言的特别应用，这些极端的结构主义者"选择了一条着眼于技巧的、科学性的文学研究途径，它可能吸引当今之世，但是终究会使得艺术脱离人性而且毁坏批评"④。试图建立一种关于文学系统自身的结构或模式，并以此去阐释那些不仅仅在单个作品甚至在整个文学系统中发挥作用的结构原则，这种尝试与努力当然值得珍视，但"这并不意味着，个人的和主观的因素不应在文学研究中占有任何位置"⑤。

---

① ［法］罗兰·巴特《文之悦》，屠友祥译，上海人民出版社 2002 年版，第 25—26 页。

② ［法］罗兰·巴特《什么是批评》，张小鲁译，载《外国文学报道》1987 年第 6 期。

③ 同上。

④ ［美］雷纳·韦勒克：《近代文学批评史》第 7 卷，杨自伍译，上海译文出版社 2006 年版，第 543 页。

⑤ ［美］罗伯特·休斯：《文学结构主义》，刘豫译，生活·读书·新知三联书店 1988 年版，第 15 页。

二是文学意义的本源问题。许多形式主义者坚定地认为，任何符号或语词的意义，只取决于它在一个聚合系统中的某种位置，或者它在一个符号组合环境中的特殊运用，但实际上意义也是人类经验的功能。形式主义者无法否定这样的事实，即："许多文学都建立在这样的企图上，即产生和经验相关的符号对等物"①，并且人类自身的经验或经历似乎也常常因为锐意创新的冲动而否定纯粹符号或结构的重复。文学作品难道不是作家呕心沥血的结晶？不是他的创作生命之子？难道没有一定程度上表达出作家本质的自我？读者难道没有通过文学文本同作家之间进行某种精神或心灵的沟通与交流？语言的结构性描述能够解决文学反应这个问题吗？就连罗兰·巴特自己也承认"文学的第二种力量即它的再现力"②，可是，这种再现力又是谁赋予的呢？难道一个好的文学文本要讲出人生的真谛或者力图要讲述事物的本来面目不是极其正常的事情吗？然而，"结构主义者却要我们相信，作者已经'死了'，文学话语并没有讲述真实的功能"③。就像伊格尔顿质疑的那样："语言就是一切吗？关于劳动、性、政治权力又该怎么说呢？"④当形式主义者用抽象的语言系统将主体踢出言语活动时，它事实上形成了难以克服的二律背反：人们对形式结构的"科学性"满怀希

---

① ［美］罗伯特·司格勒斯：《符号学与文学》，谭大立等译，春风文艺出版社1988年版，第52页。
② ［法］罗兰·巴特：《法兰西学院文学符号学讲座就职讲演》，见《符号学原理》，李幼蒸译，生活·读书·新知三联书店1988年版，第9页。
③ ［英］拉曼·塞尔登等：《当代文学理论导读》，刘象愚译，北京大学出版社2006年版，第76页。
④ ［英］特雷·伊格尔顿：《二十世纪西方文学理论》，伍晓明译，陕西大学出版社1987年版，第123页。

望，自身却被踢进了深渊。

三是产生结构的能力来自哪里？形式主义者拼命致力于客观的语码与主体对语码的使用之间所做的区分，致力于语言同现实联系的阻隔，致力于能指同指涉物之间的划界，致力于把文学的纯形式分析同价值判断割裂开来，它为文学置换了一个人类之外的新主体，这个新的主体就是形式结构或形式系统自身，它"似乎具有传统意义上的个人的一切特质（自律、自我修正、统一性，等等）"①。这样的看法在罗兰·巴特关于批评的真实的论述中得到了集中的体现：

> 古典批评家很天真地相信主体是"实"（plein）的，而主体与语言的关系就是内容与表达形式的关系，但凭借象征的语言，似乎使人们确立另一相反的信念：主体并不是一个个别的实体，人们可随意撤离，决定从言语活动中排除与否（根据所选择的文学"题材"），而在一个虚无的周遭，作家编制一个变化无穷的语言（纳入一个转换锁链中），藉此使不说谎（qui ne ment pas）的书写所表明的，不是主体内部的属性，而是它的虚无（absence）。语言并不是主体的谓项，具有不可表达性，或者用来表达别的事物，它就是主体本身。……批评家把它的语言加在作者的语言之中，把他的象征加到作品中去，他并不为表达而去"歪曲"（deformed）客体，他并不以此作为自己的谓项。

---

① ［英］特雷·伊格尔顿：《二十世纪西方文学理论》，伍晓明译，陕西大学出版社1987年版，第124页。

他不断把符号扯断、变化，然后再重建著作本身的符号。信息被无穷的反筛着，这并非某种"主观性"的东西，而是主体与语言的融合，因而批评和作品永远会这样宣称：我就是说文学。它们齐声唱和，正好说明文学向来只是主体的虚无。①

在这里，我们不否认巴特为了拓展批评的空间以及展示文本的多重含义而对传统文学批评追求文学文本的唯一"真意"的做法而作了严厉批评，并认为这样的批评也将有助于批评空间的有效敞开，但是在批评活动中，是谁将自己的语言"加在"作者的语言之中呢？是谁在"扯断""变化""重建"着符号呢？是语言或者由它构成的结构系统本身吗？难道不正是那个结构主义者们要放逐的主体自身吗？巴特给我们提供的教训之一，就是"我们无权把语言当成我们自己的语言，因为语言本身是一个系统，我们一旦进入到这个系统中，就必须放弃自己的绝大部分个性。任何人在说和写的过程中，都会变成一只塞满文字的'硕大的空信封'。对巴特来说，他在这只信封上也只不过写下了自己的名字而已"②。

六　无名无姓：反历史主义

就像伊格尔顿指出的那样，形式主义或结构主义确实"包含着社会的和历史的意义理论的萌芽"，但是总的看来，"它们

---

① 〔法〕罗兰·巴特：《批评与真实》，温晋仪译，上海人民出版社1999年版，第68—69页。
② 〔英〕约翰·斯特罗克：《结构主义以来》，渠东等译，辽宁教育出版社1998年版，第80页。

却无法成长"①。因为社会和历史的基本特征在于变化和创新，而形式主义或结构主义"则要排除变化和创新，以便孤立和突出体系"②。对索绪尔及其继承者而言，"任何一种语言在它的每一个历史发展阶段都是完整的和完备的。语言史上没有进步，只有变化。语言学研究中的目的性或秩序原则并不存在于语言的历史之中，而存在于某一具体时刻上任何一个特定语言系统的符号之间的关系和对立的逻辑关系中"③。索绪尔语言学本来就是从共时性角度针对基于历时性研究并取得极大成功的19世纪语言学的一种反叛与挑战，因此，相比索绪尔语言学对符号的能指与所指之间的任意性关系的强调而言，把历史因素降到无足轻重的位置才是它对传统的更大挑战。比如，作为"文本先于历史"的这一观念的坚定支持者，罗兰·巴特就宣称："从原则上说，本文全体应最大限度地删除历时性因素，它应相当于一个系统的状态，一个历史的'断层'……这样我们将宁可有一个虽然多种多样却在时间上凝聚的文本全体，而不要一个虽然紧密但时延较长的本文全体。"④可见，就其对普遍结构必定存在于一个超越任何特定历史文化的集体心灵之中的这种狂热笃信而言，就像伊格尔顿所说，结构主义是惊人地反历史的，因为"结构主义要求分离出的心灵规律——平行、对立、转换

---

① ［英］特雷·伊格尔顿：《二十世纪西方文学理论》，伍晓明译，陕西师范大学出版社1987年版，第120页。

② ［英］拉曼·塞尔登等：《当代文学理论导读》，刘象愚译，北京大学出版社2006年版，第96页。

③ ［美］罗伯特·休斯：《文学结构主义》，刘豫译，生活·读书·新知三联书店1988年版，第27页。

④ ［法］罗兰·巴特：《符号学原理》，李幼蒸译，生活·读书·新知三联书店1988年版，第174—175页。

及其他，等等——在远离人类历史的具体差异的普通性层面上活动。从这样一个天神般的高度俯视，所有的心灵都是十分相似的"①。从语言学放弃对语音变化之历史的研究，到巴特所认定的"神话是通过摆脱事物的历史品质才得以建构的"②，从俄国形式主义坚定不移地将作家的生平研究、心理研究、社会问题研究以及历史语境研究放逐到学术研究的边缘位置，到结构主义把现实与历史全部放入括号，形式主义者通过孤立地突出形式体系或结构而取消了历史。这种反历史主义的观念在格雷马斯那里达到了极致。事实上，"结构语义学的另一项蕴含就是它的非历史主义"，格雷马斯甚至骄傲地宣称，"我们完全可以合乎情理地假定，我们在风马牛不相及的领域中遇到的不按年代顺序组织的内容，处于一个共同的范围之内。因为这个模型对内容丝毫都不关心，……我们必定认为，它是元语言性的"③。换言之，他那些"从现实中提炼出非时间性的组织起来的结构现实"，无论它处于何种历史语境之中，也无论它们具有何种内容，都跟历史本身无关，结构语义学要完成的就是建构一种超越了人类历史偶然性的、清除了所有经验主义遗迹的严密的符号模型。因此，对形式主义或结构主义者而言，那种关注某种文类的发展（比如小说），或者关注诗歌从古希腊到文艺复兴时期到底发生了哪些转变的这种历史性研究并无多大用处。对于

———————

① ［英］特雷·伊格尔顿：《二十世纪西方文学理论》，伍晓明译，陕西大学出版社1987年版，第120页。

② ［法］弗朗索瓦·多斯：《从结构到解构——法国20世纪思想主潮》上卷，季广茂译，中央编译出版社2004年版，第103页。

③ 同上书，第283—284页。

他们来说，"既没有要把作品与它所处理的现实联系起来的问题，也不存在将作品联系于使它产生的条件或者研究它的实际读者的问题"①，他们感兴趣的只是叙述的结构。至于文学史的任务，不过就是讨论文学中各种形式要素的可变异性以及形式要素的某种功能同另一种功能的结合，而非文学作品的起源问题。比如，在俄国形式主义者那里，所谓文学史不过就是艺术形式的因袭与反抗交替出现的内在演化而已，形式之外的其他因素进入到文学史研究中反而妨碍"文学性"的呈现，雅格布森甚至嘲笑说："过去的文学史家使我们想到了警察，为了逮捕某个个人，他们抓人时一个不漏，并且把住处的东西席卷一空，而且凡是过路的人也全部带走。文学史家无所不用——社会背景，心理学，政治学，哲学。非但不是文学的学术研究，他们提供给我们的是五花八门土生土长的学科。"②

然而，在苦心孤诣地找到那种所谓的形式结构或模型之后呢？就像伊格尔顿反过来批评的那样，"在阐明一个文学本文的潜在规则系统的特点之后，结构主义者就束手无策了，不知道下一步还该做什么"③。形式主义很难解释同一部作品为何在不同的历史时期会有不同的评价（既然它们内部有着一个不变的结构或模型）？也许对那些篇幅短小的文学形式，比如歌谣、民间传说、轶事、短篇小说或者稍长作品中的修饰性细节，形

---

① ［英］特雷·伊格尔顿：《二十世纪西方文学理论》，伍晓明译，陕西师范大学出版社1987年版，第120页。

② 转引自［美］雷纳·韦勒克《近代文学批评史》第7卷，杨自伍译，上海译文出版社2006年版，第539页。

③ ［英］特雷·伊格尔顿：《二十世纪西方文学理论》，伍晓明译，陕西师范大学出版社1987年版，第120页。

式主义或结构主义显示出了较好的解释力，但是静态的、非历史的"形式主义的方法基本上是共时的，因而不能很好地处理文学史或单部作品中的历史方面。这就是说，作为一种方法，形式主义所能发挥的作用恰恰在作为一个问题的小说开始时结束了"①。最终的结果是：形式主义者的文学史就是一部基于形式结构的自身变异历史，用艾亨鲍姆的话来说，就是一部脱离了"文学运动发展和自然延续"，脱离了"现实主义和浪漫主义的概念"，脱离了"一系列特殊现象的文学之外的一切材料"的无名无姓的历史。② 如果按照这样去理解文学史，那么，即使普希金未曾诞生，《叶甫盖尼·奥涅金》也会自然写成。

形式主义的反历史主义所导致的批评困境，从其深层哲学根源上讲是来自于其认知世界和理解世界的褊狭，即只承认物质的静止性，否认世界的物质运动性，割裂了运动与静止之间的辩证关系，只追求形式因，否认了事物的运动、变化及其因果关系。在这一方面，我们认为，德国著名符号学家恩斯特·卡西尔有关世界的认识与理解的区分及其剖析非常精辟，对于我们认识形式主义的理论局限很有帮助：

形式概念与原因概念构成了吾人对世界的理解所环绕之两极。吾人之思想倘若要臻于一固定的世界秩序的话，

---

① ［美］弗雷德里克·詹姆逊：《元评论》，见王逢振主编《詹姆逊文集》第2卷，中国人民大学出版社2004年版，第7页。
② ［俄］鲍·艾亨鲍姆：《"形式方法"的理论》，见［法］茨维坦·托多罗夫编选《俄苏形式主义文论选》，蔡鸿滨译，中国社会科学出版社1989年版，第50页。

则上述两个概念都是不可或缺的。而此中第一个步骤乃是，先把直接呈现于吾人知觉之中的存在之杂多面予以组织（gliedern），并依照一定的状态，一定的类别和种别予以分类。然而，在这一个有关存在的问题（Frage nach dem Sein）之外，却另有一个问题存在着，彼与存在之问题具有同样的根本性和同样的合理性，而这即是所谓变化的问题（Frage nach dem Werden）。我们不单只要问世界之"是什么"（Was），而且更要问世界之"从何而来"（Woher）。①

基于以上的认识，卡西尔把有关文化现象的认识与分析分为三个主要的相互关联的要素，即：作品分析（Werk-Analyse）、形式分析（Form-Analyse）以及与前两者相对立的建立于因果范畴上的演变分析（Werden-Analyse）。在卡西尔看来，相比自然现象，文化现象更为强烈地受制于变化之领域，因此，"如要从事语言学，艺术学和宗教学的研究，便非要倚仗语言发展史、艺术史和宗教史所给予吾人之指导不可。而且，若非掌握住'原因'和'后果'之指针，吾人实在难以在变化的波涛中从事冒险。如果我们不能藉着固定的因果系列去把众现象连结在一起的话，则对我们来说，现象将永远是一个不可看透的洪荒"②。卡西尔还进一步指出，在形式分析之外，还生发出行动分析（Akt-Analyse），这种分析关注的并不是"文化之构

---

① ［德］恩斯特·卡西尔：《人文科学的逻辑》，关子尹译，上海译文出版社2004年版，第139页。

② 同上书，第153页。

作或作品",也不是"这些作品藉以陈示给吾人的普遍形式",而是"心灵中的历程（scelische Prozessen）",这些历程"乃是作品之所由出,而作品乃是这些历程的客观成果"①。这也就是说,对于文学艺术作品的认知,如果仅从静止性的形式结构而不从历史演变或者主体创作的心路历程去把握,那么得出的结论将会是非常片面的。

七　纯与不纯：文学评判中的精英主义

形式主义文论的精英主义倾向在新批评中表明得尤为明显。在前述有关纯诗与不纯诗的严格划分中就可以清楚看到。按照他们的批评标准,那些一定程度上缺少形式美的文学作品,哪怕情感再真挚,哪怕包含了再多的对社会、人生、历史、自我的深刻思索,也不是真正意义上的文学,那些质朴的未经雕琢的民谣、口头文学、儿童文学,也都在排除之列。这一植根于英美高等学府的精英批评家的挑选文学经典的批评标准对于文学的大众化、普及化显然是不利的。英国著名文学理论家塞尔登曾就新批评对文本语言或形式的迷恋指出,他们审美趣味的实质"依然代表了同一种对文学作品审美的,人文主义的理想化潮流。这里,'文学'之所以受到强调,是因为这一批评传统最具有影响的（后来又被最严厉地解构了的）效果之一就是通过仔细的、'无功利的'文本分析（即通过利维斯所谓的'细察'导向'鉴别'）,把文学作品中的一些提高到另一些之上。换句话说,只有某些文学作品才是'文学'（构思和写出的最好

---

① ［德］恩斯特·卡西尔：《人文科学的逻辑》,关子尹译,上海译文出版社2004年版,第155页。

部分），才能够成为'传统'的部分，或者如今天人们更愿意说的'经典'的部分"①。甚至这种精英趣味的审美标准还体现在对文学内部不同文类的等级化区分或评判中。在兰色姆眼中，"诗是一个民主政府，而散文作品——数学的、科学的、伦理学的，或者实用的和俗文的——是一个极权政府"②，如果以这样的评判标准来看待文学，将会"产生巨大的危险，就会剥夺许多文学作品的选举权，剥夺它们被严肃认真地研究的权利。这也就是为什么在 20 世纪 60 年代以后的批评界革命中，经典遭到解密和解构的原因，只有把经典解构了，那些'深藏而未能被批评鉴别'的文学作品，例如哥特式小说、通俗作品、工人阶级文学和妇女文学等，才能在相对宽松和没有先发制人的环境中被置于它们原应占有一席的批评鉴别的议程中"③。

就像伊格尔顿批评的那样，如果说新批评家组成了一群精神贵族，那么"结构主义者似乎就构成了一群拥有远离'普通'读者的深奥知识的科学贵族"④。依照形式主义的看法，普通人对艺术的欣赏都存在问题，这同经典或伟大的文学作品只有通过大众的接受或认可方能拥有真正的生命的事实显然不符。实际上，从文学的功能看，审美从来就不是文学的唯一功能，文学的认识功能、教育功能、甚至心理补偿功能等共同构成了

---

① ［英］拉曼·塞尔登等：《当代文学理论导读》，刘象愚译，北京大学出版社 2006 年版，第 17—18 页。

② ［美］约翰·克娄·兰色姆：《纯属思考推理的文学批评》，张谷若译，见赵毅衡编《新批评文集》，中国社会科学出版社 1988 年版，第 95 页。

③ ［英］拉曼·塞尔登等：《当代文学理论导读》，刘象愚译，北京大学出版社 2006 年版，第 17—18 页。

④ ［英］特雷·伊格尔顿：《二十世纪西方文学理论》，伍晓明译，陕西师范大学出版社 1987 年版，第 124 页。

文学巨大魅力的源泉，形式美也从来不是决定文学价值高低的唯一尺度，文学作品中所展示出来的真挚的情感美、深刻的哲理美、感人的道德美等，同样是吸引人们热爱文学的重要原因。新批评派的精英主义倾向就其内在根源上讲，仍然是源自自身的理论局限——形式至上。

八 "猜谜"与"解码"：文学教育中的神秘主义

在形式主义的文学教育活动中，理论所具有的系统的反思性、批判性的思维活动的品格一定程度上被降格了，学生希冀通过文学达成"文化参与"的愿望也一定程度上被削弱了，文学教育活动演变为"猜谜"、"解码"活动。就像美学学者罗伯特·司格勒斯所调侃的那样：

> 新批评授予文学研究中作品完整性以特权，这导致建立起整个一系列解释的、教育学的和编辑的看法。删去诗歌的标题，隐藏诗歌作者的姓名，忽略诗歌写作的日期，交给学生们去解释。选集中作品的先后排列不是按编年史的顺序，而是按字母表的顺序；选集附录中的传记信息不是被省略就是被隐藏，没有任何显而易见的有关创作国家和日期的线索。在改善解释的名义下，阅读变成了一种神秘的事情，文学的课堂变成了一个小教堂，在那里，教士般的指导者（他了解作者、创作日期、标题、传记和本文的一般起源）以解释的奇迹，使信徒们瞠目结舌。新批评内在的痼疾——和它力量的源泉——就是指导者们对这种文化代码的运用，他们一本正经地主张，这样的代码同解释的过程是不相关

的。我当然不是在这里暗示有意的欺骗，而是暗示一个被信以为真的教育学神话，因为它使相信它的教师们感到满足。而他们整个立场，都植根于有界限的、自足的作品。①

如果说，新批评的文学教育蜕化为一种学生集体参与的"猜谜"活动的话，那么结构主义的文学批评则通过"分离""提取""归并""理想化"等基本简化途径达到"解码"的目的。结构主义眼中的"文学系统"是"由密码、文类与规约构成的完整的系统，它是我们辨别和解释文学作品的根据——那么我们似乎就已经发掘出了一个更实在的研究对象。文学批评可以成为一种'元批评'（meta-criticism）：它的作用主要不是作出解释性或评价性的陈述，而是追溯和考察这类陈述的逻辑，分析我们作出这些陈述时所从事的工作以及所应用的密码和模式"②。结构主义者笃信，"批评家应该找出译解本文的'适当'密码，然后就使用这些密码，这样，本文的密码与读者的密码就会逐渐融为统一的知识"③。这种将文学解读视为解码活动的看法遭到了英国马克思主义文艺理论家伊格尔顿强有力的反驳。它的内在困境首先表现为，"一个表面中立的批评方法可能隐含着整个社会意识形态；除非我们在研究这类方法时留心到这一问题，否则这一方法很可能还是会成为惯例本身的奴隶"④。

---

① ［美］罗伯特·司格勒斯：《符号学与文学》，谭大立等译，春风文艺出版社1988年版，第22页。

② ［英］特雷·伊格尔顿：《二十世纪西方文学理论》，伍晓明译，陕西师范大学出版社1987年版，第136页。

③ 同上书，第137页。

④ 同上。

其次，它自身无法回答如下问题："进行这项工作的目的何在？它可能服务于谁的利益？它会让文学学者感到现存的规约和运作方式是相当成问题的吗？还是它会宣告，这些东西构成任何文学学者必须获得的某些不偏不倚的技术智慧？'有能力的'读者意味什么？是否只有一种能力？又应该根据谁的和怎样的标准衡量这一能力？"① 再次，完全可能出现这样的情况："一个完全缺乏习惯定义上的'文学能力'的人能对一首诗作出惊人的、富于启发性的解释——这个人不是通过遵循既成的诠释程序而是通过蔑视它而得出这样一种读解的。"② 因为，"一种读解并不因为它忽视传统的批评操作方式就必然'无能'：在另一种意义上，很多阅读之无能却正是因为它们过分信任地沿袭了这类规约"③。最后，就算是读者终于发现了适用于文本的密码，还会出现这样的情况，即："文学作品既是'肯定密码的'（code-confirming），也是'创造密码的'（code-productive）和'打破密码的'（code-transgressive）：它可以教给我们新的阅读方法，而不是仅仅加强我们原有的方法。"④ 原因很简单，"'理想的'或'胜任的'读者只是一个静态概念，它易于掩盖一个真理：关于能力的一切判断都具有文化的和意识形态的相对性，一切阅读都要动用超出文学之外的假定，而用'能力'这一模式来衡量这些假定是十分片面的"⑤。

---

① ［英］特雷·伊格尔顿：《二十世纪西方文学理论》，伍晓明译，陕西师范大学出版社 1987 年版，第 137 页。
② 同上。
③ 同上。
④ 同上书，第 138 页。
⑤ 同上。

第五章 "反教化论"与审美追求的极端化误区

　　20世纪的西方文学文论，因不满西方几千年来的理性传统，摆脱长久被政治、道德以及文学的认识功能、社会功能所束缚的命运，愈演愈烈地呈现出非功利、纯审美的文艺追求，走向了审美极端化的反教化之路。这些问题突出地表现在20世纪兴起的众多文学创作与批评理论的流派中，因过多偏重形式、唯美诉求而呈现出形式主义、审美主义、非理性主义，以及怀疑、解构众"元"的思想倾向。

　　造成以上问题的原因是多方面的。极端审美化趋势的兴起与西方现代哲学美学思想有着不可割裂的渊源关系，同时也是20世纪艺术家、理论家们失望于资本主义世界所带来的种种苦难与不平等，环境遭到破坏与污染，人际关系表现出的冷漠与无情，阶级矛盾的尖锐化与人的主体性的丧失与异化等。因此，他们试图通过倡导被理性时代所忽视的感性、人类内在精神及艺术审美形式的回归，达到对异化了的现实社会与思想文化秩序的反拨与抗争。然而，这种矫枉过正的逻辑推演在变成一种世纪思潮之后，其所造成的后果也是深重而影响久远的。本章将从当代西方文论的"反教化"与审美追求极端化的视角对此做出分析与讨论。

第一节 众声喧哗下的高度默契——
审美"反教化"

与 19 世纪西方文论不同，20 世纪西方文论是在当代西方哲学两大思潮人本主义和科学主义的冲击下，在现代主义和后现代主义创作实践的推动下形成的。当代西方人本主义文论以象征主义和意象派诗论为起点，经由表现主义、精神分析、直觉主义"绵延"说、现象学和存在主义直至西方马克思主义文论以及解释学理论，构成了一条比较清晰的线索。这一线索重视人的个性与存在，强调内心活动和精神直觉，重视人的能动反应和主体特征，将对个体人的生命的尊重推高到压倒一切的位置。科学主义文论的肇始者则是俄国形式主义及其后继者布拉格语言学派，以及之后兴起的英美新批评、符号学、叙事学、结构主义、后结构主义与解构主义，等等。这条线索强调语言与形式，重视"文学性"以及文本之间的构造关系，在细读和科学分析中寻找文本的价值和意义，作品文本之外的因素不再考虑。当代西方文论的这两条线索，各有千秋，各有贡献，但也有着其自登场之初就表现出来的先天不足，审美"反教化"就是这众多问题中重要的一项。"反教化论"是一条贯穿当代西方文论始终的潜在主线。由众多思潮流派构成的当代西方文论，在否定和抵制文学艺术的教化功能这一点上都是一致的，达成了高度默契。

一 对情感、直觉、意识、心理的过度倚重

（一）主要理论表现

象征主义是颇具影响的早期欧美现代文学流派，它的出现在一定意义上促成了欧洲古典文学向现代文学转化的趋势。文学史将象征主义分为前后两期，前期起源于 19 世纪末的法国诗歌流派，其代表人物主要有波德莱尔、魏尔伦、兰波和马拉美，后期则产生于 20 世纪初，波及欧美许多国家，其代表人物主要有瓦莱里、叶芝和里尔克等。从 1886 年 9 月 15 日让·莫雷亚斯在巴黎《费加罗报》上发表的《象征主义宣言》这一流派肇始的经典文本中可以看到，"象征主义"呼吁人们脱离自然主义的客观写实倾向，努力寻求人类精神内在的最高真实，强调人类的内心生活、心灵体验、心理直觉，进而倡导诗人将视角由客观现实世界转向主体心灵世界，以具体生动之形式取代抽象思辨的概念性观念。诗人瓦莱里则在《谈诗》中指出"诗"这一词具有双重意义：其一指"特殊性质的感情境界"；其二则指一种艺术、一种奇异的技巧，而这种技巧的目的则在于恢复和重现诗的第一层意义。他明确指出："在促使诗情自发产生的自然环境之外，运用语言的技巧、随心所欲地恢复和重视诗情，这便是诗人的目的。"也就是说，在瓦莱里看来，诗人的创作目的在于有意识、有目的地采用精巧的语言技巧，塑造出可以令人感受到的洋溢着"诗情"的诗歌世界，在于唤起"普天之下共有的感觉"，而这种感觉是由"一种新生的感觉、一种感知一个世界或众多关系的完整体系的意愿组

成的"①。瓦莱里十分看重诗人的力量,"人之所以是人,是因为他具有意志和力量去保存或者恢复他必须保存或者恢复的事物,不让它们自然消逝……他不断寻找,终于找到了一些方法,使他能将本人生活中最为美好或者最为纯洁的心灵境界和精神状态记录下来,按自己的意愿将他们重现出来……一切创造出来的艺术都是运用其特殊的手段以赋予转瞬即逝的美好时光以一种永恒的可能性,使之能永远延续下去。任何一部作品只是这种增值或者可能再生的工具"②。瓦莱里对于诗歌创作炽热的情愫和对诗歌语言技巧锤炼方面的重视由此可见一斑。但值得我们思考的是,虽然我们重视文学创作中"形之于心"到"形之于手"的"物化过程",以及在这一过程中,作者情感因素所起到的重要作用,但我们绝不能将这一过程看作是唯一的、孤立的、哲学意义上的神秘环节。瓦莱里所说的那些能将生活中的美好心境记录下来的,并可以引发"诗情"的"方法"固然重要,但它毕竟只是文学创作机制中众环中的一环,而不能不加节制地、无限夸张地凸显它、强调它,并把它置于一种带有哲学意味的神秘空间上去。

20世纪最引人瞩目的学说应当是弗洛伊德的精神分析学说。这一学说最初起源于弗洛伊德在治疗精神病患者的实践中研究出的一套方法,后来逐渐影响到现代心理学和人文学科等诸多领域。1900年弗洛伊德的《释梦》是这一学说创建的标志

---

① 朱立元、李钧:《二十世纪西方文论选》上卷,高等教育出版社2002年版,第91页。

② 同上书,第96页。

性著作。前期精神分析美学的主要代表人物有弗洛伊德、荣格、奥地利心理学家奥托·兰克，后期精神分析美学的代表人物则有法国的拉康、德勒兹，以及美国的霍兰德等。精神分析对 20 世纪的美学思潮产生了重大的影响。

"文学是性欲的升华"这是弗洛伊德文学主张的基本观点，在他看来，"力比多"（libido）的释放有三条出路：第一是通过正常的性行为得到宣泄，第二是因倒流或固着形成病态的情结或因压抑而引起精神病，第三是转移与升华。文学创作即是转移与升华的结果，属于第三种，"艺术的产生并不是为了艺术，它们的主要目的在于发泄那些在今日大部分已被压抑了的冲动"①。因此，文学艺术的起源和本质在于力比多的升华。与此相关，弗洛伊德在精神病患者身上发现了俄狄浦斯情结与文学创作的关系。他认为，对父母一方的强烈妒忌能够产生十分强大的破坏力，这种破坏力可以产生恐惧，从而对人格的形成和以后的人际关系产生重大影响。在弗洛伊德看来，几乎所有的精神病患者都是如此，这样他就将这种现象视为一种普遍的现象，他假定俄狄浦斯情结是神经症的核心，同时还在此基础之上来解释复杂的文化现象。1913 年在《图腾与禁忌》一书中弗洛伊德提出，男孩早期的性追求对象是他的母亲，他总想占据父亲的位置，这就是恋母情结。弗洛伊德认为，恋母情结是个人人格发展的一个重要因素，蕴含着文化与社会的起源问题。在人类发展的童年时期，父亲拥有对姐妹、女儿独占的性权力，

---

① ［奥］弗洛伊德：《图腾与禁忌》，杨庸一译，台湾志文出版社 1988 年版，第 116 页。

于是儿子起来反抗，杀掉甚至吃掉父亲。然而，由于感到罪孽深重，儿子便压抑了对母亲、姐妹和他自己女儿的性欲，这样乱伦禁忌和族外婚姻便产生了。弗洛伊德以此还解释了索福克勒斯的《俄狄浦斯王》剧中俄狄浦斯弑父娶母的深层原因，莎士比亚的《哈姆雷特》剧中哈姆雷特的拖延杀死叔叔的行为作为其童年被压抑的愿望的实现的模范作用，以及陀斯妥耶夫斯基的《卡拉马佐夫兄弟》中德米特里曾表现出杀父的动机，然而最终杀死父亲的却是他患癫痫病的弟弟，其杀人的动机也是一种"情杀"等，一系列经典作品中主人公人格、潜意识中的"俄狄浦斯情节"等。弗洛伊德还考察了达·芬奇的身世与其绘画作品之间的某种关联，认为作为私生子的达·芬奇，由于得到了母亲卡特琳娜过多的温情和溺爱，所以刺激了儿子的性冲动，使他过早成熟。然而，在达·芬奇 5 岁时，由于他不得不离开生母到父亲家生活，于是这种性的冲动就受到了压抑，逐渐升华为对艺术、科学的"好奇心"和"求知欲"。在达·芬奇后来的许多画作中，之所以都表现了母子关系的秘密，这是一个非常重要的原因。如《蒙娜丽莎》"独特的微笑"，实际就表现了达·芬奇儿时对生母的记忆。母亲的微笑他早已忘记，然而他却在模特的脸上重新发现了这种微笑，从而"被深深地迷住了"，这样便激起了他的幻想和创作热情，给了他表现这一微笑的机会。在之后创作的《圣安娜和另外两个人》中，两位女性的脸上也同样表现了那种迷人的微笑，这几乎成为达·芬奇非常乐意表达的主题之一。在弗洛伊德看来，《圣安娜和另外两个人》这幅作品实际可以看成是达·芬奇童年经历的又一次展现。由于在父亲家里受到了仁慈的继母和祖母的温情照顾，于是启发他要创作一幅表现在母亲和外祖母照顾下的童年生活的画卷。而画中的两个女人之所以被画得都很年轻，一个向孩子伸出双臂、一个则处在背景位置上，都同样带有母亲般幸福的笑容，就是因为这幅画表现了达·芬奇无意识中对母亲的爱恋，画中的两位女人就是他的生母和继母的形象。弗洛伊德对易卜生的《罗斯莫庄》、歌德自传中对童年的回忆以及莎士比亚的《三个匣子的主题思想》等其他作品的分析，也都带有类似的结论。

创作与白日梦也是弗洛伊德艺术观念中十分重要的内容，他认为，艺术创作与白日梦都是主体本能欲望被压抑后得以满足和实现的结果，这种欲望是受到压抑的儿童时期的欲望，是对现实的某种脱离，有着表层的显在的层面和深层的隐在的层面，是需要经过一系列象征、扭曲、变形和改造的过程来完成的。所不同的只是后者属于个人纯粹的欲望满足，前者则是可以与他人分享，具有社会文化价值的产品，因此文学作品的产生比梦的形成经过了"更为严格的检查与筛选"，前者高于后者。弗洛伊德发现，作家富于想象的创作，正如白日梦一样，是童年生活的继续与替代。他通过"想象"创造出的一个虚幻的世界，使现实中无法实现的欲望得以满足，虽然这是一种假想的满足，但同样能够达到宣泄的目的。作家的创作，实际可以看成是对自己白日梦的记述。

如果说弗洛伊德的艺术理论源于他对"力比多"这一人的原始的性欲冲动的深入探讨，那么流行于欧美思想界以亨利·

柏格森为代表的"生命哲学"则在于对生命的"绵延"的深刻理解与挖掘。这种哲学无限夸大生命现象的意义和作用，强调生命之律动与变幻，试图以惯性的经验和理性的思维定式来认识世界，认识人类自身。1927 年，在柏格森获得诺贝尔文学奖的颁奖词中，瑞典皇家科学院对他的评价是："他亲身穿过理性主义的领地，开辟了一条通路，由此打开大门，解放了具有无比效力的创造推进力。从这扇大门可以走向一种情境，在这情境中，人类精神再现了自己的自由，并看见了自己的重生。"① 柏格森的生命哲学是对现代科学主义文化思潮的一种反拨，其追随者一直络绎不绝，并最终形成一种以柏格森为中心的直觉主义哲学学派。在直觉主义者看来，经验和理性是不可靠的，无法给人真实的知识，只有人的神秘的内心体验的直觉，才能让人看清或理解事物的本质。没有直觉，就不能了解现实。直觉主义不仅把直觉与对事物的感性认识对立起来，同时也把直觉与逻辑思维即理性认识对立起来，他们把直觉理解为一种带有神秘主义色彩的特殊的认识能力。总之，在他们看来，直觉是一种超越感性、理性、实践的最重要的人的认识能力。

柏格森将对意识问题、生命绵延与意志自由的思考建立于对"自我"的反思和关注上，他试图以"自我"之内蕴深广的属性为出发点，建立一个超然独立的"自我"之存在。他极端反对将数理、计量层面的数值和测量引入生命意识领域中来，同样也反对那些将"实体"看作是纯一体的铁板一块论（英国

① 王国荣主编：《诺贝尔文学奖获奖作品精华集成》，文汇出版社 1993 年版，第 417 页。

的斯图亚特·密尔和泰纳），他第一次提出了科学的、钟表的时间中不存在生命的绵延这一命题。他认为，生命体的灵魂不是由相似抑或相同的物质毗连在一起黏合、组成的，它不遵循语法的逻辑即认为现实一如单词排列成句那样由诸多部分集合而成。我们的生命意识应当作为一个整体而富有灵动变化的状态去表现。"自我"越接近它本身，便越能够处于意志自由的状态，这种状态不同于并置、毗邻性的存在，而是彼此渗透交融，就像是我们中的每一个人都有自己的爱与恨，然而这种爱与恨的情感正反映出我们整体的独特性。由此，柏格森用一种新的连续的质的意义上的异质性来取代了旧有的数字、空间上的连续性，强调将绵延中的每一个状态都看作是连续的、具有关键作用的相位。柏格森认为，哲学的研究对象与自然科学不同，自然科学是研究外在的不变的物质，所以它可以用概念、判断等理性形式加以研究的；哲学研究的则是宇宙、人类的本质、真正的实在，是一种生生不息、运动不休的生命的"绵延"，因而它只有通过一种内在体验、一种神秘的直觉来完成。

（二）对其"反教化"的辨析与批判

有学者指出，"以各式各样的新人本主义为代表的现当代西方的人文理论的实践，包括最有影响的法兰克福学派的社会文化批判理论和存在主义的人道主义理论，以及与此相适应的荒诞派戏剧、现代主义小说和意识流小说所表现出来的人的异化的生命状态、存在方式以及人们的境况、前途和命运，都充满着对不正常的历史状态的无奈的低吟、诅咒、诉讼和反叛，表现出人文精神的非历史化和反历史意向，这样那样地反映出对历史的非人性化的否定和厌恶"①。从这一点看，一方面，我们要为当代西方知识分子的"反思精神""正义情怀""批判勇气"而感动。但另一方面，我们不得不叹息这种诉求的乌托邦性，它是一张难以兑现的空头支票。当这些思辨的文艺理论家在一切场合谈论"人"，谈论历史的时候，他们所针对的往往只是那些并非具体的、现实社会中的人的经验与历史，他们实际上在反抗一种抽象的东西。西方知识分子们并不理解或者说无力改变现代资本主义生产方式所产生的生产力和产品分配制度，便只能在话语领域以一种极端的、审美的、乌托邦的方式，来打造他们心中新世纪的愿景与样子，这无疑是隔靴搔痒，无关痛楚的。由此来看，20世纪西方文艺理论审美反教化的追求实际上只是一种脱离社会和历史底色的"自我"诉求，它们并不能改变什么。

首先我们来看看柏格森生命哲学思想的"绵延"说存在的三大致命问题。

柏格森"绵延"说的第一个问题在于他将人类社会存在基础上生成的各种情感、幻想、思想方式和世界观等各种上层建筑内容神秘化，把它说成是只可直觉感受而"说不清、道不明"的神秘物质。在阐释这种"生命流动"之驳杂性与感受性的同时，还对规律性和整体性的生成机制和运作机制大加排斥。要知道，人们头脑中模糊的东西同样也是现实物质生活的关联物，也就是说人们的观点、观念和概念，总是与他们的生活条

---

① 陆贵山：《现当代西方文论的魅力与局限》，《外国文学评论》2008年第2期。

件、社会存在有着直接的关联，并随着这些条件的改变而改变，科技的发展，时代的变迁也在改变着人们的精神和思想。甚至可以说，柏格森自己的思想创见，也不过是科技发展与时代种种现实生活情貌的"反映和回声"。马克思主义认为，意识具有社会性，是人类物质生活条件的派生物，而并不是像柏格森所讲的那样是一种好似存在于真空和自我内心的神秘的直觉感受。人类无法超越他所生存的时代与现实条件，人类思维、语言的发展无论多么精细化，它都与人类自身与社会的发展密不可分。"人也具有'意识'。但是人并非一开始就具有'纯粹的'意识。'精神'从一开始就很倒霉，注定要受物质的'纠缠'，物质在这里表现为震动着的空气层、声音，简言之，即语言。语言和意识具有同样长久的历史；语言是一种实践的、既为别人存在并仅仅因此也为我自己存在的、现实的意识。语言也和意识一样，只是由于需要，由于和他人交往的迫切需要才产生的。……因而，意识一开始就是社会的产物，而且只要人们还存在着，它就仍然是这种产物。"① 随着脑力、体力劳动的分工细化，社会意识脱离与人们物质生活和交往相交织的原始朴素状态，而获得了相对独立的发展，但可以肯定的是这种意识绝对不存在绝对独立的历史，马克思、恩格斯明确反对那些认为精神和意识形态有自身发展，能自身展开，有自己完全独立的历史的哲学唯心主义和宗教神学观。然而，柏格森的哲学思想却存在着较为明确的意识独立发展的倾向。对于这一点，

---

① ［德］马克思、恩格斯：《德意志意识形态》，《马克思恩格斯全集》第3卷，人民出版社1979年版，第34页。

需要抱以清醒认识和严厉批判。柏格森以理性的思维所表达出的非理性、直觉感受、非系统、多变性的零星、瞬息万变的"生命流动"本身，是存在明显的悖论与困境的。

柏格森的第二个问题在于他在概念的理性认识和直觉的感性认识的关联性与依存性关系方面存在严重割裂的倾向。历史中的偶然性与必然性，理性与非理性相伴相生，不存在一方全然替代另一方的垄断状态。柏格森的哲学思想提醒人们要慎重地对待生命、精神和审美问题，但他极端反科学、反理性的倾向也是极为明显的。"他所提出的直觉性方法也确实是科学研究中不可或缺的一种认识方法。现代科学向微观和宇宙领域深入研究，理论越来越远离现实，我们的感觉日益显露其局限性。创造性思维尤其是直觉在科学研究中的地位与作用因受到科学家们的承认而日益彰显。但柏格森把直觉的作用过分夸大，将理性方法视为一种认识世界的障碍而试图将其连根拔除是有失偏颇的。他将理性方法与直觉方法割裂和对立起来了。实际上，直觉的产生必须是以理性认识为基础的，它要求认识者必须具备足够的理论修养，积累大量的观察和实验材料，才可能在长期紧张的思考之后出现所谓的豁然开朗的感觉，即产生直觉或灵感。"① 感性认识过程是人类认知过程的初级阶段和初级形式，它是由感官直接感受到的关于事物的现象、事物的外部联系、事物的各个方面的认识。依照马克思主义有关认识的基本理论，感性认识总是在实践的基础上形成的，人在劳动中不仅

---

① 张今杰、季士强：《柏格森"绵延说"与理性方法的局限性》，《社会科学家》2006年第4期。

改造了外部世界，同时也改造了人的主观世界，使人形成了具有特殊结构和功能的感觉器官。也就是说，人的感觉器官是人类整个历史实践的产物，人的感性认识的方向受到对外部世界的实践的制约。在不同的实践关系中，主体对同一客体会形成不同的知觉和表象，实践使人的感官的生理局限不再成为感性认识的绝对界限。在实践中，人不仅依靠肉体感官，同时也可以借助由实践提供的社会性器官即各种科学技术手段和精密仪器，把肉体感觉器官无法感知的各种信息转化为可感知的形式，为人所理解和认识。柏格森所说的直观的体验与直觉的境界实际是带有人类实践具体性和理性积淀的每个人独特的一种对生命的感悟和体验，它不仅需要依赖感性经验的积累，同时无法离开理性和实践层面的升华。人的感性是有理性的感性，从人的认识发展的既成形态来看，不渗透着理性因素的感性认识是不存在的。纯粹的感性认识只是作为意识的萌芽存在于人的意识形成的史前时期，存在于动物和婴儿的心理活动中。理性因素将赋予感性内容以结构形式，尽管人的感觉器官的敏锐程度个别地说来往往不及某些动物，但是人对感觉到的东西的意义的把握为任何动物所不及。这也就是马克思所讲的人是一种"类的存在"，它可以相对脱离物质感官的束缚，在相对自由的意志中自由自在地进行生命活动。人的理性总是这样或那样积极地参与感性映像的构成，成为感性认识中不可分离的要素。理性因素不仅使人的感性认识具有能动性，促进感知能力的发展，而且也是从感性认识发展到理性认识的必要条件。因此，柏格森力推的不关乎理性的感观直觉根本上讲也是站不住脚的。

　　此外，柏格森的生命哲学、直觉主义的确弥补了传统理性主义所忽视的东西，但"直觉"这一方法在整个社会的进步与发展过程中无疑只能作以零星、体悟式的指导，而难以形成一种条理性的、系统性的、整体性的、规范化的方法。并且，由于生活环境、成长体验、阶级阶层、职业分工等的差异性，导致大多数人难以到达像柏格森所说的那种高度审美的境界与层次。一个食不果腹的穷人不可能有闲暇时间思考"高高漂浮"的生命意识。因此这种生命哲学和直觉主义在现实中的实践效果势必同其理论初衷存在较大的断层。归根到底，这不过是精英知识分子象牙塔中的一个美好愿望。实事求是地讲，这一愿望的实现只能从改革社会的生产力、生产关系等经济基础领域着手。当社会的生产力高度发达，生产分配合理高效，物质资料极大丰富，教育（尤其是美育）得到极大普及，人得到全面的解放，穷人不必迫于生计，富人有好的教育，这一夙愿自然会成为现实。但在柏格森所处的资本主义社会中，社会大生产与资本主义私有制之间存在的难以弥合的矛盾使之永远无法变为现实。

　　与柏格森的思想理论具有相似性，精神分析学派的理论局限在于极端夸大人的生物性无意识本能，并将其作为放之四海而皆准的理论，同样忽视了人的理性价值，贬低了源于生活反映的意识的地位和作用。把社会的东西自然化、心理化，把心理的东西生物化，无疑陷入另一种神秘主义、唯心主义和形而上学的境地。造成这一现象的原因，在于精神分析流派在文学创作活动中未能辩证地认识意识与无意识这一对作为人心理活动中相辅相成的两个层面的内在关系，而将一方过分突出至主导、支配的地位。事实上，意识与无意识之间是可以相互转化的。人们平时接触的刺激信息繁杂而瞬息万变，为了保证注意的效率和密度，人们不可能将其所接触的所有信息全部纳入意识领域中作以反映，为了达到更优地集中认识某一事物并使它在意识的中心位置上凸显出来，就必须将其余缤纷多彩的印象抑制到无意识领域中。但需要注意的是，尽管此时此刻被压抑在意识深处的刺激好似消失不见了，但其实它们以深层心理积淀的方式丰富着人们的心理结构，扩大着人们的心理容量，在人们的平日生活中（如梦）以下意识（无意识）的方式影响和调节着人们的知觉和行为，并且在一些唤醒机制和外界刺激的诱发下会在人们的意识层面重新浮现出来。另一方面，意识的东西也可以转化为无意识。无意识作为一种自发的心理活动，一般不受意识的支配，在弗洛伊德那里严格意义上的无意识应该更多地来自于生物领域——一种神秘的自然先验赋予人类的一片广阔的无意识空间领域。但科学地讲，无意识是一个多层次的概念，它包含多个领域：如膝跳反应等阈下感知觉，梦境、本能等欲望，还有由意识不断重复、积淀转化而来的自动化了的惯性行为，以及无须费力索求便可自动反映到人们的意识领域中"心理思维定势"等。因此，无意识其实不是一种神秘的、先验的力量，它始终离不开生物的生命机体和历史社会生活对于生命体的塑造。

对于文学创作来讲，作家的创作不可能只靠无意识来完成，作品建构的全过程需要作家理性、有意识的思考。作家需要在理性的指导下有选择性地用选择和舍弃创作素材,文章结构和内容的编写同样需要长时间的构思,并非自动地不费力地全部展现在作家面前;言语的组织与锤炼依旧离不开作家长年累月的有意识的积累与斟酌。一言蔽之,创作的各个环节都是无意识与有意识的有机结合,单单归为无意识、性欲的升华无疑纰漏百出,叫人难以信服。

当然,令人担心的并不是这些。如果有作家愿意相信"绵延说"和精神分析的独到见解,并尝试性地以此来进行创作,作为一种创作行为,我们并不想指责什么,可问题在于这样的理论将直接导向对文学表现生活、歌真颂美扬善的怀疑。当文学不过是难以捉摸的直觉无意识或性欲的复制品的时候,作品能给人带来的就只有一种同样难以捉摸的个体感受层面的东西。对作品本应有的教育教化作用的颠覆,是这种理论的直接结果。

二 对语言形式、文本细读、内部结构的重视

(一)主要理论表现

俄国形式主义的出现是现代西方文论发生的一个重要转折。它是20世纪初(1914—1930)流行于俄国并深受日内瓦语言学派、胡塞尔现象学、象征主义、未来主义等理论影响的一种文学批评和美学流派。其主要的代表人物有什克洛夫斯基、雅各布森、穆卡洛夫斯基、艾亨鲍姆等人。该派主要由"莫斯科语言小组"(1915年以雅各布森为代表成立的)和"诗歌语言研究小组"(以什克洛夫斯基为代表成立的)组成,他们所提出的"陌生化"和"文学性"思想对20世纪整个西方文论的发展产生了巨大的影响。

俄国形式主义者对当时俄国文学界的研究现状极为不满，他们反对只根据作家生平、社会环境、哲学、心理学等文学的外部因素去分析研究作品，而认为文学只能是对文学本身的研究。"艺术永远是独立于生活的，它的颜色从不反映飘扬在城堡上空的旗帜的颜色。"① 他们强调，文学研究有着自己独有的体系和内在规律，是一门独立的学科，这是一切文学阐释、文学评价以及文学价值取向的基础，是将文学与其他学科区别开来的标志。因此，他们认为文学研究的对象应该是文学作品的语言、风格和结构等形式上的特点和功能等，这些文学作品自身的特性和规律。文学的内在规律（"文学性"Literariness）存在于作品所表现出的现象之中，而不是外在于作品的任何其他事物之中。概括说来，俄国形式主义的主要观点有：文学作品是"意识之外的现实"，文学创作的根本目的在于审美过程，文学批评的任务就是要研究艺术形式，要深入文学系统内部去研究文学的形式和结构，研究文学之所以成为文学的内部规律，即文学性。什克洛夫斯基就特别强调文艺的自主性、文学性、反对"内容—形式"的二分，对一切引起审美效果的艺术程序极为重视。

新批评是在 20 世纪 20 年代发端于英国，30 年代形成于美国，并在四五十年代蔚然成风的英美新批评理论。"新批评"一词，源于 1941 年美国文艺批评家兰色姆出版的《新批评》

① ［俄］什克洛夫斯基：《文艺散论·沉思和分析》，见维克托·什克洛夫斯基等著《俄国形式主义文论选》，方珊等译，生活·读书·新知三联书店 1989 年版，第 11 页。

一书，但这一流派的起源却可以追溯到艾略特和瑞恰兹。"新批评"常常被冠以"本体论批评""文本批评""客观主义批评""诗歌语义学批评""张力诗学"等说法。新批评也是一种"形式"批评，布鲁克斯认为将新批评作为"形式主义批评"的目的在于补苴罅漏，针砭时弊，即使矫枉过正，也是出于策略。20世纪三四十年代英美新批评发展到了鼎盛时期，其代表人维姆萨特和比尔兹利在《词语雕像——诗歌意义研究》中提出了"意图谬见"这一概念。与此相适应，他们还提出了"感受谬见"这一概念。"意图谬见"顾名思义，其定义是"将诗与其产生过程相混淆……其始是从写诗的心理原因中推导批评标准，其终则是传记式批评与相对主义"①。维姆萨特认为，作者的意图与作品的价值无关，因为就衡量一部作品而言，作者的构思或意图并不是一个适用甚至理想的标准，想获得一部作品的意义，读者只要"细读"文本即可。诗"几乎是匿名的"，我们应该把作者的名字忽略不计，而将其做为一个理想、虚构出的人物。研究作者的生平传记、思想感情和创作意图无益于真正的文学批评。而"感受谬见"的意思则是"将诗与其结果相混淆，即混淆本身与诗的所作所为……其始是从诗的心理效果推导批评标准，其终则是印象式批评与相对主义"②。即诗本身是一个独立的存在，既独立于作者，也独立于读者。读者不便于将自己的感受、价值判断强加于作品，而应小心翼翼地解

①　参见赵毅衡《新批评——一种独特的形式主义文论》，中国社会科学出版社1986年版，第80页。

②　同上书，第79页。

读，整体观之。读者想象式、感情式、生理式、幻觉式的鉴赏是不科学的，与作品价值无关。

瑞恰兹20世纪20年代初执教于剑桥大学文学系时做过一次著名的教学实验，他将一些诗隐去署名分发给他的学生，请他们对这些诗做出自己的理解和评价。对于评价的结果，瑞恰兹说，是惊人的。这些都是经过良好文学训练的名牌大学生，竟然捧着二三流诗人的作品而否定大诗人的杰作。这让瑞恰兹大为惊叹，进而促使他证明传统文学的研究方法（先讲作者生活时代、诗坛地位）实际是让学生在进入文本阅读之前就带上了先入之见，不利于学生独立判断文学作品的价值。以两种"谬见"为核心的"细评法"，此后受到重视由此来看是有其必然性的。

中国先哲孟子曾言："颂其诗，读其书，不知其人，可乎？是以论其世也，是尚友也。"（《孟子·万章下》）孟子意在与古人为友，需要读懂他的作品，而要理解他的作品，必须首先了解作者，进而必须把握作者生活的时代。文学作品的思想感情内涵、形式风貌与作者的生活经历、思想感情、艺术素养、民族归属以及时代精神、社会风气息息相关，这是文学作品要做到知人论世的理论基础。这一主张的提出是针对其弟子咸丘蒙对于《诗经》中某一章节的错误解读而提出的。孟子告诫弟子应做到"以意逆志"，"说诗者不以文害辞，不以辞害志，以意逆志，是为得之。"（《孟子·万章上》）"意"是指诗的表层意思，"志"是指诗的深层意思，主张通过文章的表层象征"意"来推求文章潜在的深层意蕴和作者之志。要正确理解作家之志，

"知人论世"是绕不过的，否则就有可能出现误读和望文生义的危险。但"新批评"执着于文本细读，一头扎进文本语言形式之中，虽然可能会读出不少新的意思，表面看来，似乎是比较切近作品本身的、是一种科学的研究方法，但这种无视作品创作整体过程的所谓"科学"方法，由于过分依赖读者的水平与经验，而读者本身的阅读能力又良莠不齐，最终的结果就可想而知了。这种结果甚至可能会是非常混乱的。

法国结构主义文学批评的兴起受俄国形式主义理论传播的影响，与英美新批评遥相呼应，但它又比新批评走得更远。结构主义在整体性思想的影响下形成了自身完备的形式主义批评体系。在结构主义理论家看来，文学绝不是对现实世界的模仿和再现，也不是一种认识客观世界的手段，而是由言语构成的一套封闭而自足的体系。人们不仅仅要明确文学是什么，文学阐述了什么，而更应关心作品是如何说的。结构主义更注重将文学作品的筋骨提出，发现和分析文学的内在结构，寻求文学作品的潜在规律，在对文学本身宏观整体把握和对作品筋骨架构的基础上进一步考虑衍生新的细节和内容。人们经常将结构主义的肇事者归于索绪尔所创立的语言学，"下棋的状态与语言的状态相当。棋子的各自价值是由他们在棋盘上的位置决定的，同样在语言里，每项要素都由于它同其他各项要素对立才能有它的价值。……其次，系统永远只是暂时的，会从一种状态转变为另一种状态。诚然，价值还首先决定于不变的规则，即下棋的规律，这种规律在下棋之前已经存在，而且在下每一着棋之后还继续存在。语言也有这种一经承认就永远存在的规则，那就是符号学的永恒的原则"①。索绪尔将符号系统间的各要素的关系比喻为棋类游戏的规则，并认为任何一个语言符号的意义取决于符号本身在整个语言系统中的位置，这一类比十分恰当地体现了结构主义流派最突出的特征，即强调文本分析的整体性与结构"关系"。除此之外，结构主义还十分注重表层结构下的深层结构创设，并将二元对立项作为作品结构分析的基本方式，重视事物现象共时态（静态）研究等。

除索绪尔语言学的影响外，美国语言学家乔姆斯基有关表层结构和深层结构的论述也启发了结构主义者。结构主义流派认为，所有的表层文本背后存在着一个看不见的深层结构领域，想要真正看到故事背后蕴含的意义，就需要将故事中的人物、情节等重新排列、组合，对它们进行一一分析，从而力图找出他们的内在结构，而只有重新对表面现象进行罗列和描述，才能把握事物、现象的本质规律。实际上，这种所谓的"表层结构—深层结构"模式存在很大问题，后文中我们将对此进行详细的分析。

20世纪60年代，法国思想界出现了一股名曰"解构"的思潮，这一思潮崛起之后迅速在欧美诸国传播，内容涉及文学、哲学、社会学、神学等各个方面。作为传统思想的颠覆者，解构主义脱胎于结构主义，它认为结构主义仍未摆脱传统的形而上学，因而有必要对其进一步扬弃。其实"解构主义"思潮的出现，并不偶然，19世纪末，当尼采宣称"上帝死了"，并要

---

① 张秉真、黄晋凯：《结构主义文学批评论》，辽宁大学出版社1987年版，第5页。

求"重估一切价值"的时候，一股质疑理性、颠覆传统的思潮就已经开始，因而从这一角度说，尼采哲学的叛逆精神可以看成是解构主义思潮的渊源之一。当然，启迪和滋养解构主义思想运动的还有胡塞尔主要以"还原"为方法的现象学以及发生于 20 世纪 60 年代欧洲左派运动的批判理论。另外，传统哲学是建立在假定有一个观察者（人的理性或者神）能够从世界外部客观地观察，而这种观察活动并不对世界施加什么影响，哲学家们也相信存在着客观的、超时空的、确定的真理，然而 20 世纪出现的量子力学的"测不准"原理则粉碎了这种虚拟的客观性。这种原则认为，作为观测者的人或者仪器在观测对象的同时会干预并改变对象的存在状态，客观的测量实际上是不存在的，主观和客观的区分其实并不存在，它们之间的区别只是概念上的区别。以上所有这些无论是社会思想哲学领域抑或自然科学领域的转变都为解构主义理论的产生奠定了基础。

耶鲁学派的希利斯·米勒将解构主义思想阐述得非常形象，他说："解构一词使人觉得这种批评是把某种整体的东西分解为互不相干的碎片或零件的活动，使人联想到孩子拆卸他父亲的手表，将它还原为一堆无法重新组合的零件。一个解构主义者不是寄生虫，而是叛逆者，他是破坏西方形而上学机制，使之不能再修复的孩子。"① 德里达也认为："传统哲学的一个二元对立的命题中，除了森严的等级高低，绝无两个对项的和平共处，一个单项在价值、逻辑等方面统治着另一个单项，高居

① ［美］J. 希利斯·米勒：《永远的修辞性阅读》，王逢振译，漓江出版社 2002 年版，第 363 页。

发号施令的地位。解构这个对立命题归根到底，便是在特定时机，把它的等级秩序颠倒过来。"① 解构主义的基本思想由此可窥见一斑。

重视从语言入手，进入作品肌理，并以此为本的理论思潮在 20 世纪的西方当代文论中是一个非常突出的现象，也有着其承继与连续性。在 19 世纪末的象征主义诗人理论家那里，就已经有了重视语言的基本倾向。如，象征主义诗人瓦莱里（又译瓦雷里——笔者注）十分重视诗歌的语言，并近乎苛刻地要求诗歌语言的无限性与和谐特性，"诗人所拥有的材料——文字，就是这样的语义歧义，混乱不堪；这使得他不得不时而考虑语音，时而斟酌语义，使得他不仅要设法符合和谐的要求，乐段的要求，还须设法符合各种各样的知识性要求：如逻辑、语法、诗的主题、所有类型的形象和修饰辞藻，还没有算上通常的规则。有这么多的要求奇迹般地存在一首诗中并要同时得到满足，你们想想，要写成这样的一首好诗意味着得付出多少精力啊"②。同时，瓦莱里还非常重视诗歌的音乐化，"重视诗的语词关系在读者欣赏时所引起的一种和谐的整体感觉效果。讲求音乐之美，不仅指节奏感、旋律性，而且要具有音乐那样的协调性、严密性和整体性，要用音乐语言来思维。诗人要通过个人的努力从不合时宜、杂乱无序的全部广泛的日常语言的杂乱无章的混合体中汲取成分，用最平常的材料创作出一种虚构的

---

① ［美］乔纳森·卡勒：《论解构》，陆扬译，中国社会科学出版社 1998 年版，第 72 页。

② ［法］保尔·瓦雷里：《谈诗》，胡宗泰译，引自钱善行主编《词与文化：诗歌创作论述》，中国电影出版社 1997 年版，第 8 页。

理想秩序，这种诗的语言能够创造诗情世界，能够使人恢复诗情，并直至人工地培养这些感觉官能的自然产物，也即使诗的语言与诗的感觉、心情达到高度的和谐"①。瓦莱里对诗歌语言的这一看法，存在很大的问题。我们说诗歌这种体裁既在积极层面也在消极层面反作用于诗歌创作，诗歌基本特征中表现出的凝练性、思维跳跃性和节奏韵律性（音乐性），诗歌本身音节或读音韵律所呈现的和谐整齐的感官审美效果，的确可以促进诗人情感的抒发和意境的创造，但不能偏执地以节奏韵律同人们生理、心理的和谐"应和"作为诗歌创作的根本目的，否则只能陷入"为艺术而艺术"的狭义审美主义囚笼中，而应将这种音韵美看作是同诗歌创作其他环节同等重要的一项内容加以对待。诗歌主题内蕴的历史性、健康性、进步性，诗人独特世界观渗透下不可复制的诗性原创，抑扬顿挫、高低曲直的语言音律之美，留白间的"素颜韵脚"之形式美都是一部好的文学作品所应兼顾的。过分地强调诗歌创作的某一方面，并唯其马首是瞻，无疑"过犹不及"并走向了一种"反目的的目的论""反功利的功利性"中去了。

文学创作是一个各环节彼此混融的具体过程，即使创作过程中的作家创作动机、构思机制、物化阶段等无法用语言进行完备的描述，但大体还是有规律性可循的。文学创作作为整体性过程来讲包含素材积累、艺术发现、创作内驱、回忆沉思、想象联想、直觉灵感、情感理智、艺术技巧、语辞锤炼等诸多

---

① 王左艳、张安琪：《20 世纪现代文学概览》，山西人民出版社 2009 年版，第 18 页。

复杂交融的环节，瓦莱里片面凸显诗歌语言技巧层面的重要性显然有失公允，对其后的"形式主义"者产生了极其不良的影响。

（二）批判与辨析

俄国形式主义是 20 世纪西方文论强调语言形式、重视"文学性"、执着文本内在结构等其他文论思潮的发源地。然而，当深入分析俄国形式主义的历史成因时便可以发现，"教化"企图也是俄国形式主义学派不可摆脱的理论宿命，无论俄国形式主义者怎样高蹈"文学自足""文学独立"，文学始终难以真正独立于历史社会之外，成为真空产品。

俄国形式主义代表人物之一的艾亨鲍姆在《论悲剧和悲剧性》中谈道："……对于观众……他期待于艺术家的并不是这一情感本身，而是用以唤起这种情感的一些特殊程序。这些程序越精巧、独特，艺术感染力也就越强烈；程序越隐蔽，骗局也就越成功，这就是艺术的成功……艺术的成功在于，观众宁静地坐在沙发上，并用望远镜观看着，享受着怜悯的情感。这是因为形式消灭了内容。怜悯在此被用作一种感受的形式，它取自心灵，又显现给观众，观众则透过它去观察艺术组合的迷宫。"[1] 此处艾亨鲍姆意在指出观众在感受艺术时，其重点不在于艺术所唤起的人们内心中澎湃不静的情感，而在于感受艺术形式为观众所带来的"距离"间隙中一种艺术形式的享受，而艺术成功之处也在于此。建立一种手法、形式，这类似于尼采

---

① ［俄］维克托·什克洛夫斯基等：《俄国形式主义文论选》，方珊等译，生活·读书·新知三联书店 1989 年版，第 36 页。

所讲的"摩耶面纱",又像是中国古代王夫之所讲的"蝶宿蝶飞"（其初无定宿，亦无定飞，乃往复百歧，总为情止，空杳之迹微，是谓大忍之力定）之形象化比喻，这种"间隔"的"陌生化"技巧，"浸入""间离"间的平衡的拿捏被俄国形式主义者们奉为圭臬，它使得观众在"艺术之迷宫"中重新感知和享受艺术。此外，在什克洛夫斯基的《作为手法的艺术》、雅各布森的《隐喻和换喻的两极》、日尔蒙斯基的《抒情诗的结构》等俄国形式主义理论的代表作中都多立足于语言学视角和艺术技巧方法领域谈艺术。我们承认在进行文学研究时，应当首先立足于文学本位，重视文学之所以成为文学所具有的艺术特点及其美学价值，然而为了更好地研究文学，单单拘泥于这一方面还是远远不够的，史学思维和文化学的视角是必不可缺的。具体说来，这就要包括文学创作的社会政治经济背景，文学创作的主体、文学传播、文学作品、文学批评与鉴赏等。

然而从 20 世纪初开始发生的"语言学转向"，使语言取代认识论成为哲学研究的基本问题，哲学所关注的主要对象也由主客体关系或意识与存在的关系转向了语言与世界的关系。语言学转向实际上是确立语言本体地位的一次哲学运动。索绪尔所创立的结构语言学体系与海德格尔所提出的"语言是存在的家园"的论断成为这场运动的主要理论成果。与这种语言学观念相适应，俄国形式主义文艺理论家提出的"陌生化"理论与"文学性"思想，结构主义理论家提出的语言陌生化方法的"隐喻"、"反讽"和"移位"理论，解构主义理论家提出的文学阅读的"误读"观念等，都彻底改变了以往人们对于文学及其语言的已有认识和理解。在这些理论中，作品的客观内容变成为一种捉摸不定的东西，而语言则由表达的工具变为支配一切的主体。可以说，发生在 20 世纪的语言学转向，实际上只是对语言学所做出的静态分析与研究，它完全忽略了语言产生的历史机制与原因，因而这种非发生学和社会学意义的语言研究实际上难免不会流于机械和抽象，脱离人们的实际生活而成为一种语言的理论游戏。"言而无文，行而不远"，文学创作需要掌握创作的技巧与方法，但对创作技巧的运用不能沦为对技巧本身的追逐和玩弄。鲁迅先生曾经以"有真意，去粉饰，少做作，勿卖弄"来警示那些喜欢玩弄技巧与手法的人，我们也应以此为戒。语言的技巧倘若没有足以配称的生活内容，那技巧必将沦落为虚浮不实的花拳绣腿。这里是有教训的。俄国形式主义的肇始者什克洛夫斯基，虽然在前期强调"艺术是纯粹的形式""艺术永远是独立于生活的，它的颜色从不反映飘扬在城堡上空的旗帜的颜色"，然而最终他还是在后期有针对性地检讨了自己早期形式主义理论的局限与错误，认为"在诗歌中旗帜的颜色意味着一切"，[1] 从而重新恢复了被自己极为鄙视的艺术与社会生活的固然联系。

与从心理意识出发探讨文艺创作机制的直觉主义和精神分析学派相似，形式主义者们之所以愿意躲进语言和"文学性"的牢笼之中，其主要原因也在于他们对于文学社会功能的无视，

---

① ［俄］什克洛夫斯基：《小说管见》，苏联作家出版社 1959 年版，第 83 页。转引自［苏］阿·梅特钦科《继往开来》，中国社会科学出版社 1983 年版，第 160 页。

在于他们基于一种科学主义的思维方式，似乎他们是拿着手术刀的外科医生，在用他们的方式试图对文艺理论所发生的问题进行诊治。然而，如同人的身体毕竟是一个完整的系统一样，文艺创作也有一个完整的系统，一个高明的医生决不会只是脚痛医脚、头痛医头，而会在顾全身体整体健康的状况下来确立他的治疗方案。如此来看，形式主义者只从语言形式这一个角度对文学所做出的分析判断，无论多么深刻，也无法掩盖他们在文学发挥社会影响，对人产生潜移默化教育作用方面的失算和局限。至此，20世纪西方现当代文论无论是打着人文的旗号展开对内在心理意识等因素的深度挖掘，还是打着科学的旗号对形式及结构内容的执着不移，虽然他们的文论思想大相径庭，但在文学社会教育功能方面却达成了默契，然而在共同失语背后，却凸显了他们在理论上的失误与局限。

第二节 开屏背后的羞赧——"反教化论"的诸种弊端

回到20世纪西方异彩纷呈的文学理论、文学流派上来，可以发现，西方当代文学理论的发展凝聚着西方学者不懈的努力和智慧，这些理论异彩纷呈，充满着诱惑，一如孔雀开屏般让人赏心悦目，震撼心灵。但如此"美"的东西也同样夹杂着值得商榷的问题，恰如孔雀的翎羽无论开得多么绚烂多姿，色彩斑斓，但其铺开羽毛的背后却仍会露出不可遮挡的羞赧。

一 脱离社会生活的审美乌托邦情结

恩格斯曾认为，乌托邦主义者成为乌托邦主义者的原因在于，面对当下的社会他们只能这样，他们不得不从自己的头脑中去想象、幻想新社会的轮廓，因为这种新社会在旧有的社会中还没有普遍显露。对于现存制度不合理和不公平，"理性变为讽刺，幸福变为不幸"的情景是知识分子们的一种日益觉醒的认识。这表示着旧的经济条件下产生的社会制度，已经不能和新的变化相适应了，消除这些已经显露的祸患本身存在于生产关系中，这些手段需要借助头脑从当前生产的物质事实中发现出来。西方精英知识界的确在一定程度上认识到了当时社会存在的问题，但最根本要解决的是社会化大生产与资本主义之间的矛盾，社会劳动的产品被个别资本家所占有，导致生产的不足，分配的不合理，这些构成了阶级存在的基础。特定的社会阶级对于生产资料和产品的占有、对政治统治的垄断权，对教育和精神指导的垄断权都会随着生产力的高度发展而成为多余进而被自动废除，人们自己支配自己的产品和生活，是自己社会关系的主人翁，那种异己的、支配人们的自然、历史规律也因之而服从于人们的支配，只有从这时起，人们才开始充分自觉地自己创造自己的历史，从必然王国进入自由王国。因此，西方知识分子应当给大众揭示最本质的问题，而非仅仅展现一种浅层的现实状况。作为在意识层面需要给人带来更多有关人类社会远景和关于人类当下生存处境的文学以及相关的文艺理论，必然将以上问题纳入到自己的探讨领域之中，否则任何美丽的规划或向往便都将是真正意义上的乌托邦，没有实现的可能。脱离社会生活躲进审美窠臼是西方当代文论反教化思潮的主要弊端之一。

艺术是关乎"人"的一种社会现象，它有着与人相关联的各种空间的延展性，也正是其涉及范围、尺度的广博，并且反映着人类以及人类生存、人类思维、人类情感、人类与社会间种种关系的无穷内涵使得艺术魅力无穷。它不是纯生物、纯心理领域内的简单映射，而有着深刻的历史社会支柱。然而，西方当代文论缺乏文学道德、历史、社会方面的评价，缺少文本、读者、世界层面的互动与认识，拘泥于文本圈内，将自己引向了死胡同之中。美国作家亨利·米勒（Henry Miller）就在承认弗洛伊德等人的贡献的同时，一针见血地指出他们全是微不足道的"艺术家"，他们在永久的价值方面，是无法与诗人或宗教人物相比拟的，有些最惊人的胡言乱语都是所有这些分析学家写的。他们最恶劣的特性就是完全缺乏幽默感。他们中的任何人，不管写了多少东西，都不会对一个老子（Laotse）的世界产生影响。"米勒自己就曾经是一位精神分析学家，也许正因为如此，他才既看到了精神分析学用于文学创作的可能性，同时又对其缺陷和局限性有所洞察。"① 米勒的话实则以幽默的语调一针见血地指出了精神分析批评的一处致命伤。一个优秀的批评流派绝不应仅仅停留在文本层次和有限的内蕴阐释空间之内，文学扎根于广袤的大地上，是社会历史发展进程中人类共同的劳动产物，其涉及面之广，反映面之宽，怎可仅仅对其作以生物、生理上的解读即可收场？这种理论缺乏一种"永久的价值"和"宗教关怀"。

文学要有温情，需要有关爱，而这种超越性价值和社会历史的关怀恰恰要通过一种文学的"教化"作用得以传达。精神

① 王宁：《西方文学家眼中的弗洛伊德主义》，《国外文学》1993 年第 2 期。

分析矢口不提任何文学潜在的"教化"价值，一味于"自然""生理"之上做文章，无疑丧失了文学中颇为宝贵的一面，即对历史的、价值的关怀。同时，主体言说所固有的"价值尺度"是社会人文科学领域中极为重要的一面。"价值评价"不是一个可有可无的范畴。李凯尔特曾认为人类的认识不是对现实的反映，而是研究者对"现实的重构"，只有研究者运用自己的价值立场去考察被研究的"经验事实"，才有可能真正揭示出该经验现实的本质特征和它存在的意义，社会人文学科在一定程度上也因为其"价值"的不可规避性而体现出其独特的真理性价值。这里李凯尔特的话虽多少有些"绝对"的色彩，却是在一定程度上揭示了"价值判断"在文学理论与批评活动中的重要性。文艺理论与批评在揭示文本内在含义时，无法缺少价值评判维度，应该引导读者对作品做出较为全面的认识，而不是就狭于阐释维度的封闭化、概念化、模式化之中。

如果说好的文学作品是真善美的统一体，那么作为文学理论、文学批评的建构本身就应当将这种"真、善、美""正义"等真正地揭示出来，在与"邪恶"等内容的丑的内容的比较中，让读者感受到作品的魅力所在。"善恶观念从一个民族到另一个民族、从一个时代到另一个时代变更地这样厉害，以致它们常常是互相直接矛盾的。但是，如果有人提出反驳，说无论如何善不是恶，恶不是善；如果把善恶混淆起来，那么一切道德都将完结，而每个人都可以为所欲为了。"① 很多事情常常

---

① ［德］马克思、恩格斯：《论文学与艺术》，陆梅林辑注，人民文学出版社1982年版，第139页。

都没有想象的那样简单，艺术作品中的道德善恶也绝非总会明了可辨：善即无条件的善，恶便是纯粹的恶。一切道德教条也不是永恒的，终极的，凌驾于历史和民族差别之上的，这些道德有着其阶级的、社会经济关系的、人复杂灵魂冲突的特殊性与普遍性，而这些深层次的辨析无疑需要睿智者、欣赏水平较高的理论家、批评家们予以指出并引导廓清。小说故事背后的隐喻义以及作者想要批判抑或颂扬之事也是需要点明的。拿中国诗词来讲，表面看来有些作品多写花鸟、庭院等自然景物，实则饱含作者深深的感伤、寄兴、美刺之意。譬如元代马致远的"枯藤老树昏鸦，小桥流水人家，古道西风瘦马"等这些意象实则暗示着诗人内心的凄凉感伤的情感。对此，采用精神分析理论无疑是难以解释清楚的，甚至倘若强行套用是会引出笑话的。试想如果没有对诗人生平时代背景的了解，恐怕难以理解诗中深意，也不会知道诗人为何此情生出多感伤了。读者在了解、理解后，对诗歌、对诗人所产生的同情和共鸣的过程就是一种文学的"教化"过程。它不是抽象的说教，而是在审美的具象中体味到的，感受到的。任何作品都存在着过程，不存在真空状态下的文学。另外，文学作品中的话语本身就存在着一种"力场"、一种"蕴藉性"，并吸纳着众多不必言表于外的文化内容和允许人们进行合理想象的"朦胧"空间，即中国人常说的"象外之象""味外之旨""文外之意"。理论家们可以适度地采用精神分析的方法和视角来分析、丰富作品的人性内涵、作家的创作心理，但若极端固守而趋之反面，将所有作品的意象、意义等都归结为"性""潜意识""梦""生殖器"等狭义的阐释空间之内，势必丧失了其选用精神分析理论的初衷。这一点是令人十分惋惜的。社会现实、人类社会是一个多领域、繁杂的发展过程，它具有无限性和不定型性，人类的认识根本无法穷尽它，而只能退而认识无限社会现实中极其有限的微小部分，但如果人类真的不自量力地将这个微小部分看作是对于无限的社会现实、整个世界社会生活造就下的人类群体的全部的本质的认识，这无疑是井底之蛙的片面幻想了。

结构主义者的问题同样是只抓住其一，不再想其二。恩格斯在《反杜林论》中曾言："和其他一切科学一样，数学是从人的需要中产生的：是从丈量土地和测量容积，从计算时间和制造器皿产生的。但是，正如同在其他一切思维领域中一样，从现实世界抽象出来的规律，在一定的发展阶段上就和现实世界脱离，并且作为某种独立的东西，作为世界必须适应的外来的规律而与现实世界相对立。"① 这里，文学就像恩格斯所讲的数学，它在结构主义者的眼中，好似"独立"先验性的存在，是与世界相脱离的，但无论如何，我们无法否认文学一如数学一般，植根于现实生活的土壤，任何批评家都不应将文学看作是同世界、读者、作者等各自断裂的、一种同现实对立的、独立的存在模式，文学来源于社会现实并间接反映社会现实，也仅仅因为如此，文学才能得到广泛的接纳、认可与共鸣。而恰恰在这一点上，一向标榜、强调整体思维、宏观视野的结构主义者竟否决了更大范围上的历史系统论、整体论思想，并将文

---

① ［德］恩格斯：《反杜林论》，见《马克思恩格斯全集》第20卷，人民出版社1979年版，第42页。

学囿于作品形式的个别范畴，并经过将文学作品抽象化、模式化、符号化而变为干枯的原则、公式和图表，转而让更多的文学作品去适合于这个原则。正如巴特后期在反省结构主义的弊病时所言："据说，某些佛教徒依恃苦修，最终乃在芥子内见须弥①。这恰是初期叙事分析家的意图所在：在单一的结构中，见出世间的全部故事（曾有的量，一如恒河沙数）：他们盘算着，我们应该从每一个故事中，抽离出它特有的模型，然后经由众模型，导引出一个包纳万物的大叙事结构，（为了检核），再反转过来，把这大结构施用于随便哪个叙事。这是桩苦差事，殚精竭虑，终竟生了疲厌，因为文由此失掉了它自己内部的差异。"② 这无疑是一厢情愿的唯心主义的观点，它割裂了文学同现实生活、作者、读者这三维的联系，也否认了文学的认识功能、美育功能和文学价值判断功能，使得更多的文学作品失去了多姿多彩的艺术个性和独具的艺术魅力，进而阻塞文学存在的审美判断。结构主义对普遍性、科学性、规律性的追求是以牺牲文学的丰富性为代价的，但同时也是非科学的，带有主观臆断的一套批评方法。袁可嘉先生也认为，结构主义批评家的理论做法实际上是一种不考虑产生它的社会历史条件和作者的世界观的，这就会使文学成为无源之水，成为一个僵化的机械的系统。"作为文学批评，结构主义学派一个严重缺点是它常

---

① 据佛教解释，我们所住的世界中心是一座大山，叫须弥山。须弥的意思是"妙高""妙光""积善"等，因此须弥山有时又译为"妙高山"等。

② ［法］罗兰·巴特：《S/Z》，屠有祥译，上海人民出版社2000版，第55页。

常脱离了作品本身的思想和艺术。"① 实际上，结构主义文学批评走马灯似的由盛及衰也向我们证明，任何偏执于自己的片面性的流派都因无法超越其时代条件的局限而为他者所替代。

二 缺乏辩证的机械性弊端

必须肯定，西方人文知识分子的批判精神是相当可贵的，他们代表下层族群和处于边缘的弱势群体，向现代工业社会的统治者表现出强烈的不满与怀疑，在这一定程度是进步的，其解构、批判与抗争精神是可取的。然而问题在于，对资本主义社会进行批判不应一概而论，应当具体分析不同时期资本主义社会发展的不同状态和现实情况，应该考虑不同时期资本主义社会在经济、政治和文化上表现出来的差异。例如，对原始积累时期进行尖刻犀利批判的异化理论，究竟还能不能适应已经高度发展了的后工业社会？致力于审美救赎之上的对于当下社会诸种问题的救治之途，又在多大程度上可以真正解决发达工业社会扼制自由的罪恶之手？这些都是需要进一步深入研究的问题。条件变了，解决问题的方式就要改变，今天毕竟不是工人阶级处于社会最贫穷的时期，很多已经拥有了一定的资产，其革命的诉求或许已经真的没有那么强烈了。而资本主义社会也正在以丰富的物质享受，给他们的生活带来从未有过的幸福感，如此而言，包括左翼知识分子在内的西方激进学者至少应该看到资本主义社会的多面性，要看到生产力、启蒙现代性和科技理性的历史作用和它们对人既有益又有害的多重性。一概不加分析地反对科技理性的发展也是片面的，科技从来都是中

---

① 袁可嘉：《结构主义文学理论述评》，《世界文学》1979 年第 2 期。

性的，关键在于科技的发展是有利或有害于人类的发展和人的能力的提升、智慧的增长和人的全面自由的发展。尤其在今天，"科技的发展水平已成为一个国家的生产力和综合国力的重要标志，因此，只看到越来越不重要的消极因素，忽视它们的日趋强劲的正面作用，是不妥当的"①。因此，对于许多问题，只有运用辩证的思维，从总体和全局上看，才能真正接近事物的客观状态。

文学活动作为一个有机的整体系统是复杂的，多层次，多方面的，因此任何一个理论如果只是简单地而非完整地去审视研究对象，盲人摸象般地摸到什么就说是什么，那将会是十分危险而可笑的。透过有色眼镜来看艺术，常常是差之毫厘，谬之千里。以此道理来衡量弗洛伊德的精神分析，我们会发现精神分析理论思考实际是一种难以证明的猜测，并不具备科学的论证基础。譬如弗洛伊德的"恋母情结"这一普遍性结论就遭到了多方的怀疑，几乎所有的人类学家都不能认同，因为没有任何证据来证明它。有人认为，这种情况在母系社会是不会发生的，弗洛伊德的理论主张多从男权的角度对一些现象作以解释。这对于譬如在中国广为流传的女娲神话所产生的母系氏族社会，女性社会地位普遍高于男性的社会里缺乏适用性。同时，弗洛伊德的理论还由于其科学主义、客观理性的过度演义而成为一种反科学、反理性的理论。有学者指出："'弗洛伊德的确是一位科学家'，他是主张科学和理性的，但在弗洛姆看来，

---

① 陆贵山：《现当代西方文论的魅力与局限》，《外国文学评论》2008年第2期。

正是这样的主张才致使他越过了真理的雷池，滑向谬误的窘境：'弗洛伊德对理性的信心以及对科学方法的态度我们可以尽情赞赏，但也无可否认，他常常给人以某种极端理性主义者的形象——几乎把理论建筑在虚无之上，并且歪曲了理性。他常常用琐碎的证据来进行理论的建构，而那些琐碎的证据却往往导致简直可以说是荒谬的结论。'实际上，弗洛姆并没有再深究下去，走到理性主义的极端就好像走到真理面前又朝前跨了一步——终于成了反理性主义。这也许是人们常认为弗洛伊德主义属于西方文化思潮的非理性主义传统的又一个原因吧。"[①] 此外，弗洛伊德的理论创建自身也有着难以自拔的矛盾。作家托马斯·曼在给霍夫曼的一封信中就曾揭示出弗洛伊德身上的矛盾。一方面，本着科学家的探索精神，为追求真理和维护理性而奋斗；另一方面，则又坚信某种学说，试图把对理智的抑制和个人的自由意志糅合到一起，形成一种两全其美的权宜之计。但这实际上是不可能的，在很大程度上恰恰正是这种自相矛盾的情形导致了弗洛伊德作为一个有争议的人物而不断受到毁誉褒贬。综合看来，第一，弗洛伊德学说仅适用于极其有限的领域；第二，其理论针对性起于实证医学，却又在科学的终点"走过头"成为了反科学；第三，弗洛伊德作为理论创建者主体其"科学价值内原则"与"科学价值外原则"存在着不可调和的对立。总而言之，这种对于精神病患者的临床试验与猜测理论建构本身存在极大的风险性，而精神分析学派却好似如获至宝地将其信誓旦旦地广泛运用于艺术领域，并逐步将其极端

---

① 王宁：《西方文学家眼中的弗洛伊德主义》，《国外文学》1993 年第 2 期。

化、封锁化以至于神化，这本身就是不科学的，缺乏坚实的理论根基。

对于解构主义理论的认识也是如此。在承认这一流派洞烛幽微的新见的同时，也要看到其存在的机械性弊端。首先，解构主义自身容易滑向一种反形而上学的形而上学，进而陷入怀疑主义、相对主义的深渊。形而上学强调整体性与同一性的同时，抹杀了局部的差异性和偶然性，使整体并非是矛盾对立统一的整体而是一种僵化、封闭毫无生机的同一。它的错误不在承认同一性、整体性、事物的本质与"二分"，而是静止地将其僵化、封闭化。纠正这一错误本无须将其对立面的差异性、多样性、解构一切、摧毁理性取而代之作为新形而上学的内容，进而全盘推翻，但后现代主义在使形而上学的凝固、僵化的世界动荡起来后，又彻底震碎、消解、虚无化了这个世界。人类失去了基本的信仰，也随之陷入虚无而感到无所适从，这种绝对主义否定的态度同形而上学绝对肯定的态度犯了同样的错误。这种由原来的逻各斯中心阐释演变成"如何都行"的主张势必使世界陷入相对主义，并赋予"意义不确定性"，使所指失效，能指的自我滑动与相互指涉，进而建构起另一个富有极端形而上学意味的"后现代"状况。其次，解构主义消解了本该存在的理性，系统性和主体性。科技理性、工具理性在为我们带来极大的物质财富和方便的同时，也带来了环境的破坏和人主体性的丧失，然而后现代主义、解构主义主张反理性、消解主体，这显然并不是科技理性的错误，而是运用科技理性方式的问题。有一点必须明确，那就是理性不是理性主义，本质也非本质主义，理性是人所特有的一种认识功能，它对我们辩证地思考问题，避免感性冲动与盲从有着重要的意义。本质也只是事物发展过程中相对不变的性质，它便于我们在学习的初级阶段更好地认识、理解、掌握事物。因此，人们要做的不是一味地抵制、毁灭理性，而是恢复人对它的健康使用。此外，解构主义仅限于形而上学的批判与解构，不能从根本上医治社会的创伤。后现代主义将现代性所引发的一系列问题归咎于西方几千年的形而上学思维方式，而不是从根本的生产方式、经济基础上索源，仅仅从知识领域进行思考与批判，无疑也是隔靴搔痒，难以从根本上解决问题。

三 多元存在中的单一化固守

万事万物都存在于世界这个统一的整体图画中，并且都在不断流动、变化、产生与消亡中。不能否认，要理解和解释这个图画构成中那些个别的部分，对事物的个别部分做出详细的认知，就不得不把它们从或自然或历史的各种联系中抽取出来，加以具体研究，从而达到对事物的最切近的认识。这就是我们认识和研究对象的基本方法。应该说 20 世纪西方当代文艺诸流派的研究在这一方面做得是比较好的，他们"就一点"大刀阔斧、透彻研究的"螺丝钉"精神和魄力，使他们的结论异彩纷呈、炫丽诱人，给人留下了深刻的印象，这种对具体细节剖析与研究，也的确能够将某一问题阐释得看起来是那么回事。

然而，问题也正出在这里。当他们将部分从整体中抽离出来获得创见之后，却不愿将其再放回整体之中，以至于慢慢形成一种习惯，"去孤立地观察自然界的事物和过程，把它们置于一般的大联系之外——因此不是从运动中去观察,而是从静止的状态中去观察;不是看作本质的变化着的事物,而是看作永恒不变的事物;不是作为活的事物,而是作为死的事物"①。由于这种方法的单一静止僵化,具有强烈的排他性,"是则是,否则否,除此之外即是鬼话"②,从而致使西方文论家们的所有理论创见几乎都有一种"片面的极端"的特征。他们的理论都极具新意,言之有理,但他们的主张同时又都存在着褊狭和单一僵化的毛病。他们只在某一条件内探求事物的真理性存在,而没有将视野放在更大的范围内,只看到了局部而全然无视整体,看不到整体世界图景中事物与事物之间的联系、转化与运动,缺乏联系、辩证、发展、整体思考问题的弊病,形成了他们的"长处"也正是他们的短处。应当明白真理是有前提的,如果离开了真理存在的条件与前提,真理就会变成局限的、片面的、抽象的东西,从而陷入不能自我解决的困境之中。

文学艺术学科本身具有极强的复杂性、模糊性和难以细节言说性,文艺学的本身也在不断建构与发展中,因此,任何一种理论观点和学说都不能且无法对文艺现象做出终极真理式的判定和界说。以此来看,西方现当代文论那种简单地将其归于一点的所谓科学化阐释,无疑都是企图垄断话语权的单一行为,是只见树木不见森林的。文学创造是一个各环节彼此混融的具体过程,即使创作过程中的作家创作动机、构思机制、物化阶

---

① [德]恩格斯:《反杜林论》,吴黎平译,生活·读书·新知三联书店 1979年版,第 20 页。
② 同上。

段等无法用语言情貌无遗地进行完备描述，但大体是有规律性可循的。文学创作作为整体性过程包含素材积累、艺术发现、创作内驱、回忆沉思、想象联想、直觉灵感、情感理智、艺术技巧、语辞锤炼等诸多复杂交融的环节。理论研究如果仅仅关注其中的一项内容，抱着一种"鸵鸟心态"，那必将会走进死胡同。在诗歌研究中凸显诗歌语言技巧层面的重要性，本无可厚非，但如果像瓦莱里那样，将本处于平衡位置的文学语言片面突出、放大，进而成为支配整个诗歌创作的支点环节，显然就是有问题的。

西方文论中的"文本细读法"也是如此。细读文本本身是一种很有借鉴价值的艺术分析方法。作为一种方法，它也不是新批评理论的首创，文学批评史上这种方法古而有之。而新批评理论家们将本应处于方法论意义上指导作品的解读的"细读法"错误地作为一种科学的批评标准，并将其捧到"只应如此"或"若非如此就不行"这样的程度的时候，无疑恰恰走到了科学的反面，实际上容易引发批评上的混乱。

举例来说，"意图谬见"的本义是提醒人们不要将作品看作是作家的个人传记、生活记录，但从作为一个切入点来服务于对文本的意义阐释来说，也是可以的。然而，在新批评这里却将其极端化地表达为，如果出现了表现个人"身世之感怀"的事就干脆评为二流三流的诗歌。将进入文本的方法上升为评判文本的标准，这显然是异常武断的。并且，新批评对于社会—历史批评的理解过于狭隘。从广义上讲，社会—历史批评不等于实证主义批评，它是从宏观的社会时代背景出发，给解读作品找到深层的生成土壤，注重对作品产生根源的把握。这是一种融合中庸的"社会动力学"批评，而不是完全遵循自然规律的"社会静力学"批评。社会历史批评以一种系统思维的逻辑，可以比较全面地提供阅读的切入点和批评视角，对作品的理解是极其有利的，也符合文学艺术本身的特性，因为文学观念是极其复杂的，是发展的、历史的，它描写的对象、表达的思想倾向、流露的感情色彩，甚至它的语言形式都处于流变之中。由此，文学研究必须讨论文学的时代与历史背景，"知人论世"是不可缺少的。被新批评所诟病的社会—历史批评、印象主义批评仅仅是文学批评中的几种方法和视角，它们的介入并不妨碍其他方法的引入。不同方法之间的关系是相互扶助与支撑的关系。当新批评将社会—历史批评、印象主义批评方法等说成是缺乏客观、科学的一套批评标准，是霸权的、独语的，甚至是主观主义、相对主义、心理主义等极端褊狭的方法时，新批评的"细读法"难道不是同样陷入到单一、独断、没有科学性的地步了么？

诗歌的评价标准是多元的、多维的，我们不能仅凭它的艺术形式以及是否符合我们的审美趣味来认定诗的好坏。瑞恰兹20世纪20年代在剑桥大学文学系所做的关于诗歌阅读的试验，本身是非常有趣的，说明了诗歌阅读中存在的部分问题，但若把这个当成普遍的现象，并由此单一地将文本语言解读本身作为评价诗歌的标准，显然是考虑不周的。学生们仅凭自己作为读者的"主观评价"来讨论诗歌的水平高低，结果自然会是五花八门的。那么究竟具备何种品质的文学，才可以独领风骚成为不朽的经典和伟大的作品呢?

有学者认为,"尽管现当代文学批评存在多种形态、方法和原则,但都不能替代马克思主义批评方法和原则","马克思主义文学批评提出的美学的观点和历史的观点是文学批评中具有宏观视野的一种原则和方法论,它科学地选择和包容着各种批评形态的合理因素,也作为权威性的批评话语形式指导着各种具体批评方法的运用"[1]。因为首先,一切文学作品都是按照"美的规律"创造的,它具有美的结构形态和形式韵味;其次,一切文学作品都是一定历史条件下社会关系的产物,作为一种社会意识形态反映着时代生产力、生产关系支撑下的经济基础。具体说来,首先,好作品的思想深度、精神内蕴应具有深刻性和丰富性。这其中包括:好的作品应该植根于时代,具有鲜明的时代精神,并具有历史现实性品格和伟大性,经得起历史的考验;作品的主题内蕴常常具有多元开放、对话多层面的品质,多探究人类的一些共通性主题、精神生活中某些根本性问题,譬如"人与自然""人与社会""人与自我""灵与肉"等。作品无论处于肯定抑或否定的立场,其归旨在于促进社会进步的美好愿望,健康积极的道德价值导向等。其次,从艺术审美和作品的诗性内涵上看,好的作品往往凸显作家个人独特审美世界观渗透下,不可被轻易重复的艺术世界创造,它能够提供某种前人未曾提供过的带有独特个人性的审美经验和作者在推陈出新、去粗取精基础上体现出来的诗性原创。在艺术上,好的作品主题与结构、内容与形式、材料与言语组织方面一定如盐

---

① 童庆炳主编:《文学理论教程》,高等教育出版社 2012 年版,第 350 页。

水互溶，和谐统一。深刻的主题内蕴缺少完美的塑造形式无法成为"美"的作品，我们坚决要"莎士比亚化"而非"席勒式"。除此之外，作品的"美的形式"方面应当具有新颖性和独创性，言语组织等形式的创新无疑提升了整部作品的形象力，而这种独创性也可以看作是一种"民族性""当下性"抒写的尝试。再次，可以从读者接受角度、历史传承来讲，好的作品能够经得起一代又一代读者的阅读和理解，经得起历史、时间的检验，并在读者的发现、欣赏、对话中，历史时代的转换中，不断生成不同文化历史语境中不同的历史命运，一如一部交响乐不断吸纳、反馈读者的反响，经由历史的积淀而历久弥新。由此可见，瑞恰兹虽然倡导一种看似"公平"的文学批评，但这种"没有标准"的批评同样会导致文学评价的不公平，不设立科学合理的文学批评标准，仅仅凭借学生个人的审美兴趣和所谓的文本呈现出的韵律结构的"抓人"性，以此就断然否定一些伟大诗人的作品的判断是不可取的。

当然，这里必须指出的是，马克思主义文学批评的"美学的""历史的"观点也不是一成不变的标准，它也要随着时代和文学自身的变化而变化。有学者就在全球化与消费主义影响的新条件下，提出了马克思主义文艺批评的"民族的"标准问题，并认为"'历史的''美学的''民族的'的标准是统一而相互补充的。'历史的美学的'标准是文学批评的普遍性标准，而'民族的'标准则是文学批评的当代标准，是特殊性标准"[1]。

① 丁国旗：《当代马克思主义文艺批评要重视"民族的"标准》，《中国社会科学报》2011年1月4日。

每一种批评方法都有其不尽人意之处，这是新批评理论给我们带来的启示之一。社会—历史批评方法文本内部的审美研究不够深入，容易一味作以历史、社会、政治学图解。而印象主义批评没有系统、规范化的科学方法，容易走上主观臆断、零星阐释，观感念想之类的言说之路。新批评本身则忽视了文学活动系统的复杂性，长期割裂了其子系统之间的内在联系，无视历史、文化、作者、读者与作品之间的关系，以一种局部的把握代替了整体，等等。由此来看，在文学批评方法的选用中，更多地应该放弃各执一端的片面方法，而主导走综合多样的路子，这应该是文艺理论评价全系研究中的一种趋势。文学理论和批评应当坚持美学的标准，注意语言、审美性的建构，毕竟文学是一门"语言的艺术"，"语言就是文学的武器，正如步枪是士兵的武器一样。武器愈好，战士就愈强有力——这是十分明显的"①。

更重要的是，文学是人学，是人的全部社会意识形态的集中表现。夫子云："质胜文则野，文胜质则史，文质彬彬，然后君子。"（《论语·雍也》）有质无文多粗野，有文无质多虚浮，言过其实患害无穷，只研究文学的媒介物性质的批评，无疑是"只见树木，不见森林"，真理多跨出一步也就谬误，这是形式主义者们需要抱以警惕的。只有文质统一，相符相伴方为佳作，"历史的"和"美学的"标准，或许还要加上"民族的"等其他更具体的标准，才可能真正使文学批评不会游离在

———————

① ［苏联］高尔基：《文学书简》上卷，曹葆华等译，人民文学出版社1962年版，第217页。

正确的航线之外。这是新批评给我们的又一个启示。

有学者指出："西方人文知识分子的批判不是指向对西方社会和政治经济的批判和物质批判，而多是脱离实践的语言批判、舆论批判、精神批判、文化批判、感性欲望批判。知识、文化、语言、文本、作品、图像、结构、解构、叙述、接受、解释，编码，乃至欲望宣泄、意识指向、舆论动员、精神呼吁、道德说教、思想感召和灵魂救赎，都是人文知识分子的精神财富和学术专长。他们潜意识或下意识地把手中所掌握的这些东西功利化，把他们所擅长的本领夸大为具有神奇的救赎和改造世界的力量，妄图用文本权力取代政治权力，迷信和推崇语言暴力和文化暴力能够起到政治暴力和武装暴力那样的作用，这其实是不可能实现的幻想。"① 20 世纪西方现当代文论存在的诸如此类的弊端和问题，使他们的理论终究脱离了文艺理论与批评的实际，丧失了其本该为文学的社会功能呐喊助威的基本立场。

四 对"内容—形式"的割裂与颠覆

20 世纪西方文论十分注重形式，然而"形式"在西方传统上实则存在作为"事物具体感性形态的形式"（form）和"本原的形式"（Forms）两种形态。譬如俄国形式主义所提倡"文学性"中不是"写什么"，而是"如何写"体现在文本作品中技术层面的语言形式技巧，诗歌流派的全部工作在于，"积累和阐明语言材料，包括与其说是形象的创造，不如说是形象的

---

① 陆贵山：《现当代西方文论的魅力与局限》，《外国文学评论》2008 年第 2 期。

配置、加工的新手法"①。这是一种形式主义者在具体实践上表现出的极端割裂"内容—形式"的形式观。形式的另一种表现则是一种哲学层面的"本原的"、"质料—形式"统一的"形式"观。这是"有意味的形式",是一种有"内容"的形式,这种辩证主义的形式观打破了内容与形式之间的对立,是把一般性、普遍性和感性浑融的"形式观"。就像黑格尔所讲的本质处于抽象和现象的关系之中,如果真理是抽象的,则它就不是真理。

应该说,20世纪西方形式主义所强调的是一种机械式的形式观,虽然有些"走过头"。这种观点虽没有抛弃作为艺术的直观性,但实际上却采用了一种更为抽象性的直观形式。按苏宏斌的说法,现代艺术、文论更多地采取了质料—形式模型而抛弃了内容—形式模型。"西方传统艺术表面上采用的是质料—形式模型,实际上却是把两种形式观结合在一起,既追求对一般本质或形式的把握,又追求对具体事物及其外形的描绘和再现,因此既是抽象的又是具象的……现代西方艺术则逐渐抛弃了再现和模仿,因此就抛弃了内容—形式模型,只能用纯粹的质料—形式模型来解释。这种变化导致的最大后果,就是质料的含义发生了变化,因为艺术家既然不再描绘具体事物,艺术创作的材料就不再是具体的事件或情感体验,而只能是纯粹的媒介材料,比如作家只能使用不及物的语言,画家只能使用不描绘任何具体事物的颜料,这样的材料与形式结合之后,所

① [俄]维克托·什克洛夫斯基等:《俄国形式主义文论选》,方珊等译,生活·读书·新知三联书店1989年版,第3页。

产生的就不是带有一定感性形式的内容，而是通过媒介得到外化的纯形式，这样的艺术自然就走向了抽象主义和形式主义。"①

形式艺术以此来表达一种特殊的意义和情感，这本来无可置疑，也是符合一定时期艺术发展内在规律的。但问题在于：技巧和手法本身游离在"度"的边缘，它既可以成为一种质料性的形式，也可以变成一种与内容相对立的纯形式，这种不容易辨别的"形式"所呈现出来的最后形态，与艺术家创作的动机、心态以及目的有着直接的关系。拿俄国形式主义作例，俄国形式主义试图通过各种艺术方法努力使一件事物摆脱人们知觉的机械性，"艺术的手法是将事物'奇异化'的手法，是把形式艰深化，从而增加感受的难度和时间的手法，因为在艺术中感受过程本身就是目的，应该使之延长。艺术是对事物的制作进行体验的一种方式，而已制成之物在艺术中并不重要"②。这种"艺术手法的形式"效果类似于中国文论中所讲"言不尽意""圣人立象以尽意，设卦以尽情伪"中的"象"和"卦"的作用，其目的在于制造一种主体对客体的距离阈和特殊感受，是创作主体对客体的"视像"而不是对它的认知，即是一种过程体验，是回归对于对象的原初感受。我们可以将这种作为理解为一种辩证的质料形式观。然而，即便如此，俄国形式主义等流派依旧不能遮蔽其在具体的文学实践上所显露出的弊

① 王元骧、苏宏斌：《关于形式问题的通信》，《学术研究》2011年第6期。
② ［俄］维克多·什克洛夫斯基：《散文理论》，刘宗次译，百花洲文艺出版社1997年版，第10页。

端——形式割裂与"急功近利"刻意制造的偏颇之处。如俄国形式主义者认为，文学批评的任务是要研究文学之所以成为文学的内部规律，即"文学性"，也就是要着重艺术形式，深入文学系统内部去研究文学的形式和结构，以及文本之所以成为艺术品的技巧或构造原则。什克洛夫斯基曾公开声明"艺术永远独立于生活"，其颜色绝不反映飘扬在城堡上空的旗帜的颜色，并且他对"世界棉纱市场的形势"毫无兴趣，而情有独钟于"棉纱的标号及其纺织方法"①。他在具体实践层面更多地是去首要发现和锻炼一种艺术技巧和程序：包括对语言、意象、激情等材料的合理安排，对节奏、韵律、措辞、修辞、语法、叙述结构技巧等的如何配置，以产生"反常化"的效果等。如果艺术家创作意图本末倒置，其创作的根源不是发自内心而是出自从雕琢、堆砌、锻炼的语言、材料、技巧的海洋里发掘文本的意义，这显然就类似于刘勰所讲的"为文而造情"，就从根本上割裂了"质料形式"本身。在创作中，人们理应先有情感、思想，再考虑如何表达出它们，而绝不是仅仅以险、怪、佶屈聱牙、晦涩的形式就可以创作出所谓的情感或思想的。无论西方现当代艺术形式观是质料—形式模型还是内容—形式模型，抑或是两者兼具的模型，创作之根本原则与程序是很难违拗的。

与形式主义只追求形式产生的直观感受而无视生活思想的偏颇一样，结构主义者所说的"深层结构"也并非是作者创作

① ［俄］维克多·什克洛夫斯基：《散文理论》，刘宗次译，百花洲文艺出版社1997年版，第3页。

时所埋下思想"伏笔"，或者是作者所期待读者发现的深层的思想内蕴。这种"深层结构"也不是本质性的，并非客观存在、对象本身所固有的，相反，它是结构主义者附加上的，是主观创造外力赋予的。"我们可以说结构主义的目标不是人被赋予意义，而是人制造意义，好像它不可能是穷尽了人类语义学目标的意义的内容，而只是产生了这些意义——历史的和有条件的变数——的行动。"① 从结构主义文评的初衷看，他们不满足传统的文学批评对作家生平的历史考证，对作品主观随意的价值评判，对文本字义、意象等逐字逐句的剖析和微观探究，他们所要追求的是在对大多数作品进行比较、抽象、归纳、分析的基础上，超越单个具体作品、作家和时代，科学探讨支配作品整体结构的普遍规律。结构主义的愿望是很好的，然而细细推敲，却很容易发现，结构主义反对随心所欲地评价文学作品，但在一定程度上，他们正是在打着客观的幌子主观地参与着文学作品意义的建构，结构主义的方式、方法看似很客观，很科学，但其哲学基础实则还是站不住脚的，带有极强的主观色彩。结构主义分析路径的终点还是主观而非客观的，事件情节由一种二元对立的结构决定，表层结构由深层结构决定，而深层结构实则是不过又是人的创造、人为建构的结果。这样，文本所发出的不是作家的声音，而更多是批评家的声音，试问这种客观科学的基础又由何而来？与过于看重语言形式一样，结构主义沦陷于另一种形式之中。

---

① 张秉真、黄晋凯：《结构主义文学批评论》，辽宁大学出版社 1987 年版，第 29 页。

追求艺术审美的形式主义者们在这场"内容与形式"问题的博弈中偷换了许多概念，"形式""结构"无不如此。好的作品一定是"为情而文"，形式本身可以是一种内容，但它的前提是"因情而生"而非只是立足于语言技巧，或内在结构的为形式而形式、为结构而结构。形式与结构必须依附于一定的内容才有意义，内容与结构形式等实际上是一个相依相存的关系。"夫水性虚而沦漪结，木体实而花萼振：文附质也。虎豹无文，则鞟同犬羊；犀兕有皮，而色资丹漆：质待文也。"（刘勰《文心雕龙·情采》）文学作品必然有一定的文采，但文和采是由情和质决定的。因此，创作应当是有了内容再去思考形式方面的匹配，而非以形式的陌生化促动有创新的内容。"为情而造文"一定比"为文而造情"更能打动人，更能对人产生潜移默化的作用，引起共鸣和同情。"为情而造文"是"吟咏性情，以讽其上"，因其感情真实而文辞精炼；"为文而造情"则是无病呻吟，夸耀辞采，因其感情虚伪而辞采浮华。正如刘勰在重点批判了后世重文轻质的倾向之后，进一步提出了"述志为本"的文学主张。"夫桃李不言而成蹊，有实存也；男子树兰而不芳，无其情也。"（刘勰《文心雕龙·情采》）正确的文学创作道路，是应该首先确立内容，然后造文施采，使内容与形式密切配合，而达到"文质彬彬，然后君子"的理想境界。

五　将文艺意识形态属性"幽灵化"

20世纪西方文论诸多流派反"教化"思想的一个重要的原因，还在于文论家们将"意识形态"、"教化"这些原本中立的概念"幽灵化"，在否定意义上对其加以排斥。这种做法彻底颠覆了马克思主义对于文艺根本属性——意识形态性的正确判断，给文艺创作和理论发展造成了极大的危害。

意识形态学说（"观念学"）最早由法国政治家德斯杜特·德·特拉西提出，其主要任务是"研究认识的起源、界限和认识的可靠性的程度"①。特拉西不仅赋予了"意识形态"理论、哲学上的意义，同时赋予其实践上的意义："与那些解释性的理论、体系或哲学不同的是，意识形态作为一切科学的基础，是负有社会使命的，它的目标在于为人类服务，甚至拯救人类，使人们摆脱种种偏见，为理性的统治做好准备。"②这之后，意识形态概念由黑格尔进行丰富发展。黑格尔的"教化""异化"概念对意识形态学说的发展起到了决定性的推动作用，其《精神现象学》一书对异化了的现实世界和教化的虚伪性作了明确的分析与揭示。"意识形态"在流行之初就已经具有褒贬双重含义。到了后来，这一概念所蕴含的社会、政治含义越加突出，并渐渐偏向一种否定的意义。譬如早期马克思的意识形态批判，马克斯·韦伯、米歇尔·西蒙、"西马"法兰克福学派等一批学者都认为意识形态带有一种遮蔽利益集团真实性质的虚假性、虚伪性和偏见，是那些为实现、巩固、维持自己统治而奋斗的思想家们雕琢的"幻像"。然而从学术层面来看，"意识形态"不仅仅是一个政治范畴，它同时还是一个重要的哲学范畴，不仅具有否定性意义，而且还具有肯定性意义，它集批判功能与描述功能于一身。人们理应全面完整

① 谭好哲：《文艺与意识形态》，山东大学出版社 1997 年版，第 26 页。
② 同上书，第 27 页。

地看待"意识形态"这一概念，并对其做出科学、辩证的正确诠释与理解。

首先，每一个理论、理论术语的使用都应有其"语境意识""反思意识"以及"批判意识"，倘若不理解概念产生的前提，拒绝理论反思，得到的往往只有一个有关概念的表述，而缺乏深入的理解与升华。马克思在《关于林木盗窃的辩论》一文中首次使用"意识形态"这一术语（柏拉威尔）。促使马克思在虚假意识层面使用意识形态这一概念的原因，在于马克思看到《拿破仑》法典中虚伪的悖论性法律条款虚假性的揭示。马克思认为，资本主义法律一方面规定人的自由——意志自由、劳动自由；另一方面却又保护土地所有者的利益，给雇主剥削者以更大的自由，而对劳工的疾苦漠不关心，实则是在剥削雇工的意志与自由。马克思深刻地揭示了资本主义法律作为一种虚假的社会意识形态的欺骗性和虚伪性。他认为法律是私有制的产物，法律所代表的只是统治阶级的利益，尤其是在奴隶社会和封建社会表现得更是赤裸裸。而到了资本主义社会，由于历史的进步，人民的觉醒，自由平等博爱旗号的打出，法律不得不披上一层代表着整个社会利益的面纱，多少能反映社会各阶层的一些共同利益，开始在形式上主张法律面前人人平等，但是法律以维护资产阶级的根本利益为前提这一本质并没有改变。在《德意志意识形态》中，马克思、恩格斯对一般意识形态的本质与特征又作了唯物主义的阐明：（1）意识形态属于观念的上层建筑，"在不同的占有形式上，在社会生存条件上，耸立着由各种不同的、表现独特的情感、幻想、思想方式和人生观构成的整个上层建筑"①。（2）意识形态是社会生活过程在人们头脑中反映的产物，意识形态是人们现实生活的"反射和回声"，观念的"升华物"。（3）意识形态没有自己绝对独立的历史，意识形态不能脱离人类史而有绝对独立的历史发展。（4）阶级社会中的意识形态具有鲜明的阶级倾向性，"一个阶级是社会上占统治地位的物质力量，同时也是社会上占统治地位的精神力量"②。（5）意识形态的虚假性在于统治阶级的意识形态宣扬观念统治世界的思想，并总遮蔽或扭曲现实关系，"每一个企图代替旧统治阶级的地位的新阶级，就是为了达到自己的目的而不得不把自己的利益说成是社会全体成员的共同利益，抽象地讲，就是赋予自己的思想以普遍性的形式，把它们描绘成唯一合理的、有普遍意义的思想"③。由此可见，在马克思、恩格斯早期的理论活动中，他们的确将阶级意识对社会存在的虚假歪曲反映称为意识形态。然而，要看到的是，被统治阶级的社会意识和马克思、恩格斯之后所创立的反映无产阶级、倡导共产主义的地位和利益的科学共产主义同样也是一种意识形态，马克思、恩格斯并非企图对任何意识形态都进行否定，只是对社会意识的异化形式（封建贵族、资产阶级、小资产阶级的意识形态唯心哲学）的一种否定，而对代表无产阶级、更为广大人民共同利益的社会主义和共产主义意识形态是

---

① ［德］马克思：《路易·波拿巴的雾月十八日》，见《马克思恩格斯选集》第1卷，人民出版社1995年版，第611页。

② ［德］马克思、恩格斯：《德意志意识形态》，见《马克思恩格斯全集》第3卷，人民出版社1960年版，第52页。

③ 同上书，第54页。

持肯定态度的。他们认为，无产阶级是人数最多的阶级，也是最进步的阶级，它体现着更为广大人民的根本利益，并随着阶级的逐渐消失，过渡到代表全体社会成员利益上来，即一种共产主义的意识形态。因此，意识形态并非仅仅指代一种虚假性的反动社会意识，同样也指具有进步性和科学性的社会意识。除此之外，意识形态还具有更多的中立的、广义上的描述性含义，如在《〈政治经济学批评〉序言》中，马克思写道："人们在自己生活的社会生产中发生一定的、必然的、不以他们意志为转移的关系，即同他们的物质生产力的一定发展阶段相适合的生产关系。这些生产关系的总和构成社会的经济结构，即有法律的和政治的上层建筑竖立其上并有一定的社会意识形式与之相适应的现实基础。"① 意识形态是一种观念的上层建筑，受制于社会的经济基础，并深刻地反映一个阶段社会生产力和生产关系之间现存的冲突与矛盾。意识形态不仅具有认识社会生活的矛盾、冲突的功能，同时也为了在实践上克服它。它反映人与社会、人与人的交往关系，并以政治、法律、宗教、艺术、哲学等不同形式出现。列宁也将意识形态看作是一个描述性的概念："一句话，任何思想体系都是受历史条件制约的，可是任何科学的思想体系（例如不同于宗教的思想体系）都和客观真理、绝对自然相符合，这是无条件的。"② 在阶级社会中，任何脱离意识形态和超越意识形态的思想体系是不存在的，而马

① ［德］马克思：《〈政治经济学批评〉序言》，见《马克思恩格斯选集》第2卷，人民出版社1995年版，第32页。
② ［苏联］列宁：《列宁选集》第18卷，人民出版社1988年版，第137页。

克思主义就是这样一种"科学的意识形态",它代表社会主义和共产主义之进步性和科学性。

一言以蔽之,文学艺术作为一种"更高地悬浮于空中的思想领域"也是一种意识形态,其必然较为间接地反映社会生活中一系列复杂的生产力、生产关系间的矛盾,人与人的关系,人与社会的关系等。任何企图抹杀文学娘胎中带有的意识形态属性的努力都是缺乏理论根基的,而取消对文学进行宏观历史、价值判断、"知人论世"等维度批评的行为势必是主观的、不符合客观事实的。任何抵制文艺与意识形态相关联的主张,无疑将"意识形态"政治化、"幽灵化"了。当代西方文艺理论诸流派,在对待文艺意识形态属性方面,表现都是一致的,他们以人文主义和科学主义的方式所进行的理论探索,因脱离了文艺意识形态表达这一原则,终究让他们的理论走向了片面、武断而显得不明智、不合理的。

六 去"价值关联"的乌托邦臆想

"价值关联"一词是马克斯·韦伯社会学方法原则中极为重要的一个概念,它主要是指一个社会历史的文化价值对科学研究者在研究过程中所起的制约和限制作用。社会科学既是一个具有其内在发展规律的独立的价值系统,同时又是一个具有社会价值和文化趋向的活动领域。韦伯认为,我们所体验过的"经验现实"总这样那样地同我们的认识、价值观联系在一起。社会工作者在收集、分析其所需要的经验资料的时候,其所要认识的价值和解释的对象无疑是他在众多事件中所感兴趣的,并与他的思想价值相一致的东西。因此,社会科学研究者们理解和研究社会是具有高度选择性的，必然遵循其筛选时所使用的原则，这种价值立场被运用进社会学的知识结构构建中，肯定会影响社会人文科学的客观性。因此，我们说没有一项社会人文科学所研究的客体是纯粹客观的。

借鉴这一方法论原理来看待20世纪西方众多打着科学主义、人文主义、实证主义旗号研究文学审美独立性的流派，譬如建立在新实证主义基础上的语义学与新批评流派。这一流派认为应将艺术品看作是一个封闭的系统，一个独立自主的客体并独立于外在客观现实之上，主张以语言研究为基础，用语义学的方法对作品加以细读式分析。然而，如果将文学活动看作是韦伯所讲的一种"经验现实"，它确实有其相对独立自足的活动场域——文本，但同时它又是一个具有社会价值和文化趋向的复杂综合系统，研究者们无法无视文本所表现的社会、历史、作家生平等各种影响文学文本创作的价值因素。

再如象征主义诗人理论家瓦莱里反复论述诗歌的目的是"重现于形式中"，并力举类似于形式决定论的一种观念，将诗歌形式所带来的种种感受上升到一种哲学本体论的高度。他认为，"阐发意义得到唯一的解释，唯一的形式，意义便来自这一形式。因此，在形式和内容之间，在声音和意义之间，在诗篇和诗境之间，显现出一种摆动，一种对称，一种含义的等同，一种力量的均衡……诗人的职业就是用技巧去寻找并且幸运地找到语言的这些奇特的形式"[1]。然而，我们究竟应怎样读一部

---

① 朱立元、李钧：《二十世纪西方文论选》上卷，高等教育出版社2002版，第99页。

作品？以《论语》为例，我们是单单关注创作主体以及成书社会历史背景，将其作为一种社会发展史的图解；还是仅仅囿于文本范围内，去掉作者、成书年代背景单单去欣赏它的字句和韵律？并且如果《论语》不像《诗经》、唐诗、宋词一般具有诗词的审美韵律结构之美就是二流三流之作么？无疑，正确的阅读方法应当明确《论语》的性质、地位，以《论语》文本为核心，谙熟其成书历史、社会经济背景，明晓孔子及其生平、思想，细读字句，通晓文义，涵咏经韵，以经、史、注解经，诸家经典互见，重视先秦考古文献等，以上每一个步骤都有助于全面理解、鉴赏、评价作品。由此可见，新批评理论缺乏系统性、整体性的主张明显存在的狭隘、不周之处，以致新批评自身在进行文本细读分析时，也不得不放宽他们的教条。"例如沃伦论《古舟子咏》为象征诗，不得不以柯尔律治的生平及其思想为证，这都犯了'意图谬见'大忌。燕卜荪《含混七型》的第一个著名的例子，分析莎士比亚十四行诗第七十四首中的一句，就指出其复杂的意义来自'各种现在已难以追索的社会的历史的原因'；布鲁克斯也指出不了解莎士比亚生平虽无妨于我们读《哈姆雷特》，但如果不知道当时复仇被视为与荣誉有关，就无法理解它。"[1] 由此不消说，新批评的某些理论具有相当局限的适用性，并在实践上常常出现同理论脱节、有悖于理论的情况，而象征主义诗人瓦莱里"找到语言的这些奇特的形式"的说法，也不过是在它能充分地实现诗人情感的表

---

[1] 赵毅衡：《新批评——一种独特的形式主义文论》，中国社会科学出版社1986年版，第104页。

达时才是有意义的。

文本在有独立发展场域的同时还是历史的产物，作家的产物，文本分析如何客观却永远无法达通于此。主观与客观的批评只有相对性，不存在绝对性，因此，任何学科研究企图达到完全客观与科学（在形式主义那里表现为仅研究文本形式、言语媒介奥秘的"科学性""规范化"方法）的初衷，其根源处就不成立。社会人文领域内的研究，"价值关联"始终存在于每一位批评家的思想中，它一如巨大的磁石，吸引着影响批评的诸多因素——历史时代、社会环境、阶级意识、学理知识、建构结构等。"这种典型行为主义心理学立场未免太乐观了，在任何科学化的文学批评中，批评家本人的文学修养和趣味仍是不可缺少的。甚至兰色姆在早期也认为批评中如果没有从作品中感受到温暖和作品的优美，那么这种批评未免有点太'残酷'，但到后来它就完全不提感受的必要性。艾略特在三十年代末新批评体系形成时曾警告：'规范化'已走过头，应是重新需要印象式批评的时候。"① 由此可见，新批评派学者自身也认识到了这种过"度"科学化的批评所带来的视野的局限性和文本分析实践上的狭隘性。

应该说，自古以来我国文论的确鲜有方法论上规范化的批评理论，而更多的是一种印象式批评（譬如司空图的《诗品》，王国维的《人间词话》，脂砚斋评《红楼梦》，刘勰的《文心雕龙》等）。这是中国的文化思维传统所决定的。重直觉感悟，

① 赵毅衡：《新批评——一种独特的形式主义文论》，中国社会科学出版社1986 年版，第 119 页。

具象思维，不重逻辑分析、意义索解和精确的推理，那些散落的诗话、词话、序跋等基本都看重一种韵味的整体直观，兴会所到，真情流露，涵咏默会。它重视主体生命的情感体验和批评文本"美文化"的塑造，这种诗化的表达方式力避概念、定义，而隐喻、比喻生动丰腴，话语极具诗意性、弹性和开放性。辩证地看，中国式的文学批评在将抽象的精神特征和幽微的心理体验转化为可以触摸的感官印象，传递美感，引导读者再度创造的同时，也造成了批评的非学术性，难以规范化、技术化，缺乏能够传承的阐释模式，并且悬空结论，容易遮蔽文本中昙花一现的一些重要性质。印象式批评势必相对零星片段，缺少影响力。

由此可见，中国当代文论的建设不是去此取彼，而应在马克思主义科学思想的指导下做好"扬弃"和"平衡"的工作，这同时也是马克斯·韦伯的困扰，如何在"价值中立"（科学）和"价值关联"（相对），"科学内价值"（客观）和"科学外价值"（主观）之间寻求一个完美的平衡。在保留中国民族性批评特性的基础上加强"科学化"的理论建构，这也是中国文艺工作者应当着重思考的问题之一。有一点可以肯定的是，西方任何只强调审美形式、媒介结构或是文本游戏的理论无疑都是偏颇的，应当在对其充分认识的基础上加以批判性地选择与提炼，取其精华，去其糟粕，使其能够为我所用，参与到具有中国特色的新文论体系的建设中。

七 其所造成危害及其思考

文艺的功能有认识、教育、娱乐、审美、提升情感、改造精神等许多种，文学作品的社会作用从来都是不能低估的。

葛兰西将文化的东西比喻为"社会水泥"是很有道理的，好的文艺作品通过影响每一个社会成员进而影响一个国家的民族凝聚力和社会归属感。柏拉图之所以将诗人下逐客令并逐出理想国，排斥模仿的艺术，主要是因为诗人为了讨好群众，模仿"人性中低劣的部分"，摧残人的理性，助长了人的"感伤癖""哀怜癖"，使"城邦保卫者"失去勇敢、镇静的精神品质，从而败坏风俗，扰乱了城邦的稳定。亚里士多德提倡文艺的"净化"作用，民众通过观看悲剧心灵得以陶冶，激动炽烈的情感得以宣泄，目的在于培养民众的同情心和健康精神，同样有助于邦国的治理。古罗马文艺家贺拉斯所提出的文艺"寓教于乐"观认为，文艺应当给予读者益处和乐趣，使读者在阅读的过程中既感到快乐又学到知识、汲取到教训，通过对民众的审美教化以达到劝谕效果，实现国家的长治久安。

在孔子看来，"诗可以兴，可以观，可以群，可以怨。迩之事父，远之事君；多识于鸟兽草木之名"。社会可以通过文艺作品被反映，民众则在阅读文艺作品的同时认识社会、了解社会。倘若社会上缺乏内容健康积极向上的作品，而流行的只是那些追求情感审美、形式新奇的文本，这无疑将有害于国民心理的塑造，进而可能集腋成裘，严重者足以撼动整个社会的核心价值观、民族凝聚性，其危害不容小觑。孟子的"我善养吾浩然之气"的"气"虽说指个人的一种仁义德行、正义凛然之气，但社会之中若是人人皆充盈着正义，那乾坤之下那些猖狂盗贼、奸佞小人、污浊之气还有生存的空间吗？

在社会意识形态、伦理道德的正面引导方面，文艺作品能够发挥十分强大的作用。20 世纪西方当代文论的极端审美主义倾向给文艺实践所带来的诸多不良影响中，窒息文艺的社会服务与积极的教化功能就是其中重要的一项。

长期的形式主义、极端的审美化倾向，还会导致作家创作源泉与创作动力的枯竭，使艺术家忘记责任与担当。形式可以传达一种美，情感也可以传达一种美。但如果作品原本美好的形式变成一种形式主义，为形式而形式，一种初衷颇为中肯的审美诉求变为一种极端审美化，其后果则将是不可想象的。譬如南齐永明年间，为了纠正晋宋以来文人诗歌语言过于艰涩的弊病，当时的音韵学家周顒、沈约等人提出了"四声八病"之说，从而逐渐形成了讲究四声、避免八病的形式主义文风。在永明体诗歌创作中，"四声八病"虽然对于增加诗歌艺术形式的美感，增强诗歌的艺术效果，有着积极的意义，但要求过分苛刻死板，也带来了不少弊端。"永明体"本身是一种有助于增强作品感染力的利器，然而一旦作为一种"放之四海而皆准"的创作要求并强制推广于诗人创作的每一个细节中，势必会严重束缚诗人创作的灵感和热情，久而久之，就会产生"文贵形似"（刘勰《文心雕龙·物色》）之偏和"文多拘忌，伤其真美"（钟嵘《诗品序》）之弊。同样的例子还有很多，如篇幅冗长、辞藻堆砌、舍本逐末、缺乏情感的汉大赋。汉末到魏晋南北朝时期以四六句式为主，讲究对仗平仄、韵律和谐的骈文。南朝梁简文帝萧纲身居东宫时推崇的内容上为宫廷生活与男女私情，形式上追求辞藻靡丽的宫体诗，以及西方 19 世纪英国出现的为人类提供感观上的愉悦，而非传递某种道德或情感上的信息的"为艺术而艺术"的唯美主义等，这些都因其过度的形式、审美追求，给时代的文学创作带来伤害，那些表达社会民生的作品受到冷落。试想，倘若形式、审美、快感就是作家创作的唯一源泉，那人们渴望通过艺术认识世界、生活、人生的愿望又该怎样实现？只去执着于形式上的开掘与发现，那艺术如果不走进死胡同又能走向何方？

形式主义与审美追求的极端化所造成的消极、极端、虚无、单一，对于阅读行动而言，结果必然是造成接受者的思想认识的缺乏与人生价值的扭曲甚至畸变。首先，从审美的角度来讲，单一偏颇的极端审美主义文艺观无法令读者实现全方位的审美体验。读者在阅读过程中，期待的不光是形式、感性等非功利性的美感，同时也包含文艺作品中表现出的作家的社会责任感，文艺作品引导读者积极生活的"精神要素"，帮助读者树立"真善美"的价值观等这些更高层面的精神品质。这些"正能量"不光是美的，也是善的，最能激发读者的情感共鸣与精神享受。其次，健康的人性，人道主义的关怀，社会发展的进程，甚至对于自然器物的认知，很多都来源于人们对于文学作品的阅读。极端反教化的文艺创作在这一点上，无疑是先天不良的。再次，从读者的生理方面讲，读者阅读好的文艺作品好比是给心灵做"情绪体操"，可以起到缓解快节奏生活带来的压力，提升读者精神境界、审美层次，指导读者更好地面对生活困难，解决问题，起到心灵的净化与陶冶作用。可以毫不夸张地说，优秀的文艺作品具有强健体魄，振奋精神的作用，而终日沉湎于空洞无物、消极虚无、辞藻艰涩难懂、音律工整难移的文艺作品之中，何谈身体的放松和心灵的愉悦？伴之而来的想必一定是心绪的烦扰与躁动，价值观上的无聊与虚无等。

文学作品作为作家审美反映活动的产物，是作家在一定的审美情感的支配下对现实生活所做的评价性产物，必然打上作家思想情感的烙印，与作家的人生观、世界观、价值观的趋向息息相关。作家对于自己所处的现实关系所表示的态度和倾向，从某种意义上说，就是一种意识形态的态度和倾向。当然，相比政治而言，文学的意见表达、社会作用是间接的，是通过审美具象实现的，它需要在润物无声而非政治说教中，传递其感染人至深的教化力量。

今天我们所处的时代是一个开放多元的时代，现代工业、经济科技、信息技术的腾飞，社会向更高文明的转型，政治形态的"软着陆"，全球化带来的宽容与理解等，都使文艺拥有了一个前所未有的开明、宽松环境。一个思想禁锢的时代不可能出现文学艺术真正的繁荣。然而，纵然在相对宽容的社会环境中，文艺工作者、文论家们依然需要考虑其作品对整个社会，对国家、对人生所产生的影响，一意孤行，执着于片面和极端，固守于狭隘的审美乌托邦之中，与当今时代是格格不入的。正如刘跃进所言："学术研究不是一项旧社会中贵族式的个人文化消遣，它是与人民休戚相关的事业。"①

文艺工作者的社会责任感不可脱离国家、党性、意识形态

---

① 刘跃进：《学术研究同样有一个"为了谁"的问题》，《光明日报》2013年10月18日。

来谈，也不能脱离崇高人生信仰、健康价值趋向、积极社会导向来谈，好的作品、好的文学批评应当成为民族、国家的风向标，人生信仰的灯塔，无论是创作者抑或是批评家，都应负责任地进行创作与批评。文学不仅仅揭示"是如此"的世界，同时也向人们展示一种"应如此"的人生愿景，它要为人的生活注入精神动力和美好的信念。好的作品势必倡导社会正义、公平、人情友善、正确的人生意义之思考，它糅合进有利于社会和谐的政治理想和道德理想，让社会、国家、人民以饱满的激情不断进步与发展。恩格斯曾高度评价狄德罗："如果说，有谁为了'对真理和正义的热诚'（就这句话的正面的意思说）而献出整个生命，那么，例如狄德罗就是这样的人。"① 文艺工作者，也应该是这样的人，理应不遗余力地追求，不断努力迫近"无限的真理"。

对真理的追求是每一位文艺工作者必须终生坚守的，然而自 20 世纪 80 年代以来，由于大量西方当代文论的引入，加之新时期以前，我国马克思主义文论建设存在的诸多失误，一股强劲的"向内转"倾向席卷了我国文艺理论界。虽然说这种追求西方文论的反拨，对扭转过去僵化庸俗的社会学文论观具有一定的合理性和启发性，但西方学者"走过头"的理论见解，他们对意识形态、价值评价完全排斥和消解的做法，却同样被接受了下来，这无疑就不是一种追求真理的态度。西方当代文论在社会责任方面是存在问题的，这可以从两个方面来说：一

① ［德］恩格斯：《路德维希·费尔巴哈与德国古典哲学的终结》，见《马克思恩格斯选集》第 4 卷，人民文学出版社 1995 年版，第 232 页。

方面，"向内转"的文论倾向缺乏积极的道德价值层面的呼吁，缺乏真善美的关怀，一味地反叛传统，消解合理的价值观和信仰，这是对生活和艺术不负责任的表现。譬如象征主义一味地歌颂诗歌的音乐无功利性，直觉主义片面地追求神秘的生命哲学、直觉意识，俄国形式主义、新批评、结构主义"两耳不管窗外事，一心只求文本中"，精神分析理论将性欲、力比多充斥到一切文本的寓意解释中，解构主义笼统地颠覆一切价值，虚无了世界也虚无了人类本合理的信仰，等等，都是西方文艺工作者缺乏责任感的表现。看问题应当一分为二地看，知识分子的批判应当兼顾事物肯定之处和否定之处，他们没有考虑到自己的言论将对社会、对文艺产生怎样的影响，片面的价值观诉求，极左极右的政治企图都是不负责任的。另一方面，当下的西方文艺理论思想，无一理论不固守片面，存在褊狭，这绝不是追求真理所具备的品质。马克思主义世界观和方法论要求辩证、全面地认识问题，而非静止、局部、片面地认识问题，西方知识分子理应放弃"极端的片面"，强调深刻但不是走过头的深刻，注重细节，但绝非放弃整体的细节，呼吁创新，但不同于为创新而创新。一言以蔽之，西方现当代文论有它的可取之处，但同时也有太多值得反思的东西。

第三节 脱缰之马犹马也："反教化论"的
教化图谋

实事求是地讲，任何一种理论无论如何努力地言说自身，也总不免存在"死地",这始终是无法解决的理论困境。正如20世纪西方文艺理论大张旗鼓地宣扬其"反教化",反对政治、意识形态的压迫,反对权威理性对边缘文化的压迫与殖民,反对文学除文学之外的意图性、目的性教化"阴谋",但他们越是要避开这些问题,却越是难以摆脱这些东西,问题走向了反面。西方当代文论所企望的审美乌托邦理论绝非真正意义上的"审美无功利",实际上他们同样有着极强的功利性和目的性,他们理论中的"教化"因子也并不比他们所反驳或超越的那些理论少多少。沉默也是一种发言,没有教化恰恰传达了教化,这一点我们从这些理论在今天对创作实践的影响上,就可以一目了然。让人们躲进形式与审美的窠臼中,正是这些理论的教化目的。

一 "反教化"的教化之维

要探讨西方现当代文论"反教化"中所隐匿的"教化"思想,首先需要明确何为"教化"。中国古代对于"教化"之义有诸多阐释,"美教化,移风俗"(《诗·周南·关雎序》),"故礼之教化也微,其止邪也於未形"(《礼记·经解》),"传曰:'蓬生麻中,不扶自直;白沙在泥中,与之皆黑'者,土地教化使之然也"(《史记·三王世家》),如此等等。可见中国古代社会中"教化"多强调其在国家政教风化,个人修身养性等方面的功能,其目的在于提高自身的仁德、礼义修养,忠君、报国、治天下等。

然而随着时代的发展,社会的变换,"教化"的含义也发生了很大的变化。从广义上讲,人进行的作用于自身及他人的一切行为都可以在一定程度上看作是一种教化。家庭教育、学校教育、社会实践、读书学习、朋友交往等也都是教化的形式，这些形式贯穿于人们成长的始终，潜移默化地改变、塑造着人们的性格特征、行为习惯和思想观点。教化的形式复杂多样，它既可以是有目的的进行，也可以在不知不觉中展开；它既可以是学校教育，也可以在实践中思考得之。总之，只要是通过外在的力量而引起的自身的改变，都可以称之为教化。

就文学艺术的性质而言，可以说，一切文艺作品都天然地携带着教化的基因，都在履行着教化的职能。不传达思想的书不能称作是书，缺乏内容的理论同样不是理论。无论你肯定与否，文艺的教化功能就摆在那里；无论承认教化还是逃避教化，理论上都是要表达教化。表面上来看，许多西方文论以审美、形式为唯一追求，在创作中遵循"唯美是求"、以形式为准的原则，是"反教化"的，但实际上那些运用各种技巧、采取各种方法，把美的事物挖掘出来，让作品美轮美奂，进而再将这种美的事物与形式呈现给读者，其实际上也最终是为了作用于读者、影响读者，让读者能够接受他们的作品。何况什么是美，如何表现美，这本身就包含着创作者鲜明的价值判断、审美观念，以及道德选择、人生体验等，并最终也会通过作品传递给读者，从而实现作品的教化功能。唯一不同的只是，这是一种没有明确表达的教化，且以隐蔽的方式来传递。但就实质而言，在现当代西方文论家那里，教化也是没有绕开，也无法绕开的。这里将以比较典型的俄国形式主义为例，来具体剖析一下它的教化功能。

　　首先，当俄国形式主义在反对传统学院派对文学进行作家生平、社会历史等领域的研究而倡导回归文学本身，呼吁文学要研究其为文学的关键特性——"文学性"的时候，就已经在践行一种"教化"了。

　　从读者接受的角度来看，一种理论仅仅产生出来还不完整，只有经过流通、传授，为世人所消费、所接受，才算是完成了其在整个文艺生产过程的所有环节。然而，不证自明的是每个文艺流派都期望得到世人的支持和认可，都翘盼自己的主张能够得以保留和传承，而这种希冀是需要通过潜在"教化"的方式得以接受、保存和延承。俄国形式主义者在开创之初，以"陌生化"理论奇异登场，以全然抛弃文学的社会历史功能，全然不管文学的外在因素为特征，走出了一条与以往传统截然不同的路子，或许正是这一点让他们的思想比较快地传播开来。正如什克洛夫斯基在 1982 年本的《散文理论》中所回顾的那样，"奇异化"（又称"陌生化""反常化"）这个给他带来巨大声誉的概念的产生过程，原来不过是一种将错就错的结果。他说，"是我那时创造了'奇异化'这个术语。我现在已经可以承认这一点，我犯了语法错误，只写了一个'H'，应该写'CTPaHHbIй'（奇怪的）。结果，这个只有一个'H'的词就传开了，像只被割掉耳朵的狗，到处乱窜"①。不知那些迷信俄国形式主义理论的追捧者们，在看到什氏这段话之后，会做何感想。什克洛夫斯基后来曾针对结构主义进行过批评，他说：

──────────

① ［俄］维克多·什克洛夫斯基：《散文理论》，刘宗次译，百花洲文艺出版社 1997 年版，第 80—81 页。

"结构派滋生了许多术语，并自以为创造了新理论。换言之，他们研究的是事物的包装，而不是事物本身。"[1] 形式主义理论家自己的话，或许最能说明问题。形式主义的流行实际上并没有什么更高尚的目的，它不过就是为了表明一种姿态，一种反对社会历史学派的姿态，它的教化挑唆目的是昭然若揭的。

其次，既然俄国形式主义者们倡导内容与形式的不可分离性，那么形式的陌生化必然也是内容的陌生化，形式既然不是简单的语言要素构成的艺术技巧，它势必要包含融入到形式中的丰富的内容。邹元江在《关于俄国形式主义形式与陌生化问题的再检讨》[2] 一文中认为，"陌生化"断然不是一种"纯形式概念"，形式与内容的关系交融渗透，形式主义者尽管反对现实主义模仿论、反映论中客观事物、道德教化等内容因素对于文学形式、文学自主性的压制，并通过对艺术形式的高扬来强调"纯形式"的重要性，并传达其对"内容支配地位"的强烈不满，但无论如何，内容始终无法被消灭。因此，所谓形式的陌生化也是内容的陌生化，很难说人们对于形式（内容）的创新感知不需要历史厚重的积淀、社会意识形态、社会心理的先行铺垫。而一个时代人们的社会心理必然受一定时代生产力、生产关系、各种制度体制形式的作用，因此，要使得人们对形式产生陌生化的效果，其前提是人们存在固有的相对稳定的社会心理形态，由此才能对事物的陌生、旧有与否做出判断，而

---

① ［俄］维克多·什克洛夫斯基：《散文理论》，刘宗次译，百花洲文艺出版社 1997 年版，第 148 页。
② 邹元江：《关于俄国形式主义形式与陌生化问题的再检讨》，《东南大学学报》（哲学社会科学版）2004 年第 2 期。

这种形式的陌生化一部分也是一种意识形态、社会心理的陌生化，"反教化"离不开"教化"的影响。"让某物看起来陌生化，促使我们用新的眼光看待它，这意味着某一普遍熟悉的东西的先行，一种阻止我们真正观看事物的习惯的先行，一种知觉迟钝：这是俄国形式主义者经常强调的，并给这个创新提供了心理学依据，即依据经验的鲜活性和知觉的恢复为创新所做的辩护。……通过艺术形式而来的感知，将恢复我们对世界的认识，并使事物得到生命。因此，俄国形式主义的前提似乎间接地以心理学为基础，因为直接经验是它的主要目标之一。"①事物发展总是相互联系，相互渗透的，没有"旧"何来"新"，无"古"亦无"今"，俄国形式主义者们力推的创新与陌生化，艺术程式与文学性根本还是建立在旧有的体系之上，单纯强调文学的孤立性质，无疑断文学之足而难以自立。

再次，俄国形式主义理论的诞生本身就处于一种反叛与影响互介中，其对传统的反叛和对西方资本主义意识形态、现代主义艺术的借鉴中已经感染了意识形态和"教化"。"形式主义文论看上去是很'技术化'的理论，似乎与政治和意识形态相去甚远，但实际上依然暗含着强烈的政治诉求。中国当代学术，特别是文学理论充溢着过多的政治性与意识形态性了，所以拒绝政治也就成为一种具有普遍性的政治诉求。20 世纪 80 年代的'审美'曾经是最具有政治性的一个概念，这是因为这个在康德美学意义上使用的概念被认为是最没有功利色彩的，是不

---

① 杨向荣：《俄国形式主义之后：西方马克思主义的反思与批判》，《江苏社会科学》2010 年第 4 期。

涉及利害关系的，它指涉的是纯而又纯的高层次精神活动。在文学理论长期成为政治的直接工具的时代，拒绝政治就成为一代知识分子普遍的政治诉求，因此，这个最没有政治色彩的概念就成为一代知识分子最有代表性的政治性话语。'形式'概念也同样如此。当80年代的人文知识分子高举'形式'大旗的时候，其隐含的话语就是：拒绝充当政治的工具，还我精神的独立与自由。"① 同样的，俄国形式主义文艺理论这种"富有极端特质的"、"带有'白银时代'宗教精神"的文艺观实则在一定程度上体现了：（1）对俄国传统现实主义思潮的反驳。从俄国形式主义兴起的历史、本土背景来看，"必须看到，俄国形式主义对本土文艺上既有继承，也有反拨。他们一方面同俄国文艺学学院派，同象征主义、未来主义有血肉联系，一方面激烈反对俄国文艺学文化历史学派忽视审美特征，将文学史等同于文化史、思想史；反对革命后将文艺学等同于政治、经济，等同于生活的庸俗社会学和教条主义。他们的理论确实是'对本土挑战的本土反应'"②；（2）对于文学长期从属于其他社会学科、政治意识形态附庸的不满。（3）对于俄国"黄金时代"辉煌艺术的难以超越感的种种苦恼。（4）对资本主义社会风气、社会心理强烈的批判性质。"陌生化不仅仅作为形式上的艺术手法，而且也是作为观察、审视和批判这个社会的一种特定策略。而且，我们会看到，审美的批判实际上源于对最普遍

---

① 李春青、袁晶：《国内学界形式主义文论之思考》，《社会历史论文》2013年。

② 程正民：《历史地看待俄国形式主义》，《俄罗斯文艺》2013年第1期。

而又最牢固的日常生活观念及其意识形态的批判。"① 因此，历史语境下，俄国形式主义对"形式因"的强调无疑带有现实针对性，而这种现实针对性又怎能说不是一种"教化"呢？

此外，从俄国形式主义理论的影响性和持续性上说，"文学性""陌生化"等"形式"的极端追求并不简单是一个形式问题，倘若这只是一个形式问题，俄国形式主义流派无疑仅有十分局限的发展空间。然而事实证明，形式主义流派彼时轰动效应以及其后为其他理论流派的兴起铺垫的理论资源提示人们，任何一个理论流派单单滞固于纯文本圈子内，缺乏理论历史、哲学层面的拓展维度，它必然将在众多异质性因素的碰撞中，在传统与革新的历史意识中惨遭遗弃。由此，俄国形式主义在当下依然存在的影响性和延续性，也可以在一定程度上揭示出"反教化"、"去内容"的形式主义流派里绝不缺少"内容意识"和"哲学意味"。由此来看，俄国形式主义倡导的并不是一种纯形式的审美概念，"教化"因素无疑贯穿俄国形式主义理论主张的始终，这是由其历史、本土、意识形态背景、理论的哲学空间等综合因素所决定的。俄国形式主义的任何企图规避"教化"目的，仅仅凸显极端审美、文学自足的主张不免自相矛盾。

再来谈谈解构主义在理论上往往避讳不谈但却艰晦入深的政治含义。以德里达的解构主义哲学为例。德里达曾认为，传统哲学上的同一性其实一直在误导整个西方的思想传统。西方哲学宣扬人与自身统一，并鼓励人通过民族、阶级、家庭这些

---

① 杨向荣：《俄国形式主义之后：西方马克思主义的反思与批判》，《江苏社会科学》2010 年第 4 期。

同质的团体来寻求自身的同一性；共和国以"博爱"的观念倡导四海之内皆兄弟。然而事实告诉我们，这并非一如海明威所讲"每个人都不是一座岛屿，自成一体；每个人都是那广袤大陆的一部分。如果海浪冲刷掉一个土块，欧洲就少了一点；如果一个海角，如果你朋友或你自己的庄园被冲掉，也是如此。任何人的死亡使我受到损失，因为我包孕在人类之中。所以别去打听丧钟为谁而鸣，它为你敲响"[1]。在《友谊政治学》中，德里达尖锐地指出绝无这样一个自然的传统，也无自然兄弟之道，这些看似自然的范畴实则布满民族、文化、阶级团体的伎俩。这种虚假的遮掩不光为了抹掉实体的千差万别，同时也美化了基于这些实体之上的等级关系。"一些二元对立如意义/形式，灵魂/肉体、直觉/表现、字面义/比喻义、自然/文化、理智/情感、肯定/否定等等，其间高一等的命题是从属于逻各斯，所以是一种高级呈现，反之，低一等的命题则标示了一种堕落。逻各斯中心主义故此设定第一命题的居先地位，参照与第一命题的关系来看第二命题"[2]，认为它是先者的衍生、繁化、蜕变、意外等。再如，白种人对黑种人，男人对女人，公民对外国人，欧陆人对犹太人等，其中的前项无不居高临下地睥睨着后项。

然而，在 20 世纪末的五年中，德里达关涉政治主题的专著颇丰，如《友谊政治学》《马克思的幽灵》《法律的力量》《另

---

① 英国玄学派诗人约翰－堂恩于 1623 年所写《祈祷文集》第 17 篇，这是海明威在小说《丧钟为谁而鸣》扉页上的题记，读起来令人能感觉到博大的爱，具有大慈大悲的悲悯气息。见［美］海明威《丧钟为谁而鸣》"扉页"，程中瑞译，上海译文出版社 1997 年版。

② ［美］乔纳森·卡勒：《论解构》，陆扬译，中国社会科学出版社 1998 年版，第 79 页。

一个标题：反思今日之欧洲》《往返莫斯科》等。德里达何以在其解构主义思潮激起千层浪的十几年后才开口言说政治，且颇有一发不可收拾之势？无论在海德格尔的学生法利亚斯发难其老师追随纳粹党，并将其作为一生的信念的历史迷途行为，还是在耶鲁大学保罗·德曼教授被揭出曾为比利时两家纳粹出版社撰稿，刊登反犹文章等事件上，德里达的激烈反应都可以为我们提供一些反思。德里达作为出生于阿尔及利亚的犹太人，深受纳粹迫害。他那凄惶的童年中经常"无缘无故地哭泣"，死亡与恐惧弥漫于德里达孩提时代的记忆，这是刻骨铭心的孤独与无助。在一些批评家看来，解构主义需要在公共关系方面做出检讨，这当然也包括将解构主义的政治内涵阐释清楚。德里达一向以民主左派自喻，他讲到自己希望看到欧洲成为一个更加开放、包容的地方，不光对于移民和外国人而言。可行的方法无疑就是诉诸摧毁西方人借以阐释民主的一套语言体系，只有破除西方政治思想的那套陈旧的、岿然不变的老词汇，才有希望通达新的政治学概念。并且，德里达在一篇题为"解构主义和实用主义"的讲演中说道，作为一名左派，他希望解构主义不仅仅在学院、学理范围内运动，而是将其中的某些成分推广到左派政治化运动中去。他渴望通过各种手段和方法来澄清公正与民主的性质，正如他所说的："若一位法官想作出正义的判决，他（或她）便不能自满于只是引用法律。他（或她）每次都必须重新发明法律。"① 也就是说，"在一独特的情

① ［法］德里达：《解构与思想的未来》，夏可君译，吉林人民出版社 2006 年版，第 52 页。

况中重新发明一种正义的关系，这意味着正义不能被降格为约束、处罚或奖赏的计算。正确的或合法的事，很可能是不正义的"①。然而，这里的"公正"又暗喻着什么呢？每一次巴黎研究班的演讲中，德里达必引蒙田作开场白："O mes amis, il n'y ami"（哦我的朋友，没有朋友）。这位演讲者所希冀的"一种没有弥赛亚理论的弥赛亚观念，一种正义的观念"② 的理想在一定程度上由马克思主义实现着，这种解构主义的马克思主义精神同时也是德里达弥赛亚救世主义的愿望。

综合来看，解构主义的文本解读看似是游戏一场，一种寻求支离破碎"可写性"的审美文本（譬如罗兰·巴特的《S/Z》《文之悦》等），具有极大的观赏价值。然而，这其中，一种形而上学思想的变体、与正统意识形态相对立的政治教化诉求已然跳跃在能指与文字延伸的空间中，并且无孔不入。老子常言道："知者弗言，言者弗知。"然则，言虽不能言，无言何以传？哲学/文字之关系在海德格尔、康德那里都认为，哲学的目的在于用文字终结自身。在德里达看来，某种阐释越有力度，生成的文字便也越多，甚至导向无限。这里也可用于比喻文学与"教化"的关系，文学纵不为教、化，然无教无化何以成文学？我们说没有"教化"的文学是空想的产物，越想摆脱教化的文学越不能自然地反观其身，越想着如何摆脱教化所尝试的极端审美诉求越违背其初衷。只有不避讳文学的教化属性，遭

① ［法］德里达：《解构与思想的未来》，夏可君译，吉林人民出版社 2006 年版，第 53 页。

② ［法］德里达：《马克思的幽灵》，何一译，中国人民大学出版社 1999 年版，第 85—86 页。

词造字、传达情感的同时也展现文学的美育之用，而非为教化而教化，自然、从容地呈现文学之"道"（教化）方能是真文学！

二 "反教化论"产生的基础

（一）产生的社会心理基础

俄苏马克思主义文艺理论家普列汉诺夫在《唯物主义史论丛》和《马克思主义的基本问题》等著作中确立了上层建筑与经济基础的关系的"五层次"理论：1. 生产力状况；2. 被生产力所制约的经济关系；（前两类作为社会的经济基础）3. 在一定经济"基础"上生长起来的社会的政治制度；（上层建筑的政治制度）4. 一部分由经济直接所决定，一部分由生长在经济之上的全部社会制度所决定的社会中人的心理；5. 反映这种心理特征特性的各种思想体系。[①] 他根据马克思历史唯物主义基本原理，并结合文学艺术等意识形态形式的精神意识的特性，提出要让人们重视作为经济基础与上层建筑、意识形态之间的相互作用。以此来看，不论是何种倾向的文学（形式主义、审美主义、解构主义，等等）都具有不可被质疑、不能被动摇的经济、社会、意识形态等"基础"属性，这相近于自然生物科学中的"物种"。文学艺术作为一种意识形态大类中的一员存在于现实生活中。马克思没有以机械的、僵化的因果决定观来阐述文学艺术同经济基础、生产力、生产关系的直接毗连性，"马克思虽然用社会经济的发展来解释一切社会活动，但是他

---

① ［俄］普列汉诺夫：《普列汉诺夫哲学著作选集》第 3 卷，生活·读书·新知三联书店 1965 年版，第 195—196 页。

往往只是在最后采用社会经济的发展来说明，就是说，他要用许多其他'因素'的中间作用来作前提"①。生产力、生产关系、社会制度和社会关系、社会精神、道德的精神心理状况作为一种逐层呈递而又互相制约的复杂性作用于作为社会意识形态的文学。因此，"其他因素"对文学艺术的中间作用是极其复杂而微妙的。

首先，属于上层建筑的社会意识形式（法律、政治、宗教、艺术、哲学等）组成了社会意识形态，作为属于艺术范畴之中的文学，虽然很难说文学这种上层建筑一如既往地始终"以或多或少的直接方式，在上层建筑中，模仿和再现了现实的基础"②，但它无可争议地在不同程度、不同形式，正向、逆向或持中的矛盾夹杂中反映抑或反作用（生成）社会中处于支配地位的经济成分，一种最高的价值取向。当然，艺术作为"意识形态"的一种表现形式，并不像上下级关系般直接、固定、抽象依赖并反映经济基础，"基础""上层建筑"不是固定不变的"本体、实体性存在"，而是"过程、交互性存在"，一如复杂盘绕的化学反应般受到所服务的经济基础和其他意识形态的影响，并同其他意识形态存在着或隐或显的互动关系。因此，应当从动态的过程角度来分析经济基础、上层建筑之间冬虫夏草般的互促、互成性。"没有一种文学不是生产它的社会或某个阶层的自觉的表现。甚至在所谓'为艺术而艺术'的理

---

① ［俄］普列汉诺夫：《马克思主义的基本问题》，张仲实译，人民出版社1957年版，第50页。
② ［英］雷德蒙·威廉斯：《马克思主义与文学》，王尔勃、周莉译，河南大学出版社2008版，第3页。

论居独占统治地位的时代，在艺术家对社会利益有关的一切都置之不理的时代，文学也仍然表现社会中统治阶级的趣味、观点和意图。上述理论在文学中取得优势这一事实，仅仅证明在统治阶级中间，至少在艺术家所面向的那部分统治阶级知识分子中间，对重大的社会问题漠不关心的态度占统治地位。但是，这种漠不关心的态度也只不过是社会的（或阶级的，或集团的）情绪，即意识的一个变形。"[1]

其次，文学艺术自身固然有审美独立性，但这种"审美自律"虽有着符合其自身发展演变的内在轨迹和规律，却不能脱离于道德、政治、宗教、哲学等其他意识形态和人的社会心理等各个方面的渗透而单独成为超时代封闭完整的意识形态体系。倘若将这一点上升到哲学层面来看，一种文学思想、理论可能出于为反思一种生产力、生产关系下的畸态社会问题，批判一种代表统治阶级利益并同其他阶级相冲突的政治法律制度，试图扭转一种久居不下的惯性思维惰性。然而，无论基于何种目的，这种思想（广义）一旦产生，若不加以适度地、正确地吸收、接纳，思想本身可能在量积的过程中脱离控制，遵循着自身的一种逻辑而有悖于初衷，成为一种高度抽象的关怀。这种关怀在某种程度上因过"度"而游移肇始，疏离于本，反成为一种异化的力量变性为自身的对立面。所以，任何非整体性、历史性、辩证性的单维度系统总是无法恒久地站立于历史的长河中，任何企图割断同周围系统关系的孤立的子系统终究会自

---

① 赵毅衡：《新批评——一种独特的形式主义文论》，中国社会科学出版社1986年版，第195页。

断其源而面临枯竭的危险。一言以蔽之，可以说任何文学、艺术、理论都具有不可辩驳的社会历史、政治意识形态性。人们在作品中敏锐感知到的"教化因子"，无论是通过带有强制性的政治策令、措施主动吸纳的，抑或是非强制性社会意识形态"无意识"凸显出来的，其存在之事实性不容否认。

再次，具体说来，20世纪西方文论家们的观点实则是资本主义社会经济基础以及各种意识形态作用下的产物。任何思想和观念的形成都是以一定的社会存在为前提的，西方现当代文论的产生也是如此。表面上看来，他们对美与艺术"去道德化"的极端推崇，目的只是提出一种文艺思想观念，并不想同当时的社会道德秩序有任何牵连，更不想表达他们对现实的不满和绝望。但实际上，他们只是用曲折隐蔽的形式表达着他们的立场和看法，是力图建立在他们看来符合社会新秩序的道德诉求。理论上与实际情形的悖论，使他们陷入一种自相矛盾之中。

除此之外，20世纪的西方文艺理论所注重的审美心理倾向性离不开厚重的社会历史的观照，这种依赖性不一定仅仅体现在作品的主题内蕴中，也体现在文学活动的方方面面。"审美"无法脱离"历史"单独存在，审美心理包含着"社会历史"的维度，并且也只有上升到社会历史的高度才能更好地传达其"有意味的形式"，社会历史关怀下的"乌托邦理想"，带有现实批判色彩的"为艺术而艺术"，全球化背景下倡导平等、多元、对话的"解构诗学"等。由此，20世纪西方文论呈现出的形式主义、理想化希冀、艺术自足性、解构宏大权威性的"反教化""去道德""重审美""促创新"之态势不可能脱离历史、社会、时代之大背景"前提"。众流派若是丧失了"反于兹而立于兹"的对立维度，这种极端意义上的审美主义，理想的乌托邦情结也只能是低端的、梦呓的、精神病患者的、动物性的、杂乱无章的乱码。但这种乱码编排得如此有序，如此具有轰动性效应，想必编码者一定具备相反于理论无意识、非理性诉求的清醒的头脑，对于社会现实弊病与矛盾敏锐的感受与批判精神，而这些宝贵的品质与思想是随着社会历史对人类的建构、社会心理对社会人的感化与触动而逐渐形成的。既然如此，西方学者们又怎能信誓旦旦地高举"反教化"的大旗却在行动中吸纳、利用着文学中"有意"或者说"附带"上"教化"之轮而辚辚前行呢？

（二）产生的经济政治基础

从 19 世纪末到 20 世纪初，欧美资本主义由自由资本主义向垄断资本主义发展，西方国家在经济上实现了迅速发展、显著提高，政治方面民主化的进程大步迈进。然而，资本主义这种貌似和平的大发展并不能解决其制度固有的矛盾和危机，到 1929 年，一场史无前例的世界性经济危机爆发了，整个资本主义世界的银行业、工业、商业以及本来就处于困境中的农业迅速陷入难以自拔的困境之中。欧美国家经济受到重创，人民忍饥挨饿，社会矛盾尖锐激化，社会主义运动风起云涌。"仅在 20 世纪上半期，西方国家就发生了 1929—1933 年的世界性经济危机、30 年代的大萧条、两次世界大战，给人类造成了前所未有的深重灾难，使资本主义威信扫地，而社会主义却得到了世界进步人士的同情和支持。在这段'革命和战争'的年代里，资本主义国家的工人运动时时高涨，对资产阶级的统治构成了严重的威胁；亚非拉的民族解放运动也蓬勃兴起，最终摧毁了帝国主义的殖民体系；不少新独立的国家选择了'非资本主义道路'，出现了各种牌号的社会主义。在这种社会主义的强大攻势面前，资本主义世界处于风雨飘摇、忙于应付的被动局面。"① 基于此，20 世纪 30 年代到 70 年代之间，西方国家增强国家对经济和社会生活的干预，国家政权与垄断资本主义结合成国家垄断资本主义。

从第二次世界大战之后到 20 世纪 70 年代，西方国家又发生了以原子和电子技术为主要标志的新科技革命，推动核能、半导体、合成化学、航空航天等行业的兴起，把人类带入了原子和电子时代。由此，资本主义国家农业比重普遍下降、服务业比重迅速上升；体力劳动者的减少，脑力工作者的增加都使得西方国家社会生产力得到长足发展，并进入稳定发展的"黄金时期"。罗斯托和加尔布雷思曾断言，西方发达国家已进入"大众消费的时代"和"富裕的社会"。只可惜，资本主义国家的繁荣总与潜伏的危机相伴相生，1973 年、1974 年、1990 年三次"石油危机"对资本主义国家经济造成了严重的冲击，停滞性的通货膨胀过后，凯恩斯主义遭到人们的质疑而最终被抛弃，新保守主义、新自由主义的理论和政策（如货币学派、供应学派）随之兴起，紧缩货币，削减福利，减税，放松对经济

---

① 罗文东：《20 世纪资本主义的发展变化》，《社会科学主义》2001 年第 2 期。

的管制，将国有企业私营化，削弱工会组织，限制工资增长，等等这些措施开始实行，并取得了一定的成效。然而"滞胀"过后，西方发达国家的经济并没有得到根本性的好转，仍然是增长缓慢，失业率居高不下，财政赤字连年扩大，国家债务日益严重，国际贸易加剧失衡，劳动人民的实际收入减少，贫富差距进一步拉大，社会矛盾逐渐激化，到1990—1993年间，西方国家又出现了不同程度的经济危机和经济衰退。

不少学者对于西方资本主义国家社会的现状抱以深深的担忧。列宁早就指出：帝国主义最深厚的经济基础就是垄断。这种垄断从资本主义生长起来并且处在资本主义、商品生产和竞争的一般环境里，同这种一般环境始终有无法解决的矛盾，因而它必然产生停滞和腐朽的趋势。布热津斯基在《大失控与大混乱》一书中预言21世纪前夕将爆发全球性的大混乱，并且开列了困扰美国社会的20个大难题：债台高筑、贸易赤字、低储蓄和投资、缺乏工业竞争力、生产率增长速度低、不合格的医疗保健制度、低质量的中等教育、日益恶化的基础设施和城市衰败、贪婪的富有阶级、打官司走火入魔、日益加深的种族和贫困问题、广泛的犯罪和暴力行为、大规模的毒品流行、社会上绝望情绪蔓延、过度的性自由、视觉媒体大规模传播道德败坏之世风、公民意识下降、制造分裂的多元主义文化抬头、政治制度出现上下脱节现象、日益弥漫的精神空虚感，等等。他还强调，上述涉及价值观念和文化的问题是"不大可能得到决定性矫正的"，美国人必须"在哲学上进行反省和文化上作自我批判"，必须认识到"以相对主义的享乐至上作为生活的基本指南，是不能构成任何坚实的社会支柱的；一个社会没有共同遵守的绝对确定的原则，相反却助长个人的自我满足，那么，这个社会就有解体的危险"。美国著名学者沃勒斯坦更加明确地说："创立资本主义不是一种荣耀，而是一种文化上的耻辱。"① 此外，斯宾格勒在《西方的没落》一书中也表达了这样的意思：文化是个人的有机体，而文明则是原子化的个体的机械堆积；在文化阶段由宗教和艺术完成职能，在文明阶段则由技术和科学加以完成；情感被理智所排挤，农村被城市所替代，农业被工业所排挤。在斯宾格勒看来，文明经常带来战争和侵略，它不是纵向发展，而是横向扩展。它把资产阶级的衰亡说成是整个欧洲的衰亡，并把帝国主义的侵略行为看成是文明的"自我表现"的自然形态。② 由此，进而痛斥资本主义现代文明给社会带来的反面灾难。再有，法兰克福学派长期从事资本主义意识形态的批判研究，其中西方马克思主义代表人马尔库塞在其书《单向度的人》中也谈道："当代工业社会是一个新型的极权主义社会，因为它成功压制了这个社会中的反对派和反对意见，压制了人们内心中的否定性、批判性和超越性向度，从而使这个社会成了单向度的社会，使生活于其中的人成了单向度的人（丧失否定、批判和超越的能力的人。这样的人不仅不再有能力去追求，甚至也不再有能力去想象与现实生活不同

① 参见罗文东《20世纪资本主义的发展变化》，《社会科学主义》2001年第2期。

② ［德］奥·斯宾格勒《西方的没落》"编者的话"，陈晓林译，黑龙江教育出版社1988年版，第1页。

的另一种生活）。"① 由此可见，无论在经济、社会、政治抑或文化等各个方面，西方资本主义社会都存在大量危机四伏的潜在导火线，社会状况不容乐观。西方现代诸文艺流派也正是在这一社会危机的现状中发起逐步兴起、发展、成熟。

（三）产生的学理基础

前两节在评论西方现当代文论流派主要思想及其弊端的同时，已然贯穿揭示了这些流派在具体微观理论诉求上的教化企图，同时也零星地涉及到过他们产生的一些历史背景。然而，如果我们从西方现当代文艺理论更为详细、广博的社会历史背景和理论教化诉求来看，就会发现西方现当代文论家们所谓的文学"绝缘体"并非真的孤立自足，20世纪文论流派看似高居审美象牙塔，实则却是"电力"十足，具有明显的功利性教化倾向。

象征主义思潮的产生具有其固有的社会背景、文化背景和哲学背景。19世纪末是欧洲从自由资本主义向垄断资本主义即帝国主义过渡的历史阶段，那时第一次世界大战爆发的危机已迫在眉睫，欧洲传统美术也正走在向现代主义美术过渡的起点。当时人们比以往任何时候都更加关注文化自身的危机，有识之士普遍预感到传统社会的行将死亡，但对新社会的光明前景又缺乏预见性，一种恐惧、焦虑、迷惘、厌世、绝望的情绪正在西方文明社会中普遍地弥漫着，在当时的艺术作品中也自然流露出了忧郁、苦闷、彷徨和孤独的社会心态。为了摆脱这场文

---

① ［美］赫伯特·马尔库塞：《单向度的人——发达工业社会意识形态研究》，刘继译，上海译文出版社1989年版，"译者的话"第2页。

化的危机，欧洲人比以往任何时候都更多的关注古代文化和非欧文化，以谋求文化发展新的出路，这样的社会背景正蕴涵着对西方传统文学面临末日审判的深刻反思，和对出现新生事物的热切呼唤。于是 1886 年，诗人莫雷亚斯发表了《象征主义宣言》，正式提出象征主义的口号，要求诗人探索内心的"最高真实"，赋予抽象概念以具体的形式。作为一个自觉的文艺运动，象征主义很快影响至欧美各国和各艺术门类，出现了不少名家名作。法国的瓦莱里、德国的里克尔、美国的艾略特、比利时梅特林克的《青鸟》、德国霍普特曼的《沉钟》等在诗歌和戏剧中的成就和影响巨大，而造型艺术中的达达主义从瑞士传到了法国，并同象征主义相结合而形成一种新的超现实主义画派。作为一种艺术思潮，象征主义自产生之日起便同印象主义、左拉的自然主义精神相抗衡。象征主义的哲学基础是世纪末流行的神秘主义和悲观主义，他们信仰理想的彼岸世界。"对象征主义者来说，重要的是反映个人的主观感觉，这种主观感觉仿佛要把个人从现实的危机中超脱出来，把人引向虚无缥缈的'理想'世界。人们在象征主义作品中所能感觉到的是形象的抽象性和不稳定性、强烈的主观色彩和词意的朦胧晦涩。象征主义者用个性自由来对抗政治自由，崇拜个人，崇拜那种凌驾一切的个性，在他们眼里，个性成了衡量事物的尺度。"[①]由此可见，象征主义理论思潮，譬如波德莱尔追求诗歌与人诸感官间的"应和"沟通，瓦莱里强调诗歌语言的"音乐化"、

———————————

① 胡是平:《梦想与心境——浅谈欧洲象征主义美术》,《美术大观》2006 年第 8 期。

节奏与韵律与人体感情的和谐合拍，散文的"非实用性"，叶芝极力主张的诗歌理性与感性相谐和的隐喻美，超群创新的想象力等，无不在一定程度上以文本内的审美反抗着文本外令人窒息的社会现状和僵化的文艺传统，其诗歌美的外观下隐蔽着难以掩盖的教化的功利性目的。

俄国形式主义作为一个植根于俄国土壤之上的理论流派，也具有其产生的具体的文化和理论背景，不了解这一点也就不能客观科学地评判俄国形式主义学派理论中出现的极端偏颇的历史根由。俄国形式主义理论在一个被称为是俄罗斯文学繁荣与兴盛的"白银时代"中诞生。20世纪是俄罗斯文学的第一个时代，此时的俄罗斯社会处于一个极其动荡的状态中。从19世纪末俄国民粹派运动的失败，1905年革命、二月革命、十月革命的渐次推演，俄罗斯短暂的时间里经历了前所未有的动荡、混乱与迷惘。"但正是由于政治的混乱，掌权者无暇顾及文化的审查和控制，反而使俄国的作家们获得了一种难得的宽松的创作空间，使他们得以自由地进行文学的探索和创新，充分地表达自己对现实的观察和对未来的思考，从而催生了一个可以与以普希金为代表的'黄金时代'相媲美的文学繁荣时期，即所谓'白银时代'。"① 俄国"黄金时代"的鼎盛辉煌已乘黄鹤去，大批的艺术家备感无法超越前人，也不愿再重复过去的成就，他们正伫立在世纪末情绪的十字路口，面对俄国当时社会的多重矛盾和战乱而备感困顿、迷茫、矛盾而彷徨。这时西方

① 王才凤：《试析俄罗斯文学白银时代的精神特质》，《黑龙江科技信息》2008年第34期。

社会哲学的思潮又向他们袭来，他们也自觉地将目光转向了西方现代主义、欧洲各流派，不顾世界大战背景下国内外革命战争的动荡，于上层建筑的阁楼中，开始了自己的理论追求与探讨。

基于其产生的时代，俄国形式主义的兴起是为对 19 世纪后半期在俄国理论界占统治地位的学院派（别林斯基、车尔尼雪夫斯基、杜勃罗留波夫之后出现的历史文化学派如亚历山大·佩平，历史文化比较学派如亚历山大·维谢洛夫斯基，心理学派亚历山大·波杰布尼亚，神话学派如菲德尔·布斯拉耶夫等）文艺理论的挑战和反拨而登上历史舞台的。学院派在不同程度上都过多依赖于欧洲流行的实证主义思潮影响。实证主义过分地强调其对作家生平经历、地理民族环境等外在因素对作品的影响而忽视了对于文学自身的特殊性和其自身发展规律的研究，使得文学科学更多地依附于其他科学对于文学的建构，将文学变相屈从于历史文献、民族社会心理反映、作家创作心理以及社会风气等实证材料，从而不同程度上使得艺术创作中审美因素和非审美因素关系失去平衡。到了 20 世纪初，学院派文艺理论开始退潮，西方现代主义艺术思潮渗透进来，国内传统的文学理论原理和概念的陈旧性以及西方新型艺术范式、思潮的撞击都使得俄国形式主义试图建立起一种新的文艺理论体系，而此后他们的理论贡献也的确证明了这一点。

英美新批评的形成建基于反驳传统维多利亚文学批评的历史之上。这种老式的文学批评是工业革命后的产物，多以实证主义为核心，主要强调对作家的身世及其成书的社会背景作以研究。除此之外，直觉主义等非理性主义哲学的出现强烈冲击着实证主义等理性主义哲学思想。另外，第一次世界大战加速了西方社会的动荡不安，整个价值体系濒临动摇和崩溃。新批评的兴起旨在建立一种新的、能够回答新时代出现的新问题的理论，为此批评家不得不放弃传统社会思想领域，审美情感的个人化批评，而转为一种更为相对客观的批评方法，实际上这也是一种反对传统机制的相对比较激进的做法。

形式主义这种反体制的激进倾向一直到解构主义依然保持着。1968 年，一场激进的学生运动席卷整个欧美资本主义世界。在法国，抗议运动被称作"五月风暴"，然而可悲的是，这场轰轰烈烈的革命却不过是昙花一现，转眼即逝。在随之而来的年代里，一些激进学者难以压抑的革命激情被迫转向学术思想研究，试图去做一些深层次的理论探讨工作。他们明知资本主义根深蒂固、难以摇撼，却偏要去从它的语言、信仰、机构、制度，直到学术规范与权力网络方面，破坏瓦解它所依赖的各种强大而发达的基础，解构主义就是在这一背景下产生的。固然，解构主义作为强烈政治化的存在主义的对立物而出现，对比之下，有一种消极逃避的色彩，但它仍然保持着左翼激进分子的思想体系。正如屠有祥所说，罗兰·巴特一直以"揭穿资产阶级社会制造的神话的幻想"为己任，"法国知识分子具有独特风格的战斗方式，以及对语言和政治的非同寻常的敏感，时不时可以领略到。意识形态的实现借助于修辞的展开过程，则克服意识形态的手段也应是修辞手段，巴特乃取用漂移、偏离的途径，这也是他采取断片的写作形式的一个原因——战斗与愉悦在此熔铸为一体。……他引用布莱希特《政治和社会论文集》的观点道：'我将介入政治，似乎是推卸不了的……我的整个生命必须致力于政治，甚至为政治而牺牲，都是完全可能的。'"① 可见，巴特企图从语言领域切入反抗政治秩序，巴特带着惊恐地发现源于政治的语言并不必然是政治语言，"'每一意识形态活动均呈现于综合地完成了的语句形式中'，因为句子横组合层面的连续性流动造成的自然感，正是原本为文化之物的意识形态想以自然面貌呈现的最佳掩饰，我们分析意识形态活动，也正可从句子入手。罗兰·巴特觉得还应自相反的方向来理解克里斯蒂娃上面那句话，'凡业已完成了的语句均要冒成为意识形态之物的风险'"②。如此，结构主义代表人罗兰·巴特呈现给我们的是一种看似最洁净、最不受意识形态沾染的"字"的文本，但背后却是沾满意识形态的"大段大段"的"政治言语"。为了反对形而上学、逻各斯中心主义，乃至一切封闭僵硬的体系，解构主义者们大力宣扬主体消散、意义延异、能指自由等学术思想，强调语言和思想的自由嬉戏，哪怕这种自由仅仅是一支"戴着镣铐的舞蹈"。其次，解构主义的出现与20世纪人类在哲学、科学和社会领域发生的深刻变化也是密不可分的。后结构主义代表人索勒斯宣称："写作是用另一种手段继续政治"，克里斯蒂娃访问中国后写的《中国妇女》一跃成为女权主义批评的先锋书。他们不愿意接受现行体

---

① ［法］罗兰·巴特：《文之悦》，屠友祥译，上海人民出版社2009年版"中译本弁言"，第1—2页。

② 屠友祥：《罗兰·巴特与索绪尔：文化意指分析基本模式的形成》，《西北师大学报》（社会科学版）2005年第4期。

制思想的束缚，采用各种出其不意的方式进行反抗，这些反抗丰富了文学语言，然而在这些看似新颖的言语材料背后，业已饱含创造者复杂的用意，目的明确，充满激情，掩盖着其清晰的教化思想。

凡此种种，都在进一步说明20世纪西方文论理论主张虽然在极力规避教化，但当我们还原其理论生成的历史背景时，却可以发现它们始终都有着教化与意识形态的考量。

第四节　教化——文艺创作的一种使命

透过人类文艺的生成与发展历史，可以清楚地明白一点，那就是教化是文艺创作的使命，也是文艺的基本属性。

一　中国文论中的"教化"思想

"诗言志"可谓是中国古典文论之开山纲领，《尚书·尧典》中就有"诗言志，歌永言，声依永，律和声"的句子。言"志"即是言人内心的志向、情感。因此，虽然直到陆机《文赋》中才明确提出"诗缘情"的看法，但"言志"即为"缘情"，二者其实是相通的。表面看来，"言志"多为合乎礼教规范的功利性思想，"情"多非功利的一己私情，实则两者在上古时志即为情，情亦为志，殊途而同归。"诗者，志之所之也，在心为志，发言为诗"，中国古典文学精神更是儒道教义影响下中国历代文人内心之志所抒发的文艺精神。很难想象没有作家之"志"之"情"的作品会是好的文艺作品。但凡令读者感于心者皆为有性情、有个性之诗，这种让众人感动的个性同时也是其社会性的展现，而社会性所固有的普遍可传达性便是教化。然而，诗人个性何以又是社会性呢？孔颖达《毛诗正义》有言："一人者，作诗之人。其作诗者道己一人之心耳。要所言一人心乃是一国之心。诗人览一国之意以为己心，故一国之事系此一人使言之也，……故谓之风。……诗人总天下之心、四方风俗以为己意，而咏歌王政，……故谓之雅。"① 可见，诗人无疑先受天下之心，天下之教化，内而化为己心，形成自己的个性，诗人自己的个性不是纯粹个人的产物，而必然是经由社会提炼和影响后的主客观统一的产物。

中国古典文学中的文人墨客十分重视文艺的教化作用（社会性），而当今人谈起中国古典文学的教化作用时，常将其视为一种极端功利主义的文学思想，对其批驳有加，客观评价、吸收不足。实际上，"教化"思想基于中国古代社会的历史事实，既有其历史局限性又有其历史超越性。"教化"一词在不同的时代也有其不尽相同的意义。夫子曰："诗可以兴，可以观，可以群，可以怨。迩之事父，远之事君；多识于鸟兽草木之名。"（《阳货》）"兴"者教化人、鼓舞人、感发人之意志；"观"者，"考见得失"，"观风俗之盛衰"；"群"者"群居相切磋"；"怨"者"怨刺上政"，对时事政治发表批评意见。可见诗之效用不可小觑，上到主文谲谏之王政，下到修身养性之己发。墨子云："利人乎，即为；不利人乎，即止。且夫仁者之为天下度也，非为其物之所美，耳之所乐，口之所甘，身体

---

① （唐）孔颖达疏，郑玄注：《毛诗正义 十三经注疏》，中华书局 1980 年版，第 272 页。

之所安。"（墨子《非乐》）"言"之发，需要根据古代圣王的实践经验，参酌当时人民群众的实践经验，实施政策法令看它是否符合国家百姓人民的利益，有利者即为，不利者即止。《诗大序》提出："上以风化下，下以风刺上，主文而谲谏，言之者无罪，闻之者足以戒，故曰风。至于王道衰，礼义废，政教失，国异政，家殊俗，而变风变雅作矣。国史明乎得失之际，伤人伦之废，哀刑政之苛，吟咏情性，以风其上，达于事变而怀其旧俗者也。"《毛诗序》继承了"温柔敦厚"的诗教说，突出强调文艺必须为巩固政权服务，认为诗歌创作要合于"发乎情，止乎礼义"的原则，然而在揭露和批评现实黑暗方面，又要做到"主文而谲谏"，以十分委婉的方式提出意见。到三国时代，曹丕对文章的价值给予了从未有过的新的评价，"盖文章，乃经国之大业，不朽之盛事"。他把文章提到了比立德、立功更重要的地位，认为只有文章才是真正不朽的事业，所谓经国之大业，而有教化天下、民众之用。唐代韩愈提出了"文以明道"的思想，其在《争臣论》中说："君子居其位，则思死其官。未得位，则思修其辞以明其道"，这就是说，文章写作的目的在于明道，必须有充实的内容。他在《答李翊书》中则指出，要想达到"古之立言者"，"则无望其速成，无诱于势利，养其根而俟其实，加其膏而希其光。根之茂者其实遂，膏之沃者其光晔。仁义之人，其言蔼如也"。此亦是讲究文艺当有修辞立其诚，气盛言宜的教化作用。其后苏轼等人都十分重视文章的教化之用，直到明清文人无不如此。

　　近人梁启超在《论小说与群治之关系》中谈道："抑小说

之支配人道也,复有四种力:一曰熏。熏也者,如入云烟中而为其所烘,如近墨朱处而为其所染……二曰浸。熏以空间言,故其力之大小,存其界之广狭;浸以时间言,故其力之大小,存其界之长短。浸也者,入而与之俱化者也。人之读一小说也,往往既终卷后数日或数句而终不能释然,读《红楼》竟者,必有余恋有余悲,读《水浒》竟者,必有余快有余怒,何也?浸之力使然也。……三曰刺。刺也者,刺激之义也。熏浸之力利用渐,刺之力利用顿。熏浸之力,在使感受者不觉;刺之力,在使感受者骤觉……四曰提。前三者之力,自外而灌之使人;提之力,自内而脱之使出,实佛法之最上乘也。"可见,文艺对人之"熏、浸、刺、提"作用正可谓教育人、号召人、安慰人之良剂。梁公对文学之功用看得非常之高,他的"小说革命论"强调小说与社会政治的关系,实际上已明确提出了文艺为政治服务的主张。

纵观中国古典文艺理论之发展,"教化"思想可谓是文艺作品不可或缺的属性,然而过分强调文艺的教化的确会对艺术造成不良的影响,束缚文艺的发展。任何事情都不能走极端,只强调文艺的教化功能显然不行,只看到文艺的某些规律及其审美属性同样会丧失对于文艺的公正,经验上站不住,理论上也无法自圆。

二 马克思主义文艺的"教化"观

文艺的教化功能是文艺的属性之一,文艺并非不能教化。当代西方文论的问题就在于背弃教化而又从未离开过教化,自绑手脚。虽然在理论建树上有所成就,但离开了社会问题与人类解放的理论创获，终究经不起历史与实践的考验。这一点从西方文论的文化学转向，可以窥见一斑。

马克思和恩格斯在有关文艺与道德，文艺与教化的问题上态度是非常明确的，他们重视文艺的道德价值但反对文艺的道德说教。一方面，他们十分反对文艺沦为政治道德教化的工具并为之服务，即所谓的"席勒式"文艺创作方式，但同时也反对文艺与道德、教化无关的说法。简单地将文艺归于为政治教化服务，或归于如康德所讲的艺术是一种纯粹无功利无目的审美形式的看法，都不符合历史唯物主义和辩证唯物主义。

首先，文艺不能是一种道德说教。以艺术的形式出现的道德说教，与以哲学形式出现的道德说教一样，都是把道德抽象化，宣扬超阶级的道德。除此之外，艺术领域里的道德说教，还必然破坏文艺的形象特点，使艺术形象丧失审美品质。马克思认为光秃秃的道德说教其实是一种抽象的、真空的内容，如果事物以道德说教的方式传达给人们，那一定是一种骗局，它起着愚弄和麻痹人民的作用。一切道德说教，都不是从社会存在和物质根源揭示道德的关系，而是抽去经济和阶级内容的。人和人的现实关系的抽象。在这种抽象里，道德必然具有的历史的阶级的内容不见了，只剩下超历史超阶级的抽象观念，这些观念表现的，只是可怜的愿望，自欺欺人的幻想，剥削阶级的偏见和有意无意的欺骗。统治阶级以高度抽象关怀下的道德教化实则是为了自己的利益编造出来的带有柔情的面纱的谎言，似乎统治着封建社会的不是贵族阶级，而是忠诚信义等道德教条；统治着资本主义社会的不是资产阶级，而是自由平等等道德教条。这种幻想掩盖了阶级统治和阶级压迫的实质。① 这里，马克思主要是从文学艺术的意识形态属性为切入点来反对文艺作为一种直接的政治传声筒、教化工具的。马克思和恩格斯认为，文艺作品一旦开始道德说教了，便开始走下坡路，道德说教造成艺术的堕落。这种抽象道德论和道德决定论是应该坚决被绝弃的。

其次，文艺应该具备道德价值。马克思和恩格斯反对道德说教，但不是反对文艺的道德教化，马克思认为，道德作为上层建筑的意识形态依赖于经济基础，是社会存在的反映；不同历史条件，不同阶级，不同民族，从事不同行业的人民有着不断发展建构的、存在着鲜明差异的道德观。例如 20 世纪西方文论家们的众多理论思想所表达的，在一定程度上讲也是一种资本主义的意识形态，资产阶级性质的艺术道德观。马克思恩格斯认为，艺术掌握世界的方式与道德掌握世界的方式存在共性，要揭露被掩盖的东西，而不是掩盖被揭露的东西。文艺作品的直接目的性不在于教化，其文艺创作更不能以干巴巴的道德说教取代深远丰厚的思想文化内蕴，有鲜活丰满的本真生命的艺术形象，健康积极的时代进步性和道德价值。

再次，文艺作品从其直接非功利、无目的性，形象的直觉意象性、审美情感层面上看似乎并不涉及教化、道德的因素，但从文艺的历史性抒写、宏观大尺度的社会背景，特殊情感的评价方式，文艺创作者理性的表达目的等层面上讲，文学艺术

---

① 参见全国马列文艺论著研究会主编《马列文论研究》第 8 集，中国人民大学出版社 1987 年版，第 519—521 页。

作为一种特殊的社会现象又是具备其教化价值的，好的艺术作品应该被赋予健康积极的道德价值趋向，不论文艺以否定、肯定或是其他的姿态切入社会发展中，有价值的文艺作品必定是以希望社会的全面进步，人的全面解放为初衷的，这同时也是每一位有责任感的文艺工作者理应肩负的使命和责任和对全人类深沉广博的爱。恩格斯在《德国的民间故事书》一文中，肯定过文艺应有的道德教育作用，"民间故事书的使命是使农民在繁重的劳动之余，傍晚疲惫地回到家里时消遣解闷，振奋精神，得到慰藉，使他忘却劳累，把那块贫瘠的田地变成芳香馥郁的花园；它的使命是把工匠的作坊和可怜的徒工的简陋阁楼变换成诗的世界和金碧辉煌的宫殿，把他那身体粗壮的情人变成体态优美的公主。但是民间故事书还有一个使命，这就是同圣经一样使农民有明确的道德感，使他意识到自己的力量、自己的权利和自己的自由，激发他的勇气，并唤起他对祖国的热爱"①。这里，恩格斯所表达的就是文学作品除了要有其自身独特的审美维度之外，还要有温情、关怀和道德教育的作用。一切文学作品，应当真实地反映生活中真善美对假丑恶的斗争，鼓励人们对美好人生的积极信念，陶冶人的情操，开阔人的情怀，提升人的境界，激励人们走出物质或精神逆境，并不断强化和确立美好的人生信念。王元骧先生曾在《文学原理》一书中归纳文学特有的教化功能时提到两点：文学通过强化人们对美好人生的信念促进人格的提升，通过提升人格来激活实践的

---

① ［德］恩格斯：《德国的民间故事书》，见《马克思恩格斯全集》第 41 卷，人民出版社 1960 年版，第 14 页。

心理能量和精神动力。可见，文学可以通过改变人，从而走向人对世界的改变。

三 社会主义文艺必须执守"教化"原则

中国文艺理论有着明确的"教化"使命，这是社会主义文艺实践必须执守的基本准则。当前的文艺创作与文艺理论研究中出现的许多问题或者困境，大体都与不能很好地认识与理解文艺的"教化"功能有直接或间接的关联。

中国的文艺理论界也同样会出现与西方文艺理论界相类似的情况，即一谈起文艺教化往往就如同谈起科技理性一般旋即色变。然而，"教化"不是魔鬼撒旦，其本身并没有错，问题出在文艺怎样教化，为什么教化上面。难道"教化"一定就不好吗？在看待文艺的教化问题时，需要有辩证的眼光，不可凭笼统的感觉将其一概而论，将"教化"简单否定。要正确地认识理解文艺的教化作用，无疑要本着几项原则：（1）前提意识；（2）整体思维；（3）辩证认识；（4）具体问题具体分析。我们认为，西方现代文论"反教化"看似反的是"教化"，实则反的是"异化"，人们常常没有很好地理解甚至在一定程度上混淆了"说教""实证"与"教化"等概念。赤裸裸、干巴巴的"说教"不能是真正意义上的"教化"，实证主义、知识考据性的史学研究亦不是"教化"。教化不等于简单的道德说教，也不是"记问之学"，它是一种"上身"的东西，是如水一般悄然无息地流动在身体里给人以滋养的东西，它培育人们的"浩然之气"，忠告人们"任重而道远"，鼓励人们"须臾不违仁"，安抚人们之灵魂。这也就是马克思主义文艺观所强调的：文艺要为人民服务、为人类的解放服务。没有教化，社会难以健康发展，而文艺中的教化又往往比任何其他的教化都更具感人、化人之力量。

我国古代传统经典中的四书五经，曾经经历过大是大非的"洗礼"。"文革"时期的"批林批孔"运动，把儒学经典看作是封建社会毒害心灵、束缚思想的迂腐之物，改革开放后的今天，在全国范围内掀起了"国学"浪潮，海外建立了大量的孔子学院，传播中华传统文化。然而，从严格意义上讲，这些做法最多只是一种"异化的教化"而非理想意义上的"教化"。"学而时习之，不亦说乎？有朋自远方来，不亦乐乎？人不知而不愠，不亦君子乎？"（《论语·学而》）"君子不器"，（《论语·为政》）"三军可夺帅也，匹夫不可夺志也。"（《论语·子罕》）"岁寒，然后知松柏之后凋也。"（《论语·子罕》）这些都是优美的句子，能帮助人们修身养性、提高自身的品德修养。一个人的民族身份的确认与归属需要经典的滋养，接受这些经典的滋养就是去接受集体或个体无意识的久远的记忆，去领悟和培养一个民族深沉的情感。民族经典渗透着祖祖辈辈的理想与信念，重读经典，首先要尊重民族自己的东西。但这些东西只有通过自身（"由己"而非"由人"）慢慢学习、深刻体会，将这些文字知识作为一种身体内的营养，才能真正达到教化的目的。所以，必须明白这些传统文化中的"教化"思想并不是什么十恶不赦的"毒草"，当然也不是什么医治百病的"万能药方"。再比如，屈原作品展露出的"屈原精神"作为一种象征，既可以成为安抚历代仁人志士积郁痛苦精神的家园，也可以成为激励人们热爱祖国乡土的教育材料。"听儿诵《离骚》，可以散我愁。"（陆游《沙市阻风》）"千古灵均有高弟，江潭能唱《大招》歌。"（黄任《读〈楚辞〉作》）可见屈原之作，唱彻历代弘毅之士的心扉，激励他们顽强不屈、忧愤深广的处世哲学和爱国情怀。"教化"有助于人民健康人格、美好品性的塑造与处卑不弃、逆境奋斗的坚守精神。当前我国社会主义文艺与文化理论的繁荣发展离不开对于传统文化的坚守与学习，接受传统的洗礼与滋养是我们发展社会主义文艺的必要之路。

人们一般认为，无论艺术创作还是艺术批评，应该是一件自由的工作，这不仅需要有自由的创作环境，更要求尊重作家的独立人格，给作家一种无所拘束的自由心态，因为只有在创作者追寻情感的逻辑，获得精神自由的情况下，才能真正创作出高质量的艺术作品。在许多艺术家看来，也只有这样，才能表达他们对于社会人生的真实看法。从理论上讲，这种观念是不错的，文学创作过程中也需要给作家以充分的自由。然而，文艺本身必然具有意识形态属性给我们的启示就是，任何文艺同时必然具有其"教化"功能。从这一角度讲，文艺并不是一件随心所欲的事情，尤其是在今天，中国正处于建设有中国特色社会主义文艺的关键时期，更应该强调文艺为什么人、服务什么人的问题。从毛泽东发表《在延安文艺座谈会上的讲话》，到习近平在文艺工作座谈会上的讲话，以至新中国成立后党和国家制定的一系列文艺方针政策，都能够十分明确地看到党和国家对文艺社会功能的重视，文艺工作在社会发展与文化建设中的重要地位。

　　文艺工作是中国革命和建设的重要组成部分。抗日战争时期，广大的文艺工作者正是在《在延安文艺座谈会上的讲话》所确立的文艺思想的指引下，坚持文艺为人民大众、为工农兵服务的方向，走向农村，深入抗战第一线，创作出了一大批适应抗战需要、深受广大群众欢迎的优秀文艺作品，切实实现了服务于"抗日"这一政治要求。1978 年，党在第十一届三中全会上废止了"文艺为政治服务""文艺从属于政治"的口号，改为提倡"文艺为社会主义服务，为人民服务"的"二为"方针。最近习近平在北京召开的文艺工作座谈会上更是明确地指出："文艺要反映好人民心声，就要坚持为人民服务、为社会主义服务这个根本方向。这是党对文艺战线提出的一项基本要求，也是决定我国文艺事业前途命运的关键。"① 十几亿人的文化需要是多方面的，这就要求文艺工作者的服务能力与水平也要随之提高，要通过不断创造多样的文化与艺术，满足人们的审美需求，提升人们的精神素养。就当前来看，文艺工作在服务对象与服务方法上脱离群众的问题比较严重，文艺的过度娱乐化与对经济利益的过度追求也正侵蚀着文艺与文艺工作者所应有的担当与责任。所有这些，都要求文艺工作者以科学的态度正确对待马克思主义文论留下的理论遗产，将社会主义文艺的基本精神同新的时代结合起来，发扬文艺服务人民、教育人民的基本理念与原则，繁荣和发展社会主义新文艺。

　　新时期以来，党和政府十分重视社会主义文艺的教育功能，

---

　　① 《习近平在文艺工作座谈会上的讲话》（全文），见人民网（http：//culture. people. com. cn/n/2014/1015/c22219 - 25842812. html），2014 年 10 月 15 日。

创立于 1992 年的精神文明建设"五个一工程"就是一个最好的例证。"五个一工程"继承了延安文艺的优良传统，很好地解决了文艺"为人民"和"如何为"的问题，它展示了中国现实主义文艺作品的持久魅力，践行着中国马克思主义文艺的光荣传统。"五个一工程"具有强大的精神辐射能量，充分体现了中央提出的精神文明重在建设的方针，切实把"以科学的理论武装人、以正确的舆论引导人、以高尚的精神塑造人、以优秀的作品鼓舞人"① 的号召落到了实处。它凝聚着民族精神的力量，展现了社会主义文艺的基本品格，体现了我国社会主义文化建设的核心理念。在韩日美欧等外来文化输入越来越多的情况下，"五个一工程"给世人奉献的不仅仅是文艺工作者精湛的艺术创造，更是中国人的文化精神，在中外文化交流与对话中也发挥了极其重要的作用。

马克思主义文艺理论认为，文学从根本上说是主体对现实生活能动的反映（认识过程、情感过程、实践活动的统一）的观念性产物，主体不是被动、消极地接受外界的刺激，主客体之间的关系是一种交互运动关系。这是因为，一方面，客体作用于主体的体验、认知领域，另一方面主体凭借其主观能动性将客体被刺激后的整体感受进行知解，从而积累和提升成为一种社会和人类的共同经验，达成富有社会历史厚度与深度的人类普遍性内容，这样就超越了初级的感性认知，而达到对于现实生活与未来规律的理性认识。文学反映不仅包括经由主体意识、理智，能动地认识外部事物的认识过程，它同时也是一种

---

① 江泽民：《论党的建设》，中央文献出版社 2001 年版，第 125 页。

带有作者价值观烙印的以情感为中心的实践活动，即在完成外界向主体内部的转化后，进而再由主观意识向客观现实转化。文学借用感性具体的形象而非理性的说教来向读者传达思想和情感，通过"普遍的情感可传达性"引起读者的共鸣和同情，转化为一种内在的驱动力，如此这样，使得文学比其他任何意识形式都更影响人们感悟与思考社会与人生的魅力。然而，西方当代形式主义文论颠倒或阉割创作的主客体关系，以极端审美的方式扼杀文学的教化功能，从主观唯心的理念出发、以乌托邦的人文透视镜来看待现实世界，无论如何都是经不起推敲的。人类认识领域内的东西从来都不是绝对客观、不带价值判断的绝缘材料，不是什么纯粹的审美单一体。我国的文学理论建设，如果不能很好地对西方文论进行辨析，加以批判地吸收，那就会丧失免疫力，无法达到理想的目标。

第六章 精英主义取向与文学艺术的小众化危机

第一节 什么是"精英主义"

这里所说的"精英主义"主要指在西方当代文艺领域中，一些精英知识分子以占据文化资本为目的或是在其文艺活动过程中所出现的以学问艰涩、知识崇拜、刻意求新、设置重重表述壁垒等作为评价高水平、高学问之标准的一种不健康的文艺现象。美国学者詹姆逊在评价后现代社会出现"拼贴"现象时说："每个群体说着属于他们自己的古怪的私人语言，每种专业形成自己的私人代码或个人习语，而最后每个个体变成一个语言孤岛，与所有其他人隔绝，那将是一种怎样的情景呢？……我们除了文体的差异性和异质性外，将一无所有。"①这句话非常形象地指出了"后现代"的基本特征，同时也非常准确地反映出西方当代精英主义知识分子自身所存在的深刻危机。在大众眼中，他们的确是自己说着自己"古怪的私人语

---

① ［美］弗雷德里克·詹姆逊：《文化转向》，胡亚敏等译，中国社会科学出版社 2000 年版，第 4—5 页。

言"，每种专业话语都形成自身极为封闭的"语言孤岛"，成为一种小圈子。有限成员的、带有话语隔阂的"圣经"式的"普遍性话语"，为一些精英知识分子自身所推崇与自我欣赏。20世纪西方当代文论这种非常明显的知识精英化倾向，不仅表现在理论的话语权掌握在少数以精英者自居的人手里，而且还表现在这些理论往往通过为创作和接受设置"技术壁垒"的方式堵绝大众的介入，使文学艺术成为一种高高在上的东西，仿佛它的存在不是为了供人理解和运用，而只是一些人用来炫耀才华与技巧的道具。

作为知识分子的社会精英从来都是受到社会尊重的。古代社会随着分工的出现，知识分子阶层的产生，极大地解放了社会生产力，同时也使文学艺术、哲学宗教等得到了真正的丰富与发展。人类文明的进步与一代代知识分子的贡献是分不开的，人类文化事业的发展也正是靠着各行各业领域内的专家精英而得以成全的。或许也正因为如此，英国近代诗人、教育家马修·阿诺德在 1869 年出版的《文化与无政府状态》中，把文化表述为"最优秀的思想和言论"①，并为每个阶级中有教养的知识分子所拥有和享用。基于他对精英知识价值的深刻认识，而将工业文明造就的大众文化称为"无政府状态"，并将其视为对国家和社会秩序的威胁。阿诺德的这种精英主义文化观对学术界产生了很大的影响，大众与精英的对立也在他的理论中找到了明确的较早的根源。第一次世界大战以后，美国诗人艾略

---

① ［英］马修·阿诺德：《文化与无政府状态》，韩敏中译，生活·读书·新知三联书店 2002 年版，第 185—186 页。

特继承了阿诺德的精英主义文化观。在艾略特看来，普世的经典才是值得研究的文本，文学文化永恒的评判标准和创作素材也应是这些经典，普世的经典也是文学研究的唯一对象。以荷马和维吉尔等为代表的古希腊罗马文学作为这样的经典，从而成为评判欧洲文学永远的唯一标准。他十分看重诗人的创作天赋与才能，并认为文化只能为社会中的文化精英所理解，而对工业文明和大众文化抱有严厉的批评态度。[1] 国内有学者指出：我们可以把艾略特的聚焦少数、推崇经典的普世性与导向作用的文学研究和文化批评模式定义为精英主义范式的文学和文化观。[2]

1930 年，英国文学批评家、《细绎》（Scrutiny）季刊创刊人 F. R. 利维斯出版了一本对精英文化与大众文化研究影响深远的著作，这就是《大众文明与少数人文化》。随着工业文明的发展，电影、流行小说、广告等，这些被利维斯称为"大众文化"的东西充斥于社会的文化领域，被那些缺乏教育的大众不假思考地消费着，而真正的文化，也就是阿诺德所说的"最优秀的思想和言论"却日益衰减，这让少数文化精英觉得自己生活在一个敌对压抑的环境中，利维斯在书中无疑表达了对于这一状况的担心。于是他认为"少数人"应该武装起来，以抵御这种

---

[1]　艾略特的这一思想影响到后来英国文化唯物主义理论家威廉斯，他认为自己写作《文化与社会》的动力来源就是艾略特 1948 年出版的《文化的定义札记》，当然他并不是继承了艾略特的思想，而是相反。1979 年，在接受《新左派评论》采访时，他公开申明自己写作就是"为了反对艾略特、利维斯和围绕它们的所有文化保守主义者"，认为他们霸占了国家的文学和文化。

[2]　参见李兆前《T. S. 艾略特与雷蒙德·威廉斯文化思想比较研究》，《作家》2009 年第 4 期。

大众文化的侵袭。当然，这里的"少数人"就是那些拥有身份、知识、能够独立思考的"精英"们。我们可以从利维斯对"少数人"概念的解释中十分清楚地明确这一点，他说："在任何一个时代，明察秋毫的艺术和文学鉴赏常常只能依靠很少的一部分人。除了一目了然和人所周知的案例，只有很少数人能够给出不是人云亦云的第一手的判断。他们今天依然是少数人，虽然人数已相当可观，可以根据真正的个人反应来作出第一手的判断。流行的价值观念就像某种纸币，它的基础是很小数量的黄金。"① 从利维斯以"很小数量的黄金"来类比少数的知识精英来看，精英主义思想构成其对于人类文明与文化主张的理论基础。他进而提出，只有这些少数人能够欣赏但丁、莎士比亚、堂恩、波德莱尔和哈代以及他们的继承人，而后者是构成一个特定时代的种族的良心。正是有赖于这些"少数人"，过去最优秀的人类经验才得以传承，最精致最飘忽易逝的传统得以保存下来②，一个时代的更好的生活，也由此得到了组织和构建。这少数人故而是社会的中心所在。"利维斯说，假如使用一个比喻，少数人的所为就像舍此精神的甄别、无以为继的语言，他所说的'文化'，指的就是这样一种语言。"③ 在他看来："有一种观点是超越阶级的观点，那就是一种知识的、美学的道德活

---

① ［英］F. R. 利维斯：《大众文明与少数人文化》（*Mass Civilization and Minority Culture*），剑桥 1930 年版，第 3 页。转引自陆扬《利维斯主义与文化批判》，载《外国文学研究》2002 年第 1 期

② F. R. Leavis, *Mass Civilization and Minority Culture*, Cultural Theory and Popular Culture：A Reader. New York：Prentice Hall，Vol. 13，2006. 转引自杨建国《"大众"的谱系——"大众"一词语义变迁的考察》，载《五邑大学学报》（社会科学版）2010 年第 3 期。

③ 陆扬：《利维斯主义与文化批判》，《外国文学研究》2002 年第 1 期。

动，它并不纯粹表述阶级起源和经济环境；还有一种'人类文化'是必须通过培养人类精神的自动性才能获得。"① 由此来看，利维斯所力推的文化精英主义带有浓郁的道德意识传统、对生活严肃性的正视与肯定，同时他还十分强调在日益为大众文化所侵袭的社会环境中人类精神培养的重要意义。

利维斯关于"少数人"的理论在文学上的表现就是，一方面他认为文学"应该是我们时代文明真正的潜在的力量"②，另一方面任何时期只有非常少部分的人关心文学艺术欣赏，而也只有这少数人能够不受干扰地做出"第一手的判断"。他相信，只有依靠这些人的文学价值判断，才可以继承人类的精神。无论利维斯处于何种目的，他都为"少数人"的存在价值划出一个合理的空间，这种精英意识本身对以后文艺工作的影响也是不可小觑的。实际上这相当于宣言了一种"少数人"的英雄主义的历史观，以少数人来引领多数人，以精英引导大众。大众与精英的关系本来是辩证的，知识分子也并不是不食人间烟火的圣人，他们与大众有着内在的血肉联系，他们无法脱离大众而自我生存，他们也是从大众中产生的。利维斯将文学艺术局限于有着高尚情操和道德意识的一小部分人的圈子之中，显然有着其难以自圆其说的致命伤。然而，利维斯主义在英国文学批评界的统治霸权，直到20世纪六七十年代，到结构主义兴起时才宣告终结。这一点也是值得我们认真思索的。由以上内容，

---

① F. R. Leavis, *For Continuity*, Cambridge：The Minority Press, 1933, p. 9.

② F. R. Leavis, *English Literature in Our Time and The University*, Cambridge：Cambridge University Press, 1979, pp. 2 – 3.

我们可以清楚地梳理出西方自 19 世纪中后期以来的一条有别于政治领域的文学精英主义线索的延展过程。以利维斯为肇始，"精英"作为一个拥有明确界定的理论概念开始在知识分子阶层中散播，并被大家所接受。

对于政治学意义上的"精英"而言，它一般具有以下一些特点：一是在人口中所占比例小，但却控制极大份额的资源；二是通常采用内部约定俗成的"手段"来维护其权力，如控制政府，操纵教育体制、大众媒介，制造自己话语权力、统治合法化的意识形态。我们可以借用美国政治学家 R. A. 达尔对于政治资源分配不平等的两种形式"累积性"的和"弥散性"的来理解文化资源分配的不平等问题。达尔认为："如果每个人在每种资源占有方面的相对地位相同，我们就会说在各种序列中存在着一种'完全的相互关联'，而且在种种资源上的不平等也是完全累积性的……如果某一个体在某一序列中的地位与其他序列没有关系（即没有相互关联），那么在种种资源上的不平等就会是弥散性的。"① 在工业化的时代背景中，政治资源分配不平等的状况持续存在着，其累积性在减弱，但其弥散性却在增强。"不同的精英倾向于在不同的活动领域运用影响力，而且他们的关系也变得高度复杂。"② 这就是说，在政治领域中，"累积性"不平等是指所有的资源都被某些人（最高领导者）所控制，从而形成赢者通吃的局面，有点近似于权力上的

① ［美］罗伯特·A. 达尔、布鲁斯·斯泰恩布里克纳：《现代政治分析》，吴勇译，中国人民大学出版社 2012 年版，第 94 页。

② 同上书，第 95 页。

"马太效应"；而"弥散性"不平等则指不同种类的政治资源分别被不同的利益集团且不同程度地掌握着，尽管不平等依然存在，但其表现显然是分散的、多样化的。在一个结构多元复杂的社会中，不同精英只在不同领域内发挥着影响力，而很难在一个直上直下的圈子中抽象地谈论权力的大小。文化精英的社会作用与影响同样也受此原则的支配，这从文化文艺现实中可以很轻易地得到印证。

其实，对于"精英"和"大众"、"权力霸权"和"民主"的理解，也不能是非此即彼，矛盾对抗式的。实际上，对这两对概念的认识和理解，在很大程度上决定于我们将如何来界定它们的内涵与外延，以及它们在其所适用的具体语境中的具体条件。当下"多元""大众""民主"等概念在指向上既是明确的，也是含混的，它的含混性造成了理解上的偏差。比如，多元主义用权力分配的弥散性不平等来取代累积性不平等，虽然强调了权力的多中心配置，以及利益集团之间的相互竞争，但它不可能否认精英的存在及其所发挥的重要作用，也不意味着多元主义真正抛弃了精英概念。精英理论从"权力资源分配不平等"这一事实出发，可以区分出寡头精英和芸芸大众，因此，严格意义上讲，多元主义打破的只是传统意义上的精英过于集中的结构，否定的也只是封闭式的寡头精英概念，而根本不是对精英思想的真正抛弃。它只是将精英概念重新作了处理和界定，以引进竞争性要素，用竞争关系消除了寡头精英的封闭状态，这里实际上上演的是从一小撮垄断性的寡头精英向竞争性的多元精英的转化过程。因此，从这个意义上讲，西方以利维斯为代表的传统精英文学研究和以伯明翰学派为代表的文化研究，实则都是精英文学的代表。前者表现为正统的、带有强烈意识形态、清教徒感召式的"寡头式精英文学"，后者表现为开放的、草根群众呼喊声高亢的，带着商业消费逻辑标签的"开放式精英文学"。在批评"一无所知党"运动的问题时，《为精英主义辩护》的作者认为，"这种'多元文化'的修正主义有的时候也让人颇受启发，有耳目一新之感，但大多数时候却显得愚不可及，有时甚至极为有害。与此相伴的还有一种更加危险的观点，即衡量任何筛选机制是否公平的唯一标准，就是看其结果在人口统计上的平等性，而不是看其结果与现实状况的关系"①。这一看法是值得重视的。多元主义者抛开了"结果与现实状况的关系"令人反思，而精英主义往往也犯同样的错误。应该说抛开现实的玄谈，是所有西方精英主义文论的主要弊病。文学的精英主义并非严格意义上的西方政治思潮概念中的"精英主义"，而西方文论作为一种精英主义文论观也几乎与政治上的精英主义没有联系。然而，从实践和效果上看，西方文论本身的精英主义倾向，以及在引介中国之后给中国文论界所带来的精英主义趣味，却不能不引起我们的反思和警觉。

第二节 让文学艺术远离大众

20世纪当代西方文艺理论深深受精英主义思潮的影响。在

---

① ［美］威廉·亨利：《为精英主义辩护》，胡利平译，译林出版社2000年版，第4页。

张江看来，"当代西方文论史，实质上是一部当代西方精英主
义文艺理论史。在西方，精英主义作为一种传统，从古至今从
未中断过，其源头最早可以上溯至古希腊时期。进入当代以后，
这种精英主义传统在文艺理论中已经不再仅仅作为一种学说而
出现，而是内化到理论建构的具体诉求和实践中，直接以理论
和批评的方式推动文学艺术向精英主义发展。当代西方文论的
精英主义取向，本质是让文学艺术远离大众，成为少数以精英
自居者的专利"①。当代西方文论在 20 世纪发生了很大的变化，
其精英化倾向及其所造成的文学与大众的脱离，不仅从 20 世纪
文论的诸种转向中表现出来，而且还从那些最为强调文学与大
众的结合的理论家那里表现出来。

一　20 世纪的文论转向与西方文论的精英化

朱立元在《当代西方文艺理论》一书"导论"中指出：当
代西方人本主义、科学主义的两大哲学思潮深刻影响着西方当
代文学理论的发展，并经历了非理性主义转向和语言学转向两
次转向以及从作家到作品，从作品到读者的两次转移。② 周宪
在总结 20 世纪西方美学发展史时也认为，20 世纪西方哲学主
要发生了"批判理论转身""语言学转向"，而这两个转向则又
汇合于"后现代转向"之中。③ 陈厚诚、王宁在他们主编的
《西方当代文学批评在中国》中提到了西方当代批评经历的三
次大的转向，即非理性转向、语言论转向、文化学转向。所谓

---

① 张江：《当代西方文论：问题和局限》，《文艺研究》2012 年第 10 期。

② 参见朱立元主编《当代西方文艺理论》，华东师范大学出版社 1997 年版，
第 2—9 页。

③ 周宪：《20 世纪西方美学史》，南京大学出版社 1997 年版，第 3 页。

非理性转向主要反映在人本主义文学理论批评中，"这类批评深受发端于 19 世纪的叔本华、尼采，而在 20 世纪占据上风的非理性哲学的影响，把目光从传统的理性原则转向了长期被忽视的人的非理性方面，如表现主义批评对直觉的重视，精神分析学批评和原型批评对潜意识领域的开拓，乃至德里达的解构批评要'涂去'概念的逻辑表达方式等"①。所谓语言论转向主要与 20 世纪兴起的分析哲学（语言哲学）和索绪尔的现代语言学有着密切的关系，"它主要表现在科学主义文学理论批评中，如俄国形式主义批评、英美新批评、现象学批评、结构主义批评和解构主义批评等，都从不同方面突出了语言论的中心地位，将文学批评的重点放在了文学作品的语音、语法、修辞、格律、文体、风格、结构等'内部规律'的研究上，反映了文学批评由所谓外部研究'向内转'的倾向"②。所谓文化学转向则发生于 20 世纪 70 年代末 80 年代初："那时侧重于语言形式的文学批评已开始越过它的全盛期，人们逐渐感到了完全斩断文学与社会、历史、文化的联系的弊病，于是文学研究又'经历了一个突然的，几乎是全面的转向，抛弃了以语言本身为对象的理论研究，而转向历史、文化、社会、政治、机构、阶级和性别条件、社会语境、物质基础'。体现这一转向的有新历史主义批评（被称为'文化诗学'）、后殖民主义批评（研究'文化殖民'现象）、当代女性主义批评（涉及'性别文化'）

---

① 陈厚诚、王宁主编：《西方当代文学批评在中国》，百花文艺出版社 2000 年版，第 7 页。
② 同上。

以及最近几年新崛起的'文化研究'等。这种文化批评和文化研究的兴起，表明西方当代文学批评走了一条由外部研究转向内部研究最后又回归外部研究的路。"①

以上几家基本勾勒出了20世纪西方当代文论的基本轮廓，从中可以清楚地看到人本主义与科学主义文论发展的脉络，以及非理论转向与语言学转向给文论所带来的前所未有的冲击，这些冲击的共同性就在于它们都将文论越来越引向精英化的界域之中。

文学研究的非理性转向强调对创作主体内部心理或精神层面的理论分析，它常常要依赖于心理学的发展或精神分析方面的专业知识。首先对这些知识的获得是需要专业人士的，其次当没有足够的相关科学知识作为支撑时，这些理论家们便常常以个人体验代替专业判断，以逻辑推理代替对现象规律的客观把握，最终将文学问题引向一个神秘的领域之内。艺术创造从本质上讲就是对主体和客体进行整体性建构，对人的内在情感和外部世界进行整体性把握，然而文学研究的非理性转身却常常将它们当成是两个截然相对、水火不容的东西，以至于在认识上常常会把它们极端化，把对主体的探讨推向极致，把主体的心理意识或精神变化说成是可以左右一切的根本动力，而文学本应与现实的客观联系被他们一刀剪断。如法国哲学家柏格森从他的生命哲学出发，认为艺术是"生命的冲动"，艺术的目的不在反映现实，而是生命力的表现。再如，弗洛伊德从潜

---

① 陈厚诚、王宁主编：《西方当代文学批评在中国》，百花文艺出版社2000年版，第7—8页。

意识的泛性论出发来论述文艺，认为艺术是由于性的压抑而引起的"力比多"宣泄，艺术即做梦。还有克罗齐提出的直觉即表现，直觉即艺术，叔本华提出的"世界是我的表象"，等等。所有这些主张和观念，都将文学与社会生活的联系推得一干二净，完全颠倒了文艺与生活的正常关系。这种理论的学院气、精英化、圈子化、狭隘性在实践中必然会将人们带到万里迷雾之中。

再来看看语言学转向给文学理论带来了什么。依据对语言的一种传统理解，语言构成作品的形式因素，它必须服务于作品的叙述与表达。然而在 20 世纪初开始发生的"语言学转向"，使语言取代认识论成为哲学研究的基本问题，哲学所关注的主要对象也由主客体关系或意识与存在的关系转向了语言与世界的关系。语言学转向实际上是确立语言本体地位的一次哲学运动，索绪尔所创立的结构语言学体系与海德格尔所提出的"语言是存在的家园"的论断成为这场运动的主要理论贡献。与这种语言学观念相适应，俄国形式主义文艺理论家提出的"陌生化"理论与"文学性"思想，结构主义理论家提出的语言陌生化方法的"隐喻""反讽"和"移位"理论，解构主义理论家提出的文学阅读的"误读"观念等，都彻底改变了以往人们对于文学及其语言的已有认识和理解。在这些理论中，作品的生活内容变成为一种捉摸不定、可有可无的东西，而语言则由表达的工具变为支配一切的主体，正如维特根斯坦 1952年在《哲学研究》一书中所提出的，语言有一个自足的整体，它自身即有变化和更新的潜能，依据其自身的规律来组织。它与事实无关，只与正在使用语言的人如何使用语言有关。"语言现在对我们来说显得是这个世界的一种独特的关联物，一幅图画"①，"哲学不应以任何方式干涉语言的实际使用；它最终只能是对语言的实际使用进行描述。因为，它也不可能给语言的实际使用提供任何基础。它没有改变任何东西"②。可以说，发生在20世纪的语言学转向，实际上只是对语言学所做出的静态分析与研究，它完全忽略了语言产生的历史机制与现实原因，因而这种非发生学和社会学意义的语言研究实际上难免不会流于机械和抽象，脱离人们的实际生活而成为一种语言的理解游戏。

审视当下文论现实与动态，还将发现，除去以上所提到的各种转向外，流行于文论界的各种转向还有文化消费符号转向、图像数字转向、生态批评转向等，这些转向都是以上转向的进一步延续和拓展。

流行于文学界的从现代主义到后现代、从精英到大众文化趋势，虽然有着全球化与消费主义盛行的复杂背景，但在理论上又都与以上这些所谓的各种理论转向不无关系。纵观西方形形色色的文论流派，从象征主义与意象论诗派，克罗齐、柏格森的直觉主义及表现理论，弗洛伊德、拉康等为代表的精神分析学文论，胡塞尔的现象学，萨特、海德格尔的存在主义文论，受索绪尔语言学理论影响的俄国形式主义及布拉格学派，英美

① ［奥］维特根斯坦：《哲学研究》，李步楼译，陈维杭校，商务印书馆1996年版，第66页。
② 同上书，第75页。

语义学和新批评文论，以及一些自成一格的文论思潮与流派，如解构主义、后现代主义、新历史主义、后殖民主义、女权主义、消费主义以及文化研究、空间理论、怪异理论，等等，且不说这些理论在具体内容上呈现出一种怎样的学术风貌学术特色，单单了解一下当代西方理论这些众多的"称谓"，就可能已经让大众望而却步。流派的繁荣并不意味着理论自身的繁荣，有时数量的众多恰恰表现出一种各自为战、圈子狭小的病症。当代西方文论作为一种文学艺术的理论表达，由于其越来越高度的精英化、技术化、抽象化，越来越远离大众的理解视野，远离大众的日常生活，远离大众的审美情趣，而成为一种学者们自誉其美的知识和学问，借以成家成名流芳后世的资本和条件，甚至成为一种小众化的知识精英们的知识游戏。由于这些理论本身对一些具体细节的知识性十分考究，所造成的后果必然是人们越来越钻进其所限定的知识领域之中，给文学理论造成的后果便是文学理论日益成为一种没有文学的文学理论，或者成为一种丧失读者和听众的玄谈理论。

二　没有大众的大众文化研究

如上所述，当代西方文论流派众多，很难通过对每一理论的具体分析来探析其脱离大众的精英化弊端，而只能择其一二就此予以论述。

从三大理论转向来看，一般来说，非理性转向和语言学转向，一个执拗于主体心理与生命意识的探求，一个关注于文本形式的语言分析。这两种转向的相关理论流派均涉及多个学科，专业术语较多，理解起来困难，相关理论往往把分析的视角深入到问题的细微处，一叶障目不见森林，具有片面的真理性，缺乏总体观念，其书斋式学院化的与社会生活的脱离弊端是十分显见的，其艰涩难懂常常连专业人士也感觉并非易事。因此，这里不再对这些理论进行分析。相对而言，当代西方文论发生的文化学转向，一来由于发生的时间稍晚，二来因为这些理论存在很多本身为了走出以往理论而严重脱离现实的理论弊端，而走向了对大众和社会生活的关注，所以对这些理论的精英化分析既可以节省论述的篇幅，同时又更具代表性，让我们对西方当代文论的精英化有一个更加深入骨髓的理解，看到西方文论精英化已经作为一种不治之症渗透在其每一个理论流派之中。一般意义上理解的文化学理论转向并不包括德国的法兰克福学派，但由于这一学派本身明显的社会文化实践关联，本文将法兰克福学派的文化研究思想纳入到探讨的视野之内。除此之外，我们还将重点分析一下英国伯明翰学派的文化研究。

　　大众文化研究是法兰克福学派理论家们非常关注的内容之一，霍克海默、阿多诺、本雅明、马尔库塞等对此都有许多经典的论述。他们把晚期资本主义时代的大众文化总称之为"文化工业"，并以"文化工业"概念取代"大众文化"范畴，对凭借现代科技手段大规模进行复制和传播文化产品的娱乐工业体系进行了深入研究。在霍克海默和阿多诺看来，晚期资本主义条件下的文化工业已经同整个资本主义的政治、经济连为一体。资本主义在经济上、政治上的统治与其在文化上的统治是一致的，它们存在于同一个社会结构的整体之中。他们认为，文化工业走向了反启蒙，它的出现标志着人们开始步入大众欺骗的文化和社会阶段。① 法兰克福学派关于大众文化的种种特质，我们可以总结出以下几点②：（1）大众文化的商品化。在资本主义制度下，文化艺术已同商业密切融合在一起了，文化产品的生产和消费已纳入商品生产的流水线。马尔库塞认为，"资产阶级的艺术作品都是商品，它们也许甚至是作为上市销售的商品而被创造出的"③。（2）大众文化的标准化。阿多诺曾经指出，大众文化中最典型的形式是音乐（尤其是爵士乐）和电影，因为最典型所以标准化也成为他们的显著特点之一。一旦某些程式取得成功，此类同样的东西就会在文化工业下被反复鼓吹或大肆渲染④，这也就是本雅明所说的"机械复制时代"。（3）大众文化的伪个性化。为了让大众掏钱出来购买，就必须伪个性化，"因为，大众不会总愿意掏钱购买和消费老是重复的同样的文化用品"⑤，这样大众文化的伪个性化就是势在必然了。(4) 大众文化成为意识形态的工具。大众文化让大众放弃自己的个性、思考，接受大众文化承载着的意识形态，使大众成为统治者"温顺的小绵羊"，"它一方面具有现代文化虚假解放的特性和反民主的性质，与独裁主义潜在地联系在一

① ［德］马克斯·霍克海默、西奥多·阿多诺合著的《启蒙辩证法》一书中，专列了"文化工业：作为大众欺骗的启蒙"一章，参见《启蒙辩证法》，渠敬东、曹卫东译，上海世纪出版集团 2006 年版相关章节。

② 2013 年兰州大学段玲的硕士论文《阿多诺大众文化批判理论研究》对此做了分析，本文在此论文的基础上做了归纳与综合。

③ Herbert Marcuse, *Counter-Revolution and Revolt*, Boston, Beacon Press, 1972, p. 88.

④ ［美］马丁·杰伊：《法兰克福学派史》，单世联译，广东人民出版社 1996 年版，第 220—221 页。

⑤ ［德］马克斯·霍克海默、西奥多·阿多诺：《启蒙辩证法》，渠敬东、曹卫东译，上海世纪出版集团 2006 年版，第 128 页。

起，是滋生它的温床。另一方面构成对个人的欺骗与对快乐的否定"①。（5）大众文化的心理操纵功能。人们将在大众文化消费中丧失自己的判断力，毫无知觉惯性地去消费与谈论消费。由此来看，对于法兰克福学派理论家而言，大众文化或文化工业最显著的特征就是它使文化、艺术产品的商品化。阿多诺认为，"文化工业引以自豪的是，它凭借自己的力量，把先前笨拙的艺术转换成为消费领域以内的东西，并使其成为一项原则，文化工业抛弃了艺术原来那种粗鲁而又天真的特征，把艺术提升为一种商品类型"②。为此，他们中的许多人都将对艺术的拯救、对艺术自律性探讨作为自己理论的重要支点，显示出了极强的精英化特点，阿多诺与马尔库塞在这方面的研究尤其突出，以下我们将主要以阿多诺的思想为主对此进行研究和分析。

　　技术时代的大众文化成为一种新的统治形式，它的商品化和齐一化特征消解了艺术的创造性和个性，同时，它的消遣娱乐性特征又迷惑了人们对现实的不满和本该拥有的内在的超越性质，造成了人和整个社会的异化和"单向度"。这对于阿多诺而言，是难以理解的，甚至说是让他痛苦的。因为在阿多诺的观念中，艺术本该具有的乌托邦和救赎功能，就这样被大众文化给彻底征服了，感到绝望对他来说就是再自然不过了。正如他所说的，"除了绝望能拯救我们之外就毫无希望了"③。在

---

　　① 欧力同、张伟：《法兰克福学派研究》，重庆出版社 1990 年版，第 286 页。

　　② ［德］马克斯·霍克海默、西奥多·阿多诺：《启蒙辩证法》，渠敬东、曹卫东译，上海世纪出版集团 2006 年版，第 121 页。

　　③ ［美］弗雷德里克·詹姆逊：《马克思主义与形式》，百花洲文艺出版社 1995 年版，第 30 页。

阿多诺的思想深处，艺术一定是纯粹而高尚、个性而富有魅力的，唯其如此，才能与这个令人感到绝望的世界相对抗、相抗衡，它正是以其与现实社会的格格不入来打破现实中的一切，以彰显自身的力量与引领作用，从而使现实中的人能够自觉追求真正有价值的东西，而不是被大众文化所左右。阿多诺还以"理想文化"为对照，来阐述他对大众文化的不满和看法。所谓"理想文化"，在他看来就是那种能使人的精神趋向崇高、个性、人性、自由等的文化，这种文化主要包括艺术、哲学、宗教等。从这些观点可以看出阿多诺是站在精英主义的立场来看待文化与大众文化，从而对大众文化进行了彻底的否定和无情的批判。

除却立场上的精英主义，在言语表述上，阿多诺同样践行了西方知识分子的精英主义传统。"阿多诺的语言的晦涩与夸张给读者造成了很大障碍。他总是假定读者能领会他所涉及的所有背景知识，所以在批判其他思想家时，他很少引用他们的原文，而是直接讨论对方的理论。他的行文中带有强烈的文学性、隐喻性色彩（这或许与本雅明的影响有关），批判对手时，不像是关于哲学理论的严肃的讨论，倒像是对文学艺术作品的浮光掠影的印象式批评，这必然导致夸张的风格。他对否定、个体、理论批判等问题的夸张，固然给人以强烈的印象，但同时也阻碍着人们对他的真正意义的理解。"① 同时，阿多诺认为哲学是说德语的，德语的优点是抗拒简单化的思考方式，它能

———————

① 赵海峰：《阿多诺的〈否定的辩证法〉研究》，黑龙江人民出版社 2003 年版，第 215 页。

使读者不至于把精深的思想混同于日常语言，他为读者设置障碍其实也是为了抵制读者把他的思想庸俗化。他认为，一般的语言和文章无不受到现有体制和权力结构对个人的巨大控制和操纵，为了反抗控制，阿多诺就把这种决裂体现在他的句法、语法、词汇甚至标点符号中去了，以至于连克拉考尔和马尔库塞这些理论上的盟友都抱怨阿多诺的行文难以理解。阿多诺的表述方式的随意性、文学性、隐喻性、辩证性，加之他的语言中的强烈的感情色彩，都使得他的观点和立场不容易理清。

与此同时，阿多诺极高的艺术修养，以及由此而形成的审美趣味，对他的理论形成也产生了重要的影响。马丁·杰曾指出，阿多诺"对自己在流亡时期遭际的土生土长的大众艺术形式嗤之以鼻。归根结底，欧洲中心主义使阿多诺决不会同情美国人，更不用说同情西方之外的比较'原始的'文化形式了"[1]。费瑟斯通也认为，阿多诺等人对大众文化的"精英主义式的批评"，就是"瞧不起下里巴人式的大众文化，并对大众阶级乐趣中的直率与真诚缺乏同情"[2]。而在斯特里纳蒂的眼中，阿多诺的价值标准也是完全建立在"精英知识分子的立场"之上，他的理论假设因其缺乏经验上的论据而无法验证。[3]此外，阿多诺政治实践的玄想性与辩证法否定原则的抽象化也将其加速地推向了精英主义的行列之中。许多人认为，阿多诺

---

① ［美］马丁·杰：《阿多诺》，瞿铁鹏、张赛美译，中国社会科学出版社1992年版，第185页。

② ［英］迈克·费瑟斯通：《消费文化与后现代主义》，刘继明译，译林出版社2000年版，"前言"第2页。

③ 参见［英］多米尼克·斯特里纳蒂《通俗文化理论导论》，闫嘉译，商务印书馆2001年版，第85—93页。

是一个"非政治的唯美主义者",虽然阿多诺对这一点坚决地加以驳斥,但他理论中明显的"政治赤字"却也使得这种批评并非空穴来风。"每当阿多诺谈及权力,他总是提到一种压倒一切和渗透一切的统治,这种统治超出了任何可辨认的政治领域"①,阿多诺的非政治化造成了他的理论与实践的分离与理论缺陷。阿多诺认为,理论的批判高于具体的实践的批判,这实际上就把辩证法的否定原则加以抽象化,完全脱离了他所鼓吹的"具体性"。而且,阿多诺对个体性的片面强调,也显现出他的精英主义观点。阿多诺身上的"达官贵人的文化保守主义"更多的属于德国传统,这是马克思早就批判过的。就当下而言,大众文化研究也仍然没有改变这种文化保守主义的精英主义性质,而且与以往不同,今天的大众文化研究也已经改变了它的大众立场和处于精英学术边缘研究的地位而站在了主流的位置,具有了对正统或精英的控制力量,成为一种没有大众的大众文化研究。

三 没有日常生活的日常生活研究

20世纪60年代中期,在结构主义思潮影响之下,文化研究也出现了一种结构主义的理论范式,其代表人物主要有罗兰·巴特、列维-斯特劳斯、阿尔都塞、拉康、福柯等。结构主义的大众文化研究主要汲取索绪尔语言学的营养元素,"符号""能指""所指"也成为结构主义进行文本分析的重要方法。他们认为,每一个文本背后都有一个无意识的但却具有控制力的

---

① [美]马丁·杰:《阿多诺》,瞿铁鹏、张赛美译,中国社会科学出版社1992年版,第127页。

结构。阿尔都塞就在结构主义的影响之下，提出了"意识形态"和"主体性"两个概念，从而建立了他的结构主义文化研究理论。阿尔都塞认为，"在意识形态中表述出来的东西就不是主宰着个人生存的实在关系的体系，而是这些个人同自己身处其中的实在关系所建立的想象的关系"①。阿尔都塞还进一步提出了"主体性"（subjectivity）这一概念，认为意识形态从外部构筑了人的本质和自我（即主体subject）。正是从阿尔都塞开始，人们把文化当作意识形态进行分析，将主体看成是由文化建构的结果，大众文化也成为意识形态建构主体的一种形式。结构主义大众文化与文化主义相竞争，是20世纪50年代到70年代大众文化研究的两种主要范式，双方都认为自己是马克思主义的，是对马克思主义学说的最新发展。

文化主义是指以早期英国的伯明翰文化研究中心为主体，以《新左派论坛》为阵地，以霍加特、威廉斯、汤普森等人为主线的一种文化研究方法和理论。早期伯明翰学派的文化研究主要包括历史研究、亚文化研究和语言研究三大块。按照霍加特的起初计划，研究中心的主要任务是文学批评、历史—哲学批评和社会学批评，其中文学批评最为重要。这三项研究中的语言研究力图吸取和发扬欧洲20世纪语言学自索绪尔以来的研究成果，包括结构主义、符号学、后结构主义等，并对各种语言学流派进行批判。为了标示出与以往大众文化研究的不同，与精英主义文化观划清界限，文化主义的主要代表人物威廉斯

---

① 陈越编：《哲学与政治：阿尔都塞读本》，吉林人民出版社2003年版，第354—355页。

在《文化与社会》中，还提出了文化的"社会"定义，认为"把'文化'看作'整体生活方式'，这是 20 世纪人类学和社会学最突出的特点"①。这就是说，文化与我们的日常生活几乎是同样的东西。在 20 世纪五六十年代，文化主义在文化研究中占有主导地位，就是因为这种文化研究与日常生活的密切关联。首先，文化是普通人的文化。在文化主义那里，精英文化与低俗文化，严肃文学与大众通俗文学的严格界限被消除了；其次，文化是"日常生活性"的文化；再次，文化是物质实践活动的文化。以威廉斯为代表的文化主义者把文化当成了普通人的生活方式，看成是日常生活的体现，构筑了文化唯物主义理论学说。

后期的伯明翰学派，其研究范围逐渐扩大，涉及的领域十分广泛，如阶级和性别问题、种族问题、媒体和观众研究、大众文化研究、电影研究、美学政治学、身份政治学、文化机构与文化政策、文本与权利话语以及后现代时期的全球化问题，等等。伯明翰学派的许多学者都十分重视受众的解码立场的灵活性，他们研究大众文化有一个双重支点，即大众文化总不可避免地包含着抑制和对抗的双向运动，是被支配阶级与统治阶级进行协商、斗争的领域，是实施霸权和反抗霸权的场所。②这种看法与葛兰西的文化领导权理论相一致，在文学研究者霍尔和费斯克那里都有很突出的表现。霍尔的接合理论、编码解

---

① ［英］雷蒙·威廉斯：《文化与社会》，高晓玲译，吉林出版集团有限责任公司 2011 年版，第 250 页。

② 参见陆道夫、胡疆锋《浅谈伯明翰学派文化研究的学术传统》，《学术论坛》2006 年第 3 期。

码理论，费斯克的符号解读理论，都是在葛兰西文化领导权理论影响下的理论成果。根据葛兰西的意识形态"领导权"理论，某一阶级获得统治权，只是某一时期的权力均衡，而不是永久性的稳定结构。它必须与被统治阶级协调，在社会和政治的各个领域中确立和巩固自己的领导地位。反映在文化政策上，就是要利用各种手段去寻求社会各阶层的普遍赞同。而大众媒体则是统治精英用来"使他们的权力财富不朽并通过普及来建立他们自己的哲学、文化和道德"① 的工具。因为政治意图如果在新闻传播中被明确彰显，从心理上讲就很难被接收者所承认，因为对"政治"保持警惕是人们的普遍认识，而"去政治化"则可以使媒体通过其信息传播达到实现政治的目的，并不被人们所察觉。正是因为既独立又暗自符合的姿态，使传媒得以成功地履行其传播政治文化这一功能。

罗纲、刘象愚在其主编的《文化研究读本》中曾简单勾勒和归纳了文化研究的五大倾向：（1）与传统文学研究注重历史经典不同，文化研究注重当代文化。（2）与传统文学研究注重精英文化不同，文化研究注重大众文化，尤其是以影视为媒介的大众文化。（3）与传统文学研究注重主流文化不同，文化研究重视被主流文化排斥的边缘文化和亚文化，如资本主义社会中的工人阶级亚文化、女性文化以及被压迫民族的文化经验和文化身份。（4）与传统文学研究将自身封闭在象牙塔中不同，文化研究注重与社会保持密切的联系，关注文化中蕴涵的权力

---

① James Lull, *Media*, *Communication*, *Culture*, New York：Columbia University Press, 2000, p. 32.

关系及其运作机制，如文化政策的制定和实施。（5）提倡一种跨学科、超学科甚至是反学科的态度与研究方法。① 从这五个方面来看，以英国伯明翰学派为主导的文化研究不仅完全改变了过去传统精英主义的学术研究方式，而且有更大的开放性可以将日常生活的一切问题纳入到学术研究的领域之中。将学术还与民间，从生活中寻找灵感。或许我们可以将这种研究称为学术研究的日常生活化，或者日常生活的学术化。

这种研究无疑大大开拓了学术研究的视域，同时也彻底打破了过去由知识精英独统一切的研究格局。然而，细细分析却不难发现，文化研究虽说不同于往日正统道德律令的、带有强烈意识形态的、清教徒感召式的"寡头式精英文学"，但这也只是换了一种形式的一种相对开放的、表面上替草根群众呼吁呐喊的、带着商业消费逻辑标签的"开放式精英文学"。很显然，文化研究过于强调了文化的大众性，他们认为大众文化就是普通大众的生活方式，这不免有失偏颇，而当下文学的泛文化实则也并未真正着眼于人民大众的真实日常生活，而更多地是在研究中产阶级以上人群的文化生活，如电影、电视、网络数字等新媒体，消费文化、图像文化等。同时对于所谓的"边缘文化""亚文化""女性文化""社会—文化权力关系及运作机制"等问题的相关的研究成果基本上也都艰涩不堪，抽象难懂，大大超出大众的理解水平。一种大众难以认知的研究又怎么是以人民大众为根本的文艺呢？他们对大众文化过于乐观，

---

① 参见罗钢、刘象愚《文化研究读本》，中国社会科学出版社 2000 年版，第 1 页。

而忽视了大众文化的消极性。没有批判的大众文化或消费主义的大众文化存在许多负面的东西，是不能忽视的，而资本对大众文化的操控与影响也不能视而不见。由此来看，伊格尔顿将威廉斯称作"浪漫的民粹主义者"，就是有一定道理的。

作为大众文化研究的两种主要范式，文化主义认为大众文化是"自下而上的真正的"文化，是"大众"生活方式的真实反映，它需要将注意力集中于工人阶级生活方式即"大众的"文化的研究之中，并在方法上以社会学、人类学和社会理论为基础；而结构主义则将大众文化视为资产阶级的意识形态战略，精力主要集中于电影、电视和通俗文化的研究上，并以符号学、语言学为主要研究方法。然而，不论各派视角、方法论如何，它们实际上都体现了精英知识分子在占有知识的前提下，对"文化"所进行的重新解释，对文化资源的重新分配。更为讽刺的是，这些学派看似在研究大众文化（文化工业），但实际上却依旧是一种脱离群众的精英主义的文化研究。原因在于这些所谓的精英主义知识分子虽然在为大众喊冤，为流行于当今西方的消费主义的盛行、"高层文化"的堕落叫屈，但他们的"屁股"始终没有离开所谓精英者、高尚者、布道者的位子，并默许"只有那些'有知识的读者'才有资格享有阅读、鉴赏文艺作品的权利。创作上的极端技术化、专业化，使文艺创作成为少数人的特权，换个角度看，这其实也是为读者设障。在这样的创作面前，只有那些专业人士才有能力进入作者设置的文本迷宫，进行技术解码，最终读懂作品"①。也就是说，他们

---

① 张江：《当代西方文论：问题和局限》，《文艺研究》2012 年第 10 期。

仍然是将一种只有少数人能讲的学问看作是真正的学问，并在行动上践行、抒写，这种学问的流行也只能在学术圈子中展开，而对于大众既没有实际的价值，也不能改变什么。"哲学家们只是用不同的方式解释世界，问题在于改变世界。"①

第三节　为创作和接受设置"技术壁垒"

当代西方文论的精英主义表现总是以高度知识化、专业化、技术化的面貌出现，这在无论哪家的理论中都可以说是俯拾皆是。导致这一问题的原因虽说与前文所谈到的文论研究的科学主义、人本主义趋向有关，但也与20世纪西方知识分子对自我身份认同的焦虑有关。两次世界大战对人的肉体与精神的摧残，使许多人陷入到对理性与有序社会的怀疑之中，因此，对人的内在心理意识的探寻与探讨，对人类交往语言与文化以及社会意识形态的研究就成为人们试图解开所有问题的主要途径。

反映到西方20世纪文论的发展方面，可以看出，所有的文论探讨都有着西方极其现实的社会及历史背景，同时也与西方的创作现实直接相关，与文艺创作上的现代主义、后现代主义等方法相一致。另外，当代西方文论的发展历程与整个西方20世纪的思想运动也是一致的，实际上许多我们所熟知的西方文论思想本身就是由西方哲学思潮发展而来的，或者本身就是某个哲学家哲学思想的组成部分。文艺理论与哲学理论的紧密结

---

① 马克思：《关于费尔巴哈的提纲》，见《马克思恩格斯选集》第1卷，人民出版社1995年版，第57页。

合，是当代西方文论的主要特征之一，或许这也正好解释了西方当代文论强烈的精英化、专业化的部分原因。然而，文学的文化化、哲学化、技术化对文学主体性本身常常会产生不同程度的浸染与破坏，造成以文化研究代替文学研究、以哲学研究代替文学研究、以技术研究代替文学研究等不正常状况。

文学研究就是对文学创作过程及其文学价值的研究，文学理论应该是针对文学的理论，这对从事文学研究的人不难理解，对于一般的社会大众也不难理解。有调查表明，人们普遍认为文学专业并不是一门具有高度技术壁垒的专业，文学专业的门槛低，较之理工农医类学科而言文学并不要求有什么技术含量。另外，在大众的理解中，文学是精神的、情感的，是通过具体的人物和情节在"美"中显示道理的，它难以用科学精细的测量与评估去定性或定量。每个人都可以欣赏文学作品，都可以评价文学作品，文学渗透在人们生活的方方面面，伴随着每个人的一生。从这个角度讲，知识精英也罢，劳苦大众也罢，他们在面对文学的时候，应该是可以沟通，而且是容易沟通的。因此，无论谁制造任何壁垒试图与大众在文学上构筑起一道屏障，都是有问题的。

文学具有重视人，重视情感，重视美的形象，重视道德价值，重视教化等属性，但这并不是说文学不能通过科学方法、多学科、跨学科的视角进行研究，而是这种研究方法的使用要注意"度"的问题。文学研究可以在与语言学、社会学、哲学、政治学、文化学等学科的互动互助下不断完善和丰富自身，更好地推动文学的进步与发展，但在这一互动中，文学只是在吸收其他学科的营养，是更好地丰富自己而不是丧失自己，是在增强自身的造血功能而不是扼杀自己。一个丧失了自身自主性的学科，仅借助他者来诠释自己，拓宽自己，最终所带来的后果必然是自身合法性的丧失，最终被其他学科所代替。当代西方文论精英化的哲学化、文化化、技术化倾向正在将文学研究拖进这条死路之中，必须引起我们高度的重视。

鉴于当代西方文论的哲学化、文化化已经在当下文学理论研究中充斥着，在学术论文、学术演讲、学术讨论、学术会议中，人们关注的多是德里达、哈贝马斯、福柯、海德格尔……，对此本文不再赘述，只针对当代文论的技术化（科学化）问题做些粗浅的探讨。

一 西方当代文论的科学化歧途

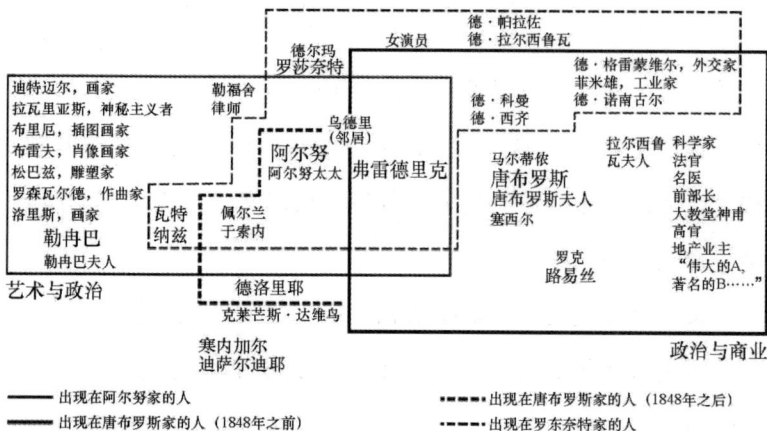

《情感教育》中的权力场

这两幅图是布迪厄在《艺术的法则——文学场的生成与结

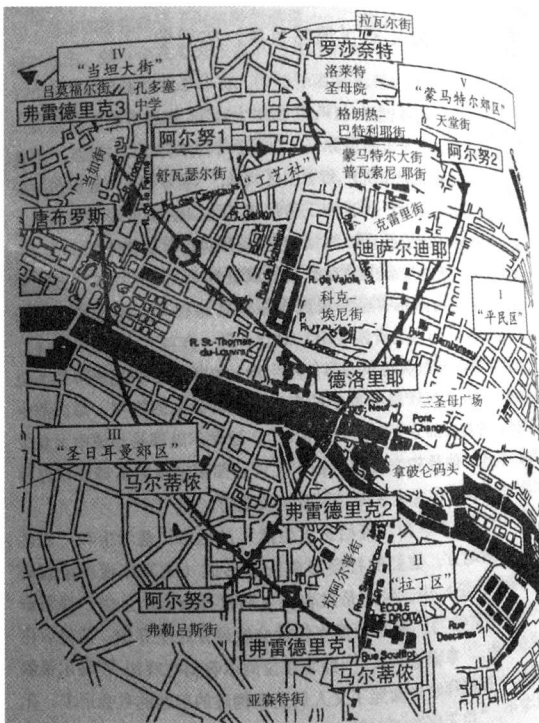

《情感教育》的巴黎

构》一书中为分析福楼拜的小说《情感教育》所做的附图。布
迪厄作为法国当代社会学家，其研究范围横跨众多领域，并打
破多学科界限，从文化社会学角度，在文学文本解读以及“文
学艺术法则”的生成和结构等问题上提出了一系列独到的方法
和学术观点。在布迪厄的思想中，我们可以明显感受到结构主
义、现象学与存在主义、马克思主义以及古典认识论传统等思
想理论对他所产生的深刻影响。然而，在《艺术的法则》这本
书的“前言”部分，布迪厄却说了这样一段值得玩味的话：

不可表达的经验无疑与爱情的经验性质相同。以不可
表达的经验为借口，把爱，即把其不可表达的独特性沉醉
在可把握的作品中，变成适合作品的唯一形式，这合法吗？
在对艺术的科学分析中，及对艺术的爱的科学分析中，尤
其看到唯科学主义的狂妄自大的形式，因为这种形式以解
释的名义，毫无顾忌地威胁到"创造者"和读者的自由和
独特性。这些不可知论的维护者狂热地构建起人类自由的
堡垒，反对科学的侵犯，对于一些人，我以歌德下面这句
极富康德意味的话来反驳，而所有自然科学和社会科学的
专家都赞同这句话："我们的观点是，人有权假设存在着
某种不可认识的东西但他不应该为他的探索设定界
限。"……科学提供的解释和理解这种经验的能力，以及
由此给出的相对于经验的各种决定因素的一种真正自由的
可能性，给予了所有愿意和能够拥有它的人。①

从布迪厄的表述中，我们不难体味到布氏通过"对艺术的
科学分析""对爱的科学分析"而表达了对艺术上的"伪科学
主义"的不满。对"科学精神""社会经验"的倡导贯穿于
《艺术的法则》全文中，布迪厄对作为"创造者""创始神话"
（精英主义文人和思想家）所持文学艺术等社会科学不可用科
学的方法加以解释、分析的观点抱以极端怀疑态度，并企图以
文化社会学视角下的"文学场"为切入点，在社会科学领域推

---

① ［法］皮埃尔·布迪厄：《艺术的法则——文学场的生成与结构》，刘晖译，中央编译出版社 2011 年版，"前言"，第 3 页。

行一种新的科学精神、实践精神。"如同一段音乐不是为了或多或少被动的倾听甚或演奏而是为了创作而写一样，科学研究工作与理论文本不同，要求的不是静观或论述，而是与经验进行实践碰撞；真正理解科学研究工作，就是在涉及一个不同对象时，让表现在这个对象中的思想方式发挥作用，使它在一个新的生产行为中复活，这个行为与创始的行为一样独创和新颖，在一切方面都反对读者的非现实化评论，即无力和贫乏的空洞话语。"① 可见，布迪厄想通过社会学领域中社会实践调查、科学结构分析等途径来"努力抓住所有场的不变特性和每个场中的普遍机制体现的特定形式，以及用来描写这些机制的观念系统——资本，投资，利益，等等"②，进而总结出具有社会经验针对性、系统结构性、现实说服力和与"无力与贫乏的话语"相对立的一套话语。使文学艺术也成为一种可以认知的科学，这便是布迪厄的根本企图。

　　然而，文学艺术真的要用科学的方法来分析和评价，否则就将威胁到它的"创造者"、读者自由和独特性了吗？正如有学者所认为的，布迪厄的"文学场"对于文本的全面多样解读来说是一面不错的棱镜，通过它可以在文本阅读过程中更加明确小说的人物关系社会权力等方面通常为人们所忽略的细节，从而可以更好地把握作品的内容。但问题在于，对于布迪厄而言，其所说的主体（创造者）并不在文学艺术文本之中，相

---

　　① ［法］皮埃尔·布迪厄：《艺术的法则——文学场的生成与结构》，刘晖译，中央编译出版社 2011 年版，第 152 页。
　　② 同上书，第 155 页。

反，文本以及布氏甄选的一些代表性作家仅只是更多地作为其"社会学—文学场理论"的例证和注脚。在其冠冕堂皇的言说中，文学本身的魅力和特性不仅难以得到彰显，而且还会被埋没在大量社会学—哲学的分析之中。他口口声声在讲"创造者"和读者的自由乃至文学艺术的独特性受到了威胁，然而试想在一个仅仅作为注脚而存在的前提下，又何谈其自由和独特性呢？这难免会使人们在阅读过程中出现断链现象。

布迪厄的理论在译入中国以后，许多学者沉湎于对其社会话语体系的解读和分析，并没花更多的时间去消化、转化，或者再创造，即便读懂了布迪厄理论的大体意思，也还是不能理解其理论的精髓，以致出现在实际运用中的囫囵吞枣现象。不是西方文论的"中国化"，而是西方文论的"化中国"，最终导致当下在海量的布迪厄研究或运用布迪厄的理论进行研究的论文中，基本都是以中国的文艺现象为例证，再去证实一下布氏"文学场—权力场""精英集团利益"等论述而已，在学术上并无太大的意义。不仅如此，这种做法还造成中国学者以掌握西方思想家的思想观点为资本、为骄傲，而无法真正静下心来认真思考布迪厄理论与中国文学艺术现实到底有没有关系，更不能静下心来审视一下布迪厄理论本身。学术上这种"西方出思想，中国出材料"的尴尬局面不断出现，是令人深思的。

今天大量西方陌生化理论、陌生化术语、陌生化语言不断涌入国门，对中国学术界造成了很大的影响，从以上布迪厄文学艺术的科学化解读理论中可见一斑。布迪厄提出"场"的概念，不论其初衷是不是想让人们通过"场"这一概念更加明确地洞悉文学艺术问题或者文艺现象，或者他仅仅只是想通过文学、社会学诠释来表达他个人的一种哲学思想。这些都不那么重要，重要的是这种理论的正确性是不是值得怀疑的，或者说是不是适合中国。实际上布氏对文艺的科学化认识是值得商榷的，它既不符合文艺自身的特性，也不符合公众的一般常识，实际上仍然只是对文艺的外部研究。不仅如此，"文学场"这一理论本身甚至比它的"所指"更加抽象，当布迪厄用物理学上的场来阐释他的文艺法则时，这个强调要科学地认识文艺的理论家，其实恰恰是并不科学的，因为"场"运用在对文艺的阐释中，同样是难以把握的。一种现象不作解释时大家反而明白，而越作解释人们反而糊涂，这样的理论真的难以与科学有什么联系。真理成了一种私人口袋中的物品，可以任由你来兜售，为你所占有，这样的情况下，无论你构建的是怎样的一个辉煌灿烂的理论大厦，怕最终都是要倒掉的。文学不同于社会学、哲学，不能断言它一定是能读懂的，但对于大多数读者而言，读不懂的有隔膜的一定不是好的文学、好的评论、好的理论。布迪厄"场"概念的引入，一定是为了更好地理解和分析一种现象或理解一种道理，这就像中国古代早已提出的"立象尽意"说，"象者，所以存意，得意而忘象。犹蹄者所以在兔，得兔而忘蹄；筌者所以在鱼，得鱼而忘筌也。"（王弼）也就是说，必须明确何者是第一位，何者是主要的。一旦一种形式盖过了其所要表达的内容，任何理论无论看起来多美也必然丧失其他的意义。布迪厄的话语体系一如巴别塔，因其隔绝了同大众之间的交流，也便损害它的意义。

  然而，更令人担心的则是，自 20 世纪 80 年代以来我国学术界所形成的一种面对西方理论时的"侏儒"心态。我们不能不负责任地一概而论，认为西方的理论都是有问题的，但至少在面对西方话语时应该有一个客观的辩证的思考，分析一下它是不是适用于中国语境、中国问题以及可以真正为中国大众所接受。学者们置这些问题于不顾，一味地"拿来"并且直接去套用，显然又将自己带进了精英主义的小圈子中了。

  布迪厄所引发的思考还有很多，以当前的翻译为例。西方的思维与语言结构远远不同于中国，较为悖论的是，从西方译介过来的一些概念、理论话语越是追求翻译得清晰、明确，中国人越发云里雾里，很多时候我们能看懂原文却无法看懂译文。这主要在于中西方有着两套话语习惯，文化内蕴也绝非一一对应，即使语言上两者勉强有了对应关系，其言外之意也往往相差甚远。基于这一点，中国的译者忠于呈现西方原文原貌的初衷是好的，但问题在于可能你越加"中国化"地译介过来，就越让中国人理解不了，或许在一定程度上同时也偏离了西方理论的原意。恰如中国文艺更重"神"而非"形"，过分拘泥于形似的文艺非但会越走越窄，而且会脱离生活，脱离大众，成为一种"异化"的东西。翻译也是这样。译者一方面当然要有坚实的中西文化背景和过硬的语言译介功底，另一方面更为关键的是要有一个端正的译介态度和立场，要本着为人民，为大众，为中国学术服务的心，而非只是占山头，将学术的话语权揽收在自己的小圈子之中。理论可以引进借鉴，但目的要纯净，要通过学习西方从而超越西方，为我所用。做好对西方思想的研究工作，好比牛吃的是草，挤出的是奶，最终是为了形成我们自己的东西。

二　西方当代文论精英化迷失批判

帕斯卡说过："人类必然会疯癫到这种地步，即不疯癫也只是另一种形式的疯癫。"[①] "无疑，这是一个不愉快的领域。为了探索这个领域，我们必须抛弃通常的各种终极真理，绝不能被一般的疯癫知识牵着鼻子走。任何精神病理学概念都不能发挥提纲挈领的作用，在模糊的回溯过程中尤其如此。建设性因素应该是那种将疯癫区分出来的行动，而不是在已经完成区分并恢复了平静后精心阐述的科学。作为起点的应该是造成理性与非理性相互疏离的断裂，由此导致理性对非理性的征服，即理性强行使非理性成为疯癫、犯罪或疾病的真理。"[②] 引领西方文艺后现代主义风潮的法国社会学家、哲学家福柯在《疯癫与文明》中以一种理性哲学独白的方式讲述了疯癫作为一种文明的产物，并不是自然存在的一种现象，而是不同阶层的对峙，甚至是两种话语的破裂。而关于疯癫的历史，其实是理性的权力者用权力、道理、肉体束缚等方式对非理性加以驯化，进而使其整齐划一，成为一种疾病现象甚至是犯罪行为的历史，这种思维方式可以说是对我们以前所学知识的一种颠覆性重新认识。但对于文艺领域，倘若我们不能对此加以"中国化"地吸收和理解，只是原封不动地将福柯的原文移植到中国文学的语

---

① 转引自［法］米歇尔·福柯《疯癫与文明》，刘北城、杨远婴译，生活·读书·新知三联书店2012年版，"前言"第1页。

② 同上书，"前言"第1—2页。

境中，对于大众来讲是没有意义的。

文学不是哲学，文学是亲切的，它通过生动的美的形象，美的思想，美的语言，构建一个有机的文艺生命世界，而哲学则是以高度抽象的、思辨的，是抽掉了一切血肉、一切有生命的细节之后的高度淬炼，留下的东西早已与原来的东西无甚关联，它放之四海而皆准，却唯独难以解决我们最迫切的问题。当代西方文论的哲学化是让人担心的，甚至一些理论家并不避讳自己的部分作品就是写给圈内人士看的，即给那些看得懂的人看的。来让我们看一看下面的对话：

> 博赛涅：1966 年你出版了《词与物》，一下子引起了轰动，这本书其实是很难懂的……
>
> 福柯：是的，我还要立刻补充一句，这是我最难让人读懂的一本书，也是我写的最吃力的一本书。我是认认真真地写给那些对观念的历史感兴趣的大约两千名学者看的。①

这就是当下我们所理解的西方当代学术，它天然地具有拒绝人们阅读理解的天性，它宣称它是写给天才的。试想这种天才之书早已越出了精英的小圈子，若不是疯癫者的杰作，便是制造疯癫的杰作，其所体现出的"精英—大众"的差别态度、不平等的意识，是显而易见。如果按照这一思考去理解当代西

---

① 包亚明主编：《福柯访谈录——权力的眼睛》，严锋译，上海人民出版社1997 年版，第 25 页。

方文论,会发现除了我们已经谈到的它的科学化、哲学化、文化学化外,它还存在社会学化、语言学化、结构主义化、解构主义化、女权主义化、新历史主义化、后殖民理论化等诸多精英化、天才化,至少是小圈子化的表征,这同时又将涉及一些西方的哲学家、语言学家、文字学家、生理学家、解剖学家、心理学家、人类学家、统计学家、历史学家、社会学家、美学家等精英们的理论思想。比如海德格尔的存在哲学,英伽登的现象学文本分析理论,柏格森、克罗齐等的直觉主义文艺理论,弗洛伊德的精神分析方法,拉康的结构主义精神分析批评理论,荣格的原型批评,俄国形式主义学派的陌生化诗歌探索理论,新批评的语义学文本细读方法,法兰克福学派关于文化工业的批判理论,阿尔都塞的结构主义意识形态理论,西方马克思主义意识形态批评理论,巴特、托多洛夫等人的符号学、叙事学理论,伽达默尔、姚斯、伊瑟尔的解释学批评,德里达、耶鲁学派的解构主义批评,贝尔、哈贝马斯、詹姆斯等后现代主义社会学阐释理论,海登怀特、格林布拉特等人的新历史主义批评,伯明翰学派的文化研究、图像研究、消费研究,等等。纵观西方当代林林总总的理论流派,它们大多借助与文艺沾边的学科专业领域的学术话语或理论,重新阐释文艺现象、文艺作品、文艺过程。这些专业术语和话语体系为理解文艺设置出了艰涩难懂的"技术壁垒",虽然娓娓道来,却在表面客观而实际冗长的表述中,越来越将西方的思维方式、思想观念夹进学术语言之中,既与昔日人们理解文艺的习惯相去甚远,同时也像"温水煮青蛙"一般麻木和束缚着其他民族学者思考的神经。

这是一种很可怕的现象，如果连福柯本人都说他的作品是写给"大约两千名学者看的"，而国内研究福柯的学者却少则上万人、几万人，岂不是让人十分费解了吗？西方一出现新的著作，我们就迫不及待地加以译介引进、推广学习、探讨研究，这到底又该是谁的悲哀？再说西方文论往往重视科学化的解剖学分析，而不能很好地照顾到整体或者有意以部分代替整体的方式真的就是最有魅力的理论创见吗？纵观西方当代文论，它们缺乏的不正是对文学本身价值与文学问题的思考吗？文学在他们眼里正像是一个小姑娘，任由他们（西方学科话语）随意打扮。一个姑娘的美可以是鼻子、眸子，但美并不是她的鼻子和眸子。也就是说，判断一个姑娘的美，绝非是她的鼻子很美，于是把相机对准她的鼻子，无限地放大，科学地阐释、分析其美的原因；或是她的眼睛很清澈很明亮，于是便将目光聚焦于她的眸子，描眉画眼让其更加妩媚动人。依据中国人的思维方式，看到一个姑娘的美绝不仅仅是她的一个部位、一个局部，而是小姑娘的整体，包括她的心灵。洋人们给小姑娘脂粉涂得越厚，装束打扮得越花哨，我们便越无法看清小姑娘的自然真实之美。再说，在西方各学科专业知识与术语的打扮下，在西方学科话语体系和言说方式设置的技术壁垒脂粉的包裹下的当代西方文论的美丽与魅力，在它妆卸之时，在我们重获冷静与理智之后，它真的还能让我们不计后果，为之动情吗？到头来我们不免要质问，我们的主体意识哪里去了？为什么我们那样迷恋浓妆艳抹、高技术壁垒下的西方文艺理论，而偏偏无视自己文艺实践的实际需要，以及中国古代绵延千年的整体性思维和辩证跃动的诗性智慧，"天然去雕饰"的朴素文风？《礼记·中庸》曾讲"道不远人，人之为道而远人，不可以为道"，孔子的意识是说道离人并不遥远，只是人们在修道过程中故弄玄虚，将原本亲切近人之道弄得高远难行，使得道反而远离了人，这不能称为真正实行道了。做学问也是如此，将原本大众喜闻乐见的学问做得大众难以理解，无疑去道远矣！

　　文学艺术来源于大众，它发展跃进的动力之基也在大众。当代西方文论将文学艺术精英化，剥夺普通人分享文学艺术的权利，既是对唯物史观的否定，也是对文学艺术"为了谁，依靠谁，我是谁"这一问题的谬见。表面上看，无论哪个时代，文学艺术的历史都是由创造皇皇巨著的大师们支撑起来的。这些西方理论家眼中的"天才"占据了文学史、艺术史的主角地位。但是不能忘记，一切文学艺术，其最初的萌芽都在民间。小说自神话出，戏剧从原始祭祀歌舞中来，音乐起于洪荒时代人们统一劳动节奏的号子和互相传递信息的呼喊。"天才"们因为生活在大众中间，时刻汲取大众的精神创造才成为"天才"，他们的创作从来不是也不可能是孤立存在的。没有大众，就没有文艺之源，更谈不上产生"天才"。任何一种艺术形式创立之后，在其后续的发展中，同样是人民大众在接受和传播过程中，根据自身的理解和需要，不断进行选择、改进和修正，使其日臻完善的结果。以精英自居，把原本出自大众、属于大众的文学艺术，通过人为设障据为己有，把玩于股掌之间，结果必将丧失广泛的社会文化基础。这样的文学艺术，因为大众的远离而失去源头活水和蓬勃生机，必然带来诸多问题和深刻危机。①

除此之外，在市场经济多元价值观与多元文化需求下，文学注定要走向一种多元格局。"小众化""精英化"的文艺路子注定是走不通，也是不可能的。正如有学者所言，"单一的、精英的'小众化'文学观念必然会扼杀文学的生机，不仅不是'尊荣的'，而且会遭到大众的唾弃"②。当代我国的文艺消费正面临困境，如何发扬中国知识分子"忧国忧民"的文学传统，赓续现代文学作家与底层大众融合的精神血脉，建构一种代表底层弱势群体利益的当代大众文学，是文化精英所必须回应的时代课题和应承担的基本道义，也是维系文学的生命力、重振文学雄风的根本途径之一。在全球化日益扩展渗透、消费底线日益走低疲弱的时代，如何构建新的属于大众、引领大众的文艺理论话语体系，是摆在文艺理论工作者面前的艰巨任务。

第四节　西方精英主义文论的危害

西方当代文论的精英主义导向包含着多重隐患，这从其轮番登场而又相互否定可见一斑，每一种理论都只看重那一点"片面的真理"，路是越走越窄，很难解决当代西方社会文艺实践所面临的问题，或者可以说这些理论的出现本身并不为解决

---

① 参见张江《当代西方文论：问题和局限》，《文艺研究》2012 年第 10 期。
② 张丽军：《小众化是当代文学的出路吗——与摩罗先生商榷》，《探索与争鸣》2007 年第 12 期。

什么问题，而只是为理论而理论的学术惯性使然。西方文论企图用一种科学的、分析的、知识的方式将万事万物拆解开来观察思考，难以将一些人文的、有机丰富的整体现象阐释清楚，况且言语本身的局限常常也需要借助人类的经验或领悟来弥补，只去分析语言就希望弄清一切岂不是异想天开。理论家走进了象牙塔，变成专门的学问家，而不注重与文艺实践和社会实践的相结合，理论也变成了没有指导价值的死的东西。

一　当代西方文论的倒错与水土不服

除了当代西方理论本身固有的问题外，对于中国文论接受西方文论而言，还存在一种严重的倒错现象。这主要表现为两个方面，一是时间上的倒错，二是理论本身的倒错，二者之中理论本身的倒错是根本的。

从时间上看，我国文论界对西方文论的引介是从新时期以后才真正开始的。一旦解除了人们思想上的禁锢，为了走出过去单一的以反映论为主导的理论结构，尤其是随着中西交流与交往的放开，从"现代"到"后现代"西方名目繁多的各种文学理论异彩纷呈，同时出现在中国学人面前，令人眼花缭乱，于是便饥不择食一股脑地将其尽数拿来。就这样在西方本来是近百年发生的文论的历时性转换迁移，在我国却在短短几年之中便共时性地译介了过来。有很长一段时间，人们几乎搞不清楚新批评与俄国形式主义孰先孰后，搞不清楚现象学和存在主义会有怎样的理论联系，就像是一粒粒的珍珠，人们将其毫无次序地串在了一起。对当代西方文论的阐发也是五花八门，很多学者将这一阶段的中国文论称作"众声喧哗"或者"杂语共生"，其兴也旺，其盛也大，热闹非凡，堪比"五四"时期对西方思潮的引介与讨论。然而，正是这不顾一切的一股脑引入，却不可避免地造成了中西文论的历史性错位。"当英美新批评乃至结构主义等在西方已成明日黄花时，我们却正把它们炒得火热；当西方文化和文学批评已进入后现代主义时期，我们还在争论中国有无现代主义；而当我们引进西方后现代主义思潮时，西方则又进入'后现代主义之后'了。"①

从理论本身来看，实践是检验真理的唯一标准，一种没有现实社会基础的西方文论从其引入之后，就无法经得住实践的检验。由于西方文论本身针对的主要是西方的文艺问题，是对西方文艺实践和文艺思潮百年发展的理论总结，而中国无论是在创作上还是在思潮上既没有相应的创作实践，也没有相应的思想运动，尤其是长期单一化的理论模式的影响，实际上必然造成西方文论的引入处于一种英雄无用武之地的尴尬境地，而勉强地拿来使用则落得个不伦不类的混名。西方文论的精英化、专业化、技术化基础也使其理论的普遍有效性大打折扣。因此，西方文论在中国倒有些像是小孩子手中的玩具，别人有的他也要有，先抢过来再说，等到真正抢到了手，玩不了几下，便又弃之不顾了。由于中国没有西方文论生成的相应土壤，所以当代西方文论中涉及的许多理论问题，在中国的大地上很难得以印证，这种理论本身的错位注定了西方当代文论在中国可能只是一种花样摆放，中看不中用，没有太大的应用价值。

---

① 陈厚诚、王宁主编：《西方当代文学批评在中国》，百花文艺出版社 2000 年版，第 10 页。

不仅如此，由于以上两方面的倒错问题，当代西方文论的引入对中国学者而言，几乎一直都是一种夹生饭，看起来不错，吃起来难以消化。时至今日，我们似乎也没有真正找到消化它的正确方法，对于中国的文艺实践而言，它仍然还是另一套话语体系。中西文化存在差异，西方科学化、肢解式（分析美学）思维并不是中国学者的长处，中国学者更擅长的是整体系统性思维方式。绵延了数千年的中国思维、中国文化虽然在近代一度遭受西方文化的冲击，但这股中国土生土长的"惯性"力却始终是中华民族的"根"与"魂"，不是短短几百年就可以抹去的。如果说西方文化是在一种尚斗的、外视的、以求"真"为主的概念、线性思维的存在哲学下塑成的，那么中国文化则是在一种尚和的、内视的、以求"善"为主旨"象思维"的"伦理"哲学下孕育的。中国古代有着极为朴素的哲学文艺观，由于中国古代社会的农业性和宗法性，农业生产在相当大的程度上要依赖于风调雨顺的自然条件，故中国古人在人与自然的关系上注重两者的和谐一致。反映在文学理论的"诗文评"中则是一种天人合一，顺应自然的宇宙审美观，譬如在诗文评中占主要地位的"比兴""神韵""意境""物感"等范畴。同时在中国宗法氏族家庭中，自周以来已形成一套以儒家、忠孝为核心的道德伦理观念，强调臣子对君主，诸侯对天子的忠诚，子女对父母兄长的孝悌之情，强调对皇帝、祖先、民众公共意志严肃而敬重的感情，因而中国诗文评的理论内韵强调"温柔敦厚""教化""言志"等真挚诚笃不偏陷的境界，譬如孔子评价《诗经》"国风好色而不淫，小雅怨诽而不乱""诗三百，一言以蔽之，曰：'思无邪'"，等等。这是一种"人类情思之自然中正合乎规律而不致放肆邪僻的境界"①，它与西方的商业性和宗教性、开放性社会所偏重的人与自然对立，征服自然、认识自然的急切性，人与人关系中个人价值的彰显，个人对自身命运的抗争、奋斗的悲剧性大为不同，西方文论多崇尚科学精神以及知识论认识论上的分析与肢解。

受中国古代传统感悟式直觉思维方式和辩证法思想因素的影响，中国古代诗文评的概念范畴往往是抽象与具体，概括与经验的统一，其内涵是确定性与多义性的统一，它异质于西方条分缕析的逻辑思维，虽已经上升为理性，但仍不离感性，这同时也是中国阴阳哲学观的完美体现。阴阳相"和"是中国传统固有的思想，独阴不生，独阳不生，阴阳相和方生。同样，只有理性没有感性是为偏颇，反之亦然，只有在两者兼具不偏不倚方能圆融通达。中国文化远远不同于西方文化，单纯地采取西方的文论体系来套用中国，明显是不会奏效的，当然也就难以从根本上解决好中国文艺自身的东西，久而久之，还会丧失自己。此外，中国人不必一味地发展西方人理性的、单边的、极端的思维方式，相反，应当以自身的整体性、系统性、辩证性优势为基底，批判地吸收西方文化中可取的地方，将其糅合进中国古代阴阳合一的哲学、文化思维中来。由此来看，新时期以后置自身传统优势于不顾地将西方当代文论全盘吸收过来，定然会难以消化，进而也无法从根本上解决中国文艺的实践问题。

---

① 钱穆：《中国文化史导论》，商务印书馆 2012 年版，第 67 页。

根据以上分析，我们发现当代西方文论在中国发生倒错的深层次原因就是中西方文化与思维的异同。西方文化与中国文化最大的不同在于西方文化强调"事物在先"，而中国文化强调"心物相应"，这就造成西方往往将事物抽离、放大、研究到极致进而便对其定性，以为抓住了事物的本质。中国的思维方式强调心物互应，重视整体圆润辩证地看待万事万物的发展变化。中国《易经》曾讲到"穷则变，变则通，通则久"（《易经·系辞下》），这种灵活而不失机巧的睿智的思维习惯，使中国人虽然缺乏西方的精确，但却比西方更接近真理。正如"天地有大美而不言"，可言之美毕竟难以尽意，唯有再加上人的感悟之思才可能真正体会到美之最高境界，加之文学艺术本身的人文特性与中国人的思维习惯较为契合，因此，在文论、美学等方面如果中国一味地追逐西方，不仅无法真正解决好文艺理论本身的问题，同时也必将会使我们丧失自己原有的东西，给中国的文学艺术带来新的危机。如果不改变这种现状更沉重的结果则是：中国文论的被殖民和失语，西方文化帝国主义的新胜利。

二　中国文论的式微与迷失

他人的东西没学好，自己的东西也丢掉了，这就是我们平常所说的邯郸学步现象。中国文论在新时期之后大量学习西方，也犯了古人学步的毛病。对西方文化的崇拜，对自己文化的不自信，使中国学术界丧失了自我，甘心情愿地接受西方文化帝国主义的奴役和侵蚀。中国文学理论虽然新时期以后实现了它的现代转换，但这种转换有着十分明显的西方殖民的痕迹。因为在这一转换过程中不仅中国古代文论资源没有很好地得以发展，而且具有中国特色的马克思主义文艺理论也没有得到很好地建设，造成了古代文论与马克思主义文艺理论双重式微，西方文论却一家独大的不正常现象。这种转换是以丧失自己原有的东西为前提的，是畸形的。曾提出"重建中国文论话语"和"西方文论话语的中国化"论题的学者曹顺庆曾说，他提出这两个问题"并非'单纯地只是因为中国人缺少自己纯粹的民族声音，感觉到一种耻辱，而力求发出一点响动'，而是因为明显地感到借来的鞋子总是难以合自己的脚。西方文论话语毕竟是在西方文学文化的土壤中产生的，它并不完全适合于异质文化的中国。简单地将西方文论拿来'移植'套用的做法，夸大了西方文论的普适性，忽略了中西文化的差异，必然会导致我们言说无力、文论失语。或许有人会认为，实现中国古代文论的现代转化已经很难，若将西方文论话语与中国传统话语融合就更不可能了。在他们眼里，传统文论话语如'活化石'，早已失去了生命力，在当今只能放在陈列室里供人评点欣赏。这种看法，笔者难以认同。事实上，古代文论话语犹如一座资源丰富的矿藏，里面固然有许多无用的杂质，但只要我们的专业知识达到精深，我们定能淘到无价的'宝藏'，古代文论的现代转化和西方文论的中国化是完全有可能实现的。在现代文学史上，王国维、钱钟书等人的成功实践就是证明"①。今天以回溯的方式来看，我们的确在新时期之后，忽略了我们自己的文论特色和基础，如果说对西方文论的大量引入有对抗"文革"

① 曹顺庆：《西方文论如何实现中国化》，《河北学刊》2004年第5期。

文艺的目的所在，但这种对抗显然是过了头。我们需要向西方学习，但学习西方，不能忘了自己。看看今天的中国学术界，学者们口中是西方的理论，学生们崇拜的是西方的文明；在高校，西方文论课安排得多，老师讲得也透，而中国古代文论和马克思主义文论，或者被看成早已作古的东西，或干脆被撤出了课堂；学术论文方面，以研究西方为荣，硕博论文中更是难得一见中国的东西。然而，中国学术界仍然十分繁荣，这种繁荣实际上只是西方理论研究的繁荣，这是一种虚假的繁荣，是中国自身文论失语和极端式微的表现。

有学者在分析美国对西欧文化的渗透时指出："在马歇尔计划执行前后，美国以援助为契机，利用中央情报局和各种文化载体在西欧进行了一系列公开或秘密的活动，包括文化炒作，其目的就是将援助和文化渗透结合起来，拉拢选民群，围剿西欧各国的左派，对抗西欧的共产主义、民族主义和其他反美情绪，最终实现西欧文化的美国化，在西欧建立符合美国意志的亲美政权。"① 从今天当代西方文化对中国影响的现实来看，我们正面临着"中国文化的西方化"这一事实。对于中国来讲，西方意识形态、文化价值观、生活方式等已慢慢走进年轻人的心中。现代的社会已不同于以往相对封闭性的社会，生产方式的转变已经使得大部分民众步入或是正在步入"小康"水平，在满足了最基本的需求即生理需求，如吃饱、穿暖之后，他们需要有更多的幸福感，他们对文化的需求日益迫切。过去那种

---

① 栗焦阳：《马歇尔计划与美国文化对西欧的渗透》，《商丘师范学院学报》2010 年第 2 期。

以继续提高人们生活水平为利诱的启蒙式的、教诲式的说教对于普通民众来说，似乎已丧失了原有的号召力，而过多的口号式宣传甚至已导致民众的逆反心理。今天人们更倾向于做自己愿意做的事，一种渴望"自由"，渴望获得尊重、被需要和自我实现的呼声越来越替代了基于生理需要的东西。西方世界正是在这样的条件下，开始采取一系列"暧昧"的传播途径兜售自己的制度、文化以及价值观。西方发达国家把全球"总生产"中的物质性因素越来越多地转移到不发达国家和地区，而自己控制着文化符号性的因素，从而攫取着"文化符号性剩余价值"，并把全球"总生产"所创造出的总的剩余价值绝大部分占为己有，同时向不发达地区（东方）传输着西方的文化意识形态，投机主义、一夜暴富、快餐文化、消费娱乐、奢侈品享受等这些资本主义的生活方式已深入人心。今天穷学生和官二代、富二代一样期望能出国享受高等的教育资源，村民与城市白领同样可以收看各类娱乐选秀节目，大街上各行各业的人们不分贫富穿着相似，追求时尚，平凡人和明星都在迫不及待奔赴韩国做整容手术，流浪汉和科班出身的专门人才可以一同登上中国好声音的舞台同台PK……这些并不意味着阶级的消灭，也不意味着没有了悬殊的贫富差距，只是意味着时尚潮流的穿着打扮、优裕丰厚的薪酬、配置不低的轿车，错层式的家庭住宅，高官名爵等这些资本主义的价值取向、需要和满足被普世化了。

这种现象不仅仅发生在社会领域，同样也发生在学术领域，当代中国文论的处境就是这种现象的最好的证明。一个丢掉了自己民族思维和话语言说方式而只知模仿沿袭他国经验的学术界，是某种意义上的学术"被殖民"。我们姑且不论这是出自中国文艺本身的"自愿性"抑或"被强制性"，所造成的事实与恶劣后果却是我们无法回避的，对此我们要时刻保持警惕。我们并不否定他人，但更要强大自身，在强大自身的过程中要时刻提防邯郸学步，亦步亦趋地跟在别人的屁股后面。尤其是要警惕在学习过程中，可能被别人所夹带进来的文化渗透、人文殖民。

三　西方当代文论在中国泛滥之原因

尽管当代西方文论的精英化给中国文论带来了很大的问题，为什么这种文论还会在中国这块土壤上泛滥呢？

首先，这与一个民族百年来曲折受辱奋斗抗争的历史是分不开的。鸦片战争使中国最后一个封建王朝遭受了重大打击，于是自 19 世纪六七十年代开始，清朝统治集团中的洋务派掀起了一场以"自强""求富"为口号的洋务运动。洋务运动在科学技术（特别是军事技术）方面向欧美看齐，发展工业，使清朝一度出现了"同治中兴"的景象。1888 年清朝正式建立了北洋水师，成为亚洲一支强大的海军力量，致使欧美列强也不得不放缓了侵略的脚步。但清朝的有限变革只是治标不治本，所谓的"中兴"并未能使中国真正走上富国强兵的道路。面对清朝政治腐败，人民生活困苦，官场明争暗斗、尔虞我诈，国防军事外强中干，纪律松弛等现实，一些改良知识分子便将矛头指向了中国几千年来的封建制度与文化，试图通过变法来改变中国的现有政体。康有为托古改制，指出"据乱世尚君主，升平世尚君民共主，太平世尚民主"①，把现实世界中存在的君主专制、君主立宪和民主共和看作是社会从低级到高级发展的三个不同阶段，明确提出"世"不同则"道"不同的变革思想，并在此基础上提出变法维新建立资产阶级君主立宪制的政治主张。许多维新人士纷纷响应，把斗争的矛头直指反动腐朽的封建纲常名教和君主专制，直指孔孟权威。梁启超则自称为"新思想界之陈涉"，认为"我国民所最缺者，公德其一端也"②，主张实行"道德革命"，摈弃中国传统的只知有私德而不知有公德的落后状况。然而受制于保皇派的阻力，最终这场"变法"革命还是回到"中体西用"的老路上去，以失败而告终。后来随着辛亥革命彻底推翻了君主帝制，西方大量思想得以译介与引进，马克思主义、实证主义、唯意志论、生命哲学等开始大规模引入中国，中国人也开始了对自身传统文化的真正反思。"破坏中国农业社会旧有思想"，输入"西洋工业资本主义社会之新思想"③ 成为一种思想潮流，新文化运动所倡导"科学"与"民主"口号的提出，标志着中国新兴知识分子开始较为全面地对中国传统旧文化的否定与批判。"五四"以前，虽然也在学习西方，但中国知识分子对中国传统文化并没有进行根本性的否定。对此，我们可以总结出一条中国对西方制度文化接受情况富有意味的线索：洋务运动主张"中学为体、西学为用""师夷长技以自强""师夷长技以制夷"（根本目的在于

① 康有为：《孟子微 中庸注 礼运注》，中华书局 1987 年版，第 104 页。
② 梁启超：《梁启超全集》，北京出版社 1999 年版，第 660 页。
③ 郭湛波：《近五十年中国思想史》，山东人民出版社 1997 年版，第 80 页。

学习他人，富强自己），戊戌变法提出"变法图强"，义和团运动则是"扶清灭洋"，孙中山成立的兴中会、同盟会口号是"驱除鞑虏，恢复中华"（恢复中华之国家）。直到新文化运动、"五四"运动从"德先生"与"赛先生"（他人制度文化比中国自身文化优之颇多矣）的提出开始，对中国传统文化的否定与批判才真正开始。"五四"之后，中华民族开始大规模地学习西方，20世纪二三十年代掀起了学习西方的第一个高潮。从20世纪40年代直至新中国成立后一段较长的时间内，对苏联的学习和模仿曾再次掀起中国人向外学习的一个小高潮。然后经过十年"文革"的闭塞与极"左"思潮的不良影响后，中国迎来了改革开放的新时期，也迎来了真正意义上的中国人"第二次睁眼看世界"的新高潮。西方当代文论也在此大背景之下大量地进入中国，犹如"五四"时期一样，20世纪80年代"西方"给中国带来的影响可以说也是翻天覆地的，历史再一次让中国人看到了西方的魅力与文化的优势。

其次，当代西方文论的引入，是中国学者打破我国原有文艺理论模式的热情选择。新时期之前，我国文论已经走进了死胡同，它期待着新的突围，走出过去僵化单一的文论话语的魔咒成为理论及理论家们的共识，理论范式渴望转换和推动。也正是在这样的背景下，许多学者便将探求的目光聚焦于西方。在极"左"时期，西方的东西要么不能碰，要么译介进来作为批判的材料，从译介的数量上看也是非常有限的。新时期"解放思想，实事求是"的春风给文艺界带来了活力，于是大量的西方学者的文艺论著被译成中文，许多西方的文艺理论家成为大家热议的对象，对西方的学习和研究一时成为理论界最重要的事情，一个全新的理论时代就这样被催生了出来。20世纪80年代中期"方法论年""观念年"的出现，就是中国文艺理论界狂热引介学习追逐西方的典型例证。西方文论中的科学主义与人性人道人文气息从未像此时这样让中国人振奋，经历了长期的学术僵化与压抑，人们仿佛从西方那里看到了希望，找到了呼吸新鲜空气的出口，因为他们接触到的是他们过去从未接触甚至说从来不敢想象的东西。尤其是对于文艺研究科学方法的探寻，引起了广泛的讨论。在许多学者看来，过去我国文艺界出现的问题，都是由于没有科学方法、科学化的标准所致，新的科技革命已冲击到人类生活的各个领域，社会科学和自然科学正在走向一体化，因此，文艺研究要与自然科学"联姻"，文艺批评可以通过系统科学方法，使它的思维方式与自然科学的思维方式统一起来。1985年对于方法论的讨论达到了高潮，因此这一年被称为"方法论年"。系统科学领域中的"老三论"，即信息论、控制论、系统论，以及"新三论"，即耗散结构论、协同论、突变论等，都得到学界的充分研究与讨论，甚至有学者认为"三论"可以作为今后文学研究的根本方法。除学者们高涨的研究热情外，《光明日报》《文艺报》《文学评论》《文艺研究》等国内一些重要的学术报刊、出版社也都纷纷加入到这场讨论之中，起到了推波助澜的作用，进一步促进了西方自然科学领域内的研究方法向人文社会科学研究上延展，一些过去闻所未闻的新名词开始大量充斥于人文学科的研究论文或会议发言中。当然也有一些学者对文艺研究中的科学主义思潮忧心忡忡，有些人甚至持基本否定的意见。他们认为，在当前方法问题的研究中，要警惕科学主义、实证主义倾向，因为自然科学不能揭示文艺的价值，作不出审美判断。另有一些态度比较审慎的观点认为：并不是任何一种自然科学的研究方法都可以直接移用到文学领域，"三论"不一定要看作一个时期文学研究的指导方向，事实上应更多地注意文艺学自身，尤其在术语使用上，更要减少新名词；纯科学、纯客观地观照审美对象，那是不能把握文艺审美意蕴的，文艺固有的特质反而被遗漏了。①

新时期以后，学者们对于漂洋过海的西方理论方法、观念的学习与论争是激烈的。在今天看来，这些方法、观点的引入对当时我国文论界走出过去单一僵化的理论牢笼无疑是有益的，将自然科学的方法运用到人文艺术中也是一种极好的学术探索，然而任何研究都不能不顾研究对象本身的特性，不能不顾学术本身的逻辑与历史继承。实际上20世纪80年代中期文艺理论界掀起的研究热潮并没有持续更长的时间，进入90年代以后，这种热潮便急速地退去了。虽然这种退潮与国家转入经济建设的大方针以及社会政治因素有一定的关联，但研究本身的不科学与失误应该对此负主要责任。作为一种外来的理论，当代西方文论能否与中国的文艺现实相接轨，西方科学主义的方法是否适应于文艺领域，中国的理论界是否能够真正掌握这些自然科学的方法，这些都已成为问题。当代西方文论的"不适应

---

①　参见潘凯雄《1985年文艺理论批评综述》，《文艺理论研究》1986年第3期。

性"正如它的"新颖性"一样使得中国的文艺批评陷入茫然与尴尬之境，毕竟是别国土地上长出的果子，能否在我们的土壤中生存，恐怕至今学者们也还没有找到有效方法。于是剩下的就是，今天在中国文论界，"除却洋腔非话语，离开洋调不能言"的现象十分严重，虽然还在研究，但它似乎仅仅只是一代学者们的一种研究习惯。忘记了自己原来怎样走路的那个赵国人，怕是只能用后来学到的蹩脚的方式行走了。有人说20世纪80年代是文艺理论、美学发展最好的年代，热情最高的年代，但它留下的问题，同样也是需要时间慢慢消化的。

再次，如果说20世纪80年代对西方当代文论的引领研究是我国理论界的一次理论自觉，那么20世纪90年代以后直至今天，西方当代文论仍然能够持续得到学界的关注则主要是基于全球化时代的到来以及文化消费主义的积极推进。作为第一生产力的科学技术在全球范围内掀起的互联网革命使得整个世界成为一个地球村，你和任何一个陌生人之间所间隔的人不会超过六个，也就是说，最多通过六个人你就能够认识任何一个陌生人（"六度空间理论"）。今天世界上的任何一个国家已经很难孑然一身，独立于世，各国经济政治文化的交流与合作已成为这个"地球村"生存的基本形式，互联网络的普及也让老百姓实现"家事、国事、天下事，事事关心"成为可能。全球化与互联网改变了一切，然而，在这表面繁盛的国与国的交流与合作中，却不能忽略这样一个事实：由于各国经济文化实力的悬殊，在一种看似平等公正的合作中，其实仍然存在着强势文化与弱势文化的博弈和斗争。美国的资本正依靠不断缩聚的时空进行着迅速的扩张，美国的文化创意产业正依靠高科技和金融手段创造着大量的利益，而伴随着经济上的利益收获，美国人收获的还有通过文化产品夹带而来的一套资本主义的生活方式与意识形态。许多学者都在提醒，当我们在欣赏好莱坞大片如《泰坦尼克号》《阿凡达》等作品的时候，还要对西方文化及其价值观的殖民意图有所警觉。但客观地说，这样的声音是微弱的，由于大量中西方精英们的推动以及网络技术所造成的世界"一体化"等等，注定无法阻拦包括西方文论在内的西方文化在中国大地上的泛滥和传播。

今天后现代主义的平面化、消解一切的价值取向，加之消费主义的横行，使原有的一些价值都轰然倒塌。詹姆逊将后现代主义总结为"媒体化""拼贴遮蔽戏仿""主体趋向死亡""怀旧模式"等几个与以前时代截然相反的一种社会体征。现代作品经常通过"戏仿利用这些风格的独特性，占用它们的独特和怪异之处，制造一种嘲弄原作的模仿"[1]。经济主义和物质主义的到来，实际上改变了整个社会的价值与审美取向，对于一代年轻人来讲（新的群体出现），他们已经失去了对事件的否定、批判、反思能力，对什么都宽容，对各种价值观都肯定，对万事都抱着无所谓的态度，接受快餐文化的"洗脑"，接受娱乐享受的"浸泡"。他们对西方自由主义、历史虚无主义、普世价值的认同，也仅仅是凭借着一套似是而非的玄想，并没有任何历史知识和文化积淀。我们说，任何一种哲学观、世界

---

① ［美］弗雷德里克·詹姆逊：《文化转向》，胡亚敏等译，中国社会科学出版社 2000 年版，第 4 页。

观、人生观无论是反对还是赞成，都不可推至极致，物极必反。对问题的批判与反思走"过"了会出现问题，对问题的宽容走"过"了同样要出现问题。后现代社会消解一切，质疑一切，不尊重历史，一味强调差异、强调断裂、强调碎片化抒写，使一切都游走在"不确定性"之中，无疑是人类思想发展史的一种倒退。在这种思潮影响下，在文艺领域中，包括文学终结在内的各种"终结"论也纷纷登场：电子信息技术王国里书信的终结，网络数字文学中传统文学艺术的终结，碎片化的微叙事中宏大叙事的终结，"上帝死了"，一切价值需要重新评估，如此等等。让我们看到，当代西方文论带着诸多"终结"的印痕来到中国大地，受到热捧，而我们自己却没有对其进行反思和批判。可以说，这是一种相比近代中国来说更高层次上的"崇洋"心态。詹姆逊认为："后现代主义的出现与这个晚期的、消费的或跨国的资本主义的新时期息息相关。我也相信，它的形式特征在许多方面都表现出这种社会体系的更深层的逻辑。然而，我只能展示其中之一的一个重要主题：即历史感的消失，在这种状态下，我们整个当代社会体系逐渐开始丧失保存它过去历史的能力，开始生活在一个永恒的现在和永恒的变化之中，而抹去了以往社会曾经以这种或那种方式保留的信息的种种传统。"① 后现代的历史虚无主义的危害是极大的，然而由于它是由西方那些精英知识分子所贩卖的，反思和批判的神经也便被自动地关闭了。而没有了批判和反思，则将进一步导致西方的

---

① ［美］弗雷德里克·詹姆逊：《文化转向》，胡亚敏等译，中国社会科学出版社 2000 年版，第 19 页。

东西不断地汹涌而来。

从以上有关西方当代文论何以在中国泛滥的原因分析中，可以发现，中国学者之所以感受到西方陌生化的理论话语比中国本土的理论话语更有"吸引力"，其原因是多方面的，它既有我们自身历史的原因，也有我们理论发展的现实需要，同时它也是西方文化殖民的一种方式，是今天全球化互联网时代以及后现代主义社会价值观的必然结果。古希腊哲学家毕达哥拉斯曾有过这样的一个故事，一次他被问到这样一个问题：赴奥运盛会的有三种人：去比赛的，去看比赛的，去做生意的，在这三类人中，谁最高贵？他回答说，不是参加比赛的运动员，尽管他们得胜后可以成为城邦的骄傲；不是去做生意的人，尽管这些人会很有钱。他认为，最高贵的是看比赛的人，是那些旁观者。毕达哥拉斯的这一回答代表着一种在欧洲源远流长的旁观者精神。有闲暇才旁观，能旁观才高贵，由于对世界万物旁观，他们冥思苦想，从而才有了哲学和科学。今天这个故事对我们的启发将是，在面对来势凶猛的西方当代文论的侵袭，也该有一个冷静旁观的态度。因为有了旁观，做个局外人，你才不会意气用事，才可能看得更加清楚，才可以作出价值判断，是取是舍也才可能更加客观更加科学。

第五节　寻求中国文论发展的正确道路

文化从来都不是可有可无的东西，它不仅在塑造人性、凝聚民族精神方面发挥着重要作用，同时文化也是生产力，它对综合国力的提升有时甚至比经济、政治、军事所起的作用还要强大。中国已经在经济上获得了举世瞩目的成就，现在迫切需要在文化上对世界和人类社会拥有同样的影响，提升文化自觉、增强文化自信、实现文化自强。文化自信源于受益于这种文化的人能够对自己的文化拥有充分的认同，能够看到这种文化在未来生活中是不可缺少的，并对这种文化的社会功用有清醒的认识，能够看到它对他者文化的吸引力和影响力，能够看到它将为丰富整个人类文化所做出的贡献。也就是说，任何文化的自信都必须要强调一种"以我为主"的文化立场，不仅重视对外来文化的学习，更要重视对自身文化的自信，重视自身文化对世界总体文化所做出的贡献。如果从这个角度看，我国文论今天所存在的问题就是显而易见的。

客观地说，今天具有中国特色的社会主义文论话语体系的确立与形成面临着至少三种理论资源：一种是经过两千多年历史发展的中国古代文艺理论，一种是在中国新民主主义革命和社会主义建设中逐渐发展起来的马克思主义文艺理论，另一种是中国长期以来在与西方交流交往中引进来的西方文艺理论。20世纪以来的百余年间，由于历史原因，这三种文论资源在不同的历史时段，发展是不平衡的，受重视程度也是不一样的。从新时期以后30多年的时间来看，一直重视对西方文论的引介学习与研究，而对古代文论传统却有所忽略，缺乏转化和创新性研究，对在社会主义革命和建设中发展起来的马克思主义文艺理论同样重视不够，缺乏有创见的成果，马克思主义文艺理论中国化虽然新世纪以后受到了重视，但也没有取得突破性的进展。可以这样说，如果说新时期之前，中国文论呈现出了较明显的"政治化"特征，那么新时期之后，则表现出了更为明显的"西化"特征。今天在高校课堂中，学术沙龙里，以及学术论文和毕业选题方面，能看到的基本上都是西方文论，尤其是当代西方文论。西方文论在我国高校和科研机构中占有绝对的话语权，拥有绝对多的学习者、崇拜者和研究者。这种对西方的盲目崇拜还导致了一些学者的媚外现象，认为只有西方才有学术，甚至"不懂英文写作，没有英文论著发表，将很快被学界边缘化，甚至于有被淘汰的可能"①。这种以语言使用作为衡量学术标准的看法显然有些莫名其妙，但透过这种主张，我们所看到的则是中国文论"西化""洋化"的严重程度。面对当前中国文论存在的这些问题，能做的就是要冷静审视当下中国文论基本状况、基本格局与世界文论发展的基本走向，认清形势，正确厘清古代文论、当代社会主义文论以及西方文论这三种理论资源应有位置，尽快扭转过于"西化"的学术倾向，拿出富有原创的理论成果，为最终形成具有中国特色的社会主义文论新体系打牢基础。

一　如何看待中国古代文论

中华民族不仅有漫长辉煌的"原始文明"时期（古史传说的五帝时代），而且在经历了夏、商、西周文明之后，在人类文明的"轴心时代"（我国春秋时期）出现了影响世界的伟大思想家孔子和老子，他们对人类自身命运与人性精神进行反思

---

① 金惠敏：《学术国际化，不只是一个英语问题》，《粤海风》2011 年第 6 期。

和追问所形成的思想准则，塑造了中国后来的文化主导形态。经过汉代"罢黜百家，独尊儒术"的进一步强化，孔儒思想不仅保证了中国经济、政治、文化艺术等两千多年的持续发展与繁荣，而且对日、朝、韩以及越南等周边国家都产生了深远的影响。中国的文学艺术更是长期引领着世界文化发展的潮流，出现了许多闻名世界的文学家、艺术家、思想家、理论家，赢得了世界人民的尊重。

一般认为，西方文论以思辨的严密性和系统性为其思维特色，而中国古代文论则以直观感悟的思维方式，多是描述性、比喻性的阐述，很难有理论上的建构。实际上，中国古代文论不仅拥有丰硕的理论成果，而且形成了自己的理论体系，在文体论、创作论和鉴赏论等多方面都有系统的研究成果。仅就创作论而言，它形成了以心物感通的感兴论为主线的中国创作论理论体系。如《礼记》较早提出的"人心之动，物使之然也"，陆机《文赋》中论述灵感时强调的"若夫应感之会，通塞之际，来不可遏，去不可止；藏若影灭，行犹响起"，刘勰《文心雕龙·物色》篇谈到的"物色之动，心亦摇焉"，"情以物迁，辞以情发"，钟嵘《诗品序》中提出的"气之动物，物之感人"等，这些都是对物感情起的很好表达，它们共同构成了中国古代文论创作体系的重要内容。另外从更细微的层面，如在创作的主体要求方面，中国古代文论也有着更加具体的论述和阐发，如创作主体方面的"文气"说（刘勰、曹丕等）、作为诗歌创作重要关节的"妙悟"说（严羽等）、关于作家的主体能力的"才、识、胆、力"

说（叶燮等），以及强调作家学养积累的"神思"、作为创作主体综合因素的"胸襟"等，历来文论家对此都有非常详细的论述与总结，这些观点与有关创作的其他命题一起，丰富着我国古代关于创作方面的理论体系。

对于中国古代文论的体系性理解，不能以西方的标准来衡量，因为西方的美学家和文艺理论家大都是有系统的哲学观点的，如柏拉图、亚里士多德，德国古典哲学时期的康德、黑格尔和谢林，乃至于20世纪的海德格尔、德里达、詹姆逊等，都是以其独树一帜的体系性见称的。而对中国古代文论而言，如果从某一位文论家来说，它所表现出的体系性远不如西方文艺理论家那样明显。但是中国的哲学、美学乃至于文艺理论，仍然有其贯穿性的体系，这种体系性是以中国文化背景为根基，"体现在两千多年来的文艺思想的诸家论述和流变之中的"①。也就是说，中国古代的文论（美学）范畴多由某一思想流派或个人提出，而后由历代文论家、艺术家反复运用，不断丰富，从而逐步形成贯穿中国文艺理论史的、一脉相承而又不断流入新的活力的理论范畴、理论体系。从思想流派的角度来看，中国的传统思想以儒、道、释三家为主干，又衍生出玄学、理学和心学等思想派别，这样中国古代文论传统也便形成了与之相对应的文论传统。"儒家文艺思想是由孔夫子、孟子开创而一直到封建社会末端都在文艺领域占有主流地位的意识形态，道家文艺思想是由老子、庄子开创，而其中的一些重要的文艺观

---

① 张晶：《中国古代文论的当代价值及其实现》，《文学理论前沿》第2辑，2005年。

念也是贯穿于整个封建社会始终的。佛家思想从汉代进入中国本土后与玄学相结合，开始对文艺创作和评论产生影响，迄唐宋而至高峰，其后到明清时代甚或成为文艺思潮如明代李贽'童心'说、汤显祖的主情论和公安'三袁'的'性灵'说的哲学根基。儒、道、释这三个大的思想系统，既相互视为异己、又彼此交融，但其文艺观念则形成了中国古代文论的最重要的三大脉络。"① 这是从中国古代思想发展史层面出发对我国古代文论体系性的一种科学性概括，符合我国文论发展的历史事实。

我国古代文论的体系性存在不是单一的，它的体系性是多元多样，多方向多层次的，不同的体系之间既有外部的相互关联，又有内部的范畴交叉，或者说每个自成体系的理论叙述都是我国古代文论整体中的某一方面、某一部分，同时透过这任何一个方面或一个部分又能窥探到我国古代文论所应有的整体性特征，与西方理论追求理论的个体自恰性不同，我国古代文论则具有整体自恰性特征。这一特性与中国文化固有特征是分不开的。由于中西文化属于不同的文化体系，与欧美文化培育出来的重视科学技术、强调二元对立、以成长为进步、认为人类应当征服自然等不同，"中国文化中有教无类的观念与民胞物与的思想，则有极大的包容性"②，这使中国文化较之西方文化而言，对于人类的发展和未来世界的作用将会产生更大的影响。尤其是当西方急功近利的发展模式屡屡给世界和平与稳定

① 张晶：《中国古代文论的当代价值及其实现》，《文学理论前沿》第 2 辑，2005 年。

② 许倬云：《中国文化与世界文化》，广西师范大学出版社 2006 年版，第 223—224 页。

带来威胁的时候，中国文化所强调的"天人合一"，其自身内部臻于文化成熟之境的"高度妥当性与调和性"①，中国人所具有的"平静而受到庇佑的心态"② 等，就更显示出它无与伦比的优越地位。"中国古代文论家和艺术理论家，基本上本身都是诗人、作家或艺术家，都有颇为丰富的创作实绩，他们对文学艺术的论述，很少有纯然的理论思辨，大多数都是在对文学艺术作品的审美感悟中，直接感发的，带有非常强的原生态性质和审美体验性。"③ 因此，中国古代文论强烈的人文精神，对文艺规律的尊重，以及总体辩证观等都是西方文论所无法比拟的。西方文论和美学理论，往往在一个元范畴或命题之下作出非常周延而细致的论述，使读者感到玄奥难懂，这就造成西方很多的文艺理论或美学著作都以深奥费解著称，其令人诟病的精英化特征与此也有直接的联系。

如上所述，正因为中国古代文论并不追求那种突出个人创造、具有很强的体系性逻辑论证，如"气韵""情景""风骨""言不尽意"，等等，它们尽管都有自己的提出者、首倡者，也有相应的义界阐释，但其意蕴往往并不止于初始时的范围，而是在其千百年的传承和运用中既保留了其基本的义界，又不断地增添许多新的内涵，这样也就大大拓宽了中国古代文论的适用界域和时间跨度，也使它显出极强的大众化特性。可以说，

---

① 梁漱溟：《中国文化的命运》，中信出版社 2010 年版，第 33 页。

② 辜鸿铭：《中国人的精神》，李晨曦译，上海三联书店 2010 年版，第 45 页。

③ 张晶：《中国古代文论的当代价值及其实现》，《文学理论前沿》第 2 辑，2005 年。

中国古代文论的相关范畴、命题，具有比西方文论更加明显的开放性、延展性、大众化。它们的义界不是封闭的、固定的，而是可以不断添加的，因而就使其有了更多的生成的性质，更易于进行当代的创新性转换，易于同当下的文艺现实有机地结合。因此，所有这些都很好地成全了中国古代文论的强大生命力和适用性。

我国古代文论不仅是有体系的，而且它还有自己迥异于西方的一套话语体系。如有学者就对我国古代的"诗文评"传统进行了研究，认为"诗文评"是中国古代评诗论文的一门特殊学问和独立学科，其命名虽起于明代，其诞生则源于魏晋。与西方的"文学批评"不同，"诗文评"重在"品评""品说""赏鉴""赏析""玩味""玩索"，其"感性"特色更浓厚些；"文学批评"重在"评论""评价""评说""评析""裁判"，其"理性"特色更强一些，而在这表面差异背后，更有中西不同民族在哲学思想、思维方式等文化本性上的区别与不同。在作者看来，今天我们不应再套用西方的学术名称和学科称谓硬将"文学批评"加在中国古代文论的头上，郑重其事地还给它本来就有的称呼"诗文评"，同时"中国文学批评史"也应该叫做"'诗文评'史"①。这里我们姑且不说，是不是一定要将当下已经叫习惯了的西方术语"文学批评"改称为我们的"诗文评"，但就作者对中国"诗文评"所做出的深刻研究而言，不仅让我们更清楚地看到了中国古代文论鲜明的体系性特征，同时也将中国重品评和赏玩的文化审美

---

① 杜书瀛：《论"诗文评"》，《文学遗产》2011 年第 6 期。

情趣与其大众特色揭示了出来，对展示我国古代优秀传统文化同样具有重要的现实意义。

今天，世界各国的经济文化交往越来越多，一个未来的"世界文化"正在形成，哪一个民族的文化在文化交往中具有更大的优越性，将意味着它的文化在这个"世界文化"构成中占有更大的比重，也就意味着这个民族能更多地保住自己的文化传统与文化传承，在未来的文化交往与贸易中获得更多的发言权。因此，今天，必须重视传统文化，加强对传统文化的研究，扩大其优秀部分的传播与推广，使其焕发活力，在提升中国人的文化自信方面发挥重要作用。如果说在反抗外族入侵和国内阶级压迫，在集中精力进行社会主义经济建设的时期，还无法集中于自身的文化建设，那么当经济发展与社会进步已经达到一定水平的时候，还不重视文化建设的重要价值，就是不可原谅的错误。因此，在文化发展的大背景下，努力发掘我国文论传统与文化优势，让它在未来世界文化艺术的竞争中发挥重要作用，就不仅仅是对中国民族文论传统的保持与维护，而且还是让世界文化更加健康、更加人性、更加完美的责任与义务。2014 年 3 月 27 日，习近平总书记在联合国教科文组织总部的演讲中说："中国人民在实现中国梦的进程中，将按照时代的新进步，推动中华文明创造性转化和创新性发展，激活其生命力，把跨越时空、超越国度、富有永恒魅力、具有当代价值的文化精神弘扬起来，让收藏在博物馆里的文物、陈列在广阔大地上的遗产、书写在古籍里的文字都活起来，让中华文明同世界各国人民创造的丰富多彩的文明一道，为人类提供正确的精神指引和强大的精神动力。"① 现在我们要说"让中国传统文论活起来",这是建设我国社会主义文论新体系的要求,也是弘扬中国民族优秀传统文化的要求,我们必须努力践行之。

二 如何看待马克思主义文艺理论

马克思主义文艺理论在中国的发展大体分为三个阶段:一是生根发芽阶段,二是开花结果阶段,三是成熟阶段,这三个阶段分别以《在延安文艺座谈会上的讲话》讲话的发表和"文革"结束为时间联结点。也就是说,《在延安文艺座谈会上的讲话》以前是第一阶段,《在延安文艺座谈会上的讲话》直至"文革"结束为第二阶段,"文革"以后为第三阶段。在第一阶段,马克思主义先是作为一般的西方理论引介进来,后经瞿秋白、鲁迅等人的努力,开始被中国文艺界所接受,并在后来的解放区得到了较好的发展。在第二阶段,毛泽东发表了《在延安文艺座谈会上的讲话》,总结了中国革命文艺运动的基本历史经验,解决了长期以来没有解决好的文艺的革命方向问题,不仅对中国革命文艺运动的发展具有重要的指导作用,也丰富和发展了马克思主义文艺理论内容,并成为新中国成立后指导党的文艺政策的基本方针。在第三阶段,文艺不再成为政治的附属物,文艺理论研究也从必需的政治模式中解脱了出来,对文艺自身规律的研究受到理论界的高度重视。虽然,现在我国马克思主义文艺理论研究还有这样那样的问题,但它的确比以往任何时候都更加成熟了起来。

---

① 《习近平在联合国教科文组织总部的演讲》,参见新华网(http://news.xinhuanet.com/politics/2014-03/28/c_119982831.htm)。

　　马克思主义文艺理论在中国的传播发展从一开始就与中国新民主主义革命的伟大实践直接相关，并始终与这种实践纠缠在一起，受其影响与推动。因而，马克思主义美学与政治的关系，成为中国马克思主义美学发展的基本特征。或许，可以这样认为，马克思主义之所以被中国所接受，并最终在这块土地上生根开花，与中国社会对它的需求是分不开的。"理论在一个国家实现的程度，总是决定于理论满足这个国家的需要的程度。"[①] 从鸦片战争开始，中国人就在寻找这一理论。从洋务运动到戊戌变法，从辛亥革命到"新文化运动"，再到"五四运动"，在艰苦探索与寻求中，中国人最终找到了马克思主义。马克思主义一旦传入中国，便成为中国人民救亡图存的有力工具。以回溯的视角来看，中国马克思主义文艺理论的产生发展与毛泽东文艺思想的最终形成、巩固与发展是一致的。毛泽东文艺思想的形成以 1942 年《在延安文艺座谈会上的讲话》为标志，其巩固与发展从 20 世纪 40 年代开始，一直持续到今天。虽然这中间经历了一些曲折与斗争，但毛泽东文艺思想及其后继者的文艺思想，一直是中国马克思主义文艺理论的主导思想，无法摇撼。

　　毛泽东文艺思想的产生原因是多方面的，这其中既有中国客观的历史与政治原因，也是马克思主义文艺理论自身传承的规律使然。以现有资料来看，1942 年毛泽东的《在延安文艺座谈会上的讲话》发表前，马克思主义文艺理论的大部分著作在

---

　　① ［德］马克思：《〈黑格尔法哲学批判〉导言》，见《马克思恩格斯选集》第 1 卷，人民出版社 1995 年版，第 11 页。

中国已基本有了节译或全译本。1919 年，李大钊在《我的马克思主义观》一文中，最早介绍了马克思在《〈政治经济学批判〉序言》中关于艺术作为意识形态部门之一的基本观点，这是已知马克思主义文艺理论观点在中国的最早介绍。^① 而列宁文艺论著的最早译文《托尔斯泰和当代工人运动》（今译《列·尼·托尔斯泰和现代工人运动》）发表于 1925 年 2 月 13 日上海《民国日报》副刊《觉悟》上，其最著名的《论党的出版物和文学》（今译《党的组织和党的出版物》）的节译文 1926 年 12 月 6 日发表在《中国青年》第 144 期上。第二次国内革命战争时期，鲁迅、瞿秋白、冯雪峰等人从日文转译或翻译了许多马克思主义的文艺理论著作。到 20 世纪 30 年代，马恩关于文艺问题的五封著名书信^②在中国也有了多种公开发表的节译或全译文。^③ 另外，郭沫若从马克思恩格斯《神圣家族》德文本节译过来的《艺术作品之真实性》于 1936 年 5 月在日本东京出版。抗日战争期间，在国统区出现了由欧阳凡编译的《马恩科学的文学论》（读书生活出版社 1939 年 11 月在桂林出版）和由苏联马恩列学院文艺研究所编、楼适夷从日文转译、从马克

---

① 参见刘庆福《马克思恩格斯文艺论著在中国翻译出版情况简述》，《北京师范大学学报》1983 年第 2 期。

② 这五封书信分别是《马克思致拉萨尔》（1859 年）、《恩格斯致拉萨尔》（1859 年）、《恩格斯致敏·考茨基》（1885 年）、《恩格斯致玛·哈克奈斯》（1888 年）、《恩格斯致保·恩斯特》（1890 年）。

③ 就全译文而言，1932 年瞿秋白翻译了《恩格斯致玛·哈克奈斯》和《恩格斯致保·恩斯特》（译文可见瞿秋白《海上述林》，鲁迅编，1936 年出版）；1934 年胡风从日译本翻译了《与敏娜·考茨基论倾向文学》（见《译文》第 1 卷第 1 期，今译《恩格斯致敏·考茨基》）；1935 年易卓翻译了《恩格斯致拉萨尔》和《马克思致拉萨尔》（见 1935 年 11 月 1 日上海出版《文艺群众》第 2 期）。

思恩格斯著作中摘录辑集而成的《科学的艺术论》（上海读书出版社 1940 年 10 月出版）。在延安，1940 年 5 月由新华书店出版了由曹葆华、天蓝合译的《马克思、恩格斯、列宁论艺术》，书中有马克思恩格斯关于艺术的书信和列宁论托尔斯泰的论文等。除此之外，延安时期，《解放日报》发表了一些马列文论的单篇译文，如《恩格斯论现实主义》、列宁《党的组织与党的文学》、《列宁论文学》等。所有这些马克思主义经典著作的翻译，对于中国学界，尤其是对于毛泽东这个对文艺高度重视的革命领袖文艺思想的确立与形成，其影响将是历史的不争事实。

当然，毛泽东文艺思想的形成，还与列宁之后苏联共产党的一系列关于文艺问题的决议和文件，以及苏联共产党文艺理论家的文艺思想密切相关。由于当时中国严峻的抗战形势与文艺界存在的思想问题，毛泽东比列宁更加强调文艺的"服从"与"从属"地位，更加强调文艺必须"属于一定的政治路线"，必须"服从党在一定革命时期内所规定的革命任务"。正是在这样的背景下，毛泽东提出了对后来我党文艺政策具有深刻影响的"以政治标准放在第一位，以艺术标准放在第二位"的文艺批评标准。[①] 在抗战时期，广大的文艺工作者按照《讲话》精神，坚持文艺为人民大众、为工农兵服务的方向，创作出了一大批适应抗战需要、深受广大群众欢迎的优秀文艺作品，推动了中国革命文艺的繁荣与发展。但由于过分强调文艺的政治

---

① 毛泽东：《在延安文艺座谈会上的讲话》，见《毛泽东选集》第 3 卷，人民出版社 1991 年版，第 869 页。

标准，加上中华人民共和国成立以后，"人民民主专政"思想不知不觉地渗透进了这种文艺思想与文艺活动中去，从而给我国文学艺术事业的健康发展带来了一些难以弥补的损失，以至于 20 世纪 50 年代出现了诸如对电影《武训传》的批判、对萧也牧等人的创作的批判、对俞平伯《红楼梦研究》的批判、对胡适思想的批判、对胡风集团的批判、对丁玲、陈企霞反党集团的批判等。由于政治权力的介入，一些文艺问题都成了"政治问题"，正常的文艺论争也演变成了残酷的政治斗争，"左"的文艺路线因此得以大行其道。1966 年初，极"左"文艺思潮被推向了高潮，由江青等人整理出《林彪同志委托江青同志召开的部队文艺工作座谈会纪要》（简称《纪要》），提出了"文艺黑线专政"论①，彻底否定了新中国成立后文艺界的工作，而"文革"中提出的所谓"三突出"原则也最终被钦定为"进行社会主义文艺创作必须遵循的坚定不移的原则"②。"三突出"的原则和方法违背马克思主义文艺观的"典型"理论，导致文

---

① 《纪要》总结概括了新中国成立后"资产阶级的文艺思想、现代修正主义的文艺思想"的具体表现，并将之归纳为"黑八论"，即"写真实"论、"现实主义广阔的道路"论、"现实主义的深化"论、反"题材决定"论、"中间人物论"、反"火药味"论、"时代精神汇合"论以及电影界的"离经叛道"论，使正确的文艺观点、正常的文艺探讨遭到了严厉批判与打击。

② "三突出"这个概念最早出现在 1968 年 5 月 23 日《文汇报》于会泳发表的《让文艺舞台永远成为宣传毛泽东思想的阵地》一文中，1969 年姚文元将它改定为"在所有人物中突出正面人物；在正面人物中突出英雄人物；在英雄人物中突出中心人物"，并且把它上升为"无产阶级文艺创作必须遵循的一条原则"。（《智取威虎山》剧组的文章《努力塑造无产阶级英雄人物的光辉形象》，《红旗》1969 年第 12 期）1972 年，"四人帮"又把"三突出"拔高为"无产阶级文艺创作的根本原则"、"进行社会主义文艺创作必须遵循的坚定不移的原则"，是"实践塑造无产阶级英雄典型这一社会主义文艺根本任务的有力保证"。［"小峦"（写作组名）：《坚定不移，破浪前进》，《人民戏剧》1976 年第 1 期］

艺创作与实践严重的公式化、模式化。"文革"十年,马克思主义文艺理论的基本立场、方法几乎荡然无存,给我国社会主义事业带来了很大的危害。

1978 年"实践是检验真理的惟一标准"的思想大讨论,冲破了长期以来"左"倾错误思想的束缚,促进了全国性的马克思主义的思想解放运动,中国马克思主义文艺理论研究在"解放思想、实事求是"思想路线引领下重新活跃起来。1980 年 7 月,中央作出决定,不再提"文艺为政治服务""文艺从属于政治"的口号,同时给学术研究松绑,允许学术间"自由展开讨论"①,为我国马克思主义文艺研究营造出了良好氛围。新时期之初,关于马克思主义文艺理论(美学)有两次比较大的讨论:一次是关于"手稿"问题的讨论,一次是关于马克思主义文艺理论是不是"有体系"的讨论。两场讨论从 1979 年一直持续到 1986 年,讨论的问题几乎涉及马克思主义文艺理论的所有方面。这是自马克思主义文艺理论引入我国以来从未有过的一次最集中、最广泛、最深入的讨论,讨论使人们通过对马克思主义经典理论的全面学习,彻底走出了极"左"路线的樊篱,更加完整准确地理解了马恩等经典作家关于文艺、美学问题的基本观点。进入 20 世纪 80 年代以后,国内学术界十分重视对西方马克思主义美学的译介工作,翻译出版了大量国外马克思主义美学方面的研究著作。可以这样说,新时期以后,对"西马"美学的重视与研究,成为这一阶段发展我国马克思主

① 参见社论《文艺为人民服务,为社会主义服务》,《人民日报》1980 年 7 月 26 日。

义文艺理论的重要补充。国内学者对于西方马克思主义者的态度也从最初简单的唯物、唯心二元批判转变到真正的学术研究，对于"西马"的评价也发生了根本改变，承认了其在马克思主义文艺理论研究中的重要地位。①

自新时期以来，我国马克思主义文艺理论研究取得了一些新的成就，产生了一批马克思主义文艺理论的重要成果。如陆梅林、程代熙的"马克思主义艺术理论"研究，吴元迈的"马克思主义现实主义艺术观"研究，钱中文、童庆炳的"审美意识形态论"研究，王元骧的"审美反映论"研究，何国瑞的"艺术生产"论研究，李益荪的"马克思主义文学社会学原理研究"，邢煦寰的"艺术掌握论"研究，谭好哲的"文艺与意识形态"研究，董学文的"马克思主义文艺学当代形态论"研究，陆贵山的"宏观马克思主义文艺学"研究，冯宪光、马驰的"西方马克思主义文艺思想"研究，等等。这些研究试图走出过去毛泽东文艺美学相对单一的理论模式，借鉴西方美学研究的最新成果，在研究思路和方法上都有很大突破，研究内容涉及文艺与上层建筑的关系、文艺的本质、文艺的审美属性、艺术与政治的关系、马克思主义文艺理论体系，以及艺术反映论、艺术本体论、艺术价值论、艺术主体性、艺术功用等一系列马克思主义文艺理论研究中的根本问题，大大提升了我国马克思主义美学研究的水平与实力。

---

① 20 世纪 90 年代初，学者们对于西马的态度主要是排斥和批判，认为其为"非马"，如张凌就以《"西马"非马》撰写文章，比较有代表性地表达了这种意见。见《美与时代》1992 年第 6 期。

　　进入新世纪以后，尤其是近几年随着国家对理论创新的提倡，马克思主义理论"中国化"探讨的不断深入，许多学者认识到，过去试图建构的当代形态的马克思主义理论体系并没有形成，许多过去已经探讨的问题，认为已经说清的东西，现在发现并没有说清，具有中国特色的马克思主义文艺理论也还主要是一个空架子，缺乏实际的内容。20 世纪 90 年代中期以来，由全球化、技术化、网络化引起的社会形态的深刻变化，反映到文艺中也出现了许多新问题、新现象。文化研究的兴起、日常生活的审美化、艺术的娱乐化、网络写作的备受关注、艺术消费的现代意识、底层写作的重新崛起，等等，所有这些都需要我们进行深入研究、系统阐释，用马克思主义文艺的基本理论、基本观点做出准确的判断。

　　人们越来越希望通过对于现实问题的关注，使马克思主义文艺理论研究能够走出新的路子，真正形成具有中国特色的、中国化的马克思主义文艺理论成果，从而推动我国马克思主义文艺理论研究跃上一个新的台阶。因此，与以往学者们主要进行"理论"研究的研究范式有所区别，新世纪以来的理论探讨更多地将理论的视角引向当下的现实，关注理论与现实的关系。人们更重视"问题研究"而不是"概念研究"，更重视马克思主义理论对于当下文艺现象与文艺实践的指导意义。学者们深知，"中国化"实际上就是将马克思主义理论的现实化、问题化，要有的放矢，解决中国实际问题。当然目前，这一认识与探讨仍处于摸索阶段，尚无多少有价值的理论建树。新世纪以来的文艺理论还夹杂着对新时期以来，以及对"讲话"以来我国马克思主义文艺理论的反省与反思性研究，人们回顾着过去，凝视着未来。

透过马克思主义文艺理论在我国的发生发展情况，应该得到如下一些启示：第一，马克思主义在中国是居于主导地位的国家意识形态理论。因此，在中国，马克思主义文艺理论研究必须处理好与当下政治的关系，保持文艺与政治必要的张力。第二，理论家需要走进现实而不是脱离现实，中国的马克思主义文艺理论家必须切实关注中国的现实问题，做纯粹的书斋式研究同样是没有出路的。第三，要多从马克思恩格斯等早期马克思主义经典作家的文论思想中汲取营养，以较高的理论素养关注当下的理论问题，没有对马克思主义文艺经典理论的深入阅读与学习，任何研究都将是没有根基的。因此，对于刚刚步入该领域研究的学人来说，就还有一个读马恩文艺理论经典的问题。第四，对国外相关研究的介绍引入也很重要，西方马克思主义美学和文艺思想作为一种可以参照的视角，对做好中国的马克思主义文艺理论研究是有益处的。最后，理论家们还要培养具有生命质感的研究激情以及善于反思的理论眼光，只有这样，中国的马克思主义文艺理论才能够真正走出属于自己的、不偏离马克思主义文艺基本思想的发展之路。

三　处理好现有文论资源的正确途径

2014 年 3 月 29 日，习近平在同德国汉学家、孔子学院教师代表和学习汉语的学生代表座谈时说："掌握一种语言就是掌握了通往一国文化的钥匙。"[①] 他所强调的就是要了解不同文化

---

① 《习近平同德国汉学家、孔子学院教师代表等座谈》，参见中新网（ht-tp：//www. chinanews. com/gn/2014/03 − 29/6008489. shtml），2014 年 3 月 29 日。

的差异性，进而客观理性地看待世界，与不同的文化包容友善相处。在此前两天，即 3 月 27 日，他在巴黎联合国教科文组织总部的演讲中说："文明因交流而多彩，文明因互鉴而丰富。文明交流互鉴，是推动人类文明起步和世界和平发展的重要动力。"[①] 历史上西方从中华民族学到了很多的东西，中华民族也向西方学到了很多东西。一个懂得向他人学习的民族，一定是强大的民族，是受人尊重的民族。弘扬本民族的文化并不是要与他者文化相冲突与对立，中华文化的魅力正在于其海纳百川的"包容性"。学习西方，了解西方，取人之长补己所短，这也是提高中华文化竞争力的重要途径。改革开放 30 多年来，中国在向别国学习方面已经积累了丰富的经验，今后还要继续努力，做得更好。

当然，学习他者文化并不能丢掉本民族的文化传统、文化优势，要有本民族的文化底蕴在里边，否则就会慢慢变成历史上那个到"邯郸"学步的人。随着全球交往的日益频繁，每一个民族都应该明白，学习别国文化的前提是保存好自己的传统，保持自身文化的丰富多样才是对世界文化的真正贡献。欧美不是中心，每一个民族都可以以自己独特的艺术与文化成就为世界文化发展繁荣做出贡献。盲目排外是错误的，盲目媚外也是错误的。由于历史原因，新时期之后，中国在文论方面过于重视对西方文论，尤其是当代西方文论的学习与研究，虽然从西方当代文论那里只是学了些皮毛，学了些术语，虽然也认识到

---

① 《习近平在联合国教科文组织总部的演讲》，参见新华网（http：//news. xinhuanet. com/politics/2014－03/28/c_ 119982831. htm），2014 年 3 月 28 日。

了当代西方文论在我国实际应用的有效性值得研究，知道西方文论的精英化、小众化是必须批判与摈弃的，但并没有在追随西方这条道路上有所止步，相反，对西方狂热的追求与崇拜已经到了非科学的地步。由于对当代西方文论的盲目追求，几乎完全丢开了两千多年来所形成的中国古代文论传统，丧失了对自身文论的自信力，而且对百年来在指导中国现当代文艺实践中形成的马克思主义文艺理论也是态度暧昧，甚至怀疑和背离。这一现象对中国当代文艺理论建设与发展是极为不利的。

由以上论述可知，要发展与形成具有中国特色的社会主义文论新体系，就必须在实践中摆正中国古代文论传统、马克思主义文艺理论与西方文论在我国文论发展中的位置与关系，这是中国文论建设与发展的关键所在。笔者认为：对中国文论进行创造性转化和创新性研究，使其重获生命力，成为我国社会主义文论新体系的重要内容，是我国文论发展的根本目标；开创马克思主义中国化研究新境界，努力使其在与中国社会实践、文艺实践紧密结合中实现民族化、时代化、大众化和具体化，加强其对文艺领域一切工作的指导能力与指导意义，是我国文论健康发展的基本保证；汲取西方文论的最新成果，根据我国文艺实践与理论的现实需要，交往互鉴，有取有舍，使西方文论成为我国社会主义文论的有益补充，是我国文论保持活力的重要途径。

古代文论是发展社会主义新文论的根基与基础，是中国古代文艺理论家留下的一笔宝贵财富，我们不能丢弃它，也不可能丢弃它。必须改变过去对古代文论视而不见甚至蔑视的态度，研究它，发掘它，使其不断焕发新的活力，为今所用。中国的马克思主义文艺理论是中华民族近百年来为争取民族独立与解放，实现民族复兴与进步，在血与火的革命斗争与经济建设中，与中国文艺的文艺实践相结合而形成的马克思主义文艺理论中国化的重要成果，它是发展当代文艺，实现中华文学艺术大发展大繁荣的指导方针。在文艺理论领域，必须坚定不移地高举马克思主义文艺理论这面旗帜，保证我国文化艺术始终走在为人民服务这条正确的道路之上。古代文论和马克思主义文艺理论共同构成今后中国文艺理论发展的主体与根本。之所以这样说，是因为这两种理论在中国具有深厚的历史基础和文化基础。它们或者是中国对本民族文艺经验与传统的理论总结，或者是中国人在寻求民族解放过程中的自我选择，并已经在实践中证明是正确的东西。它们早已深入人心，在我国文论总体构成中同样重要，不可偏废。至于西方文论，由于它是对西方文艺实践或文艺思潮的理论总结，它主要针对的是西方的文艺现实，具有西方的思维习惯和文化传统，因此，绝不能过高估计西方文论在中国文艺理论建设中的价值与作用，它只能是中国文论的一种思想与理论资源。另外，在意识形态日益尖锐的今天，西方文论往往又会成为欧美等西方国家推行其社会意识形态、价值观念的一种政治工具。因此，更应该对西方文论保持一种科学的态度，尤其不能再像过去那样对其盲目崇信，对它唯命是从。实现我国古代文论的创新与转化，开创马克思主义文艺理论中国化研究的新境界，对西方文论营养的有鉴别吸收，这是建构具有中国特色社会主义文论体系的正确选择。

后　记

　　改革开放近四十年来，当代西方文论被大量引入中国，林林总总的理论、思潮几乎成为我国文论界的主要理论资源。抱持开阔的理论视野，积极借鉴西方文艺理论优长，有益于中国文艺理论的建构和发展，是我们应当坚守的科学态度。但伴随的问题是，国内文艺理论界对西方文艺理论及思潮辨析不足，缺少总体上的理论认识和辨析，缺少科学的、辩证的批判性研究，忽视了其中所包含的消极因素，造成了我们在文艺理论和创作上的种种困惑和迷茫。

　　本书旨在从几个代表性的理论主张和思想特征切入，对当代西方文论自身存在的问题和局限进行梳理和辨析，揭示其本质特征及流弊所在。本书借此强调，对待当代西方文论，必须摒弃简单模仿、生搬硬套的态度，不仅要有吸收和借鉴，也要有分析和批判，秉持理性的学术心态，建立平等的对话关系，克服脱离中国文艺实践经验和文论传统，唯西方文论为坐标的现象，重视和加强对中国文艺实践，特别是改革开放以来文艺发展经验的总结和研究，重视和加强对民族文论传统的总结和研究，努力建构坚守中华文化立场、弘扬优秀传统文化、立足当代中国实践，具有中国特色、中国风格、中国气派的文艺理论。

本书为国家社会科学基金重大项目"当代西方文论批判研究"的最终成果。自立项以来，项目组多次召开座谈会、研讨会，就项目的结构框架、主要内容及研究思路征询诸多专家学者的意见。在充分论证基础上，邀请国内相关领域知名专家学者，共同参与本项目集体攻关。经过多次讨论和修改，形成了现在这个稿子。

参与本书撰写的主要有：张江（导论），金永兵（第一章），汪正龙（第二章），苏宏斌（第三章），黄念然（第四章），丁国旗（第五章、第六章），最后由张江负责统稿。我们深知，虽然付出了较长时间的努力，但对一些问题的研究还有待进一步深入，书中提出的某些观点和看法也需要做进一步推敲和商榷，衷心期待学界各位同仁批评指正。

沈阳师范大学文学院教授赵慧平参与了本书编写的组织协调，中国社会科学出版社社长赵剑英，重大项目出版中心主任王茵以及本书编辑张潜等为本书的出版付出了大量心血，在此谨向他们致以真诚的谢意。

张江

2016 年 12 月 30 日